HEYNE <

W0265388

Das Buch

Schon als kleiner Junge fühlt sich Henry als Außenseiter: In der Tiefe der Ozeane kann er nicht so lange und ausdauernd tauchen und schwimmen wie die anderen Wassermenschen. Als ihn seine eigene Mutter an einer einsamen Küste aussetzt, muss er als Verstoßener ein Leben unter den Landmenschen beginnen. Alles ist für ihn fremd und anfangs eine Zumutung: die Kleidung, die beengenden Häuser und die merkwürdige Sprache, die so anders ist als die stille Welt der Zeichen unter der Meeresoberfläche. Was Henry nicht weiß: Er ist ein »Bastard«, halb Wasser- und halb Landmensch. Einst hielt man seinesgleichen für mächtig, und die Bewohner der Küstenstreifen warben um die Gunst der Wassermenschen. Doch die Zeiten wandelten sich, und nun meiden die beiden Völker einander, eine Verbindung ist undenkbar. Henry aber ist dazu ausersehen, über das Schicksal beider Völker zu entscheiden ...

»Eine faszinierende und packende Geschichte! Kit Whitfield hat uns ein einzigartiges Leseerlebnis geschenkt!« *Sherrilyn Kenyon*

Die Autorin

Kit Whitfield wuchs in London auf und studierte Literaturwissenschaften am Christ's College in Cambridge. An der University of East Anglia erwarb sie ihren Master-Abschluss in Kreativem Schreiben. Ihr erster Roman *Wolfsspur* wurde zu einem großen, internationalen Erfolg. Die Autorin lebt und arbeitet in London.

KIT WHITFIELD

IN GROSSEN WASSERN

Roman

WILHELM HEYNE VERLAG
MÜNCHEN

Titel der Originalausgabe:
IN GREAT WATERS
Aus dem Englischen von Irene Holicki

MIX
Papier aus verantwortungsvollen Quellen
FSC® C014496
FSC
www.fsc.org

Verlagsgruppe Random House FSC-DEU-0100
Das für dieses Buch verwendete
FSC®-zertifizierte Papier *München Super*
liefert Arctic Paper Mochenwangen GmbH.

Vollständige Erstausgabe 02/2012
Redaktion: Babette Kraus
Copyright © 2009 by Kit Whitfield
Copyright © 2012 der deutschsprachigen Ausgabe
by Wilhelm Heyne Verlag, München,
in der Verlagsgruppe Random House
Printed in Germany 2012
Umschlaggestaltung und -illustration: Nele Schütz Design, München
Satz: C. Schaber Datentechnik, Wels
Druck und Bindung: GGP Media GmbH, Pößneck

ISBN: 978-3-453-52670-9

www.heyne-magische-bestseller.de

Meinen Eltern gewidmet

Die mit Schiffen auf dem Meer fuhren und trieben ihren Handel auf großen Wassern, die des HERRN Werke erfahren haben und seine Wunder auf dem Meer.

PSALM 107

Warm ist des Menschen Leben: Lieb und Trauer, Freud und Leid.
Der Schmerz sein Ehrenkranz, die Hoffnung grenzenlos.
Sein Blick zum Himmel geht, nach Engelsschwingen schreit.
Der Fisch: flink und genügsam, klar und doch ein Schemen bloß,
Silbern sein Leben, kalt und frisch, nur Wellen weit und breit,
Doch stets bedroht von Ängsten aus der Tiefe Schoß.

LEIGH HUNT,
»The Fish, the Man and the Spirit«

ERSTES BUCH

HENRY

Eins

Henry konnte sich an den Augenblick seiner Geburt erinnern. Ein unerträglicher Druck, Hitze, und dann der erste Kontakt mit der See, erschreckende Kälte – doch zugleich Erlösung von der Enge, das plötzliche Gefühl, sich frei bewegen zu können. Seine Mutter nahm ihn in die Arme, drückte ihn an ihre glatte Brust, schwamm mit ihm an die Oberfläche und hielt ihm den Kopf über Wasser, damit er seinen ersten Atemzug tun konnte. Henry vergaß niemals, wie sich sein Mund mit eisiger Luft füllte, wie die Wellen gegen seine Haut schlugen, wie ihn die Frauenarme in eine Welt hinaufhoben, die mit einem Mal ohne Wärme war.

In den ersten fünf Jahren seines Lebens schwamm Henry mit dem Stamm. Damals hieß er nicht Henry, sondern wurde anders gerufen, mit einem Laut, der am besten mit dem Wort »Pfiff« zu übersetzen war. Der Junge war kein schneller Schwimmer. Sein Gabelschwanz war schwächer als die Flossen der anderen Kinder, sodass er nicht mithalten konnte, wenn sie mit voller Geschwindigkeit unterwegs waren. Auch konnte er nicht ganz so lange unter Wasser bleiben; selbst seine jüngsten Kameraden schafften eine halbe Stunde, ohne an die Oberfläche zu müssen, während Pfiff schon nach fünfzehn Minuten die Luft ausging. Manchmal versuchten die älteren Kinder, ihn in die Tiefe zu ziehen, um ihn zu drangsalieren; dann wurden sie meistens von den Erwachsenen weggescheucht und an den Ohren gezogen. Meistens, aber nicht immer.

Eines Tages umringten ihn die anderen Kinder, hängten sich an seine Beine und riefen: *Fremdling, Fremdling.* Er rief nach seiner Mutter. Sie tauchte aus der Tiefe empor und beobachtete das Gerangel eine Weile. Dann drehte sie sich mit einem Armschlag im Wasser und kehrte ihm den Rücken zu. Kleine Hände hielten ihn fest, scharfe Nägel gruben sich in sein Fleisch und wollten ihn nach unten ziehen. Pfiff war verzweifelt. Wieder sah er zu seiner Mutter, aber sie schwebte senkrecht und drehte sich immer noch nicht um, um ihm zu Hilfe zu kommen. Panik erfasste ihn, drohte ihm die Brust zu sprengen, die Luft in seinen Lungen wurde immer weniger, sein Brustkorb wurde nach innen gezogen. Gleich würde er sterben.

Mit letzter Kraft stieß er einen Schrei aus: *Hai! Hai!* Seine Mutter drehte sich um, andere Erwachsene erschienen und schnappten sich ihre Kinder, um mit ihnen das Weite zu suchen. Die kleinen Krallenhände, die an ihm zerrten, ließen los. Die Kinder flüchteten, und Pfiff konnte, so schnell es seine Beine erlaubten, zur Oberfläche schwimmen und Luft in seine Lungen saugen.

Schon als Dreijähriger wusste Pfiff, dass er ein Fremdling war. Die anderen waren stärker als er, aber sie waren auch dumm. Mit der falschen Warnung vor Räubern hatte er nicht nur einmal Erfolg. Sein Stamm zerbrach sich nicht den Kopf über Beweggründe, und man konnte es sich nicht leisten, eine mögliche Gefahr einfach zu ignorieren. Die Erwachsenen, so erkannte er, hatten Angst, fortwährend. Selbst das kleinste Risiko musste vermieden werden.

Auch Pfiff lebte in ständiger Angst, aber er hatte kein Wort dafür. Er konnte Haie, Schwertwale, Stachelrochen und scharfe

Felsen benennen – und er kannte die Gefühle, die damit einhergingen, das Hämmern in der Brust, das Frösteln im kalten Wasser, die Beschleunigung des Geschehens, die alles heller erscheinen ließ. Er wusste, was es zu bedeuten hatte, wenn seine Mutter seine Hand ergriff und sie von einem Wesen wegzog, das bis auf seine spitzen Stacheln wie eine Mahlzeit aussah, oder wenn sie ihn am Arm oder an den Haaren packte und ihn mit sich zerrte, sobald ein Hai angeschossen kam. Er sah andere umkommen, sah ihre Augen groß werden und spürte, wie ihm etwas die Brust zuschnürte, aber er hätte diese Empfindungen auch dann nicht erklären können, wenn seine Mutter nach einer solchen Flucht mehr getan hätte, als seinen ganzen Körper auf mögliche Verletzungen abzusuchen und sich dann abzuwenden und davonzuschwimmen. Seine Brust fühlte sich immer eng an. Er konnte seine Hände lockern und aufhören, mit den Beinen Wasser zu treten, aber dieses Gefühl von Entspannung und Erholung erreichte niemals seine Brust, und er hielt das auch für ebenso unmöglich, als wollte er mit den Füßen sehen. Die Enge war ein Teil von ihm. Aber er ergriff niemals blindlings die Flucht, ohne sich umzusehen und die Bedrohung selbst in Augenschein zu nehmen, nur weil jemand einen Warnruf ausstieß.

Er wuchs heran, und bald war er so groß, dass seine Mutter ihn nicht mehr hinter sich herziehen konnte. Sie nahm ihn seltener in den Arm und überließ es ihm zunehmend, sich selbst zu versorgen. Fische waren schwer zu fangen. Dabei war es in der Theorie ganz einfach: Auf den Streifzügen des Stammes wurden Strategien eingeübt und Lektionen gesungen, und Pfiff prägte sich diese Gesänge rasch ein. Er verstand die Vorgehensweise, kannte alle Taktiken und wusste auch, welche Beute man wie zu jagen hatte und wann man die Angriffsart wechselte, wenn eine günstige Gelegenheit vorbeiflitzte – aber er war nicht so flink wie die anderen. Er schwamm mit und half, Schwärme zu umzingeln oder abzulenken, so schnell es seine Beine gestatteten, doch er erwischte nur selten selbst einen Fisch, meist kam ihm ein anderes Stammesmitglied zuvor. Jedes Mal, wenn sich der Stamm sammelte, von unten heraufschoss, um einen Schwarm einzukreisen und zuzuschnappen, während die Fische in einer blitzenden Spirale zu entkommen suchten, machte er sich von Neuem Hoffnungen – nur um einmal mehr zu erleben, wie ihm ein Stärkerer die Hand wegschlug oder wie er, falls er doch einen Fang machte, den zappelnden Happen nur ein paar Sekunden in der Faust behielt, bevor sich andere Fingernägel hineinbohrten und ein größeres Kind ihm die Beute entriss und vor seinen Augen verspeiste. Wenn seine Mutter in der Nähe war, teilte sie mit ihm, aber sie war nicht immer da; wenn andere Räuber, Speerfische oder Delfine, vom Lärm angelockt wurden, ihnen die Beute streitig machten und es zum Kampf kam, schwammen die stärkeren Männer und Frauen nach oben, um die Diebe zu verscheuchen. Die Kinder wurden zusammengetrieben und von einer oder zwei Frauen bewacht. Manchmal zappelten verletzte Fische auf sie zu, dann teilten die Frauen, was sie hatten, mit ihren eigenen Kindern und den Kindern ihrer Schwestern – aber so viel Pfiff auch bettelte, für ihn fiel nie etwas ab. Er ernährte sich hauptsächlich von Schalentieren, seit er ganz allein herausgefunden hatte, wie man die Panzer dieser langsamen, fleischigen Kriecher aufbrechen konnte. Er lernte, Hebel einzusetzen, Werkzeuge in Ritzen zu zwängen und sie zu drehen, bis das weiße Fleisch freilag und er sich, hinter Felsen und unter Tangwedeln versteckt, weit genug entfernt von den scharfen Ohren seiner Stammesgenossen, die Brocken in den Mund stopfen konnte. Nachdem er das gelernt hatte, hätte er sein Wissen eigentlich weitergeben müssen, aber das wagte er nicht. Es war besser, allein zu jagen und seinen Fang für sich zu behalten: Er war immer noch zu klein, und je älter er wurde, desto seltener gab ihm seine Mutter einen Happen ab. Wenn andere schneller bei den Krabben wären, bekäme er womöglich gar nichts mehr. Stillschweigen zu bewahren, war nicht leicht, doch obwohl es ihn eine Menge Nerven kostete, gab er seine Erkenntnisse nicht preis. Er begriff allmählich, dass er wahrscheinlich nur zwei Möglichkeiten hatte: sein Geheimnis zu hüten oder Hungers zu sterben.

Außerdem wurde er allmählich alt genug, um sich zu fragen, was es wohl mit den großen, dunklen Schatten auf sich hätte, die oben vorbeizogen und von denen seine Mutter ihn nach wie vor fernhielt, obwohl ihr sonst immer weniger daran gelegen war, ihn zu beschützen. Diese Schatten kamen immer wieder; nicht jeden Tag – nicht so regelmäßig, wie er auf die Jagd ging, aber sie waren doch ein vertrauter Anblick. Seine erste Begegnung mit ihnen sollte Pfiff für den Rest seines Lebens im Gedächtnis behalten.

Zuerst waren von oben anhaltende und unvertraute Töne zu hören. Pfiff war an zwitschernde Stimmen gewöhnt, an das krachende Geräusch, wenn die Wellen gegen die Felsen schlugen, aber dieses dumpfe, regelmäßige Trommeln war ihm fremd und erschreckte ihn. Es klang, als fiele etwas Schweres zu Boden, aber der Rhythmus war unheimlich schnell: Nichts, was groß genug war, um so viel Lärm zu machen, ließe sich unter Wasser so rasant bewegen. Was immer diese Schläge erzeugte, musste ungeheuer stark sein. Pfiff war schon völlig verängstigt, als das Ding, mächtig und lang wie eine Welle, endlich über ihm vorbeizog – und sobald es in Sicht kam, rief eine der Frauen: *Hierher, Kinder, unten bleiben.* Pfiff war nicht sicher, ob auch er damit gemeint war; *Kinder* waren die Kinder des Stammes, die Jungen anderer Mütter, die liebevoll geführt und ständig ermahnt wurden, während er zwar auch immer wieder ermahnt wurde und Anweisungen erhielt, aber sich nicht unbedingt geliebt fühlte. Das Ding da oben war bedrohlich, seine Form war schnittig wie die eines Hais, aber es blieb wie eine Möwe an der Oberfläche und erzeugte immer noch diese eigenartigen Geräusche: Soweit er sehen konnte, hatte es keine Zähne und war auch nicht auf der Jagd, und das war neu. Kein Raubtier hätte sich so deutlich bemerkbar gemacht. Pfiff beschloss, sich den gerufenen Kindern nicht zugehörig zu fühlen, und paddelte hinauf zu dem schwarzen Schatten, der auf seinem Weg die vom Wind aufgewühlte Wasseroberfläche teilte und ein brodelndes Kielwasser hinter sich zurückließ.

Eine Hand legte sich so schnell um seinen Arm, wie er es noch nie erlebt hatte: Sie gehörte seiner Mutter, und die packte so fest zu, dass sich die spitzen Nägel in sein Fleisch bohrten. *Nein,* sagte sie. *Unten bleiben. Nicht du. Nein. Nein. Nein.* Sie bekräftigte die Worte mit ihrem ganzen Körper; die steife, aufrechte Haltung vermittelte, wie ernst es ihr war. Noch nie hatte sie ihn so heftig angefahren, und ihr Griff war schmerzhaft. Vielleicht war der Schatten doch gefährlich. Ihre Klauen verletzten ihn, aber Pfiff wehrte sich nicht: In der Nähe seiner Mutter wäre er möglicherweise in Sicherheit.

Doch während sie mit einer anderen Frau die Kinder zusammentrieb, ließen sich neue Töne vernehmen: Der ganze Stamm stimmte einen Gesang an. Der Lärm war ohrenbetäubend: Er schallte so laut durch das Wasser, dass Pfiff die Schwingungen in seiner engen Brust spürte. Es musste eine Gefahr nahen: Wale konnten so laut rufen, aber dies waren Leute seines Stammes, kleiner als Haie, kleiner als Delfine, wild, wenn sie angegriffen wurden, aber nicht so stark, dass sie es sich erlauben konnten, die Aufmerksamkeit so bewusst auf sich zu ziehen. Jeder Räuber konnte sie meilenweit hören. Und dies war keine Herausforderung, kein *Haltet Abstand, wir sind stark!*, auch kein Ruf, der ausgeschickt wurde, um durch das Echo einen Schwarm Fische ausfindig zu machen. Am ehesten hörte es sich nach einer Bitte an. Der Gesang enthielt ein Wort, das ihm unbekannt war: *Wir kommen hoch. Werft kein ...?* Die anderen schwammen nach oben, folgten dem Schatten und mahnten ihn wieder und wieder, dieses geheimnisvolle Ding nicht auszuwerfen, und als er sich an seine Mutter wandte und sie danach fragte, zog sie nur fester an seinem Arm, um ihn unten zu halten. Was immer dieses Ding war, es konnte nicht benannt werden.

Pfiff spürte, wie ihm die Brust noch enger wurde. Die Rufe waren so laut, dass jeder Hai sie hören konnte, und die Welt durchlief eine seltsame Veränderung. Noch nie hatte man ihm eine Erklärung verweigert. Woher sollte er wissen, dass er keinen Stachelrochen essen oder keinen Seeigel anfassen sollte, wenn ihm das niemand sagte? Das Schweigen über dieses geheimnisvolle Etwas, das jedermann so zu fürchten schien, war Grauen erregend. Es war wider alle Vernunft, und wenn etwas keinen Sinn ergab, wie sollte er erkennen, ob es gefährlich war oder nicht?

In seinen Augenwinkeln tanzten schwarze Pünktchen, und in seinen Ohren begann es zu dröhnen. Er musste atmen; sein Herz hämmerte gegen seine leeren Lungen. Er wandte sich an seine Mutter und teilte ihr möglichst leise mit: *Muss hinauf, brauche Luft.* Aber sie hielt ihn fest. Oben waren die Etwas-Werfer, und sie wollte ihn nicht hinauflassen. Pfiffs Kopf pochte schmerzhaft, als würde er von der Leere in seiner Brust nach unten gesaugt, und er sträubte sich gegen den unnachgiebigen Griff seiner Mutter. Obwohl er kaum die Energie dafür aufbringen konnte und sein Körper ihn im Stich zu lassen drohte, gab er nicht auf. Ein Winseln entrang sich seiner Kehle, jämmerliche Klagelaute, wie er sie noch nie von sich gehört hatte.

Seine Mutter schien ungehalten, beugte sich aber nach kurzem Zögern zu ihm und fasste ihn mit der freien Hand hart am Kinn. Als sie noch näher kam, zuckte Pfiff zurück: Wollte sie ihn beißen, ihm die Winselzunge ausreißen? Doch sie legte nur ihren Mund auf den seinen und bohrte ihm die Finger in die Wangen, bis er die Zähne ein wenig auseinandernahm. Dann atmete sie aus. Warme Luft strömte in seine Lungen, ein klägliches Rinnsal nur, aber es war Luft, und sein Kopf wurde wieder etwas klarer. Sie löste die kalten Lippen von seinem Mund und übergab ihn der anderen Frau. Sie selbst schoss flink und elegant davon. Pfiff blieb unten, von einer misstrauischen Hand am Arm zurückgehalten, während seine Mutter hastig zur Oberfläche schwamm, um Atem zu schöpfen, und der schwarze Schatten über ihnen weiterzog.

Wochen und Monate vergingen, und Pfiff gewöhnte sich allmählich an die Schatten. Er wurde größer und lernte, mit seiner Atemluft sparsamer umzugehen. Manchmal durften ein paar Jungen aus dem Stamm mit hinauf, um einen Blick auf die schwarzen Gebilde zu werfen, aber Pfiff war niemals dabei. Er musste unten bleiben, eine Hand umschloss fest sein Handgelenk, bis ihm vor Atemnot schwindlig wurde. Wenn die anderen von den Schatten zurückkehrten – er lernte, dass sie einen Namen hatten, *Schiffe,* ein Wort, das häufig in den Gesängen darüber vorkam, welchen Weg man zu welcher Jahreszeit zu nehmen hatte –, brachten sie Essen mit, manchmal große Mengen, genug, um es großzügig zu verteilen. Es war ein guter Tag, wenn oben ein Schiff vorüberfuhr. Dann gab es reichlich Fische, so viele, dass man nicht einmal um sie zu kämpfen brauchte, und Pfiff konnte essen, bis sein Magen voll war, was er sonst nie erlebte. Die Fische schmeckten eigenartig schal und lauwarm, nicht kalt und herzhaft, wie wenn die Jäger sie mitbrachten, aber sie bildeten eine Abwechslung zum Krabbenfleisch. Die Schiffe hatten nichts Bedrohliches an sich, und wenn eines zu hören war, beeilte sich der Stamm, ihm zu folgen. Doch das unerklärte Wort, das Ding, das nicht geworfen werden sollte, ging Pfiff nicht aus dem Kopf. Es war unheimlich und gefährlich, mit einem Rätsel zu leben, und Pfiff, für den das Unheimliche neu war, entschied bald, dass es ihm nicht gefiel.

Es war in Pfiffs fünftem Lebensjahr, als seine Mutter ihn einmal abholte, um mit ihm allein schwimmen zu gehen. Sie nahm Rücksicht auf ihn, passte sich seiner Geschwindigkeit an und zog es vor, die Fische, die sie fing, mit ihrem Sohn zu teilen, anstatt ihn selbst nach Krabben suchen zu lassen. Ringsum wurde das Wasser heller und trüber, der Boden stieg immer weiter an und drängte sie zur Oberfläche. Pfiff fühlte sich beengt, und das machte ihn nervös; alles schien zu schrumpfen. Jedes Zwitschern wurde rasch zu ihm zurückgeworfen: Er konnte keine Entfernungen ermitteln. Das Echo wurde blockiert. Er wollte kehrtmachen, doch da fasste ihn seine Mutter am Arm und zog ihn weiter, schneller als zuvor. Von unten kam der Boden immer näher, plötzlich ragten zu beiden Seiten Barrieren auf, Felswände, und schließlich drang ein neuer, harter Laut an seine Ohren – denn wenige Meter vor ihm ging die Welt zu Ende, das Wasser lief in einer unregelmäßigen Linie aus, und immer wieder brachen sich die Wellen am Strand und erstarben.

Pfiff stellte fest, dass der Boden nun ganz nahe war und er mit dem Rücken die Wasseroberfläche durchbrach. Seine Mutter versetzte ihm einen Stoß. Er spürte Sand unter seinen

Füßen und sah diesen Sand jenseits der Wellen in riesigen Mengen erschreckend trocken vor sich liegen. Er drehte sich um, streckte die Arme nach seiner Mutter aus und bat: *Weiterziehen. Böser Ort.* Sie stieß ihn von sich und zog ihm die spitzen Fingernägel über den Arm. Er taumelte in die Brandung und fiel auf Hände und Knie. Ohne den Auftrieb des Wassers fühlte er sich unerträglich schwer. Er wollte die Haltung eines Bittstellers einnehmen, um sie damit gnädig zu stimmen, aber die Luft bot ihm keinen Halt, und er stolperte. Als er sich ihr abermals zuwandte, bekam er einen Hieb quer über die Brust. Seine Mutter stand zähnefletschend im seichten Wasser und hielt einen Stein in der erhobenen Hand.

Die ungeheuren Luftmengen stiegen Pfiff zu Kopf, er drehte ihr den Rücken zu, kroch den Strand hinauf und setzte sich auf den nassen Sand, wohin sie ihm nicht folgen konnte. Seine Mutter beobachtete ihn noch einen Moment, dann wandte sie sich ab. Sie musste sich heftig freistrampeln, doch dann schwamm sie rasch aufs Meer hinaus und war verschwunden.

Zwei Tage lang saß Pfiff mutterseelenallein auf dem Trockenen. Wenn er Hunger hatte, grub er im Sand nach Weichtieren. Am Abend des zweiten Tages hörte er neue Laute, rhythmisch wie die Wellen, nur schneller. Alsbald erschien ein Wesen: ein stämmiger Körper ohne Flossen mit vier dünnen Beinen, die unablässig auf den Strand trommelten. Auf seinem Rücken saß ein Mann, in farbiges Zeug gehüllt wie eine Krabbe, aber mit einem Gesicht, das fast so aussah, wie er es von seinesgleichen kannte, und von der Mitte abwärts gespalten wie er selbst, sodass auf jeder Seite seines Tieres ein Bein herabhing. Pfiff hatte Angst vor dem Tier, doch da er dem Tod oft genug ins Auge gesehen hatte, war ihm nur allzu klar, dass er sterben würde, wenn er hierblieb. Er schaute nicht zum Meer zurück, sondern nahm einen tiefen Atemzug, der seine Lungen füllte und ihn schwindeln machte, streckte die Arme aus und rief laut, um den Mann auf sich aufmerksam zu machen.

Es war eine lange Reise, aber Pfiff ließ sich nicht anmerken, dass seine Nerven zum Zerreißen gespannt waren. Der Mann hatte ihn angestarrt, war auf dem Sand auf und ab marschiert und hatte ihn abermals angestarrt. Sein Mienenspiel hatte Ähnlichkeit mit dem von Pfiffs Stammesbrüdern, aber die viereckigen Zähne und die weiß geränderten Augen waren verwirrend. Pfiff war eigentlich nicht allzu schwer, aber die Luft war hier so dünn und bot keinen Halt: Er war auf seinen biegsamen Beinen zusammengebrochen und kam nicht mehr hoch, und diese aufrechte Kreatur mit den langen Knochen türmte sich regelrecht vor ihm auf. Schon im Meer hatte er zu den Kleinen gehört, denn er war hinter seinen Altersgenossen zurückgeblieben, aber neben diesem mageren Geschöpf kam er sich geradezu winzig vor. Besonders seltsam war dessen Hautfarbe, ein Rosarot wie auf den ersten Metern unter der Wasseroberfläche, bevor man in die Tiefen vordrang und alles zu verschiedenen Blau-, Grün- und Weißschattierungen ausgewaschen wurde. Der Mann rang unentwegt nach Luft, er atmete immer und immer wieder ein, schneller als die Wellen an den Strand schlugen. Pfiff beobachtete das Wesen mit den langen Gliedern, das da so bizarr verrenkt und krampfhaft aufrecht, als wolle es andauernd die Wasseroberfläche durchbrechen, vor ihm auf und ab marschierte. Auf Pfiffs Haut trocknete das Salz, es kitzelte und blieb hängen, anstatt einfach abgespült zu werden; als er die juckenden Stellen rieb, sah er, dass seine eigenen Hände mit den Schwimmhäuten und die zerkratzten Arme rosiger waren als gedacht, blass zwar, aber der Röte des umherstapfenden Fremdlings unerhört ähnlich. Das konnte nicht seine Hautfarbe sein, das war ganz ausgeschlossen. Der Anblick erschreckte ihn mehr als die keuchende Kreatur, die mit langen Schritten auf und ab ging, und Pfiff saß, immer noch im Sauerstoffrausch, wie angewurzelt da und starrte unverwandt auf seine Arme nieder, bis ihn der Mann schließlich aufhob und auf das große Tier setzte. Er wurde überschwemmt von seinem grauenvollen Geruch, neu und erschreckend, ganz und gar fremd für eine Nase, die nur das milde Salz des Meeres und des Strands kannte. Der stinkende, rot gefärbte Duftschwall reizte den Jungen zum Würgen und erschütterte ihn fast ebenso sehr wie die ruckartigen Bewegungen, als der Mann hinter ihm aufsaß und das Tier vorwärtstrieb.

Pfiff saß so still, wie er konnte, machte keine Anstalten, das dahinholpernde Tier anzufassen, und reagierte auch nicht auf das Grummeln des Wesens, das hinter ihm saß. Wie ein verwirrter Gefangener ließ er sich in blendender Helligkeit über den gelblich-grauen Strand und weiter durch Felder, über Wege und durch endlose, unglaublich grüne Wälder tragen.

Pfiff wurde zu einem hohen Felsen gebracht, glattwandig und grau, mit einem dunklen Eingang, der an eine Höhle erinnerte. Der Mann hob ihn herunter und setzte ihn sich auf die Hüfte. Pfiff wollte sich unwillkürlich dagegen wehren, aber dieser Ort war ihm unerträglich, und wenn ihn der Mann fallen ließe, wäre er auf dem grellgrünen Boden verloren, er würde auf seinen Flossen einknicken und Hungers sterben, weil es hier keine Weichtiere auszugraben gab. Doch essen musste auch dieser Mann, und wenn er bettelte, bekäme er vielleicht etwas ab. Also holte Pfiff tief Luft, drehte den Kopf weg von der stinkenden roten Haut des Mannes, spannte alle

Muskeln an und hielt ganz still, als ihm der Mann ein erstickendes dunkles Ding überwarf, das er um die Schultern trug, und mit ihm die dunkle, fremde Höhle betrat. Unter dem Rand des Tuchs erblickte er ein groteskes Gebilde, einen ganzen Stapel von Felsen, alle so glatt wie dieses neue Bauwerk, und wurde aufs Neue durchgeschüttelt, als der Mann daranging, einen dieser Felsen nach dem anderen zu erklimmen. Ohne vom Meerwasser abgefedert zu werden, flog Pfiffs Kopf in der leeren, dünnen Luft haltlos hin und her und vor und zurück, bis ihm der Hals wehtat. Die Stöße übten auch Druck auf seine Blase aus, und er erleichterte sich, wie er es im Meer getan hätte. Er erwartete nichts anderes als einen warmen Strahl, der in der salzigen See spurlos verschwand. Stattdessen liefen ihm heiße Rinnsale an den Beinen hinab und brannten auf seiner trockenen, rauen Haut, und der Fremdling stieß mit seiner tiefen Stimme einen lauten Schrei aus und schüttelte ihn voller Ekel. Pfiff war völlig verwirrt und hielt das Gesicht auch weiterhin abgewandt. Er wusste nicht, was er sonst tun sollte.

Nach weiteren Schritten fand er sich in einem Raum mit schmalen Fenstern und Steinwänden wieder, die senkrecht aufragten, sich glatt anfühlten und aus Teilen mit unvorstellbar geraden Linien zusammengesetzt waren. Regelmäßige Formen waren für Pfiff nichts Neues, aber bisher kannte er nur die übereinandergeschichteten Halbkreise der Fischschuppen oder die abgerundeten Sechsecke eines Seeigels, und diese Vierecke hier erschienen ihm bedrohlich: eine unendliche Fülle von Kästen, deren starre, abweisende Ordnung ihm den Blick vernebelte. Das Fenster war ein trüber Lichtstreifen, eine kalte Masse, wie er sie im Meer nie gesehen hatte, mit eingebetteten harten Linien, die ihn einsperrten wie in einen Käfig. Was sich dahinter befand, war schwer zu erkennen: Seine Augen hatten sich auf die Verhältnisse unter Wasser eingestellt, wo nach zehn Metern alles verschwamm und Strömung, Plankton und Salz einen blaugrünen Schleier vor die Welt zogen. Wenn er den Kopf zum Atmen aus dem Wasser streckte, hatte er weiter sehen können, aber wenn er etwas anvisieren wollte, das mehr als zehn Meter entfernt war, strengte ihn das so sehr an, dass er Kopfschmerzen bekam, seine Augen tränten und ihm manchmal für Minuten alles verzerrt erschien.

Pfiff musste lange Zeit in diesem Raum bleiben. Außer dem roten Mann, der ihn am Strand aufgelesen hatte, bekam er niemanden zu Gesicht. Die Gefangenschaft machte ihn schier wahnsinnig, die starren Wände und die Fesseln der erdrückenden Schwerkraft versetzten den Jungen, der meilenweit durch das Meer gestreift war und nach allen Richtungen frei hatte schwimmen können, in rasende Wut. Wenn er allein war, biss er sich in die Hände, schlug gegen die Wände und zerrte an den Decken, die man ihm auf seinen Strohsack gelegt hatte. Schlaf war nahezu unmöglich; nach der weichen Umarmung des Wassers hielt ihn der schmerzhaft harte Steinboden ewig wach. Auf die Idee, den Strohsack zu benutzen, kam er nicht: Sein Geruch und seine Farbe waren ihm fremd, und die viereckige Form passte zum Rest des Raumes, zu dieser engen, begrenzten Welt. Stattdessen zupfte er ständig daran herum, zerstach sich die Finger an den Halmen und hasste das Ding ebenso brennend wie die Mauern. Waren die Decken erst zerrissen, dann ließen sich die Fetzen zu kleinen Nestern zusammenschaufeln, die den harten, kalten Boden etwas weicher und wärmer machten. In diese Nester kroch er hinein, wiegte sich hin und her und staunte immer wieder von Neuem darüber, wie rasch sich sein Körper in dieser neuen, reibungsfreien Umgebung bewegen konnte.

Das schnelle Schaukeln war das Einzige, was ihn im Zaum hielt. Wenn Pfiff allein war, rutschte er auf dem Boden durch den ganzen Raum und attackierte die Wände, die ihm so feindselig erschienen, doch sobald sich Schritte näherten, erstarrte er, rührte sich nicht mehr vom Fleck und schaukelte nur ganz sacht, um den großen roten Mann nicht ansehen zu müssen, der sich über ihn beugte und kopfschüttelnd die Verwüstung betrachtete.

Der Mann brachte Gegenstände mit. Pfiff war darauf gefasst, um Futter betteln zu müssen, und tatsächlich hatte der rote Mann bei seinem ersten Besuch etwas in den Händen. Er streckte es Pfiff entgegen, und als der nicht reagierte, hielt er es ihm an den Mund und berührte damit mehrmals seine Lippen. Pfiff zuckte zurück, denn das Ding war heiß wie Urin und schien ihm dank seiner seetangbraunen Farbe einfach ungenießbar. Der Junge hielt den Atem an und weigerte sich, auch nur daran zu riechen, schon der Anblick erschien ihm bedrohlich. Er schaukelte weiter und drehte jedes Mal, wenn ihm das Fleisch zu nahe kam, den Kopf zur Seite. Er fürchtete, den Mann zu kränken, dessen unentwegt aufrechte Haltung jeden Laut, den er von sich gab, noch zu betonen schien, aber vor dieser faulig riechenden Masse fürchtete er sich noch mehr.

Danach probierte es der Mann mit einem Fisch. Pfiff erkannte die Form, war aber angesichts der krümeligen Beschaffenheit und der abschilfernden Haut überzeugt, dass der Fisch verdorben war und ihm schaden würde, besonders in dieser neuen Umgebung, wo Exkremente einfach liegen blieben, anstatt von der Flut fortgetragen zu werden. Der Mann bot ihm den Fisch immer wieder an, und Pfiff schaukelte trotz seines schmerzhaft knurrenden Magens weiter hin und her, ohne sich entscheiden zu können. Erst nach vielen Minuten gelangte er schließlich zu der Erkenntnis: Friss oder stirb! Ein verdorbener Magen war besser als ein leerer Magen; lieber essen und krank werden, als verhungern und tot sein. Der Mann hielt den Fisch immer noch in der Hand, und Pfiff wollte ihm nicht zu nahe kommen, aber der Mann machte keine Anstalten, ihn loszulassen. So beugte Pfiff sich vor, biss hastig zweimal zu und schluckte. Sein leerer Magen krampfte sich prompt zusammen, und er spie das Futter auf den Boden. Er nahm noch einen Bissen und noch einen. Er behielt kaum etwas davon im Magen, machte aber so lange weiter, bis der ganze Fisch und mit ihm jede Hoffnung auf weitere Nährstoffe verschwunden war.

Nach einer Weile ging der rote Mann dazu über, ihm die Fische roh zu bringen. Mit ihren schlaffen Schwänzen und den matten Augen gefielen sie Pfiff kaum besser, doch er schlang sie hinunter, obwohl er die ersten Anzeichen von Fäulnis schmeckte. Jedes Mal bekam er Magenschmerzen. Der rote Mann starrte ihn an, wenn er das Futter aus seiner Hand entgegennahm, aber Pfiff erwiderte den Blick nicht. Die weiß geränderten Augen waren ihm nicht geheuer.

Mit dem Futter brachte der Mann auch andere Dinge, unter anderem ein Paar braune, gerade Stöcke. Pfiff nagte daran herum, wenn er alleine war, schlug sie gegen den Steinboden und versuchte, sie zu zerbrechen. Es waren die lautesten Geräusche, die er gehört hatte, seit er aus dem Meer gekommen war, aber ohne das lebendige und wohlvertraute Echo, das entstand, wenn Laute durch das Wasser übertragen wurden, empfand er sie als dünn. Der rote Mann nahm die Stöcke auch selbst in die Hände, setzte sie auf dem Boden auf, stützte sich mit seinem ganzen Gewicht darauf und ging damit wie auf vier Beinen auf und ab, aber Pfiff sah nicht hin.

Alsbald hielt noch etwas Einzug in seine Zelle, ein flaches Rechteck, in der Mitte rosa, blau und rot, in einem seltsamen Holzrahmen, der glänzte wie Gold. Pfiff sah zunächst nur, dass es viereckig war wie die Tür, die Schränke und die Fenster, die dieses verwaschene grüne Licht einließen. Der Mann zeigte ihm das Ding, drehte ihm den Kopf so, dass er es ansehen musste, und versuchte, ihn dafür zu interessieren; doch obwohl Pfiff die bunten Farben und die geschwungenen Linien innerhalb des Rahmens nicht unangenehm waren, schüchterte ihn das Viereck ein, und er zappelte und warf den Kopf hin und her, um dem Anblick zu entkommen. Der Mann nötigte ihn eine ganze Weile, bevor er aufgab und das Ding hochhob und an die Wand hängte. Damit befand es sich außerhalb der Gefahrenzone, und Pfiff schielte hinauf, doch nun war es so weit weg, dass er keine Einzelheiten erkennen konnte. Als der Mann sah, wie er die Augen zusammenkniff, wies er mit der Hand auf das Viereck und sagte ein Wort, das so fremdartig war, dass Pfiff es kaum als Sprache erkannte. Mit Mühe konnte er einzelne Silben unterscheiden, aber sie ergaben keinen Sinn: Angelica.

ZWEI

Erst als weitere Gestalten in seiner Tür auftauchten, wurde Pfiff klar, wie tief er in Schwierigkeiten steckte. *Ein* roter Mann und ein Gefängnis aus geraden Linien waren schlimm genug, aber solange er sich mit nicht mehr frischem Fisch vor dem Verhungern retten konnte, war diese Lage doch ein klein wenig besser als das Vergessen. Doch nach wenigen Tagen und Nächten stand ein neues Wesen im Eingang. Es hatte eine höhere Stimme als der Mann, die schrillen Töne glichen mehr den heimatlichen Lauten, aber der Körper war ihm ein Rätsel: Über der unteren Hälfte bauschten sich Unmengen von raschelnden Stoffen, die Brust war vorgewölbt wie bei den Stammesfrauen, aber bis zu den Handgelenken und zum Hals unter schwarzen Tüchern verborgen. Pfiff, der immer noch nackt und zitternd auf dem Steinboden lag, überlegte kurz, ob es sich um ein Weibchen handeln könnte, aber der Gedanke war nicht wirklich tröstlich, auch wenn die Hände keine Steine hielten und die Zähne von rosigen Lippen verdeckt waren. Als die Gestalt auf ihn zuging und sich über ihn beugte, erstarrte er. Stammesfrauen waren, mit Ausnahme seiner Mutter, nicht sehr davon angetan, wenn er ihnen zu nahe kam; sie hatten sich bisher nur bei großer Gefahr von außen ernsthaft um sein Leben gesorgt. Obwohl er ahnte, dass er nicht in Sehnsucht nach seiner Mutter schwelgen durfte, blieb ihm ihr Bild in einem Wirbel aus Schmerz und

Verwirrung gegenwärtig, gegen den er nicht anschwimmen konnte.

Die Frau vermochte solche Empfindungen nur in Ansätzen zu wecken. Ihre Erscheinung war so fremdartig, dass Pfiff nicht sicher war, ob er sie überhaupt als Person betrachten sollte. Als sie näher trat, erkannte er, dass die schwingende Wulst über ihrer unteren Hälfte aus dem gleichen schmiegsamen Stoff bestand, mit dem er sich den Steinboden ein wenig weicher machte, und das allein beruhigte ihn mehr als alles, was sie tun konnte. Pfiff hob die Hand, um mit seinen scharfen Nägeln ein paar Streifen für sein Lager abzureißen.

Ein Sprung, ein schriller Schrei, dann stand das Wesen mit dem Rücken zur Wand. Bei der Bewegung waren unter den Stoffschichten ähnliche Gliedmaßen wie die des roten Mannes zum Vorschein gekommen. Pfiff erstarrte, zog sich wieder in sich selbst zurück und begann, hin und her zu schaukeln. Die eingepackte Frau war von der gleichen Art wie der rote Mann, und das war eine Katastrophe. Es gab also mehrere von diesen Kreaturen.

Pfiff wusste fast von Geburt an, was Krieg war. Räuberische Delfine schwammen in Rudeln durch das Meer, ihre Schwänze waren ebenso stark und ihre Zähne ebenso spitz wie die der Stammesleute; man ging nicht gerade sanft miteinander um, auch wenn es gerade keinen Streit über Wegerechte und Beuteschwärme gab. Ein einzelner Delfin war immer ein Angriffsziel: Pfiff hatte miterlebt, wie der Stamm einsame Schwimmer umzingelte, sie in die Flossen biss und ihnen mit den Klauen die Augen ausstach und die Haut zerkratzte, bis dunkle Blutwolken durch das Wasser schwebten. Delfinfleisch schmeckte nicht gut, die Kadaver wurden den Aasfressern in der Tiefe überlassen, aber kein schutzloser Delfin blieb jemals unbehelligt. Ein Stammeskind, das einer Delfinschar begegnete, hatte nichts Besseres zu erwarten. Sein geschundener Körper sank langsam in Spiralen auf den Meeresboden hinab, nur Zunge und Kiefer waren abgebissen worden, sie galten als Trophäen. Doch am meisten verengte sich Pfiffs Brust, wenn der Stamm auf größere Gruppen von Delfinen traf: Dann verharrten beide Seiten zunächst in Reglosigkeit und die Spannung war sogar im Wasser zu spüren. Dann umkreisten die Horden einander, um die Stärke des Gegners abzuschätzen. Und schließlich begann ein Zucken und Zappeln, das Wasser kochte, Schatten rangen lautlos in rasender Mordlust miteinander; Pfiff und die anderen Kinder konnten nur in sicherer Entfernung um das Getümmel herumschwimmen, Ausschau halten nach anderen Räubern, Alarm geben und das blutgetrübte Wasser nach ihren Müttern absuchen, um zu sehen, ob sie der Schlacht wohl lebend entkämen.

Soweit Pfiffs Wissen über andere Völker. Die Delfine gehörten einer fremden Art an, sie waren stark wie der Stamm, aber von anderer Gestalt und Sprache. Der Stamm hatte dafür einen Begriff: *Feind.* Pfiff war isoliert, von der Gruppe getrennt, umgeben von Wesen von anderer Gestalt und Sprache, die einem fremden Stamm angehören mussten. Bisher hatten sie ihm Futter gegeben, aber er konnte nicht davon ausgehen, dass das so bleiben würde. Der Junge schaukelte hin und her und wartete mit abgewandtem Kopf, ob diese neue Frau ihn zu ihrem Feind erklären würde.

Doch die Frau zeigte nicht auf ihn und stieß auch keinen Warnruf aus, sondern schlug stattdessen schwimmhautlose Hände vor das Gesicht und gab harte, abgehackte Laute von sich. Pfiff beobachtete sie aus dem Augenwinkel und sah verwundert winzige Tröpfchen aus ihren Augen quellen und über ihr Gesicht rollen. Sie erinnerten ihn an die Perlen, die einem

Stammesmann über die Wangen liefen, wenn er zum Atemholen auftauchte, demnach konnten sie nur aus Wasser bestehen. Der Junge hatte so etwas noch nie gesehen, und für einen Moment war die Neugier stärker als die Angst. Das Heulen hielt an, und Pfiff dachte angestrengt nach. Die Töne waren ihm unbekannt, aber der Haltung und den Gebärden der Frau entnahm er, dass sie sich unterlegen fühlte. Vielleicht war sie doch keine Gefahr.

Pfiff war mit seinen krummen Beinen an den Boden gefesselt und musste kriechen. Vor ihr angekommen, fasste er nach ihrem Rock, nahm alle Kraft zusammen und zog sich ein Stück weit daran empor. Die Frau zuckte zurück und bedeckte ihr Gesicht mit den Händen. Pfiff konnte kaum fassen, dass ein so großes Wesen sich so sehr vor ihm fürchtete. Das Wasser fiel noch schneller, er hob mit neuer Zuversicht die Arme und zog die Frau energischer zu sich herab. Wieder erschrak sie und wollte zurückweichen, doch da schickte der rote Mann einen Laut durch den Raum, und sie hielt inne, beugte sich zwar nicht zu ihm herab, blieb aber, wo sie war. Pfiff deutete ihre Reglosigkeit als Unterwerfung, zog sie mit der Entschlossenheit eines überlegenen Stammesmannes – er wusste nicht, wie er zu dieser Rolle gekommen war, war aber entschlossen, sie nicht wieder aufzugeben – vollends nach unten und kostete die Tränen, die aus ihren Augen rollten.

Sie schmeckten vertraut, ähnlich wie Meerwasser, aber mit einem Beigeschmack von Fleisch, gegen den sein Magen rebellierte. Sein scharfer Fingernagel zeichnete den Weg der Tropfen nach und hinterließ eine dünne Linie auf ihrer rosigen Haut. Er hielt inne und drückte die harte Nagelspitze fester in diese unbegreiflich weiche Masse. Sie gab unter seinem schwieligen Finger nach und riss auf. Ein dünnes rotes Rinnsal quoll heraus. Die Frau erschauerte, und die Tränen flossen reichlicher. Pfiffs Interesse war geweckt, er stocherte in der Wunde herum und löste damit neue Tränen aus.

Nun durchquerte der rote Mann den Raum und fasste ihn am Handgelenk. Er griff nur sehr vorsichtig zu, aber Pfiff erkannte die Geste, denn so hatte man ihn jahrelang aus der Gefahrenzone gezogen, weg von einem vorbeiziehenden Wal oder hinab in die Tiefe, wenn oben eines der schwarzen Schiffe in Sicht kam, und er hielt wieder inne, hatte Bedenken, den Futterbringer zu verärgern. Der Mann erhob die Stimme, und als Pfiff diesen Ton hörte, hätte er sich fast geduckt. »Nein, Henry.«

Pfiff erstarrte.

Der Mann hob die Stöcke vom Boden auf – es waren die letzten von mehreren Paaren, die Pfiff bereits zerbrochen hatte – und drückte dem Jungen einen davon in jede Hand.

»Steh auf, Henry«, befahl er und zog den Jungen auf seine biegsamen Beine, die ihm so wenig Halt boten.

Pfiff taumelte, ruderte hektisch und schwankte hilflos hin und her. Der Boden kam ihm so rasch entgegen, dass er beinahe in Panik geraten wäre, doch der Mann hielt ihm unverdrossen die Stöcke hin, und endlich griff er danach, denn nur so konnte er sich auf die Hände des Mannes stützen. Stöcke an sich waren nichts Neues für ihn; nachdem er ein Leben lang Schalentiere aufgestemmt hatte, um an das Fleisch zu gelangen, interessierte er sich für alles, was man als Hebel verwenden konnte, und als der Mann nun die Stöcke immer wieder nach unten drückte, setzte der Junge sie irgendwann selbst auf dem Boden auf, um sich von dem harten Stein wegzuhieven.

Nun erst ließen die heißen roten Hände von ihm ab. Ein paar Sekunden lang hielt sich der Junge aufrecht, dann begannen die Stöcke in seinen Händen zu zittern, und er plumpste heftig zu Boden. Der schmerzhafte Aufprall auf den harten Stein lenkte ihn kurz ab, und der Mann beugte sich zu ihm hinunter und streichelte ihn. Der Junge zuckte zusammen; die Berührung tat nicht weh, war aber ohne die dämpfende Wirkung des Wassers stärker, als er es gewöhnt war. Wieder erhob der Mann seine Stimme und sagte: »Henry.«

Die Frau in der Ecke erschauerte, aber der Junge nahm keine Notiz von ihr, denn nun war er nicht mehr sicher, wie die beiden zueinander standen.

»Henry«, wiederholte der Mann. Dann legte er die Hand auf seine eigene Brust und sprach ein anderes Wort: »Allard.« Schließlich wies die rote Hand auf das Viereck an der Wand, das der Junge immer noch mied. »Angelica.« Und zum Schluss berührte sie noch einmal, etwas sachter, den Jungen: »Henry. Henry. Henry.«

Damit war ein neues Problem entstanden: Er hatte einen Namen erhalten. Als schließlich eine zweite Frau und danach ein zweiter Mann in der Tür erschienen, begriff der Junge allmählich, wie sehr er in der Minderheit war. Lange Zeit bekam er außer diesen vier Menschen niemanden zu sehen, aber er hatte nicht ohne Grund den Stamm und die Meere überlebt: Er hatte immer schlauer sein müssen als seine Altersgenossen. Wenn es vier von diesen Kreaturen gab, dann gab es auch noch mehr. Sie konnten zwar nicht aus klaftertiefem, trübem Wasser auftauchen, aber sie konnten jederzeit hinter dem nächsten Stein hervorkommen. In seinem Gefängnis aus vier steinernen Mauern konnte der Junge nur seinen Verstand einsetzen, um zu ermessen, wie wahrscheinlich ein Angriff wäre. Tag um Tag verging, ohne dass etwas geschah, aber das bedeutete nicht, dass man die Möglichkeit ausschließen konnte. Er beobachtete, wie die Landmenschen um ihn herum die Fenster im Auge behielten und bei jedem Geräusch von draußen zusammenfuhren, und begriff. Diese Höhle mit den harten Wänden und der harten Decke war ein Zufluchtsort. Es gab eine Bedrohung, vor der sie sich alle versteckten.

Drei

Die Frau, die als Erste in der Tür gestanden hatte, kam nur sehr selten wieder. Der Junge bedauerte es nicht. Manchmal waren Stammesleute vor seinen Augen von Haien oder Delfinen geschnappt worden, und manchmal waren sie davongeschwommen und nie zurückgekehrt; womöglich war die Frau von einem Landräuber gefressen worden, vielleicht von dem stinkenden Tier, auf dessen Rücken er hierhergeritten war. Ihre Schreckhaftigkeit war ihm ohnehin nicht geheuer gewesen; völlig verängstigte Tiere schlugen manchmal um sich, und sie war ihm sehr unberechenbar vorgekommen.

Wenig später erschien eine zweite Frau im Gefolge des roten Mannes. Der Mann deutete auf sie und sagte: »Wärterin.« Der Junge mied seinen Blick und schaukelte unbeirrt weiter hin und her. Der Mann hatte die Angewohnheit, ihn anzustarren, wenn er gewisse, meist kürzere Laute von sich gab, die er mehrfach wiederholte. Sie waren von Pfiffs Sprache zu weit entfernt, um irgendeinen Sinn zu ergeben, aber das Anstarren empfand er als Drohung. Der Mann wollte eindeutig etwas von ihm, wenn er diese Geräusche machte, vielleicht wollte er eine Unterwerfungsgeste einfordern – aber wie sollte man die so ausführen, dass sie auch verstanden wurde? –, oder der Junge sollte ihm etwas reichen – aber was? Er hatte doch nichts, weder Fisch noch Muscheln oder Krabben, was er ihm hätte geben können. Pfiff wurde nicht klug aus ihm. Und solange er nicht wusste, was der Fremdling von ihm erwartete, war es bestimmt sicherer, zu schaukeln und zu hoffen, er wäre so dumm wie einer der Stammesmänner und glaubte, der Junge hätte ihn nicht gehört.

Deshalb entlockten ihm die Frau und das mit ihr verbundene Wort »Wärterin« zunächst kaum eine Reaktion. Doch dann ließ der Mann die beiden miteinander allein. Als der Junge sah, wie sie sich niederließ, um ihn zu beobachten, überfiel ihn unversehens heftige Platzangst; die Wände schienen noch näher zu rücken, und solange fremde Augen auf ihm ruhten, wagte er nicht, seine Anspannung durch zwanghaftes Reißen und Zerfetzen ein wenig abzubauen, wie er es tat, wenn er alleine war. Stattdessen nahm er die Finger in den Mund und biss hinein; es tat sehr weh, aber ohne Salzwasser brannte die Wunde nicht so sehr, wie er gedacht hatte. Der Schmerz fesselte für eine Weile sein Interesse, und er fuhr fort, mit Bedacht seine spitzen Zähne in die zähe Haut zu schlagen.

Als das dunkelrote Blut zu Boden tropfte, rief die Frau etwas und wollte ihm die Hand wegziehen. Der Junge riss sich los und kroch so weit von ihr weg, wie er konnte, um schließlich von einer harten, flachen Wand aufgehalten zu werden. Die Frau war ihm gefolgt. Um noch weiter von ihr wegzukommen, hätte er in eine Ecke kriechen müssen, aber die Ecken fürchtete er mehr als alles andere in diesem Raum; die grauenvoll zusammenlaufenden Linien versperrten ihm nach allen Seiten den Blick. Er wurde den Verdacht nicht los, nie mehr auftauchen und nach Luft schnappen zu können, wenn er in eine solche Falle geriete. Als sie mit ihrer trockenen, heißen Hand seinen Arm berührte, riss er sich los und schlug mit seinen scharfen Nägeln nach ihr. Sofort quoll das Blut aus ihrer empfindlichen Haut, und Wasser schoss ihr in die Augen. Der Junge hielt inne, um sich dieses Kunststück der Landbewohnerinnen anzusehen, leckte mit der Zunge die Bisswunden an seinen eigenen Fingern und hoffte auf eine Wiederholung oder darauf, dass der Angriff sie dazu brächte, von ihm abzulassen.

Doch die Frau zwinkerte nur mit ihren weiß geränderten Augen und fasste seinen Arm noch fester. Am liebsten hätte er sie gebissen, doch dann überkam ihn die Angst vor dem roten Mann, und er beherrschte sich so weit, dass er sich nur wie ein Rasender auf ihren Rock stürzte und an dem schwingenden Stoff riss. Die Frau drohte ihm mit dem Handrücken, aber der Junge war gewöhnt, zur Strafe an den Ohren gezogen oder an den Haaren gerissen zu werden; er verstand die Geste nicht und fuhr fort, an dem Kleid zu zerren.

Daraufhin nahm sie ein Stück Stoff von der Schulter, das sie über ihren Kleidern getragen hatte. Der Junge hatte es nicht bemerkt, doch plötzlich wurde ihm die Hand durch eine enge Röhre gezwängt und der Kopf durch ein Loch geschoben, und schon steckte er mit dem ganzen Körper in einem Gefängnis. Er war außer sich vor Entsetzen; der Urin lief ihm an den Beinen hinab, doch die Frau trat nur einen Schritt zurück und zog ihn an dem Kleidungsstück, in dem er jetzt gefangen war, mit sich. Dann drehte sie sich um und wischte die Pfütze mit seinen kostbaren Fetzen auf, seinem Nest, dem Einzigen, was ihn in den Nächten vor dem harten Steinboden schützte. Er wollte sich mit einem Satz darauf stürzen, fiel schwer zu Boden, drückte die letzten Stoffreste, seinen einzigen Trost in dieser Welt, an die Brust und fing wieder zu schaukeln an. Das steife Kleidungsstück mit dem muffigen Geruch behinderte ihn bei jeder Bewegung, als hätte er sich in Seetang verstrickt; wieder erfasste ihn die Angst zu ertrinken, und er begann zu keuchen und schlug mit den Beinen, als wollte er an die Decke schwimmen und in einer heilen Welt Atem holen. Dann kehrte er dieser Wärterinnenkreatur den Rücken zu und riss an dem Tuch, in das sie ihn gezwängt hatte; bei den Decken hatte er nie gewagt, sie zu zerfetzen, solange noch jemand im Raum war; aber dieses Zeug auf seinen Gliedern war ihm einfach unerträglich. Die Frau rief etwas, der rote Mann kehrte zurück, und gemeinsam banden sie ihm mit einem seiner Deckenstreifen die Hände zusammen.

Der Junge schaukelte hin und her. Er war gefesselt und gefangen und darüber so untröstlich, dass er sogar den Fisch ablehnte, den die Frau ihm reichte. Noch mehrere Tage lang kämpfte er gegen die Kleidung an, bis ihn der Hunger zwang, in einen Fisch zu beißen. Und einen Tag später erkannte er seinen Fehler: Man hatte gesehen, dass er auch essen konnte, wenn er bekleidet war. Von da an gab es erst Futter, wenn er sich hatte anziehen lassen.

Nacktheit war verboten, das lernte er bald. Obwohl er etwas weniger fror, wenn er bekleidet war, kam es ihm gar nicht in den Sinn, dass ihn Kleidung wärmen könnte; im Meer war es immer kalt, und die Gewänder waren für seinen Körper wie eine Augenbinde. Schuhe waren noch schlimmer; als man ihm die Füße zum ersten Mal in diese biegsamen Fallen zwängte, geriet er in eine solch besinnungslose Wut, dass er sich schließlich das eigene Gesicht zerkratzte. Wie sollte er mit gefühllosen Sohlen und zusammengefalteten Schwimmhäuten schwimmen, wie sollte er irgendwohin kommen? Er hatte sich auf dem harten Boden seiner Zelle die Füße wund gerieben, im Wasser entwickelte sich schließlich keine Hornhaut, aber er fühlte sich in diesen Monstrositäten nicht geschützt, sondern so, als hätte man ihm eine Muschel um den Knöchel geklemmt. Er keuchte vor Angst und konnte sich kaum von der Vorstellung befreien, dass diese grässlichen Gebilde ihn in die Tiefe ziehen und ertränken würden.

Nachdem er sich einmal an die Kleidung gewöhnt hatte, erkannte er, dass die Wesen um ihn herum ebenfalls bekleidet waren; ihre Gestalt war unter den vielen Hüllen nur schwer zu erkennen. Er entwickelte den dringenden Wunsch, sie nackt zu sehen. Eventuelle Unterschiede zwischen ihrem und seinem Körper oder zwischen ihnen und dem Stamm könnten ihm verraten, ob er einen Krieg befürchten musste. Die Beine des roten Mannes waren steif, so viel hatte er gesehen: gegabelt wie seine eigenen, aber nur mit einem Gelenk versehen, gerade und zu starr, um sich im Wasser leicht zu biegen. Er selbst war durch seinen Doppelschwanz von jeher anders gewesen als seine Stammesleute, und zur Strafe dafür war er oft genug gekniffen und gekratzt worden. Anders durch die zwei Gliedmaßen und auch durch die Mutation dazwischen: Das Weichteil zwischen seinen Beinen war eine Missbildung, alle Stammesleute waren vorne glatt. Seit er an Land leben musste, hatte er sich angewöhnt, nervös an dem Ding herumzuzupfen, aber er lernte rasch, dies nur zu tun, wenn er allein war, denn wenn seine Wärterin ihn dabei beobachtete, hielt sie ihm die Hände fest oder fesselte ihn gar oder verweigerte ihm das Futter. Doch manchmal besuchte ein zweiter Mann die Wärterin, und gelegentlich zog er sie durch eine Tür in einen Nebenraum. Henry fand diese enge Nachbarschaft beunruhigend, außerdem machte er sich Sorgen, die Frau, von der er sein Futter bekam – leider auch die Kleider und die Fesseln an den Händen –, könnte zu Schaden kommen, und so presste er sein Auge an den Türspalt, um über sie zu wachen.

Auf diese Weise erfuhr er, dass sich die Hüllen der Landbewohner ebenso entfernen ließen wie seine eigene verhasste Kleidung und dass die Leute darunter menschliche Züge hatten. Wie bei seinem Stamm waren die Männer flachbrüstig und die Frauen hatten einen üppigen Busen, aber unter den Quallenröcken der Frauen verbargen sich wie bei den Männern zwei glatte Beine. Es waren Menschen, nicht wie er, aber auch nicht wie der Stamm; vom Äußeren her ihm näher als dem Stamm. Vielleicht nahe genug. Was er an Bewegungen durch die Türritze beobachten konnte, war ihm vertraut, es glich fast den gewöhnlichen Schwimmbewegungen, mit denen er aufgewachsen war; wenn er das Keuchen und die unglaubliche Atemlosigkeit der Leute ausblendete, die jetzt um ihn waren, fand er den Anblick sogar entspannend. Er war klug genug, sich hastig außer Reichweite zu bringen, wenn seine Wärterin Anstalten machte, sich aufzurichten und zu ihm zurückzukehren. Dann nahm er die Stöcke, die man ihm gegeben hatte, und übte demonstrativ, sich daran hochzuziehen, aber seine Brust war nicht mehr ganz so eng wie vorher. Ein Angriff war immer noch möglich, aber diese Wesen waren ihm nicht völlig fremd. Es bestand Hoffnung, dass er vor einem Krieg verschont blieb.

Der rote Mann kam immer wieder, um mit der Wärterin zu sprechen und ihn zu untersuchen. Da er bestimmte Worte unablässig wiederholte, erkannte der Junge sie schließlich wieder, war aber nicht fähig, darauf zu reagieren. Er verstand, dass er angesprochen wurde, aber er wusste nicht, was man von ihm erwartete. Die Kleider waren ihm unendlich lästig; zwar konnte er auch damit schaukeln, aber der Stoff kniff bei jeder Bewegung und warf Falten. Wenn der rote Mann mit ihm sprach, streichelte ihn die Wärterin; der Junge mochte ihre Berührungen nicht, aber er duldete sie; der Anblick ihrer Doppelbeine und der sanft schwellenden Brüste hatte ihm ein wenig Mut gemacht. Zwar hielt er es immer noch für möglich, dass sie plötzlich einen Stein packte und ihn wegstieß, aber es bereitete ihm eine gewisse Genugtuung, das Wesen zu beschwichtigen, das ihn fütterte: Er sah darin die einzige Möglichkeit, sein Schicksal zu kontrollieren.

Eine Lautfolge kehrte immer wieder. Henry. Henry. Henry. Das Wort sollte seine Aufmerksamkeit erregen und wurde nie an jemand anderen gerichtet, es mochte also wie »Pfiff« allein für ihn gelten. Der Mann war ein Fremdling, und deshalb war es verwirrend, dass er ständig einen Namen aussprach; noch unbegreiflicher war, dass er glaubte, Pfiffs Name sei Henry und bestehe aus zwei getrennt ausgestoßenen Silben. Der Junge sah sich dennoch geflissentlich um, wenn das Wort gesprochen wurde, und wurde dafür oft genug mit einem Schulterklopfen oder einem Stückchen Fisch belohnt.

Dann hieß er eben Henry. Wenn das der Preis für sein Futter war, konnte er sich damit abfinden, solange er keine andere Möglichkeit fand, sich durchzuschlagen. Wenn er allein war, versuchte er, sich auch mit den Stöcken anzufreunden, er lernte, sich darauf zu stützen, seine biegsamen Beine gerade zu halten und aufrecht wie ein Landbewohner vorwärtszuschlurfen, aber er musste einsehen, dass diese Art der Fortbewegung langsam war. Anstatt meilenweit durch den Ozean zu flitzen, kroch er dahin wie ein Schalentier. Offenbar hatte er keine andere Wahl. Auch seine Sehkraft besserte sich mit der Zeit, dennoch war die Versuchung, aus dem Fenster zu schwimmen, stets gegenwärtig. In den ersten Tagen hielt ihn nur das grelle Grün des Rasens davon ab. Nachdem er Dutzende von Malen schmerzhaft auf den Steinboden gestürzt war, hatte er gelernt, dass es umso stärker schmerzte, je tiefer er fiel, und sein Verstand sagte ihm, dass jeder Versuch, sich nach draußen zu katapultieren, lediglich zu einem Sturz aus größerer

Höhe, zu mehr Schmerzen und einem Aufprall führen konnte, als würde man von Sturmwellen gegen eine Klippe geschleudert. Doch als die Worte immer weiter wiederholt wurden, die Frustration zunahm und Nervosität und Langeweile ihn gleichermaßen zermürbten, wurde der Drang immer stärker, er zerrte an seinen Kleiderfesseln und starrte unverwandt auf das bunte Viereck, das einem Fluchtweg so täuschend ähnlich sah. Wobei er nicht einmal hätte sagen könnte, wohin er eigentlich fliehen wollte. Wovor man sich hier auch immer versteckte, es musste bedrohlich genug sein, um die Menschen zu veranlassen, diese Gefängnismauern zu ertragen.

»Tiefling«, sagte der Mann und deutete auf Henry. »Tiefling.« Dann wies er auf sich selbst. »Landling. Tiefling. Landling.«

Henry schaukelte und wandte den Kopf ab. Es war ein sonniger Tag, und das Licht fiel schräg in den Raum. In dieser Welt waren sogar die Sonnenstrahlen gerade: Sie durchschnitten die Fenster wie glatte Stangen, ohne zu blinken oder auf den harten Oberflächen zu gleißen, und standen stundenlang unbewegt an einem Fleck. Er hatte solche Strahlen auch unter Wasser gesehen, wenn er zum Auftauchen nach oben schwamm, aber unter den Wellen hatten sie gezittert und geschwankt wie streichelnde Finger. Hier war es bei Tag hell und bei Nacht dunkel, und das Licht leuchtete auch noch meterweit unter dem Fenster. Die Tiefe spendete keine schützende Dunkelheit.

»Nein, Henry«, schalt die Wärterin und zog ihm die Hand zwischen den Beinen hervor, wohin sie sich aus Langeweile verirrt hatte.

»Tiefling«, wiederholte der rote Mann.

Henry schaukelte weiter, aber er verkrampfte sich zusehends. Nie ließ man ihn allein, außer bei Nacht. Das unaufhörliche Gerede strapazierte seine Geduld immer mehr.

»Stab.« Der rote Mann deutete auf einen der Stöcke, mit deren Hilfe Henry sich vorwärtsbewegte. Henry beobachtete ihn aus dem Augenwinkel. Er wusste inzwischen, wozu die Stöcke dienten, aber er würde diese Wesen nicht merken lassen, dass er sie gebrauchen konnte, wenn er dazu eine Beziehung zu diesen immer wiederkehrenden Forderungen herstellen musste. Das waren doch nur Laute ohne Sinn. Sein Stamm zu Hause hatte bestimmte Litaneien aufgesagt, aber die handelten *von* Dingen, sie brachten einem bei, wohin man gehen und was man essen sollte, und durch die ständige Wiederholung prägten sie sich mit der Zeit ein. Aber niemand war dort so dumm gewesen, immer und immer wieder ein einziges sinnloses Wort daherzuplappern. »Stab«, sagte der Mann noch einmal. »Stab.«

Henry schaute aus dem Fenster. Über ihm verblasste der Himmel in der Höhe zu einem Blau wie in den Tiefen des Ozeans, war aber noch so hell, dass ihm die Augen schmerzten. Etwas flog vorbei und erregte seine Aufmerksamkeit: ein Wesen, das durch die Luft schwimmen konnte. Er schlurfte zum Fenster und sah ihm nach.

»Stab«, wiederholte der rote Mann und bot ihm die Stöcke dar. »Stab, Henry. Stab.«

Henry hatte nicht vor, um den Stab zu betteln, wenn er sich dafür mit den Lauten abfinden musste. Er beugte sich nach vorne, zog sich an den Händen bis zum Fenster und griff nach dem Sims, um sich hochzuhieven.

»Stab.« Der Mann trat vor ihn hin und streckte ihm einen der Stäbe entgegen. Henry schob ihn weg. »Nein, Henry. Stab.«

Lauter bekannte Worte. *Nein* bedeutete gewöhnlich, dass man ihn von irgendeinem Vorhaben abhalten würde, aber Henry wollte nicht verraten, dass er das begriffen hatte; es würde seine Wärter lediglich ermutigen, ihn noch öfter an etwas zu hindern. Er zog sich hoch, stützte sich auf den harten Stein, lehnte sich aus dem Fenster und verfolgte mit den Augen das weiße Wesen, das über ihm durch den Himmel schwamm. Es war eine Möwe. Henry kannte diese Tiere. Zu Hause waren sie über das Wasser geglitten und hatten nach Fischen getaucht, manchmal hatten sie sich zusammengerottet, wenn der Stamm einen Fischschwarm plünderte, und waren jäh herabgestoßen, um sich einen Anteil zu holen. Dann hatten die weißen Schwingen mit kräftigen Stößen das Wasser geteilt. Henrys Augen waren nie so gut gewesen, dass er hätte beobachten können, was geschah, wenn die Möwen wie Delfine aus dem Wasser schnellten und sich wieder in die Lüfte schwangen: Er hatte keine Ahnung gehabt, dass sie so hoch springen konnten. Könnte womöglich auch er mit seinen Schwimmhäuten an Händen und Füßen wie mit Flügeln schlagen? Konnte er durch die Luft schwimmen?

Möwe, sagte Henry zu sich selbst in der Stammessprache, ohne den roten Mann zu beachten. Der sah ihn scharf an; der Junge hatte in seiner Gegenwart noch nie einen Ton von sich gegeben. Henry wedelte mit den Händen durch die Luft, spreizte die Finger und versuchte abzuheben. Nichts. Der Wind kühlte seine Handflächen, aber er war immer noch schwerer als die Luft und an die Erde gefesselt.

»Vogel«, sagte der Mann und deutete auf das fliegende Geschöpf. Henry merkte, dass er beobachtet wurde, riss den Blick von der Möwe los und plumpste unvermittelt auf den Boden. Dort begann er wieder hin und her zu schaukeln und mit seinen Schwimmhäuten in die Luft zu schlagen, ohne jedoch auf Widerstand zu treffen.

Der Mann zeigte auf das Gemälde an der Wand. Henry beachtete ihn immer noch nicht.

Endlich atmete der Mann hörbar aus und sprach mit der Wärterin. Es klang wie Gepolter; Henry konnte die einzelnen

Laute besser unterscheiden als noch vor einigen Wochen, aber die Geschwindigkeit war immer noch so hoch, dass er keine bekannten Silben heraushören konnte. Die Wärterin verstand offensichtlich, was gesprochen wurde, denn sie ging zur Tür und verschwand. Der rote Mann versuchte, Henrys Aufmerksamkeit für andere Worte zu gewinnen, aber der Junge saß auf dem Boden, ohne ihm das Gesicht zuzuwenden, schaukelte ungerührt hin und her und dachte über die Möwe nach. Wenn es ihm gelänge, einen solchen Vogel zu fangen, könnte er ihn vielleicht essen. Stammesleute hatten das manchmal geschafft, wenn sie langsam und lautlos und fast ohne das Wasser zu bewegen von unten heraufschwammen, um dann jäh und kraftvoll die Arme hochzureißen, die Vögel zu ergreifen und mit wirbelnden Federn in die Tiefe zu ziehen. Auch Henry selbst hatte es schon versucht, aber damals war er zu klein gewesen; offenbar waren nur Erwachsene dazu fähig. Hier eine Möwe zu fangen, wäre sicherlich schwierig, aber als er diesen Vogel nun durch das neue, fremde Element fliegen sah, wurde sein Heimweh noch stärker, und er spürte den zornigen Wunsch, ihn zu verschlingen, damit er sein Verhalten nicht weiter ändern könnte.

Während Henry solchen Gedanken nachhing, kam die Wärterin zurück. Sie hielt einen seltsamen Gegenstand in den Händen, einen blanken Reif, der im Licht blitzte wie die Schuppen eines Fisches. Die glänzende Oberfläche und die runde Form zogen Henrys Aufmerksamkeit auf sich: Seeigel waren rund, auch Fischaugen, und in dieser kastenförmigen Welt war der Anblick besonders faszinierend. Die Sehnsucht nach Dingen, die nicht matt und eckig waren, war stärker als Henrys Entschlossenheit, sich jeder Lektion zu entziehen, und er streckte die Hand danach aus.

»Krone«, sagte der rote Mann, als Henry den Reif auf seinen Schoß legte und damit spielte. »Krone. Krone.«

Henry fuhr mit der Zunge über das Metall. Es hatte einen unbekannten Nicht-Geschmack und verströmte keinen starken Geruch. Und es gleißte im Licht wie die Wellen, wenn die Sonnenstrahlen darauf fielen.

»Krone. Krone, Henry?«

Rote Hände griffen in seinen Schoß. Henry fletschte die Zähne und hielt den glänzenden Reif fest.

Die Hand senkte sich herab und klopfte ihm auf die Schulter. »Brav, Henry. Krone. Krone.«

Henry packte noch fester zu. Der Mann wollte ihm das Ding wegnehmen, er sah es an seiner Haltung.

Mein, sagte Henry in der Stammessprache. Es war ein hoher, quiekender Laut, den der Mann nicht zu hören schien. »Krone.«

Mein.

Die roten Hände schlossen sich um seine Finger und zogen sie mit dem Reif in die Höhe. Henry wollte nicht loslassen, er wusste, dass seine Finger zwar klein waren, aber so stark, dass der Mann sie nicht auseinanderbiegen konnte. Aber der versuchte gar nicht erst, ihm den Reif zu entreißen. Er hob ihn nur noch höher und drückte ihn Henry auf den Kopf.

Henry zuckte zusammen und wich zurück. Der Reif schnappte nach ihm wie das Maul eines Hais, wie die Zähne eines Schwertwals, wie der tödliche Griff eines Räubers. Er zappelte verzweifelt und trampelte mit den Füßen gegen den harten Boden.

Die Hände ließen nicht locker, sondern drückten ihm den Reif nur noch fester auf den Kopf. »Krone, Henry. Brav, Henry. Krone.«

Der Reif wurde nach unten gepresst und umschloss seinen Kopf auf allen Seiten. Das Grauen überwältigte ihn, Henry war unfähig zu denken. Er steckte in einem Maul aus Metall; gleich würde er die Zähne spüren.

»Krone«, beharrte die Stimme.

Henry kreischte. Das Wort lag ihm fremd auf der Zunge, es war sperrig in seinem Mund, schrill wie ein Vogelschrei, aber es war das Einzige, was ihn aus diesem tödlichen Griff befreien konnte. »Nein! Nein! Nein!«

Sofort gaben ihn die roten Hände frei, und die Krone fiel klirrend zu Boden. Zwei Augenpaare starrten ihn lange an.

Der rote Mann atmete ein und aus, ein und aus. Seine Hand tätschelte die Schulter des Jungen. »Brav, Henry«, lobte die tiefe Stimme. »Brav. Brav.«

Mein, wiederholte Henry in seiner eigenen Sprache und umklammerte die Krone mit seinen kleinen Händen. *Mein.*

VIER

Henry hatte kaum genügend Englisch gelernt, um halbwegs über die Runden zu kommen, als der rote Mann – Henry erfasste schließlich, dass er Allard hieß – anfing, ihm Geschichten zu erzählen. Zunächst konnte der Junge wenig damit anfangen; die Namen der Orte und Personen, die an ihm vorbeirauschten, unterschieden sich zu sehr von seiner Muttersprache, als dass er sie sich ohne Weiteres eingeprägt hätte. Allards Geschichten hatten auch keine Form, keinen durchgängigen Takt, keinen unvergesslichen Klang, und meistens erzählte er sie nur einmal – wenn Henry eine Wiederholung brauchte, bekam er die Geschichte zwar abermals erzählt, aber mit ganz anderen Worten. Henry, der an Rhythmen und Routinen gewöhnt war, sah seine Aufmerksamkeit in neue Richtungen gelenkt, die ihm nicht gefielen. Rasch wurde ihm klar, dass es mehr als vier von diesen roten Leuten gab, diesen »Landlingen«, wie Allard sie nannte. Mehr als sein Stamm, die »Tieflinge«, Mitglieder gehabt hatte. Mehr, wenn er richtig verstand, als ein Schwarm Fische umfasste. Für Orte hatte Henrys Sprache im Allgemeinen keine Namen; er kannte Begriffe für Strömungen, Oberflächen und Felsformationen, für Stellen, die reich an Futter waren, und für leere Regionen, die man schnell zu durchqueren hatte, für Sommer- und Winterrouten und für die Wanderungen seines Volkes beim Wechsel der Jahreszeiten. Doch dass ein Ort einen Namen haben sollte wie eine

Person, das wollte ihm nur schwer in den Kopf. Wie sollte man einem Stück Ozean einen Namen geben, wenn das Wasser unablässig in Bewegung war und von einem Ort zum anderen floss, wenn nichts Bestand hatte und man nach allen Seiten hin meilenweit schwimmen konnte, ohne aufgehalten zu werden? Einen Namen verwendete man, um jemanden zu rufen, er hatte den Zweck, eine Person auf sich aufmerksam zu machen, und wenn Allard in Henrys Zelle saß und Worte wie »England«, »Frankreich« oder »Spanien« sagte, antwortete niemand.

Henry begriff immerhin, dass die Geschichten von Konflikten und von anderen Völkern handelten. Und da diese Völker verfeindet waren, unterstellte er, dass Frankreichs Landlinge ganz anders waren als Englands Landlinge. Doch Allard zeigte ihm Bilder, flache Bilder, auf denen Henry nur mit größter Mühe mehr als einzelne Linien erkennen konnte, und wenn er seine Augen so lange scharf stellte, bis sich die Linien zu Gestalten fügten, fand er keine Unterschiede: Alle hatten zwei Beine, Hände ohne Schwimmhäute, rosarote Haut und weiß geränderte Augen. Im Meer war Henry bisweilen anderen Stämmen begegnet, wahrscheinlich war es das, was Allard meinte – andere Stämme, nicht andere Wesen –, aber dass solche Stämme einander über lange Zeit bekämpfen sollten, erschien ihm absurd. Im Meer hielten sich manche Stämme in fischreichen Gewässern vor flachen Küsten auf, andere zogen mit den Strömungen und legten Jahr um Jahr die gleichen Strecken zurück, und falls ein Stamm versuchte, in die Jagdgründe eines anderen einzudringen, fand er sich sehr schnell in einen Kampf verwickelt – doch sobald die Entscheidung gefallen war, zogen sich die Verlierer zurück und suchten sich ihr Futter anderswo. Langfristige Kampfhandlungen, obwohl es in allen beteiligten Ländern genügend Nahrung gab, waren sinnlose Energieverschwendung. Die Geschichten konnten Henry nicht wirklich fesseln; er saß auf dem Boden, warf seine Krone von einer Hand in die andere und starrte ins Leere.

Persönlichkeitsunterschiede waren Henry dagegen nicht fremd; er hatte schneller als andere Kinder des Stammes gelernt, welchen Mitgliedern – welchen *Tieflingen* – man zutrauen konnte, dass sie einen Delfin entdeckten, und welche schon erschraken, wenn sie einen harmlosen Fisch hörten, wer ihm jedes Mal das Futter stahl, und wer ihn in Ruhe ließ, wenn er nicht auffiel. Aus Allard wurde er allerdings nicht klug. Der lief manchmal rastlos auf und ab und starrte Henry an, dann wieder setzte er sich, nahm eine lange Feder in die Hand, tauchte sie ein und kratzte damit über ein dünnes, braunes Blatt, als wollte er an das Fleisch einer unsichtbaren Krabbe gelangen. Manchmal brachte er einen Gegenstand mit – dann wiederholte er immer wieder das Wort *Buch*, deutete auf das Ding und wollte Henry bewegen, danach zu greifen, aber die eckige Form und der Geruch stießen den Jungen so sehr ab, dass er nichts damit zu tun haben wollte. Diese Bücher öffneten und schlossen sich so präzise wie Gelenke. Innen sahen sie für Henry alle gleich aus, doch Allard schienen sie Kopfzerbrechen zu bereiten; er schaute immer wieder zwischen Henry und dem Buch hin und her, schüttelte den Kopf und kratzte mit der dunklen Spitze seiner Feder über die Blätter. Henry fand das irritierend, aber was er auch tat, es änderte nichts; ob er schaukelte und sich weigerte, irgendjemanden anzusehen, oder sich gehorsam aufrichtete, um seinen Fisch entgegenzunehmen, Allards Feder kratzte unermüdlich weiter. Im Meer hatten die meisten Gesten einen Sinn; Haltung und Bewegungen betonten ein Wort oder schwächten es ab oder drückten eine Beziehung aus; aber Allards Gesten gingen wild durcheinander und hatten offenbar nichts zu bedeuten. Einem

Tiefling, der so lange mit einer Muschel oder einem Stock hantierte, hätte Henry schwache Nerven unterstellt, Allard packte allerdings rasch zu und zog Henrys Gliedmaßen weg, bevor er seine Wärterin kratzen konnte, und die Wärterin und der Mann, der bei ihr war, gehorchten ihm prompt und ohne Widerspruch. Das schloss eine Nervenschwäche nahezu aus: Einem Anführer hätte es schlecht zu Gesicht gestanden, seine Unruhe so offen zu zeigen. Es wäre für jeden, der ihn absetzen wollte, geradezu eine Einladung gewesen.

Wenn Allards Geschichten von einem Buch begleitet wurden, verlor Henry schnell die Freude daran. Obwohl er allmählich besser Englisch verstand, verwendete Allard schwierige Worte, seine Erzählungen waren von ermüdender Umständlichkeit, und Henry hatte Mühe, darin einen Sinn zu erkennen. Eines der Bücher bezeichnete Allard immer wieder als »Bibel«; das Wort war leicht auszusprechen, zwei Luftstöße, die man auch unter Wasser schaffte, ohne sich den Mund mit dem salzigen Nass zu füllen, aber dazu gehörte ein grauenhafter Gegenstand, zwei kreuzweise übereinandergelegte gerade Linien, die ein wahres Nest von Ecken bildeten. Henry regte sich jedes Mal auf, wenn er es nur ansah. Dass auch noch eine Gestalt darauf lag, ein winziger Landling mit knotigen Muskeln, der aussah wie ein angefressener Kadaver, konnte an seiner Abneigung nichts ändern. Für Allard war das Ding offenbar noch wichtiger als die Krone, die er Henry einmal gegeben hatte. Als Henry es ihm wegnehmen wollte, um es zu zerbrechen, reagierte er geradezu entsetzt und brachte es sofort außer Reichweite; dabei fasste er es so vorsichtig an wie eine Muschel, die man essen konnte, wenn man die Schale öffnete, die aber bei der leisesten Berührung zuzuschnappen drohte. Allard verwendete Worte wie »Christus«, »Kreuz«, »Kruzifix« und »Jesus«, aber die konnte Henry nur schwer auseinanderhalten, und die vielen Zischlaute waren ihm unangenehm. Es gab zu diesem Objekt Geschichten über Orte, die weder Frankreich noch England oder Spanien hießen. Wenn Henry sich nach diesen Orten erkundigte, wusste Allard wenig mehr zu sagen, als dass es dort heiß war und dass sie von Landlingen beherrscht wurden, weil es keinen Ozean gab, nur ein großes Gewässer namens Mittelmeer, in dem zwar Tieflinge lebten, mit denen die Landlinge aber nichts zu tun haben wollten, weil sie die Tieflinge für den Kampf gegen ihre Feinde brauchten, und die Feinde dieser Landlinge sich nicht auf der anderen Seite des Meeres befanden, sondern an Land. So weit konnte Henry folgen, als Allard ihm jedoch zu erklären versuchte, was das hässliche Kreuz mit alledem zu tun hatte, verwirrte es ihn nur. Allard bezeichnete die Gestalt auf dem Kreuz als König, konnte aber nicht vermitteln, worüber er herrschte, und da der Mann keinerlei Ähnlichkeit mit Henry hatte, konnte der mit dieser Aussage nichts anfangen. Außerdem fielen Worte wie »Sünde«, aber auch damit hatte Henry seine Schwierigkeiten. Er wusste, dass Tieflingskinder an den Ohren gezogen wurden, wenn sie in gefährliche Gewässer schwammen oder andere Stammesleute ärgerten, aber hier war die Sache ganz einfach: Entweder lernten sie, solche Fehler künftig zu vermeiden, oder sie blieben dumm, dann ertranken sie meistens oder fielen einem Hai oder Delfin zum Opfer. Henry hatte sich, solange er denken konnte, nach Kräften bemüht, nicht dumm zu sein, und so sah er keinen Grund, warum ihn ein toter Landling, der ihm in nichts glich, schlimmer Dinge bezichtigen sollte. Er fühlte sich auf unbestimmte Weise gekränkt. Stammesleute, die zu alt waren, um an den Ohren gezogen zu werden, machten sich mit der Zeit unbeliebt, wenn sie regelmäßig Futter stibitzten oder sich weigerten, in einer Krise mitzuhelfen, und vermutlich war es das, was Allard mit

»schlimmen Dingen« meinte. Aber Henry war ohnehin nicht beliebt und war es auch nie gewesen. Er nahm an, dass seine komischen Beine daran schuld waren, aber dafür konnte er nichts. Und er fand beim besten Willen keinen überzeugenderen Grund für seine Außenseiterstellung. Was sollte ein zweibeiniger Landling, der aussah wie so viele andere und wie ein Seestern mit gespreizten Armen und Beinen auf einem hässlichen Kreuzding lag, mit solchen Problemen zu tun haben? Henry vermied es möglichst, das Objekt anzusehen, und schüttelte den Kopf; schließlich rollte er sich jedes Mal auf dem Boden zusammen, wenn Allard es bei sich hatte. Seltsamerweise zog ihn Allard nicht mit solchem Eifer zum Stehen hoch, wenn das Kreuz in der Zelle war, also wurde Henry immer verstockter, und irgendwann brachte Allard es nicht mehr mit.

Nach den ersten Tagen hatte Allard nicht mehr auf das Gemälde gezeigt, das in Henrys Zelle hing. Henry erinnerte sich, dass damals das Wort »Angelica« in Verbindung damit gefallen war, und folgerte, das Ding sei eben eine Angelica. Wenn er allein war, zerriss er immer noch die Decken, aber vor allem, um sich ein wenig zu trösten; die Wände blieben eckig und geradlinig, sooft er auch dagegen anrannte, der Erfolg war so gering, dass es sich nicht lohnte, sich immer wieder blaue Flecken zu holen. Doch statt der Wutanfälle hatte er nun große Langeweile, sie war schlimmer als zuvor und lastete ebenso schwer auf seinem Gemüt wie der Raum selbst. In Ermangelung eines anderen Zeitvertreibs fing Henry an, seine Zelle zu erkunden, er untersuchte sie Zentimeter für Zentimeter, und gelegentlich steckte er sogar vorsichtig einen Finger in eine Ecke und berührte den schmalsten Punkt, bevor er die Hand hastig wieder aus der Gefahrenzone zurückzog. Aber wenn er genug davon hatte, sich selbst mit den Ecken zu erschrecken, gab es fast nichts mehr zu tun: Sein ramponierter Strohsack, die fransigen Deckenreste, die beiden Stäbe und der Stuhl, auf dem Allard zu sitzen pflegte, waren das Einzige, womit er sich beschäftigen konnte. Und natürlich die Angelica, die so weit unten hing, dass Henry ihre Umrisse erkennen konnte, wenn er seine kurzsichtigen Augen zusammenkniff.

Sie war rötlich wie so vieles in dieser Welt, überzogen mit bunten Kringeln und geschwungenen Linien innerhalb der widerlich geraden Kanten; damit hatte sie mehr Ähnlichkeit mit Wasser als alles, was er sonst finden konnte. Da das Bild flach war, konnte er sich keine Verwendung dafür vorstellen, es war einfach ein farbenfrohes Ärgernis wie seine Kleider, aber als er sich einmal daran gewöhnt hatte, gefiel ihm seine Vielfalt, und so hockte er in vielen einsamen Stunden davor, schaukelte langsam hin und her und folgte mit den Augen den wohltuenden Windungen.

Allard wartete, bis er Henry vor dem Bild ertappte, bevor er daran ging, dem Jungen nahezubringen, was es darstellte. Als er endlich mit eigenen Augen sah, wie Henry es betrachtete – indem er schneller als gewöhnlich die Tür öffnete und den Kopf in den Raum steckte, bevor sich der Junge wie sonst in seine Schaukelei flüchten und seine ausdruckslose Miene aufsetzen konnte –, lächelte er und streichelte seinen Schützling. Henry wich vor dem Lächeln zurück, entblößte Zähne empfand er als Drohung, aber Allard setzte sich neben ihn auf den Boden, obwohl der Staub und die Fäden von Henrys Fetzen seine feine Kleidung beschmutzten, und reichte dem Jungen ein Stück Fisch.

Henry griff zu. Er gewöhnte sich allmählich an den faden, salzlosen Geschmack und wusste, dass er jetzt mit Beginn der kälteren Jahreszeit möglichst viel essen sollte, um sich eine Fettschicht zuzulegen – allerdings bekam er nicht mehr Fisch, als die Tage kürzer wurden und die Temperaturen sanken, und das machte ihm Sorgen. Allard reichte ihm ein zweites Stück und sagte: »Brav, Henry. Siehst du das?« Er deutete auf das Bild: »Das ist Angelica.«

»Angelica«, wiederholte Henry und streckte die Hand aus; wenn er ein Wort nachsprach, belohnte ihn Allard im Allgemeinen mit einem Stückchen Fisch.

»Brav.« Der Fisch kam zum Vorschein, und Henry stopfte ihn sich in den Mund. »Königin Angelica.«

»Königin Angelica.« Henry streckte erwartungsvoll die Hand aus, aber der Fisch blieb aus.

»Königin, Henry?« Allard sah ihn streng an. »Was ist eine Königin?«

Henry schwieg; man konnte nicht von ihm erwarten, dass er wusste, was eine Königin war.

»Willst du wissen, was eine Königin ist?«

»Fisch«, verlangte Henry; der Satz war schwierig gewesen.

»Später. Eine Königin trägt eine Krone.«

»Krone.« Henry klopfte auf seinen Schoß; die Krone war sein einziges Spielzeug, der blitzende Reif brachte etwas Heiteres in die öde Zelle.

»Eine Königin ist mit einem König verheiratet.«

»Fisch.«

»Sprich mit mir, und du bekommst deinen Fisch«, entgegnete Allard.

»Weiß nicht, was ›verheiratet‹.« Henry runzelte angestrengt die Stirn. Er brauchte mehr Futter, wenn er nicht erfrieren sollte.

»König und Königin sind zusammen. Mann und Frau«, erklärte Allard. Henry konnte auch damit wenig anfangen, aber er schwieg. »Ein König ist der Sohn eines Königs und einer Königin.«

Henry nickte; er hatte miterlebt, wenn Kinder im Meer geboren wurden, und er kannte auch das Laichen, das diesem Ereignis vorausging; manchmal gewannen sich ein Tieflingsmann und eine Frau lieb und blieben eine Brutzeit um die andere beisammen, solange der Mann nicht zu schwach wurde, um sich zu verteidigen. Königin und Königin waren dann wohl so etwas wie ein Brutpaar.

»Hast du eine Königin?«, fragte Henry.

»Nein.« Allard klopfte ungeduldig auf den Boden. »Es gibt in jedem Land nur einen König und eine Königin.«

Henry senkte den Kopf. »Land« war ebenfalls ein schwieriger Begriff. »Fisch?«

»Na schön.« Allard reichte ihm ein weiteres Stück. »König und Königin sind Anführer. König und Königin regieren. Sie sagen allen Untertanen – das sind die Leute, die nicht König und Königin sind –, was sie zu tun haben. Die Untertanen gehorchen dem König und der Königin. Sie sind loyal ...« Er hielt inne und warf einen Blick aus dem Fenster. Henry erschrak; solch unerwartete Blicke bedeuteten gewöhnlich, dass sich ein Räuber näherte.

Allard machte jedoch keine Anstalten zu fliehen, und so wiederholte Henry: »Untertanen gehorchen König und Königin.« Die Konsonanten fielen ihm schwer, aber nicht die Sache an sich. Er war gewöhnt, dass es in einem Stamm nur einen einzigen Anführer gab.

Dann runzelte er die Stirn. »König hat Krone. Henry hat Krone.« Er sah Allard bestürzt an. Henry wusste sehr genau, was bei einem Führungswechsel geschah: Ein neuer Anführer forderte den alten heraus. Dann kam es zu einer erbitterten und blutigen Schlacht. Henry hatte erst zwei solcher Schlachten erlebt, aber er hatte niemals die Steine in den harten Fäusten vergessen, die aufsteigenden Säulen aus weißen Luftblasen und den Schweif aus dunklem Blut, den der Verlierer hinter sich herzog, wenn er mit kraftlosen, nur von der Strömung bewegten Armen in der Tiefe versank.

»Angelica wurde nicht als Königin geboren, Henry. Hör zu.«

Angelicas Geschichte begann in Venedig. Henry rang wochenlang mit den verschiedenen Konzepten, aber Allard bewies viel Geduld. Unermüdlich wiederholte er seine Erzählung, fütterte den Jungen mit Leckerbissen und tätschelte ihm gegen dessen Willen die Schultern, ohne jedoch im reglosen Gesicht des Kindes etwas von dem Bild zu erkennen, von dem es besessen war: ein verstümmelter Körper mit eingeschlagenem Schädel, der nicht langsam und unausweichlich wie ein getöteter Tiefling, sondern rasend schnell durch die Luft stürzte und unten auf dem Boden zerschellte. Henry hatte den unbestimmten Verdacht, dass jemand ihm seine Krone wegnehmen wollte, und war entschlossen, das zu verhindern. Er hatte schon zu viele Dinge in seinem Leben verloren, um sie einfach aufzugeben.

Vor vielen Hundert Jahren, im neunten Säkulum unseres Herrn, erklärte Allard, gelangte die große Stadt Venedig zu großer Macht. Mit den Worten »Säkulum« und »unseres Herrn« wusste Henry nichts anzufangen, aber er verstand immerhin, dass sich die Geschichte vor langer Zeit ereignet hatte, vor Menschengedenken, viele Generationen in der Vergangenheit. Auch unter einer »Stadt« konnte er sich wenig vorstellen, doch Allard schilderte einen Ort, der zugleich Land und Meer war, mit Inseln und Wasserstraßen, wo der Ozean den festen Boden teilte und durch die Spalten floss.

»Will dahin«, erklärte Henry prompt. An einem solchen Ort könnte er sich viel leichter fortbewegen; er könnte seine Stöcke zerbrechen und schwimmen.

»Venedig ist weit weg, Henry.«

»Will dahin.«

»Venedig liegt nicht in England. Wir können dort nicht wohnen, wir wären nicht willkommen.«

»Weit?«

»Viele Meilen. Viele Wochen zu reisen.«

Das hörte sich gar nicht so schlimm an, fand Henry; hier eingesperrt zu sein, weckte nicht geringere Ängste als der nahende Winter. Wo sollten sie Nahrung finden, wenn sie nicht weiterzogen? Das Leben im Meer war eine endlose Suche gewesen, und wochenlanges Schwimmen gehörte einfach dazu.

»Gehen«, beharrte Henry. Er erwartete nicht wirklich, dass Allard ihn nach Venedig brachte – Allard erfüllte ihm niemals einen Wunsch, es sei denn, er bat um Futter –, aber er hatte diese Zelle so gründlich satt.

»Vielleicht später einmal, Henry. Wenn du so weit bist.«

Henry fand, er sei schon jetzt so weit; wenn er etwas mehr zu essen bekäme und den Weg wüsste, würde er auf der Stelle nach Venedig aufbrechen. Aber Allard starrte ihn nur an, er kam ihm keinen Schritt entgegen, und weder die Kälte noch die Gefangenschaft schienen ihm Sorgen zu bereiten. Irgendwann kapitulierte Henry und bat um ein weiteres Stück Fisch.

Nach Venedig waren Menschen gekommen, erklärte Allard, weil sie in anderen Ländern nicht glücklich waren. Sie wollten sich selbst regieren. Aber sie waren immer noch Untertanen von Konstantinopel, einer Stadt, die man Henry nicht verständlich beschreiben konnte. Venedig war eine mächtige Stadt, die von Fisch lebte, Salz erntete und an alle verkaufte, die es haben wollten. Das Wort »Salz« erkannte Henry erst, als Allard ihm ein kleines, unglaublich weißes Häufchen Sand in einer Schale zeigte. Zunächst gab er sich gleichgültig, doch als er davon kostete, zuckte er heftig zusammen und begann zu schaukeln, um nicht mit Allard sprechen zu müssen, solange er den Geschmack der Heimat auf der Zunge hatte. Und er wollte die Geschichte nicht weiter hören, bis die Schale leer war. Erst als er das Rund mit seiner schwarzen, zähen Zunge vollends ausgeleckt hatte, wandte er sich an Allard und sagte: »Salz und Fisch.«

»Du möchtest Salz zu deinem Fisch?«

»Ja.« Das klang gebieterisch. Salz war zu wichtig, das durfte man ihm nicht abschlagen.

»Na schön, wenn du ein braver Junge bist, sollst du dein Salz bekommen.« Damit hatte Allard ein neues Mittel, mit dem er sich Henrys Aufmerksamkeit sichern, ihn aber auch bestrafen konnte. An Tagen, an denen Henry nicht zuhörte, zu viel schaukelte, zwischen seinen Beinen herumspielte oder der Wärterin die Zähne zeigte, bekam er seinen Fisch hinfort ohne Salz, mattgrau und fade.

Venedigs Bewohner waren glücklich in ihrer Stadt, erzählte Allard. Sie hatten ein gutes Leben, auch wenn sie von Konstantinopel regiert wurden. Doch eines Tages kamen die Leute aus dem Meer.

Sie schwammen durch die Kanäle und um die Inseln herum und tummelten sich munter im braunen Wasser. Die Venezianer hatten so etwas noch nie erlebt. Einige hatten zwar schon Tieflinge gesehen, von Schiffen aus, wenn die Wasserleute vor dem Bug auf den Wellen ritten, aber den meisten Landlingen waren sie vollkommen fremd.

»Schiff?«, fragte Henry.

»Ja.« Allard zeigte dem Jungen ein Modell, schwenkte es hin und her und ließ es wie auf einer Welle auf und ab hüpfen. Als Henry ihn nur verständnislos ansah, hörte er damit auf und reichte ihm das Spielzeug. Henry beschnupperte es und fuhr mit der Zunge über die Kanten, aber es war ihm immer noch ein Rätsel. Allard hatte es durch die Luft fahren lassen, doch als Henry es jetzt in seinen Händen drehte, regte sich etwas in seinem Gedächtnis. Er legte sich auf den Boden und hielt sich das Modell über den Kopf. Das war das Bild, das er aus vielen Klaftern Tiefe kannte: eine schwarze Flosse, begleitet von einer starken Hand, die seinen Arm umfasste, während der ganze Stamm hinaufschwamm, um das Ding zu begrüßen, und er selbst, festgehalten und bewacht von seiner Mutter, unten bleiben musste.

»Schiff«, wiederholte Henry. »Was tun Schiff?«

»Mit Schiffen fahren die Menschen über die Meere, Henry. Damit bewegen sich Landlinge auf dem Wasser.«

Henry runzelte die Stirn; es wollte ihm nicht in den Kopf, warum sie das nicht einfach schwimmend taten, aber er hatte bereits gelernt, dass den Landlingen *Dinge* wichtig waren, Stoffe und Stühle, Türen und Fenster, dass sie diese Dinge sorgsam hüteten, und dass einem die Hände gefesselt wurden, wenn man sie beschädigte. Offenbar brauchten sie auch so ein Ding, um sich durch das Wasser zu bewegen. Warum man ihn von diesen Schiffen ferngehalten hatte, war ihm freilich immer noch nicht klar. Wieder runzelte er die Stirn und bat Allard um Fisch, um seine Enttäuschung zu verbergen.

Die Leute aus dem Meer kamen nach Venedig, fuhr Allard fort. Die Venezianer waren wie verzaubert von den fremden Besuchern. Auf den Kanälen waren Stimmen zu hören, bleiche Gesichter flitzten durch die braunen Fluten, dunkle Schwänze brachten das Wasser zum Schäumen, und der Gesang der Tieflinge wurde von den sauberen, feuchten Wänden zurückgeworfen. In der nächsten Zeit richtete sich Venedigs Musik nur noch an diesen Gesängen aus, und man versuchte, mit Flöten das sonore Stöhnen nachzuahmen, das aus den Tieflingskehlen über das Wasser drang. Dann schickten die Venezianer

Botschafter in Flachbooten aus, auf denen Flötenspieler die neuen Klänge zum Besten gaben.

Als die dumpfen Töne über die Kanäle schallten, bildeten die Tieflinge eine Phalanx aus Dreier- und Fünfergruppen, jeweils mit dem stärksten Mann an der Spitze. In dieser Formation, die im Lauf der Jahre allgemein bekannt werden sollte, schwammen sie den Botschaftern entgegen, und während die Flötenspieler noch bemüht waren, ihre Laute zu imitieren, streckten sich starke Hände nach den Booten aus und kippten sie um.

Allard erklärte dies alles mit Zeichen, mit Worten und Lauten, Grimassen und Gesten. Was Musik war, erforderte umfangreichere Ausführungen, und Henry war von Allards unbeholfenen Versuchen, in eine Flöte zu blasen, nicht sehr angetan; was Gesang war, verstand er, aber die Flöte erzeugte nichts als sinnlose Töne. Nur gelegentlich brachte Allard etwas zustande, was entfernte Ähnlichkeit mit einem Wort hatte – das verzerrte, ungenaue Echo eines Wortes –, und dann hörte Henry etwas aufmerksamer zu, aber entweder reichten Allards musikalische Begabung oder Henrys Bereitschaft nicht aus, jedenfalls kamen sie nicht voran. So schwierig auch die Erklärungen waren, Allard nahm regen Anteil an Henrys wechselnder Begeisterung für die Flöte und pustete eine Note nach der anderen heraus, bevor er endlich den Faden seiner Geschichte wieder aufnahm. Nun erfuhr Henry, wie die Tieflinge die Flötenspieler angegriffen und ins Wasser geworfen hatten, um dort mit ihnen zu kämpfen. Unterwasserschlachten pflegen für Landlinge nicht gut auszugehen, und die Tieflinge kämpften nach ihren eigenen Überlieferungen. Das Wasser dämpft Schwanzschläge ein wenig ab, aber die mächtigen Muskeln und die biegsamen Gelenke im Schwanz eines Meeresbewohners taugen für Schläge und Ringkämpfe allemal besser als die zarten Gliedmaßen eines ins Wasser gefallenen

Musikers. Doch die Annäherungsversuche mit Booten wurden erst aufgegeben, nachdem sich etliche der vielversprechendsten venezianischen Komponisten dabei die Beine gebrochen hatten.

Zum Unglück für die Stadt gingen die Tieflinge gleich nach dem Sieg über die Musiker dazu über, die Zufahrt zu den Kanälen zu blockieren, in denen die Angriffe stattgefunden hatten. Sie schwammen auf und ab, wälzten sich nachdenklich und mit großen Augen im Wasser herum und ließen einschmeichelnde Gesänge hören, welche mit den Weisen, die ihnen von den Botschaftern in bester Absicht vorgetragen worden waren, große Ähnlichkeit hatten. Die Übersetzung erschloss sich den Philosophen der Stadt immer deutlicher: *Unser Gebiet.*

Venedig, diese unabhängige, mächtige Stadt, sah sich an ihren eigenen Gestaden von Feinden bedrängt. Die Meeresbewohner überfielen Boote und rissen Brücken ein, bis Reisen nahezu unmöglich wurden. Mehrmals versuchte man, die Kanäle abzuriegeln, doch die Tieflinge zerstörten die Dämme. Man schoss mit Pfeilen in das Wasser und traf auch einige Male, aber wenn die Beute jeden Moment in die undurchsichtigen Tiefen entschwinden konnte, fiel das Zielen schwer. Auch mit Netzen kam man nicht weiter: Die Tieflinge hielten sich nie lange im Canale Grande auf, sondern flitzten so schnell hindurch, dass sie ihn sogar beschädigten. Dafür machten sie die kleineren Wasserstraßen unsicher, auf denen kein Boot fahren konnte, von dem aus man einen Tiefling mit seinem vollen Gewicht hätte an Bord ziehen können. Die Bürger standen mit Harpunen an den Ufern; die Tieflinge schwammen, von den trüben braunen Fluten vor Blicken geschützt, lautlos unter Wasser vorbei und tauchten nur kurz auf, um die Jäger mit Steinen zu bewerfen und die blutenden Körper der Gestürzten in den Kanal zu ziehen und in der Tiefe verschwinden zu lassen.

Die Stadt befand sich im Belagerungszustand. Die Venezianer versuchten mit allen Mitteln, an der Barrikade der Tieflinge vorbei in den Hafen zu gelangen, doch Konstantinopel rührte keine Hand, um ihnen zu helfen. Venedig wurde zusehends schwächer, und die Rückschläge ihres Vasallen belasteten die Stadt, die über eine ganze Welt voller Städte herrschte, nicht weiter. Mochte Venedig ruhig kämpfen, entschied Konstantinopel. Wenn es unterläge, wäre es seinem Lehensherrn gegenüber in Zukunft sicher gefügiger. Die Venezianer hatten hart um ihre Selbstbestimmung gerungen, aber wenn sie mit ihrer neu erworbenen Unabhängigkeit gegen den Feind im Inneren nichts ausrichten konnten, war das für Konstantinopels Position nur von Vorteil.

Venedig wandte sich vom Osten ab und bat Karl den Großen, den Kaiser des Westens, um Hilfe. Im Jahre des Herrn 805, so erklärte Allard, am Weihnachtstag – ein Fremdwort für Henry, der Geburtstage rätselhaft fand, die Tage nach Jahreszeiten und nicht nach Monaten zählte und froh war, dass in dieser Geschichte von dieser widerwärtigen Kreuzesfigur nicht weiter die Rede war –, leisteten die Venezianer Karl dem Großen, dem neu gekrönten mächtigen Herrscher, den Treueid. Oberlerio, der Doge von Venedig, vermählte sich mit einer fränkischen Braut von jenseits des Meeres, die der westlichen Rasse angehörte, und machte sie – eine große Neuerung – zur Dogaressa, der Königin Venedigs.

Für die Venezianer, so fuhr Allard fort, war das nicht leicht. Fünf Jahre lang redeten sie sich darüber die Köpfe heiß – eine unglaublich lange Zeit für einen Streit, fand Henry, besonders, da sich die Sache aus Allards Mund zwar sehr unübersichtlich anhörte, im Grunde aber ganz einfach war. Die Venezianer konnten zwischen verschiedenen Anführern wählen, es gab größere Stämme in der Welt, die über sie herrschen wollten, und sie wollten sich keinem von ihnen unterwerfen. Allard verwendete Worte wie »mächtig« und »stolz«, er sprach vom Recht auf Selbstbestimmung und auf Unabhängigkeit von einer größeren Macht. Der Junge zuckte ein wenig zusammen, als Allards Gesten ausholender wurden, und fragte sich, warum sich der Mann darüber so sehr erregte. Aber er spürte deutlich Allards Missfallen, wenn er von den Dogen sprach, die in ihrer Verzweiflung über die Blockade der tyrannischen Tieflinge eine geheime Botschaft an den König von Italien schickten: an Pippin, den Sohn Karls des Großen. Die Botschaft war eindeutig: »Komm nach Venedig.« Und sie boten ihm kein Bündnis an, sie wollten sich unterwerfen. Pippin wurde aufgefordert, Venedig zu besiegen, die Stadt gegen Konstantinopel zu verteidigen, die Streitigkeiten im Inneren zu schlichten und, was am wichtigsten war, die Tieflinge aus den Kanälen zu vertreiben. Das venezianische Volk mochte die Unabhängigkeit gewollt haben, aber angesichts der Tieflinge in den Kanälen hatten die Anführer anders entschieden. Wenn Konstantinopel ihnen geholfen hätte, wären sie auch Konstantinopel gefolgt.

Pippin rüstete hastig zum Krieg und reiste zu Venedigs Kanälen, ohne zu ahnen, mit welchem Zorn ihn die Venezianer erwarteten. In offener Auflehnung gegen ihre Anführer rotteten sich die Bürger zusammen und wollten die Eindringlinge zurückschlagen. Doch als Pippins Schiffe in die Bucht segelten, bot sich ihnen ein wundersamer Anblick. Eine Streitmacht von Tieflingen stand zum Angriff bereit.

Anders als die Landlinge hatten die Meeresbewohner keinen Sinn für nationale Identität. Wenn weitere Landbewohner in großen Schiffen eintrafen, dann waren das für sie einfach noch mehr Landlinge, die ihnen ihre Kanäle streitig machen wollten. Die Meeresbewohner riefen über viele Meilen Wassers zum Kampf, vereinigten sich und schwammen der Flotte entgegen. Mit spitzen Steinen und kräftigen Armen schlugen sie in Minutenschnelle die Schiffsrümpfe leck. Die schweren feindlichen Galeeren sanken. Spieren trieben in Venedigs Kanälen, das Splittern und Krachen der Planken und die Schreie der Ertrinkenden erfüllten die Luft. Und über allem ertönte der Gesang der Tieflinge, ein tiefer Bass, unwiderstehlich wie ein Sog: *Unser Gebiet.*

Was von Pippins Schiffen noch übrig war, pflügte sich rücksichtslos durch das Chaos. Er hatte einen so weiten Weg zurückgelegt, ein Rückzug wäre eine zu große Schande gewesen. Die Seeleute ließen sich an Seilen hinab und hieben mit Schwertern auf die geschmeidigen Gestalten ein, die ihre Rümpfe attackierten. Das Wasser färbte sich rot vom Blut der Tieflinge; Hände mit Schwimmhäuten wurden an die Küsten gespült, schrille Schreie drangen durch das Wasser und hallten von den Wänden der Kanäle wider. Erst fiel Chioggia, dann Pellestrina. Die Lagune, Venedigs Schutzwall gegen die Welt, hielt nicht mehr stand.

Die Venezianer waren keine Freunde der Tieflinge, die ihre Flüsse bevölkerten, aber fränkische Prinzen, die, von ihren verräterischen Anführern zu Hilfe gerufen, als Eroberer kamen, liebten sie noch weniger. Und während noch die Seeleute ihre blitzenden Schwerter schwangen und schwarzäugige Tieflingsköpfe mit offenen Mündern auf den Wellen der Bucht schaukelten und sich in der Strömung drehten, schloss sich das Volk von Venedig zusammen.

Ein Mann war es, der die Wende herbeiführte. Agnello Participazio, ein alteingesessener venezianischer Patriot, hatte mit seinen Männern die Blockade der Kanäle organisiert, Straßenschilder entfernt und Venedig in ein unübersehbares Labyrinth verwandelt, in dem die Invasoren sich rettungslos verirrten. Die Bürger folgten ihm, sie bauten Dämme, um die Flüsse aufzustauen, und machten sich bereit, sich Pippin mit aller Kraft zu widersetzen.

Dann entstieg eine nackte Frau dem Meer. Sie hatte die biegsamen Beine einer Meeresbewohnerin, Beine mit Wirbeln anstelle von Schienbein- und Oberschenkelknochen, und wenn sie ihre Zehen spreizte, spannten sich die Schwimmhäute auf wie bei einem Fächer. Die Männer bekreuzigten sich und murmelten etwas von Venus, und sie hob den Kopf, sah ihnen ins Gesicht und bat sie in ihrer Muttersprache: »Gebt mir etwas anzuziehen.« Sie klapperte im kalten Wind mit den Zähnen, und auf ihrer rauen Haut glitzerte das Salz.

Agnello schaute von seinem Damm auf, legte seinen Speer aus der Hand, trat vor und reichte ihr seinen Umhang. Sie nahm ihn und warf ihn sich mit einer raschen, königlichen Geste um die Schultern.

»Wir müssen diese Schiffe nach Hause schicken«, sagte sie.

Agnello verneigte sich vor ihr, und sie ergriff seine Hand.

Der geliehene Umhang verhüllte nur knapp ihren Körper, die unnatürlich verdrehten Beine, die wunderschönen mädchenhaften Brüste und die strahlend weiße Haut, unter der sich die Adern dunkel abzeichneten, als sich ihr Fleisch in der Luft des Landes erwärmte. Aber sie wollte ihn nicht gegen ein Kleid eintauschen, solange Pippins Schiffe noch vor der Küste lagen. Während sie mit Agnello sprach, bedeckte sie ihre Blöße, doch dann beugte sie sich vor, tauchte den Kopf mit dem zerzausten Haar ins Wasser, und ihrer zarten Kehle entrangen sich Schreie, die lauter und tiefer waren als das Gebrüll eines Stiers. Den Landlingen verschlug es die Sprache.

Eine zwanzig Reihen starke Phalanx von Tieflingen folgte ihrem Ruf.

Die Frau wandte sich an Agnello und fragte: »Wo willst du die Blockade haben?«

Agnello war ein besonnener und willensstarker Mann. Schon nach kurzem Zögern war ihm sein Plan wieder gegenwärtig, und er erteilte klar und unumwunden seine Anweisungen: Blockiert den Malamocco-Kanal. Wieder steckte die Frau den Kopf ins Wasser und übersetzte die Instruktionen in eine Serie von schnatternden, klickenden und stöhnenden Lauten.

Die Tieflinge machten auf der Stelle kehrt; ihre riesigen Schwänze wirbelten eine gewaltige Fontäne auf, sodass Agnellos Männer bis auf die Haut durchnässt wurden. Die Frau wandte sich abermals an Agnello: »Ich gehe mit ihnen. Du wartest hier auf mich.« Sie warf den Umhang ab und stand auf ihren halbfesten Beinen nackt wie ein Fisch vor ihm. »Den werde ich später wieder brauchen«, sagte sie und reichte ihm das Kleidungsstück. Dann sprang sie ins Wasser und verschwand.

Tieflinge und Landlinge arbeiteten zusammen. Mächtige Pfähle versperrten Pippins Schiffen die Einfahrt in den Malamocco-Kanal, während die Tieflinge lautlos wie die Wölfe unter Wasser dazwischen hindurchschlüpften. Innerhalb Venedigs waren die Kanäle frei passierbar; die Wut der Tieflinge richtete sich nur gegen die Eroberer. Und zwischen Land und Meer schwamm die Frau mit den zwei Schwänzen, den gebogenen Beinen, dem weißen Gesicht und der klaren Sprache unermüdlich von Agnello zu den Tieflingen und wieder zurück.

Pippin hielt sechs Monate durch, er versuchte es mit Aushungern und Geduld, mit Gewalt und mit Ausdauer, doch alles war vergeblich. Venedig war zu einer neuen Stadt geworden, die vom Meer her nicht einzunehmen war. Pippin gab nicht gleich auf, am Ende zog er dennoch ab.

Als er fort war und Venedigs Stände wieder frei waren, wandte sich die geeinte Stadt ihren eigenen Belangen zu. Agnello, der Held der Stadt, war der einzig denkbare Doge und wurde gewählt. Und an seiner Seite saß eine völlig neuartige

Persönlichkeit, neu bis hin zu dem Namen, den ihr die Venezianer gegeben hatten: Angelica. Dogaressa, Herrin von Venedig, Königin über Land und Meer.

Es war gang und gäbe, Frauen als sanftmütig zu beschreiben, doch von Angelica behauptete das niemand. Als ein Meuchelmörder sie eines Nachts ersticken wollte, hielt sie unter dem Kissen mühelos die Luft an, legte ihre biegsamen Beine um seine Hüften und brach ihm mit einer einzigen kurzen Bewegung ihres starken und beweglichen Rückens das Rückgrat.

Unter ihren salzigen Händen blühte Venedig auf. Wenn Künstler die Kirchen ausgestalteten, verliehen sie den Darstellungen der Heiligen Jungfrau ihre Züge. Damit nicht genug, streckten Angelica und ihre Kinder ihre Fühler nach allen europäischen Königshäusern aus, bis sämtliche Dynastien sich miteinander vermischten und das dunkle Blut der Meeresbewohner aus den Adern seiner Herrscher nicht mehr wegzudenken war. Welche Nation mit einer gefährdeten Küste konnte sich stark nennen, wenn sie nicht fähig war, sich vor Angriffen von See zu schützen? Als Angelicas Tieflinge zum ersten Mal draußen auf dem offenen Meer, meilenweit von Venedig entfernt, ein Schiff der spanischen Flotte angriffen, es nicht einmal plünderten, sondern einfach mit Mann und Maus versenkten, war das für die Landlingskönige der Anfang vom Ende. Mochten die Schweizer sich von Landlingen regieren lassen, mochten Nationen, die nicht an ein Meer grenzten, bei ihren alten Gewohnheiten bleiben, die anderen hatten eine Flotte zu unterhalten, und die Tieflinge aus dem Meer waren nicht mehr neutral, sie waren kein Seemannsgarn mehr, sondern eine eigene Macht mit eigenen Verbündeten. Venedig hatte der Welt sein Schwert an die Kehle gesetzt. Denn gegen die Wölfe des Ozeans – jenes unerbittliche Heer, das Angelica jederzeit mobilisieren konnte – war keine Verteidigung möglich. Es sei denn mithilfe von anderen Tieflingen an anderen Küsten.

Angelica und Agnello bekamen kräftige, gesunde Kinder mit gespaltenen Schwänzen. Sie wuchsen rasch heran, beherrschten das schrille Gezwitscher ihrer Muttersprache und konnten die Tieflingslaute so perfekt wiedergeben, wie keine Landlingskehle es jemals vermochte. Über viele Jahre wuchs Venedigs Macht: Es wurde zum Großreich, zum unumstrittenen Herrscher der Wellen, seine Tieflinge bewachten die Handelswege und retteten verirrte Seeleute, beschützten die Nation und zertrümmerten eindringende Schiffe. Der Ruf der kleinen Stadt verbreitete sich über die Welt und drang bis in die fernsten Kontinente. Chinesische und arabische Händler zahlten hohe Summen für sicheres Geleit. Ganz Europa war Venedig hörig. Es entwickelte sich zu einem zweiten Rom.

Noch bevor Angelicas erste Tochter dem Kindesalter entwachsen war, trug man ihr die Hand mehrerer Prinzen an. Für die erste Generation lehnte Angelica solche Verbindungen ab; stattdessen bedachte sie einzelne Vertreter des Adels mit einer besonderen Ehre: Sie schickte sie mit dem Auftrag hinaus in die Bucht, sich dort eine Braut zu suchen und mit ihr halbblütige Kinder beiderlei Geschlechts zu zeugen. Die sollten die Ehepartner ihrer Kinder werden. Doch die Vermischung mit Europas Königshäusern begann noch zu Angelicas Lebzeiten.

Nach Angelicas Tod wurde ihr neben dem Dogenpalast ein Denkmal errichtet, darin befand sich ein goldener Reliquienschrein, der nichts als ihre rechte Hand enthielt. Der übrige Leichnam wurde auf See bestattet, aber die Hand ruhte in ihrer verglasten, perlenbesetzten Gruft, bis die Schwimmhäute schrumpften und die Finger zusammenzogen und schließlich nur noch eine runzelige Masse zu sehen war, klein wie ein Ei, braun und narbig wie ein Büschel Seetang. Angelica war nie fromm geworden, aber ein steinernes Bildnis der Heiligen Jungfrau schmückte ihr Grab, und in goldenen Lettern prangten darauf die heiligen Worte: Stella Maris, Stern des Meeres.

Dies alles erzählte Allard seinem Schützling. Der Junge saß da, die schwarzen Augen weit geöffnet, den Kopf erfüllt mit der Vorstellung von schwimmenden Leichen abgesetzter Anführer, von kieferlosen Kadavern besiegter Delfine, von gebrochenen, krummen Gliedern, die sich nach einem Machtkampf vor der dunklen, wabernden Leere abzeichneten, und von Körpern, die ungebremst durch die Luft stürzten. Das war Allards Lektion. Die Worte mochten für Henry schwer verständlich sein, nicht aber die Bilder. Es gab an Land noch andere wie ihn. Nicht viele, aber er war nicht allein. Nur waren sie nicht wie seine Wärterin, nicht wie die Männer, über die Allard gebot, ja nicht einmal wie Allard selbst. Sie waren Könige.

»Henry König«, fragte er Allard.

»Noch nicht, Henry«, lautete die Antwort.

»König töten?«, fragte Henry.

Wieder sah Allard ihn an. Der Fisch lag schlaff in seiner reglosen Hand. Mit gerunzelter Stirn, die weiß geränderten Augen zusammengekniffen, starrte er auf seinen Schützling nieder. Henry beugte sich vor und zog ihm den Fisch aus den Fingern. Seine Brust war enger denn je, aber sein Gesicht war völlig reglos. Er sagte nichts, sondern stopfte sich nur den Mund voll, um für den Winter gerüstet zu sein.

Fünf

Henry lernte nie Latein, die Sprache des Hofes. Englisch fiel ihm nach seiner einfacheren Muttersprache schwer genug. Aber er lauschte den Stimmen seiner Bewacher. Auch wenn sie nicht mit ihm sprachen, redeten sie miteinander und über Dinge außerhalb seiner derzeitigen Umgebung. In seiner Muttersprache waren die meisten Äußerungen Warnungen oder Befehle gewesen: *Gefährliche Flut. Schwimm weiter. Gib mir das,* oder aber Lektionen, Navigationsgesänge und Jagdregeln, die alle gemeinsam rezitierten. Längere Gespräche fanden kaum statt. Allard und seine Wärterin – Jane Markeley, er brauchte Wochen, um zu begreifen, dass der Name in zwei Teile zerfiel und nicht *ein* Wort war, Janemarkeley oder Mistressmarkeley – schwatzten dagegen unentwegt miteinander. Meist redeten sie über ihn. Selbst wenn er tat, was man ihm sagte, hörten sie damit nicht auf, und Henry spitzte die Ohren und versuchte, sie zu verstehen, wandte ihnen jedoch dabei den Rücken zu und schaukelte hin und her, um zu verbergen, dass er sie belauschte. Auch Jane Markeley und ihr König – nein, ihr Mann, ihr *Ehemann* Thomas Markeley – unterhielten sich über alles Mögliche, über Leute, die Henry nicht kannte, Ideen, die er nicht verstand, Orte, von denen er keine Vorstellung hatte. Zuerst horchte er vor allem auf den Rhythmus ihrer Sprache und bemühte sich, ihn zu erfassen. Erst nachdem er sich daran gewöhnt hatte, hörte er allmählich die Nervosität in ihren Stimmen heraus.

Er verfolgte ihr Geplauder also auch dann, wenn sie nicht mit ihm sprachen. Aber Latein hasste er. Allard sprach Englisch, Jane Markeley und Thomas Markeley ebenfalls, sogar die Verschollene, Allards Ehefrau, die nach den ersten Tagen nie wieder seine Zelle betrat, gebrauchte die Sprache ohne Mühe. Mit dem Latein kam nach jedem neuen Wort, das Allard sprach, immer wieder die gleiche Frage: »Verstehst du?« Henry fand das Wort »verstehen« unerträglich. Zum einen war es schwer auszusprechen: Henry kämpfte mit den Silben, aber sie klapperten ihm hart wie Steine im Mund herum. Am meisten störte ihn jedoch die Bedeutung, obwohl er das Englische noch immer nicht gut genug beherrschte, um Allard das erklären zu können. Es war zu schwierig, die beiden Teile auseinanderzuhalten. Eine Verbindung von »ver« und »stehen« konnte nur Unheil bedeuten. »Stehen« sagte Jane Markeley immer und immer wieder, wenn sie ihm die Stöcke in die widerstrebenden Hände presste, und auch Allard gebrauchte das Wort, wenn er ihn auf die Füße zog und ihn zum Üben zwang, obwohl er dabei immer wieder auf den harten Boden fiel. »Ver« war ebenfalls schlecht; wenn man sich im Meer hinter einem Felsen »ver«steckte, war man vielleicht eine Weile ungestört und konnte essen, ohne beraubt zu werden, aber die unnachgiebigen Mauern seiner Zelle hatten ihm die Freude an Versteckspielen verdorben. »Verstehen« war für Henry ein Gefängniswort. Für Allard mochte das alles ganz natürlich sein, er war an die dunklen Mauern gewöhnt und konnte mit seinen geraden Beinen mühelos und schnell laufen. Aber für Henry bedeutete »verstehen«, die Haltung eines Landlings einzunehmen: Und das konnte und wollte er nicht. Er erfasste zwar zumindest auf Englisch, was Allard zu ihm sagte, aber er wollte die Worte nicht »verstehen«.

So wurde er zu einem aufsässigen Schüler. Allard bestand darauf, dass er Latein lernte, aber Allard konnte ihm nicht sagen, von wem diese Sprache gesprochen wurde; Henry wusste nicht, was ein Hof war, und solange sich dieses Latein keinem lebenden Stamm und nicht einmal einem Land zuordnen ließ, war er nicht bereit, das Englische dafür aufzugeben. Verstehen hieß, sich unterwerfen, und Henry wusste zwar, dass er Allard brauchte, wenn er nicht verhungern wollte, kam aber allmählich zu der Überzeugung, dass er weniger zu befürchten hätte als gedacht. Allard mochte ihn merkwürdig ansehen, aber wo er von einem strengen Tieflings-Erwachsenen erwartet hätte, an den Ohren oder den Haaren gezogen zu werden, geschah nichts. Die anderen gehorchten Allard, aber Henry fand ihn mit seiner Liebe zu Büchern und diesem unaufhörlichen Wiederholen von einzelnen Worten verschroben, vielleicht sogar dumm. So hörte er zu, wenn Allard mit den anderen sprach, und registrierte auch die Anspannung in seiner Stimme, strafte aber alle Versuche, ihm selbst irgendetwas beizubringen, was er nicht wissen wollte, mit Verachtung.

Eines Tages setzte sich Allard wieder einmal zu ihm und versuchte, ihn Latein zu lehren. Henry kauerte auf einem Stuhl, er hatte die Beine unter sich gezogen und war unruhig und wütend, weil er sich aufs Neue mit diesen elenden, sinnlosen Silben herumschlagen sollte. Wozu brauchte man für alles zwei Worte? Und Allards ständiges »Verstehst du, Henry? Verstehst du?« war ihm fast so lästig wie seine engen Kleider.

Er beschloss, die Flucht zu ergreifen, und dazu fiel ihm ein Manöver ein, das er im Meer oft angewendet hatte, um andere Tieflinge zu vertreiben, die ihn über Gebühr belästigten oder mit ihren Attacken und Schikanen in die Tiefe zu reißen drohten. Henry schaute plötzlich zum Fenster, streckte die Hand aus und rief ein Wort, das er von den anderen immer mit Angst in der Stimme gehört hatte: »Soldaten! Soldaten!«

Allard zuckte nicht mit der Wimper. Er stand langsam auf, trat ans Fenster und schaute über die grünen Rasenflächen. Dann drehte er sich zu Henry um.

»Ich will nicht, dass du mich belügst«, sagte er.

Henry sah ihn entsetzt an. Das war eine neue Erkenntnis: Seine Überlebensstrategien würden hier nicht funktionieren, denn diese Menschen waren nicht so dumm wie seine Familie. Er war kleiner als sie alle. Sie konnten ihn in die Tiefe ziehen, wenn sie das wollten.

Allard bückte sich langsam und hob einen von den Stöcken auf, die Henry achtlos auf den Boden geworfen hatte. Dann setzte er sich, packte Henry am Kragen und legte ihn über sein Knie. Der Stock pfiff unglaublich schnell durch die dünne Luft, und Henry schlug um sich und schrie. Der Stuhl schaukelte, und Henry wand sich unter Allards Hand und strampelte mit den Beinen. Er hörte ein Ächzen und spürte die Spannung in dem Arm, der ihn festhielt. Mit einer verzweifelten Anstrengung riss er sich los und grub seine spitzen Zähne in Allards Hand.

Allard schrie auf vor Schmerz, und Henry drehte sich abermals und zog ihn mit sich zu Boden. Dort schmetterte er Allard zweimal die Faust ins Gesicht, und legte ihm dann die Hände mit den gespreizten Schwimmhäuten über Mund und Nase, um den Strom von Rufen und Befehlen zum Schweigen zu bringen. Allard wollte sich aufrappeln, aber Henrys Nägel waren über seinem Gesicht. Und Henry packte zu.

Schon nach wenigen Augenblicken ließen Allards Kräfte nach. Henry war verblüfft. Allard fuhrwerkte hilflos mit den Händen durch die Luft, seine Bewegungen wurden von Sekunde zu Sekunde schwächer. Henry, der sich bisher noch keine einzige Atempause gegönnt hatte, konnte beobachten, wie Allard im Gesicht dunkelrot wurde, wie er aufhörte, sich zu wehren, und den Stock einfach fallen ließ.

Henry lockerte seinen Griff, setzte sich rittlings auf Allard und sagte in sein Gesicht hinein: »Kein Latein mehr« und: »Zeig mir einen Soldaten.«

Dieser Kampf, der erste in Henrys Leben, veränderte seine Welt. Allard ging nicht sofort auf seine Forderung ein. Aber am nächsten Tag betrat er Henrys Zelle mit einer erstaunlichen Nachricht: Sie würden nach draußen gehen. Er fasste sich kurz und blieb in der Tür stehen. Anstatt sich wie sonst auf den Stuhl zu setzen und Henry auf Augenhöhe zu begegnen, baute er sich vor dem Jungen auf und zwang ihn, den Kopf in den Nacken zu legen, um zu ihm aufzuschauen. Henry überlegte, ob er aus Protest gegen die unbequeme Stellung schaukeln und ihn ignorieren sollte, oder ob es besser wäre, mit Allards Knien zu sprechen, doch sobald Allard das Wort »draußen« aussprach, starrte ihm Henry ins Gesicht, bevor er überhaupt darüber nachgedacht hatte. Sein Interesse war geweckt und verdrängte alle anderen Empfindungen.

»Draußen«, nickte Henry, eine Geste, die er von Jane Markeley gelernt hatte.

»Hör mir jetzt gut zu Henry«, verlangte Allard. »Du wirst brav sein, wenn du draußen bist. Du wirst nicht schreien. Du wirst dich ganz still verhalten. Du wirst bei mir bleiben.«

»Böser Ort?«, fragte Henry. Solche Vorsichtsmaßnahmen galten für Stellen, an denen sich die Haie sammelten.

»Nein, Henry. Aber du wirst leise sein.«

Noch vor wenigen Tagen hätte Henry sich ohne weitere Fragen gefügt, um Allard ja nicht zu verärgern, doch nun hatte er die Angst vor diesem atemlosen Menschen verloren. »*Warum* leise?«, fragte er.

»Du wirst leise sein, oder wir gehen nicht nach draußen.«

»Will nach draußen. Warum leise?« Henry schlug die Augen nicht nieder. Er legte den Kopf in den Nacken und hielt Allards Blick unverwandt stand.

Allard sah ihn lange an. »Ich will nicht, dass jemand dich sieht.«

»Warum nicht?«

»Weil du, Henry, noch kein König bist.«

»Untertanen sehen Königmann bevor er König«, erklärte Henry. In seiner eigenen Sprache wäre es ihm sehr schwer gefallen, diesen Gedanken auszudrücken, und für unterschiedliche Zeitebenen war sein Wortschatz immer noch nicht ausreichend, aber das war ein wichtiger Punkt. »König kommen nicht heute von wer-weiß-wo, morgen König. Sehen König.«

Allard hatte sich abgewandt, doch nun drehte er sich wieder um. Er musterte seinen Schützling abermals, dann setzte er sich. »Du hast recht«, sagte er. »Aber du kannst jetzt noch nicht gegen einen König kämpfen. Du bist zu klein. Und der …« Er unterbrach sich, runzelte die Stirn und sah Henry forschend an. »Henry. Wenn du König wärst, wen würdest du nach dir zum König machen wollen?«

»Niemand«, antwortete Henry. »König bleiben.«

»Nach deinem Tod, Henry. Wenn du einen anderen König wählen müsstest.«

»König bleiben, nicht sterben.« Tieflinge starben selten an Altersschwäche. Sie wurden von Haien oder von Delfinen getötet oder in einem Kampf besiegt.

Allard schüttelte den Kopf. »Wenn der König alt ist, will er wissen, wer der nächste König sein wird.« Er sprach sehr entschieden. »Wen würdest du nach dir als König sehen wollen?«

Henry schob den Tod beiseite, dem er nicht zu erliegen gedachte, und überlegte. »Tiefling«, sagte er endlich. »Tiefling-König redet mit Tiefling, redet auch mit Landling.«

»Ja«, nickte Allard. »Die Könige auf dem Land wollen, dass ihre Söhne nach ihnen König werden.«

Henry antwortete nicht. Er hatte im Meer nie einen Vater gekannt. Er hatte gesehen, wie die Kinder anderer Mütter von den Männern Futter bekamen, das sie dann ihren Kindern brachten, aber kein Mann hatte jemals größeres Interesse an ihm gezeigt, allenfalls hatte man ihn am Ohr gezogen, wenn er im Weg war.

»Du bist nicht der Sohn eines Königs. Was würde der König tun, wenn er wüsste, dass du hier bist?«

»König nicht hier.«

»Er darf es nicht erfahren«, fuhr Allard fort. »Sonst schickt er seine Soldaten.« Henry griff nach seinen Stäben und richtete sich daran auf, so weit er konnte. Nun befand sich sein Kopf knapp über Allans Gürtel. »Zeig mir draußen.«

»Zuerst wirst du mir zuhören!«

»Draußen!« Henry erhob die Stimme; Landlinge konnten offenbar nicht so laut rufen wie er, und er hatte bereits festgestellt, dass sie oft zusammenzuckten, wenn er losbrüllte.

Allard zuckte tatsächlich zusammen, aber er wich nicht zurück. »Du wirst dir noch eine Lektion anhören, und dann gehen wir nach draußen«, sagte er. »Du musst etwas verstehen.«

Henry fletschte die Zähne: Dass man noch mehr unvernünftige Forderungen an ihn stellte, wenn das Draußen zum Greifen nahe war, erboste ihn. »Draußen«, wiederholte er.

»Du hörst mir jetzt zu, oder du gehst noch einen Monat lang nicht nach draußen«, sagte Allard.

Henry fauchte wieder, aber insgeheim war er betroffen. Allard hielt ihn schon so lange in dieser Zelle gefangen; Monate über Monate, soweit er mit diesem Begriff etwas anfangen konnte. Wie lange ein Monat wirklich dauerte, war ihm immer noch nicht ganz klar – Allard hatte ihm geraten, den Mond zu beobachten, aber seine Augen waren nach wie vor zu schwach, um mehr als einen weißen Fleck am Himmel zu erkennen –, jedenfalls erschien ihm die Zeit viel zu lang. Die Vorstellung, noch einen solchen Monat gefangen im Haus verbringen zu müssen, war kaum zu ertragen. Er ließ seine Stöcke fallen und plumpste auf den Boden; den Kopf hielt er trotzig abgewandt, aber er widersprach nicht mehr.

»Es gibt ein Wort für Jungen wie dich«, sagte Allard. »Es heißt Bastard. Kannst du es nachsprechen?«

Dass es für jemanden wie ihn ein Wort geben könnte, keinen willkürlich gewählten Namen, sondern eine sinnvolle Beschreibung, erregte Henrys Aufmerksamkeit. »Bastard.« Es war nicht allzu schwierig.

»Gut«, lobte Allard. Er schaute kurz in die Ferne, als wolle er sich sammeln.

»Bastard«, wiederholte Henry, um sich in Erinnerung zu bringen. Er wollte seine Erklärung, und er wollte nach draußen.

Allard sog pfeifend die Luft ein. »Angelicas Kinder begründeten Europas Königshäuser«, sagte er. »Sie hatte viele Kinder. Und sie suchte sich Landlinge, die sie dieser Gunst für würdig hielt, und gab ihnen Tieflingsbräute, damit sie mit ihnen noch weitere Kinder zeugten, die sie dann mit ihren eigenen vermählte.«

»Bräute?« Das Wort hatte Henry noch nicht gehört; und es klang bestimmt nicht so, als hätte es etwas mit Tieflingsfrauen zu tun.

»Ehefrauen.« Zwei Worte für eine Sache waren ein Ärgernis, an das Henry bereits gewöhnt war, aber es gefiel ihm gar nicht, wenn dieses Spiel nun auch mit seinem eigenen Volk getrieben wurde. »Es muss Kinder geben, aber Brüder und

Schwestern – Kinder mit derselben Mutter und demselben Vater – können nicht heiraten. Ihre Kinder geraten nicht, sie werden krank.«

Henry dachte nach. Als er noch im Meer lebte, waren ihm die Feinheiten im Balzverhalten der Erwachsenen unverständlich gewesen. Er hatte die Tänze gesehen, bei denen sich Frau und Mann umkreisten, gurrende Laute ausstießen und versuchten, einander zu beeindrucken, aber wie sie ursprünglich ihre Wahl getroffen hatten, darüber hatte er nie nachgedacht. Doch jetzt musste er Allard recht geben: Brüder und Schwestern paarten sich nicht. Tieflinge mit zu vielen Schwestern verließen manchmal den Stamm und schlossen sich einem anderen an.

»Auch Angelicas Kinder konnten nicht untereinander heiraten«, fuhr Allard fort. »Sie lebte sehr lange. Die Venezianer wollten nicht, dass ihre Kinder in anderen Ländern zu Prinzen wurden: Sie wollten sich keine Rivalen in fremden Nationen heranzüchten. Aber Angelica setzte sich durch. Als Venedig sein Einverständnis verweigerte, ging sie ins Meer und kam zwei Monate lang nicht mehr zurück. Sie wolle anderen Nationen ihre Kinder und Enkel schicken, sagte sie, doch wenn dort Tieflingskönige gezeugt würden, müssten die sich dem venezianischen Reich unterwerfen. Das Reich würde von Brüdern regiert werden, und es würde stark sein. Dies sei ihr Wille, und wenn das Volk sich nicht füge, würde sie es nicht schützen. Dann ging sie fort, und als sie wiederkam, willigten die Venezianer ein. Und sie hatte recht. Sie errichtete ein großes Reich, und es hatte Bestand, solange sie lebte. Angelica war eine außerordentliche Königin, eine Herrscherin wie sie hat es nie wieder gegeben. Doch nach ihrem Tod brachen Kriege aus.«

»Nein.« Henry wusste nicht, wie er es ausdrücken sollte, aber dass Angelica tot sein sollte, bestürzte ihn tief. Er hatte sie für so stark gehalten, eine Siegerin. So wie Henry den Tod erlebt hatte, war er immer mit einer Niederlage verbunden; starke Tieflinge blieben am Leben.

»Es brachen Kriege aus, Henry. Angelica hatte ihre loyalsten Gefolgsleute am Hof dazu auserwählt, sich in die Kanäle zu begeben und Tieflingsfrauen zu heiraten. Deren Kinder heirateten ihre Kinder, deren Kinder wiederum wurden Könige. Doch als sie nicht mehr war, gab es niemanden, der entschied, welcher Mann eine Tieflingsbraut haben sollte und welcher nicht. Nun kämpften die Männer um dieses Recht, sie nahmen sich heimlich eine Braut und wollten Kinder, die den falschen Männern geboren wurden, nicht anerkennen. Ohne Angelica gab es keine Ordnung, die adeligen Bewerber töteten sich im Zweikampf, schickten einander Meuchelmörder oder schlugen Schlachten um das Recht zu entscheiden, wer Tieflingskinder haben dürfe und wer nicht, und sie ließen Soldaten an Land darum kämpfen, wo die Tieflinge nicht eingreifen konnten. Finsternis senkte sich über die Welt, es war eine schreckliche Zeit.«

Das war für Henry schwerer zu begreifen: Landlinge hängten ihr Herz häufig an seltsame Dinge, deshalb war oft nicht zu durchschauen, warum sie in Zorn gerieten. Allards Geschichte hörte sich an wie ein Machtkampf, aber zu Hause wurden solche Kämpfe nur um Kinder geführt, die bereits geboren waren. Manchmal schlug eine Mutter auf eine andere Stammesfrau ein, die ihr Baby bedrohte. Ein Kampf um ungeborene Kinder war verwirrend. Möglicherweise meinte Allard Paarungskämpfe, aber auch das wäre merkwürdig: Wozu sollten Landlinge Paarungskämpfe um Tieflingsfrauen führen, und das auch noch an Land, wo die Frauen sie nicht einmal sehen konnten? Am Ende stünde ein solcher Mann womöglich mit einer unwilligen Partnerin da, überlegte Henry, und hätte sich ganz umsonst in Gefahr gebracht.

»Was Bastard?«, fragte er, um zur zentralen Frage zurückzukehren.

»Dazu komme ich gleich, Henry«, sagte Allard. »Nach zu vielen Kriegen drohte das venezianische Reich zu zerfallen. China ging seiner Wege, die arabischen Prinzen schützten ihre Händler durch Abmachungen mit ihren eigenen Tieflingsstämmen und wollten mit Europa nichts mehr zu tun haben. Wir konnten kein Bündnis mit den Heiden aufrechterhalten, es konnte keinen Frieden zwischen uns geben. Christen und Heiden konnten keine Verträge schließen. Kriege wurden geführt, Kriege zwischen den Religionen. Inzwischen dauert der Zwist schon Jahrhunderte an, wir sind immer noch Feinde. Aber sie – sie haben nicht so viele Meere zwischen sich und ihren Rivalen wie wir. Wir brauchten Tieflingskönige, das Christentum brauchte sie. Europa stand wieder allein, und man erließ ein Gesetz, wonach ein Landling und eine Tieflingsfrau nicht mehr heiraten durften. Alle unsere heutigen Königshäuser gehen auf jenes erste Jahrhundert zurück, auf Angelicas Zeit. Noch heute darf sich kein Landling mit einer Tieflingsfrau vermählen. Aber jene Kinder – die vor Hunderten von Jahren geboren wurden – heirateten untereinander, und inzwischen stehen sich ihre Nachkommen so nahe, dass sie fast Brüder und Schwestern sein könnten. Ihre Kinder sind nicht immer gesund.«

»Also Henry gegen sie kämpfen, König sein.« Das war doch eine gute Nachricht? Schwer zu begreifen, warum Allard so widerwillig damit herausrückte.

»Darum geht es, Henry. Dein Vater muss ein Landling gewesen sein. Die Adeligen von heute suchen sich keine Bräute mehr unter den Tieflingen. Die Frauen schwimmen davon und nehmen ihre Babys mit. Aber wir haben Seeleute, Henry, Männer, die viele Monate lang auf Schiffen über das Meer fahren.

Sie gehen manchmal zu den Tieflingsfrauen ins Wasser. Es ist nicht erlaubt, aber es kommt vor. Daraus entstehen Kinder wie du. Bastarde. Verstehst du, Henry? Du hast den Körper eines Königs, aber du hast nicht die richtigen Eltern.«

»Also gegen König kämpfen.« Henry sah immer noch nicht, wo die Schwierigkeit lag.

»Das ist nicht erlaubt, Henry. Ein König will, dass seine eigenen Kinder nach ihm König werden, nicht irgendein Bastard.«

Henry sank der Mut. Die Landlinge hatten sich schon jetzt als unerbittlich erwiesen; seit er an Land war, hatte er mit Ausnahme von Salz nichts bekommen, was er wirklich wollte. Wenn er seine Erfahrungen mit den Untertanen des Königs betrachtete, gab es keine Hoffnung. Vielleicht musste er sein ganzes Leben in dieser dummen Zelle hocken.

»Es gibt Bastardkönige, Henry«, sagte Allard.

Henry spitzte die Ohren.

»Aber nicht viele. Sie müssen um den Thron kämpfen. Verstehst du, kein König will, dass ein Bastard seinen Kindern den Thron wegnimmt. Aber wenn es einem Bastard gelingt, den Thron zu erringen und zu halten, will fünf Jahre später jedermann ihn oder seine Kinder heiraten. Er ist nämlich gesund.«

»Bastardkönig jetzt?«, fragte Henry. Wenn es heute schon einen solchen König gab, wäre er vielleicht bereit, ihnen zu helfen.

»Der letzte regierte in Frankreich, vor hundert Jahren. Er hieß Jean le Bâtard und war sehr stark. Es kam zu einem großen Krieg. Doch Frankreichs heutiger König ist gesund und hat drei Söhne. Jeans Kinder wurden mit vielen Prinzen und Prinzessinnen verheiratet. Sogar die Königin von England ist eine Urenkelin von ihm. Deshalb ist auch sie stark und gesund.«

Hundert Jahre waren ein Zeitraum, der Henrys Vorstellungsvermögen überstieg, aber er begriff immerhin, dass dieser Jean le Bâtard nicht mehr am Leben war. Dass man auch vergänglich sein konnte, wenn man stark war, war ihm neu und erschreckte ihn.

»Verstehst du, Henry?«

Henry zuckte zusammen. Schon wieder dieses Wort. Er wollte nicht verstehen. Dabei war ihm durchaus klar, wovon Allard redete. Es war ein Führungskampf. Ein Fremdling wurde niemals willkommen geheißen, aber wenn er sich als stark genug erwies, um zu siegen, wollte jeder seinen Schutz. Es war doch ganz einfach. Warum Allard so nervös war, wenn er davon sprach, wollte ihm nicht einleuchten. »Henry erst kämpfen gegen König, wenn groß und stark. König nicht wollen Bastard. Ja?«

Allard holte tief Luft und nickte. »Genauso ist es, Henry. Deshalb musst du dich still verhalten und vorsichtig sein.«

»Draußen.« Das klang gebieterisch. Henry hatte zugehört und sogar Allards Gerede über den Tod der Starken über sich ergehen lassen. Allard hatte so viel gesprochen, dass Henry das Gefühl hatte, die Worte klebten an ihm. Jetzt brauchte er etwas Neues, etwas, das er sehen und berühren konnte, um diese Worte wieder abzuwaschen.

»Du wirst ganz leise sein«, mahnte Allard noch einmal.

Henry zog sich an seinen Stöcken hoch. »Henry hat dich gehört.«

Um nach »draußen« zu gelangen, musste sich Henry auf eine bislang unbekannte Reise begeben. Seine Zelle lag weit oben, und um hinunterzukommen, gab es Stufen. Henry erinnerte sich an die Stöße, als Allard ihn hinaufgetragen hatte, und jetzt stand er da und hatte viele graue Steine mit geraden Kanten vor sich.

»Gebrauche deine Stäbe«, riet ihm Allard.

Henry schaute hinab. Ein Schwimmer hätte die Entfernung in wenigen Sekunden überwinden können, aber er hatte gelernt, sich vor Höhen zu fürchten.

Allard streckte den Arm aus, umfasste Henrys Hand und setzte einen der Stöcke auf die erste Stufe. Damit brachte er Henry aus dem Gleichgewicht; seine biegsamen Beine konnten zwar Gewichtsverlagerungen ausgleichen, aber es fiel ihm immer noch schwer, damit aufrecht zu stehen. Er entriss Allard seine Hand und ließ den Stock fallen. Er purzelte mit lautem Geklapper die Treppe hinunter. Henry schickte mit einem wütenden Blick auf Allard den zweiten Stock hinterher, dann setzte er sich und rutschte mit einem Bein nach dem anderen über die scharfen Steinkanten. Er schürfte sich die Haut auf und holte sich blaue Flecken, aber er stürzte nicht.

Er musste mehrere große Räume durchqueren, um die Tür zu erreichen, aber er fühlte sich immer noch gefangen: Mit ihren Mauern auf allen Seiten, den Decken und den Möbeln mit den geraden Kanten waren diese Zimmer nicht besser als seine vertraute Zelle. Erst als Allard die Tür öffnete und grelles Licht hereinflutete, veränderte sich die Welt.

Unter dem Meer war das Licht anders: wabernde graue Bänder an der Oberfläche oder ein blauer Schleier, der sich nach unten hin in nichts auflöste. Wenn man zum Atmen auftauchte und seine Lungen füllte, sah man nur einen kurzen Blitz und war fast geblendet. Hier dagegen schickte die Sonne nicht nur Licht, sondern auch Hitze von oben herab, und wo das Licht auf seine fahle Haut fiel, wurde sie warm. Nach allen Seiten breiteten sich grüne Felder aus. Er konnte viel weiter sehen als jemals unter Wasser. Dahinter schloss sich etwas an, was

Allard als »Wälder« bezeichnete, eine riesige Ansammlung von steifen Pflanzen, die senkrecht nach oben wuchsen und sich kaum bewegten – doch dann ging ein Windstoß darüber hin, die Luft strich kühl über seine Haut, und ein gewaltiges Rauschen erfüllte die Luft, wie er es noch nie gehört hatte. Der Wind blies weiter, eine neue Erfahrung für den staunenden Henry: eine Strömung, die sich vor einem teilte, die man spürte wie ein Streicheln, die man mit dem eigenen Körper verdrängte, die einen nicht mitzog, sondern flüsternd an einem vorbeiglitt. Die Luft hatte keine Kraft; sie trug sein Gewicht nicht, half ihm nicht, sich aufrecht zu halten oder sich vorwärtszubewegen, sie konnte ihn aber auch nicht nach unten ziehen. Sie wich vor ihm zurück.

An diesem ersten Tag sah Allard nur zu, wie Henry im Gras spielte. Er versuchte nicht, den Jungen davon abzuhalten, als der sich die Kleider vom Leib riss und sich nackt auf der kühlen, feuchten Erde wälzte, die Nase hineindrückte und ihren Duft einsog, ihm unbekannt, aber angenehm und frei vom widerlich roten Geruch so vieler Dinge, die ihm »drinnen« begegneten: ungewaschene Kleider und gekochtes Fleisch, Landlingsleiber und die Luft in geschlossenen Räumen. Henry sagte nichts, er tollte nur glücklich auf dem Boden herum und streckte seine Glieder, während Allard unruhig danebenstand und mit wachsamem Blick den Horizont beobachtete.

Sechs

Das folgende Jahr war ausgefüllt mit Waffen- und Bewegungsübungen. Markeley, der bis dahin nur gelegentlich aufgetaucht war, um mit seiner Frau im Nebenraum zu verschwinden, war nun ständig anwesend. Er erklärte, demonstrierte, gab Henry Waffen in die Hände und trieb ihn unermüdlich an, verlangte seinen müden Muskeln immer noch mehr Leistung ab und presste ihm die Finger mit den Schwimmhäuten um die Griffe schwerer Schwerter, die fast so lang waren wie er selbst.

Allard kam jeden Tag zu den Übungsstunden, blieb aber nicht ständig dabei. Wenn Henry mit einem stinkenden, bockenden Pferd kämpfte, das nicht gewöhnt war, einen Tiefling auf seinem Rücken zu tragen, stand er oft ruhig mit verschränkten Armen daneben, und dann erinnerte er den Jungen an seine Mutter, die vor all den Jahren in ähnlicher Haltung mit dem Rücken zu ihm gewartet hatte.

Da Henry inzwischen ein Gefühl für die Bewegungsabläufe bekommen hatte, fiel ihm der Umgang mit dem Schwert nicht schwer. Das Gewicht seines Körpers in der Luft fand er nicht mehr so belastend, seit er gespürt hatte, wie sich der Wind vor ihm teilte, und die Geschwindigkeit, mit der er stürzte, wurde ausgeglichen durch die Geschwindigkeit, mit der er ein Schwert durch die Luft sausen lassen konnte. Markeley war größer als er und beherrschte viele Tricks, aber er war auch langsam. Obwohl Henry dem Erwachsenen kaum bis zum Gürtel reichte, konnte er ihm bereits eine Waffe entwinden. Speere und Pfeile zog er so lange der Plackerei mit dem schweren Schild vor, bis Allard ihm das Pferd wegnahm und verlangte, dass er auf dem Boden kämpfte.

Henry hatte viel Kraft in den Beinen, wenn er sie um die Flanken seines Reittiers schließen oder Wasser damit aufwühlen konnte, aber sie waren nicht dafür geschaffen, ihn aufrecht zu halten. Also stützte er sich auf einen Langschild und führte seine Schwerthiebe über den oberen Rand hinweg. Nach sechs Monaten täglichen Trainings führte man Henry in die Waffenkammer des Herrensitzes, und dort an der Wand hing die Waffe, die wie für ihn geschaffen war: zwei schwere Klingen zu beiden Seiten einer dicken Stange, auf die er sich stützen konnte, bis er sie heben und schwingen musste. So brauchte er nur für die Dauer des Hiebs ohne Hilfe zu stehen.

»Wie heißt das?« Er deutete darauf.

»Das ist eine Axt«, antwortete Allard. »Nicht gerade die Waffe für einen Adeligen.«

»Aber für mich, gib sie mir. Ich brauche einen längeren Stiel.« Obwohl Henry im Englischen inzwischen rasante Fortschritte machte, war Allard gewöhnt, dass er sich um Worte wie »bitte« wenig kümmerte; aber da der Junge in soldatischer Haltung vor ihm stand und selbstständig entschieden hatte, unterließ er es, ihn darauf hinzuweisen, sondern nahm schweigend die Axt von der Wand und reichte sie seinem vielversprechenden jungen Schüler.

Der Winter brach an, und das Gras war von Reif überzogen und mit Schnee bedeckt. Henry bestand immer noch darauf, zum Training nach draußen zu gehen, und wälzte sich oft in der weißen Pracht. Markeley, ein stämmiger, wortkarger Mann, der ein Auge wegen einer alten Narbe nur halb öffnen konnte, schüttelte den Kopf, wenn er sah, wie sich der kleine Kerl hin und her warf, mit seinen biegsamen Beinen im Schnee wühlte und ihn zu weißen Bergen aufhäufte. Aber er sagte nichts dazu, sondern schlug nur mit den Armen, um die Kälte zu vertreiben, und grinste manchmal in sich hinein. Für Henry war der Schnee nicht kälter als das winterliche Meer: beißend, aber nicht unerträglich. Wenn er auf seiner Haut schmolz, spannte sie nicht mehr so sehr; die trockenen Schuppen, die sich unter seinen Kleidern bildeten, wurden weicher, und sein Fleisch erwachte zu neuem Leben. Er wurde nie müde zu beobachten, wie ihm in der kalten Luft der Atem vor dem Mund zu weißen Wolken gefror – allerdings fand er es noch vergnüglicher, den Landlingen beim Atmen zuzusehen. Sie atmeten viel öfter. Als sie zum ersten Mal bei großer Kälte nach draußen gegangen waren, war Markeley offenbar über den großen Abstand zwischen zwei Atemzügen erschrocken und hatte Henry geschüttelt, mit seinen weißen Augen in seine schwarzen geschaut, hinter dem Ohr des Jungen nach einem Puls getastet und ihn an den Händen gefasst. Henrys Haut war immer noch sehr viel heller als der rosige Teint der Landlinge, besonders, wenn die Winterluft Markeleys Wangen tiefrot färbte, aber er fühlte sich ganz wohl und wurde kein einziges Mal krank.

Das Einzige, was ihm den Winter verleidete, waren die Feuer. Dicke Scheite, die den reinen Duft des Draußen verströmten, wurden übereinandergelegt und angezündet; als Henry zum ersten Mal die grellen Flammen aufzüngeln sah, erfasste ihn Todesangst. Sie bewegten sich zu schnell, und sie verbreiteten eine sengende Hitze. Das grelle Flackern im offenen Kamin machte ihn blind für seine Umgebung, seine Augen waren für so viel Licht und Dunkelheit gleichzeitig nicht anpassungsfähig genug. Die Landlinge drängten sich um diese Flammen, aber Henry hielt sich abseits, wenn die anderen ihre schwimmhautlosen Hände ausstreckten. Das Flattern und Rauschen der Luft und das Knacken der Scheite, wenn sie in der Hitze brachen, trieben ihn ans hinterste Ende des Raumes. Selbst eine Ecke war ihm noch lieber als das lodernde Feuer.

Dann kehrte der Sommer zurück, und wieder wurde alles anders. Allard teilte Henry mit, dass er ihm einen neuen Mann vorstellen würde. Der Mann sei ein Freund. Henry hatte bisher nicht von ihm gehört, doch laut Allard sollte er noch vor Ende des Tages kommen.

»Du hast gesagt, niemand darf mich sehen«, wandte Henry ein.

»Dieser Mann wird dich nicht verraten«. Allard krallte die Hände ineinander. Als er sah, dass Henry ihn beobachtete, ließ er es sein.

»Warum will er kommen?«

»Er will uns helfen?«

»Hat er Soldaten?« Henry wünschte sich immer noch, einem Soldaten zu begegnen. Selbst wenn es sich nur um Landlinge handeln sollte, die jene Dinge beherrschten, die er gerade lernte, bildete er sich ein, sie seien in irgendeiner Weise außergewöhnlich, und man sollte sie gesehen haben. Sie wurden stets als Gruppe erwähnt wie ein Schwarm Fische; Henry stellte sich vor, sie marschierten alle im Gleichschritt oder sähen gleich aus.

»Er könnte sie zusammenrufen, ja. Und er hat einen Sohn.«

Henry runzelte die Stirn. »Ist das nicht schlecht?« Es leuchtete ihm ein, dass der König ihn ablehnte, weil er eigene Kinder hatte; und da die Tieflinge fremden Kindern im Allgemeinen nicht freundlich begegneten, folgerte er, dass ein Mann, der einen eigenen Sohn hatte, weniger bereit sein würde, sein Freund zu sein.

Allard runzelte seinerseits die Stirn. »Nein, Henry. Es ist gut. Er wird seinen Sohn mitbringen.«

Henry konnte sich mehrere Gründe vorstellen, warum das nicht zwangsläufig gut sein musste, aber die Neugier auf diesen Sohn war stärker als seine Bedenken. Vielleicht wäre er etwa in seinem Alter. Ungeachtet einiger Vorbehalte – von Tieflingskindern war er immer schneller gekniffen oder beschimpft worden als von den Erwachsenen – hatte er sowohl aus den Übungskämpfen mit Markeley als auch aus der Rangelei mit Allard an jenem seltsamen Tag die Erfahrung mitgenommen, dass erwachsene Landlinge keine unüberwindlichen Gegner waren. Der Sohn musste kleiner sein und konnte ihm daher nicht gefährlich werden. Vielleicht ließe er sich sogar einschüchtern. Es wäre zur Abwechslung einmal ganz schön, der Überlegene zu sein.

Als Allard nun mit einem anderen Reiter an seiner Seite angeritten kam, sah Henry, der mit seiner Axt geübt hatte, dem Jungen mit den braunen Haaren und den blauen Augen, der vor Allards Begleiter im Sattel saß, mit Spannung entgegen. Der Junge rutschte vom Pferd, aber der Mann blieb sitzen. Allard stieg ab und ging auf Henry zu.

»Hier ist das Kind«, sagte er.

Henry mochte es nicht, wenn man über ihn redete, als wäre er taub, aber es war eine besondere Situation: Während Allard die Hände faltete und unruhiger als sonst von einem Bein auf das andere trat, saß der Mann auf dem Pferd ganz still und aufrecht und schaute auf ihn hinab. Henry erlebte nicht zum ersten Mal, dass jemand sich Allard gegenüber so verhielt, aber Allard hatte sich noch nie so unterwürfig gezeigt.

Der Jungte trottete auf Henry zu. Seine strammen Beine hoben und senkten sich schneller als bei einem Erwachsenen. »Wir wollen euch kämpfen sehen«, forderte Allard die beiden auf.

Henry war zu sehr mit diesem Wesen mit den rosigen Wangen beschäftigt, um groß auf ihn zu achten. Der Junge starrte auf Henrys gebogene Beine und auf seine Finger mit den Schwimmhäuten. Henry regte sich nicht.

»Kann ich deine Hände sehen?«, fragte der Junge.

»Kann ich die deinen sehen?«, gab Henry zurück.

Der Junge grinste und trat näher. »Ich bin John«, sagte er und musterte die helle Haut, die Henrys Finger miteinander verband. »John Claybrook.« Sein Grinsen war Henry nicht ganz geheuer, schließlich hatte er zu Hause nur selten ein noch dazu meist widerwilliges Lächeln bekommen. Für einen Moment quälte ihn eine Erinnerung an gefletschte Reißzähne, doch dann nahm er sich zusammen.

»Deine Zähne sind stumpf«, stellte er fest. Das war bei den Landlingen zwar allgemein so, aber er hielt es für wichtig, gleich von Anfang an deutlich zu machen, dass er nicht vorhatte, klein beizugeben.

»Kann ich die deinen sehen?« Das Lächeln verschwand nicht. Henry schüttelte die Erinnerung ab und beantwortete die Frage mit einer Grimasse. Die weißen Rechtecke im Mund des anderen Jungen begannen ihn zu interessieren.

»Kommt, wir wollen euch kämpfen sehen«, wiederholte Allard.

Henry hob seine Axt.

Johns Augen wurden groß. »Nicht damit, du schlägst mir ja den Kopf ab«, sagte er. »Hier.« In seinem Gürtel steckten zwei Holzschwerter; er reichte Henry das eine.

»Die taugen doch nichts«, protestierte Henry.

John antwortete nicht. Stattdessen versetzte er ihm mit seinem eigenen Schwert erst einen, dann noch einen Stoß, bevor er die vorgeschriebene *En-garde*-Position einnahm. Anschließend beugte er sich vor und stieß noch einmal zu, gleichzeitig drückte er Henry die zweite Waffe in die Hand.

Henry richtete sich auf seinen Beinen auf und schmetterte das Schwert beiseite. John wich zurück und begann allen Ernstes, seine Hiebe zu parieren, aber Henry, der wusste, dass seine Beine ihn nicht unbegrenzt lange tragen konnten, ging wütend auf seinen Gegner los und prügelte mit seinem Schwert so lange auf ihn ein, bis ihm das Holzschwert aus der Hand fiel. John sprang zurück, und Henry machte einen Satz und ließ sich rittlings auf ihn fallen, um seine Beine zu entlasten. John zappelte und wollte ihn abschütteln, doch Henry presste ihm beide Hände auf das Gesicht und hielt ihm die Augen zu.

»Das reicht!«, ertönte Allards Stimme. Henry sah sich nach Johns Vater um, und der betrachtete ihn mit einem Ausdruck, wie ihn der Junge nur einmal in früher Kindheit erlebt hatte, als ein Angehöriger seines Stammes einen Felsen anfasste, der sich als Muräne entpuppte.

Henry spürte, wie John unter seinen Händen prustete und keuchte. Er gab ihm den Kopf frei, blieb aber auf ihm sitzen, bis er alle Worte gefunden hatte, die er für einen korrekten Satz brauchte. Dann sagte er: »Möchtest du mein Freund sein?«

ZWEITES BUCH

ANNE

Sieben

Anne war bei ihrer Geburt eine Enttäuschung, aber das war bei Töchtern aus königlichem Hause öfter der Fall.

König Edward, Annes Großvater, trug die Krone Englands schon seit vierzig Jahren. Seine Regentschaft hatte sich gut angelassen: Rasch hintereinander wurden zwei Söhne geboren. Wahrsager hatten William, dem perfekten erstgeborenen Prinzen, einen Bruder prophezeit. Doch als die Höflinge dieses Kind schleimbedeckt und stumm aus dem Mutterleib gleiten sahen, wagten sie es nicht einmal, sich zu bekreuzigen. Man hatte das Erbgut der Tieflinge im Königshaus über Generationen rein erhalten, indem man nur Prinzen und Prinzessinnen, Vettern und Basen die Heirat gestattete. Doch manchmal verklumpte das salzige Blut in den Adern und vergiftete das Fleisch, sodass es zu grotesken Mutationen kam und Kinder wie Philip entstanden. Bei Philip dem Kranken, König Edwards zweitem Sohn, waren die Beine von der Hüfte bis zu den Knien zu einem massiven Schwanz zusammengewachsen und verzweigten sich erst unterhalb davon zu zwei kümmerlichen Stummeln. Der Hof erklärte das Kind zum Jungen und betete insgeheim, diese entschlossene Klassifizierung des gänzlich flachen, äußerlich geschlechtslosen Säuglings möge sich als zutreffend erweisen.

William war die Hoffnung der Krone, in ihm hatten sich die Elemente so vollkommen vermischt wie bei Angelica selbst.

Wenn man ihn neben Philip sah, der mit einer Geschwindigkeit, die nur noch von der Langsamkeit seines Verstandes übertroffen wurde, zu einem stämmigen, unzweifelhaft männlichen Knaben mit tiefer Stimme heranwuchs, wurde man immer wieder aufs Neue über die Gefahren einer Paarung zwischen allzu nahen Verwandten belehrt. William ging an sämtlichen Königshöfen Europas auf Brautschau. Als er mit Erzebet heimkehrte, einer madjarischen Prinzessin, hätte sich das Land vielleicht dagegen aufgelehnt, dass eine Ausländerin in Englands heilige Hallen eindrang – sie war nicht die Tochter eines Nachbarlandes wie Schottland oder Deutschland, kein Kind, das William seit seiner Geburt versprochen und an einem englischen Hof erzogen worden war, sondern eine verschlossene Prinzessin mit hartem Akzent –, hätten nicht die Gerüchte über Philips Dummheit, seine Tölpelhaftigkeit, seine unbeherrschten Wutausbrüche und seinen langsamen Verstand überall die Runde gemacht. Der Klatsch ließ sich nicht zum Schweigen bringen, er wurde in Liedern und Possen, die das gemeine Volk wohlweislich nur zum Besten gab, wenn keine Soldaten anwesend waren, durch das ganze Land getragen. Die leidenschaftliche, unerschütterliche Erzebet war eine Fremde, aber sie war gesund, sie war ebenso sehr ein Tiefling wie die Angehörigen der englischen Königsfamilie, sie war über mehrere Generationen nicht mit William verwandt, und so konnte man davon ausgehen, dass sie einen reinblütigen Erben hervorbrächte.

Mary, das erste Kind, kam so schnell zur Welt und war körperlich so makellos, dass man ihr ihre Weiblichkeit verzieh. Wäre Philip nicht gewesen, man hätte auch Anne, die Zweitgeborene, freudig willkommen geheißen, obwohl sie ein Mädchen war. Doch das winzige zappelnde Bündel, das von der Hebamme in die Höhe gehalten wurde und sich mit lautem Zwitschern dagegen verwahrte, aus den Armen seiner Mutter gerissen zu werden, verriet sich durch die Farbe seines Gesichts.

Wenn die Dichter Oden über ihre Schönheit schrieben, verwiesen sie dezent auf ihr »leuchtendes Antlitz«. Aber Annes phosphoreszierendes Gesicht begeisterte niemanden. Wenn die Haut auf ihren Wangen und um ihre Augen im Halbdunkel geschlossener Räume einen seltsam bläulichen Schein verbreitete, den noch so viele Kerzen nicht überstrahlen konnten, wurde das nicht als schön empfunden. Das Leuchten bewirkte lediglich, dass ihre Augen im Schatten lagen und die Augenhöhlen so leer erschienen wie bei einem Totenschädel. Seeleute berichteten von Fischen in fernen Meeren, die im Dunkeln Licht abgaben, und sogar von Tieflingen mit strahlenden Gesichtern; wahrscheinlich, so erklärte Erzebet ihrer Tochter, hatte ein ferner Vorfahr Angelicas ebenso geglüht wie Anne. Aber bei Hof bekam man die Tieflinge allenfalls flüchtig zu Gesicht, und die Menschen, die die Straßen bevölkerten, wenn Annes Sänfte vorbeigetragen wurde, und sie mit ihren neugierigen Blicken einschüchterten, waren überhaupt noch nie einem Meeresbewohner begegnet. Anne wirkte nicht wie eine Königstochter, sondern wie ein Gespenst, und sie war den Menschen unheimlich. Schon bevor sie sprechen konnte, war sie mit ihren schwarzen Augenhöhlen eine lebende Todesmahnung. Ihr Gesicht glich einem leeren Blatt, von dem jedermann, der die Gerüchte über Philips Schwachsinn kannte und befürchtete, Englands Thron könnte unter der Last des verseuchten Bluts zusammenbrechen, jede beliebige Geschichte ablesen konnte.

Wenigstens war sie Philip nicht ähnlich, wie ihre Schwester Mary sie einmal zu trösten versuchte. Immerhin hatte sie zwei Beine und konnte gehen. Viele Prinzen würden sie mit Freuden zur Frau nehmen.

Anne war bereits vier Jahre auf der Welt, als sie erfuhr, dass sie eine Schwester hatte. Als sie fünf Jahre alt war, fiel William, ihr Vater, in Schottland durch das Schwert eines Soldaten. Und sie war sechs, als ihre Mutter die Trauerkleider ablegte und ihren Onkel Philip heiratete.

Anne war von Erzebets sporadischer Zuwendung geradezu geblendet. Solange sie denken konnte, flößte ihr die Gestalt der Mutter eine angestrengte, sehnsuchtsvolle Ehrfurcht ein, die sie in Ermangelung eines besseren Wortes »Liebe« nannte.

Ihre Kleinkindzeit verbrachte Anne zumeist in den Armen von Kinderfrauen. Man umwickelte die Beine der kleinen Prinzessin mit festen Bändern, in der Hoffnung, ihnen damit etwas mehr Stabilität zu verleihen, und stets stand eine Amme bereit, um ihre dünne, lauwarm-süßliche Milch über die sich härtenden Kiefer des Kindes fließen zu lassen. Erzebet erschien nur in unregelmäßigen Abständen. Obwohl Annes Gedächtnis weit zurückreichte und ihr Verstand so früh reifte wie bei einem Tiefling, konnte sie sich kaum an etwas von ihrem ersten Jahr erinnern – doch die späteren Erinnerungen an ihre Mutter waren gefärbt von einer Unruhe, die sie nicht überraschte und die vermuten ließ, dass ihr solche Szenen bereits vertraut gewesen waren. Die Kinderfrauen wurden mit einem Händeklatschen entlassen, das dank Erzebets Schwimmhäuten ohrenbetäubend laut klang, dann wurden unter gemurmelten Verwünschungen die Bänder gelockert, und Anne, die noch zu klein war, um den Wortlaut genau zu verstehen, war nie ganz sicher, ob die Kritik nicht womöglich ihr galt. Doch es gab auch andere Eindrücke. Einmal hatte ihre Mutter ihre prächtige Perlenkette abgenommen, ihr schweres Mieder geöffnet und ihre harte, kühle Brustwarze in den Mund ihrer Tochter geschoben. Die Brustwarze schmeckte leicht salzig, spendete aber eine dicke, sämige Nahrung, die den Säugling mehr wärmte, als es die Milch einer Amme jemals vermocht hatte. Der Geschmack war Anne so vertraut, dass dies vermutlich nicht die erste derartige Gelegenheit gewesen war, vielleicht waren nicht nur ihr Hunger, sondern auch die Erinnerungen schuld daran, dass die wässrigen Absonderungen ihrer Betreuerinnen sie nicht zufriedenstellen konnten. Erzebet wiegte ihre Tochter und summte dabei Worte, die Anne erkannte, obwohl sie noch nicht sprechen konnte, beruhigende Worte, die mit *mein Kind, sei behütet, mein Kind* übersetzt werden konnten. Es war das letzte Mal, dass ihr das zweifelhafte Vergnügen beschieden war, von Erzebet genährt zu werden, dass sie die fette Milch in ihrem Mund spürte und die gefühlvolle Stimme über sich hörte. Als ihre spitzen Zähne durchbrachen, zogen die Ammen sie mit erschrockenem Aufschrei von ihren Brüsten weg, und Erzebet machte keine Anstalten mehr, sie zu füttern.

Sobald Anne sprechen konnte, wurden die Kinderfrauen von Erzieherinnen abgelöst. Auf Englisch folgte Latein, zusammen mit Französisch und Spanisch, den Sprachen, die an den großen Höfen gesprochen wurden. Anne lernte fleißig und mit Hingabe, wohl wissend, dass jeder Fehler mit einem Klaps geahndet wurde. Ihre erste Kinderfrau verschwand aus ihrem Leben, als sie drei Jahre alt war, und als ihr die Frau später auf einem Spaziergang begegnete und sie in der Hoffnung auf einen Kuss auf sie zuwackelte, knickste die vor ihr und nannte sie »Majestät«. Anne eignete sich alle europäischen Sprachen auf einmal an und übersetzte rhetorische Abhandlungen, denen sie kaum folgen konnte, von einer Sprache in die andere, stets in dem Bewusstsein, dass ihre Mutter jederzeit ohne Vorwarnung auftauchen und sie einer Prüfung unterziehen könnte. Die Abstände zwischen diesen Besuchen konnten sehr lang sein. Manchmal erschien Erzebet mehrere Monate nicht.

Erzebet erklärte entschieden, mit Annes Verstand sei alles in Ordnung, und die Höflinge schlossen sich, zumindest in ihrer Gegenwart, dieser Ansicht an. Da nur wenige Auserwählte den Vorzug genossen, Anne unterrichten zu dürfen, und die viel zu viel Angst vor Erzebets gnadenlosem Temperament hatten, um ohne Erlaubnis über das Mädchen mit dem blauen Gesicht zu sprechen, gingen die Meinungen über sie weit auseinander. Sprachlich war sie zweifellos besser als Philip: Philip beherrschte lediglich die Sprache der Tieflinge und ein paar englische Wendungen, aber ein zweijähriges Kind konnte bessere Sätze bilden als er. Anne lernte Englisch und Latein, Französisch, Spanisch und Madjarisch gleich mühelos, aber das fanden die ebenso kosmopolitisch erzogenen Höflinge nicht außergewöhnlich. Und bis zu Erzebets zweiter Heirat legte Anne nur in Gegenwart ihrer Mutter und ihrer Erzieherinnen auch andere Fähigkeiten an den Tag. Noch nach sechs Jahren auf dieser Welt war sie für den Hof ein unbeschriebenes Blatt, das Leuchten ihres Gesichts überdeckte ihre Mimik, und in Gegenwart so vieler ehrfurchtgebietender Persönlichkeiten war ihre Zunge wie gelähmt. Bei ihr war alles möglich.

Von ihrer Schwester erfuhr sie erstmals in Zusammenhang mit dem Unterricht. Erst später fand Anne heraus, warum das so war: Mary war ein Hauptgewinn für jeden Prinzen, der eine gesunde Braut suchte, aber die Gerüchte über Philips Schwachsinn hatten sich rasch und weit verbreitet. Um zu beweisen, dass Marys Blut rein war, hatte Edward darauf bestanden, dass sie einer königlichen Amme übergeben und an allen europäischen Höfen herumgezeigt würde. So hatte Mary die ersten Jahre ihres Lebens fern der Heimat verbracht. Manchmal hatte Erzebet Anne zu Hause gelassen und dem Hof, wo ihre Tochter gerade als Gast weilte, einen Staatsbesuch abgestattet. Erzebet, die niemals einen Fuß nach England gesetzt hatte, bevor sie dort gekrönt wurde, kannte die Feindseligkeit, die solchen Königinnen entgegenschlug; eine Prinzessin aus England wäre willkommener, wenn sie ihr Volk vor ihrer Hochzeit besucht hätte, selbst wenn sie zu dem Zeitpunkt noch ein Kleinkind gewesen wäre. Mary war von Amme zu Amme, von Hof zu Hof weitergereicht worden und hatte damit die Grundlagen für eine Zukunft gelegt, die ungewiss war, solange kein Bruder Englands Thronfolge sichern konnte. Als Anne alt genug war, um unterrichtet zu werden, hatte ihre Mutter erklärt, jetzt sei es genug, es sei Zeit, dass Mary nach Hause zurückkehre, und wer sie sehen wolle, könne ja nach England kommen. Doch Anne hatte davon nichts erfahren. Erzebets Visitationen erfolgten in so großen Abständen und waren so unvorhersehbar, dass ihre kleine Tochter sie nie nach der Welt draußen gefragt hatte, jener großen, bedeutsamen Welt, die ihr die Zuwendung ihrer Mutter so entschlossen streitig machte. Erzebet wiederum war, wenn sie mit Anne sprach, so ausschließlich nur auf ihre Tochter konzentriert, dass für nichts sonst Raum blieb. Anne dachte, sie beide seien allein auf der Welt.

Als sie daher zum ersten Mal zusammen mit einem unbekannten Kind Aufstellung nehmen und auf Erzebets Erscheinen warten musste, starrten die beiden sich unverhohlen an. Dass das Mädchen ebenfalls gebogene Beine und Schwimmhäute zwischen den Fingern hatte, fand Anne zunächst verblüffend und nach kurzem Überlegen sogar empörend. Andere Leute standen aufrecht und hatten gespaltene Hände, aber Anne und ihre Mutter glichen sich in ihrer Andersartigkeit, und die Dreistigkeit, mit der diese Fremde ganz offen diese Gestalt, *ihre* Gestalt für sich beanspruchte, löste in Anne Wut und

Entsetzen aus. Das Mädchen hob eine Hand mit Schwimmhäuten, die ihr nicht zustanden, deutete auf Anne und fragte: »Was ist mit deinem Gesicht?«

Das konnte nur eine Beleidigung sein, denn Anne hatte sich geduldig mit einem rauen Lappen waschen lassen, bevor man sie hereinführte. »Geh weg«, sagte sie.

»Dein Gesicht ist blau, und es leuchtet.« Das Gesicht des Mädchens war hübsch und rosig; Anne starrte sie böse an.

»Mit meinem Gesicht ist alles in Ordnung«, stieß sie mit zornerstickter Stimme hervor. Leider hörte es sich so an, als müsste sie die Tränen unterdrücken.

»Es leuchtet im Dunkeln.« Das Mädchen deutete abermals auf sie, und Anne ließ einen ihrer stützenden Stöcke los und versetzte der anderen einen heftigen Stoß, der sie zu Boden warf.

Genau in dem Moment, als Anne von ihrer Erzieherin am Ohr zurückgezogen und mit dem fallengelassenen Stock verprügelt wurde, betrat Erzebet mit langsamen, gleichmäßigen Schritten den Raum. Anne hörte auf zu zappeln, richtete die tränennassen Augen auf ihre Mutter und wartete darauf, von ihr gerettet zu werden.

»Was geht hier vor?« Erzebet sprach makelloses Latein, verwendete es aber nur im Umgang mit ausländischen Würdenträgern, während sie durch ihr gebrochenes und akzentbehaftetes Englisch dem ganzen Hof kundtat, sie könne das Land ebenso gut wie eine gebürtige Engländerin regieren.

»Prinzessin Anne hat ihre Schwester gestoßen, Majestät.« Margaret, so hieß die Erzieherin, hielt Annes Arm immer noch fest, aber der Stock hing unsicher in der Luft.

»Was wollt Ihr mit dem Stock?« Erzebets Augen ruhten kalt auf der Hand der Frau.

»Ich … ich wollte die Prinzessin züchtigen.« Margarets Stimme klang matt. Erzebet schlurfte mit klappernden Stöcken auf sie zu. Ihre Röcke raschelten so laut, dass sie das Scharren ihrer Füße übertönten. Margaret wich nicht zurück, sie zog nicht einmal den Kopf ein. Erzebet blieb lange vor der Hofdame stehen. Endlich nahm sie den rechten Stock in die Linke und versetzte ihr mit der freien Hand eine Ohrfeige, die sie taumeln ließ.

»Ohne Erlaubnis eines Prinzen oder einer Prinzessin habt Ihr den Stock nicht zu berühren«, erklärte Erzebet der leise wimmernden Frau mit glasklarer Stimme. Dann wandte sie sich an Anne. »Hast du deine Schwester gestoßen?«

Anne schaute zu ihrer Mutter auf. »Das Mädchen hat gesagt, ich hätte ein blaues Gesicht.« Das Wort »Schwester« tat allmählich weh, und sie griff nach Erzebets Hand.

»Böses Kind«, sagte Erzebet. »Fort mit dir.« Als ihre Tochter hinausgetragen wurde, drehte sie ihr den Rücken zu und sprach kein Wort mehr mit ihr.

Anne blieb eine volle Woche mit ihrer Erzieherin allein, ohne zu wissen, ob sie ihre Mutter jemals wiedersehen würde. Im Unterricht war sie unaufmerksam und wurde bestraft, aber das beeindruckte sie kaum. Erst als die Mutter erschien, feststellte, dass die Tochter in ihrem Pensum zurück war, und wieder ging, erwachte Annes Lerneifer von Neuem, und sie setzte ihre Lektüre so hastig fort, dass ihr die Buchstaben vor den Augen verschwammen.

Eine Woche später fand Anne sich abermals mit dieser Schwester zusammen in einem Raum wieder. Auch ihre Mutter war zugegen. Beim Anblick von Erzebet schlug ihr das Herz bis zum Hals; ihre Mutter hatte sie ein böses Kind genannt, und Anne sehnte sich verzweifelt nach einem Zeichen der Vergebung. Erzebet erfüllte ihr den Wunsch nicht, sie schenkte Anne weder ein Lächeln, noch runzelte sie die Stirn; sie beobachtete ihre beiden Töchter, ihr Blick wanderte von einer zur anderen und ruhte mit der gleichen Eindringlichkeit auf jedem der kleinen Gesichter. Anne sprach nur, wenn sie dazu aufgefordert wurde, aber jedes Mal, wenn die Augen ihrer Mutter sich auf das andere Mädchen – auf Mary – richteten, schnürte ihr etwas die Kehle zu. Die Fragen wechselten vom Lateinischen ins Spanische, vom Französischen ins Madjarische, und die Schwestern antworteten korrekt und förmlich.

Nach einer Weile sollte sich Mary auf Latein zu einer Frage äußern. Anne hörte zu und suchte dabei nach einer Eigenschaft des anderen Mädchens, die es rechtfertigen könnte, dass ihre Mutter sich von ihr abgewandt hatte, und dann hörte sie einen Fehler.

Erzebet zog eine Augenbraue hoch und unterbrach Marys Vortrag. »Nein«, sagte sie.

Der Störenfried hatte eine Schwäche gezeigt. Anne schwamm auf einer Woge der Genugtuung und nahm all ihren Mut zusammen. »Es muss *benedicta* heißen«, verkündete sie.

Erzebet sah die Anspannung in ihren Zügen. »Ja«, nickte sie, »das ist richtig.« Sie schenkte dem Kind ein kleines Lächeln, das Anne im Gedächtnis blieb. Fortan saß sie tagtäglich stundenlang über ihren Büchern und lernte alles, was sie finden konnte, um sich noch eine solche Belohnung zu verdienen.

Die Schwestern wurden fortan gemeinsam unterrichtet. Sprachen. Geschichte, die Entwicklung der europäischen Herrscherhäuser und die komplizierten Verästelungen von Angelicas Nachkommenschaft. Geografie, die Städte, Grenzen und Heere der Nationen, deren Königinnen sie eines Tages werden könnten. Als Erzebet diesen Gedanken zum ersten Mal in eine Unterrichtseinheit einbaute, brach Anne in Tränen aus, schämte sich aber, den Grund dafür zu erklären: Erzebet hatte ihr Heimatland und ihre Mutter verlassen, um Königin in England zu werden. Anne hatte nicht den Wunsch, ihrem Beispiel zu folgen, denn dann sähe sie Erzebet niemals wieder.

»Es reicht, Anne«, mahnte Erzebet. Eine kleine Falte hatte sich in ihre Stirn gegraben, aber ihr Ton war entschieden.

Anne konnte nicht aufhören. »Ich will nicht in die Fremde«, schluchzte sie kläglich. Sie schämte sich zu Tode vor ihrer schwesterlichen Rivalin.

Überrascht spürte sie eine kleine Hand auf ihrem Arm. »Andere Nationen sind so schlimm nicht«, tröstete Mary. »Sie haben nur andere Sitten und andere Speisen, und bei Festmählern wird man bedient.«

Anne sah Erzebet an und wartete auf eine Erläuterung, aber Erzebet lehnte sich zurück und beobachtete ihre beiden Kinder.

»Ich möchte aber zu Hause bleiben«, flüsterte Anne.

»Ich war in Frankreich«, sagte Mary. »Der Dauphin hat mir einen Ring und diese Perlenkette geschenkt. Möchtest du sie haben?«

»Was?« Mary war eine so starke Nebenbuhlerin um die Gunst ihrer Mutter, dass Anne bis dahin mehr oder weniger an allem Anstoß genommen hatte, was sie tat, aber Geschenke wurden gewöhnlich von Höflingen geschickt, die sich beliebt machen wollten. Anne hatte nichts zu geben, was Mary veranlassen könnte, sich das Wohlwollen ihrer Schwester erhalten zu wollen, es gab also keinen triftigen Grund, warum Mary ihr etwas schenken sollte. Aber die Perlen waren hübsch, sie glichen der Kette, die Erzebet getragen hatte, als sie Anne damals nährte. In Annes Seele kämpfte der Wunsch, sie zu besitzen, gegen die Feindseligkeit gegenüber der Schwester. Ihre Kehle brannte.

»Sie würden dir gut stehen, wenn dein Gesicht erstrahlt«, sagte Mary. »Sie würden ebenfalls leuchten.«

Da war es wieder: ihr Gesicht. Das Mädchen wollte sie nur ärgern. »Du solltest nach Frankreich zurückkehren«, entgegnete Anne.

Sie sah erstaunt, wie Marys Augen sich mit Tränen füllten. »Du bist nicht nett«, hielt sie Anne vor. »Ich wollte dir etwas schenken. Ich habe in Frankreich an meine Schwester und an ein Geschenk für sie gedacht.« Mary wischte sich mit dem Handrücken über das Gesicht. Die Geste war so plump, so weit entfernt von höfischer Eleganz, dass Anne zu ihrem Schrecken kameradschaftliche Gefühle spürte. Sie hatte sich allein für ungeschickt gehalten.

Anne wollte nicht kapitulieren, sie wollte nicht diejenige sein, die von ihrem hohen Ross herunterstieg, aber ihre Mutter saß immer noch da und beobachtete sie beide. Außerdem hatte Anne bei der Vorstellung, Mary hätte in Frankreich an sie gedacht, ein schlechtes Gewissen: Sie hatte in England nicht an Mary gedacht, sie hatte nicht einmal von ihrer Existenz gewusst, und ein Teil von ihr wünschte sich das Mädchen immer noch nach Frankreich zurück. Doch Anne hatte bis dahin noch nie ein Geschenk bekommen. Und Mary war der erste Mensch, der jemals angedeutet hatte, Anne hätte ihr gefehlt.

Anne suchte nach einer Antwort. »Ich habe ein Saphirarmband, das mir zu groß ist«, sagte sie endlich. »Das könnte ich dir für die Perlen geben.«

Mary hob interessiert den Kopf.

»Du kannst ein Geschenk nicht einfach weiterreichen«, schaltete Erzebet sich ein. »Das kränkt den Spender. Eine Prinzessin darf niemanden kränken.«

»Ich mag Perlen nicht leiden«, sagte Mary. »Die Höflinge schenken mir immer Perlen, ich habe schon zu viele davon, und sie sehen langweilig aus.«

»Perlen sind königlicher Schmuck, sie kommen aus dem Meer«, sagte Erzebet in einem Ton, der keinen Widerspruch duldete.

Mary warf Anne einen verschwörerischen Blick zu. Es war ein zaghafter Anfang, aber zum ersten Mal empfand Anne ihre Schwester nicht ausschließlich als Rivalin.

Gelegentlich besuchte Erzebet ihre jüngere Tochter auch weiterhin allein. Dann setzte sie sich neben Anne und summte in der Sprache, die diese bisher nur von ihr gehört hatte. Mit der Zeit fand Anne sich damit ab, dass solche Szenen wohl auch mit Mary stattfanden, aber sie schwelgte in der Anwesenheit ihrer Mutter und genoss jede Sekunde. Die Sprache an sich war einfach, ein melodischer Strom von stöhnenden und quiekenden Lauten, Pfiffen und Schnalzern, der sie beruhigte, obwohl sie zugleich wusste, dass diese Ruhe nicht von Dauer sein konnte.

Seit ihrer Kindheit hatte ihre Mutter sie in dieser Sprache zu sich gerufen, wenn sie miteinander schwammen. Anne war seit Langem gewöhnt, dass der Hof von einem Schloss zum anderen reiste, und kannte die Seen und Bäche jeder Residenz ebenso gut wie die Räume im Inneren. Wenn sie fern vom Hof waren, setzte die Mutter Anne oft vor sich auf ein Pferd, und dann ritten sie beide davon – Anne in heller Aufregung über das heimliche Abenteuer zu zweit –, streiften die schweren höfischen Gewänder ab und ließen sich nackt ins Wasser gleiten. Befreit von dem Zwang, sich wie die Landlinge aufrecht zu bewegen, tauchten und drehten sich Mutter und Tochter nach Herzenslust, schlugen mit ihren Beinen das kalte Wasser, als wären es Schwänze und fühlten sich rein und frei.

Nachdem die beiden Schwestern sich kennengelernt hatten, wurden weitere Ausflüge angesetzt. Als sich der Hof zum ersten Mal zu einer Reise an die Küste versammelte, war Anne nervös. Sie hatte mitbekommen, dass ihre Mutter solche Exkursionen öfter unternahm, doch als man sie mit ihrer Schwester in einen Tragestuhl setzte, war Erzebets Sänfte sehr weit vor ihnen, sie wurde Seite an Seite mit William und Edward getragen, und auch sonst gab es niemanden, den man fragen konnte.

Mary, die neben ihr saß, war ganz ähnlich gekleidet: Für einen offiziellen Anlass war das Gewand ungewöhnlich schlicht. Anne war an diesem Morgen von ihrer Kinderfrau angezogen worden, aber das Gewand war vorne geschlossen, mit Bändern, die selbst kleine Schwimmhautfinger lösen konnten, und der dünne Stoff war nicht mit Edelsteinen besetzt. Auf den beiden kleinen Köpfen lasteten Kronen aus Silber, aber diese leichten Kleider waren den Mädchen ein Rätsel.

Annes Unruhe steigerte sich immer mehr. Sie wollte, dass ihr jemand erklärte, was sie erwartete, aber sie wollte sich vor Mary keine Blöße geben. »Hast du das schon einmal gemacht?«, fragte sie schließlich.

Mary schüttelte den Kopf. »Nein. Und du?«

Bei dieser Frage wurde es Anne ein wenig wärmer ums Herz. Mary erschien ihr so groß und selbstbewusst. Die Vorstellung, sie könnte es für möglich halten, dass Anne ihr in irgendeinem Bereich voraus wäre, kam einem schockierenden Kompliment gleich. »Nein.« Anne fiel es nun viel leichter, ihre eigene Unwissenheit wenigstens teilweise einzugestehen. »Weißt du, was passieren wird?«

»Wir gehen mit unserer Mutter ins Meer«, sagte Mary. »Wir besuchen die Tieflinge.«

Anne zwinkerte. Sie hatte Geschichten von den Tieflingen, diesen mächtigen und unentbehrlichen Verbündeten im Wasser gehört, seit sie alt genug war, um sprechen zu können, aber Erzebet hatte ihr immer erklärt, sie dürfe sie erst sehen, wenn sie groß genug sei. In dieser schaukelnden Sänfte fühlte sie sich nicht sehr groß.

»Kannst du gut schwimmen?«, fragte sie Mary.

Ihre Schwester nickte. »Ja, sehr gut.« Das klang etwas selbstzufriedener, als es Anne lieb war, doch bevor sie sich allzu sehr ärgern konnte, bemerkte sie, dass einer der Träger, ein Mann namens John Fisher, vor dem Anne sich immer schon ein wenig gefürchtet hatte, sie beide von der Seite beobachtete.

Anne wagte den Sprung. *Ist es gefährlich?*, fragte sie. Sie verwendete ihre Muttersprache, wie wenn sie mit Erzebet allein war. Wenn Erzebet auch mit Mary viel Zeit verbrachte, würde die sie verstehen, und zumindest wären sie vor Fishers Ohren sicher.

Mary warf ihr einen raschen, erstaunten Blick zu. Eine kleine Pause trat ein, dann schob sie ihre Hand in Annes Hand und sagte: *Bleib bei mir.* Dabei hielt sie den Kopf hoch erhoben, aber sie hielt Annes Hand krampfhaft fest, und ihre Finger zitterten ein wenig.

Am Wasser angelangt, bekamen sie die Erklärung für die Gewänder. Die beiden Mädchen folgten Erzebets Beispiel und entkleideten sich ohne Hilfe vor dem ganzen Hof. Anne bemühte sich, nicht an die vielen Augenpaare hinter sich zu denken, sondern sich aufrecht zu halten und aufs Meer hinauszuschauen. Wenn sie diesen Auftritt gut hinter sich brachte, wäre ihre Mutter mit ihr zufrieden.

Die höfischen Musiker spielten einen Einzugsmarsch. Anne bemerkte, dass Philip immer noch in seiner Sänfte saß. Nun erhob er protestierend seine Stimme und rief immer lauter: »Hinein! Hinein!«

Edward, Annes und Marys Großvater, legte seine Krone in den Sand, und William und Erzebet taten es ihm nach. Anne warf Mary einen raschen Blick zu, und die beiden Mädchen ahmten jede Bewegung ihrer Eltern nach, nur standen sie etwas wackeliger auf ihren biegsamen Beinen; keine von ihnen war so geschickt wie Erzebet. Dann watete Edward ins Meer, machte mit seinen arthritischen Beinen ein paar Schritte, bis das Wasser tiefer wurde, und tauchte dann ein wie ein Jüngling. William folgte mit einem mächtigen Satz, der das Wasser hoch aufspritzen ließ. Anne und Mary zögerten, dann streckte Erzebet die Arme nach hinten, nahm ein Mädchen an jede Hand und führte sie ins seichte Wasser. *Bleibt bei mir,* sagte sie. Gemeinsam schwammen sie hinaus ins kalte, salzige Nass, wo sie den Zug der Gezeiten spürten und die Strömungen wie eisige Bäche unter der Oberfläche dahinflossen, und ließen die Rufe erschallen, die der Marsch der Musiker zu imitieren versucht hatte: *Wir kommen. Wir kommen.*

Und von weiter draußen antworteten andere Stimmen: lauter, kräftiger und klangvoller als die der Familie. *Wir sind hier.*

Erzebet wurde schneller, die Hände ihrer Töchter entglitten ihren Fingern, sie schwamm voraus und rief leise nach hinten – *Nicht zurückbleiben, Kinder.* Im Wasser war es dunkel, und wenn Erzebet noch tiefer in die Schatten hineinschwamm, würden sie sie aus den Augen verlieren. Anne strampelte aus Leibeskräften, aber ihre Beine waren noch kurz, und allmählich bekam sie es mit der Angst zu tun.

Du verlierst mich, klagte sie. Und bevor Erzebet antworten konnte, rief Mary: *Bleib bei mir.* Anne war verärgert, als die Schwester antwortete, obwohl sie sich doch nach der Stimme der Mutter sehnte, aber Erzebet rief bereits hinter ihrem Gemahl her: *Ich habe Kinder dabei. Bedroht sie nicht. Wir sind stark. Wir haben Kinder.*

Bleib bei mir, hörte Anne abermals Marys piepsige Stimme, auch sie klang jetzt deutlich verängstigt, und Anne fasste sich. Mary wusste nicht mehr als sie, im Wasser ging es jetzt hoch her, von allen Seiten ertönten die Rufe, lauter als die Orgel in der Kathedrale. Die Eltern waren da. Wie ein Sturzbach brach es über Anne herein. Sie war frei; ringsum war es dunkel; der Hof war fern, alles war fern, und draußen in der Bucht waren die Tieflinge.

Dem Lärm nach zu schließen gehörten viele Tieflinge zu der Schar, die sie heute erwartete, dreißig, vierzig, ein ganzer Chor. Aber das Wasser der Bucht war trüb vom aufgewühlten Schlamm, und obwohl man Anne von klein auf Bilder von Tieflingen gezeigt hatte, sah sie zunächst nur ein paar weiße Leiber durch den Nebel flitzen. Sie waren massig, kräftiger noch als ihr Vater, und schließlich kam einer aus der Dunkelheit auf sie zugeschwommen und starrte ihr geradewegs ins Gesicht. Er hatte schwarze Augen, winzige, spitze Zähne und eine kleine, flache Nase. Anne machte im Wasser einen Satz, sie war starr vor Schreck: Was da vor ihr schwebte, glich fast einem Totenschädel. Finger mit scharfen Nägeln griffen nach ihr, und der Tiefling rief: *Gesicht. Tiefengesicht.*

Anne begriff. Es ging wieder einmal um ihr blaues Antlitz. Doch dann sah sie die kleinen blauen Lichter in der Tiefe. Nicht jeder Tiefling strahlte, aber hier und dort verriet ihr ein Leuchten, dass sie nicht allein war.

Anne nahm all ihren Mut zusammen und sprach ins Wasser hinein. *Ich bin kein Fremdling,* rief sie. *Heißt mich willkommen.* Und die Tieflinge flitzten im Kreis um sie herum wie kleine Fische.

Gleich darauf hörte Anne, wie Mary den Ruf wiederholte. Jetzt ließen sich auch andere Geräusche vernehmen, Begrüßungslaute, wie sie bald erkannte. Die Tieflinge umringten sie – jetzt sah sie erst, was für großartige, erhabene Wesen das waren, weiß wie Milch und riesig wie Pferde, und sie kreisten um *sie* –, Anne lächelte in die salzige Flut hinein. Mary mochte mehr über das Land wissen, aber Anne hatte als Erste gesprochen, und sie hatte die richtigen Worte gefunden, und Mary hatte von ihr gelernt und war ihr gefolgt. Es war ein Augenblick ungetrübten Triumphes.

Ein Jahr später überbrachte Erzebet ihrer Tochter im Wasser die Nachricht vom Tod ihres Vaters. Die Geschichte war schnell erzählt: Ein Krieg war ausgebrochen. Anne hatte mitbekommen, dass ein großes Heer auszog, sie hatte das Klirren der Waffen und das Trommeln der Hufe gehört, und ihr Vater war unter den Kämpfern gewesen, aber warum das alles so war, hatte sie nicht gewusst. Als Erzebet es ihr jetzt erklärte, hörte es sich so an, als sei der Krieg überwiegend erfolgreich gewesen. In Schottland gab es keine Könige mehr. Das Land war jetzt wie Wales einer einzigen Familie unterstellt: ihrer eigenen. Edward herrschte über die ganze Insel.

Erzebet schien darüber nicht erfreut zu sein. Anne hatte zu begreifen versucht, ob der Krieg selbst sie beunruhigte oder die Tatsache, dass er überhaupt geführt worden war. Zur Klarstellung konnte Erzebet lediglich sagen: »Es ist nicht gut, wenn die Grenzen über Land gehen.« Länder, die durch ein Meer getrennt waren, hielten halbwegs Frieden. Die Küsten wurden von Tieflingen bewacht, und kaum eine Nation setzte ihre Seeleute gegen eine Schar von Patrioten aufs Spiel, die jederzeit aus der Tiefe emporschießen und Rümpfe durchschlagen, Steuerruder zerbrechen und zappelnde Männer in den Tod reißen konnten. Grenzen an Land wurden dagegen nur von Landlingen bewacht. Soldaten, die sich vor einem schrecklichen Ende im tiefen Wasser fürchteten, bekämpften sich untereinander ohne Bedenken. Von Land umschlossene Staaten bekriegten sich mit ihren Nachbarn wie die Katzen in einem Sack, aber Länder, die an ihren Gestaden von Tieflingen beschützt wurden, waren vor Ländern jenseits des Meeres mehr oder weniger sicher. Deshalb waren die Prinzen und Prinzessinnen so wichtig, erklärte Erzebet. Sie schlossen Verträge mit den Tieflingen, und wenn die Tieflinge das Land nicht schützten, war das wie eine Einladung zu einem Festmahl, jede Flotte konnte darüber herfallen. Tieflinge mussten loyal sein, sonst waren die Nationen so anfällig, als wären sie nur von Land umgeben.

Nun war die ganze Insel eine Nation und wurde von einem einzigen König regiert. Eigentlich hätte innerhalb der Grenzen Frieden herrschen müssen. Aber William war tot, und Erzebet schwebte tränenlos im Wasser und drückte ihr Töchterchen an sich. Ihre Stimme war heiser und hatte einen Unterton, den Anne bisher noch nicht gehört hatte. Erzebet hatte noch nie unsicher gewirkt. Das Kind war zunächst verstört, aber Erzebet strich ihr sanft über das Haar, und in diesem Moment war sie so glücklich über die Zuwendung ihrer Mutter, dass sie sich alle Zweifel aus dem Kopf schlug.

Annes Vater hatte in ihrem Leben lediglich eine Nebenrolle gespielt. Er war bei offiziellen Anlässen der Mann, dem sie huldigen musste, nachdem man sie in schwere, edelsteinbesetzte Gewänder gesteckt und dem Hof präsentiert hatte, und bei den Ausflügen ins Meer eine Gestalt, die schnell vorausschwamm. Verglichen mit den Meeresbewohnern war er klein, aber er war so viel größer als Erzebet – und als Anne selbst –, dass Anne ihn im Geiste mehr oder weniger als Tiefling sah. Sie hatte ihm pflichtschuldigst ihre Aufwartung gemacht, seine Hände mit Meerwasser benetzt und den Unterwerfungsgesang der Tieflinge gesummt, bevor sie zu ihrem Großvater weiterging und dort das gleiche Ritual vollzog, aber sie konnte sich nicht erinnern, oft mit ihm gesprochen zu haben; da sie ihn so oft mit einem Tiefling verwechselt hatte, wäre es ihr schwergefallen, sein Gesicht zu beschreiben. Erzebet lag auf dem

Rücken in den Wellen, drückte Annes kleinen Körper an ihre Brust und atmete die frische, nach Regen duftende Luft ein. Noch Jahre später, als sie bereits eine Frau und alt genug war, um zu begreifen, hörte Anne die Anspannung in Erzebets Stimme. Doch wenn sie sich an den Tod ihres Vaters erinnerte, spürte sie vor allem den Kuss der Wellen, die friedlich ihren Körper umspülten, und fühlte sich geborgen in den starken Armen ihrer Mutter, auf deren Brust sie lag und in den Himmel emporschaute.

Und als eines schönen Tages die Hochzeit zwischen Erzebet, der Witwe Williams und Erbin von Edwards Thron, und Philip, dem neuen Kronprinzen, dem letzten Sohn des hageren, klugen Edward verkündet wurde, fühlte Anne sich gekränkt, weil Erzebet nicht mit ihr schwimmen gegangen war, um ihr die Nachricht im Wasser zu überbringen. Die Enttäuschung war so groß, dass ihr die Tränen in die Augen schossen. Sie spürte, wie sich eine kleine, kühle Hand um ihre Finger legte, und erkannte verwundert, dass sie Mary gehörte, dass ihre Schwester mit tränenfeuchten Augen ihre Hand ergriffen hatte und sie mitfühlend drückte. Erzebet stand, über ihre Stöcke gebeugt, vor dem ganzen Hof auf ihrem Podest. Ihre Augen und ihr Mund waren wie versteinert, so hatte Anne sie noch nie zuvor gesehen. Und Anne stand mit Tränen in den Augen für alle sichtbar vor dem Hof, spürte die Hand ihrer Schwester und schaute in das starre Gesicht ihrer Mutter. Eine tiefe Sehnsucht stieg in ihr auf, sie wünschte, sie könnten alle drei ihre Kleider und ihr Geschmeide abwerfen, sich ins Wasser gleiten lassen und hinausschwimmen in das weite Meer. Sie wusste, dass sie selbst sich dort besser fühlen würde. Aber sie war zu jung, um einschätzen zu können, ob auch Mary und vor allem Erzebet in ihrer unverständlichen, stummen Trauer davon getröstet würden.

ACHT

Am Tag der Hochzeit zwängte man Anne in das schwerste Kleid, das sie je besessen hatte, eine Robe, die mit scharfkantigen Edelsteinen verkrustet war wie ein Schiffsrumpf mit Seepocken. Das Haar hatte man ihr an den Spitzen gestutzt und zu Locken gedreht; in den Händen hielt sie schöne neue Stöcke, und ihre Zofe betupfte ihr die blassblauen Wangen mit Schminke, die auf der Haut unangenehm verklumpte und das Leuchten kaum dämpfte. Sie wurde eher beiläufig ermahnt, sich während der Zeremonie ruhig zu verhalten und ordentlich zu benehmen. Von Menschen, denen sie vertraute, nahm Anne jeden Liebesbeweis mit leidenschaftlichen, ja unterwürfigen Dankesbezeugungen entgegen, aber in der Öffentlichkeit sprach sie kaum ein Wort.

Die Kathedrale war vollgepackt mit Höflingen, und es war durch die vielen Menschen und die Kerzen sehr heiß, obwohl sich die Decke hoch über ihnen wölbte und die Türen offen standen, um das Sonnenlicht einzulassen. Anne saß in einer Bank neben ihrer Schwester, deren Kleid mit Perlen und blitzenden Edelsteinen besetzt und ebenso steif und schwer war wie Annes eigenes. Mary, die in der Öffentlichkeit gewöhnlich sehr auf Anstand bedacht war, tastete mit ihrer kalten, trockenen Hand nach Annes Fingern und hielt sie fest. Anne verstand nicht, warum, aber die Geste war zu tröstlich, um sich den Kopf darüber zu zerbrechen; so saß sie still und artig da und ließ ihre Hand, wo sie war.

Die Hofmusiker spielten einen dröhnenden Lobpreis, als Philip zum Altar getragen wurde. Es waren traditionelle Klänge, Oboen und Flöten bemühten sich, die Tonfolgen zu erzeugen, die draußen auf See von den Tieflingen gesungen wurden – zumindest brachten sie die tieferen Töne auf der Skala eines Tieflings hervor; die hohen Töne lagen über der Hörschwelle eines Landlings oder dem Stimmumfang einer Flöte. Der Akzent war primitiv, und die Melodien waren bis zur Unkenntlichkeit mit Verzierungen überladen, aber Anne verstand die Botschaft dennoch: Von Glück war die Rede, von Herrschaft, von guten Dingen und von der Ehe. Philip saß in seiner Sänfte, er musste überallhin getragen werden. Da er kein Pferd besteigen und sich mit den königlichen Stöcken kaum aufrecht halten konnte, war er ständig an seinen Stuhl gefesselt und verbrachte sein Leben halb liegend, während seine Träger ihn von einem Ort zum anderen schleppten. Außerdem wurde er auf Schritt und Tritt von den Königlichen Schwammhütern begleitet, deren Amt man für Fälle wie ihn hatte wiederaufleben lassen. Sie hatten silberne Eimer mit Salzwasser an den Armen hängen und benetzten Philips schnell austrocknende Haut mit gleichmäßigen Bewegungen ihrer Schwämme. Wenn die Sänfte schaukelte, mussten die Schwammhüter aufpassen, dass sie nicht ausrutschten. Sie waren Robert Claybrook unterstellt, dem Earl of Thames, Philips *Ratgeber* war die Bezeichnung, die man Anne eingetrichtert hatte. Claybrook war ein robuster, lebhafter Mann von angenehmen Umgangsformen. Seine Freundschaft war bei Hofe sehr begehrt. Sein Adelssitz war nicht so groß wie mancher andere, aber seine Ländereien lagen über weite Strecken an den Ufern des großen Stromes, und wer die Wasserwege beherrschte, stand höher als jeder andere Grundherr im Land. Soweit Anne sehen konnte, geizte er nicht mit seiner Freundschaft. Er lächelte sogar ihr und ihrer Schwester zu, als er Philips Tragestuhl vor die versammelte Gemeinde dirigierte.

Das Lächeln munterte Anne zunächst ein wenig auf; sonst lächelte niemand. Doch als ihre Mutter erschien und sich, über ihre polierten Stäbe gebeugt, langsam und ohne Hilfe zum Altar schleppte, zog sich ihr Herz zusammen. Erzebet lächelte selten und hatte auch keine kräftige Gesichtsfarbe, aber Anne war gewöhnt, die Stimmungen und die Mimik ihrer Mutter ängstlich auf jede Spur von Herzlichkeit abzusuchen. Jetzt las sie aus Erzebets Blässe und ihren starren Zügen, dass ihre Mutter so unglücklich war wie nie zuvor.

Der Erzbischof von Stour stand am Altar und hielt einen perlenbesetzten Kelch in die Höhe. John Summerscales, so hieß er, war ein schrumpeliges Männchen mit weißem Haar und blanken Augen, aber für sein Alter recht flink auf den Beinen. Anne hatte ihm schon oft einen stummen Gruß entboten, doch neben ihm stand ein Mann, der ihr unbekannt war. Schlank, mit schmalem Gesicht und dunklem Haar, eine rätselhafte Gestalt, denn er trug zwar die Gewänder eines Bischofs, war aber für ein solches Amt noch sehr jung, höchstens vierzig, möglicherweise noch nicht einmal das. Bei seinem hageren Asketengesicht war sein Alter schwer zu schätzen. Anne hielt ihn zunächst für einen dieser fanatischen Priester, die für ihren Glauben mit Inbrunst fasteten und Buße taten, doch dann erkannte sie, was so besonders an ihm war und ihren Blick angezogen hatte, und war so gefesselt, dass sie sogar für einen Moment die Sorge um ihre Mutter vergaß. Der Mann zog das linke Bein nach, es war lahm, nicht zu gebrauchen, und deshalb hatte er einen einseitigen, zögerlichen Gang wie niemand sonst am Hof.

Stöcke und Stäbe waren allein der königlichen Familie vorbehalten, den Höflingen waren sie verboten. Ein Mann, der nicht allein auf seinen zwei Beinen stehen konnte, durfte nicht vor dem König erscheinen. Selbst lahme Bauern legten ihre Krücken weg, wenn die königliche Parade vorüberzog. Doch als dieser gehbehinderte Mann nun zum Altar humpelte, um den Erzbischof zu unterstützen, schleifte das lahme Bein über den Boden, kein Stock half ihm, er schleppte sich allein mit seinem gesunden Bein vorwärts.

Im Mittelgang hatten die Schwammhüter etwas Wasser verschüttet, und der Boden glänzte nass. Als der Messgesang einsetzte, stand Erzebet mit einem Gesicht wie ein gefrorener Wintersee vor der Gemeinde.

Philip saß mit starrem Blick in seiner Sänfte und wimmerte, wenn die Schwammhüter zu langsam waren. Als sich der Erzbischof an ihn wandte und auf die liturgische Antwort wartete, blinzelte er nur und blieb stumm.

Claybrook drehte sich um und flüsterte ihm etwas zu.

Philip blinzelte wieder, und Claybrook flüsterte abermals.

»Ja«, krächzte Philip in tiefem Bass. Es war nicht die vorgeschriebene Antwort, aber es war eine Antwort; und der Erzbischof entschied offensichtlich, sie als ausreichend zu betrachten.

So wurde Annes Mutter mit Annes Onkel vermählt. Mary und Anne saßen Hand in Hand in ihrer Bank, und Anne war unermüdlich bemüht, den leeren Blick ihrer Mutter auf sich zu ziehen. Endlich richtete sich der Erzbischof, der sich hinuntergebeugt hatte, um sich nichts von Philips Gemurmel entgehen zu lassen, wieder auf und erklärte der Welt, hier stünden nun Mann und Frau.

Als Philip das hörte, blickte er auf und fragte: »Frau?«

Claybrook sah Erzebet an und wartete auf ihre Antwort.

Erzebet torkelte, die Hände fest um ihre Stäbe gekrallt, mit unbewegter Miene zu Philip hinüber. »Ja«, sagte sie. Ihr madjarischer Akzent war stärker als sonst, aber der ganze Hof konnte sie deutlich verstehen. »Ich bin jetzt Eure Frau, Mylord.«

Philip starrte sie weiter an. »Frau«, wiederholte er dann und fügte ein paar Worte in der Tieflingssprache hinzu, die Anne aus einem Stück der Musiker über die Liebe wiedererkannte.

Erzebet stand da wie angewurzelt.

Philip streckte seine massige Hand aus. Die Schwimmhautfinger grapschten ungeschickt nach dem Kragen von Erzebets edelsteinbesetzter Robe, wanderten tiefer und gruben sich in die schwere Seide über ihren Brüsten. Anne hörte die Zähne ihrer Mutter aufeinanderschlagen, dann trat Claybrook vor und gab den Trägern einen kurzen Befehl. Ein Scharren, ein angestrengtes Ächzen, dann hatten sie die Sänfte auf ihre Schultern gehievt und trugen sie rasch durch den nassen Mittelgang zur Tür. Die Musiker stimmten einen lauten Refrain an, der aber Philips Protest nicht übertönen konnte. Immer wieder erschallte seine Stimme: »Frau! Frau! Mein!«, bis man ihn vollends hinausgetragen hatte.

König Edward erhob sich, trat vor die Gemeinde hin und hob die Hand zu einer Segensgebärde. Beim Anblick seiner hageren Gestalt richtete Anne sich auf: Edward war ihr stets mit freundlicher Strenge begegnet, und Philips Verhalten hatte sie zu Tränen erschreckt. Aber Edward sah niemanden an: weder Anne noch Mary, weder den Erzbischof noch die Braut oder den Hof. Er starrte geradeaus ins Nichts.

Die Gemeinde verließ nun die Kirche, um die Hochzeit mit einem Festmahl und einer Jagd zu feiern. Anne wandte sich an Mary, die, ebenso klein und unbeachtet wie sie selbst, immer noch neben ihr saß. »Wird unserer Mutter auch nichts geschehen?«, fragte sie.

Mary beugte sich vor und drückte ihr einen Kuss auf die Wange, dann kam eine Zofe und führte sie weg, und Anne blieb allein zurück.

Die Ehe sollte kinderlos bleiben. Anne konnte sich an das Verhalten ihrer Mutter nach ihrer Verheiratung nie gewöhnen; es war zu wechselhaft. Wenn Erzebet sich niederbeugte, sie küsste, ihr die Wangen streichelte und ihr leise vorsummte oder sie gar stundenlang auf ihrem edelsteinbesetzten Schoß wiegte, konnte Anne den Augenblick nicht genießen, weil sie wusste, dass ihre Mutter wahrscheinlich am nächsten Tag hoch erhobenen Hauptes vor dem Hof stehen würde, ohne jemanden anzusehen und ohne ihre sehnsüchtige kleine Tochter eines Blickes zu würdigen. Erzebet sprach entschieden und hoheitsvoll mit Botschaftern, sie begrüßte sie freundlich und wich auch Streitgesprächen nicht aus. Im Laufe der Monate wurde sie unter Edwards wachsamer Führung immer stärker und sicherer, und schließlich hielten der König und seine Schwiegertochter gleichberechtigt Hof. Doch wenn Erzebet mit ihrer Familie allein war, beantwortete sie keine Fragen, ihre Küsse kamen wie Regen, sie netzten Annes trockene Haut, aber sie waren so unberechenbar und so gar nicht zu beeinflussen wie die grauen Wolken.

Bei der ersten Wasserweihe nach Erzebets Hochzeit mit Philip machte Anne in Zusammenhang mit ihrem Onkel eine Entdeckung. Die Umstände hatten sich durch die Hochzeit sicherlich nicht geändert, aber bisher war Anne noch zu klein gewesen, um sich näher für ihn zu interessieren. Der polternde, plumpe Philip war nur eine Gestalt am Rande gewesen, der sie tunlichst auswich. Und die Wasserweihe hatte ihr Gelegenheit gegeben, mit ihrer Mutter und ihrer Schwester einige Zeit im Meer zu verbringen. Doch als sich der Hof diesmal versammelte und sich unter dem Quäken der Oboen und dem Ächzen von Philips Sänfte auf den Weg zur Küste machte, fiel Anne mit einem Mal eine Ungereimtheit auf. Erzebet war von königlichem Geblüt, halb Landling, halb Tiefling, ebenso wie Mary und wie Anne selbst. Sie alle hatten flossenförmige Gliedmaßen, bewegten sich geschmeidig im Wasser und waren zungenfertig genug, um auch die Sprache des Meeresvolkes zu meistern. All das galt auch für Philip: Sein plumper Halbschwanz machte ihn an Land zum Krüppel, doch draußen in der Bucht wäre er ein mächtiges Ruder gewesen; Englisch sprach er kaum besser als ein Kind, aber die einfacheren Rhythmen der Tieflingssprache bereiteten ihm keine Schwierigkeiten. Warum also, fragte sich Anne mit einem Mal, erlaubte man ihm nicht, ins Meer zu gehen?

Die Frage ließ sie nicht los, und sie verlieh dieser Reise zum Wasser eine tiefere Bedeutung. Seit sie bei jener ersten großen Reise mit Mary in die Bucht hinausgeschwommen war, waren solche Ausflüge zu einem festen Bestandteil ihres gemeinsamen Lebens geworden; sie ordnete sie inzwischen bestimmten Jahreszeiten zu wie das Bankett an Weihnachten oder die Musik an Ostern. Sechsmal im Jahr schwammen ihre Eltern mit ihr und Mary hinaus in die Bucht, damit sie mit diesen wundervollen Wesen spielen konnten, die ihre Geheimsprache beherrschten, sogar noch flinker als Erzebet durch die kalten Wellen flitzten und furchtlos wie die Adler lebenden Schatten gleich über den dunklen Tiefen schwebten. Anne hatte solche Ausflüge immer geliebt: die Nacktheit, die Befreiung von den engen Miedern, das nährende Meerwasser auf der Haut, die Freude, wenn die strengen Erzieher und die gaffenden Höflinge zurückblieben. Sie hatte es kaum erwarten können, mit den Tieflingen umherzutollen, war ihnen ungeduldig entgegengeschwommen, hatte um die Wette mit ihnen Kreise gedreht und Haken geschlagen und war nicht traurig gewesen, wenn sie verlor, so spektakulär waren die Kapriolen, die ihre Spielgefährten vollführten, um sie zu übertreffen.

Doch als Philip an diesem Tag mit ihnen zur Küste getragen wurde, erkannte Anne, dass sie zwar mit Entzücken die Dialoge zwischen Erzebet und den Tieflingen belauscht und es genossen hatte, nur ihre Muttersprache zu hören, sich aber nie gefragt hatte, warum die Stimme ihres Onkels im Chor fehlte.

Die Sänftenträger setzten Philip im Sand ab, und sofort war er umringt: Die Schwammhüter benetzten seine graue Haut mit endlosen Salzwasserströmen – unter ihren Hemden zeichneten sich die schwellenden Armmuskeln ab, die sie bei dieser unermüdlichen Tätigkeit entwickelt hatten –, die Soldaten hielten Wache, und Robert Claybrook stand mit dem Rücken zum Meer und beobachtete Philip mit sparsamem Lächeln. Neben ihm stand sein Sohn, den er zur Feier des Tages mitgebracht hatte: An der Wasserweihe nahm stets der ganze Hof teil. Claybrooks Sohn John war ein hübscher Junge, ein paar Jahre älter als Anne, mit einem liebenswürdigen Lächeln, das jedes Mal aufblitzte, wenn sein Vater ihn nach vorne schob, damit er sich vor ihr und ihrer Familie verneigte. Anne hatte sich oft gewünscht, mit ihm zu spielen, war sich aber bewusst, dass sie mit ihren sechs Jahren kaum hoffen konnte, die Aufmerksamkeit eines so großen Jungen von neun Jahren zu erringen. John stand im Schatten seines Vaters und behielt Philip stets im Auge, aber wie Anne schaute er immer wieder hinaus auf das Wasser, wo die Tieflinge jeden Moment aus den Wellen auftauchen konnten.

Erzebet stand an der Spitze des Hofes. Sie hatte wie ihre Töchter den größten Teil der Reise in einer Sänfte zurückgelegt; für königliche Beine war es ein weiter Weg, und sie brauchten ihre Kräfte zum Schwimmen. Doch als die Träger sie absetzten, hatte Erzebet ihre Stöcke genommen und sich ohne Hilfe zum Stehen hochgestemmt. Das Knirschen der Stäbe und das Knistern ihrer Füße im Sand waren dem Rauschen der See überlagert wie eine leise Melodie. Anne, die in einem eigenen Tragestuhl gereist war – sie hatte wohl oder übel eingesehen, dass sie nicht bei ihrer Mutter sitzen konnte, und sich erstaunlich einsam gefühlt, weil man Mary in einer anderen Sänfte befördert hatte –, sah den steifen Nacken und das starre Gesicht ihrer Mutter und wusste Bescheid: Erzebet war nicht in gesprächiger Stimmung. Anne wandte sich stattdessen an ihren Großvater, der auf seinem Pferd saß. Nach einem Leben auf Krücken war sein Rücken so krumm geworden, dass er der Wölbung des Pferdehalses glich. Sein Gesicht war weniger starr, aber auch nicht fröhlicher als das seiner Schwiegertochter, doch als er den Blick seiner Enkelin auffing, wurde es etwas freundlicher.

»Wirst du mit uns schwimmen?«, fragte Anne so leise, dass die Höflinge sie nicht hören konnten. Königliche Ohren fingen jedes Flüstern aus einer halben Meile Entfernung auf.

»Nein, Anne«, gab Edward ebenso leise zurück. »Diesmal wird deine Mutter alleine gehen, sie ist so weit.«

»Dürfen wir nicht mit?« Schrecken und Enttäuschung schnürten Anne die Kehle zu: Würde man sie zurücklassen?

»Doch, du und Mary, ihr begleitet sie. Ich bleibe am Ufer.« Edward drehte den Kopf und warf einen trostlosen Blick auf seinen Sohn. »Philip und ich bleiben hier.«

»Aber wieso?«, wollte Anne wissen. Erzebet wurde rasch ungeduldig, wenn man zu viele Fragen stellte, aber von Edward hatte sie deshalb noch nie einen Klaps bekommen.

Er wurde auch jetzt nicht böse, aber er schüttelte langsam und bedächtig den Kopf. »Du musst auf die Zeremonie achten, Anne«, mahnte er.

Anne gehorchte, aber es gab nicht viel zu sehen: Die Musiker spielten die üblichen Gesänge, ihre Triller und Arpeggien rankten sich um die zentrale Aufforderung wie Flechten um einen Ast: *Kommt her.*

Die Musik spielte weiter, und am Ufer hob Erzebet den Kopf und stimmte in den Ruf ein. Es war ein ernster Gesang, tief und hallend, wie man ihn von einer Landlingsfrau nicht erwartet hätte, doch Anne entspannte sich, als sie ihn aus Erzebets Mund hörte. Für sie gehörten die vertrauten Töne zu Erzebets Wesen, sie waren im wahrsten Sinne des Wortes ihre Muttersprache. Mary schloss sich an, und Anne folgte, ihre unreifen Stimmen hatten Mühe, die tiefen Töne zu erreichen. Der Ruf war schwierig für ein Kind, mit den Entsprechungen – *Hilf mir, Mutter* – hätten sie sich leichter getan, aber sie passten nicht zu einer Prinzessin. Anne transponierte den Ruf in eine höhere Stimmlage, legte ihr eigenes Lied über den tieferen Gesang ihrer Mutter, bemühte sich aber dennoch nach Kräften, wie eine Erwachsene zu singen.

Die Stimmen Erzebets und ihrer Töchter vereinigten sich, an der Meeresoberfläche flimmerten starke Wellen. Der Himmel über ihren Köpfen war weiß, aber im Wasser spiegelte er sich stahlgrau, matt und von Turbulenzen verzerrt. Wieder und wieder erschallte der Ruf; noch kam keine Antwort, aber die drei Frauen hatten Tieflingslungen und konnten ihren Gesang stundenlang fortsetzen. Die Möwen waren aufgeflogen, kreisten über dem Hof und warteten, ob nicht vielleicht bei einer Jagd Fische nach oben getrieben würden, die man sich mit scharfem Schnabel im Sturzflug schnappen konnte. Und dann ließ sich vor dem Kreischen der weißen Vögel ein schwacher

Ton vernehmen, den der Hof im Spiel der Oboen und im Tosen der Brandung überhörte, der aber für die Ohren der wartenden Familie so deutlich war wie ein Tritt. Ein Plätschern im Wasser, ein Seufzen, ein Keuchen und dann teilten sich rauschend die Wellen. Ein Tiefling brach zum Atmen durch die Oberfläche. Eine ganze Kaskade von Geräuschen folgte, hinter dem Anführer tauchte der ganze Schwarm auf, und nun erblickte sie auch Anne. Die Tieflinge drehten ihnen die bleichen Rücken zu und tauchten wieder unter, hinter ihnen durchschnitten Ströme von Blasen das Grau, und die Gischt spritzte auf, als hätte ein Kind Kieselsteine ins Wasser geworfen. Weißer Schaum krönte das Wasser der Bucht, neue Stimmen drangen durch den Gesang der drei, kräftiger, lauter, halb unter Wasser, aber für Annes Ohren so scharf wie ein Pfeil: *Wir sind hier.*

Erzebet hob die Hand, spreizte die Finger in einer Geste, die halb Segen, halb Deuten war, und lenkte die Blicke des Hofes auf die weißen Spuren, die sich parallel zur Küste durch das Wasser zogen. Anne und Mary verstummten, als Erzebet neue Töne anschlug und helle Klicklaute aus ihrer Kehle sprudelten: *Wir kommen zu euch.*

Die Musiker ließen ihre Instrumente sinken: Dieses Gespräch führte die Prinzessin allein mit der Tiefe. Die einzige menschliche Stimme, die jetzt noch vom Strand zu hören war, gehörte Erzebet.

Es wurde still, unter Wasser bewegten sich fahle Flecken. Dann schnellte plötzlich in einem Wirbel von Tröpfchen laut spritzend ein Körper hüfthoch aus dem Wasser. Nur für einen Augenblick war ein Gesicht zu sehen, bevor es wieder zurückfiel: schwarze Augen, weiße Haut, wirre, verfilzte Locken und Zähne so klein und so spitz wie ein Hechtgebiss. Ein Dutzend Kehlen nahmen Erzebets ersten Ruf wieder auf: *Kommt her.*

Der ganze Hof stand reglos mit seinen kostbaren Schuhen im feuchten Sand, während Erzebet sich am Strand entkleidete. Jede Bewegung wurde langsam und mit Sorgfalt ausgeführt, um jedem, der sie sehen wollte, die körperlichen Beweise für ihren Anspruch auf die Krone zu zeigen: die biegsamen Beine, die Schwimmhäute zwischen den Zehen, die raue weiße Haut, das haarlose Geschlecht und die lange, kräftige Taille, über die sich hier und dort wie Kräuselwellen die Streifen zweier Schwangerschaften zogen. Normalerweise fand Anne diesen Anblick beruhigend, denn er verhieß ein ungestörtes Beisammensein; für die störende Gegenwart des Hofes entschädigte sie hier die Aussicht, richtig schwimmen zu dürfen, nicht nur in einem See, sondern hinaus aufs Meer. Doch als Anne die Verschlüsse ihres eigenen Kleides lösen wollte, entdeckte sie die dunklen Flecken auf den Armen und der Brust ihrer Mutter, dunkelviolette Blutergüsse von der Größe einer Hand.

Ein Raunen ging durch den Hofstaat, nicht lauter als das Plätschern einer einzelnen Welle. Alle Augen richteten sich auf Philip. Claybrook, der neben ihm stand, sah seinen Herrn eine volle Sekunde lang schweigend an. Sein gewohntes Lächeln war verschwunden. Sein Gesicht war völlig ausdruckslos; ohne das Lächeln erschien er Anne so fremd, dass sie ihn kaum wiedererkannte. Seine Augen huschten so schnell über Philip und Erzebet hinweg, als wären sie das einzig Lebendige in diesem reglosen Gesicht. Erzebet drehte den Kopf nicht zur Seite, sondern hielt ihn hoch erhoben und stand reglos wie eine Statue in dem weißen Schaum, der an ihren Füßen leckte.

Anne wurde die Kehle eng. Unter Wasser konnte sie zehn Minuten und länger den Atem anhalten, und beim Anblick der Spuren auf der bleichen Haut ihrer Mutter schloss sie den

Mund und ließ keine Luft mehr ein. Sie atmete erst wieder, als sie mit Mary und Erzebet über das Seichte hinausgewatet war und die kühlen Arme des Wassers ihren Körper auf das Meer hinaustrugen.

Unter der Oberfläche veränderten sich alle Geräusche. Das Wispern der Wellen hörte auf, sobald sie mit dem Kopf eintauchte: Das Wasser verschloss ihr die Ohren und füllte sie mit seiner dröhnenden Stille, einem tiefen, massiven Schweigen, das sich über viele Meilen erstreckte. Laute waren unter Wasser greifbar, man spürte sie an den Ohren. Vor dem Hintergrund dieses dumpfen Schweigens tickte und rasselte es unaufhörlich, Steinchen rollten im rastlosen Griff des Meeres übereinander, Fische gaben sich mit ständigem Klicken Zeichen, es knackte wie Äste unter den Füßen: winzige, intime Geräusche, schwach genug, um an der Küste vom Wind davongetragen zu werden, aber hier, in der frischen, elastischen Kälte wie lebendige Finger auf der Haut. Anne lauschte, rollte die Beine ein, schnellte sich vorwärts und dehnte die verkrampften Muskeln, bis sie wieder voll beweglich waren. Wie immer war sie gefesselt von der Präzision und der Gewichtigkeit aller Geräusche, die unter Wasser so weite Strecken zurücklegten und dennoch so klar und nahe klangen, als sprächen sie ausschließlich zu ihr. Entfernungen wurden fassbar, als könnte sie mit ihrem Körper ausgreifen und die fernen Laute erfühlen. Sie schwamm schneller, das Wasser hielt und streichelte sie, umfing sie wie mit liebevollen Armen und trug ihr alles zu.

Durch die dichte Ruhe vernahm sie den Gesang der Tieflinge. Vom Strand her kaum zu hören, war er unter Wasser laut und unmittelbar, und das lange, bevor die Tieflinge in

Sicht kamen. Sie schwamm weiter hinaus, der kiesige Boden entfernte sich immer mehr, und das Wasser trübte ihn wie ein Schleier. Anne hielt in der wachsenden Dunkelheit die Augen geöffnet, sie hatte keine Angst vor der Tiefe, aber der Anblick erzeugte ein Kribbeln in ihrer Brust, Erregung erfasste sie, die Ahnung einer Gefahr, die sie sich nicht zu erklären wusste. Sie musste zum Atmen auftauchen, nachdem sie die Luft so lange angehalten hatte, dass ihre Lungen erschöpfter waren als bei Mutter und Schwester, drehte sich wie ein Tiefling, schoss mit einem schnellen Überschlag aus dem Wasser und hielt ihr Gesicht für die Dauer eines raschen Atemzugs in die Luft. Dann fiel sie, immer noch rotierend, zurück, ohne an Geschwindigkeit zu verlieren, beugte den Rücken und tauchte zu ihrer Mutter hinab. Erzebet schoss so elegant wie ein Seehund dahin und tadelte sie nicht, wie sie es an Land getan hätte. Hier trugen die Geräusche so weit, dass Anne auf die andere Seite der Bucht und noch weiter hätte schwimmen und immer noch die Stimme ihrer Mutter hätte hören können, auch wenn sie im matten Licht der Tiefe nicht mehr zu sehen war.

Daher wurde Anne schon lange von den Stimmen begrüßt, bevor die ersten Gestalten aus dem Abgrund auftauchten. Sie nahm ihren Verstand zusammen. Bisher hatten die Freude an der Geschwindigkeit und der Freiheit im Wasser ihr ganzes Denken beherrscht, aber die Blutergüsse ihrer Mutter, schwarz im Dämmerlicht, hatten sie aufgeschreckt. In dieser neuen Wachheit beschwor die klappernde, atonale Harmonie ein anderes Bild herauf: die langgestreckte, dunkle Gestalt ihres Vaters, wie er in den Tagen vor seinem Tod im Krieg vor ihnen her schwamm. In der Erinnerung hatte sie vor allem Schmerz und Verwirrung darüber empfunden, dass neben Mutter und Schwester ein Fremder zugegen war, und sie hatte sich nervös gefragt, was er eigentlich wollte. Aber damals war die Welt ein einziges Rätsel für sie gewesen, jeder Frosch in einem Bach ein Anlass für Fragen, die Sprache und die Belange der Erwachsenen ein unergründliches Geheimnis, und so war die Gegenwart ihres Vaters untergegangen in der allgemeinen, alles umfassenden Fremdheit, die ihre kindliche Welt bedrohte. Jetzt war William nicht mehr da, Philip lag am Ufer, Edward saß auf seinem Pferd, und sie schwamm mit Erzebet, wie sie des Öfteren in Seen geschwommen waren – Frauen unter sich. Jedenfalls war das ihre Rolle. Die Bass-Stimmen der Tieflinge kamen von überallher, doch sie bedrückten sie nicht, obwohl sie so nahe schienen. Keiner von diesen Rufern wollte etwas von ihr.

Als Anne nach ihrem kurzen Atemzug nach unten sank und durch die Wand aus glitzernden Blasen schwamm, die Erzebet hinter sich herzog, wurde ihr plötzlich bewusst, dass sie sich an kein Wort ihres Vaters erinnern konnte.

In diesem Moment kamen die ersten Tieflinge in Sicht. Das Wasser vergrößerte sie, sie wirkten riesig. Ihre bleiche Haut leuchtete durch das trübe Grau, das ihre runden schwarzen Augen weicher machte. Erzebet erreichte sie vor ihren Töchtern, tauchte tief hinab und schwamm mit einem der Männer wieder nach oben. Die beiden Gestalten umkreisten einander in einer Säule aus silbrigen Blasen, die wie ein Fanfarenstoß emporstieg. Als die durch die Oberfläche brachen und die spiegelnde Fläche die Sicht auf Erzebet versperrte, fühlte sich Anne für einen Moment isoliert. Doch dann zersprang der Spiegel, die beiden Körper stürzten gemeinsam mit lautem Krachen zurück, und über ihnen zerplatzten wispernd die Luftblasen. Erzebet sank wieder in die Tiefe, diesmal mit einem anderen Mann. Sie tauschten nur einfache Worte: *hier, mit dir, ich,* aber ihr Tanz war ein geschmeidiges Sich-Verschlingen, so schnell, dass man ihm kaum zu folgen vermochte. Mary blieb zurück, aber Anne war entschlossen, diese neuen Geschehnisse zu begreifen, nahm ihren Mut zusammen und tauchte ab. Einem kleinen Ding wie ihr folgte kein Tiefling, aber sie fühlte sich stärker und wacher und wollte es wagen. Sie schwamm in die Dunkelheit hinein, wo sich mit wachsender Tiefe der Druck des Wassers verstärkte. Dann wendete sie mit einer Bewegung ihres Rückgrats, die so mühelos war, dass sie ihr fast verboten erschien, und schoss, rotierend wie ein Kreisel, mit kräftigen Beinschlägen zurück nach oben. Die Oberfläche raste immer schneller auf sie zu, dann brach sie durch, der Wind blies auf ihre nasse Haut und ließ sie jäh erschauern, sie schwebte in der Luft und stürzte mit einem scharfen Schlag, der auf der Haut brannte, wieder auf das Wasser.

Ich, sagte sie.

Erzebet drehte sich um und zog sie zu sich heran. *Mein*, sagte sie zu den Tieflingen, holte auch Mary und wiederholte: *Mein*.

Anne schwebte im Wasser und wartete.

Deine Kinder, sagte der erste Tiefling, mit dem Erzebet getanzt hatte, und schwamm näher. Eine harte Hand griff durch das Wasser und betastete Annes Gesicht mit spitzen Fingern.

Mein, sagte Erzebet noch einmal. Ihr fahler Körper schwebte vor ihm. Das Licht von oben zauberte helle Flecken darauf. Fest umschlossen ihre Finger Annes Handgelenk, und Anne fiel auf, wie klein und leicht ihre Mutter, diese willensstarke, Schutz bietende Frau, neben den Tieflingen mit ihren dicken Schwänzen war.

Mann?, fragte der Tiefling. *Dein Mann?*

Erzebet schwang die Beine hin und her. Ihre Stimme wurde lauter, so laut, dass Anne sie bis in die Fingerspitzen spürte. *Mann krank*, antwortete sie. *Kein Mann. Ich.*

Die weißen Leiber wogten hin und her und kreisten sie ein.

Ich, sagte Erzebet. *Meine Kinder.* Sie rollte sich zu einem festen Knoten zusammen und tauchte mit einer fließenden Bewegung ab. Bevor der Tiefling ihr folgen konnte, war sie schon wieder oben und attackierte ihn mit den Beinen. Es war ein harter Schlag, der durch das Wasser bis zu ihm drang, doch bevor er Zeit hatte, sich zu rächen, war sie schon wieder da, legte die Beine um ihn und presste sie an seinen ungeteilten rauen Schwanz. Eine Drehung, ein Zappeln, sie schoss davon, tanzte durch die Fluten und wies mit der Hand ans Ufer. *Mein*, ertönte ihre Stimme. *Ich. Mein. Unterhandelt mit mir. Ich bin der Anführer. Unterhandelt mit mir.*

Mary griff im Dunkeln nach Annes Hand. Anne ließ sie für einen Moment gewähren, dann hatte sie sich gefasst. Sie sah die Anspannung in der Haltung ihrer Mutter, die Willenskraft, die ihren weißen, misshandelten Körper durchströmte. Und sie schwamm auf den Tiefling zu, den ihre Mutter aufs Korn genommen hatte. In Sekundenschnelle war sie vor ihm, und als Erzebet ihren wirbelnden Tanz wieder aufnahm, folgte Anne und zog hinter ihrer Mutter ihre Spiralen. Ihre Beinschläge waren schwächer, und sie war langsamer, aber sie umkreiste ihn aufwärts und abwärts und rief dabei nach ihrer Schwester. Marys Name ließ sich unter Wasser nicht aussprechen, aber sie rief: *Nimm meine Hand! Nimm meine Hand!*, und Mary gehorchte.

Nun schwammen sie zu dritt hinauf und hinab, der nackte Leib des Tieflings schimmerte vor ihnen. Abermals fasste die Mutter ihre Töchter an den Armen, schwebte vor ihrem Partner und sagte: *Ich.*

Du, antwortete er, und die anderen stimmten ein. Der Gesang setzte von Neuem ein, aber nun veränderte er sich und wurde zum reinen Klang, der harmonisch durch die Fluten schwebte. Auch Anne stimmte ein und piepste etwas, das ihrem Namen möglichst ähnlich war.

Von ferne hörten sie das Rauschen der Brandung. Und durch die Finsternis drang wie als Antwort das schwache Raunen an Annes Ohren, mit dem das Wasser des Ärmelkanals gegen Frankreichs Gestade schlug.

So verbrachte Anne ihre Kindheit. Doch als sie dreizehn war, wurde in Cornwall ein Bastard entdeckt. Und obwohl sie es zu diesem Zeitpunkt noch nicht wusste, war dies der Anfang vom Ende.

Neun

Zunächst verheimlichte man ihr und Mary die Geschichte, aber inzwischen behielt Anne schon seit Jahren vieles für sich. Mary war ständig anwesend, und die beiden Mädchen redeten auch unter vier Augen miteinander, doch manche Dinge konnte Anne auch mit ihr nicht besprechen. Mary hatte Erzebets hohe Stirn und die schmale Nase geerbt, und die Hofdamen waren darauf bedacht, sie in Kleider zu stecken, die zu denen ihrer Mutter passten. Annes Garderobe war eher zufällig ausgewählt, schwer, prächtig und kostbar, aber nichts, was eine womöglich vorhandene Ähnlichkeit mit ihrer Mutter betont hätte. Anne gab sich alle Mühe, sich nichts daraus zu machen, aber sie konnte Mary nicht erklären, dass sie sich wie eine Ausgestoßene fühlte, wenn die drei zusammen auftraten und Erzebet und Mary als Paar herausgeputzt waren, während Anne mit ihrem blauen Gesicht danebenstand, als gehörte sie nicht dazu. Erzebets unberechenbare Liebkosungen trafen Anne ebenso oft wie Mary, deshalb glaubte Anne, keinen Grund zur Klage zu haben. Wie sollte sie sich über etwas beklagen, was nicht Marys Schuld war? Auch Marys Gesellschaft war nur ein schwacher Trost. Mary wurde größer als ihre Schwester und entwickelte einen Liebreiz und eine Reife, die für Anne unerreichbar waren. Manchmal sah sie fast aus wie eine Mutter. Aber das war sie nicht, und Marys feine Züge erinnerten zu schmerzlich an die abwesende, fremd gewordene

Frau. Mary fragte manchmal, warum Anne immer wieder seufzte, aber das konnte Anne ihr nicht erklären, und nach einer Weile verlor Mary die Geduld und wechselte das Thema. Wenn sie gekränkt war, so sagte sie es nicht, und Anne hielt es ebenso.

Anne konnte auch nichts sagen, wenn Philip in der Öffentlichkeit zu schreien anfing und am Arm ihrer Mutter zerrte. Erzebet verzog keine Miene, wenn ausländische Botschafter vor ihr dienerten und dann Bedingungen stellten, die sie nur ablehnen konnte. Anne lernte schnell, dass Fremde sich vom Leuchten ihrer Wangen ablenken ließen und in ihren Augen wenig lesen konnten, und sie selbst fühlte sich unwohl, wenn sie mit Menschen sprach, deren Augen ständig zu ihren Wangen und ihrer Stirn wanderten.

Ihre Mutter nannte sie schüchtern, aber Anne wusste nicht, ob dies das richtige Wort war. Die Spannungen am Hof wurden von Jahr zu Jahr stärker, die Atmosphäre verdichtete sich, bis das leiseste Zucken wie ein Geräusch durch das Wasser getragen wurde, und Anne, die nicht wusste, was sie tun sollte, tat eben nichts. So entstand das Gerücht, sie sei einfältig. Sie schrie und tobte nicht wie Philip, aber im Gespräch mit Diplomaten und Höflingen, die sie mit verschleierten Drohungen und vagen Versprechungen unter Druck setzen wollten, verwendete sie ebenso oft die Tieflingssprache wie das Englische, da sie die Leute höflicherweise nicht ignorieren konnte, aber auf ihre nur halb verstandenen Scherze nichts zu erwidern hatte. Man hätte ihr Verhalten als Unbeholfenheit deuten können, und die meisten Höflinge wollten das auch glauben: Ein schwachsinniges Mitglied des Königshauses war schlimm genug, aber zwei, und eines davon ein Kind, sodass nur ein gesunder Spross übrig blieb, der auch noch ein Mädchen war, das war eine allzu düstere Aussicht. Eine Königliche Hoheit, die sich nicht zu benehmen wusste, war auch nicht unbedingt verheißungsvoll, aber Annes Art war manchmal entwaffnend. Man wusste zwar nie, in welcher Sprache sie antworten würde, aber es gelang ihr, niemanden zu beleidigen. Anne spürte die Unruhe am Hof: Angst und Wut stauten sich wie Dampf, und die Vorstellung, so vielen Menschen zu missfallen, war so übermächtig, dass sie verstummte. Philip der Schläger und Anne die Erstarrte. Anne war nicht etwa schwer von Begriff, Gott bewahre – aber wer ihr wechselhaftes Verhalten erlebte, konnte sich doch des Eindrucks kaum erwehren, sie sei eher schlichten Gemüts. Und vor einem einfältigen Kind hielt man es nicht immer für nötig, seine Zunge zu hüten.

Auf diese Weise erfuhr Anne, dass an Cornwalls Küste ein Bastard angespült worden war. Es hätte noch schlimmer kommen können, immerhin wurden in Zusammenhang damit keine adeligen Namen genannt. Ein Fischer hatte das Kind aufgenommen, es war ein Junge. Wie er an den Strand gekommen war, wusste niemand, aber es gab keine Anhaltspunkte für den Verdacht, seine Ankunft könnte geplant gewesen sein. Es handelte sich einfach um ein Seemannsbalg, das Kind eines einsamen Matrosen und einer vorbeischwimmenden Tieflingsfrau, die es sich in den Kopf gesetzt hatte, die Liebe mit einem Landling auszuprobieren. Erzebet erkundigte sich nicht, ob die Tieflinge ein Kind vermissten, sie erwähnte den Findling nicht einmal. Anne nahm sich vor, wenn sie erst erwachsen wäre, die Meeresbewohner nach solchen Fällen zu fragen oder das zumindest zu erwägen, aber noch war es nicht so weit. Bei aller Neugier wusste sie doch nur zu gut, welche Katastrophe es wäre, wenn die Tieflinge das Kind tatsächlich verloren hätten, wenn sie es zurückhaben wollten und wenn sich herausstellte, dass sie mit der Verbrennung des Jungen ganz und gar nicht einverstanden wären.

Der Fischer behauptete, er hätte den Kleinen aus Mitleid aufgenommen, weil er halb verhungert war und weil er sich ein Kind wünschte, nachdem ihm Gott keine eigene Familie geschenkt hatte. Unter der Folter gestand er, dass er vorgehabt hatte, das Kind gegen viel Gold an einen ehrgeizigen Adeligen zu verkaufen, der einen neuen Usurpator präsentieren wollte, ließ sich aber keinen Namen abringen. Anne vermutete, er hätte den Jungen noch nicht sehr lange bei sich gehabt, sonst hätte er sich vielleicht nach den Namen einiger Höflinge erkundigt und sie womöglich wahllos benannt, nur damit der Folterer seine Stricke lockerte. Das Versäumnis trug ihm eine ausgerenkte Hüfte ein; auf dem Weg zum Scheiterhaufen würde er ebenso humpeln wie sein Schützling.

Anne versuchte bisweilen und manchmal mit Erfolg, ihre Mutter gnädig zu stimmen, indem sie weitergab, worüber in ihrer Gegenwart getuschelt wurde. Dieses Thema wagte sie jedoch nicht anzusprechen. Ihr Großvater und ihre Mutter gingen mit starren, verbissenen Gesichtern ihren Pflichten nach, und Anne wusste ohne zu fragen, dass ein Urteil gefällt werden musste. Die Frage war nicht, ob es auf Tod lautete, sondern ob es ein gnädiger Tod sein sollte: Ob man gestatten wollte, dass der Verräter und sein Bastard erdrosselt wurden, bevor man das Feuer entzündete. Einen Bastard zu erdrosseln wäre eine langwierige Angelegenheit, der Henker müsste zwanzig Minuten lang mit aller Kraft seiner Arme zudrücken. Aber man wollte keine Gnade walten lassen. Die Hinrichtung sollte eine deutliche Warnung sein. Wenn das Wort *Bastard* fiel, hielt jedes Königshaus in Europa seine Krone fest und griff nach dem Schwert. Ein Mischling mit frischem Blut in den Adern, der ein Heer hinter sich wusste und Angelica, die erste dem Wasser entstiegene Königin, in seinem Wappen trug, der wie ein echter König die Rituale und die Sprache des Meeres beherrschte und gesünder war als nahezu jeder König auf dem Kontinent, konnte den Thron erobern und auch halten. Und wenn er erst darauf saß, standen die anderen Häuser vor einer schweren Entscheidung. Erkannten sie ihn an, dann brachten sie sich selbst in Gefahr: Jeder irgendwo versteckte Seemannsbankert konnte sich ermutigt fühlen, dem Beispiel zu folgen. Führte man aber Krieg, dann setzte man sein Heer aufs Spiel. Soldaten schlossen sich Männern an, die regierungsfähig waren. Und Bastarde mit der richtigen Mischung von Körpersäften hatten schon früher gute Herrscher abgegeben. Stärke und Gesundheit redeten eine deutliche Sprache.

Anne musste sich eisern beherrschen, um nicht von morgens bis abends das Kind auf dem Scheiterhaufen vor sich zu sehen; die Anstrengung war so groß, dass ihr Gesicht noch ausdrucksloser wurde und sie mehr denn je wie eine Schwachsinnige erschien. Doch Erzebets verkniffener Mund gab die Antwort auf ihre stumme Frage. William war nicht mehr, Philip war krank, Mary für einen ausländischen Prinzen bestimmt, die stille Anne ein Unsicherheitsfaktor. Gegen Verschwörer, die einen Thronrivalen heranzüchteten, konnte sich England keine Gnade erlauben.

Wenn Anne in der Nähe war, wurde nichts gesagt und nichts verkündet. Aber sie belauschte mit betont ausdruckslosem Gesicht das Getuschel und erfuhr so, für welchen Tag die Hinrichtung angesetzt war. Ihre Beine taugten nicht dafür, sie von einem Schlüsselloch zum anderen zu tragen, daher musste sie von festen Standorten aus spionieren, aber ihre scharfen Ohren konnten jeden Laut über die hallenden Abgründe des klaftertiefen Meeres hinweg auffangen, und so waren leise Gespräche in fünfzig Metern Entfernung für sie durchaus verständlich. Mit solchen Ohren war es auch leicht, ein geeignetes Versteck zu finden; die Höflinge hüteten sich zwar, in Gegenwart eines Prinzen oder einer Prinzessin zu flüstern, aber wenn der- oder diejenige sich nicht sehen ließ, war das eine andere Sache. So belauschte sie reglos und mit ausdrucksloser Miene verschiedene Streitgespräche.

Der Erzbischof von Stour musste sich zu dem Fall äußern. Erzbischof Summerscales war alt und gebrechlich, aber er war nicht dumm, sonst hätte er nicht so lange gelebt und wäre auch nicht in dieses hohe Amt gekommen. Folglich wusste er sehr wohl, welchen Aufruhr er verursachen würde, wenn er die Zustimmung der Kirche zu dieser Hinrichtung verweigerte. Eine Rechtfertigung dafür zu finden, fiel ihm dagegen nicht schwer. Mehr als einmal hörte Anne aus seinem Munde den Satz: »Am schrecklichsten trifft Gottes Zorn den Verräter.«

Anne fand schon die Vorstellung, Gott könnte eine Verbrennung gutheißen, so bestürzend, dass sie darüber fast an ihrem Glauben verzweifelt wäre. Seit Jahren war ihr die Kirche ein Zufluchtsort. Erzebet ging regelmäßig zur Messe, sprach aber außerhalb der Kathedrale wenig über Gott, Anne dagegen freute sich auf die Gottesdienste. Dann musste der Hof stillsitzen, und man hörte nichts als Musik und Gesang zum Lobpreis Gottes. Am meisten beeindruckten sie nicht etwa die Predigten. Seit sie ein kleines Mädchen war, liebte sie die Kirche aus einem einfacheren Grund. Wenn der Priester zum Gebet aufrief, wurden die Köpfe gesenkt und die Hände gefaltet. Alle sprachen wie mit einer Stimme, und es gab keine Verschwörungen mehr. Die Menschen belauerten sich nicht. Es herrschten Ruhe und Harmonie. Nur zu diesen Zeiten konnte Anne jemals beobachten, dass Erzebet die Augen schloss.

Anne lebte in einer unruhigen Welt und lauschte deshalb begierig allen Erzählungen über den Friedensfürsten. Sie war bereit, nicht zu richten, um nicht gerichtet zu werden; die Welt schien von Erzebet tagtäglich neue Urteile zu fordern, und das war für sie wie eine schwere Last, unter der sich ihr Rücken von Monat zu Monat mehr krümmte. Anne war nicht sicher, ob sie jemals einen Dämon zu Gesicht bekommen würde, doch wenn sie den Satz las: »Mein Name ist Legion, denn unser sind viele«, fühlte sie sich angesprochen. Unter den Menschen, die sie kannte, gab es keine Eintracht. Menschen waren keine Teufel, aber sie machten ihr Angst, und diese Angst schlug ihr auch entgegen. Der ganze Hof war davon besessen, und Anne konnte sich nicht vorstellen, womit sich diese Angst vertreiben ließe. Nur beim Gottesdienst senkten die Verängstigten die Köpfe. Nur ein wahrer Gott der Liebe konnte ihnen Ruhe schenken, und sei es auch nur für kurze Zeit.

Zu diesem Gott betete Anne, nach ihm sehnte sie sich. Nach dem Geist Gottes, der über den Wassern schwebte und sprach: »Es werde Licht.« Sie konnte nicht glauben, dass ein solcher Gott den gewaltsamen Tod eines Kindes forderte. Doch Erzbischof Summerscales sprach von Gottes Hass auf die Verräter, während ein hassender Gott für Anne ein Widerspruch in sich war. Wenn Gott in der Stille wohnte, in den wenigen Augenblicken des Friedens, dann war der Hass eine Spaltung, eine Vergewaltigung dieses Gottes. Anne war mit ihren dreizehn Jahren nicht in der Position, sich mit dem Erzbischof auf einen Disput einzulassen, aber einer von ihnen musste sich irren, einer von ihnen hatte das Wesen Gottes zutiefst missverstanden. Aus diesem Grund begann Anne, sich an Orten aufzuhalten, wo der Erzbischof vorbeikommen musste, und sie hoffte auf ein Zeichen, irgendeinen Hinweis darauf, dass Gott nicht die hasserfüllte Macht war, von der dieser Erzbischof so überzeugt schien.

Summerscales unterstützte das Urteil, und die meisten schlossen sich seiner Meinung an. Doch eines Tages, als Anne an einem Friedhofsweg saß und ihre Lateinaufgaben machte, belauschte sie ein leises Gespräch, dem sie entnahm, dass es zumindest eine Gegenstimme gab.

Der Mann, der Widerspruch einlegte, war noch nicht lange bei Hof, es war der lahme Bischof, den Anne zum ersten Mal am Hochzeitstag ihrer Mutter gesehen hatte. Sie hatte erfahren, dass er Westlake hieß, und hatte Zuneigung zu ihm gefasst, ohne sich jemals länger mit ihm unterhalten zu haben: Sein schwerfälliges Humpeln, das Schlurfen, wenn er sein Bein nachzog, waren unverwechselbar. Ein Mann, den sie schon von Weitem erkannte, und der kaum schneller auf den Beinen war als sie selbst, machte ihr weniger Angst als die meisten anderen Menschen. Westlake hatte dem Erzbischof zugeflüstert, Gnade sei ein Gebot Gottes und der Herr würde die Hinrichtung eines Kindes nicht ungestraft lassen. Anne legte im Schutz der Kirchenmauer ihr Buch in den Schoß und umklammerte es so fest, dass die Seiten unter ihren Fingern einknickten. Das waren die Worte, nach denen sie gelechzt hatte.

»Das Kind muss sterben, mein Sohn«, sagte der Erzbischof, und die Betonung lag auf »mein Sohn«. »Oder wollt Ihr einen wankenden Thron noch weiter erschüttern?«

»Ich will, dass wir Gottes Willen erfüllen«, gab Westlake zurück. Er sprach leise, seine Stimme klang immer gepresst, aber Anne hatte noch nie gehört, dass er sie erhoben hätte.

»Das Kind ist verloren«, beharrte Summerscales. »Soll sich die Kirche der Majestät der Krone widersetzen? Sollen wir eine Spaltung herbeiführen und ganz Europa Gelegenheit geben, über uns herzufallen? Wenn die Tieflinge den Herrscher im Stich lassen, weil er zu schwach ist, und Frankreich seine Soldaten schickt, wo bleibt Ihr dann mit Eurer Gnade?«

Die Worte »wankender Thron« gingen Anne noch jahrelang nicht aus dem Sinn. Bei ihren späteren Bemühungen, etwas versöhnlicher zu urteilen, rang sie sich dazu durch, Summerscales' Absichten nicht ganz so verwerflich zu finden, wie sie sich anhörten. Vielleicht, redete sie sich so lange ein, bis sie es glaubte, hatte er dennoch ein gottesfürchtiges Ziel verfolgt: die Rettung von Menschenleben. Eine Spaltung zwischen Kirche und Krone hätte das Land aufplatzen lassen wie einen angeschwemmten Seehundskadaver, sie wäre wie ein stinkender Riss in einer bröckelnden Ruine, der nur darauf wartete, dass die Krähen in Scharen einflogen und sich darüber hermachten. In ihren Augen wäre es nicht unbedingt eine Katastrophe gewesen, wenn die Kirche einen schnelleren Tod für das Kind gefordert hätte, aber sie hatte keine Möglichkeit, ihn zu gewähren, und sie wusste sehr genau, wie wenig Aussicht auf Erfolg ein Streit mit ihrer Mutter gehabt hätte. Erzebet hätte sich rundheraus geweigert, Gnade walten zu lassen. Anne dachte sogar daran, sich selbst für das Kind einzusetzen, aber dazu hätte sie gestehen müssen, dass sie überhaupt von dem Bastard wusste, und Erzebet würde ihr wohl kaum verzeihen, dass sie spioniert hatte, schon gar nicht jetzt, da sie unter solchem Druck stand. Die Bitte um einen sanfteren Tod würde Anne eine Ohrfeige und ein Nein einbringen, und ein weniger geneigtes Ohr bei künftigen Anliegen. Es war besser, sich ihre Barmherzigkeit für Fälle aufzusparen, bei denen sie etwas erreichen konnte, sagte sie sich. Das war eine triftige Begründung für ihr Schweigen, auch wenn der Wunsch, ihre Mutter nicht zu verärgern, und die Tatsache, dass schon der Gedanke an Erzebets scharfe Stimme und ihre schroffe Ablehnung ihr alle Kraft nahm, im tiefsten Inneren die stärkere Motivation war.

Ja, Summerscales mochte recht haben, die Kirche könnte mit einem Vermittlungsversuch mehr schaden als nützen. Es gab so viele Seelen in England, so viele Menschen, und Anne wusste seit Jahren, dass Kriege eine Nation zerschnitten und ihr die dringend benötigten Männer aus dem Leib rissen. Vielleicht hatte Summerscales versucht, in der Welt zu leben und dennoch Gott zu dienen, um einen blutigen Kampf mit all seinen Gräueln zu verhindern. Sie konnte es nur hoffen.

Anne ritt im Park spazieren, als sie Robert Claybrooks Stimme hörte. Sie hatte wie gewohnt wegen des Lärms auf einen Galopp verzichtet, saß stattdessen still auf ihrem Pferd, die Zügel lose in der Hand, und ließ das Tier zwischen den Bäumen hindurchlaufen, wie es ihm gefiel. Wenn sie wollte, konnte sie galoppieren und auch springen, ihre Arme waren stark wie die eines Mannes, aber sie lieferte sich ihre Wettrennen lieber im Meer als an Land, und wenn sie allein war, zog sie es vor, dem Tier den Kopf freizugeben. Sie verstand nicht, was sein Wiehern bedeutete, aber es gab auch keinen Anlass anzunehmen, dass es überhaupt eine Bedeutung hatte. Sie fand es einfach kameradschaftlicher, manchmal auch das Pferd entscheiden zu lassen, wohin es gehen sollte; wenn nötig, konnte sie ihren Willen durchsetzen, aber es erschien ihr wie sinnlose Tyrannei, über jeden seiner Schritte zu bestimmen.

Es war ein windiger Herbsttag, das Laub an den Bäumen war schon dürr und raschelte an den Ästen oder sammelte sich vor den Pferdehufen. Das Geräusch hatte wohl die leichten Tritte ihres Pferdes übertönt, denn Claybrook drehte sich nicht um, als sie auf Sichtweite an ihn herankam.

Anne nahm die Zügel an und brachte ihr Pferd jäh zum Stehen.

Robert Claybrook ritt einen Fuchs, er stand an einer sonnenbeschienenen Stelle, Schatten spielten über sein Gesicht. Sein Sohn John saß ihm gegenüber auf einem ähnlichen Pferd.

Der sechzehnjährige John war auf dem besten Wege, ein großer, kräftiger Mann zu werden, er war bereits größer als Anne, aber aus seinem Gesicht strahlte eine Fröhlichkeit, die ihn aus all den verkniffenen Höflingen heraushob wie einen glitzernden Fisch, der in einem Schwarm als Einziger nicht mit dem Strom schwamm. Anne und Mary war er immer mit einer unbefangenen Höflichkeit begegnet, die Anne, an neugierige Blicke und verlegene Worte gewöhnt, zugleich beruhigte und erschreckte: Es war schön, wenn man so unbeschwert angesprochen wurde, aber sie kannte sonst niemanden, der das tat, nicht einmal ihre Angehörigen. Erzebets gelegentliche leidenschaftliche Zärtlichkeiten, Marys Streicheln, ihre Küsse und die angestrengte Unterhaltung mit ihr, Edwards steife Güte – mit alledem kam sie besser zurecht als mit Johns entspanntem Gesichtsausdruck, wenn er sich vor den Königskindern verneigte.

Anne saß ganz still, denn sie wollte hören, was die beiden miteinander sprachen, wenn sie alleine waren. Doch sie wurde enttäuscht. John starrte bedrückt auf den Hals seines Pferdes und drehte den Kopf von einer Seite zur anderen, um Claybrooks Blick auszuweichen, als sein Vater sagte: »Du wirst dabei sein müssen.« Der Tonfall war Anne vertraut, sie bekam ihn jedes Mal von Erzebet zu hören, wenn sie sich gegen einen offiziellen Auftritt sträubte: Claybrook wollte seinen Sohn zu einer Verpflichtung drängen. Anne kannte Claybrook vor allem als aalglatten Schatten ihres Onkels, aber worum konnte es in Anbetracht von Johns deutlichem Unbehagen und der verkrampften Haltung seines Vaters anderes gehen als um seine Anwesenheit bei der Verbrennung des Bastards?

Als John den Blick abwandte, um sich nicht weiter unter Druck setzen zu lassen, entdeckte er Anne. Sofort richtete er sich auf, hob die Hand zum Gruß und rief: »Prinzessin!« Claybrook sah sich rasch um. Sie bemerkte ein winziges Zögern, bevor auch er sie begrüßte.

Anne überlegte. Claybrook war ein kluger Mann; wenn er ein wenig nachdachte, müsste ihm eigentlich klar sein, dass ihr die Nachricht, die ihm beinahe entschlüpft wäre, wahrscheinlich längst bekannt war. Aber er wollte wohl kein Risiko eingehen. Wenn eine Königstochter Dinge weitererzählte, die sie nicht wissen durfte, konnte ihm das eine Menge Ärger eintragen, und obwohl Erzebet offiziell zum Gehorsam gegenüber ihrem Gemahl verpflichtet war, würde er sich wohl kaum darauf verlassen, von dem täppischen Philip vor ihr in Schutz genommen zu werden. Selbst wenn der dazu bereit gewesen wäre. Was keineswegs sicher war. Philip gehorchte Claybrook nach einiger Überredung, zeigte aber wenig Interesse an seiner Gesellschaft.

Anne beschloss, ihn zu schonen. Sie verbannte jeden Ausdruck aus ihrem Gesicht, sah die beiden verwirrt an und sagte in schöner Einfalt in der Sprache der Tieflinge: *Ich habe mich verirrt. Ich will zu meiner Mutter.*

»Ich hoffe, Ihr seid wohlauf, Prinzessin«, erwiderte John, drückte seinem Pferd die Fersen in die Flanken und ritt in weitem Bogen um seinen Vater herum, ohne ihn anzusehen. »Darf ich Euch zum Palast zurückbegleiten? Es wäre mir eine Ehre.« Er sprach in einfachen Sätzen, wie es sich für einen Höfling geziemte, wenn er mit einer Prinzessin von zweifelhaftem Verstand sprach, aber in seinem Gesicht stand Hoffnung. Seinem Vater kehrte er betont den Rücken zu. Dass jemand es tatsächlich als Befreiung empfinden sollte, mit ihr zusammen zu sein, war allzu schmeichelhaft; Anne war gern bereit, ihm zur Flucht zu verhelfen.

»Dann auf nach Hause«, sagte sie. Als Claybrook die Zügel aufnahm, um ihr zu folgen, fletschte sie die Zähne und zischte ihn an.

Claybrook war ein kräftiger Mann und an königliche Launen gewöhnt. Anne fürchtete für einen Moment, er würde sich nicht abweisen lassen. Doch dann wendete er achselzuckend sein Pferd und ritt in entgegengesetzter Richtung davon. Vermutlich hatte jemand, der so viel mit ihrem Onkel Philip zusammen war, die Gesellschaft königlicher Hoheiten gründlich satt.

Sie wandte sich wieder John zu. Nachdem er ihr seine Begleitung angeboten hatte, müsste er sich jetzt eigentlich in der Klemme fühlen. Entweder brach er sein Versprechen an eine Prinzessin, oder er hatte ein zischendes Mädchen am Hals. Doch das Zischen schien ihn erstaunlicherweise nicht gestört zu haben. Er trieb sein Pferd an Annes Seite, nickte ihr zu und fragte: »Wollen wir?«, als fände er ihr Verhalten ganz alltäglich.

Nachdem ihr Plan gelungen war, wäre Anne am liebsten im Erdboden versunken. Ihr Gesicht begann zu kribbeln, ein sicheres Zeichen dafür, dass ihre Wangen hell leuchteten; wo Mary anmutig errötete, erstrahlte Anne, und sobald sie das merkte, geriet sie noch mehr in Verwirrung, was wiederum das Leuchten verstärkte. In einem dunklen Raum sah sie manchmal wie ein beleuchteter Totenschädel aus, wenn sie verlegen wurde.

Sie wusste auch nichts zu sagen, aber John Claybrook schien das Schweigen nicht weiter zu stören. Schon das war ungewohnt: Höflinge wurden rasch unruhig, wenn ein Monarch vor sich hin grübelte. John dagegen nahm einfach die Zügel auf, ritt neben ihr her und wartete, bis das Leuchten nachließ.

Nach einer Weile fragte er: »Glaubt Ihr, man wird in nächster Zeit eine königliche Jagd veranstalten?«

»Ich habe nichts dergleichen gehört«, antwortete Anne. Die Aussicht auf eine richtige Jagd weit draußen auf See, bei der die Höflinge in kleinen Booten saßen und ihre Harpunen bereithielten, während sie zusammen mit ihrer Mutter und ihrer Schwester große Schwärme an die Oberfläche trieb, war erfreulich, aber seit dem Tod ihres Vaters hatte keine solche Jagd mehr stattgefunden, und in der derzeit so angespannten Lage war damit wohl auch kaum zu rechnen. Es sei denn, der Feuertod des Bastards wäre ein Anlass zum Feiern. Anne schaute zu John Claybrook hinüber, der ihr unbefangen das Gesicht zuwandte, ohne dabei sein Pferd aus den Augen zu lassen. »Aber ich würde mich darüber freuen«, fügte sie hinzu.

»Und ich wäre gern dabei«, sagte John. »Als kleiner Junge habe ich eine Jagd auf Schweinswale miterlebt. Es war großartig. Mein Vater hat damals einen Schädel erbeutet, den er heute noch hat.«

»Das würde mir auch gefallen!« Anne wurde allmählich lebhafter. Mit Schweinswaljagden war es wie mit der Eberjagd an Land. Mitglieder des Königshauses, die noch zu jung waren, um ihre Glieder im Kampf gegen ein so furchteinflößendes Bataillon aus Muskeln und Zähnen aufs Spiel zu setzen, waren davon ausgeschlossen. Fische leisteten keinen Widerstand, aber Schweinswale waren schlau wie Wölfe und stärker als Hirsche: In früheren Zeiten waren bei solchen Ausflügen manche Könige ums Leben gekommen. Erzebet hatte Anne einmal von einer Schweinswaljagd erzählt, bei der sie bis zur Erschöpfung vor dem Rumpf eines Bootes mit einer riesigen grauen Bestie gekämpft hatte, aber nachdem nur noch Anne und Mary sie begleiten konnten und die beiden noch so klein waren, würde sie sich auf ein solches Abenteuer nicht einlassen. »Es wäre aufregend.«

John grinste. Anne war verblüfft. Sie hatte schon beobachtet, dass Höflinge sich untereinander dieses breite Lächeln schenkten, aber sie fand es ungewohnt, selbst so angestrahlt zu werden. »Ich würde gerne einen Schweinswal im Meer sehen«, sagte er. »Wenn wir sie an Bord bekommen, sind sie bereits besiegt. Im Wasser müssen sie beachtliche Gegner sein.«

Anne zögerte. Die Jagd im Wasser war Königen vorbehalten, in diesen unruhigen Zeiten machte sich ein Mann mit einer solchen Bemerkung bereits verdächtig, selbst wenn sie nur achtlos hingeworfen war – denn ein Landling konnte unter den Wellen nicht länger als eine Minute überleben, ganz zu schweigen von den langen, erbitterten Kämpfen und den Tauchmanövern bei einer königlichen Jagd. John hatte sich wahrscheinlich nichts dabei gedacht, aber sie wusste nicht, wie sie ihn warnen sollte. Am besten tat sie so, als hätte sie ihn nicht verstanden und hoffte, dass er auf den Wink reagierte. *Ich kann jetzt schneller schwimmen,* schnatterte sie. *Ich bin schon fast erwachsen.*

John setzte zu einer Antwort an, doch dann machte er den Mund wieder zu und wandte sich ab, um rasch einen Blick auf die stummen Bäume und den Himmel zu werfen, von dem keine Gefahr drohte. »Ich würde gerne segeln«, sagte er. »Zu Hause wohnen wir am Fluss, mein Vater hat mir das Rudern beigebracht. Aber ich möchte weiter auf das Meer hinausfahren.«

Anne hätte gern noch eine Weile an die Jagd gedacht, aber sie wollte ihn nicht zu weiteren verräterischen Äußerungen verleiten. »Fangt Ihr auch Fische?«, fragte sie.

John lachte. »Ja, sogar ziemlich oft«, antwortete er. »Ich mag frischen Fisch, zu Hause esse ich immer welchen.«

Anne verstand nicht, warum er lachte, deshalb beugte sie sich vor und klopfte ihrem Pferd den Hals. »Habt Ihr damals bei dieser Jagd Fleisch vom Schweinswal bekommen?«

»Ja, nach der Bluttaufe«, antwortete John. Bei der Bluttaufe wurde das Gesicht eines Kindes mit dem Blut der erlegten

Beute bestrichen, ein Ritual, das, einmal vollzogen, für immer gültig war. »Mein Vater bestand darauf, dass ich ein Stück davon esse.« Wieder grinste er. »Es schmeckte abscheulich.«

»Ich dachte, es hätte Ähnlichkeit mit Wild«, sagte Anne. John sah sie an, und sie erstrahlte aufs Neue und wartete auf die Frage: »Wieso?«. Es war keine sehr kluge Bemerkung gewesen.

Aber er schüttelte den Kopf. »Eher mit verfaultem Fisch. Wildfleisch schmeckt süßlich, weil Hirsche und Rehe so viel Gras fressen, aber Schweinswale schmecken nur nach Fisch und Öl, sie ernähren sich ja auch von nichts anderem. Wahrhaftig kein Genuss.«

»Vielleicht würde ein Schweinswal über Euch genauso urteilen«, überlegte Anne. John zog die Augenbrauen hoch, wurde aber nicht nervös und verlegen wie andere Höflinge, wenn sie eine Bemerkung gemacht hatte, der sie nicht folgen konnten. »Ihr sagtet doch vorhin, dass Ihr zu Hause Fisch esst?«

John lachte laut auf und scheuchte damit eine Drossel aus ihrem Nest. Anne fand das, was sie gesagt hatte, eigentlich nicht komisch, aber sein Lachen klang nicht unfreundlich, und sie wurde etwas ruhiger. »Ich hoffe, die Schweinswale kommen nie in diese Lage, Prinzessin.«

Anne nickte. »Vielleicht können wir öfter eine Jagd veranstalten, wenn Mary und ich älter sind«, sagte sie dann.

Es sollte zuversichtlich klingen, aber John wurde ein wenig ernster. Anne fasste die Zügel fester. Mary war bereits fünfzehn, eine erwachsene junge Frau. Wäre William am Leben geblieben, hätte es weitere Brüder und Schwestern gegeben, dann hätte man sie beide längst mit auf die Jagd genommen. Ein wankender Thron. Bestimmt würde der Hof auch wieder bessere Zeiten erleben. »Mag sein«, sagte John. »Vielleicht, Prinzessin, könntet Ihr selbst eine solche Jagd anordnen, wenn Ihr erst älter seid.«

»Ich könnte eine Bitte aussprechen«, sagte Anne. »Aber eine Anordnung könnte ich derzeit nicht erlassen.«

»Nein, dafür seid Ihr noch zu jung«, stimmte John zu. Anne war verblüfft über seine Offenheit, aber er hatte es offenbar nicht böse gemeint.

»Im Moment habe ich noch gar nichts anzuordnen«, entfuhr es ihr. Im Geiste sah sie einen Scheiterhaufen vor sich, viele übereinandergestapelte Reisigbündel und ganz oben ein Kind, das sich in Schmerzen wand. Sie senkte den Kopf und starrte auf die struppige Pferdemähne nieder. Vom Hals des Tieres hatten sich Hautschuppen gelöst und sich da, wo die Haare auseinanderfielen, als klebrige Kruste abgesetzt.

Aus dem Augenwinkel sah sie, wie John ihr einen langen Blick zuwarf. Sein Gesichtsausdruck war nicht zu deuten. Eine Weile schwiegen sie beide, nur das Knistern der roten und braunen Blätter unter den Pferdehufen unterbrach die Stille.

»Ich werde zu Gott beten, damit er Euch beschützt, Prinzessin«, sagte John endlich. »Und Euch in seiner Weisheit leitet.«

Es waren die Sätze eines Höflings, artig verschlüsselt und für jede Deutung offen. Sie entschied sich, sie als freundschaftlich aufzufassen. »Ich danke Euch«, sagte sie. »Wir sollten darum beten, so geleitet zu werden, dass wir Gottes Willen erfüllen.« Bischof Westlakes Worte dröhnten ihr in den Ohren.

»Amen.«

Anne lauschte noch einen Augenblick dem Knistern der Blätter unter den Pferdehufen. »Ich werde auch für Euch beten, Master Claybrook«, sagte sie dann. »Wir alle können nur hoffen, dass wir Gottes Willen erfüllen. Und dass wir erkennen, was Gottes Wille ist, und nicht nur sehen, was wir selbst wollen.«

John schüttelte den Kopf und lächelte. »Niemand von uns kann tun, was er will, Prinzessin.«

Anne nahm an der Verbrennung des Bastards nicht teil. John dagegen schon. Ein paar Tage, bevor sie stattfinden sollte, wurde er auf die Ländereien seines Vaters geschickt, um vermutlich von dort an den Schauplatz des Geschehens zu reisen. Anne konnte anschließend nicht mit ihm sprechen, denn er kehrte nicht gleich an den Hof zurück, sondern blieb ihm mehrere Monate lang fern.

An dem betreffenden Tag blieb Anne mit ihrer Erzieherin allein und bekam die Aufgabe, einen schwierigen Text aus dem Madjarischen ins Lateinische zu übersetzen. Bei jedem Blick zur Tür schaute die Lehrerin auf, schlug ihr auf die Finger und befahl ihr, sich zu konzentrieren. Anne setzte ihr einfältigstes Gesicht auf und versagte sich die Frage, vor der sich die Frau so offensichtlich fürchtete: *Wo sind denn heute alle anderen?*

Zwei Tage zuvor hatte Anne endlich eine Entscheidung getroffen und ihre Mutter während einer Unterrichtsstunde wie aus heiterem Himmel gefragt: »Sollten wir unseren Feinden gegenüber barmherzig sein?«

Erzebet hatte sie mit ihren schwarzen Augen lange angesehen. Annes Eingeweide hatten sich zusammengezogen, und ihre Fingerspitzen waren vor Angst ganz kalt geworden. Doch dann hatte Erzebet ihre starken Arme ausgestreckt und ihre Tochter, die inzwischen zu groß war, um sie in den Armen zu wiegen, auf ihren Schoß gezogen und ihr schweigend über das Haar gestrichen. Anne wagte nicht, die Frage zu wiederholen, sie saß ganz still in den Armen ihrer Mutter, lehnte den Kopf an ihre juwelengeschmückte Brust und gab sich der Hoffnung hin. Am nächsten Tag kam Erzebet nicht wieder, aber sie hatte

Annes Erzieherin einen ganzen Stapel von Aufsätzen und Reden übergeben, die alle zu dem Schluss kamen, ein Fürst, der ungefährdet regieren wolle, müsse stark sein. Das war ihre Antwort, die einzige, die Anne jemals bekommen sollte. Anne fragte sich immer wieder, was Erzebet eigentlich gehindert hatte, ihr das persönlich zu erklären.

Mehrere Tage danach schlug Philip jedes Mal um sich und schrie, wenn er ein Kaminfeuer sah. Einer der Schwammhüter wich nicht rasch genug aus, und Philip brach ihm das Handgelenk; der Chirurgus sah sich zur Amputation gezwungen, und Robert Claybrook versetzte den Verletzten in aller Stille in den Ruhestand und entfernte ihn vom Hof. Schon wenn ein Höfling mit einer Kerze an dem Thron vorbeiging, auf dem der massige Leib des Königserben kauerte, ertönten Schreie wie: »Nein! Weg! Nein!« Edward ließ alle Feuer löschen; die Höflinge zogen sich bei Sonnenuntergang zurück und saßen, unter ihren Samtgewändern fröstelnd, in halbdunklen Räumen in der feuchten Herbstkühle. Nach ein paar Tagen wurden die Feuer wieder angezündet, und die Kerzen kehrten, freudig begrüßt, zurück. Philip hatte seine Ängste inzwischen vergessen.

Zehn

Nicht lange danach erreichte Anne eine weitere Nachricht: Bischof Westlake war erkrankt. Um diese Tatsache wurde kein so großes Geheimnis gemacht: Der Erzbischof ließ die Rauchfässer schwingen und rief dazu auf, für seine Genesung zu beten, und am Hof murmelte man Ave-Marias und hoffte mit allem schuldigen Respekt, der Mann möge wieder gesund werden. Anne betete mit, obwohl ihr zu ihrem Leidwesen klar war, dass viele der Gebete mehr aus Pflichtbewusstsein denn aus aufrichtiger Zuneigung gesprochen wurden. Seit Westlake an den Hof gekommen war, nahm man Anstoß an seiner Behinderung. Vielleicht würde Gott darüber hinwegsehen; zumindest ihre eigenen Gebete waren schließlich getragen von dem dringenden Wunsch, er möge die Krankheit überwinden.

Edward und Erzebet waren dem Mann mit steifer Höflichkeit begegnet, aber Mary hatte ihm stets misstraut. »Sein Bein ist merkwürdig«, erklärte sie auf Annes Bemerkung, der Bischof sei ihr sympathisch.

»Er läuft aber recht gut damit«, gab Anne zurück.

»Langsam.« Leiser Abscheu spiegelte sich in Marys hübschen Zügen: Ein Höfling hatte gesund zu sein und gerade Glieder zu haben. Anne ärgerte sich über diesen Gesichtsausdruck, aber sie konnte nicht ausdrücken, was sie empfand. Mary hatte nie am eigenen Leib erfahren, wie es war, anders zu sein – aber wenn Anne ihr das vorhielt, würde es so klingen, als wäre sie eifersüchtig. »Was hat jemand, der dahertorkelt wie ein Bauer, bei Hof zu suchen?«

»Vielleicht hat Gott ihn gerufen«, gab Anne zurück. Sie spürte den dringenden Wunsch, den einzigen Mann zu verteidigen, von dem sie gehört hatte, dass er die Verbrennung eines Kindes nicht uneingeschränkt guthieß.

Eine solche Behauptung war nicht leicht zu widerlegen, wenn Mary fromm bleiben wollte. »Warum hat Gott ihn dann nicht geheilt, bevor er ihn rief?«, fragte sie nach kurzem Zögern im gönnerhaften Ton der großen Schwester. »Er macht bei Hof einen schlechten Eindruck. Ich weiß nicht, was er sich davon verspricht, dass er hier herumhumpelt.«

Das war das Hauptproblem: Der Gang des Bischofs galt als würdelos, und die meisten Männer wären an seiner Stelle zu Hause geblieben, hätten sich mit einem kunstvoll geschnitzten Stock beholfen und sich von ihren Dienern jeden Wunsch von den Augen ablesen lassen. Anne fand den Bischof nicht abstoßend: Er kam mit seinen ungelenken Schritten immer noch schneller voran als sie, und wenn sich sein Gesicht vor Anstrengung verzerrte, sooft er das Gewicht auf sein schwaches Bein verlagern musste, wirkte das eher erhaben als lächerlich. Anne fand es nicht weiter verdächtig, dass sein Wunsch nach einem Leben bei Hofe so stark war, dass ihn nicht einmal sein lahmes Bein davon abhielt: Schließlich musste dieser Wunsch bei allen Höflingen vorhanden sein, wenn sie dafür ihre eigenen Ländereien samt den dort lebenden Menschen zurückließen und das ruhige Landleben gegen das Gedränge, die Unruhe und die Unwägbarkeiten eines Daseins im Zentrum der Macht eintauschten. Mit einer Behinderung zu laufen war womöglich nicht schwieriger, als respektvoll daneben zu stehen, wenn Philip sich auf seinem Stuhl wälzte und Unsinn plapperte. Erzebet machte sich inzwischen nicht mehr die Mühe, ihre blauen Flecken zu verbergen, wenn sie dem Hof jeden Morgen ihr bleiches, strenges Gesicht präsentierte.

Anne war schon zu alt, um ihrer Schwester einen Schubs zu geben, aber so viel Gedankenlosigkeit machte sie wütend. Es war nicht die Schuld des Bischofs, dass er nicht gut laufen konnte. Und woher wollte Mary wissen, ob er nicht tatsächlich von Gott an diesen Hof geschickt worden war? Seit Anne ihn bei jenem Gespräch mit dem Erzbischof belauscht und mitbekommen hatte, wie er zögerte, zur Verbrennung des Bastardkindes seinen heiligen Segen zu geben, hatte sie jeden seiner Schritte am Hof verfolgt. Er schlurfte mühsam von Ort zu Ort, und obwohl er es jedes Mal schaffte, sein lahmes Bein aufzusetzen, ohne vor Schmerz zusammenzuzucken, waren ihr seine zaghaften Bewegungen beruhigend vertraut. Anne legte sich an jedem Tag ihres Lebens mit müden Händen und schmerzendem Rücken zu Bett, sie spürte die Last der aufrechten Haltung in allen Gliedern; manchmal protestierte jedes einzelne Gelenk in ihren Beinen, als wäre sie keine Dreizehnjährige, sondern eine alte Frau. Zugleich sah sie sich von Höflingen überragt, die aufrecht wie Soldaten von Ort zu Ort eilten. Da stand ihr der Bischof mit seinem langsamen, schwerfälligen Gang doch viel näher. Auch war ihr nicht entgangen, wie unerschöpflich seine Geduld war, wenn Philip wieder einmal Unruhe stiftete, und wie sanft seine Stimme wurde, wenn er mit ihrer Mutter sprach. Bei der Kommunion kniete sie am liebsten vor ihm nieder, um den Leib des Herrn zu empfangen. Anders als Summerscales, der zittrige Hände hatte und zum Ausgleich viel zu fest auf ihre Zunge drückte, legte Bischof Westlake ihr das Brot mit so geschickten, sanften Fingern in den Mund, dass alle Anspannung von ihr abfiel und sie am liebsten den Kopf gegen seine Hand gelehnt hätte, um sich von ihm segnen zu lassen. Wenn er ihr tatsächlich den Segen gab, tat er es fast zärtlich, sodass sie das Gefühl hatte, er streiche ihr über den Kopf, während er die Worte sprach. Und was mochte Mary, die sich hinter seinem Rücken so kaltschnäuzig zu seinem Bein äußerte, wohl zu anderen über Annes blaues Gesicht sagen? Auch Mary war nicht allwissend, tröstete sich Anne, aber die Vorstellung, dass ihre Schwester die Nase über sie rümpfte, bestürzte sie mehr, als sie sich selbst eingestehen wollte.

Jetzt war er also krank. Die Ruhr, hieß es, seine Eingeweide entleerten sich mit grässlichem Gestank und so unkontrolliert, dass er unmöglich Würde bewahren konnte. Dieser Gedanke war für Anne am schmerzlichsten. Seine sanften Hände, die ernste Stimme und das tapfere, gelehrte Gesicht waren kein Schutz vor der Übermacht seiner sich aufbäumenden Gedärme. Anne hatte selbst zu oft erlebt, wie ihr Gesicht zur Zielscheibe neugieriger Blicke wurde, um über die Demütigung ihres Lieblingspriesters nicht betrübt zu sein. Und wenn er nun stürbe? Anne hatte für den Erzbischof nichts übrig, sie spürte kein Verlangen, diesem misstrauischen alten Mann mit den scharfen Augen und den groben Fingern ihre Sünden zu gestehen. Ohne Westlake war die Kirche ein Ort, an dem sich die königliche Familie zur Schau stellte, aber keine Stätte, wo man in Frieden beten und für kurze Zeit dem Trubel und den Peinlichkeiten des Alltags entfliehen konnte. Gott hätte gewiss Verwendung für Westlake, aber Anne wollte ihn noch nicht in den Himmel entlassen. Es gab zu wenige gütige Menschen in ihrem Leben.

Erzebet hatte verlangt, dass man ihn isolierte, aber Edward hatte verfügt, dass Francis Shingleton, der Hofmedikus, seine Betreuung übernahm. Shingleton war ein aufgeweckter Mann in den Vierzigern, dem Anne ihr Leben lang ausgewichen war, denn er hatte weitgespannte Interessen, und sie wusste, dass er am Rand von London ein Spital für Schwachsinnige gegründet hatte. Anne persönlich war zwar durch ihre Herkunft vor einer Gefangenschaft in den dunklen, schalldichten Räumen geschützt, die Shingleton zur Beruhigung gestörter Hirne empfahl – seine Kuren bestanden zumeist in Ruhe und warmer Suppe (seinen Vorgänger hatte Erzebet verbannt, weil er ihrem Stallmeister eine Dosis Froschasche mit Quecksilber verabreicht hatte, die diesen das Leben kostete) –, dennoch wollte sie nicht, dass er sich mit seinen fähigen Händen ein für alle Mal Klarheit darüber verschaffte, wie es um ihren Verstand bestellt war.

Doch nun war Annes Sorge um den kranken Bischof stärker als ihre Bedenken. Es bestand kein Anlass, Shingleton selbst rufen zu lassen. Sie wusste, dass er mit Robert Claybrook befreundet war; sie brauchte nur abzuwarten. So nützte sie eines Tages, als John Claybrooks Vater mit Shingleton in einem anderen Teil des Waldes unterwegs war, bei einem Ausritt die Gelegenheit, sich an den Jungen heranzumachen. Sie hatte auf verschiedenen Ausflügen heimlich in Erfahrung gebracht, wo auf dem Gelände er sich am liebsten aufhielt.

John saß mit ernstem Gesicht auf seiner Fuchsstute und suchte sich einen Weg durch die Bäume. Anne trabte auf ihn zu und rief ihn mit mehr Selbstsicherheit an, als sie tatsächlich empfand.

John hob den Kopf und lächelte. »Prinzessin«, grüßte er höflich.

»Ich freue mich, Euch wieder am Hof zu sehen«, sagte Anne. Seit der Verbrennung des Bastards waren etliche Monate ins Land gegangen; John war schon seit mehreren Wochen zurück, aber sie hatte bisher keine Chance bekommen, allein mit ihm zu sprechen. Nun freute sie sich darauf, sein freundliches Gesicht zu sehen, lächelte ihm zu und hoffte auf eine liebenswürdige Bemerkung, einen Scherz, der ihre Ängste über Bischof Westlakes Krankheit beschwichtigen könnte. Doch schon nach dem ersten Blick legte sich die Enttäuschung schwer auf ihre Brust. John sah ihr abweisend, ja misstrauisch entgegen.

»Ich freue mich auch.« Er hatte eine höfliche Miene aufgesetzt, aber seine Haltung wirkte angespannt.

Anne schluckte, aber sie wollte nicht klein beigeben. *Ich würde ihn gerne kennenlernen,* sagte sie, vorsichtshalber in der Sprache der Tieflinge.

»Prinzessin?« John runzelte ein wenig ratlos die Stirn.

Den Mann für Gut-zu-essen-Pflanzen. Bei den Tieflingen gab es kein Wort für Arzt oder Heiler, deshalb musste sich Anne etwas einfallen lassen, aber sie wollte möglichst vermeiden, allzu viel Unsinn zu reden.

John holte tief Atem, richtete sich auf und stellte sein Pferd so, dass er sie ansehen konnte. »Möchtet Ihr mit mir reiten?«, fragte er.

»Ich danke Euch. Seid Ihr heute allein?« Anne kam sofort zur Sache. Ihr Herz raste ohnehin, wenn sie daran dachte, dass sie den Mut aufbringen sollte, den Medikus anzusprechen. Wenn sie die Frage noch lange hinausschob, würde die Spannung unerträglich werden.

»Mein Vater ist ebenfalls im Wald unterwegs«, sagte John. »Er begleitet Master Shingleton.«

»Suchen sie vielleicht nach Pflanzen, um den armen Bischof von seiner Krankheit zu heilen?«, fragte Anne.

John zuckte die Achseln. »Ich habe nicht gesehen, dass sie etwas gepflückt hätten.«

»Ich möchte mit Master Shingleton sprechen«, sagte Anne.

»Prinzessin?« Johns Miene veränderte sich nicht, aber seine Hände lösten sich vom Hals der Stute, als wollte er die Zügel in Sicherheit bringen.

»Ich will mich nach dem Bischof erkundigen, nach seinem Befinden«, ergänzte Anne. Weder ihr Gesicht, noch ihre Stimme verrieten, was sie bewegte, während sie darauf wartete, dass er mehr aus sich herausginge, um den Abstand zwischen ihnen zu verringern. In Gegenwart ihrer Mutter wäre eine solche Taktik nicht aufgegangen – Erzebet ließ nicht zu, dass irgendjemand sich überheblicher gebärdete als sie selbst –, aber seit Anne sich angewöhnt hatte, sich davonzustehlen und andere zu belauschen, hatte sie die Erfahrung gemacht, dass einem ein Wunsch, den man offen äußerte, ohne sich dafür zu rechtfertigen, von den Höflingen nicht so leicht abgeschlagen werden konnte. Sie fühlte sich fremd in dieser erwachsenen Rolle, fremd und unwohl, aber der Bischof lag im Sterben, und sie hatte nicht vor, irgendetwas zu unterlassen, womit sie sich Antworten auf ihre Fragen verschaffen konnte.

»Möge Gott ihm eine schnelle und sichere Genesung gewähren«, entgegnete John und strich mit den Daumen über das abgegriffene Leder seiner Zügel.

Anne behielt ihn fest im Blick und ließ sich nicht ablenken. John betrachtete sie noch etwas länger, dann fing er – gänzlich unerwartet – fast zu lachen an. Seine Mundwinkel zuckten, und er senkte rasch den Kopf wie zu einer halben Verbeugung, richtete sich aber sogleich wieder auf. »Wie Ihr wünscht, Prinzessin«, sagte er dann und wendete seine Stute, ohne ihre Antwort abzuwarten. Anne folgte ihm und überlegte dabei, was denn an ihrem Verhalten so komisch gewesen sein könnte.

Die beiden älteren Männer ritten nebeneinander. Sie waren offenbar in ein Gespräch vertieft, als Anne und John von hinten auf sie zu galoppierten, aber die Hufschläge waren so laut, dass sie kaum etwas verstand.

Als John sie anrief, drehten sie sich um. Shingleton zog sofort seinen Hut und schwenkte ihn mit einer angedeuteten

Verbeugung elegant vor dem Körper. Claybrook, der voraus-ritt, hatte keine Kopfbedeckung, also wendete er sein Pferd, hob die Hand und sagte: »Guten Tag, Prinzessin.« Sein Gesicht war zunächst völlig ausdruckslos gewesen, doch sein Lächeln ließ nicht lange auf sich warten. In Ruhe hatten seine Züge Ähnlichkeit mit denen seines Sohnes, doch obwohl beide gern lächelten, entfernten sie sich dabei voneinander. Johns Grinsen ließ sein Gesicht jung und lebendig erscheinen; nicht zu vergleichen mit der alterslos liebenswürdigen Maske, die sein Vater zur Schau trug. »Was sehe ich, John? Du hast wieder einmal unsere Prinzessin gefunden.«

»So ist es, Vater.« Anne sah abermals in Johns Gesicht. Seine Mimik war ihr ein Rätsel. Auch er lächelte, doch sie vermisste das belustigte Funkeln in seinen Augen. In diesem Moment sah er tatsächlich wie sein Vater aus.

»Ich wünsche den Herren einen guten Tag«, sagte Anne, »und hoffe, Ihr seid bei guter Gesundheit.« Indem sie Edwards und Marys Verhalten beobachtete, hatte sie eine nützliche Erkenntnis gewonnen: Je mehr sie von sich sprach anstatt von ihren Gesprächspartnern, desto schwerer fiel es denen, ihr etwas zu verweigern. Mit Sätzen, in denen »ich« und »mich« häufiger vorkamen als »Ihr« und »Euch«, kam man fast immer weiter.

»Ich danke Euch, Prinzessin, uns allen geht es heute gut«, antwortete Claybrook.

Annes Blick wanderte zu Shingleton. Ein untersetzter Mann, hellhäutig, mit kurzen Beinen, der Zuverlässigkeit ausstrahlte; sie konnte sich gut vorstellen, wie er seinen schwachsinnigen Gefangenen lindernde Kompressen verordnete und beruhigend auf sie einredete. Sein Gesicht wirkte durchaus gutmütig; obwohl er nicht lächelte, hatte seine Freundlichkeit im Lauf der Jahre um Mund- und Augenwinkel aufwärts geschwungene Linien eingegraben. Jetzt freilich ließ sein Blick diese Freundlichkeit vermissen. Sein Gesicht war bleich, und mit seiner verkrampften Haltung erinnerte er Anne stark an einen Schwammhüter, der bei einem von Philips Wutanfällen nicht aufhören durfte, dessen Haut zu benetzen.

Shingleton saß schweigend auf seinem Pferd. Anne wurde beklommen zumute, das Atmen fiel ihr schwer. Die drei Männer hatten ihre Pferde nach innen gestellt und sie in die Mitte genommen. Anne kannte Robert Claybrook oder Shingleton nicht sehr gut, aber sie spürte, dass etwas nicht stimmte. Sie war hier unerwünscht.

»Master Shingleton, ich freue mich, Euch zu sehen«, fuhr sie hastig fort. »Ich war sehr erfreut, von Seiner Majestät, meinem Großvater zu hören, dass Ihr den armen Bischof betreuen solltet. Er ist doch hoffentlich kein allzu verzweifelter Fall?«

Shingleton blieb blass, aber seine Augen huschten forschend über ihr Gesicht. »Er ist sehr schwer krank, Prinzessin«, sagte er.

Anne wartete, aber der Medikus sprach nicht weiter. Glaubte er, sie sei zu jung für die grausame Wahrheit? »Was fehlt ihm denn nach Eurer Meinung?«, fragte sie.

»Prinzessin«, erklärte Shingleton, »das kann ich Euch wirklich nicht sagen.«

Das klang so zurückhaltend, dass Anne die Ohren klingelten. »Seid Ihr Euch Eurer Diagnose nicht sicher?«, setzte sie nach.

Shingleton schluckte. Es war nur ein winziger Laut, aber sie hörte das leise Klicken in seiner Kehle. »Die Ruhr kann viele Ursachen haben, Prinzessin«, sagte er. »So viele, dass ich nicht wage, die Frage zu beantworten. Mir liegt einzig und allein am Herzen, meinen Patienten zu heilen, wie es mir mein Herr, der König, befohlen hat, und diesem Ziel gilt all mein Streben. Damit bin ich so ausgelastet, dass mir keine Muße bleibt, nach Gründen zu suchen.«

Es widerstrebte Anne, einen Mann zu bedrängen, der ohnehin unter Druck stand, aber seine Vorsicht machte ihr Angst. Einem Mann, der ein Musterspital für die Behandlung von Geisteskranken einrichtete, einem Mann, der mit solchem Eifer medizinische Studien betrieb, dass er von Edward zu seinem Leibmedikus erwählt worden war, konnten doch wohl die Ursachen einer so tödlichen Krankheit nicht gleichgültig sein? »Seltsame Worte, Master Shingleton. Wenn ich nicht irre, wart Ihr früher auch Philosoph?«

Schweigen trat ein. Es dauerte nur wenige Sekunden, dann raffte sich Shingleton zu einer Antwort auf. »Ein Philosoph muss sich stets bemühen, in der Welt Gutes zu tun, Prinzessin. Nur ein Gottloser würde ein Experiment über das Wohl von Gottes Geschöpfen stellen. Ich habe derzeit nichts anderes im Sinn, als den Willen Seiner Majestät zu erfüllen.«

Anne atmete leise ein. Da war es wieder: der Wille Seiner Majestät. Sie würde aus Shingleton nicht mehr herausbekommen, als dass er Edward Rechenschaft schuldete. Glaubte er etwa, sie wollte ihn verleiten, hinter Edwards Rücken zu handeln? Andererseits hatte er von der Sorge für Gottes Geschöpfe gesprochen. In diesen Worten hatte sie eine gewisse Wärme gespürt. Vielleicht war ihm die Krankheit des Bischofs ja doch nicht gleichgültig. »So spricht ein guter Christ, Master Shingleton. Ich werde Gott um seinen Segen für Eure Bemühungen bitten.«

Shingleton schluckte wieder, diesmal ein wenig lauter. Unter dem rotblonden Bart hüpfte sein Adamsapfel deutlich sichtbar auf und ab. »Ihr seid zu gütig, Prinzessin. Nehmt es mir nicht übel, aber ich habe meinen Patienten schon lange genug allein gelassen. Wenn Ihr so freundlich seid, mich zu entschuldigen, werde ich jetzt zu ihm zurückkehren.«

»Gewiss doch«, sagte Anne. Es war ihr so wichtig gewesen, mit Shingleton zu sprechen, dass sie sich bis jetzt nicht gefragt hatte, warum er denn nicht an der Seite des Bischofs war. Wieso hatte sie ihm nicht einfach befohlen, an Westlakes Bett zu eilen, um ihn dann dorthin zu begleiten? Aus dem Augenwinkel sah sie, dass Robert Claybrook ganz still auf seinem Pferd saß und John rasch zwischen ihm und Shingleton hin und her schaute.

Shingleton wendete seinen Fuchs und wollte davonreiten.

»Master Shingleton!«, rief Anne – ihr war soeben etwas eingefallen.

Shingletons Pferd blieb zitternd stehen, als sein Reiter die Zügel annahm und sich nach ihr umsah. »Prinzessin?«

Anne senkte ein wenig die Stimme und schlug ihren sanftesten Ton an: »Wenn es Euch an einer Arznei oder an bestimmten Heilkräutern gebricht, könnte ich das Nötige vielleicht beschaffen. Habt Ihr irgendeinen Wunsch?«

Shingleton sah sie kurz an, dann schüttelte er den Kopf. »Ich danke Euch, Prinzessin, aber die Antwort ist Nein«, antwortete er. »Ich bin mit allem wohl versorgt.«

»Hattet Ihr nicht vom Horn eines Einhorns gesprochen?« Johns Stimme schallte laut über die stille Lichtung. Die beiden älteren Männer drehten sich erschrocken zu ihm um. Sie hatten ihre Züge gut unter Kontrolle, aber Anne sah die Wut, die sie zu unterdrücken suchten, in ihren Blicken. John hielt den Kopf hoch erhoben und starrte zurück.

»Solche Mittel sind nicht zuverlässig«, wehrte Shingleton ab. Er setzte zum Weitersprechen an, doch dann fehlten ihm offenbar die Worte.

»Ich werde tun, was ich kann«, versprach Anne. Wieder bemerkte sie die Anspannung in der Haltung der beiden, besonders bei Claybrook. John hatte sie sehr verärgert.

»Ich danke Euch, Prinzessin, aber es ist nicht nötig.«

»Ich möchte nicht, dass Eure Behandlung unter einem Mangel an Arzneien leidet«, entgegnete Anne.

Shingleton saß ganz still und sah sie an.

»Mein Großvater, der König, setzt großes Vertrauen in Eure Fähigkeiten«, fuhr Anne fort. Shingleton hatte sich mehrfach auf den König berufen, vielleicht würde er reagieren, wenn sie die gleiche Saite anschlug. »Der Wille Seiner Majestät ist uns allen Befehl, und die Krankheit des Bischofs betrübt mich sehr. Wenn Euch damit gedient wäre, würde ich gerne versuchen, Euch dieses Mittel zu beschaffen.«

Schweigen trat ein. »Ich danke Euch, Prinzessin«, sagte Shingleton endlich. »Ich kann nicht versprechen, dass der Bischof mit dem Horn oder ohne es seine Gesundheit wiedererlangen wird, aber ich will nichts unversucht lassen. Wenn Ihr mir ein Horn beschaffen könnt, werde ich sehen, was ich damit erreichen kann.«

»Natürlich wird Prinzessin Anne bei der Suche jedes Aufsehen vermeiden«, schaltete John sich ein. In seiner Stimme schwang ein Ton mit, den Anne nicht verstand, ein Nachdruck, den sie sich nicht erklären konnte.

»Es ist in der Tat nicht gut, Prinzessin«, bestätigte Shingleton, »wenn die Krankheit des Patienten am Hof zum Tagesgespräch wird. Solltet Ihr wirklich nach einem Horn suchen wollen, dann müsstet Ihr das höchstpersönlich tun, ohne dass jemand davon erfährt.«

Anne saß auf ihrem Pferd und ließ die Zügel nicht los. »Ich werde die Sache vertraulich behandeln«, versicherte sie.

»Ihr seid zu gütig.« Shingleton drehte sich um und ritt ohne ein weiteres Wort davon. Anne blieb zurück und sah ihm nach.

Robert Claybrook räusperte sich. »Vielleicht könntest du die Prinzessin zurück zum Palast begleiten, John.« Seine heisere Stimme und seine blitzenden Augen verhießen nichts Gutes für seinen Sohn.

»Gerne, Vater.« John sah ihn fest an, dann machte er kehrt und schlug den Weg zum Palast ein.

Anfangs ritten die beiden schweigend nebeneinander her.

Endlich sagte Anne: »Ich danke Euch für Euer Vertrauen.«

»Ich bin überzeugt, dass Ihr nicht gegen den Wunsch Seiner Majestät handeln werdet«, gab John zurück.

Anne konnte mit der Bemerkung nichts anfangen. Edward wollte doch wohl, dass der Bischof geheilt wurde, hätte er sonst dem besten Medikus im Land befohlen, ihn zu behandeln? Sie bewegten sich auf gefährlichem Terrain, und mit einem Mal wollte sie von der ganzen Sache nichts mehr hören.

Sie wechselte das Thema. »Ich habe noch nie mit Master Shingleton gesprochen«, sagte sie. »Ich traute ihm nicht so recht, weil ich hörte, dass er meinen Verstand untersuchen wollte. Aber ich glaube, das will er jetzt nicht mehr.«

John sah sie an und lachte. Anne ritt neben ihm, hörte ihm zu und hielt die Lederzügel straff. Es müsste möglich sein, das Horn eines Einhorns aufzutreiben. Sie hatte zwar noch nie gehört, dass ein solches Geschöpf an Land gesichtet worden wäre, aber im Meer musste es sie geben, denn manchmal brachten Seeleute eines mit nach Hause. Wenn sie schwimmen ginge, fände sie vielleicht einen Tiefling, der bereit wäre, sich ihre Bitte anzuhören. Vielleicht sollte sie vom Festland ein Geschenk mitnehmen, um sich seine Hilfe zu erkaufen. Allerdings waren die Tieflinge sehr bedürfnislos.

Sie beschäftigte sich in Gedanken ausschließlich damit, wie sie an ein solches Horn kommen könnte. Das war eine Aufgabe, der sie sich gewachsen fühlte. Weder sie noch John rührten an die Frage, warum es überhaupt benötigt wurde.

Vielleicht wollte es Shingleton als Allheilmittel: Man schrieb diesen Hörnern viele wundersame Eigenschaften zu.

Unter anderem sollten sie auch gegen Gift wirken. Aber das war nicht ihre einzige Verwendung, und vielleicht würde das Horn auch gar nicht dazu gebraucht. Vielleicht.

Elf

Annes Plan krankte daran, dass die Tieflinge so schwer zu erreichen waren. Bis zur Themse war es nicht allzu weit, wenn sie es wenigstens bis dorthin schaffte, wäre alles einfacher: Zwar wäre sie noch immer viele Meilen vom Meer entfernt, aber eine Strecke, für die sie auf ihren schwachen, schmerzenden Füßen Stunden bräuchte, ließe sich schwimmend wie der Blitz überwinden. Zwar hielten sich die Tieflinge zu dieser Jahreszeit nicht in der Bucht auf, aber sie könnte sie rufen, notfalls sogar von der Themse aus. Das Wasser würde den Schall weitertragen. Vielleicht könnte sie nicht viel ausrichten, aber sie könnte sie bitten, bei ihrem nächsten Besuch ein Horn mitzubringen. Falls der Bischof so lange durchhielt. Während sie darüber nachgrübelte, entwickelte sie einen verwegeneren Plan. Sie könnte auch weit nach Norden, an Schottland vorbei bis in den Atlantik schwimmen, wo angeblich die See-Einhörner wohnten, sich ein Horn suchen oder zusammen mit den dortigen Tieflingen eines erjagen. Doch als John sie nach Hause gebracht hatte und man sie in Empfang nahm, um sie für einen weiteren Auftritt bei Hof anzukleiden, hatte sie sich bereits von solchen Träumen verabschiedet. Sie konnte nicht mehr tun, als sich zur Themse zu begeben. Und damit wäre schon Einiges gewonnen.

Am nächsten Morgen war Anne früh wach. Gewöhnlich stand Alice Grey, ihre Zofe, schon mit den beiden Stöcken an ihrem Bett, wenn sie noch schlief, das Knie zu dem eleganten

Knicks gebeugt, den Anne so sehr bewunderte, dass sie Jahre gebraucht hatte, um zu erkennen, dass Alice damit nicht etwa die Stärke ihrer Beine demonstrieren, sondern ihr nur den gebührenden Respekt erweisen wollte. Doch heute richtete Anne sich nach unruhigem Schlaf auf, warf einen Blick durch ihr Zimmer und sah sich bereits der ersten Schwierigkeit gegenüber: Die Stöcke befanden sich auf der anderen Seite, und niemand war da, der sie ihr bringen konnte.

Anne schwang die Beine über den Bettrand und ließ sie herabhängen. Im Licht des Morgens wirkte ihre Haut grau. Sie konnte ihre Beine zwar einrollen wie Schwänze, hatte aber noch nie versucht, selbstständig auf ihnen zu gehen, ohne dass jemand danebenstand, um sie aufzufangen.

Etwas beklommen setzte sie die Füße auf den kalten Boden und stemmte sich hoch. Prompt verlor sie das Gleichgewicht und plumpste auf ihr Hinterteil. Der Boden war rau und hart; ihre Zehen erschienen ihr länger und schmäler als sonst, die Knochen zerbrechlich, die Schwimmhäute leicht zu zerreißen. Sie legte ihr ganzes Gewicht darauf und stemmte sich mit den Armen hoch, doch ringsum schwankte alles, und sie konnte sich nicht ruhig halten. Mit wackeligen Gelenken kam sie schließlich auf die Beine, ballte die kleinen Fäuste und streckte die Arme aus wie ein Stehaufmännchen auf dem Jahrmarkt, um nicht wieder umzufallen. Sie wurde auch nicht sicherer, als sie versuchte, auf die Stöcke zuzusteuern; ohne die Stützen war jeder Schritt ein Kunststück, und da ihr ganzes Gewicht auf einem einzigen kleinen Punkt ruhte, war es kaum möglich, das Gleichgewicht zu halten. Ein paar Schritte rang sie sich ab, dann fiel sie wie ein Seiltänzer, der den Halt verloren hatte, mit einem dumpfen Schlag zu Boden.

Es war ein schmerzhafter Sturz, und Anne musste sich energisch daran erinnern, dass sie zum Weinen schon zu groß war.

Sie biss die Zähne zusammen. Dem Bischof ging es sicherlich schlechter als ihr. Die Stäbe waren immer noch außer Reichweite, doch als sie sich flach auf den Boden legte, um nach ihnen zu greifen, hatte sie eine Erleuchtung: Sie konnte ja kriechen! Noch konnte sie die Stöcke nicht erreichen, aber letztlich waren sie doch nichts anderes als eine Verlängerung ihrer Arme. Wenn sie *mit* den Stöcken wie auf vier Beinen laufen konnte, konnte sie das auch *ohne* sie, solange sie keine Zuschauer hatte.

Auf Händen und Füßen bewegte sie sich durch den Raum und holte sich die Stöcke, ihr Kleid und ihre Schuhe. Jeder Höfling wäre entsetzt gewesen, hätte er mitansehen müssen, wie die Prinzessin wie ein Tier über den Boden robbte, aber Anne war über ihre neue Entdeckung hocherfreut.

Wenn an die Stäbe zu kommen das erste Problem gewesen war, und sich allein anzukleiden – ein demütigender Kampf, aus dem Anne zerzaust und erschöpft hervorging – das zweite, so war der Weg zu den Stallungen das dritte. Normalerweise wartete ihr Pferd am Tor auf sie, und sie brauchte nur noch aufzusitzen und konnte munter losgaloppieren.

Doch nun lagen Hunderte von Metern Gras und Schlamm vor ihr. Anne hatte gute Lust, auch diese Entfernung kriechend zu überwinden, aber die Vernunft sagte ihr, dass ihr wohl kein Stallbursche ein Zaumzeug übergeben würde, wenn sie mit schmutzigem Gewand vor ihm auf dem Bauch läge, königliche Privilegien hin oder her. Also nahm sie alle Kräfte zusammen und bewältigte die Strecke, wie es sich für eine Prinzessin gehörte, auf ihre Stöcke gestützt und in möglichst aufrechter Haltung. Das Gras war nass vom Tau, an jedem Halm hingen dicke Tropfen, die frisch dufteten und ihren Rocksaum durchtränkten. Ein Blick nach hinten zeigte ihr eine breite Spur in dunklerem Grün, wo sie den Tau abgestreift hatte. Es war schade, den weichen grauen Schleier mit den funkelnden Lichtpünktchen zu zerstören, aber sie empfand doch einen gewissen Stolz, als sie sah, wie weit sie ganz ohne Hilfe schon gekommen war.

Vor ihr tauchten die Stallungen aus dem Nebel auf, stabile Holzgebäude mit Dutzenden von Tieren. Anne überlegte noch, wie sie ihr Pferd satteln sollte, falls die Stallburschen noch nicht auf wären – ohne ihre Stöcke würde sie stürzen, aber mit den Stöcken könnte sie den schweren Ledersattel nicht heben –, als zu ihrer Erleichterung ein Reitknecht in der Tür erschien. Sie kannte seinen Namen, er hieß Maydestone und war etwa dreißig Jahre alt. Er hatte ein freundliches Gesicht und konnte mit seinen drahtigen Armen auch dem scheuesten Pferd den Kopf festhalten. Anne hatte ihn immer schon gut leiden können. Wie allen Mitgliedern des Königshauses fiel es ihr schwer, ohne Trittblock auf einen Pferderücken zu kommen – sie hätte sich an den Armen hinaufziehen können, doch das schickte sich in der Öffentlichkeit nicht –, und Maydestone war ein so großer Pferdefreund, dass er vollauf damit beschäftigt war, das unruhige Tier zu beschwichtigen und gar nicht darüber nachdachte, wo er hinsehen sollte, während die Prinzessin unbeholfen in den Sattel kletterte. Aber wenn sie ihm heute Morgen keine überzeugende Erklärung gab, könnte er sich als Hindernis erweisen.

»Guten Morgen, Maydestone«, sagte sie. Wenn sie die Initiative ergriff, fiel ihm vielleicht nicht gleich auf, dass sie ohne Begleitung unterwegs war.

»Prinzessin.« Maydestone verneigte sich tief, und Anne seufzte innerlich beim Anblick seines geraden Rückens und seiner kräftigen Beine. Mit einem solchen Körper könnte sie den ganzen Weg bis zum Fluss rennen. Sein Lächeln war respektvoll, aber ihr entging nicht, dass es etwas weicher war, als wenn er mit Erzebet oder Edward sprach. Und sie erinnerte sich, dass er Mary ebenso anlächelte. Anne fühlte sich zwar nicht jung, aber sie wusste, wie ein Mann aussah, der gern junge Leute um sich hatte.

»Würdet Ihr mir bitte mein Pferd bringen?«, sagte sie. Ihre Stöcke versanken in der regennassen Erde, hinterließen scharf umrandete kleine Löcher und wurden dabei immer schmutziger. Sie konnte kaum noch das Gleichgewicht halten.

»Ganz allein heute Morgen, Prinzessin?« Bei der Frage klopfte Anne das Herz bis zum Hals, und ihr Gesicht begann zu kribbeln. Sie holte tief Atem und sagte sich, er habe ganz freundlich gesprochen, kein Grund, verlegen zu werden; wenn ihr Gesicht in der nebligen Luft zu leuchten anfinge, sähe es geradezu gruselig aus.

»So ist es. Ich möchte ausreiten«, sagte sie.

Maydestone brauchte einen Moment, um die Situation zu verarbeiten. »Wo wollt Ihr denn hin, Prinzessin?«, fragte er dann.

»Hinunter zum Fluss.« Für eine dreiste Lüge hatte Anne nicht die nötige Ruhe. Sie wollte ihn schon bitten, ihr das Pferd zu bringen, bevor ihre Beine noch mehr ermüdeten, doch dann ließ sie es sein: Sie wollte nicht noch deutlicher darauf aufmerksam machen, wie ungewöhnlich es war, dass sie alleine hier aufkreuzte.

Maydestone betrachtete sie kurz. Obwohl sein Zögern das Kribbeln in Annes Gesicht noch verstärkte, stieg ihre Meinung von ihm weiter. Er steckte in der Klemme: Entweder schlug er einem Mitglied des Königshauses hier und jetzt einen Wunsch ab, oder er unterrichtete Erzebet später von dem Vorfall, und insgesamt verhielt er sich sehr taktvoll. »Ich werde zurück sein, bevor man mich am Hof vermisst«, versprach Anne und ließ ihre Anspannung durchklingen. Sie erkannte die trockene Ironie in ihrer Stimme; Edward setzte diesen Tonfall oft ein, um seinen Anweisungen Nachdruck zu verleihen. »Und nun holt mir bitte mein Pferd, Master Maydestone.«

Maydestone verneigte sich abermals. Aus seinem Blick sprach eine zaghafte Freundlichkeit, die Anne vor ein Rätsel stellte. Erzebet gewährte ihre Bitten, oder sie tat es nicht, aber ihre Miene blieb immer gleich streng. Sie war nicht gewöhnt, dass man ihr etwas gab, nur um ihr eine Freude zu machen.

Maydestone machte auf dem Absatz kehrt und kam nach wenigen Minuten mit ihrem Pferd zurück. Es war gesattelt und aufgezäumt, sie brauchte nur noch loszureiten. Er schob mit dem Fuß den Trittblock heran, der neben der Stalltür stand, dann stellte er sich neben den Kopf des Pferdes, streichelte ihm die Nase und flüsterte ihm ins Ohr, während sie sich mühsam auf den Block hinaufschaffte, die Stöcke an der dafür vorgesehenen Stelle festschnallte und sich dann mit beiden Händen in den Sattel zog. Maydestone achtete auch diesmal nicht auf ihr würdeloses Gezappel, sondern redete unentwegt weiter auf das Pferd ein und pries seine Schönheit. Die Zärtlichkeit in seiner Stimme versetzte Anne einen jähen Stich; sie wusste nicht, ob sie sich als Besitzerin des Tiers zurückgesetzt fühlte oder einfach neidisch war, jedenfalls war sie ganz und gar mit ihrer Eifersucht beschäftigt, bis ihr wieder einfiel, dass sie ja eine Mission zu erfüllen hatte. Sie stieß sich mit ihren wackeligen Beinen ab, zog kräftig mit den Armen und saß im Sattel. Es konnte losgehen.

»Ich danke Euch«, unterbrach sie seine Zwiesprache mit dem Pferd. Maydestone blickte auf und blinzelte, als hätte sie ihn aus einer vertraulichen Unterhaltung gerissen, dann verneigte er sich. Anne nahm die Zügel auf und drückte dem Tier die Fersen in die Flanken. Bevor er noch etwas sagen konnte, hatte sie das Pferd in einen flotten Trab getrieben und verschwand allein im Grüngrau des Morgens.

Anne hatte es eilig. Nach ihrer Schätzung dauerte der Ritt bis zur Themse etwa eine Stunde. Sie konnte von hier aus nur einen schmalen Uferstreifen erreichen, aber das sollte genügen. Doch mit wachsender Entfernung wuchsen auch ihre Zweifel. Gewiss, die Tieflinge boten manchmal Fische an, aber sie hatte nie erlebt, dass ihre Mutter wie ein Händler mit ihnen gefeilscht hätte. Und wie lange würden sie wohl brauchen, um ein See-Einhorn zu erlegen und ihr das Horn zu bringen? Tage, Wochen? So lange konnte der Bischof das Gift nicht überleben; Shingletons ärztliche Kunst und Gottes Wille mussten allein entscheiden, ob er am Leben blieb, und das würde in den nächsten Tagen geschehen. Es war schön, im Freien zu sein, zu sehen, wie das glitzernde Glas unter den Hufen ihres Pferdes davonglitt, rasch galoppieren zu können, ohne auf die würdevolle Gangart eines ganzen Hofstaats Rücksicht zu nehmen, aber der Geruch nach feuchter Erde und der kühle Nebel auf ihrem Gesicht waren nur ein schwacher Trost. Je länger Anne so dahinritt, desto schwerer lastete die Einsamkeit auf ihr. Sonst hatte sie sich, stets in Begleitung einer Erzieherin oder eines Reitlehrers, stets in einem Raum voller Menschen, die unverständliches Zeug redeten und miteinander tuschelten, von anderen bedrängt gefühlt, aber am frühen Morgen draußen unterwegs zu sein, wo der Nebel noch alles verhüllte, war eine neue Erfahrung. Selbst im Dunkel der Bucht konnte sie sich an den Rufen ihrer Mutter orientieren. Das Schloss war bereits im Nebel verschwunden; hier und dort zeichneten sich im Weiß schemenhaft Bäume ab, aber in der Dämmerung wirkten alle Farben kalt, und nirgendwo gab es eine Spur menschlichen Lebens. Anne wollte tapfer sein, dennoch krallten sich ihre winzigen Hände in die Mähne auf dem breiten Pferdehals. Ihr Herzschlag hatte sich nicht beruhigt, seit sie Maydestone zurückgelassen hatte. Sie versuchte, nicht daran zu denken, aber das Alleinsein machte ihr Angst. Ohne die Stimme ihrer Mutter wäre sie auch in der Tiefe verloren gewesen.

Der Fluss war im Nebel nicht zu sehen, aber sie konnte ihn hören, sein kühles Rauschen drang weit durch die feuchte Luft. Es war ein Unterwassermorgen, die Feuchtigkeit umwölkte den Blick; sie musste sich auf ihr Gehör verlassen. Das war ihr von den Ausflügen ins Meer vertraut, aber der leuchtende Nebel, der sie umgab, das grelle Weiß, die schweren Tritte ihres Pferdes waren ungewohnt und verwirrend. Anne dachte an den Bischof, aber es fiel ihr schwer, sich sein Gesicht zu vergegenwärtigen: Keine Kirchenglocken hatten geläutet, und außer dem Gluckern der fernen Themse und dem Knarren und Schwanken der Bäume in der Ferne schien sich in der Welt nichts zu bewegen. Irgendwann konnte sie kaum noch glauben, dass die Zeit fortschritt und dass es abseits von ihr selbst eine Wirklichkeit gab.

Der erste Blick auf den Fluss war überraschend: ein schwarzer Spalt in der Erde, ein Schmutzstreifen in der weißen Luft. Anne war fast enttäuscht: Das Ziel all ihrer kühnen Pläne war dieses schmale Rinnsal mit den glitschigen Ufern, dem schlammigen Wasser und den langen Schlingpflanzen, die wie Weidenkätzchen an einem Ast in der Strömung hingen. Sie hatte sich auf ihr Gehör verlassen, und jetzt wurde ihr klar, dass sie besser den üblichen Weg des Hofs genommen hätte. Die Wegzeichen, die sie im Nebel nicht hatte sehen können, hätten sie viele Meilen weiter flussabwärts geführt. Hier war der Fluss seichter als erwartet – eigentlich viel zu seicht. Wenn sie sich bäuchlings hineinlegte, mit dem Kopf untertauchte und rief, würde der Schall vielleicht weitergetragen, aber er müsste sich durch dichten Pflanzenbewuchs kämpfen, vorbei an Felsen, durch Senken und Kreuzströmungen, und die Chance, dass ein Tiefling sie von diesem Punkt aus hörte, war entmutigend gering. Anne betrachtete den unzulänglichen, von Schilf und Schlamm verstopften Bach, auf den sie so große Hoffnungen gesetzt hatte, und die Tränen stiegen ihr in die Augen. Eine Nacht des Pläneschmiedens, das heimliche Davonstehlen heute Morgen und dann dies: ein Bach voller Unkraut, der zu wenig Wasser hatte, um auch nur eine einzige verzweifelte Bitte ins Meer hinauszutragen.

Anne schluchzte kurz auf und ließ die Zügel ihres Pferdes fallen. Sie hatte den weiten Weg auf sich genommen. Selbst wenn sie nichts ausrichten konnte, versuchen sollte sie es. Als sie sich über den Pferdehals beugte, wurde ihr noch etwas klar: Hier gab es keinen Reitknecht, um sie beim Absitzen aufzufangen, und auch keinen Block, auf den sie treten konnte. Wenn sie herunterwollte, blieb ihr nichts anderes übrig, als sich auf den nassen Boden plumpsen zu lassen.

Schlimmer konnte es nicht mehr kommen. Anne kniff die Augen zu, lehnte sich seitwärts aus dem Sattel und ließ sich fallen. Sie schlug so hart auf, dass ihr die Luft wegblieb und sie mühsam nach Atem ringen musste; sie konnte die Luft länger als fünfzehn Minuten in der Lunge halten, und oft tat sie das auch, wenn die Umstände so belastend wurden, dass sie sich unsichtbar machen wollte; jetzt vermisste sie diesen Vorrat an Sauerstoff schmerzlich. Als sie sich aufrichten wollte, tat ihr der Rücken weh, und ihre Lunge war wie zugeschnürt; die Luft zwängte sich rasselnd durch ihre Kehle, und sie krallte die Finger ins Gras, um die Panik niederzuringen. Sie schloss die Augen, sog mit aller Kraft, kämpfte gegen die verschlossenen Lungen, bis sich endlich ein Mundvoll Luft einen Weg nach unten bahnte, den Krampf löste und wie kühler, weicher Nebel ihre Brust überflutete. Die Erleichterung war so groß, dass sie minutenlang einfach dasaß und so schnelle und tiefe Atemzüge nahm, als wollte sie die Luft in sich hineinfressen.

Obwohl ihr alles wehtat, obwohl sie schmutzig war und nicht genug atmen konnte, beschloss Anne, ihre Mission zu Ende zu führen. Ihr Kleid war schwer, aber sie konnte die Knöpfe und Bänder selbst lösen, und wenn sie sich erst herausgewunden hatte, konnte sie auch wieder kriechen. Knie und Handflächen ließen sich viel leichter säubern als Stoff. Die Schilfhalme waren hart und spitz, aber sie schob sie beiseite und ließ sich von ihrem lächerlichen Vorhaben nicht abbringen. Endlich steckte sie, den Geschmack nach frischer Erde im Mund, den Kopf in das kalte Wasser und schickte ihren Ruf aus.

Bringt uns ein Horn, rief sie. *Bringt uns ein Horn. Bringt uns ein Horn.* Immer wieder sang sie diese Bitte und hoffte darauf, dass der Schall sich fortpflanzte und weitergetragen würde. Lange Zeit lag sie mit dem Gesicht nach unten im Wasser und schickte ihre Stimme mit der Strömung zum Meer.

Doch es kam keine Antwort.

Endlich richtete sie sich auf. Die schmutzigen Fluten reichten ihr bis zur Hüfte. Sie formte aus ihren Schwimmhauthänden tiefe Schalen und übergoss sich mit dem etwas reineren Oberflächenwasser, bis sie halbwegs präsentabel, wenn auch triefend nass war. Bestürzt erkannte sie, dass sie sich nun nicht mehr ohne Erklärung in den Palast zurückschleichen konnte. Erzebet würde erfahren, dass sie alleine draußen gewesen war. Sie würde böse auf sie sein. Maydestone würde bestraft werden, weil er ihr das Pferd gegeben hatte. Was sollte sie tun?

Als sie ihr ruiniertes Kleid sah und die feuchte Kälte ihres Haares spürte, kehrte auch die Angst zurück. Wider alle Vernunft sehnte sie sich nach ihrer Mutter, obwohl die sich über ihre morgendliche Eskapade mehr aufregen würde als irgendjemand sonst. Sie wünschte sich, dass Edward, sogar Mary, dass irgendjemand käme, um sie nach Hause zu bringen. Der Bischof lag im Sterben, und sie steckte in diesem Fluss voller Pflanzen fest, in dem man nicht schwimmen konnte, es würde Ärger geben, bevor jemand die Sache wieder in Ordnung bringen konnte, und vielleicht war das ja auch gar nicht mehr möglich.

Der Rausch des wiedergefundenen Atems war verflogen. Anne musste sich auf die Unterlippe beißen, um nicht zu wimmern. Es war tröstlich, das Wasser an den Beinen zu spüren, aber es würde schwierig werden, ohne Trittblock ihr Pferd zu besteigen, selbst wenn es stillstünde und ihre ungeschickten Versuche duldete. Anne kroch ans Ufer und rollte sich verwirrt und unglücklich zusammen.

Nach einiger Zeit hörte sie Hufschläge. Sie kamen so überraschend, dass sie sich aufsetzte, in Panik nach ihrem Kleid griff und hineinschlüpfte, so schnell sie konnte. Sehr ordentlich sah sie nicht aus, aber besser ging es nicht. Ein kurzes Ringen mit sich selbst, dann rief sie: »Wer ist da?«

Das Pferd wurde zum Stehen gebracht. »Prinzessin?« Es war Maydestones Stimme.

Anne schluckte. »Bitte kommt hierher!«

»Könnt Ihr nicht zu mir reiten, Prinzessin?«, drang es aus dem Nebel.

Anne schüttelte den Kopf, als könnte Maydestone sie sehen. »Ich komme nicht auf mein Pferd.«

Eine Pause trat ein, dann setzten die Hufschläge wieder ein. »Könnt Ihr rufen, Prinzessin?«

Wieder brach die Angst über Anne herein. Warum war Maydestone ihr gefolgt? Wie sollte sie ihr Verhalten erklären? Schwachsinn schien ihr die einzig mögliche Entschuldigung zu sein. Anne setzte ihren dümmsten Gesichtsausdruck auf und rief in der Tieflingssprache: *Ich habe mich verirrt. Böser Ort. Ich habe mich verirrt.*

Maydestone kam auf einem Rappen aus dem Nebel geritten, ein etwas schäbiges Tier, weniger edel im Aussehen und im Schritt als das ihre. »Seid Ihr verletzt, Prinzessin?«, fragte er.

Ich will zurück, erklärte Anne.

Maydestone stieg ab, ging zu ihr, fasste sie an den Armen und musterte sie von oben bis unten. »Seid Ihr verletzt?« Er sprach langsam und deutlich, aber mit großer Entschiedenheit. Er würde sich von Antworten in der falschen Sprache nicht abschrecken lassen.

»Ich bin nicht verletzt«, seufzte Anne, »aber ich komme nicht mehr auf mein Pferd. Ihr müsst mir helfen.«

Sie wollte die Herrin herauskehren, aber Maydestone fragte auch weiter, nachdem er sie aufgehoben und in den Sattel ihres wartenden Pferdes gesetzt hatte. »Warum seid Ihr so nass, Prinzessin? Wart Ihr im Fluss?«

»Hat man Euch befohlen, nach mir zu suchen?« Annes Unruhe war stärker als ihr Wunsch, nichts preiszugeben. Wenn Maydestone auf Befehl gehandelt hatte, konnte sie sich ausrechnen, wie viel Ärger ihr bevorstand.

Maydestone zog ihren Rock mit der gleichen forschen Geste zurecht, mit der er eine Trense geradegerückt hätte. »Nein, Prinzessin. Aber nachdem Euch eine halbe Stunde lang niemand folgte, wurde ich unruhig. Ich bitte um Vergebung, aber es ist sehr neblig heute Morgen.« Er hörte sich nicht unbedingt verschwörerisch an, schien sich aber über ihr ungebührliches Benehmen nicht sonderlich aufzuregen.

»Ich hätte nicht einfach wegreiten dürfen«, klagte Anne. Seit sie wieder auf ihrem Pferd saß, schämte sie sich für ihr schmutziges, zerdrücktes Kleid. Sie ließ den Kopf hängen und wusste nicht, was sie noch sagen sollte.

Maydestone hielt ihr Pferd fest. »Warum habt Ihr es denn getan, Prinzessin?«

Anne überlegte, ob sie die königliche Hoheit herauskehren und sich eine derart indiskrete Frage verbitten sollte, aber das wäre in ihrer Lage allzu töricht gewesen. »Ich wollte eine Bitte an die Tieflinge in den Fluss rufen«, sagte sie.

Maydestone runzelte die Stirn. »Das verstehe ich nicht, Prinzessin.«

Anne seufzte. »Ich wollte sie bitten, mir bei ihrem nächsten Besuch das Horn eines Einhorns mitzubringen«, erklärte sie. »Ich hörte ...« Erschrocken brach sie ab. Wie kam sie dazu, diesem Mann ihr Herz auszuschütten? »Ich hörte, Bischof ... Bischof Westlake sei krank. Ich habe gelesen, in Fällen wie dem seinen könnten solche Hörner helfen, aber der Medikus hatte keines davon vorrätig.« Sie schämte sich, noch weiterzusprechen, und schloss die Augen. Der Plan war wirklich zu weit hergeholt gewesen.

»Aber Prinzessin«, drang Maydestones Stimme durch ihre Lider, »warum habt Ihr Euch denn nicht an einen Apotheker gewandt?«

Anne schlug die Augen wieder auf. »Einen Apotheker?«

»Ein Mann, der Heilkräuter und Arzneien verkauft«, erklärte Maydestone geduldig. »Es gibt Apotheker in jeder Stadt.«

»Ich ... ich kenne keinen«, stammelte Anne.

Maydestone strich sich den Bart. »Wenn es Euch recht ist, Prinzessin, kann ich für Euch hingehen«, erbot er sich dann.

Anne blickte auf, sie schöpfte neue Hoffnung.

»Prinzessin«, erkundigte sich Maydestone. »Hat Seine Majestät nach einem Horn verlangt?«

»Nein«, gestand Anne. »Es war meine Idee.« Sie überlegte. Das Kleid, das sie trug, war nicht mit Edelsteinen besetzt wie ihre Staatsgewänder, aber es war immer noch ziemlich kostbar, und um den Ausschnitt waren einige Perlen aufgenäht. Und es war so mitgenommen, dass eine fehlende Perle tatsächlich »verloren« gegangen sein konnte; sie brauchte nicht nachzuweisen, wo sie geblieben war. Sie nahm eine der Perlen zwischen die Fingernägel und riss sie ab. »Nehmt das als Bezahlung«, sagte sie. »Ich hoffe, es reicht. Bitte, geht in die Stadt und besorgt mir ein Horn. Ihr braucht niemandem davon zu erzählen. Dem Apotheker sagt Ihr nur, was Ihr haben wollt, kein Wort mehr; Ihr stellt keine Fragen und gebt keine Auskunft. Aber seid so gut und holt es mir. Braucht Ihr noch eine Perle?«

»Nein, Prinzessin.« Maydestone hielt ihre Hand fest, bevor sie sich eine zweite Perle vom Ausschnitt reißen konnte. »Ich denke, die eine ist mehr als genug.«

»Was übrig bleibt, gehört Euch«, sagte Anne. »Aber Ihr müsst Euch beeilen. Der Bischof ist sehr krank.«

Maydestone verneigte sich schweigend und ohne zu lächeln und wandte sich wieder ihrem Pferd zu. Aber Anne hatte bereits eines gelernt: Es gab Menschen, denen man vertrauen konnte. Sie wusste nicht, ob Maydestone aus ihrer Situation Kapital schlagen oder sich lediglich Ärger ersparen wollte, als er merkte, dass sie ohne Erlaubnis ausgeritten war, aber sie hatte das Abenteuer ohne Schaden überstanden, und sie hatte erfahren, dass es Apotheker gab. Die Sache war besser gelaufen als erwartet. Und sie hatte noch eine Erfahrung gemacht: Sie war fähig, auch größere Schwierigkeiten allein zu überwinden.

Erzebet war sehr aufgebracht über ihr Verschwinden und über das verdorbene Kleid. Anne wurde bestraft, aber das kümmerte sie nicht allzu sehr. Am nächsten Tag kam Maydestone mit einem Stück Horn aus der Stadt zurück, mit dem man nach Aussage des Apothekers drei Männer behandeln konnte. Anne plante ihren täglichen Ausritt so, dass sie es John Claybrook unbemerkt zustecken und ihn bitten konnte, es an Shingleton weiterzugeben.

Sie erfuhr nie, ob es das Verdienst des Horns gewesen war, aber wenige Tage später wurde gemeldet, Bischof Westlake sei außer Gefahr. Edward ließ den ganzen Hof Dankgebete sprechen. Mary neigte brav den Kopf; Erzebet faltete die Hände und starrte wütend zu Boden. Anne beachteten sie beide nicht, aber sie wussten ja auch nicht, dass sie es war, die die Arznei besorgt hatte. Sie hätte nicht sagen können, warum sie es verschwieg, aber ihr Instinkt drängte sie, die Sache geheim zu halten. So dankte sie Gott mit gesenktem Kopf, und ihr Gesicht erstrahlte vor Stolz und Freude in seinem unheimlichen Licht.

ZWÖLF

An dem Tag, der das Ende einläutete, war Anne vollkommen ahnungslos.

Ihr Unterricht begann wie üblich: Sie war allein mit ihrer Erzieherin Lady Margaret Motesfont, einer Frau mit hagerem Gesicht und schmalen braunen Zähnen, die sich an der Arbeit ihrer Schülerin nur selten so sehr erfreuen konnte wie an einem gelungenen rhetorischen Werk. Aber am späteren Vormittag wurde Erzebet zu einem Unterrichtsbesuch erwartet, und so widmete sich Anne mit Eifer ihrer Arbeit, hörte mit halbem Ohr auf die Kirchenglocken, die jede Stunde schlugen, und schaute mit einem Auge auf das Pergament, wo sie mit kratzender Feder bemüht war, Antworten auf Lady Margarets schwierige Fragen zu verfassen. Sie beschäftigten sich an diesem Tag mit einem Traktat, in dem Louis, der König von Frankreich, die Seele des Landlings und die Seele des Tieflings einander gegenüberstellte und sich fragte, in welcher Gestalt der Mensch physisch wie geistig Gottes Ebenbild wohl am besten verkörpere. Wie in den meisten derartigen Texten war die Beweisführung gut begründet, mit anderen Worten, die Argumente waren bekannt, Anne fand allerdings die Sprache etwas zu platt und vermisste die Begeisterung für Gottes Güte, sie vermutete im Stillen, der Text hätte vielleicht nicht ganz so viel Anerkennung gefunden, wenn der Autor kein König gewesen wäre. Allerdings war Louis' Muttersprache, die Sprache der Tieflinge, für poetische Phrasen denkbar ungeeignet. Die Bibel erzählte etwa von dem Gott, der die Wasser schied und das Firmament zwischen sie setzte, aber für das Wort »Firmament« gab es in der Tieflingssprache keine Entsprechung: Sie endete mit dem Wort *Oberfläche*, dem Ort, wo Wasser und Luft aufeinandertrafen, alles, was sich jenseits davon befand, war einfach *oben*. Während Anne Louis' Argumentation zu der unvermeidlichen Konklusion folgte, dass sich in der Person des Königs die Elemente zur vollkommensten Mischung unter dem Himmel vereinten – eine Schlussfolgerung, gegen die sie persönlich wenig einzuwenden hatte, die sie aber nur selten auf sich bezog, da ihr Gott in Gestalt des Lichts näher stand als in Gestalt eines Königs –, verglich sie im Geiste sein schlichtes Französisch mit Erzebets kraftvollen, schroffen Äußerungen in der Tieflingssprache und ihrem harten, präzisen Englisch. Erzebet hatte sich um derartige Rechtfertigungen nie groß gekümmert; sie saß lediglich wie eine steinerne Jungfrau auf ihrem Thron und hörte reglos zu, wie die Rhetoriker sie verkündeten.

Es schlug elf Uhr, und Anne schaute hoffnungsvoll auf. Erzebet hielt auf Pünktlichkeit, und jetzt müsste sie endlich eintreffen.

Die Tür blieb geschlossen, und Lady Margaret klopfte mahnend auf den Tisch. »Fahrt bitte fort.«

»Meine königliche Mutter wird bald hier sein«, entgegnete Anne. »Wir sollten innehalten.«

»Wir werden den Unterricht fortführen, Prinzessin.« Margaret hatte eine strenge Miene aufgesetzt, und Anne fühlte sich zurückgewiesen. Margarets Pedanterie, ihre Liebe zu theoretischen Abhandlungen und ihre Ungeduld mit Annes noch unreifem Denkvermögen verstärkten noch die Sehnsucht des Mädchens nach der Mutter. Anne wusste freilich, dass Erzebet wenig Verständnis zeigte, wenn ihre Tochter nicht genügend Lerneifer an den Tag legte, und so beugte sie sich wieder über ihren Text, aber sie spürte eine Abneigung gegen König Louis, die nichts damit zu tun hatte, dass er Franzose und außerdem ein Rivale war.

Vom Kirchturm schlug es Viertel nach elf.

»Meine königliche Mutter verspätet sich«, bemerkte Anne. »Eben hat die Viertelstunde geschlagen.«

»Ich habe nichts gehört«, behauptete Lady Margaret.

»Mag sein, der Turm ist weit weg«, erklärte Anne nachsichtig. Margaret hatte eben Landlingsohren. »Aber geschlagen hat es.«

»Wir fahren fort, Prinzessin.« Margarets Stimme klang fest, aber Anne hörte ein leises Rasseln in ihrer Kehle, einen Anflug von Heiserkeit, und blickte jäh auf.

»Fragt Ihr Euch nicht auch, wo meine königliche Mutter so lange bleibt?«, sagte sie. Die Angst strich ihr mit eisigen Fingern über den Nacken.

»Prinzessin, fahrt bitte mit Eurer Lektüre fort.« Annes Augen hingen an Lady Margarets Mund, er nahm ihr ganzes Blickfeld ein, ihre Hände wurden kalt und begannen zu zittern. Irgendwie fiel es ihr schwer, den Blick von diesen elfenbeingelben Zähnen loszureißen, die oben gerade wuchsen, im Unterkiefer aber so krumm waren wie schlecht gemischte Karten; von den Lippen, die plötzlich weiß geworden waren, löste sich ein Hautfetzen.

»Wo ist meine Mutter?«, stieß Anne hervor. Sie atmete und atmete, ihr Brustkorb dehnte und verengte sich unter ihrem Kleid, aber sie bekam in diesem Raum nicht genügend Luft.

Lady Margarets Schlucken klang so laut wie das Schnappen eines Türriegels. »Prinzessin, wir müssen warten, bis man uns rufen lässt.«

»Ich will zu meiner Mutter.« Anne konnte nur noch an die Blutergüsse denken, diese indigoblauen Wolken auf weißer Haut, an Erzebets Erstarrung, ihre hartnäckige Weigerung, zurückzuzucken, wenn Philip vor seinen Höflingen die plumpen Fäuste schüttelte.

»Wir müssen warten, bis man uns rufen lässt.« Margarets Stimme klang gepresst, aber ihre Augen waren schwarz, und aus ihrem Gesicht war alle Farbe gewichen. Die Falten ihres Rockes konnten nicht verbergen, dass sie im Schoß die Hände ineinanderkrallte.

»Hat mein edler Onkel – wo ist mein Onkel Philip?«, fragte Anne. Sie verlangte so dringend nach einer Antwort, dass ihr beim Sprechen die Zähne aufeinanderschlugen.

Lady Margaret schüttelte den Kopf und griff nach dem Buch im feinen Ledereinband, das sie schon die ganze Zeit vor sich liegen hatte. »Seine Majestät hat heute Morgen seine Gemächer nicht verlassen, Prinzessin.«

Anne schüttelte den Kopf. Sie war zu Tode erschrocken. Sie hatte Philip wegen seiner plumpen Gesten und seines Geschreis stets gemieden. Sie hätte auch nicht bestritten, dass er ihr ein wenig Angst machte, aber bis zu diesem Moment, in dem ihr das Herz mit einem Mal bis zum Hals klopfte, hatte sie nicht gewusst, wie groß diese Angst von jeher gewesen sein musste. Philip blieb nie in seinen Gemächern. Man trug ihn herum, ohne nach seinen Wünschen zu fragen, wenn ein Botschafter am Hof weilte, der sich gekränkt fühlen könnte, machte man vielleicht einen Spaziergang mit ihm, aber man sperrte ihn niemals ein. Was hatte er ihrer Mutter angetan?

»Bringt mich zu ihr.«

Lady Margaret schüttelte den Kopf so heftig wie ein Hund, der aus dem Wasser kam. »Wir müssen warten, bis ...«

Ich will zu meiner Mutter. Anne trompetete den Satz in der Tieflingssprache heraus, mit einer Stimme, die selbst das Rauschen des Atlantiks übertönen konnte. Ihr selbst dröhnten die Ohren, und Lady Margaret fuhr zusammen und drückte sich das Buch wie eine schützende Decke gegen die Brust.

Ich will zu meiner Mutter. Ich will zu meiner Mutter. Ich will zu meiner Mutter.

Lady Margaret drehte den Kopf zur Seite, aber Anne hatte königliche Lungen und konnte den Ruf stundenlang fortsetzen.

»Prinzessin ...«, schrie Margaret gegen den Krawall an.

»Ich will meine Mutter sehen.« Anne wechselte ins Englische und wiederholte den Satz nun unentwegt in dieser Sprache. Ihre Stimme wurde lauter und lauter. Die Angst überflutete sie und drohte ihr die Brust zu sprengen. Als sie sah, dass die Erzieherin unter dem Anprall zu wanken begann, war das wie Balsam für ihre Seele, und sie hatte die schwache Hoffnung, die Lady könnte wenigstens für einen Augenblick ihre Angst für Wut halten.

Als Lady Margaret in Tränen ausbrach, geriet Anne ins Stocken. Margaret war eine strenge Frau, die ihre Traktate mehr liebte als den Vorgang des Unterrichtens, und Anne hatte ihr außer der Bewunderung für die Gelehrsamkeit eines Autors und der Ungeduld mit unpräzisem Denken keinerlei Empfindungen zugetraut. Sie weinen zu sehen, stellte ihre Welt auf den Kopf.

Anne schluckte. Margarets Ausbruch ängstigte sie zu sehr, als dass sie Mitleid empfunden hätte. »Ich will meine Mutter sehen«, wiederholte sie noch einmal. »Bringt mich zu meiner Mutter.«

Sie hatte leiser gesprochen. Lady Margaret blickte auf. »Ich werde mich auf Euren Befehl berufen«, sagte sie wie zu sich selbst. Immer noch liefen ihr die Tränen über die Wangen, und sie hatte die Hände über dem Lederfolianten in ihrem Schoß zu Fäusten geballt. »Danach werde ich aufs Land zurückkehren. Ihr wollt Eure Mutter sehen, Prinzessin? Dann kommt mit.«

Nun schluchzten sie alle beide. Die Frau packte das Mädchen am Arm und zerrte es aus dem Zimmer. Anne wollte nach ihren Stöcken greifen, aber Margaret war jetzt in Fahrt und lief immer schneller, als würde sie verfolgt. Anne rutschte und schlitterte hinter ihr her, nur Margarets Hand verhinderte, dass sie stürzte. Auch als sie stolperte, wurde die Erzieherin nicht langsamer, sondern packte stattdessen mit beiden Händen zu, ein schmerzhaft harter Griff, als klammerte sie sich in einem Albtraum an ihre Bettdecke. Anne war vor Angst wie benommen und krallte sich ihrerseits fest.

So rannten und stolperten sie durch den Palast bis zu einem Saal, der von Soldaten bewacht wurde. Robert Claybrook stand bei ihnen und hinderte den sichtlich aufgeregten Francis Shingleton daran, in den Raum zu eilen. Durch die offene Tür drangen Töne, die Anne in zunehmender Lautstärke hörte, seit sie und Margaret so hektisch das Studierzimmer verlassen hatten. Jemand schrie aus Leibeskräften.

Claybrook blickte auf, als die beiden Frauen schlitternd zum Stehen kamen. »Lady Margaret, was fällt Euch ein? Wie könnt Ihr mit dem Mädchen hierherkommen?«

»Mylord, sie hat es mir befohlen, ich konnte sie nicht davon abbringen.« Lady Margaret war zwar sehr viel größer als Anne, wirkte aber neben Claybrooks hünenhafter Soldatengestalt klein und mager; ihre Hand umschloss Annes Arm noch fester.

»Das ist kein Anblick für sie.« Claybrook fasste Margaret an der Schulter und stieß sie zurück. »Bringt sie sofort weg. Eine Prinzessin hat hier nichts zu suchen.«

Durch Claybrooks Stoß lockerte sich Margarets Griff für eine Sekunde, und Anne riss sich mit einem verzweifelten Satz los. Ihre strampelnden Beine fanden keinen Halt, sie taumelte, fiel auf die Knie, robbte weiter und brach hinter der Tür zum Saal zusammen.

Auf einem Bett lag eine Gestalt. Bluttriefende Laken umflatterten sie wie dunkle Schwingen. Die Frau schlug um sich, sie schrie und kreischte und fuhr mit gespreizten Fingern durch die Luft. Der Saal war voller Menschen. Shingleton war auf dem Sprung, aber niemand wagte sich in die Nähe der Krallenhände. Die Frau presste Flüche durch ihre blutverklumpte Kehle. Mit jeder Zuckung, jeder Drehung ihres Körpers kratzte sie sich mehr von ihrer Haut ab, ihr Fleisch klebte in dicken Fetzen an den Laken. Auf dem Bett lag nur noch eine feuchte, rötlich-gelbe Masse, die kein Gesicht mehr hatte, keine erkennbaren Merkmale außer dieser gellenden Stimme. Die Wunden verbreiteten einen Gestank, der mit nichts auf Erden zu vergleichen war. In einer Ecke stand ein Priester und schwenkte ein Weihrauchfass; draußen hatte man ein Feuer entzündet und Kräuterbündel auf dem Fußboden verstreut, aber dieser Geruch nach verbranntem Fleisch war stärker als alles. Rauchschwaden zogen durch den Raum. Anne sah mit brennenden Augen, wie Erzebet, gefangen in einem Netz aus Blut und Haut, an den durchtränkten Laken riss. Es war, als hätte die Hölle sich aufgetan und mit feuchter, harter Hand nach ihrer Mutter gegriffen.

Dreizehn

Es dauerte noch Stunden, bis Erzebet starb. Als Annes Ohren sich auf die Schreie eingestellt hatten, bekam sie sie nicht mehr aus dem Kopf, nicht, als Robert Claybrook sie aufhob und aus dem Saal trug, und auch nicht, als Lady Margaret ihm das zitternde, stumme Bündel mit den weit aufgerissenen Augen abnahm und wegbrachte. Anne klammerte sich an die Erzieherin, als fürchtete sie, von ihr fallen gelassen zu werden, sie umschlang die Hüften der Frau wie ein Ringer mit den Beinen, bis Margaret nach Luft rang, sich gegen die Umklammerung wehrte und versuchte, sie wegzustoßen. Anne ließ nicht locker, starrte unverwandt in Margarets bleiches, vertrautes Gesicht und wartete hysterisch darauf, dass die Erzieherin mit ein paar Worten die Welt wieder in Ordnung brächte. Lady Margaret trug ihren Schützling bis ans andere Ende des Palastes und versuchte, in Annes Zimmer angekommen, abermals, sich aus der krampfhaften Umklammerung zu befreien. Annes Beine ließen sich nicht lösen, sie hing wie ein Säugling auf Margarets Hüfte. Die Erzieherin wankte unter ihrer schweren Last im Zimmer hin und her, bis Diener kamen und Annes Gliedmaßen einzeln und mit Gewalt von ihr wegzerrten. Man setzte sie in einen Sessel, hüllte sie in eine Decke und wollte ihr Wein einflößen, aber Anne konnte nicht schlucken. Ihre Lippen hatten nicht die Kraft, den Becherrand zu umschließen, und der Wein rann ihr über das Kinn, ohne dass sie Anstalten gemacht hätte, sich zu säubern. Da saß sie nun unter ihrer Decke, mit schlaff herabhängenden Beinen, das bläulich-weiße Gesicht mit Wein befleckt. Man bemühte sich um sie und redete auf sie ein, aber die fernen Schreie drangen gedämpft durch die vielen Räume und die geschlossenen Türen und übertönten alles.

Erst Stunden später versagte Erzebets Stimme, und weitere Stunden vergingen, bis sie endlich starb. Anne war die ganze Zeit über wie versteinert. Lady Margaret hob sie aus dem Sessel und legte sie auf das Bett, wo sie still liegen blieb, aber offenbar nicht einschlief. Auch als es dunkel wurde, blieben ihre Augen weit geöffnet und starrten in die Nacht hinein.

Das Leichenbegängnis sollte in London stattfinden. Anne saß stundenlang in einer ratternden Kutsche, sprach kein Wort und sah niemanden an. Alles Folgende bestimmte die Tradition. Erzebet sollte auf See beigesetzt werden. Die Schar der Höflinge würde das Bestattungsschiff bis zum Meer begleiten, dann würden die mächtigeren Männer an Bord gehen, das Schiff würde aus der Bucht segeln, und draußen würde man Erzebets Leichnam der Tiefe übergeben. Niemand würde ihr Grab besuchen können. Erzebet sollte zurückkehren ins Meer, wo sie so oft mit Anne unter den wogenden Wellen gespielt und getanzt hatte.

Am Morgen der Trauerfeier bekam Anne ein neues Kleid. Ihre Zofe Alice versuchte, sie dafür interessieren, sie schob Annes widerstandslosen Arm erst durch den einen, dann durch den zweiten Ärmel und erzählte ihr, es sei ein Geschenk des Earl of Thames, ein schönes Geschenk, Prinzessin, aber Anne antwortete nicht. Das Gewicht des Kleides – es war selbst für ein Prunkgewand ungewöhnlich schwer – lastete auf ihren

Beinen und fesselte ihr die Arme, und das Geräusch, mit dem der Rock über den Boden schleifte, drang deutlicher in ihr Bewusstsein als die Worte ihrer Zofe. Sie beugte sich unaufgefordert über ihre Stöcke und schloss sich gehorsam der Prozession an.

In der Kirche saß Mary neben ihr, und Erzbischof Summerscales, der Jahre zuvor ihre Mutter und Philip miteinander vermählt hatte, hielt den Trauergottesdienst. Bischof Westlake stand ihm als Konzelebrant zur Seite. Er war von seiner Krankheit vollends genesen und sah aus wie früher, doch das war für Anne in diesem Moment nur ein schwacher Trost. Sie fragte sich, ob er wohl wusste, dass sie das Horn des Einhorns für ihn besorgt hatte. Und ob es etwas bewirkt hatte. Ihr Vertrauen in die Kräfte des Horns, in jedes Gegengift war zerstört.

Mary weinte während der gesamten Zeremonie, und irgendwann griff sie nach Annes Hand, aber Anne hielt sie nur fest und schlug die Fingernägel in Marys rosige Haut. Mary riss ihre Hand zurück, schluchzte noch heftiger, und wollte von ihrer Schwester wegrutschen. Sie zappelte so lange hin und her, bis Anne wieder nach ihrer Hand griff und die Fingernägel kratzbereit gegen das Handgelenk legte, ohne die Haut zu durchstoßen. Mary, mit der man an Erzebets Todestag ausgeritten war, und die Anne von dem »Fieber« erzählt hatte, an dem ihre Mutter angeblich gestorben sei, holte tief Luft, hielt den Atem an und blieb still und stumm sitzen, bis Anne ihre Krallen zurückzog und die Hände wieder in den Schoß legte. Marys Blick war verwirrt und gekränkt, aber Anne starrte unverwandt auf das goldene Rauchfass in den Händen eines Messdieners, aus dem dicke Wolken quollen. Sie ertrug es nicht, ihrer Schwester ins Gesicht zu schauen und Erzebets Stirn und Wangen in kleinerer Ausgabe zu sehen, nass von den Tränen eines Mädchens, das die Schreie ihrer Mutter nicht gehört hatte.

Der Zug zum Bestattungsschiff war lang, und die Fahrt auf der Themse und hinaus aufs Meer dauerte Stunden. Philips knarrende Sänfte wurde an Bord getragen, gefolgt von den Schwammhütern, und dahinter hinkte Edward auf das Schiff. Anne hatte ihren Großvater seit dem Tod ihrer Mutter kaum gesehen, aber bei seinem Anblick löste sich ihre innere Anspannung ein wenig. Sie stolperte in ihrem schweren Kleid auf ihn zu, nahm beide Stöcke in eine Hand und fasste mit der anderen nach seinem Arm. Edward, der ihre Fragen stets geduldig beantwortete, drehte sich kurz zu ihr um, doch dann stieß Philip einen Schrei aus, und er wandte sich ab und winkte Gardisten heran, damit sie sich um ihn kümmerten.

Philip war durch das Schaukeln des Bootes verstört und zeigte auf die Themse. Seine Stimme gellte durch den kalten Morgen. »Will! *Will!*«

Anne erstarrte. Die geschnitzten Ebenholzgriffe ihrer Stöcke bohrten sich in ihre Handflächen und prägten Muster in die Schwimmhäute zwischen ihren Fingern. Die Stäbe waren neu und mit Wellen, Schädeln und Trauersymbolen geschmückt. Wie das neue Kleid waren sie unpraktisch, zu reich verziert, als dass man sich bequem darauf hätte stützen können, aber es war ihr gar nicht in den Sinn gekommen, sie austauschen zu lassen. Für sie war es unvermeidlich, dass die Welt schwerer geworden war und schärfere Kanten bekommen hatte.

Philip schlug um sich und zeigte ins Wasser. *Schwimmen,* brüllte er in der Tieflingssprache. *Will schwimmen.*

Robert Claybrook eilte zu ihm, John, bleich und ernst, folgte ihm auf dem Fuß. Er drehte sich um und warf Anne einen verlegenen Blick zu, als ihr Onkel Claybrook am Arm packen wollte, aber Anne war zu sehr mit ihrem Kummer beschäftigt, um ihm zuzuwinken.

Mary eilte an ihre Seite, sie hatte in der Aufregung über den drohenden königlichen Wutanfall wohl vergessen, was Anne ihr in der Kirche angetan hatte. Anne drehte sich nicht um, aber sie ging auch nicht weg.

»G-geht es dir gut, Schwester?« Mary hatte verweinte Augen und war ungewöhnlich ruhig. Anne machte sich kaum Hoffnungen auf einen Kuss oder ein Streicheln, an die kleinen Aufmunterungen, die ihr die große Schwester manchmal zukommen ließ, war jetzt kaum zu denken. Auch Mary war noch ein Kind, nur zwei Jahre älter als sie selbst, und sie dachte, ihre Mutter sei eines natürlichen Todes gestorben.

Anne sah ihre Schwester nicht an. Stattdessen schluckte sie und sprach ihren ersten Satz seit Erzebets Tod. »Warum lässt man ihn nicht ins Wasser?«, fragte sie.

Mary senkte den Kopf und führte die Hände vor dem Körper zusammen. Die Stöcke berührten sich mit leisem Klicken. »Man fürchtet, bei einer Tieflingsfrau wäre er zur Liebe fähig«, sagte sie. »Bei seiner Königin war er es nicht. Und dann könnte Englands nächster Prinz das Meer niemals verlassen.«

Anne hatte Philip vor dem Tod ihres Vaters und vor der Hochzeit mit ihrer Mutter ein- oder zweimal nackt baden sehen. Damals war ihr nicht weiter aufgefallen, dass sein Unterleib glatt war und keine Geschlechtsteile aufwies; sie war noch sehr klein gewesen, und die Tieflingskörper sahen ganz ähnlich aus, ihr männliches Organ verbarg sich in einem schmalen Schlitz auf der Höhe ihrer Hüften. Bis heute hatte sie daran nicht mehr gedacht. Doch nun bekamen die blauen Flecken auf den Armen ihrer Mutter eine neue und abscheuliche Bedeutung. Erzebet und William hatten genau wie Anne die Genitalien von Landlingen gehabt. Philip hatte vor Wollust gebrüllt und ihre Mutter begrapscht, aber wie sollte er seine Wollust stillen, wenn er und seine Frau so unterschiedlich beschaffen waren? Plötzlich flößte ihr Philip, wie er sich in seiner Sänfte hin und her wälzte, einen solchen Widerwillen ein, dass sie die Augen schloss und den Kopf zur Seite drehte. Sie spürte, wie ihr die Tränen kamen und wie ihr etwas die Kehle zuschnürte, fester und immer fester, bis sie kaum noch schlucken konnte.

»Er wird der nächste König werden, nicht wahr?«, fragte sie und schlug die Augen auf, um Mary anzusehen.

Mary nahm einen heiseren Atemzug. »Großvater kann noch lange leben«, entgegnete sie.

»Das walte Gott.« Anne bekreuzigte sich und schickte ein Stoßgebet zum Himmel. Erzebet hätte den Thron halten können. Aber sie selbst und Mary waren noch jung und unvermählt. Wenn Edward sterben sollte, käme nur Philip infrage.

Edward beobachtete seinen Sohn. Sein schlaffes, faltiges Gesicht verriet nichts, aber die Runzeln um seine Augen, die tiefen Furchen auf seiner Stirn und die hängenden Mundwinkel ließen ihn wie ein Häufchen Elend aussehen. Er trug seine Krone, man hatte den blanken Silberreif für diesen Anlass eigens aufpoliert, aber das Alter zehrte an seinem Fleisch, das Band saß zu locker und war ein wenig zur Seite gerutscht, außerdem hing es ihm etwas zu tief ins Gesicht und schob ihm die Haut an der Stirn zu Wülsten zusammen. Edward war immer ernst und gelassen gewesen, doch diese schief sitzende Krone verströmte den kalten Hauch des Lächerlichen – ein Junge mit dem Hut seines Vaters auf dem Kopf –, und Anne fröstelte unter ihrem schweren Gewand.

Philip warf sich immer noch schreiend in seiner Sänfte hin und her. Die Schwammhüter wollten vorsichtig auf ihn zugehen, um nicht von seinen Fäusten getroffen zu werden, aber Robert Claybrook sprang vor und gebot ihnen mit erhobener Hand zu warten.

Edward stützte sich schwer auf seine Stöcke. Die beiden Männer sahen sich an, und Edward schwieg.

»Wasser«, verlangte Philip und deutete auf die Schwammhüter, die Schalen mit Salzwasser in Händen hielten, um seine Haut zu benetzen.

Claybrook drehte sich nicht nach ihm um. Stattdessen gab er den beiden Schwammhütern ein Zeichen, worauf die ihre Schalen auf das Deck stellten und die Schwämme danebenlegten.

»Wasser«, verlangte Philip.

Edward sah regungslos zu. Philip randalierte noch eine Weile weiter, dann gab er auf und rieb sich das Gesicht. Seine Finger scheuerten auf der trockenen Haut, aber das ging unter im Plätschern des Themsewassers, das gegen den Schiffsrumpf schlug. »*Wasser*«, drängte Philip.

Auf seinem Gesicht entstanden die ersten Salzkristalle, darunter war die Haut trocken und rissig. Anne stand ganz still, der Herzschlag dröhnte ihr in den Ohren.

Philip starrte erst Claybrook an, doch der wandte ihm entschlossen den Rücken zu; dann schaute er zu Edward, aber der hatte seine Greisenhände fest um die Stöcke geschlossen und sah tatenlos zu, wie sein Sohn allmählich austrocknete. Ein kalter Wind blies über die Themse, und Philip begann zu wimmern. Wieder strich er sich mit den Schwimmhauthänden über Wangen und Hals. Die trockene Luft ließ seine Haut immer grauer und fahler werden.

So vergingen zwei volle Minuten, dann drehte sich Claybrook um und bedeutete den beiden Schwammhütern, ihre Arbeit wiederaufzunehmen. Philip wimmerte lauter, als sein Gesicht mit dem Salzwasser in Berührung kam, doch Claybrook gab den Schwammhütern wieder ein Zeichen, und sie hielten abermals inne.

Philip verstummte und schwieg auch weiterhin. Die restlichen Trauergäste gingen an Bord und das Schiff legte ab und fuhr themseabwärts und weiter aufs Meer hinaus.

Erzebets Leichnam lag an Deck. Man hatte sie in weiße Tücher gehüllt wie einen Säugling, sie mit so vielen Schichten fleckenlosen weichen Stoffs umwickelt, bis nur noch ein dickes Bündel zu sehen war. Anne starrte es an und dachte an Erzebets scharfe Stimme, ihre starken Hände, ihre schwarzen Augen. Der Drang, die Laken aufzureißen, war so stark, dass sie ihre geschnitzten Stöcke noch fester umklammerte. Sie musste gegen die Vorstellung ankämpfen, sie bräuchte Erzebet nur aus diesem Stoffgefängnis zu befreien, ihr zu helfen, diesen Schichten zu entrinnen, und sie würde heil und gesund und so streng wie eh und je vor ihr stehen.

Die Hofmusiker stimmten das Totenlied an; unter Deck schlugen die Trommler gegen den Rumpf, um mit dem Schall, der sich durch das Wasser fortpflanzte, die Tieflinge zu rufen. Die Musik an Deck wäre für sie erst hörbar, wenn sie das Schiff erreichten und auftauchten, dennoch erhob Edward seine Stimme und sang zu Erzebets Ehren so laut mit, dass der ganze Hof es hören konnte. Mehr konnten sie nicht mehr für sie tun. Mary stimmte ein, und gleich darauf auch Anne, und so sangen sie Stunde um Stunde, während sie den Fluss hinabfuhren: *Wir kommen. Toter Körper. Wir kommen. Toter Körper.* Anne spürte die Trommelschläge in der Brust.

Erst als sie die Flussmündung hinter sich gelassen hatten und das endlose Panorama der grauen Wellen vor sich sahen, begann Anne, sich in Gedanken mit den Tieflingen zu beschäftigen. Sie war nie mit ihnen geschwommen, wenn ein Leichnam auf See bestattet wurde, aber sie hatte die Beisetzung ihres Vaters miterlebt. Damals hatte sie vor allem Verwirrung empfunden, weil sie nicht wusste, wie sie um diesen Mann trauern sollte, den sie so selten gesehen hatte, aber jetzt erinnerte sie sich, wie rasch die Tieflinge aufgetaucht waren und wie sie mit gierigen Händen den Leichnam gepackt und in die Tiefe gezogen hatten. Das war nicht das Gebaren von Leichenträgern. Sie hatte diese Bewegungen schon früher beobachtet, aber nur unter ganz bestimmten Umständen: wenn sie sich nämlich einen Fisch aus dem Wasser pflückten, um ihn zu verspeisen. Die Art, wie sie sich den Leichnam ihres Vaters geschnappt hatten, hatte nichts mit Trauer zu tun. So verhielt man sich, wenn man hungrig war.

Und was sollte mit dem von Gift zerfressenen und durchtränkten Körper ihrer Mutter geschehen? Sollten ihn die Tieflinge mit ihren spitzen Zähnen in Stücke reißen und diese durch ihre kalten Kehlen hinunterwürgen, um daran zugrunde zu gehen? Wenn England seine Bundesgenossen vergiftete, was wurde dann aus seiner Flotte? Würde es keine Tieflinge mehr geben, die sie sicher über den Kanal geleiteten, oder, schlimmer noch, würden tödlich gekränkte Überlebende auf jedes Schiff lauern das den Hafen verlassen wollte, um seinen Rumpf zu zerschlagen? Wenn der vergiftete Leichnam ihrer Mutter vom Schiff in die Arme der Tiefe geworfen wurde, brächte er den Tod womöglich gleich mit.

Anne holte tief Luft und stimmte einen neuen Gesang an. *Schädlich. Nicht essen. Schädlich. Nicht essen.* Mary sah sie aus tränenfeuchten Augen an, ein Blick wütender, unversöhnlicher Trauer, aber Edward musterte sie nur kurz, dann senkte er den Kopf und nickte langsam und resigniert. Die Krone rutschte ihm noch weiter in die Stirn und vertiefte die Falten.

Die Tieflinge warteten schon, eine Masse von dunklen, geschmeidigen Leibern, die das Wasser zum Kochen brachten. Für Momente durchbrachen ihre Arme und Beine die Oberfläche, aber sie flitzten so schnell um den Schiffsrumpf herum, dass es auch Fische, oder Schweinswale hätten sein können. Gesichter waren von oben nicht zu erkennen.

Schädlich, rief Anne über das Wasser.

Das weiße Bündel wurde über das Deck getragen. Der Erzbischof eilte nach vorne, um es ein letztes Mal zu segnen, und Westlake hinkte mit seinem lahmen Bein hinter ihm her. Neben Anne blieb er stehen. Sie hielt sich an der Reling fest, die Schnitzereien hatten sich zu schmerzhaft in ihre Hände gedrückt, und so hatte sie die Stöcke fallen lassen und umklammerte nun das glatte Holz. Als der Leichnam ihrer Mutter hochgehoben wurde, hatte sie einen dicken Kloß in der Kehle, Beine und Rücken schmerzten, und sie stand kurz vor dem Zusammenbruch.

Man ließ das Bündel los, es stürzte wie ein weißer Blitz den Wellen entgegen und schlug krachend auf. Eine Gischtfontäne spritzte in die Höhe und prasselte auf das Deck nieder. Summerscales und die Träger fuhren zurück, als wären selbst die Tröpfchen vergiftet. Anne wich nicht von der Stelle, die Spuren von Salzwasser auf Wangen und Lippen waren alles, was ihr von ihrer Mutter geblieben war.

Die Tieflinge scharten sich um den Leichnam, umkreisten ihn, betasteten ihn mit unsicheren Händen. Gemurmel drang herauf: *Schädlich.* Wasser sickerte in den weißen Stoff und machte das Bündel so schwer, dass es ins Dunkel hinabsank. Der Bischof sah Anne traurig an. Sein Haar war vom Wind zerzaust.

Nur für einen kurzen Moment legte er ihr die Hand auf die Schulter.

Doch diese Geste traf Annes verwundetes Herz wie ein Pfeil und bohrte sich so tief hinein, als wollte er sich nie wieder lösen lassen.

VIERZEHN

Am Tag nach der Beisetzung suchte Anne den Bischof auf.

Sie hatte bis dahin kaum mit jemandem gesprochen, nur die Totenlieder mitgesungen, und war verstummt, als der Leichnam unterging. Anschließend kehrte sie in den Palast zurück und ließ sich von einem Raum zum anderen führen. Sie ließ alles mit sich geschehen, rührte aber ihr Essen nicht an.

Die ganze Nacht lag sie zusammengekauert unter ihren Decken. Bei jedem Windstoß vor ihrem Fenster, jedem Knarren vor ihrer Tür öffneten sich ihre Lider, und sie starrte ins Dunkel. In der Hand hielt sie ein Kruzifix, das Erzebet ihr zur letzten Jahreswende geschenkt hatte, ein Silberkreuz mit Perlen besetzt, die sich glatter in die Hand schmiegten als die scharfkantigen Diamanten und Saphire, die sie so oft tragen musste, Geschenke von Höflingen, die fanden, diese Steine passten zu ihrem blauen Gesicht. Anne kam es vor, als bliebe sie nur wegen des Kruzifixes wach; wenn sie einschliefe, könnte es ihr aus der Hand rutschen, zwischen die Laken gleiten und verbogen werden, und wenn sie sich versehentlich darauf wälzte, könnte sich eine Perle im Linnen verlieren und womöglich gar unauffindbar bleiben. Die Vorstellung, dem Kleinod könnte etwas widerfahren, war ihr so schrecklich, dass sich das Kreuz anfühlte wie von Gefahren durchtränkt. Aber sie ertrug es nicht, es aus der Hand zu legen. So lag sie wach und flüsterte lautlos in die knisternde, raschelnde Stille: *Mutter Gottes, beschütze mich, Himmelskönigin, hilf mir, Stella Maris, rette mich.*

Am nächsten Morgen stand sie mit brennenden Augen und wirrem Haar auf und erklärte Alice: »Ich möchte mit Bischof Westlake beten.«

Es wäre einfacher gewesen, Westlake in den Palast zu bestellen, aber Anne zog es vor, zu ihm zu gehen. Sie lehnte auch die angebotene Sänfte ab und wollte sich bei ihren Stöcken nicht helfen lassen. Die geschnitzten Trauerstäbe legte sie beiseite und nahm dafür ihre gewöhnlichen glatten Eichenstöcke. Zofe Alice hielt ihr vor, sie sei pietätlos, doch darauf erwiderte Anne nur: »Ich will auch ein anderes Trauergewand. Dieses ist zu schwer. Sorgt dafür.« Auch Erzebet hätte sich nicht mit unpraktischen Dingen herumgeärgert.

Anne ging allein in die Kapelle, um sich dort mit Westlake zu treffen. Das Gehen fiel ihr schwer, aber der Weg war für sie fast ebenso weit wie für ihn. Wenn er bis dorthin hinken konnte, dann konnte sie das auch. Als sie eintraf, wartete er bereits. Sein Gesicht war ernst; Mund und Stirn waren von tiefen Falten gezeichnet, aber er wirkte nicht so zerknittert wie Edward. Die Runzeln erinnerten vielmehr an Narben, mimische Spuren aus jüngeren Jahren, entstanden durch nachdenkliches Stirnrunzeln und leises Schmunzeln – und tiefere Einschnitte vom strengen Zusammenpressen der Lippen, wie sie es oft beobachtet hatte, wenn er für einen kurzen Schritt nach dem anderen das Gewicht auf sein krankes Bein verlagern musste.

Anne stand zögernd vor ihm und umklammerte Hilfe suchend die vertrauten Holzstöcke. Das Herz schlug ihr bis zum Hals. Über dem schwarzen Kleid war das Perlenkruzifix eben noch ein aufmunternder Schmuck gewesen, doch jetzt fühlte es sich so leicht an, als wollte es davonschweben.

Westlake stand auf, deutete auf einen Stuhl und sagte nur: »Prinzessin.« Anne hatte wie üblich Mühe, sich zu setzen, ohne umzukippen, ein schwieriger Balanceakt, bei dem sie die Stöcke nicht aus der Hand geben durfte, wollte sie nicht jede Würde verlieren, aber Westlake erbot sich nicht, ihr zu helfen. Stattdessen nahm er selbst Platz, langsam, eine Hand fest auf die Rückenlehne des Stuhls gestützt, während er mit ruhiger, vorsichtiger Eleganz das linke Bein ausstreckte. Er hatte Anne auf dem Schiff die Hand auf die Schulter gelegt, sonst war sie seit Tagen von niemandem berührt worden – außer, als Claybrook und Lady Margaret sie von Erzebets Totenbett weggetragen hatten. Sie fand es angenehm, dass Westlake nicht um ihren Stuhl herumtänzelte wie die meisten Höflinge, die nicht wussten, wie sie ihr behilflich sein konnten, und auch nicht wagten, die Prinzessin unaufgefordert anzufassen, aber es machte es nicht leichter, das Gespräch zu beginnen.

»Wie geht es Euch heute Morgen, Lady Anne?«, erkundigte sich Westlake. Er sprach leise, als sei die Frage aufrichtig gemeint. Ihr Name ging ihm leicht über die Lippen. Dabei war die Anrede unpassend und vermutlich ein Versehen: Mit »Lady Anne« sprach man eine einfache Adelige an, nicht aber eine Prinzessin. Doch sie wurde davon berührt. So wenige Menschen nannten sie beim Namen.

Anne schaute auf ihre Hände nieder. »Warum seid Ihr an den Hof gekommen, Mylord?«, fragte sie schließlich.

»Prinzessin?« Westlake sah sie neugierig an, aber er schien nicht gekränkt zu sein.

»Euer Bein muss Euch doch sehr hinderlich sein«, fuhr Anne fort. »Zu Hause könntet Ihr Euch beim Gehen mit einem Stock behelfen. Dennoch kommt Ihr an den Hof.«

Westlake wirkte nicht peinlich berührt. »Ich wollte Gott dienen, Prinzessin.«

»Konntet Ihr das nicht auch zu Hause tun?«

Der Bischof antwortete nicht gleich. Seine dunklen Augen, bläulich grau wie ein verblichenes Gewand, ruhten auf ihr. »Wollt Ihr über Eure Mutter sprechen?«, fragte er dann.

Die Frage traf sie wie ein Schock, sie konnte darauf nicht antworten. »Was ist mit Eurem Bein passiert, Mylord?«, stammelte sie stattdessen.

Westlake lächelte. Es war nur ein kleines Lächeln, der Mund wurde kaum breiter, aber es machte sein Gesicht viel weicher. »Ich fiel vom Pferd, als ich etwa in Eurem Alter war, Prinzessin, und dabei habe ich es mir gebrochen. Es musste geschient werden.«

»Hat es wehgetan?«

»Ich hatte Glück, dass ich nicht daran gestorben bin, Prinzessin. Und noch größeres Glück, dass der Chirurgus es nicht amputieren musste. Ich kann Gott für diese Gnade nur danken.«

»Aber der Sturz war doch ein Unglück«, wandte Anne zaghaft ein. Sie war sich bewusst, dass sie Gottes Taten in seinem eigenen Haus hinterfragte, aber zu verzweifelt, um das Gespräch abzubrechen.

Wieder lächelte Westlake. »Das Unglück waren meine erbärmlichen Reitkünste, Prinzessin. Ich hatte Glück, dass Gott selbst schlechten Reitern wie mir gnädig ist.«

Ein Lächeln zuckte in Annes Mundwinkeln, und das war ihr Verderben: Es erinnerte ihr Gesicht daran, wie es war, etwas zu fühlen, und dann kamen auch schon die Tränen. Ihre Augen schlossen sich, der Mund zuckte unbeherrscht, und in ihrem Inneren brach ein Damm.

Westlake fasste mit beiden Händen nach ihrer Hand. Er hatte kein heißes Blut, seine Hände waren kühler als bei den meisten

Höflingen, aber seine Handflächen, die ihre kalten Finger umgaben, waren der einzige Trost in dieser aus den Fugen geratenen Welt. Anne konnte nicht mehr aufhören zu weinen, ihre kleinen Schwimmhautfinger umklammerten Westlakes Hand, bis sie jedes Gefühl für die Zeit verlor und nur noch ihr eigenes Schluchzen hörte.

Lange ging das so, doch endlich nahm sie einen tiefen Atemzug, schluckte und nahm sich zusammen. Westlake zog eine Hand zurück, holte ein Taschentuch aus seinem Ärmel, fasste sie unter dem Kinn und wischte ihr die Tränen ab. Anne schluckte noch einmal, blinzelte und suchte ihre Stimme wiederzufinden.

»Ich … ich will tatsächlich über meine Mutter reden«, stieß sie schließlich hervor. Das Wort *Mutter* war seltsamerweise nicht schwerer auszusprechen als jedes andere.

»Ist es wahr, dass Ihr bei ihrem Tod zugegen wart?«, fragte der Bischof.

Anne nickte. »Wie lautet Euer Taufname, Mylord?« Das war eine intime Frage, aber sie fand es verwirrend, nur seinen Nachnamen zu kennen, und nahm sich das Recht, auf ihre königlichen Privilegien zu pochen.

»Samuel, Lady Anne.« Seine Stimme klang freundlich, er schien nicht verärgert.

»Mylord Samuel. Ich, ich will, darüber will ich nicht sprechen.«

Samuel Westlake bedrängte sie nicht, sondern saß einfach da und wartete geduldig.

»Seid Ihr wieder ganz genesen, Samuel?« Sie musste den Namen noch einmal aussprechen, er gab ihr Kraft.

»Es geht mir sehr gut, danke der Nachfrage«, antwortete Westlake. »Ich hatte gehört, dass Ihr so freundlich wart, mir während meiner Krankheit eine Arznei zu senden.« Erneut ruhten seine Augen auf ihr, und sie strahlten trotz ihrer dunklen Farbe so hell, das Anne nicht wusste, wie sie seinen Blick erwidern sollte. »Ich bin Euch sehr dankbar, Prinzessin. Ich habe oft zu Gott gebetet, dass er Euch für Eure Barmherzigkeit sein Lächeln schenken möge.«

Anne wurde verlegen und hob erschrocken die Hand, als ihre Wangen in ihrem peinlichen Blau zu leuchten begannen. »Ich wusste nicht, ob man Euch gesagt hatte, dass ich es war«, antwortete sie. »Ich hatte dem Medikus keine Anweisung dazu gegeben.«

»Nein, Prinzessin, aber Master Shingleton berichtete mir von Eurer Hilfe, als es mir besser ging«, sagte Westlake. »Ich muss Euch noch einmal für Eure Hilfsbereitschaft danken. Ihr habt wahrhaft christlich gehandelt.«

»Hat Master Shingleton das Horn verwendet?«, fragte Anne.

»Ich denke schon«, nickte Westlake. »Aber ich war zu jener Zeit zu krank, um ihn zu fragen, was in seinen Arzneien war.«

Anne spielte mit ihrem Perlenkreuz. Es erinnerte sie an die Perle, die sie Maydestone für den Kauf des Horns gegeben hatte. Erzebet war wegen des verdorbenen Kleids böse auf sie gewesen, aber Anne bereute nichts. Das Kleid war kein Geschenk ihrer Mutter gewesen. »Ich bin sehr froh, dass Ihr wieder gesund seid, Mylord Samuel«, sagte sie. »Ich möchte nicht mit ansehen – Krankheiten sind ein Fluch, der schwer zu ertragen ist.«

»Wir müssen uns den Heiland zum Vorbild nehmen, Prinzessin«, mahnte Westlake und streichelte ihre Hand. Anne hatte den gekreuzigten Christus vor Augen, doch gerade jetzt war es ihr unerträglich, sich die fünf Wunden, die Geißelung, die Dornenkrone und die Nägel vorzustellen.

»Ich habe zur heiligen Jungfrau gebetet«, sagte sie. »Aber ich weiß immer noch nicht, was ich tun soll.«

Westlake nahm ihre Hand in die seine. »Ich durfte Eure Güte und Barmherzigkeit erfahren, Prinzessin«, entgegnete er. »Wenn ich Euch in irgendeiner Weise Rat oder Trost geben kann, dürft Ihr auf mich zählen.«

Anne sah zu ihm auf, er überragte sie sogar im Sitzen. »Ich danke Euch«, sagte sie. »Ich brauche tatsächlich Eure Hilfe.«

»Nennt mir Euren Wunsch, Prinzessin.«

Anne zögerte. »Ich ... habe von Eurer Barmherzigkeit, Eurer Gnade gehört«, begann sie. Sie dachte an den Bastard, den man verbrannt hatte, das Kind, das Westlake hatte verschonen wollen. Erzebet hatte sie in die Arme genommen, als sie um Gnade bat. Aber Erzebet hatte auch befohlen, dieses Kind bei lebendigem Leib zu verbrennen. Nun war ihre Mutter tot, und Anne irrte ratlos durch eine Wildnis.

»Nennt mir Euren Wunsch, Prinzessin Anne«, wiederholte Westlake. »Ich sage noch einmal, wenn ich Euch helfen kann, bin ich Euer Mann.«

»Samuel ...«, begann Anne. »Meine Mutter starb durch Gift. Jemand hat Gift in ihr Badewasser getan.«

Westlake bekreuzigte sich, ohne den Blick von ihr zu wenden. »Möge Gott der Seele Ihrer Majestät gnädig sein.«

»Jemand hat meine Mutter getötet«, erklärte Anne. »Ich will herausfinden, wer das getan hat, und dazu brauche ich Eure Hilfe.«

DRITTES BUCH

GEFANGEN-SCHAFT

Fünfzehn

Henry konnte kaum glauben, was John ihm erzählte.

John sagte, der König sei ein alter Mann, körperlich schwach und gebrechlich, aber niemand fordere ihn zum Kampf. John sagte, der König habe zwei Söhne gehabt, doch einer davon sei jüngst nach Schottland in den Krieg gezogen und dort getötet worden, und der andere sei schwachen Geistes und könne nicht laufen. John sagte, nur Frauen und ein alter Mann stützten jetzt den Thron: Prinzessin Erzebet, die aus einem fernen Land stamme, und zwei kleine Mädchen, die jünger seien als Henry. Und dennoch, sagte John, sitze der König noch immer auf seinem Thron.

Henry war acht Jahre alt, als er John kennenlernte. Einem Jungen wie diesem war er noch nie begegnet, weder im Meer noch an Land: stets zu einem Lächeln bereit, oft laut lachend, schnell auf den Beinen und voller Tatkraft. Zunächst amüsierte John sich oft, wenn Henry nach Worten suchte oder seltsame Dinge sagte. Henry hasste es, ausgelacht zu werden, und ging in der ersten Zeit jedes Mal auf John los. Obwohl er so klein war, schlug er so hart zu, dass John sich meistens nicht auf den Beinen halten konnte. Allard hatte nie eine geeignete Strafmaßnahme für Henry gefunden. Er wusste, dass er, sobald er nach einem Stock griff, wahrscheinlich flach auf dem Rücken läge und von seinem Schützling gewürgt würde. Also versuchte er, solche Ausbrüche mit einem festen »Nein, Henry«

zu unterbinden. Doch anfangs war Henry noch zu zornig, um auf ihn zu hören.

Schon bald hörte er jedoch auf, John zu schlagen. John schlug nämlich nie zurück; er stand einfach auf, wandte Henry den Rücken zu und drehte sich weg, wenn der sich auf seinen krummen Beinen langsam um ihn herum schleppte, um ihm ins Gesicht zu schauen. Dieses Verhalten machte Henry nervöser, als er zugeben wollte; wenn John ihm die kalte Schulter zeigte und er sein Gesicht nicht sehen konnte, wusste er nicht, was der andere im Schilde führte. Außerdem war John sein Freund, ein Lichtblick in einer Welt voller erwachsener Schulmeister, von ihm fühlte sich Henry, der nur den raschen Wechsel von Angst und Geborgenheit, Jagen und Gejagtwerden kannte, zum ersten Mal unterhalten. John hatte Witz; manchmal verzog sich Henrys finster-ausdruckslose Miene zu einem Lächeln, wenn er John lachen hörte. Spaß zu haben war neu für ihn, und er wollte um keinen Preis darauf verzichten. In Johns Gesellschaft entspannten sich seine verkrampften Muskeln, er konnte für eine Weile aufhören, vorauszudenken und sich nach allen Seiten umzusehen, ob wohl von irgendwo Gefahr drohe. Nach einer Weile fiel es ihm leichter, seine Fäuste ruhig zu halten. Wenn sie Streit hatten, ritt John vielleicht davon und kam an diesem Tag nicht zurück, aber am nächsten Tag war er wieder da, vergnügt wie zuvor, und scheinbar, ohne ihm etwas nachzutragen.

Henry fand diese treuherzige Bereitschaft, jede Kränkung sofort wieder zu vergessen – John hatte, wenn es um vergangene Streitigkeiten ging, das Gedächtnis einer Makrele, jedenfalls benahm er sich so –, nicht unbedingt bewundernswert, war aber doch auch seinerseits bereit, dem Freund sein Vertrauen zu schenken. John drückte ihm keine Bücher und auch keine Waffen in die Hand, er zwängte ihm Arme und

Beine nicht in enge Kleidung und tat ihm auch keine Speisen auf den Teller, die ihm zuwider waren. Eigentlich setzte ihn John nie unter Druck. Er tat, was Henry wollte, und er tat es gern, ohne ihn streng anzusehen, sich Notizen zu machen oder mit jemandem darüber zu flüstern. Allem Anschein nach wollte John nichts von ihm. Deshalb hielt Henry alles, was er sagte, für glaubwürdiger, als wenn es von Allard gekommen wäre.

»Wenn der König alt ist und keine guten Söhne mehr hat, warum können wir dann den Thron nicht gleich erobern?«, fragte Henry.

Allard hätte darauf eine lange, komplizierte und mit historischen Fakten gespickte Antwort gefunden. John sagte einfach: »Weil du noch zu jung bist. Du musst mit einem Heer gegen die Streitkräfte des Königs ziehen, und dazu musst du erwachsen sein.«

»Könnte ich nicht wenigstens anfangen?«

»Mein Vater kennt viele Männer, die ein Heer aufstellen können«, sagte John. »Er wartet noch ab, wer zu ihm stößt. Dem König geht es jetzt schon schlecht, aber mit zunehmendem Alter wird es noch schlimmer werden. Und wenn er älter ist, bist du größer.«

»Aber ich muss mich verstecken«, hielt Henry ihm entgegen. »Und ich habe genug davon.«

»Was glaubst du, wie es dir erst ergeht, wenn sie dich fangen, bevor du ein Heer im Rücken hast, Tiefling?«, fragte John freundlich.

Henry wusste, dass er im Grunde recht hatte. Allard hatte ihm erklärt, dass der König ihn töten lassen würde, wenn man ihn finge, aber er hatte sich nicht weiter darüber ausgelassen. »Ich kann es jetzt schon mit einem Erwachsenen aufnehmen«, prahlte er. »Landlinge sind schwach.«

»Aber du könntest es nicht mit einem ganzen Heer aufnehmen, und man würde ein Heer schicken. Dann erginge es uns allen schlecht, nicht nur dir allein.« John nahm die Herabsetzung seiner Artgenossen nicht krumm und schien auch nicht allzu große Angst zu haben. Das war erstaunlich, denn die Vorstellung, dass Hunderte von Pferden mit schwarzen Hufen auf ihn zudonnerten und die Reiter ihre scharfen Schwerter durch die Luft pfeifen ließen, konnte einem durchaus Angst einjagen. Aber John hatte in seinem kurzen Leben noch keine Schlacht gesehen und begriff vielleicht nicht, was es bedeutete, mittendrin zu sein.

»Ich könnte der Sohn des Königs werden«, überlegte Henry. »Ich könnte seine Tochter heiraten.« Die Tieflinge bildeten manchmal Paare, eine solche Lösung erschien ihm denkbar. Bei den Landlingen nahm man solche Bindungen wohl ernster – wenn er Allard richtig verstanden hatte, war eine Ehe für die Ewigkeit bestimmt, auch wenn die beiden Partner einander überdrüssig wurden oder ein besseres Angebot des Weges kam –, aber etwas Besseres als eine Königstochter würde er ohnehin kaum bekommen. Vielleicht war die Idee gar nicht schlecht.

John lachte. »Du meinst Erzebet? Seine Schwiegertochter? Die ist schon Philips Gemahlin, auch wenn sie daran wenig Freude hat. Die willst du nicht heiraten, Henry, glaube mir. Da würdest du mit einem Hai glücklicher.«

»Wer würde einen Hai heiraten?«, fragte Henry. Im Geiste sah er Erzebet mit einem Stein in der erhobenen Hand vor dem Thron stehen. Wenn er den König stürzte, könnte sie ihn besteigen.

»Ein anderer Hai vielleicht?«, grinste John.

»Haie heiraten nicht, sie ficken nur«, gab Henry zurück.

»Sag so was nicht vor meinem Vater«, warnte John. »Sonst schlägt er mich, weil ich dir schmutzige Wörter beibringe.«

John brachte Henry vieles bei, aber er lernte auch von ihm. Anfangs war John bei seinen Erklärungen so übertrieben geduldig gewesen, als hätte er einen Dummkopf vor sich. Henry, der mit Dummheit keinerlei Geduld hatte und auch keinen Grund dafür sah, hatte so lange hartnäckig widersprochen, nachgefragt und Johns Argumente auf die Probe gestellt, bis er ein für alle Mal klargestellt hatte, dass er nicht dumm, sondern nur fremd war. Seit John Henry mit seinen starken Armen und schnellen Bewegungen als Gegner hatte, verbesserten sich seine Fechtkünste rasant. Wenn die beiden zu Pferde auf Allards Ländereien unterwegs waren, nannte John die Namen der Tiere, und Henry zeigte sie ihm, denn er hörte das Rascheln im Gebüsch früher und konnte bereits nach wenigen Tagen vorhersagen, in welche Richtung ein Tier flüchten, welchen Weg es nehmen würde und wohin man am besten zielte, um es mit einem Stein zu erlegen.

Die Sprache war ein besonderer Fall. Henry interessierte sich kaum für Latein, lernte aber eifrig Englisch, sobald er eingesehen hatte, dass er sich mit einer gesprochenen Weigerung einer unerwünschten Aufgabe wirkungsvoller entziehen konnte, als wenn er Unverständnis vortäuschte, dass man ihm einen gesprochenen Wunsch eher erfüllte, als wenn er nur mit dem Finger zeigte, und dass man in seiner Gegenwart nicht mehr so offen über ihn redete, wenn er aufmerksam zuhörte. Er hatte es nicht gern, wenn über ihn geredet wurde. Mit dem Verständnis war es schwieriger. John dachte anders als Henry, und oft hatten sie Mühe, sich beide über etwas klar zu werden.

John erklärte Henry zum Beispiel, dass Allards Ländereien an der Küste lägen. »Küste« war ein unbekannter Begriff. »Wo Land und Meer aneinanderstoßen«, lautete Johns Definition, und er fügte hinzu, England sei Teil einer Insel. Doch Henry war gewöhnt, durch das Wasser zu flitzen und konnte sich ein Aneinanderstoßen von Land und Meer nicht vorstellen. Das Land ging ja unter Wasser weiter, es setzte sich im Meeresboden fort. Für Henry bedeutete »Land« einfach, dass das Wasser aufhörte und nichts mehr da war, was einen aufrecht hielt. John brachte oft Fisch mit und schilderte Henry dann, wie er mit einem kleinen Fischerboot zum Fang ausgefahren sei. Doch so sehr er sich auch bemühte, den Gebrauch eines Netzes zu erklären, Henry konnte nichts damit anfangen und wollte nicht begreifen, dass seine Vorstellung, wonach John mit den Händen ins Wasser fasste, um die Fische zu greifen, nicht der Wirklichkeit entsprechen sollte. Es half auch nicht, als John eines Tages ein Netz mitbrachte und es ihm zeigte. Henrys Finger mit den Schwimmhäuten dazwischen konnten die zu Maschen verkreuzten Schnüre nicht fassen, das Ding rutschte ihm aus den Händen und fiel, ein Gewirr aus Linien und Ecken, das ihm instinktiv zuwider war, zu Boden.

Immerhin war Henry durch seine Sprache im Vorteil. Eines Tages sahen sie auf einem Ausritt ein braunes Tier im Sturzflug vom Himmel herabstoßen. Henry deutete darauf und fragte: »Was ist das?«

John kniff die Augen zusammen. »Ein Vogel.«

Henry schüttelte den Kopf. »Ein Vogel war das Ding, das du mir gestern gezeigt hast. Dieses hier ist braun.« Der Begriff der Farbe, die Tatsache, dass es Worte gab für die unterschiedlichen Schattierungen von Dingen, die ganze Palette von Tönen, die außerhalb des grauen Meeres durch die Sonne der Landlinge sichtbar gemacht wurde, war an sich schon neu. Henry hatte seine Angst vor roten Dingen nahezu verloren, aber das komplexe Phänomen Farbe interessierte ihn immer noch, und er war nicht bereit, es zu ignorieren, nur weil John sich täuschte. »Und es hat auch eine andere Form.«

»Ach so!« John winkte ab. »Das gestern war eine Krähe. Dies ist eine Schwalbe.«

»Und was ist dann ein Vogel?«

John zuckte die Achsel. »Alles, was fliegt. Auch eine Krähe oder eine Schwalbe. Beides sind Vögel.«

Henry überlegte. Er musste an die Tiere denken, die manchmal vor dem Fenster seiner Zelle vorbeihuschten, und die auch ins Meer eingetaucht waren. Er hatte es abgelehnt, mit Allard über sie zu sprechen, wollte aber doch mehr erfahren. »Vor meiner Zelle fliegen oft Vögel vorbei«, sagte er. »Sie sind weiß und haben einen grauen Rücken.« Mit Farben konnte man so herrlich abstrahieren, wenn man erst begriffen hatte, wie man sie verwendete. Man konnte damit Dinge beschreiben, die gar nicht da waren.

»Was für Vögel?«, fragte John.

Henry zuckte ratlos die Schultern. »Ich weiß es nicht. Allard hat nur von Vögeln gesprochen. Du weißt schon …« Er machte eine hilflose Geste. »Diese weißen Vögel, die auch schwimmen können.«

»Schwimmen?«

»Ja, ein Vogel, der schwimmen kann. Eine …« Henry gab auf und wechselte in die Tieflingssprache. Dort hatte man ein Wort dafür.

»Was ist das?« John wurde munter, in seinem Gesicht mischten sich Belustigung und Interesse.

Möwe, zwitscherte Henry. »So heißen sie.«

»Ihr habt im Meer Namen für Vögel?«

»Ja, und die können schwimmen. Sie sitzen auf dem Meer, dann tauchen sie unter und fangen Fische.«

»Ach, du meinst *Möwen*«, rief John, der endlich begriff. »Möwen tauchen manchmal unter. Grauer Rücken, weiße Brust … ich verstehe. Wie tief können sie tauchen?«

»Etwa von hier bis dort.« Henry deutete etwa fünfzehn Meter an.

»Tatsächlich?«

»Ja, sie schwimmen mit den Flügeln«, erklärte Henry. »Möwe«, fügte er bei sich hinzu. Es war ein kurzes, praktisches Wort.

»Wie hieß das noch einmal?«

Möwe, wiederholte Henry in der Tieflingssprache.

John versuchte, es nachzusprechen. Es hörte sich albern an, und Henry brach in Gelächter aus.

»Hm.« John probierte es noch einmal.

»Das klingt nicht gut«, rief Henry vergnügt.

»Kannst du mich denn verstehen?«

Henry schüttelte den Kopf. »Ich weiß, was du meinst. Aber ein Tiefling würde einfach davonschwimmen, wenn er es hörte.«

John unternahm noch ein paar Versuche, doch obwohl er noch nicht im Stimmbruch war, schwankte seine Stimme bei den hohen Tönen.

»Du quiekst wie ein Vogel«, sagte Henry.

»Vielleicht könnte mich eine Möwe verstehen«, grinste John leicht verlegen.

»Möwen sind dumm«, behauptete Henry, hauptsächlich um das Wort noch einmal verwenden zu können.

»Dann könnten sie mich ja doch verstehen«, meinte John. »Wenn ich mich dumm genug anstelle?«

Wieder schüttelte Henry den Kopf. Das Geplänkel machte ihm Spaß. »Es gibt viele Arten von Dummheit. Die deine ist nur eine davon, John.«

»Aber die beste«, gab John zurück. »Sag dein Wort für Möwe noch einmal.«

Möwe, sagte Henry. Es war kein schwieriges Wort, er hatte es jeden Tag verwendet. Doch John konnte es nicht aussprechen, und Henry erkannte, wie schwerfällig die Zunge der Landlinge war und wie schmal die Bandbreite der Töne, die ihre Stimme erzeugen konnte. Er setzte sich bequem im Sattel zurecht und schwelgte in dem Gefühl, klüger zu sein als die Landlinge und Laute hervorbringen zu können, die ihnen unmöglich waren. Sobald John ihn verließ, würden ihn die Erwachsenen wieder schikanieren, und er musste fleißig lernen und jedes Wort auf die Waagschale legen, aber jetzt glaubte er zum ersten Mal, sich eine gewisse Überheblichkeit erlauben zu können, wenn auch nur zum Spaß.

John lernte nie, die Tieflingsworte richtig auszusprechen. Sein Gehör war nicht fein genug, um die Phrasen zu unterscheiden, die eine höfische Oboe imitierte, wenn sie versuchte, in der Tieflingssprache zu blasen – während Henry erkannte, dass er selbst dazu wahrscheinlich fähig wäre, als John eines Tages ein solches Instrument mitbrachte und viel besser darauf spielte als Allard auf der Flöte. John schaffte es auch nie, einen Laut so deutlich zu artikulieren, dass ein Tiefling, selbst Henry, ihn hätte entschlüsseln können, ohne vorher zu wissen, was er sagen wollte. Die Sprache der Tieflinge stützte sich zu sehr auf lange Töne und auf Variationen der Tonhöhe, die Johns Hörvermögen oft und seine Zungenfertigkeit immer überforderten. Manche Worte blieben für ihn kaum hörbar, selbst wenn Henry versuchte, sie in eine Stimmlage zu transponieren, die jeden Tiefling verwirrt hätte; andere Unterschiede entgingen ihm vollends, auch wenn Henry sie noch so sehr vereinfachte. Was John hören konnte, hätte ein Tiefling höchstwahrscheinlich nicht verstanden; und auf keinen Fall hätte ein Tiefling verstanden, was John zu sagen versuchte. Aber durch Henrys Unterricht erweiterte er zumindest seinen passiven Wortschatz so weit, dass er schließlich die eine oder andere Bemerkung in der Muttersprache seines Lehrers mitbekam.

Sie hatten sich von jeher nur auf Allards Ländereien frei bewegen dürfen, doch als Johns Vater in Henrys Leben trat, wurden die Regeln strenger und frustrierten Henry immer mehr. Wenn John von einer Jagd auf den Gütern seines Vaters erzählte, wollte er mit. Nachdem er reiten gelernt hatte, war diese Art der Fortbewegung ein gewaltiger Fortschritt, denn er konnte so schnell vorankommen, wie er wollte, ohne seine schwachen Beine gebrauchen zu müssen. Seither war Henry im Freien nur noch zu Pferde unterwegs, und er wollte möglichst nur noch draußen sein, auch wenn John im Schnee erbärmlich fror oder schicksalsergeben unter einem Baum saß, von dem der Regen tropfte. Nur ein kleiner Teil von Allards Ländereien war Jagdrevier. Wenn die Jungen Kaninchen über die Felder hetzten, warf Henry zielsicher seinen Speer, durchbohrte das Tier, hob das kreischende, zuckende Fellbündelchen auf und gab es an John weiter, da er selbst kein rotes Fleisch essen wollte. Aber John erzählte von Hirschen, fast so groß wie ein Pferd, die auf flinken Füßen durch die Wälder huschten. Henry hatte das Jagen im Meer gelernt und kannte nur Beutetiere, die allenfalls eine Handvoll Fleisch ergaben, doch er hatte auch die Dominanzkämpfe der Delfine miterlebt, wenn riesige Gegner aufeinanderprallten und das Wasser zum Schäumen brachten. Diese Kämpfe waren Erwachsenen vorbehalten. Henry wollte sich mit großen Tieren messen, um seine Kräfte zu erproben. Dass diese Hirsche unerreichbar durch die grünen Felder wandern sollten, ohne sich um ihn zu kümmern, kränkte ihn. Er konnte seine Abneigung gegen Landtiere nicht ganz überwinden; selbst Pferde, so nützlich sie waren, bewegten sich unberechenbar und ruckartig und rochen schlecht, wenn sie sich überhitzten. Henry war ein ausdauernder Reiter. Wenn sich ein Pferd seinem Willen widersetzte, griff er hart durch, hütete sich aber, es allzu schwer zu verletzen, um es nicht unbrauchbar zu machen. Doch dass ein ähnliches, aber jagdbares Tier frei und fröhlich durch die Welt zog, während er sich auf wenige Quadratmeilen beschränken musste, machte ihn rasend.

Sein Wunsch, die Claybrook-Besitzungen zu besuchen, stieß jedoch auf Ablehnung. »Die Zeit ist noch nicht reif, Mylord.« Für Robert Claybrook war das Thema damit erledigt.

»Warum nicht?« Henry ließ sich nicht abweisen. »John kann mich doch hinbringen.«

Claybrook sah seinen Sohn streng an. John rutschte ein wenig hin und her, er schien sich unwohl zu fühlen und zuckte verstohlen die Achseln. Henry bemerkte es.

»John kann nichts dafür«, sagte er. »Es ist meine Idee. Ich möchte Hirsche sehen. Hier kann man nur Kaninchen jagen.«

»Mylord, die Reise ist zu gefährlich«, erklärte Claybrook geduldig und lächelte, aber Henry traute diesem Lächeln nicht. Es trat zu regelmäßig in sein Gesicht, blitzte nicht wie bei John rasch auf, wenn ein Scherz gemacht wurde. Claybrook lächelte immer schon, bevor er zu sprechen anfing, und Henry mochte kein Lächeln, das so berechnend und berechenbar war.

»Warum nennst du mich ›Mylord‹?«, fragte Henry. »Das ist nicht mein Name.«

»Aber Euer Titel, Mylord Henry.«

»Ein Lord ist ein Grundherr. Wo ist mein Besitz?«

»Ihr seid von königlichem Geblüt, Mylord Henry.« Claybrook deutete eine Verbeugung an.

»Aber der König ist so weit weg«, widersprach Henry. »Ich habe noch viel zu tun, bevor ich mich als königlich bezeichnen darf.«

»Wie Ihr meint, Mylord.«

»Nenn mich nicht so, wenn du dich weigerst zu tun, was ich will«, wehrte sich Henry. »Wenn du mich nicht auf dein Land lässt, bin ich auch nicht dein Lord.«

John lachte, und Henry beruhigte sich ein wenig und sah ihn an. »Was macht ein König, wenn ihm jemand nicht gehorcht?«

John setzte zu einer Antwort an, aber sein Vater unterbrach ihn. »Wir können nicht riskieren, dass man Euch sieht«, sagte er. »Damit brächten wir uns alle in große Gefahr.«

»Hast du noch kein Heer für mich gefunden?«

Allard schaltete sich ein. »Henry, du musst auf Lord Claybrook hören.« Er hatte die schmalen Hände mit den gichtigen Fingerknöcheln ineinandergekrallt. »Wenn man dich sähe, würde man dich gefangen nehmen.«

»Wer sollte das tun?« Im Allgemeinen hielt Henry von Allard mehr als von Claybrook. Zwar war Allards Leidenschaft für Bücher ungebrochen, und er schikanierte seinen Schüler immer noch mit öden Fakten, aber Henry hatte sich zumindest an ihn gewöhnt. Allard brachte ihm zu essen, er suchte nach Stoffen, die Henry nicht ganz so zuwider waren, und sorgte dafür, dass sein Pferd beschlagen war und gut betreut wurde. Henry fand seine Unsicherheit in Claybrooks Gegenwart ziemlich störend, aber wenn es darauf ankam, war Verlass auf ihn. Dennoch fiel es ihm schwer, einen Mann zu respektieren, der sich so hektisch bewegte, unentwegt mit seiner Feder auf Pergament herumkratzte oder mit seinen Fingern spielte, und der sich diesem Claybrook mit seinem ständigen Lächeln und seinen nichtssagenden Phrasen so deutlich unterlegen fühlte. Als Henry sich nun an Allard wandte, fletschte er – eine kindliche Angewohnheit – ein wenig die Zähne.

»Du darfst nicht so viele Fragen stellen!« Allards Angst und Nervosität waren Henry immer noch lieber als Claybrooks unerschütterliche Höflichkeit; zumindest wusste man bei ihm, woran man war.

»Es ärgert dich, dass ich immer wieder frage«, stellte Henry fest, »aber wenn ich wissen will, warum die Gefahr so groß ist, bekomme ich keine Antwort. Warum bist du so sicher, dass man mich gefangen nehmen würde? Ist dein Land von Soldaten umstellt?«

»Nein. Es lohnt sich einfach nicht, ein solches Risiko einzugehen«, sagte Allard mit einem nervösen Blick auf Claybrook.

»Ist es denn so groß?«

»Nein, aber der Preis ist sehr hoch«, erwiderte Allard ärgerlich. Er drehte sich um, nahm ein Buch, schlug es auf und zeigt Henry eine Seite. »Das ist der Preis. Für uns alle. Willst du, dass es dazu kommt?«

Henry betrachtete die Zeilen. Das Lesen hatte ihn nie so fasziniert, dass er sich darum bemüht hätte, außerdem konnte er sich ja von Allard vorlesen lassen. Und Bilder, diese flachen Kritzeleien auf flachem Papier, konnte er mit seinen Augen nur schwer erfassen. Hier stand nun eine kleine Gestalt auf einem Dreieck, und irgendetwas wirbelte um sie herum. »Was soll das sein?«, fragte er.

»Eine Verbrennung, Henry.« Allards Stimme klang noch ärgerlicher, aber Henry konnte nicht erkennen, ob er über seine Begriffsstutzigkeit oder über das Bild so aufgebracht war. »Das ist ein Scheiterhaufen, und dies hier sind Flammen. Kein Prinz duldet einen Bastard, der ihm seinen Thron streitig macht. Wenn man dich findet, landen wir alle im Feuer.«

Henry schluckte, verzog aber keine Miene. Im Kamin brannte ein Feuer, die Flammen züngelten über den knisternden Scheiten und strahlten so viel Wärme aus, dass er noch aus mehreren Metern Entfernung ein unangenehmes Kribbeln auf der Haut spürte. Winzige Ascheflöckchen stiegen auf und schwebten durch den Schornstein davon.

Henry hob den Kopf und sah Claybrook fest an. Er wollte nicht zeigen, dass er Angst hatte. »Mir wird das nicht passieren«, sagte er.

Aber er verlangte nicht mehr, Claybrooks Adelssitz zu besuchen.

Ein paar Wochen danach kam John alleine angeritten. An seinem Sattel hing ein zuckender Sack. Henry, der auf Allards Feldern umhergestreift war und mit Speeren auf bestimmte Ziele im Boden geworfen hatte, sah ihm aufmerksam entgegen. »Was hast du da?«, fragte er.

John grinste. Er war ein wenig außer Atem. »Mein Vater glaubt, ich hätte eine Reitstunde auf seinem Land«, sagte er. »Aber ich habe mich davongeschlichen. Sieh nur, was ich dir mitgebracht habe.« Er löste die Bänder, der Sack fiel zu Boden, und sein Inhalt bewegte sich heftig.

»Was ist es?«

»Ein Fuchs. Ich habe einen Bau gefunden und eine Falle aufgestellt. Mit dem haben wir mehr Spaß als mit den Kaninchen.«

Der Sack zuckte noch einmal, dann kam ein schmaler Kopf zum Vorschein. Seine bräunlich-rote Farbe gefiel Henry ganz und gar nicht. Gleich darauf folgten schmale, schwarze Füße, die mit hektischen Bewegungen den Stoff abzustreifen suchten.

»Gib mir einen von deinen Speeren«, rief John aufgeregt. Henry warf ihm einen zu, ohne den Sack aus den Augen zu lassen. »Wir bräuchten eigentlich Hunde, aber wenn er draußen ist, wird er schon rennen.«

Der Sack drehte sich einmal um sich selbst, der Fuchs schüttelte sich, dann war er frei und rannte, ein paar Leinenfäden hinter sich her ziehend, über das grüne Feld. John rief: »Komm!«, aber Henry, der sofort nach jeder Beute zu schnappen pflegte, die sich zeigte, war bereits angeritten und folgte dem Tier mit wurfbereitem Speer. Der Fuchs sprang, kaum den Boden berührend, von einem Grasbüschel zum anderen. Für Henry sah es aus, als flöge er durch die Luft. Das waren nicht die unberechenbaren Haken eines Kaninchens, dieses Tier schnellte sich so geschwind vorwärts wie ein Delfin, und Henry umklammerte seinen Speer und konnte vor Aufregung und Jagdfieber keinen klaren Gedanken mehr fassen. Alles an diesem Fuchs – seine Größe, seine Schnelligkeit, seine unverzeihliche Farbe – verdichtete sich zu einem kleinen Punkt, einem roten Fetzen Leben, das über das Grün raste und nur auf seinen Speer wartete. Hinter sich hörte er John schreien, John, der ein besseres, aber weniger gehorsames Pferd hatte, und er rief zurück: »Nur zu! Dorthin!« Denn vor ihnen waren Bäume, und wenn der Fuchs sie erreichte, konnte er einfach dazwischen hindurchhuschen, während ihre Pferde noch verweigerten und scheuten. John ritt eine Wendung, und der Fuchs blieb auf dem freien Feld und schoss davon.

Das war anders, erkannte Henry, es war ganz neu. Hier hatte man keine kraftvollen Meeresströmungen zu untertauchen oder zu durchschwimmen, hier hatte man harten Boden unter sich, wechselndes Gelände, schwierige Stellen, wo das Pferd achtgeben musste, wohin es trat, und hinter sich hatte man den Freund, den man dirigieren musste, um die Beute zur Strecke zu bringen. Die leichten Kaninchen hinterließen kaum

Spuren im Gras, aber der Fuchs zog Fäden von Sackleinen hinter sich her, und die Blüten schwankten, wenn er über sie hinwegsprang. Henrys Pferd und der Fuchs hatten Mühe, immer wieder Tritt zu finden, das Gelände und die Beute, Henry und die Beute befanden sich in stetem Wechselspiel, und das Gleichgewicht veränderte sich im Sekundentakt.

Der Fuchs war schnell, und die Jungen hetzten ihn über das Feld. John lachte, Henry rief Anweisungen, sonst verhielt er sich still. John war nicht schnell genug, und bevor Henry ihn warnen konnte, drehte der Fuchs ab und stürmte wieder auf die Bäume zu. Es war nur ein kleines Wäldchen, Henry hatte es an Tagen, an denen John nicht kam und er nichts anderes zu tun hatte, als zu reiten oder Waffenübungen zu machen, oft genug durchstreift, aber für einen Fuchs gab es ein Dutzend verschiedener Wege zur anderen Seite. Henry nahm sein Pferd ein wenig zurück und winkte John zu sich.

»Du reitest dort herum«, sagte er und deutete dahin, wo die Bäume am dichtesten standen.

»Und was machst du?«, keuchte John.

»Los!«, rief Henry, ohne auf die Frage zu antworten; für Diskussionen war jetzt keine Zeit. John sprengte auf die Stelle zu, die Henry ihm gezeigt hatte.

Henry zügelte sein Pferd und drang vorsichtig in das Wäldchen ein. Über ihm spannte sich ein Schirm aus sattem Grün, durch den vereinzelte Sonnenstrahlen fielen. Henry schloss die Augen; unter ihm war es zu dunkel, und das Unterholz war zu dicht, wenn er sich von jeder Bewegung ablenken ließ, würde er den Fuchs niemals finden.

Über ihm raschelten die Blätter im leichten Wind, aber unter den Bäumen war alles still. Er hörte den Atem seines Pferdes, den Hufschlag von Johns Tier, das Knacken der Äste unter seinen Hufen – und …

Da. »Nach links«, sagte er zu John. »Reite nach links und rufe laut.«

»Was?« Johns Stimme klang gedämpft. »Kannst du mich sehen?«

»Nein, aber ich höre dich«, antwortete Henry. »Tu, was ich dir sage.«

Ein Rascheln ließ Henry vermuten, dass John die Achseln zuckte, dann galoppierte das andere Pferd los, und Johns Stimme schrie: »*Angelica! Angelica!*«

Ein Scharren, Blätter raschelten, und der Fuchs brach aus dem Unterholz. Henry beugte sich vor und stieß zu. Sein Speer bohrte sich in weiches Fleisch und traf mit befriedigendem Knirschen den Knochen. Der Fuchs kreischte, und Henry schob den Speer noch weiter und heftete das Tier an den Boden. Als John aus den Bäumen kam, glitt Henry aus dem Sattel, fasste in das warme, schmutzige Fell und schlug seine Krallen in den Hals des Fuchses. Auf seinen Schwimmhäuten sammelte sich warmes Blut. Dann stürzte sich auch John auf den Fuchs und prügelte mit dem Schaft seines Speers auf seinen Kopf ein. Henry spürte die drei harten Schläge bis in seine blutverklebten Hände. Mit jedem Schlag wurden die Bewegungen des Fuchses schwächer und langsamer, und beim letzten Schlag hörten sie ganz auf.

Henry war nicht außer Atem, aber der Triumph schnürte ihm die Kehle zu. Er hatte ein Landtier getötet, mit seinen eigenen Händen; verglichen damit waren die aufgespießten Kaninchen Kinderkram. Ein warmblütiges Opfer war für einen Jungen, der gewöhnt war, kalte silberne Fische zu jagen, so fremd und verwirrend, dass er in diesem Moment nicht darüber nachdenken konnte. Also lächelte er John nur zu, entblößte seine spitzen Zähne zu einem entzückten Grinsen und hielt mit beiden Händen dampfende Fuchsfleischbrocken in die Höhe.

John rümpfte die Nase. »Besser als Kaninchen?«, fragte er.

Henry bückte sich, legte vorsichtig, um sich die Schwimmhäute nicht zu verletzen, eine Hand auf die feuchte Fuchsschnauze mit den spitzen Zähnen und drückte hart nach unten. Knochen brachen, der Kiefer renkte sich aus und wurde nur noch von einem blutigen Fellstreifen gehalten, den Henry mit einem Fingernagel durchtrennte. Da war sie nun, die Trophäe, die ihm aus den Kämpfen mit den Delfinen vertraut war: Der Kiefer samt Zunge, einem rosaroten Fetzen zwischen schwarzem Zahnfleisch und weißen Zähnen, lag auf seiner Handfläche.

»Möchtest du etwas davon?«, fragte Henry und hielt John die Hand hin.

John verzog angewidert das Gesicht. »Kann ich den Schwanz haben?«

»Wenn du willst.« Henry lächelte, als John hochbeglückt sein Messer zog und damit an dem Kadaver herumsäbelte. »Warum hast du ›Angelica!‹ geschrien?«

John zuckte die Schultern. »Das wird dein Schlachtruf, wenn wir in den Krieg ziehen«, sagte er. »Angelica kam ebenso wie du aus dem Meer. Deshalb rufen alle Bastarde ihren Namen, wenn sie einen Thron erobern.«

»Bastarde?«

»Solche wie du. Tieflinge, die an Land leben, aber nicht mit dem König verwandt sind.« Es klang zerstreut. John war vollauf damit beschäftigt, die buschige Lunte mit der weißen Spitze, die er sich ausbedungen hatte, zu säubern und zu glätten.

Henry war noch zu berauscht von seinem Erfolg, um der Erklärung aufmerksam zu folgen. *Wir siegen,* sagte er in seiner Muttersprache und hob den Fuchskiefer an den Mund. Die Zunge schmeckte wie rotes Fleisch, Fisch wäre eher nach seinem Geschmack gewesen, aber er hatte einen Sieg errungen, dies war seine Trophäe, und im Meer hatte man eine gelungene Jagd auf diese Weise gefeiert.

Er warf den Kopf in den Nacken, nahm die Zunge, diesen schwer erkämpften Fleischfetzen, in den Mund und biss zu. Er spürte Blut auf den Lippen, den Geschmack des Sieges, schaute zu den Baumwipfeln empor und verschlang die Trophäe in einem Stück.

SECHZEHN

Allards Frau Margaret bekam Henry nur selten zu Gesicht. Ihm lag auch nicht viel an ihrer Gesellschaft: Sie sah nicht einmal von ferne vertrauenswürdig aus. Er hatte beobachtet, dass sie sich in seiner Gegenwart ähnlich benahm, wie wenn der Wachhund des Anwesens in der Nähe war. Henry hatte sich vor dieser kläffenden Bestie mit dem riesigen Maul gefürchtet, als er noch klein war, und das war vermutlich auch der Grund für ihr Verhalten. Aber er hatte seine Angst besiegt, indem er eines Tages, als er unbeobachtet war, zum Zwinger ritt, den Hund an seiner Kette herauszog, als der ihn anbellte, und ihn mit einem Stock verprügelte. Der Hund war fast so groß wie Henry selbst, aber Henry konnte ihn mit einer Hand hochheben, und er als mit ihm fertig war, war sein wütendes Knurren in ein klägliches Wimmern übergegangen. Henry warf ihm ein Stück Fisch hin, das er sich bei der letzten Mahlzeit aufgespart hatte, und hatte nie wieder Schwierigkeiten mit dem Tier.

Nun wollte er von Margaret Allard zwar nicht ebenso behandelt werden, was ohnehin eine lächerliche Vorstellung war – ihren Mann hatte er schon als Siebenjähriger überwältigt, und Margaret war viel kleiner –, aber ihre Furchtsamkeit konnte er nicht ertragen. Vor allem bereitete sie ihm Unbehagen. Eine Frau, die sich unentwegt fürchtete, war wie ein Fisch, der in verschiedene Richtungen davonschießen konnte.

Henry hatte nie bewusst versucht, sie zu erschrecken, und der Anblick ihrer verkrampften Hände und ihrer weit aufgerissenen Augen vertiefte noch sein Misstrauen. Ihre hohe Stimme und ihre schwingenden Bewegungen faszinierten ihn, sie war anders, und er wäre ihr gerne nähergekommen, um zu erfahren, wie schwer ihr Körper war und wie ihre Haut sich anfühlte, doch sie machte ihn verlegen, so ungern er das auch zugab.

Als sie daher eines Tages – Henry war elf Jahre alt – von ihrem Pferd fiel und sich ein Bein brach, machte er sich keine allzu großen Sorgen. Für Allard war sie wohl wichtig, denn er lief mit starrem Gesicht und feuchten Augen herum, doch Henrys Leben veränderte sich durch ihren Unfall kaum.

Ihr Schicksal stand jedoch auf Messers Schneide, und Henry merkte, dass es auch ihm nicht gleichgültig sein durfte. John machte bei seinem nächsten Besuch ein ernstes Gesicht und sagte: »Das mit deiner Mutter tut mir leid.«

Henry war zunächst erschrocken, dann runzelte er ärgerlich die Stirn. »Wovon redest du?«

»Von ihrem Sturz«, antwortete John verblüfft. »Wie geht es ihrem Bein?«

Nun dämmerte es Henry, dass wohl von Margaret Allard die Rede war. »Es ist wohl brandig geworden«, sagte er. »Aber warum nennst du sie meine Mutter?«

John war nicht oft um eine Antwort verlegen, aber diese Frage verschlug ihm die Sprache. »Glaubst du, sie wird sterben?«, fragte er schließlich.

»Kann sein«, sagte Henry. Es gab Leute, die dafür sorgten, dass sie zu essen hatte, sie würde also auch mit diesem Bein nicht verhungern, aber an Land wurden Wunden leicht faulig.

»Hat man einen Chirurgus geholt?« John schien sich aufrichtig Sorgen um die Frau zu machen. Ein liebenswerter Zug, denn Henry glaubte nicht, dass er sie näher kannte.

Henry schüttelte den Kopf. »Ich habe niemanden kommen sehen«, sagte er.

»Wieso denn nicht?«, rief John verständnislos.

Henry zuckte die Achseln, eine Geste, die er seinem Freund abgeschaut hatte. »Vielleicht glaubt Allard, ein Arzt könnte mich sehen und dem König davon erzählen.«

»Mein Vater wird einen besorgen«, entschied John. »Wenn wir erst ein Heer haben, brauchen wir ohnehin einen Wundarzt, dann können wir auch gleich mit der Suche beginnen.«

»Wenn du meinst«, sagte Henry. Ein Arzt könnte nützlich sein, und er hatte nichts dagegen, wenn Margaret behandelt wurde. »Aber warum nennst du sie denn nun meine Mutter?«

John sah ihn lange an, dann seufzte er. »Weil du bei ihr lebst, weil sie und ihr Mann für dich sorgen oder ihre Diener für dich sorgen lassen, und weil sie bemüht sind, dich zu fördern. All das tun gewöhnlich Väter und Mütter. Sie haben dich an Kindes statt angenommen, und deshalb dachte ich, sie wären für dich wie Eltern.«

»Du siehst aus wie dein Vater«, entgegnete Henry. »Ich sehe nicht aus wie Allard. Ich lebe nur bei ihm.« Dann fiel ihm noch etwas ein. »Du trägst den Namen deines Vaters. Glauben die Leute etwa, ich hieße Henry Allard?« Die Vorstellung, man hätte ihm hinterrücks und ohne sein Wissen einen zweiten Namen verpasst, war ihm sehr unangenehm.

»Schon möglich«, sagte John. »Aber wenn du erst König bist, solltest du den Namen ablegen. Die Familie Allard ist unbedeutend und weder reich noch mächtig. Es ist kein starker Name – also kein Name, der sich anhört, als wärest du stark.« John hatte in jahrelanger Erfahrung gelernt, sich im Gespräch mit Henry so eindeutig wie möglich auszudrücken.

Henry war nicht überrascht. »Nennst *du* mich Henry Allard?« Er wollte nicht, dass sein Freund ihm insgeheim einen falschen Namen gab.

John schüttelte den Kopf. »Nur Henry.« Er überlegte. »Hast du früher anders geheißen?«

Henry erstarrte. Er redete nicht gern über sein Leben im Meer, nicht einmal mit John. »Ja«, nickte er dann. »Aber den Namen könntest nicht aussprechen.«

»Und wie lautete er?«

»Er bedeutet gar nichts«, log Henry. »Könntest du für Margaret einen Medikus finden? Ich würde gerne einen kennenlernen.«

John seufzte. »Ich werde meinen Vater fragen.«

John hatte mit seiner Frage wohl Erfolg gehabt, denn zwei Tage später kam ein Arzt ins Haus. Es waren unglückliche Tage gewesen. Margaret lag in einem verschlossenen Raum, aber Henry hatte sie gelegentlich stöhnen gehört, harte, raue Laute, die er bis dahin keinem Landling zugeordnet hätte. Das Klagen beunruhigte ihn. Er konnte Margaret zwar nicht leiden, aber sie lebte in seinem Haus, und es störte ihn, dass sie zwischen Leben und Tod schwebte und dass nichts geschah, um sie da- oder dorthin zu befördern. Er konnte nicht begreifen, dass Allard nichts für sie tat. Die unerwünschte Besorgnis ließ seine Zuneigung zu Margaret in keiner Weise wachsen – allenfalls nahm er ihr übel, dass sie ihn veranlasste, sich Sorgen zu machen –, aber er fühlte sich doch irgendwie für sie verantwortlich.

Als Henry daher vor dem Eintreffen des Medikus von Allard in sein Zimmer gebracht wurde, war sein Protest ungewöhnlich schwach. Allard war kreidebleich und seine Hände zitterten. Henry hasste es, mit Krücken zu gehen, und kletterte aus purem Eigensinn auf allen vieren die Treppe hinauf, doch dann ging er folgsam in sein Zimmer und hockte sich neben die Tür, um sich nicht entgehen zu lassen, was unten vorging.

Doch so sehr er seine scharfen Ohren auch spitzte, er hörte lange Zeit nur dumpfes Gemurmel. Dann wurde es still, es wurde nur noch geflüstert, Instrumente klirrten.

Wenig später gellten Schreie durch das Haus, wie Henry sie noch von keinem Mann und keiner Frau gehört hatte. Sie klangen spitz und hart wie der Todesschrei eines Kaninchens und wurden immer wieder unterbrochen von einem Schluchzen. Henry lauschte zunächst wie gebannt diesen neuen Lauten. Dann entschied er, er könne nicht dulden, dass der Chirurgus Margarets Leiden noch verschlimmerte und womöglich ihre Schwäche ausnützte, um ihr etwas anzutun. Vielleicht war er über sie hergefallen und hatte sie verletzt, am Ende aß er sie noch auf, und das durfte sich kein Fremdling mit einem wenn auch noch so lästigen Bewohner dieses Hauses erlauben.

Ohne seine Stöcke zu benützen, richtete er sich auf und wollte die Tür öffnen, fand sie aber verschlossen.

Er wurde wütend und wollte sie schon einschlagen oder es zumindest versuchen. Doch dann gewann die Vernunft die Oberhand: Dazu würde er einige Zeit brauchen, und bis es ihm gelänge, wäre Margaret wahrscheinlich schon tot. So rief er stattdessen: »Allard! Allard!« Allard wollte nicht, dass andere Henry zu sehen bekamen, und fürchtete immer, er könnte Lärm machen, wenn Fremdlinge im Haus waren. Wenn er schon nicht fähig war, seine Frau zu schützen, würde ihn vielleicht die Angst vor Entdeckung zum Handeln bewegen.

Schnelle Schritte kamen die Treppe herauf, dann stand Allard in der Tür. Er war bleich wie ein Tiefling und starrte seinen Schützling an, schien aber keine Worte zu finden.

»Der Chirurgus bereitet deiner Frau Schmerzen. Warum hinderst du ihn nicht daran?«, fragte Henry.

Allard blieb immer noch stumm.

»Hörst du nicht, wie sie schreit? Du solltest etwas tun.«

Allard trat in den Raum und setzte sich ohne Rücksicht auf seine Kleider neben Henry auf den Boden.

»Du musst den Chirurgus aufhalten«, wiederholte Henry etwas lauter. Allard war wie benommen.

Er sah Henry an, dann streckte er die Hand aus und strich ihm, eine peinliche Geste, über das zottige Haar. »Ihr Bein ist brandig geworden«, stieß er heiser hervor. »Der Chirurgus muss es amputieren, um ihr das Leben zu retten.«

»Amputieren?« Ein unbekanntes Wort.

»Abschneiden.« Allard fuhr sich mit dem Handrücken über den Mund.

»Aber dann ist sie doch zu nichts mehr nütze«, sagte Henry. Prompt erkannte er, dass sie auch mit einer Krücke noch schneller wäre als er, doch Allard hörte auf, ihn zu streicheln, und zog die Hand zurück. Die Frau war in Henrys Augen noch nie sehr nützlich gewesen, aber Allard schien dennoch betroffen über ihre Schmerzen, und obwohl Henry seine Einstellung für unvernünftig hielt, fühlte er sich genötigt, seine Worte anders zu wählen und fragte: »Geht es ihr dadurch nicht noch schlechter?« Jeder Hautschnitt öffnete in dieser trockenen, verseuchten Welt den Krankheiten Tür und Tor, und eine klaffende Wunde zu schaffen, wo einmal ein Bein gewesen war, erschien ihm wie der reine Wahnsinn.

»Es kann sie retten«, flüsterte Allard kaum hörbar. »Und wenn er es nicht tut, muss sie sterben.« Die Schreie hatten aufgehört, und die Stille war unheimlich.

Henry dachte an die Putzerfische im Ozean, kleine Silberlinge, die einem die Parasiten von den Flanken knabberten. Damit war der höchste Stand der Tieflingsmedizin auch schon erreicht. Wenn man sich im Meer eine Wunde zuzog, dann heilte sie entweder, oder man starb daran, aber ohne vorher noch verstümmelt zu werden. »Weiß dieser Chirurgus, was er tut?«, fragte er.

Allard holte tief Atem und faltete die Hände. »Es ist der Leibmedikus des Königs, Henry. Selbst wenn er es nicht wüsste, es gibt keinen Besseren.«

»Dann muss er tun, was er kann«, stellte Henry fest. Der Schaden war angerichtet; nun musste man eben das Beste aus der Sache machen.

Wieder streckte Allard die Hand aus und streichelte ihn. Henry war kein großer Freund solcher Liebkosungen. Sein Kopf war empfindlich, und wenn es nach ihm ging, ließ man ihn am besten in Ruhe. Aber Allard streichelte ihn meistens dann, wenn er mit ihm zufrieden war. Das musste man ausnützen.

»Werde ich den Chirurgus kennenlernen?«, fragte Henry. »Du hast doch gesagt, er arbeitet für den König.«

»Warum fragst du, Henry?« Allard Hände lagen jetzt zitternd in seinem Schoß, und sein Blick hing an der Tür.

»Er könnte mich zum König bringen, oder er könnte den König für uns töten. Mit einem Messer vielleicht«, überlegte Henry. Er selbst hielt zwar mehr davon, Konflikte auf direktem Weg auszutragen, aber wenn man ihn noch auf Jahre hinaus daran hindern wollte, dem König gegenüberzutreten, wäre das Verfahren mithilfe dieses Chirurgus eventuell abzukürzen.

Allard schloss kurz die Augen, dann stand er auf und wandte sich zum Gehen. »Ich muss nach meiner Frau sehen«, sagte er und schloss die Tür hinter sich. Henry hörte, wie der Schlüssel umgedreht wurde.

Mehr als eine Stunde später ging die Tür wieder auf, und ein fremder Mann wurde eingelassen. Allard hielt sich nervös im Hintergrund.

Henry schaute auf. Er saß auf dem Boden und hatte aus Langeweile mit einem Dolch, der eigentlich für Fechtübungen bestimmt war, an einem seiner Gehstöcke herumgeschnitzt. Der Mann in der Tür war kräftig und wohlgenährt, aber nicht fett: ein rosiges Gesicht mit einem Bart, der fast so rot war wie ein Fuchsfell. Henry ließ sich nichts anmerken, aber sein Herz schlug schneller, und er hielt den Atem an; er war tatsächlich froh, dass Allard da war. Er war seit Jahren keinem Fremden mehr begegnet.

Der Mann ging in die Knie, um auf Augenhöhe mit Henry sprechen zu können. Das taten nach Henrys Erfahrung nur wenige, und so saß er ganz still und wartete ab.

»Guten Tag, Henry«, begrüßte ihn der Mann. Es klang zurückhaltend, aber freundlich, als spräche er zu einem kleinen Kind. »Ich heiße Francis Shingleton.«

Henry starrte ihn an.

»Möchtest du mit mir sprechen?«, drängte der Mann.

»Was hätten wir denn zu reden?«, erkundigte sich Henry. »Warum fragst du? Willst du mir ein Angebot machen?« Sein Ton war schroff, dabei fand er den Mann eigentlich gar nicht so übel. Er war vorsichtig, aber das war nur vernünftig, und er hatte nicht Claybrooks starres Lächeln. Nicht auszuschließen, dass er ganz in Ordnung war; trotzdem hätte Henry gern gewusst, wie er auf Provokationen reagierte.

»Dein Vater sagte, du wolltest mich kennenlernen«, antwortete Francis Shingleton in sachlichem Ton.

»Allard ist nicht mein Vater«, verbesserte ihn Henry nicht mehr ganz so scharf. In einem Punkt hatte der Mann recht: Diesen Wunsch hatte er tatsächlich geäußert.

»Aber du wolltest mich doch kennenlernen?«

Henry war nicht bereit, ihm entgegenzukommen. »Was hast du mit seiner Frau gemacht? Wird sie am Leben bleiben?«

»Ich hoffe es.« Das klang aufrichtig. »Alles liegt jetzt in Gottes Hand. Solche Fälle sind immer schwierig.«

Das Wort »Gott« stand in Zusammenhang mit diesem grässlichen Kreuz aus geraden Holzteilen. Für Henry bedeutete der Verweis auf jenes ferne Wesen, dass jemand nicht bereit war, Verantwortung zu übernehmen. »Du meinst, du weißt es nicht«, sagte er.

»Ganz recht. Ich weiß es nicht.«

Henry nickte. Der Mann stieg durch dieses Eingeständnis in seiner Wertschätzung. »Setz dich, Shingleton«, sagte er. »Das ist bequemer für dich.«

Shingleton stand auf und suchte sich einen Stuhl. »Ich kann nicht mit Sicherheit sagen, ob Mistress Allard am Leben bleibt«, sagte er. »Aber die Wahrscheinlichkeit ist größer als vor dem Eingriff. Wenn man das gebrochene Bein nicht behandelt hätte, wäre sie daran gestorben.« Henry betrachtete seine Hände. Nur am Daumennagel entdeckte er eine winzige Blutspur.

»Wie viel kannst du für einen Kranken tun?«, fragte Henry.

»Nicht genug.« Shingletons Blick ruhte auf ihm, er musterte seine Hände, seine Beine, sein Gesicht. Es war ein sehr offener Blick, aber Henry fand ihn nicht aufdringlich: Er betrachtete den Chirurgus ja nicht weniger neugierig. »Aber wir müssen tun, was wir können.«

»Wer ist ›wir‹?« Henry mochte es nicht, wenn jemand Abwesende mit einschloss. »Willst du nicht sagen, *du* musst tun, was du kannst?«

»Ja, ich muss es tun«, nickte Shingleton. »Aber auch andere, Mylord Henry. Alle Menschen sollten mit ihrem Wissen tun, was sie können.«

»Wann bin ich dein Lord geworden?«, fragte Henry. »Als du eingetreten bist, hast du mich noch Henry genannt.«

»Tatsächlich?« Shingleton runzelte die Stirn und rieb sich die Hände.

Henry richtete sich auf. Er hatte die Beine unter den Körper gezogen und konnte nicht ohne Hilfe aufstehen; seit Shingleton auf dem Stuhl saß, überragte er ihn. Daran war nichts zu ändern, also nahm Henry die Schultern zurück und sah Shingleton fest in das saubere Gesicht. »Allard sagt, du bist der Chirurgus des Königs. Wenn du dem König nicht sagst, dass ich hier bin, lässt er dich verbrennen. Und wenn du es ihm sagst, dann lässt er mich verbrennen. Was willst du jetzt tun?«

»Henry.« Allard trat einen Schritt vor und rang die Hände.

Henry wandte sich ihm zu, sagte aber nichts: Die Frage war berechtigt, er sah keinen Grund, sich dafür zu verteidigen.

Shingleton schaute kurz in seinen Schoß und seufzte. »Ich werde niemanden auf den Scheiterhaufen schicken«, sagte er dann. »Ich halte nichts von Verbrennungen.«

»Aber willst du dich denn nicht selbst retten?«, fragte Henry. Dass man den Feuertod riskierte, um seine eigenen Ziele zu erreichen, war eine Sache, aber dass jemand sich dieser Gefahr aussetzen sollte, um ein elf Jahre altes Halbblut zu retten, das er an diesem Tag zum ersten Mal gesehen hatte, hielt er für unwahrscheinlich.

»Ich habe geschworen, die Kranken zu heilen«, sagte Shingleton. Er hatte unter Henrys finsterem Blick zu schwitzen begonnen. »Das ist meine Berufung.«

»Du willst nicht in Kämpfe verwickelt werden«, lautete Henrys Einschätzung.

Shingleton schüttelte den Kopf. »Nein, Mylord.«

»Aber du bist der Chirurgus des Königs. Ein König muss immer zum Kampf bereit sein.«

Shingleton hielt seinem Blick stand. »Ich habe nie in einem Heer gedient.«

»Behandelst du auch Kinder?«

Shingleton war auf den Themenwechsel nicht gefasst. »Mylord?«

»Du redest mit mir wie mit einem Kind.«

»Ich bitte um Vergebung, Mylord.«

»Das soll kein Vorwurf sein. Ich möchte es wirklich wissen. Behandelst du viele Kinder? Was machst du, wenn du dich nicht um den König kümmerst?«

Shingleton schluckte so laut, dass es in dem geschlossenen Raum deutlich zu hören war. »Ich habe ein Spital für Schwachsinnige, Mylord. Aber Euch halte ich nicht für einen solchen.«

Henry ließ den Mann noch etwas schmoren, bevor er ihm ein Lächeln schenkte. »Nein, ich bin nicht schwachsinnig. Aber mein Freund John sagt, der Sohn des Königs sei ein Idiot. Hat er recht?«

Shingleton holte tief Luft.

Henry wurde ungeduldig. »Shingleton, du kannst es in diesem Raum ruhig aussprechen. Der König kann dich nicht hören.«

»Ja«, sagte Shingleton. »Er ist ein Idiot. Ihre Majestät Erzebet ist bei Verstand, aber sie kann ihm keine Kinder gebären. Ihre beiden Töchter sind noch sehr jung. Ich will kein Blutvergießen, und ich fürchte um den Thron. Das ist die Wahrheit, Mylord Henry.«

Von einem Außenstehenden, der weder von Allard, noch von Claybrook beeinflusst war, hörte sich das gut an. Henry nickte. »Du wirst also dem König nichts von mir erzählen?«

Shingleton schüttelte den Kopf. »Früher oder später wird ein Kampf um den Thron entbrennen. Bis heute dachte ich, die Gefahr käme aus Spanien oder aus Frankreich. Nicht von unseren eigenen Gestaden.«

»Ich bin für niemanden eine Gefahr außer für den König«, stellte Henry fest. »Und er ist alt, und sein Sohn ist ein Idiot. Wenn du mich jetzt gut behandelst, werde ich es dir später vergelten.«

Shingleton nickte. »Darf ich Euch um einen Gefallen bitten, Mylord?«, fragte er.

»Ja.« Henry wollte mit dem Mann keine Freundschaft schließen, aber er hatte einen guten Eindruck von ihm gewonnen. Er war kein Soldat, doch wenn man ihn nicht unter Druck setzte, könnte er nützlich sein.

»Darf ich Euch untersuchen?«

»Ich bin nicht krank«, sagte Henry. »Ich bin niemals krank.«

In Shingletons Gesicht stand fast so etwas wie Hoffnung. »Ich freue mich sehr, das zu hören, Mylord. Aber ich möchte lernen. Das Haus Delamere – dort werden seit Generationen Vettern und Basen miteinander verheiratet.« Henry erinnerte sich, dass Delamere der Familienname des Königs war. Ein Name, den er später vielleicht annehmen könnte; besser als Allard wäre er allemal. »Ihr kommt frisch aus dem Meer, Mylord, Ihr seid gesund. Ich möchte gerne in Erfahrung bringen, wie der Körper eines gesunden Königs beschaffen sein sollte.« Seine Augen glänzten.

»Meinetwegen«, sagte Henry. »Aber fass mich nicht an. Ich mag es nicht, wenn man mich anfasst.«

Shingleton untersuchte Henry gründlich und mit großer Aufmerksamkeit. Als er fertig war, hörte er auf, mit Henry wie mit einem Schwachsinnigen oder einem Kind zu sprechen. Jetzt redete er so mit ihm wie Allard mit Claybrook: mit Ehrerbietung.

In der folgenden Woche erschien Shingleton ein weiteres Mal, um nach Margaret Allard zu sehen, der es allmählich besser ging. Er suchte auch Henry wieder auf. Als er vor ihm stand, tat er etwas, das noch niemand getan hatte: Er verneigte sich. Dazu beugte er seinen geraden Landlingsrücken und seine Beine und senkte den Kopf, bis er fast auf gleicher Höhe mit Henry war.

Siebzehn

Obwohl Henry wusste, dass sie Soldaten brauchen würden, genügte ihm John lange Zeit als Spielkamerad. Doch mit zunehmendem Alter wurde sein Freund immer öfter an den Hof gerufen. Manchmal blieb er monatelang weg, und Henry langweilte sich und war wütend, unausgefüllt, traurig und mit seinen Gedanken allein. Zu viele Erwachsene bauten sich vor ihm auf, alle stellten sie ihre Forderungen, und niemand war darunter, mit dem man Spaß haben konnte.

Sein alter Waffenmeister Thomas Markeley übernahm in den einsamen Wochen, wenn John fort war, dessen Part bei den Übungskämpfen. Henry konnte Markeley gut leiden: Der wortkarge Mann behandelte ihn ähnlich wie ein Pferd, er lenkte ihn mit knappen Anweisungen in die gewünschte Richtung und gab ihm gelegentlich einen freundlichen Klaps. Markeley war leicht zu verstehen. Außerdem war er Soldat gewesen, und Henry beobachtete ihn aufmerksam, um von ihm zu lernen, was er über diese Spezies wissen musste.

John sagte, die meisten Leute – »das Volk«, wie er sich ausdrückte, ein sperriger Begriff, weil zum »Volk« anders als zu einem Stamm offenbar nicht alle Menschen in England gehörten – glichen eher Markeley als sonst jemandem, den Henry kannte, aber die wenigsten seien Soldaten. Manche grüben die Erde auf und legten Samen hinein, um Pflanzen wachsen zu lassen (John hatte ein kleines Beet eingesät, um Henry zu zeigen, dass Pflanzen tatsächlich auf diese Weise entstanden, und diese Parzelle besuchte Henry manchmal, wenn er niemanden zum Spielen hatte). Andere hielten Tiere in Gefangenschaft und schlachteten sie, wenn Nahrung gebraucht wurde. Wieder andere stellten Dinge her. Aus diesen Auskünften hatte sich Henry ein Bild gemacht. Demnach war das Volk Englands eine Horde hungriger, verängstigter Menschen. Sie behielten ihre Beute nahe bei sich, damit sie ihnen nicht entkäme, aber wenn die Beute krank wurde und starb, konnten sie nicht meilenweit schwimmen, um Ersatz zu suchen. Sie blieben auf einem kleinen Flecken Land und mussten hungern, wenn die Erde keine Nahrung hervorbrachte. Sie durften nicht sammeln, was sie zum Leben brauchten. Das nannte man Stehlen und wurde damit bestraft, dass man ihnen mit einem Strick das Leben abschnürte. Der König war ihr Anführer, er befahl ihnen, was sie zu tun hatten, aber sie konnten ihn weder sehen noch hören. Er war unerreichbar, sie kannten ihn nur vom Hörensagen – aber vermutlich wussten sie alle, dass er alt war und keine gesunden Söhne hatte. Irgendwie gelang es ihm, Könige anderer Stämme fernzuhalten, doch obwohl Markeley das Gespräch jedes Mal auf Waffen lenkte, wenn er ihn offen danach fragte, war Henry in einem Punkt sicher: Das Volk brauchte einen starken König, und dieser König war nicht stark. Die Menschen mussten andere Könige fürchten und, was noch wichtiger war, sie mussten sich schämen.

Das müsste doch zu seinen Gunsten sprechen, dachte er. Die Menschen wollten einen starken König. Wenn er alles richtig machte und ihnen gab, was sie brauchten, sollten sie sich doch darüber freuen.

Er hätte diese Überlegung gerne mit John besprochen, aber John war nicht da.

Im Meer hatte Henry so etwas wie Langeweile nicht gekannt. Man war ständig auf der Jagd, Schwärme von silbernem Futter huschten vorbei, Delfine gackerten ihre Drohungen meilenweit durch das Wasser, man musste sich davor hüten, von anderen Kindern gekniffen zu werden, und leere blaue Weiten durchstreifen, um die Strömungen zu finden, die den Stamm an sein nächstes Ziel bringen würden. Aktivität, Wachsamkeit und Angst hatten jeden wachen Moment bestimmt. Die Angst war ihm zunächst auch in Allards Haus geblieben. Doch dann waren Jahre vergangen, ohne dass ihn jemand bedrohte; die Soldaten, von denen er so viel hörte, zeigten sich nicht. Er hatte gelernt und geübt – zumindest mit Waffen –, weil er kein anderes Leben kannte. John hatte ihm beigebracht, was es hieß, Gesellschaft zu haben. Jetzt verdrossen ihn die Übungen ein wenig, wenn er allein war. Dennoch schwang er Tag für Tag unermüdlich seine Axt, es gab ja sonst nichts für ihn zu tun. Wenn es zu heiß war, blieb er manchmal in seinem Zimmer, starrte aus dem Fenster und spielte mit der Krone, die Allard ihm geschenkt hatte, als er noch klein war.

Wenn John dann zurückkehrte, war Henrys Freude so groß, dass er sich über sein Fernbleiben nicht beklagte. Er wusste, dass John sich am Hof aufhalten musste, um zu lernen, wie es dort zuging. Doch in seinem sechzehnten Jahr, als er sich allmählich über dieses ständige Kommen und Gehen ärgerte, über die endlosen Übungen und die Versprechungen, ohne dass sich irgendein Fortschritt zeigte, stand wieder eine solche Reise bevor, und diesmal kam sie überraschend und wurde auch nicht begrüßt.

»John sollte hingehen.« Das war das Erste, was Henry darüber hörte. Claybrook erörterte das Thema bereits mit Allard und John, als Henry, der von der anderen Seite des Anwesens her rasche Hufschläge gehört hatte und sofort von einem seiner Streifzüge zurückgekehrt war, unerwartet den Raum betrat.

Allard schien noch nervöser als sonst; Henry hörte seine rasselnden Atemzüge. »Werdet Ihr nicht auch dort sein?«, fragte er.

»Natürlich, ich muss ja.« Claybrook winkte ungeduldig ab. »Aber nicht mit ihm zusammen. Ich muss bei Seiner Majestät bleiben. Und anschließend muss ich an den Hof zurück. Philip braucht immer mehr Betreuung, und Ihre Majestät ist immer weniger bereit, dabei zu helfen. Ich könnte daher nicht zurückkommen, um Euch davon zu erzählen. Aber John kann kommen und gehen, wie er will. Und zwar allein: Wenn ich mit Philip beschäftigt bin, ist er ohnehin nur im Weg. Außerdem würde jeder verstehen, wenn ich ihn nach einem solchen Schauspiel nach Hause schickte.«

»Worum geht es denn?«, schaltete Henry sich ein. John saß ungewöhnlich kleinlaut in einer Ecke. Henry erschrak, als er ihn so sah, dann ärgerte er sich.

»Henry.« Allard wandte sich ihm zu, streckte die Hand aus und zog sie wieder zurück. »Es gibt Neuigkeiten vom Hof. Nicht unbedingt ein Grund zur Aufregung, aber doch sehr ernst.«

»Was?« Henry wollte keine Einleitungen; anstatt so lange *über* die Neuigkeiten zu reden, hätte Allard sie ihm auch gleich mitteilen und ihm ein paar Sekunden Angst ersparen können.

»Es muss nicht zwangsläufig ...«

Henry gab auf. Allard hatte auch nach elf Jahren noch nicht gelernt, klare Antworten zu geben. »John, was ist geschehen?«

John zuckte kummervoll die Achseln. »Es heißt, man hat einen Bastard gefunden und will ihn nun verbrennen.« Henry erstarrte. »Es geht wohl nicht um dich. Das Ganze hat sich in Cornwall abgespielt, weit im Süden. Er soll noch klein sein, nicht älter als vier Jahre. Und man hat ihn gefangen. Aber die Geschichte wird das ganze Land in Aufruhr versetzen. Die Leute reden darüber, ob das Kind wirklich bei lebendigem Leib verbrannt werden soll, oder ob man es vorher töten wird, was gnädiger wäre. Aber wir halten das nicht für wahrscheinlich. Prinzessin Erzebet scheint ziemlich aufgebracht zu sein.«

Henry schüttelte den Kopf. Er wollte nicht länger warten. »Haben wir denn jetzt Soldaten? Wir könnten das doch verhindern, oder nicht?«

»Nein, Henry, das können wir nicht.« Allard klang kaum weniger niedergeschlagen als John.

Henry wandte sich an Claybrook. »Ihr redet ständig von Soldaten. Wieso habe ich noch immer keinen gesehen?«, fuhr er ihn an. »Wir könnten nach Cornwall ziehen und verhindern, dass so etwas geschieht.«

Claybrook lächelte höflich. Das passte so wenig in dieses Gespräch, dass Henrys Miene sich verfinsterte. »Wir sind noch nicht so weit, Mylord.«

»Vielleicht hat er recht, Sir«, sagte John zu seinem Vater. »Ich glaube nicht, dass die Menschen ein Kind brennen sehen wollen. Henry und ich sind inzwischen alt genug. Vielleicht wäre dies der Moment, um zuzuschlagen.«

»Dann müssten wir dieses Kind auf den Thron setzen«, gab Claybrook zurück. Seine Stimme war scharf geworden. »Aber wir wollen Henry krönen, nicht diesen kleinen Jungen aus Cornwall.«

»Er könnte mein Sohn sein«, warf Henry ein. »Ihr sagt, der König ist schwach, weil er nicht genügend Söhne hat. Dieser Junge könnte mein Sohn sein.«

»Aber dafür seid Ihr noch zu jung, Mylord«, belehrte ihn Claybrook.

»Das weiß ich auch, ich bin kein Dummkopf«, fuhr Henry ihn an. »Aber wenn es uns gelänge, den Thron zu erobern, dann könnte ich behaupten, er sei mein Sohn, und damit wäre er es auch. Ihr sagt, England braucht junge Tieflinge. Mit ihm wären wir schon zwei.« Tatsächlich hatte Henry keine guten Erinnerungen an die Tieflingsknaben, aber dieses Kind war kleiner und schwächer als er und konnte ihm nichts anhaben. Wenn seine eigene Überlegenheit gesichert war, könnte das Kind sich als nützlich erweisen. Und ob er den Kleinen nun liebenswert fände oder nicht, ihn am Brandpfahl zu sehen, war eine unerträgliche Vorstellung. Wenn England *einen* Bastard verbrennen konnte, dann konnte es das jederzeit auch mit einem zweiten tun, und der Tod dieses Kindes brächte ihn selbst dem lodernden Scheiterhaufen einen großen Schritt näher.

»Der Junge wäre eine Bedrohung für Euch, Mylord.« Henry bemerkte empört, dass Claybrooks Stimme, die im Gespräch mit seinem Sohn von so beißender Schärfe gewesen war, nun wieder gewohnt höflich und gelassen klang.

»Mit einer solchen Bedrohung würde ich schon fertig, wenn es so weit wäre«, konterte Henry. »Im Moment geht keine Gefahr von ihm aus.«

»Alles Reden bringt uns nicht weiter, Mylord«, erklärte Claybrook. »Es ist unmöglich.«

»Warum wollt Ihr das Kind nicht retten?«, fragte Henry.

Claybrook setzte sein Politikerlächeln auf. »England würde *einen* Bastard auf dem Thron akzeptieren, Mylord. Wenn er sich dort halten könnte, würde man sich mit der Zeit an ihn gewöhnen. Aber England würde sich niemals mit zwei Bastarden zur gleichen Zeit abfinden. *Ein* Bastard könnte König werden, wenn er stark genug wäre. Aber ein König ist König kraft seiner Geburt. Zwei Bastarde auf einmal würden den Sinn des Königtums zerstören.«

»England würde jeden König akzeptieren, der fähig ist zu herrschen«, widersprach Henry. Seine Stimme klang fremd und heiser, denn in seiner Wut fiel ihm das Sprechen schwer. »Ihr ... Eure Rede ist wie ein Gesang. Sie handelt nur von Gedanken, nicht von wirklichen Dingen.« Er war von einer eisigen Wut erfüllt, die ihm allmählich die Worte raubte.

»Mylord«, sagte Claybrook entschieden, »wir haben keine Soldaten.«

»Und *was habt Ihr dann in den letzten acht Jahren getan?*« Henry schaute zu John hinüber, der reglos in seinem Sessel saß und an seinen Fingernägeln kaute, während Henry seinen Vater anschrie. Henry holte tief Atem, hielt die Luft an, hielt sie weiter an, ließ die Sekunden verstreichen, ohne den Luftvorrat aus seinen Lungen zu entlassen.

Die Stille hing schwer über dem Raum.

Henry ließ die Luft entweichen und atmete noch einmal ein. »John, könnten wir ein Heer aufstellen?«, fragte er.

John schluckte und wich dem Blick seines Vaters aus. »Wahrscheinlich nicht schnell genug«, sagte er. »Und es wäre vielleicht auch nicht groß genug. Die Verbrennung wird bald stattfinden. Man braucht viele Tage, um ein Heer zu sammeln. Normalerweise dauert es Wochen.«

»Wäre es möglich?«

»Kann sein.« John sah Henry an. Er hatte die Schultern hochgezogen, als wollte er sich vor den strafenden Blicken der Erwachsenen verstecken. »Aber wahrscheinlich würden wir scheitern. Und dann würde man uns gemeinsam auf den Scheiterhaufen führen.«

Henry weigerte sich lange, die Augen niederzuschlagen. Die Luft im Raum war abgestanden und zum Schneiden dick. Endlich setzte er sich auf den Boden und sagte etwas leiser: »Kannst du zu dieser Verbrennung gehen?«

»Mylord …«, begann Claybrook.

»Ich habe nicht mit Euch gesprochen.« Henry schrie nicht, aber seine Worte erfüllten den Raum wie ein Ruf im Meer, und alle zuckten zusammen.

John zog die Schultern noch weiter hoch. »Wenn es sein muss. Du willst sicher sofort einen Bericht haben?«

»Wenn du zurückkommst, kannst du dann eine Weile bleiben?«

John nickte. »Ja, das ist möglich.«

»Dann solltest du hingehen. Allein. Nimm keinen Diener mit, niemanden, der womöglich Lärm macht oder mit dir reden will, während du dort bist. Hör zu, was die Menschen sagen, und berichte mir davon.«

»Das werde ich tun.« John hatte rosige Wangen und glänzende Augen, doch im Dämmerlicht des Raumes wirkte sein Gesicht grau und matt.

»Du siehst nicht gut aus«, sagte Henry. »Wird es dich krank machen, wenn du zusiehst?«

John richtete sich auf und schüttelte so schnell den Kopf, dass ihm die Locken um das Gesicht flogen. »Es wird mich nicht umbringen«, sagte er. Er rang kurz um Fassung, dann erstrahlte sein Grinsen fast so breit wie zuvor. »Ich werde so tapfer sein wie ein Soldat, Henry. Vielleicht ist es gut, wenn ich sehe, womit wir zu rechnen haben. Vielleicht macht es mich vorsichtiger.«

»Wenn du es nicht ertragen kannst, solltest du es mir sagen«, drängte Henry.

John schüttelte abermals den Kopf. »Nein«, sagte er. »Wir werden noch mehr Tote sehen, bevor wir auf dem Thron sind.« Wieder lächelte er. Henry sah, dass er sich dazu zwingen musste, aber er erwähnte es nicht, um den Stolz des Freundes nicht zu verletzen. »Schließlich wirst nicht du auf dem Scheiterhaufen stehen.«

John brach noch in der gleichen Nacht auf. Henry hatte darauf bestanden, ihn bis an die Grenze des Allard'schen Anwesens zu begleiten, und da Claybrook bereits aufgebrochen war, um dem königlichen Gefolge nachzureisen, hatte Allard dagegen nichts einzuwenden. Er wirkte traurig und verängstigt, hütete sich aber, seinem Ziehsohn in dessen derzeitiger Stimmung etwas abzuschlagen. Henry und John ritten schweigend nebeneinander her, außer dem Trommeln der Pferdehufe auf der feuchten Erde war kein Laut zu hören. Der Wind strich angenehm kühl und feucht über Henrys Gesicht, und der Mond schnitt einen schmalen Lichtstreifen aus dem schwarzen Himmel. Es war eine helle Nacht, hell genug zum Reiten.

Als sie die Grenze erreichten, klopfte Henry Johns Pferd den Hals und sagte: »Auf bald.« John sah ihn an und nickte. Seine Lippen waren zusammengepresst, das Gesicht wirkte im Mondlicht grau. Ohne ein Wort richtete er den Kopf nach vorne, trieb sein Pferd in Trab und ritt davon.

Henry blieb allein zurück und lauschte, bis der Hufschlag in der Ferne verklang. In der windstillen, feuchten Luft war jeder Laut meilenweit zu hören: der Ruf einer Eule, das Rauschen eines Flusses, das Rascheln der Mäuse im Unterholz. Johns Pferd machte in dieser großen Stille den meisten Lärm.

Er wartete ein paar Minuten, bis er sicher sein konnte, dass John ihn nicht mehr hörte, dann ritt er ihm nach.

John war nicht schwer zu verfolgen. Sein Pferd trottete gleichmäßig dahin, in einer Gangart, die für lange Strecken geeignet war. Er liebte es nicht, seinen Pferden zu viel abzuverlangen. Und er war nicht gern allein; Henry hörte ihn flüstern: »Braves Tier. Und immer weiter …« Zur Unterhaltung sang er Lieder, redete mit seinem Tier oder klapperte mit den Zähnen, um sich die Stille erträglicher zu machen. Er litt so hörbar unter seiner Einsamkeit, dass Henry es schon bedauerte, so weit zurückbleiben zu müssen, aber die Geräusche störten ihn auch ein wenig. Er hatte Erfahrung mit nächtlichen Jagden. Wenn John im Meer so viel Lärm gemacht hätte, wäre er schon nach zehn Minuten von einem Hai geholt worden.

So ging es Stunde um Stunde weiter. Henry wusste nicht, wo die Verbrennung stattfinden sollte, aber so lange war er, der sonst nur auf ein paar Meilen Land im Kreis galoppierte, noch nie geritten. Die Bäume blieben sich immer gleich, die Erde roch frisch und schwarz, und der Wind teilte sich vor ihm, wie er es kannte, doch trotz der gefahrvollen Reise, der ungewohnten Weite und des unwägbaren Risikos, entdeckt zu werden, löste sich etwas in ihm. Er war nach Jahren in Gefangenschaft endlich wieder unterwegs.

Als er den Entschluss gefasst hatte, John zu folgen, war er von dem Gedanken an den Bastard wie besessen gewesen. Henry war schon zu alt, um sich einzureden, er könnte das arme gestrandete Balg retten, aber zu Hause hielt es ihn nicht mehr. Man würde das Kind verbrennen. Wäre Allard nicht gewesen – er hatte für seinen Pflegevater noch nie Dankbarkeit empfunden, doch jetzt regte sie sich ganz überraschend –, dann wäre jetzt er in dieser Lage. Dieses Kind, sein Stammesbruder, war auf dem Weg zum Scheiterhaufen, und Henry musste dabei sein. Auch wenn der Junge nichts von ihm wusste, er musste in seiner Nähe sein. Henry konnte nicht vorhersagen, ob er selbst letztlich auf dem Thron oder in den Flammen landen würde, aber dieses Feuer musste er sehen. Bei jedem Gedanken daran hämmerte sein Herz so laut in seiner Brust, dass es sogar Johns Pferd übertönte, und das ärgerte ihn. Er würde sich den Flammen stellen, seinen Mut an ihnen messen und sie mit seinem Blick niederzwingen.

Es war früh am nächsten Morgen, das fahle Licht der Dämmerung färbte den Himmel, als Henry schließlich fand, nun hätte er sich lange genug versteckt. Weit vor ihm hielt Johns Pferd an, und Henry hörte jemanden mit leisem Scharren von seinem Rücken rutschen. Dann sagte die vertraute Stimme: »Braves Mädchen. Wir ruhen uns jetzt ein wenig aus, und dann geht es weiter ...« Es war Zeit, sich zu zeigen. Der Himmel färbte sich weiß, und Henry spürte eine wachsende Enge in der Brust: Ein dunkler Himmel war wie ein schwarzes Meer, weich und endlos und tief genug, um sich darin zu verstecken, doch bei so viel Helligkeit über sich fühlte er sich schutzlos. Sie waren auf einem Feldweg, an den Seiten wuchsen vereinzelt lange Grasbüschel, und Dornenranken streckten ihre stacheligen Beine wie Betrunkene nach allen Seiten. Henry war hier noch nie gewesen, und der Ort gefiel ihm nicht.

John saß mit geschlossenen Augen auf dem Boden, sein Pferd weidete neben ihm. Er sah Henry nicht kommen. Eine heiße Welle der Enttäuschung trieb Henry für einen Moment die Kälte aus den Knochen: So leicht durfte sich John doch nicht erwischen lassen. Das war Leichtsinn. Wie wollte er überleben, wenn er jemals ernsthaft gejagt würde?

»Du darfst auf einer fremden Straße nie die Augen schließen«, sagte er und ritt auf ihn zu. Johns Augen flogen auf, die Kinnlade fiel ihm herunter, und er starrte Henry fassungslos an. Er war bleich geworden.

»Guten Morgen«, fuhr Henry fort, als er erkannte, dass von John nichts kommen würde. Es war ihm peinlich, dass er seinen Freund zu Tode erschreckt hatte, aber nun musste er einfach so lange weiterreden, bis John sich wieder erholte. Hoffentlich dauerte das nicht allzu lange; Fröhlichkeit zu verbreiten war nicht Henrys Stärke. »Ich komme mit dir.«

John schaute hektisch die Straße auf und ab. Niemand war zu sehen; der Wind kräuselte die braunen Pfützen und bewegte die Gräser, aber die Straße war frei. »Zurück in den Wald!« John sprang auf und streckte die Hand nach dem Halfter von Henrys Pferd aus. Das Tier drehte den Kopf, und Henry nahm die Zügel an. »Henry, versteck dich! Reite in den Wald! Was willst du hier?«

»Ich komme mit zu der Verbrennung«, sagte Henry. »Lass mein Pferd in Ruhe, du erschreckst es noch.«

»Zur Hölle mit deinem Pferd, Henry. Willst du uns umbringen? Wie bist du mir gefolgt?«

Henry zuckte die Achseln. »Du warst eine Meile weit zu hören. Ich will mit ...«

»Henry, du kannst nicht mitkommen! Bitte reite zurück. Man wird dich töten. Man wird uns beide töten, wenn jemand dich sieht, und wenn dich niemand sieht, dann erschlägt mich mein Vater, sobald wir nach Hause kommen. Henry, bitte reite zurück.« Aus Johns Gesicht war alle Farbe gewichen, seine Augen waren weit aufgerissen. Die Hand, die nach dem Halfter hatte greifen wollen, war in der Bewegung erstarrt, und Henry sah, dass sie zitterte.

»Falls ich gesehen werde, verrate ich dich nicht«, versprach Henry. »Aber ich komme mit zu der Verbrennung.«

»Das wirst du nicht. Nicht mit mir.« Auf dem Boden war John viel größer als Henry, aber jetzt saß Henry sicher in seinem Sattel und konnte, ein ungewohnter Anblick, Johns Kopf von oben betrachten. »Henry, ich kann dich nicht mitnehmen. Du musst nach Hause.«

Henry beugte sich hinunter und klopfte ihm auf die Schulter. John zuckte zusammen wie ein nervöses Tier, aber Henry wollte ihn nicht angreifen, er hegte nur freundliche Absichten. Er würde nicht zulassen, dass John zu Schaden kam. »Ich kenne den Weg nicht«, sagte er. »Ich bin nur deinen Hufschlägen gefolgt. Ich werde nicht zurückfinden.«

»Dann begleite ich dich.«

Henry schüttelte den Kopf. »Das lasse ich nicht zu. Du kannst mich nicht besiegen, John. Entweder reiten wir gemeinsam zu der Verbrennung, oder ich suche mir den Weg allein. Du kannst hier an der Straße im Dreck sitzen bleiben und dich fragen, wo ich bin.«

John schluckte. Sein Blick wanderte über Henrys kleine, spitze Zähne, die schmale Nase, die schwarzen Augen und die weiße Haut. »Dein Gesicht wird dich verraten, Henry. Sobald du irgendjemandem begegnest, bist du verloren. Du kannst dich nicht unter viele Menschen wagen.«

Henry sah ihn treuherzig an. »Dann musst du mich beschützen, John. Du bist mein Freund. Beschütze mich vor meinem Unverstand.«

John überlegte kurz, dann schüttelte er den Kopf. Henry hatte diese Geste oft genug gesehen, wenn John sich in einer Diskussion verrannt und lachend nachgegeben hatte. Jetzt lachte er allerdings nicht. Er holte tief Luft und schüttelte noch einmal den Kopf. Als er Henry abermals anschaute, hatte sein Gesicht fast wieder den gewohnten Ausdruck – nur war es immer noch kreidebleich. »Ist das dein einziger Umhang?«, fragte er.

Sein Freund nickte. Der Umhang war aus dünner grauer Wolle, er hatte einen warmen Geruch, hielt aber die Kälte kaum ab; Henry hatte warme Kleidung noch nie sonderlich leiden können.

»Dann müssen wir tauschen«, sagte John. »Der meine hat eine Kapuze. Da, nimm ihn.« Henry schlüpfte aus seinem eigenen Umhang und ließ sich den von John heraufreichen. Er war dunkelgrau und aus schwererem Stoff. »Setz die Kapuze auf und zieh sie dir tief ins Gesicht. Henry, wenn es damit nicht geht, müssen wir nach Hause, das schwöre ich dir.«

Henry legte sich den Umhang über die Schultern und setzte die Kapuze auf. Sie lastete schwer auf seinem Kopf, milderte die Schärfe der Morgenluft, schloss ihn aus von der Welt. John wickelte sich fröstelnd Henrys dünneren Mantel um den Körper. »Landlinge frieren doch immer«, bemerkte Henry. »Mein Umhang ist dir zu klein, er reicht dir kaum bis zu den Knien.«

»Ich trage ihn nur aus Freundschaft«, gab John zurück und schlang die Arme um sich. »Zieh die Kapuze weiter nach vorne.«

Der Stoff war noch warm von seinem letzten Träger und schmiegte sich fest um Henrys Gesicht. Er bedeckte seine Ohren und verengte sein Blickfeld, als hätte er eine dicke Decke über dem Kopf. So von der Außenwelt abgeschirmt zu sein, steigerte Henrys Nervosität noch weiter. Es juckte ihn in den Fingern, sich die Kapuze herunterzureißen.

»Noch weiter«, verlangte John. Er klapperte mit den Zähnen. »Wie weit nach vorne geht sie denn?«

Widerstrebend bedeckte Henry auch sein Gesicht. Das Tuch hing ihm über die Stirn und versperrte ihm den Blick zum Himmel wie eine Zimmerdecke. Je weiter die Kapuze vorne war, desto verletzlicher fühlte er sich. Dafür schien John etwas ruhiger zu werden. »Schön«, sagte er, »es ist nicht perfekt, aber wenn du den Kopf gesenkt lässt, könnte es gehen.« Er presste die Hände an die Stirn und spreizte die Finger über der weißen Haut. »Die Sache ist mir nicht geheuer, Henry.«

Henry fletschte in den Tiefen seiner Kapuze die Zähne. »Mir ist diese Kapuze nicht geheuer, aber dir zuliebe trage ich sie trotzdem.«

»Warum musst du diese Verbrennung sehen?« John ließ die Hände sinken und schaute zu seinem Freund auf.

Henry wusste nicht, was er darauf antworten sollte. Er schüttelte den Kopf. »Ich will wissen, was vorgeht«, sagte er endlich. »Und ich will wissen, was mir im schlimmsten Fall passieren kann.«

»Wenn du das wissen willst, dann lass uns jetzt nach Hause reiten, und ich stecke eine Katze für dich in Brand«, sagte John.

Wieder schüttelte Henry den Kopf. »Ich will wissen, wogegen ich kämpfe.«

Auf dem Rest der Reise war John wortkarg, und Henry schwieg. So trotteten sie nebeneinander die Straße entlang. Als ihnen das erste Mal jemand entgegenkam, riss Henry so fest an den Zügeln, dass sein Pferd scheute, aber der Reisende hob nur die Hand, nickte ihnen zu und sagte :»Guten Morgen.« John grüßte zurück, und dann zogen sie weiter. Der Fremde war ähnlich wie Allard gekleidet, er hatte gelbes Haar und ein rosiges Gesicht, das ihm erschreckend unbekannt war, doch er war bereits die Straße hinunter. Keine Bedrohung, keine Gefahr. Henry musste sich beherrschen, um sich nicht umzudrehen und ihm nachzuschauen. *Wenn alles gutgeht,* sagte er sich, *werde ich eines Tages über diesen Mann herrschen. Dann brauche ich mich nicht vor ihm zu verbergen. Ich werde ihm mein Gesicht zeigen, und er wird sich vor mir verneigen.*

Mit der Zeit wurden die Menschen zahlreicher, und Henrys Unbehagen wuchs. John hatte recht, viele von ihnen trugen Umhänge, und als die Menge auf den Straßen dichter wurde und Pferde und Reiter den Weg versperrten wie ein Schwarm Fische, zogen immer mehr die Kapuzen über ihre verwirrend unterschiedlichen Gesichter, als wollten sie sich verbergen. Dabei hatten sie nicht den geringsten Grund dafür. Sie wollten sich mit der Kapuze lediglich von ihrer Umgebung abschirmen.

Henry hatte sich den Scheiterhaufen riesig vorgestellt, sein zuckender schwarzer Schatten hatte ihm das Gemüt verdunkelt, doch nun fand er den Anblick so banal, dass er im ersten Moment kaum glauben konnte, *dafür* eine so weite Reise unternommen zu haben. Ein hoher, grob behauener Holzpfahl steckte im Boden, und ringsum waren Reisigbündel kegelförmig aufgeschichtet, das Ganze sah aus wie ein Schneehaufen, in dem ein Spaten steckte. Der Brandpfahl war weder groß wie ein Baum noch schwarz wie Tinte. Es war lediglich eine Feuerstelle auf freiem Feld.

»Henry.« John sprach leise, so leise, dass ihn außer seinem Freund niemand hören konnte. »Wir sollten ganz hinten bleiben. Wenn wir uns zu weit nach vorne drängen, müssen wir absitzen, und du musst laufen.«

Und dann wären seine Beine zu sehen. Da konnte er auch gleich auf den Scheiterhaufen klettern und sich hinlegen, um die letzten Minuten seines Lebens zu verschlafen. Henry sagte nichts, nahm aber die Zügel fest an und bohrte seinem Pferd die Fersen in die Flanken, bis es ein paar Tritte rückwärts machte.

Nachdem er John die ganze Nacht gefolgt war und auf dem langen Ritt sein Pferd ermüdet hatte, um möglichst früh hier einzutreffen, dachte Henry, die Verbrennung würde sofort beginnen, aber es dauerte noch viele Stunden, bis etwas geschah. Die Menschen strömten in Scharen herbei. Henry verstand nichts von Kleidung, aber diese Leute hatten mehr Ähnlichkeit mit Claybrook als mit Allard oder dem Gesinde; sie waren hochgewachsen, saßen auf edlen Pferden und wurden von Dienern begleitet. Und es wurden immer noch mehr. Henry hielt sich am Rand der Menge und trieb sein Pferd bei jedem Neuankömmling weiter zurück, aber der Strom riss nicht ab. Henry war überwältigt. Er war in seinem ganzen Leben nur knapp einem Dutzend Menschen begegnet, und hier drängten sie sich zu Hunderten, es war eine riesige Ansammlung, und diese unzähligen verschiedenen Fremden jagten ihm Angst ein.

Erst nach viel zu langer Zeit drang ein unbekannter Laut an seine Ohren, ein durchdringend schriller Ton. Er blickte auf und wollte John am Ärmel zupfen.

»Deine Hand«, zischte John und stieß ihn weg.

Henry ließ die Schwimmhäute wieder in seiner Faust verschwinden und legte die Finger fest um die Zügel. »Was ist das?«, flüsterte er.

»Die Fanfare. Der König kommt. Verstehst du sie denn nicht? Eigentlich müsste sie die Botschaft in der Tieflingssprache verkünden.«

Henry zog die Stirn in Falten und lauschte angestrengt. Etwas vom Ächzen und Brummen seiner Muttersprache war vorhanden, und dass die Hofmusiker mit ihren Instrumenten die Sprache der Tieflinge nachahmen sollten, war ihm bekannt: Wahrscheinlich ließ sich diesem misstönenden Durcheinander tatsächlich etwas entnehmen, aber er hatte nicht vor, Zwiesprache damit zu führen. Er schüttelte den Kopf. »Sagt mir gar nichts«, erklärte er.

Etwas raschelte, die Pferde schnaubten, ein Raunen ging durch die Menge, alle wichen zurück. Wildfremde Menschen stießen gegen Henrys Beine; er spürte, wie fremde Knie und Waden scharf umrissene Abdrücke auf seiner Haut hinterließen. Und wenn er das spürte, galt das auch umgekehrt. »Zurück, zurück«, zischte er John zu und riss sein Pferd hart im Maul. Das überreizte und erschöpfte Tier machte einen Satz, und Henry ließ vor Schreck die Zügel los: Wenn das Pferd sich jetzt aufbäumte, würde es ihn abwerfen, und alle Welt könnte seine Beine sehen. Mit wild pochendem Herzen nahm er die Zügel wieder auf und richtete sein Pferd etwas behutsamer rückwärts. Zugleich versuchte er, an der lästigen Kapuze vorbeizuschauen, um zu sehen, was John tat.

Henry war so damit beschäftigt, aus dem Gedränge herauszukommen, dass er das Eintreffen der königlichen Sänften verpasste. Als er wieder aufschaute, hatten sich ein Mann und eine Frau vor dem Scheiterhaufen postiert, beide in aufrechter Haltung und mit einer Krone auf dem Haupt, und neben der Frau lag so etwas wie ein fetter Klumpen – aber die Gesichter waren von ihm abgewendet. Enttäuscht umklammerte er die Zügel: Wenn er jetzt seine Axt bei sich hätte, bräuchte er nur auf sie zuzureiten, und mit drei kräftigen Hieben wäre der Spuk vorbei. Wenn nur die Menge nicht wäre. Die drei waren zu weit von ihm entfernt, und er konnte ihre Gesichter nicht sehen. Es könnten Landlinge, aber auch Tieflinge sein, er konnte es nicht erkennen.

Reden wurden nicht gehalten. Die Frau mit der Krone hob die Hand und ließ sie wieder sinken. Ein Murmeln erhob sich, dann traten zwei Männer vor, die eine schlurfende, stolpernde Gestalt hinter sich herzogen. Das Weinen des Verurteilten gellte Henry in den Ohren, bohrte sich in seine Gehörgänge wie ein juckender Stachel, der sich nicht herausziehen ließ. Verzweifelt und ratlos sah er John an. »Das ist kein Bastard«, sagte er.

John schüttelte den Kopf und mahnte ihn mit erhobener Hand zum Schweigen. »Das ist der Mann, der ihn gefunden hat«, erklärte er. Er wollte weitersprechen, hielt aber inne, schüttelte abermals den Kopf und lachte. Es klang nicht fröhlich.

Der Mann weinte, und wenn seine Füße den Boden berührten, stöhnte er.

Die Wachen kletterten auf den Scheiterhaufen und zogen den Mann hinter sich her. Sie rissen ihm die Hände hoch über den Kopf, fesselten sie mit einem Strick an den Pfahl und ließen ihn schief, mit verzerrtem Gesicht, von Schluchzen geschüttelt, hilflos wie einen verendenden Dorsch daran hängen. Seine Stimme, sein heiseres Stöhnen, war über das ganze Feld zu hören.

Andere Männer folgten. Sie trugen jemanden auf den Armen. Henry wusste sofort Bescheid. Die beiden Schwänze, die fahle Haut, der plumpe, kräftige Körper und die fächerförmigen Schwimmhäute zwischen den Fingern. Ein Kind. Sein Kind, sein Bruder. Als es mit dem Rücken zu dem, der es gefunden hatte, an den Pfahl gefesselt wurde, schoss Henry ein Gedanke durch den Kopf. Angenommen, der Junge wäre tatsächlich sein Bruder? Seine Mutter hatte schon einmal Gefallen an einem Landling gefunden. Für einen Moment stieg Feindseligkeit gegen das Kerlchen auf dem Scheiterhaufen in ihm auf.

Dann traten zwei Männer mit brennenden Fackeln nach vorne.

Das Reisig fing rasch Feuer, die Flammen tosten und ringelten sich, vom Wind angefacht, wie fransige Kletterranken am Pfahl empor. Das Schluchzen des Mannes ging rasch in gellende Schreie über, aber Henry hörte nur die Stimme des Kindes: Schrill wie ein Tier kreischte es in einer Sprache, die er seit vielen Jahren nur aus seinem eigenen Mund vernommen hatte: *Helft mir! Helft mir!*

Ein Mann in langen Gewändern stand mit grimmigem Gesicht vor dem Scheiterhaufen, bewegte die Hand hin und her und murmelte etwas, vermutlich auf Latein. Er hatte ein verkrüppeltes Bein und stand schief. Und als die erste Welle heißer Luft über Henry hinwegschwappte und ihm die Haut versengte, da war es ihm, als torkle die ganze Schöpfung schief und krumm durch diese trockene, harte Welt, wo kein Wasser die Schläge dämpfte und den Aufprall nach einem Sturz abfing.

Das Kind schrie nach seiner Mutter. *Die kann dir nicht mehr helfen,* dachte Henry. Seine Kehle war trocken wie Asche. *Sie hat dich aus dem Wasser gejagt und in dieses Schicksal hineingestoßen.*

In der königlichen Gruppe wurde es laut, der Klumpen von einem Mann an der Seite der Königin warf sich brüllend in seinem Stuhl hin und her. Neben ihm standen Männer, die seine Haut mit Wasser beträufelten, und als Henry das sah, wurde ihm vor Zorn so übel, dass sich ihm der Magen umdrehte. Und dann fuhr es ihm wie ein Stich durchs Herz. Er kannte den Mann, der danebenstand und die Männer mit den Schwämmen dirigierte. Es war Robert Claybrook.

Die Flammen züngelten höher, und die Schreie wurden schwächer. Als sie endlich über dem Kopf des Kindes zusammenschlugen, sah Henry flüchtig die Blasen auf seiner Haut. Unten auf dem Reisig schäumte und zischte es: das Fett, das abschmolz, als das Fleisch zu kochen begann. Es roch nicht schlimmer als jeder andere Braten über jedem anderen Herdfeuer, und Henry schien es, als würde damit sein Hass auf beides gerechtfertigt.

Das Feuer toste noch lange weiter. Niemand sprach ein Wort. Das Kind war nicht mehr zu sehen, und Henry hatte keinen Grund, noch länger zu bleiben. Sie waren ganz hinten; sie brauchten nur loszureiten. Henry drehte sich um und wollte

John zum Mitkommen auffordern, da fiel sein Blick nach unten, und eine eisige Welle des Entsetzens durchlief seinen Körper und löschte die Hitze des Feuers.

Sein Bein lag frei. Bei irgendeiner Bewegung musste er den Umhang zurückgeschlagen haben, und nun hing es schlaff wie eine Schlange an der Flanke seines Pferdes und sah ihn vorwurfsvoll an.

Henry zog hastig den Stoff darüber und sah sich um. Noch ruhten alle Augen auf dem Scheiterhaufen. Niemand sah ihn an. Er war in Sicherheit, natürlich war er in Sicherheit; wenn ihn jemand entdeckt hätte, würde er bereits brennen, man hätte ihn zu den anderen ins Feuer geworfen; wozu Holz verschwenden, wenn der Scheiterhaufen doch schon angezündet war? Ein Lachen wollte sich aus seiner Kehle lösen; Schwindel erfasste ihn, Benommenheit. Zeit zu gehen.

Henry richtete sein Pferd langsam und vorsichtig rückwärts, bis er aus der Menge heraus war. Die Bewegung erregte Johns Aufmerksamkeit, und die beiden machten sich gemeinsam auf den Weg.

Kaum waren sie ein Stück weit die Straße entlanggeritten, als eine Stimme »John? John!« rief. Die beiden Jungen erkannten Robert Claybrook und hielten ihre Pferde an.

»Absitzen!«, befahl Claybrook. Sein Gesicht glühte scharlachrot vom Feuer, und seine Stimme war hart. Henry rutschte nach seinem Freund aus dem Sattel; sein Pferd brauchte ohnehin bald eine Ruhepause, sonst bräche es noch zusammen.

»John!«, fragte Claybrook knapp. »Wen hast du bei dir?«

John schlug die Augen nieder. »Es ist Henry, Sir.« Es war kaum mehr als ein Flüstern, doch Henry taten die Ohren davon weh.

»Es ist meine Schuld«, sagte Henry schnell. »Ich bin ihm die ganze Zeit gefolgt und ließ mich nicht nach Hause schicken; er ist bei mir geblieben, um darauf zu achten, dass ich mein Gesicht verbarg.«

Claybrook sah ihn nur kurz an, bevor er sich wieder seinem Sohn zuwandte. Seine Augen funkelten: »Du hast ihn hergebracht«, sagte er.

John schaute nicht auf.

»Antworte mir.«

John hob den Kopf ein wenig; er schien verstört. Henry sah, dass seine Beine zitterten. Claybrook trat dicht vor seinen Sohn hin und hob die Hand.

Henry ging dazwischen, den Arm zum Schlag erhoben.

Claybrook wich zurück. Er warf noch einen raschen Blick auf John, dann musterte er Henry, der den Arm nicht gesenkt hatte.

Henry ließ sich nicht einschüchtern. »Wenn Ihr ihn dafür bestraft, werde ich es erfahren«, sagte er. »Es war ganz allein meine Entscheidung. Bestraft mich, wenn Ihr könnt. Aber wenn Ihr John auch nur ein Haar krümmt, werde ich es erfahren.«

Claybrook stand wie erstarrt. Dann drehte er sich um, ging zu seinem Pferd zurück und nahm die Zügel in die Hand. Henry hörte seinen keuchenden Atem. »Ich muss zurück zu Seiner Majestät«, sagte er und ritt davon.

Henry sah ihm nach. Er konnte sich kaum noch aufrecht halten, aber John zupfte ihn am Ärmel. »Wir müssen weiter, sonst holt uns die Menge noch ein«, mahnte er. Henry nickte, und die beiden stiegen wieder in den Sattel.

Schweigend ritten sie die Straße entlang.

»Lass uns den Weg durch den Wald nehmen«, sagte Henry nach einer Weile. John wendete seine Stute ohne ein Wort, und bald waren sie im Schatten der Bäume.

»Wir können rasten, wenn wir Allards Land erreichen«, sagte Henry. »Dann können wir im Wald ein paar Stunden schlafen.« Er konnte es kaum erwarten, Erde unter dem Rücken zu spüren, den reinen Duft der Blätter zu riechen, zu hören, wie die Vögel in den Bäumen zwitscherten und das Gras sich seufzend im Wind bog und dann in tiefen Schlaf zu sinken und alles zu vergessen.

»Er macht sich bestimmt Sorgen um dich«, sagte John. Es klang sehr kleinlaut.

»Ja«, gab Henry zu. »Ich werde mich wohl entschuldigen müssen.«

Achtzehn

Je älter Anne wurde, desto mehr spielte sie in der Öffentlichkeit das Dummchen. Sie ging täglich zur Messe und betete um Gottes Hilfe und seinen Rat, um alles, was ihr helfen konnte, den Tag zu überstehen. Dem Hof zeigte sie ein ausdrucksloses Gesicht, und sobald ein feierlicher Anlass zu Ende war, flüchtete sie sich sofort wieder in die Kirche. Ein Mädchen mit einem salzgetränkten Gehirn, das zu verkümmert war, um mehr als einen Gedanken auf einmal zu fassen, vor allem, wenn dieser Gedanke nur harmlose Gottesliebe war – ein solches Mädchen war in Sicherheit. So jemand würde niemals auf einem blutigen Bett liegen und um sich schlagen und sein Leben ausschreien, weil man ihm Gift ins Badewasser getan hatte. Wobei Sicherheit für ein Mädchen, das in der Thronfolge an dritter Stelle stand, natürlich ein relativer Begriff war.

Anne verbrachte ihre Tage sooft sie konnte bei Bischof Westlake. Seit ihre Erzieherin Lady Margaret sie an Erzebets Totenbett gezerrt hatte, hatte sie mit der Frau kein Wort mehr gesprochen, sondern ihre weitere Erziehung in Westlakes Hände gelegt. Eigentlich war sie zu solchen Entscheidungen nicht befugt, aber Erzebet war nicht mehr da, um sich darum zu kümmern.

Sie beteten, studierten und redeten miteinander. Auch über Erzebets Tod, ihre Ermordung.

Jeden Abend weinte Anne und stellte vor dem Einschlafen einen Stuhl unter ihre Türklinke, und wenn sie am Morgen aufwachte, fror sie vor Angst. Ihre Liebe zu Gott trug sie durch den Tag; manchmal, wenn ihre Sehnsucht groß genug war, sah sie sogar für einen Augenblick den Heiligen Geist. Aber die Trauer war wie ein eisiger Wind, der alle anderen Gedanken verdrängte. Sie glaubte fest daran, dass sie ihre Mutter im Himmel wiedersehen würde. Aber sie wollte Erzebet jetzt zurückhaben, und diesen Wunsch konnte ihr Gott nicht erfüllen.

In ihrem Zimmer stand eine Statue der Heiligen Jungfrau, die ihren Schlaf bewachte, aber das leere Landlingsgesicht war ihr so fremd, dass sie die Augen schließen musste, bevor sie beten konnte. So flüsterte sie ihre Bitten in der Kälte und Dunkelheit hinter ihren Augenlidern.

Samuel Westlake sprach niemals über das, was er in der Beichte gehört hatte, auch nicht mit einer Prinzessin, die wie eine Tochter für ihn war. Doch davon abgesehen teilte er sein Wissen bereitwillig mit Anne. Allerdings hatte er ihr kläglich wenig zu sagen.

Erzebet war bis auf die Knochen von Gift zerfressen gewesen, als sie starb. Das Gift war ihr durch das Badewasser verabreicht worden. Erzebet hatte zwar nicht die empfindliche Haut ihres Ehemanns, aber wie die meisten Monarchen nahm sie gern ein Bad; sie wurde mürrisch und reizbar, wenn sie sich nicht wenigstens jeden zweiten Tag gründlich waschen konnte. Anne wusste das; sie selbst wurde beim Baden gewöhnlich von ihren Zofen bedient, aber in ihren frühen Erinnerungen saß Erzebet in einer Wanne, in die ihre Dienerinnen aus Holzeimern Salzwasser nachgossen, ließ Klein-Anne im Wasser tanzen und besprengte sie und sich selbst mit dem kühlen Nass.

Wenige Wochen vor ihrem Tod hatte Anne wie gewöhnlich ihr Bad genommen, als Erzebet eintrat. Die Zofen hatten die Eimer abgestellt und waren in einen tiefen Knicks gesunken, aber Erzebet hatte sich umgesehen, ungeduldig abgewinkt und gesagt: »Macht nur weiter. Kein Grund aufzuhören.«

Anne hatte zu ihr aufgelächelt, während ihr das Wasser über das Gesicht rann und in die Wanne tropfte. »Guten Morgen, Mutter.«

»Anne. Geht es dir gut?« Erzebet schleppte sich auf ihren Stöcken zu ihr. »Einen Stuhl, Jane«, befahl sie einer der Zofen, und Jane beeilte sich, ihrer Herrin einen Hocker neben die Wanne zu stellen.

»Mir geht es gut, danke.« Nacktheit war für Anne kein Grund, sich zu schämen, sie war gewöhnt, ohne Kleider mit ihrer Mutter ins Meer hinauszuschwimmen. Aber mit Schüchternheit hatte sie dennoch zu kämpfen. Beim Schwimmen hatten sie eine gemeinsame Beschäftigung, sie hatten eine Aufgabe, eine Richtung, ein Ziel. Dagegen war es ungewohnt, in einer Holzwanne gefangen zu sein, während die Mutter danebensaß. Anne hatte Angst, etwas Dummes zu sagen, und ihre Wangen begannen zu kribbeln.

Erzebet fuhr Anne durch das Haar und steckte ihr eine Locke hinter das Ohr. »Braves Mädchen.«

Anne biss sich auf die Lippen. Sie war so glücklich, dass sie nicht zu antworten wagte.

Erzebet saß ganz still. Beide wussten nichts zu sagen.

»W-wie geht es dir?«, brachte Anne endlich heraus.

Erzebet sah ihre Tochter an. Sie zögerte mit der Antwort, ein paar Augenblicke nur, bis sie ausgeatmet hatte. Bei einer schwächeren Frau hätte man einen Seufzer gehört. »Gesundheitlich geht es mir gut, Anne. Aber ganz zufrieden ist man ja nie.«

»Bist du müde?« Erzebet wirkte verhärmt. Über ihrem Schlüsselbein prangte ein blauer Fleck, den das prächtige Kleid nicht ganz verbergen konnte, ihr Gesicht war fahl, und sie hatte dunkle Ringe unter den Augen. Anne klopfte das Herz bis zum Hals, als sie die Frage stellte, aber sie wollte Bescheid wissen.

Erzebet lächelte selten; auch jetzt blieben ihre spitzen Zähne verdeckt, und ihre Miene war ernst. Aber die schmalen Lippen wurden ein wenig weicher, als sie sagte: »Ziemlich. Die Arbeit hört nicht auf, Anne.« Sie fuhr mit der Hand ins Badewasser und streifte dabei mit ihrem feinen Ärmel kleine Tröpfchen von den Seiten der Wanne ab. Die Geste wirkte müde und zerstreut, als hätte Erzebet gar nicht bemerkt, dass sie die Finger in das wohltuende Nass getaucht hatte. Anne sehnte sich verzweifelt danach, die Hand ihrer Mutter zu ergreifen. Fast hätte sie es getan, aber dann verließ sie doch wieder der Mut. So saß sie da, betrachtete Erzebets Gesicht, und genoss jede Sekunde ihrer Gegenwart in dem Wissen, dass sie schon bald wieder fortgehen würde.

Erzebet hatte sich wegen des Badewassers keine Gedanken gemacht. Sie hatte ganz selbstverständlich die Hand hineingesteckt. Bei Speisen und bei Wein nahm sie sich in Acht: Vorkoster standen bereit, und sie verlangte, sooft es möglich war, dass die Fische in Eimern direkt vom Meer an ihren Tisch gebracht und mit zuckenden Schwänzen auf ein Tranchierbrett gelegt wurden, um vor ihren Augen getötet zu werden. Ein Bad war dagegen immer eine Zuflucht, eine Oase der Ruhe gewesen. Wasser fürchtete sie nicht.

Salzwasser. Das hatte sie geliebt. Landlinge nahmen Fluss- oder Brunnenwasser für ihr Bad, aber für Erzebet, für Philip, für Anne musste das Wasser salzig, schwer und kräftig sein. Erzebet war jedoch nicht an der Küste gestorben, sie hatte den größten Teil des Jahres fern vom Meer gelebt. Meerwasser war nicht leicht zu bekommen. Ersatzweise löffelten die Diener Salz in die Eimer und rührten mit langen Stäben um. Fertig war das zweitbeste Entspannungsbad.

Die Schüsseln mit dem Salz standen offen in den Baderäumen. Etwas hineinzugeben wäre ein Kinderspiel. Und war das Gift erst im Salz, dann war Erzebets Schicksal besiegelt, dann strömte der Tod in einem weißen, knisternden Strom in den Eimer, um sich dort aufzulösen und sich anschließend in ihr Fleisch zu fressen.

Philip fragte häufig nach Erzebet. Zumindest war das wahrscheinlich gemeint, wenn er an Robert Claybrooks Arm zerrte und »Frau? Frau?« rief. Und er zerrte heftig: Anne konnte oft beobachten, wie der hochgewachsene Claybrook von Philips forderndem Griff durchgeschüttelt wurde.

Der Hof traf sich in diesen Tagen nicht mehr regelmäßig. Edward hatte Erzebet im Lauf der Jahre immer mehr Machtbefugnisse übertragen, aber nach ihrem Tod wurden Streitigkeiten zunehmend im Stillen beigelegt. Robert Claybrook und sein Nachbar John Forder hatten Differenzen wegen irgendwelcher Wasserwegerechte, doch anstatt die Frage öffentlich zu klären, sprach Edward einzeln mit den beiden Männern. Anne erfuhr durch Samuel Westlake, dass Edward sehr schnell entschieden hatte, die Rechte Claybrook zuzusprechen. Dem Mann, der sich um Philip kümmerte, schlug man nicht so leicht einen Wunsch ab.

Ansonsten schickte Edward Botschafter aus. In dieser Zeit sah Anne ihren Großvater oft mit einem Porträt in Händen. Anlässlich einer Privataudienz erfuhr sie den Grund dafür.

Edward hatte die Reste seiner Familie zusammengerufen: Philip, Mary und Anne waren anwesend. Neben ihm waren auf einem Tisch mehrere Miniaturen ausgelegt. Anne saß ruhig auf einem Stuhl neben ihrem Onkel, hatte die Hände im Schoß gefaltet und hoffte, dass Philip sie nicht beachten würde, wenn sie sich still verhielt; seine jähen Schreie strapazierten ihre ohnehin angeschlagenen Nerven. Ihr Onkel war ausnahmsweise ohne seine Schwammhüter gekommen. Man hatte ihn in nasse Kleidung gesteckt und ihm ein weißes Tuch um den Kopf gewickelt, sodass er aussah wie ein Leichnam kurz vor der Beisetzung. Sein Anblick ließ Anne erschauern. Unter den feuchten Stoffmassen starrte sein breites Gesicht geistlos ins Leere.

Edward hielt sich nicht mit langen Vorreden auf. »Ich werde den Hof zu gegebener Zeit davon in Kenntnis setzen«, begann er. »Aber ihr beide, Mary und Anne, solltet jetzt schon wissen, dass ich Botschafter an die Höfe Spaniens, Frankreichs, Venedigs und Flanderns entsandt und sie beauftragt habe, in Erfahrung zu bringen, ob die jeweiligen Söhne an einer Verbindung interessiert wären.«

»Eine Verbindung?« Marys Wangen hatten neuerdings ihren rosigen Schimmer verloren. Sie war wie alle Prinzessinnen immer noch klein von Statur, aber inzwischen war sie größer als Anne und zeigte erste Ansätze von Brüsten. Seit Westlake Annes Erziehung übernommen hatte, waren die beiden Mädchen nicht mehr so oft zusammen. Anne konnte Mary nicht verzeihen, dass sie in Bezug auf die wahren Ursachen von Erzebets Tod so ahnungslos war, aber sie hatte sich zu ihrer eigenen Überraschung sehr über das Wiedersehen mit ihrer Schwester gefreut. Mary war größer geworden, aber sie wirkte nicht glücklicher. Der Altersunterschied erschien beiden jetzt kleiner als früher, und Anne sah, dass ihre Schwester sich sehr jung und verloren vorkam.

Edwards Gesicht war ernst. »Du bist jung für eine Heirat, meine Liebe, aber nicht zu jung. Wir müssen an den Thron denken.«

Mary sagte zunächst gar nichts. Dann schluckte sie und schenkte ihrem Großvater ein tapferes Lächeln. »Wie Eure Majestät meinen.« Sie war bleich geworden.

Anne ergriff unaufgefordert das Wort. »Wie schön für dich, Mary. Du wirst Königin sein. Du wirst einen stattlichen Mann bekommen.« Für Anne, das Dummchen des Hofes, war es ganz natürlich, dass Mary unter den infrage kommenden Bräuten die begehrteste sein würde. Mary war schön, sie war die Erbin des Reiches und sie stand hinter Philip als Nächste in der Thronfolge. Auf den Mann, der sie zur Frau nahm, wartete Englands Thron. Mary konnte ihren Preis selbst bestimmen.

»Dafür werde ich sorgen«, versprach Edward. »Ich habe Porträtmaler beauftragt, mir Konterfeis von allen Prinzen Europas anzufertigen.« Sein Ton war aufmunternd, auch wenn die Worte sehr förmlich klangen. Anne überlegte kurz. Alle Porträts waren geschmeichelt; sie hatte genügend Bilder von sich selbst mit Rosenwangen und zarten Zügen gesehen, um die Wirklichkeitstreue solcher Abbildungen realistisch einschätzen zu können. Dabei war die Partnerwahl ein zentraler Punkt. Schwachsinn lag in der Familie, der Stammbaum war ein wirres Durcheinander von Wurzeln und Ästen; Vettern und Basen hatten so lange untereinander geheiratet, bis Missgeburten wie Philip entstanden, mit dicken Schwänzen und starren Augen. Die meisten europäischen Throne waren mit nahen Verwandten besetzt, Angelicas Linie hatte sich verzweigt, aber die Zweige waren durch Inzucht wieder auf sich selbst zurückgeführt worden. Die Entscheidung war nicht einfach. Ihr Vater hatte mehr oder weniger frei wählen können, weil er eine Frau suchte, aber bei einem Mann, einem König gar, waren politische Gesichtspunkte ebenso wichtig wie menschliche. Eine Frau an einen Hof zu holen, sie einzufügen und ihre alte Volkszugehörigkeit der neuen unterzuordnen, war eine Sache. Aber einen Mann zu finden, der selbst den Thron innehaben sollte? Einen Mann, der gesunde Kinder zeugen und außerdem vom englischen Volk als König akzeptiert werden konnte? Anne wäre auf Anhieb kein geeigneter Kandidat eingefallen.

Sie sah ihre Schwester an. Mary hielt den Kopf gesenkt, die Hände lagen still in ihrem Schoß, ihre Augen waren fest auf den Boden gerichtet. Dieser kleine Körper sollte Kinder gebären? Ein beängstigender Gedanke. Anne beschloss, noch eifriger zu beten, vielleicht den Schleier zu nehmen, sich lieber ganz von der Thronfolge auszuschließen, als ihren Leib so unruhigen Gewässern anzuvertrauen. Aber wen hätte Mary noch, wenn sie nicht mehr da wäre?

»Auch über deinen Gemahl muss gesprochen werden, Anne.« Edwards Stimme riss Anne aus ihren Ängsten; sie war sanft und freundlich, dennoch fuhr sie zusammen.

»Ich?« Ihr fehlten die Worte. Mary war die Ältere, die Hübschere, die Familienschönheit mit den Rosenwangen. Mary würde schon einen Gemahl bekommen. Aber was war mit ihr, Anne? Sollte sie mit ihrem blauen Gesicht und dem mageren Körper an irgendeinen Ausländer verhökert werden?

»Wir haben ein Problem, Anne«, fuhr Edward fort. »Wir brauchen Söhne für den Thron. Das weißt du. Wir werden einen Gemahl für Mary finden, er wird mit ihr regieren, und wenn sie Söhne bekommen, ist alles gut. Aber wir müssen sichergehen. Deine Schwester könnte, was Gott verhüten möge, von einer Krankheit befallen werden. Wir können es uns nicht leisten, dich außer Landes zu schicken.«

Mary sah erst Edward, dann Anne an. Sie war sehr bleich geworden. Edward hatte seine Worte vorsichtig gewählt, aber was er meinte, war nicht misszuverstehen. Nicht jede Frau konnte Kinder bekommen. Nicht jede Frau überlebte eine Geburt. Wenn Marys Körper der Aufgabe nicht gewachsen wäre, würde Anne gebraucht. England mochte seine Hoffnungen auf Marys hübsches Gesicht setzen, aber es konnte sich nicht erlauben, auf einen Ersatz zu verzichten.

Mary senkte den Blick und presste die Lippen zusammen. Sie meinte es gut, aber Anne hatte zu oft die Blicke auf ihrem unvollkommenen Gesicht gespürt, um sich nicht gedemütigt zu fühlen. Sie beugte sich zu Mary und streckte die Hand nach ihr aus; die Verhältnisse änderten sich zu schnell, aber sie konnte nicht zusehen, wie sich das Gesicht ihrer Schwester so verschloss, ohne ihr entgegenzukommen. Mary umfasste Annes Hand zwar nicht, aber sie zog die ihre auch nicht weg. Sie saß ganz still und mit beherrschtem Gesicht da und ließ sich von Anne die zierlichen, zerbrechlichen Finger drücken.

»Aber das stellt uns vor ein Dilemma«, führte Edward gerade aus. »Bei einer Heirat an einen ausländischen Hof wäre die Auswahl größer. Einen Prinzen zu finden, der bereit ist, seinen eigenen Hof zu verlassen und nach England zu kommen, obwohl er wenig Aussichten auf den Thron hätte – das wird freilich nicht einfach. Wenn wir einen guten Mann für dich finden wollen. Und das wollen wir, Anne. Ich habe Botschafter ausgeschickt. Aber du musst einsehen, dass du dich vielleicht länger gedulden musst.«

Während dieser Ausführungen schlossen sich Marys Finger nun doch um Annes Hand, und Anne spürte das kalte Kribbeln der Scham auf ihren Wangen. Mehr als Scham: Entsetzen. Sie hatte bisher noch mit keinem Gedanken an eine Ehe gedacht; sie hatte sich ihr Leben lang nur nach der Zuneigung ihrer Mutter gesehnt, nicht nach der Liebe eines Gemahls. Aber Edward hatte recht. Eine Ersatzkönigin, für die er nach England kommen müsste, um dort auf den Thron zu warten, wäre für keinen Prinzen eine gute Partie. Europas Könige hatten genügend Söhne, aber welcher Vater würde auf einen solchen Handel eingehen und seinen kostbaren Sprössling verschleudern? Edward sprach es nicht aus, aber sie wusste, was er dachte. Mit einem Prinzen, der bereit wäre, für eine solche Verbindung sein Land zu verlassen, konnte irgendetwas nicht stimmen.

»Wir werden einen guten Mann für dich suchen«, beteuerte Edward. Durch jahrzehntelanges Gehen an den Stöcken war sein Kopf ohnehin gebeugt, aber jetzt neigte er sich noch weiter nach vorne. Er war immer zu förmlich gewesen, um auf seine Enkelinnen zuzugehen; er hatte sie nie umarmt und geküsst wie Erzebet, nie ihre Hände gehalten, wie Anne und Mary es taten, aber jetzt stand aufrichtige Besorgnis in seinem Gesicht. Dankbar umklammerte Anne Marys Finger aufs Neue. Seit Erzebets Tod waren Zärtlichkeiten selten geworden.

»Ich habe Eure Majestät verstanden«, sagte sie mit nicht ganz fester Stimme. Was blieb ihr anderes übrig, als tapfer zu sein? Würde Edward sie auch an einen kranken Prinzen verheiraten? Eigentlich unvorstellbar, er war ihr Großvater, und jetzt beugte er sich zu ihr, als ob er sie liebte – aber er hatte Erzebet an Philip gegeben. Philips Schwachsinn war in ganz Europa sprichwörtlich, aber Philip war nicht das einzige Monstrum, das aus dem Haus Delamere hervorgegangen war. Mehr als nur ein König hatte einen Sohn, den er gerne loswerden wollte. Durch eine Heirat mit einem halbwegs gesunden Mädchen wäre er aus dem Blickfeld und könnte Söhne zeugen, bei denen sich die Inzucht vielleicht weniger krass auswirkte als bei ihrem Vater. Philip war zeugungsunfähig, aber das war bei seinesgleichen nicht immer so. Anne hoffte verzweifelt, dass ihr Großvater sie nicht an einen solchen Mann verkaufen würde.

»Du musst für Anne einen guten Gatten finden.« Marys Stimme klang schärfer als sonst, gebieterisch, königlich, aber unter der Schroffheit lauerte ein hysterischer Ton.

»Unsere Botschafter werden sich alle Mühe geben«, beschwichtigte Edward. »Wir nehmen diese Frage wahrhaftig nicht auf die leichte Schulter.«

»Ich werde ...« Mary verstummte. Anne war für einen Moment vermessen genug, sich zu fragen, ob Mary womöglich hatte erklären wollen, sie würde jede gute Partie ausschlagen, wenn Anne nicht ebenso gut verheiratet würde. Das wäre unverantwortlich gewesen, eine Sünde. Sie hätte ihrer Schwester wegen die Nation mit ihren Hunderttausenden von Seelen gefährdet. Wenn ihr der Gedanke tatsächlich gekommen wäre, dann hätte sie gut daran getan, ihn gleich wieder zu verdrängen. Doch selbst in diesem Augenblick wusste Anne, dass sie Mary niemals fragen konnte, was sie hatte sagen wollen. Zu sehr fürchtete sie, etwas ganz anderes als Antwort zu erhalten.

Es gab nichts mehr dazu zu sagen. Anne hatte selten Gelegenheit, im Kreis ihrer Familie zu sein, aber jetzt brauchte sie Zeit für sich. Wenn sie in die Kirche gehen, wenn sie Gottes Hand ergreifen könnte, fände sie vielleicht ein wenig Trost. Sie musste hinaus aus diesem Raum, sie musste beten, bevor sie der Mut verließ.

»Du wirst eine glückliche Frau werden, Mary«, sagte sie. »Ich werde für uns beide beten.« Mit einem Ruck hievte sie sich aus ihrem Stuhl. Sie hatte vorgehabt, auf Mary zuzugehen und ihr einen Kuss zu geben, doch bei ihren Worten erwachte Philip aus seinem dumpfen Dahindämmern.

»Frau?«, schallte es durch den Raum; Philip konnte seine Stimme niemals dämpfen, und nun hallte das Wort so laut von den Steinwänden wider, dass Anne die Ohren dröhnten.

»Philip«, mahnte Edward. Es klang scharf, aber Philip beachtete ihn nicht.

Anne ging weiter auf Mary zu. »Deine Frau ist im Himmel, Onkel«, sagte sie, ein Satz, den sie unzählige Male aus Claybrooks Mund gehört hatte. Sie selbst empfand nichts dabei: Sie konnte sich Erzebet nur schwer im Stand der ewigen Seligkeit vorstellen. Seit Erzebets grausamem Tod hatte sie immer wieder versucht, sich an ihr Lächeln zu erinnern, aber es war ihr nicht gelungen.

»Frau«, wiederholte Philip. Als Anne sich an ihm vorbeibeugte, packte er sie mit seiner Riesenhand und zog sie am Handgelenk zu sich hin. Mit der anderen Hand fasste er unter ihren schweren Rock und schloss seine klebrigen, feuchten Finger um ihren Knöchel.

»Frau«, sagte er.

Anne schnappte nach Luft. Sie zappelte wie ein Fisch an der Angel und versuchte sich loszumachen, aber Philip hatte Bärenkräfte. Sie hörte, wie ihr Großvater ihn scharf zur Ordnung rief, aber Philip hörte nicht auf ihn. Er packte sie so hart an den Armen, dass sie blaue Flecken davontragen würde, zog sie auf seinen Schoß, schob sie vor und zurück und rieb sich an ihr. Dabei schüttelte er sie wie ein Kind seine Puppe, und sie spürte, wie sein Körper immer steifer wurde.

Sie drehte den Kopf zur Seite und schlug ihre Zähne in seine Hand. Sein Schmerzensschrei dröhnte ihr in den Ohren. Er stieß sie mit solcher Wucht von sich, dass sie zu Boden fiel und weiterrollte wie ein Bündel Stoff. Der Rock wickelte sich um ihre Beine, und die Seite schmerzte vom Aufprall auf den harten Steinplatten. Benommen schaute sie auf. Ihre Stimme erstickte in Tränen, sie konnte nicht sprechen.

»Philip, du darfst andere Menschen nicht einfach so packen«, schalt Edward. Es sollte hart klingen, aber in seiner Stimme war ein greisenhaftes Zittern. Die Haut seiner Wangen war so brüchig wie ein Spinnennetz, das bei jeder Berührung zerreißen konnte. Jäh traf Anne die Erkenntnis, dass ihr Großvater ein Sterbender war.

Neunzehn

Anne wusste selbst nicht, wie sie die folgende Zeit überstand. Ein Tag folgte auf den anderen und brachte wieder nur dieses erdrückende Gefühl der Erwartung, der Furcht vor etwas Unbekanntem. Jeden Morgen erwachte sie atemlos und mit einem Gefühl der Enge in der Brust, und die Luft in ihrem Zimmer lastete auf ihr, als ob sie viele Klafter zu tief getaucht wäre. Tag für Tag zeigte sie dem Hof ein ungetrübtes Lächeln, verschwand aber, sooft sie konnte, um mit ihrem Pferd am Fluss entlangzureiten. Dort schaute sie in die braunen Tiefen und wünschte sich, ihr schweres Gewand abwerfen, ins Wasser springen und bis ins Meer schwimmen zu können, wo sie nicht mehr zu finden wäre. Aber das Meer war keine Zuflucht. Edward konnte Anne und Mary nicht begleiten; kein Tiefling wäre einem so alten, gebrechlichen König gefolgt. Anne träumte davon, bei den Tieflingen zu bleiben, einen ebenso langen und muskulösen Körper zu entwickeln und stark genug zu werden, um sich allein durchzubringen, doch klein, wie sie war, konnte sie sich gegen niemanden wehren. Bei der nächsten Wasserweihe gingen Mary und Anne miteinander in die Tiefe, und ein kleines Gefolge – nicht der ganze Hofstaat wie sonst, sondern nur Edward, Robert Claybrook, Erzbischof Summerscales und ein paar andere Würdenträger – saß am Ufer und sah schweigend zu, wie die Mädchen sich entkleideten und durch die graue Brandung wateten, um hinauszuschwimmen. Edward hatte unterwegs allein mit ihnen gesprochen und sie beraten, wie sie das Gespräch – eine kindliche Bitte um Freundschaft, um Schutz – führen sollten, und Mary war auch bereit, einen solchen Gesang anzustimmen, doch Anne sank schon beim Gedanken daran der Mut. Ein Land, das nur von Kindern gelenkt wurde, würden die Tieflinge nicht lange beschützen. Sie kniff die Lippen fest zusammen, fasste nach Marys Handgelenk und ermahnte sie leise in der Unterwassersprache: *Sei auf der Hut. Schweig still.* Und Mary nickte nur, entwand der Schwester ihr Handgelenk und nahm stattdessen ihre Hand. Es war nicht nötig, auf Sichtweite zueinander zu bleiben, aber Anne war dankbar für die tröstliche Berührung und hielt die Hand fest.

Die Tieflinge draußen in der Bucht erschienen ihnen riesig, mit langen, pferdeähnlichen Körpern und mächtigen Schmiedearmen. Mary begann mit dem Begrüßungsgesang, doch da erhoben sich dröhnende Stimmen von allen Seiten: *Seid ihr allein?* Hatten sie keine Unterstützung, waren nur diese beiden jungen Mädchen ins Meer gekommen?

Mary fasste Annes Hand fester, und Anne nahm all ihren Mut zusammen. Hier konnte nur noch Frechheit helfen.

Klick, sagte sie. Das war der Name des stärksten Tieflings. Ein Schuss ins Blaue, eine Gedächtnisprobe, unglaublich riskant, aber wenn sie jetzt nichts wagte, wären sie verloren. *Rassel.* Die Namen waren nicht zu übersetzen, aber sie hatte sie aus glücklicheren Tagen behalten wie die Figuren ihrer Lieblingsgeschichte aus der Kindheit. Anne schwamm aufrecht im Wasser und sprach jeden einzelnen Tiefling an. Dann setzte sie ihr dreistestes Gesicht auf. *Meine Schwester,* schloss sie. *Ich.*

Einen Augenblick geschah gar nichts, dann griff Klick nach ihr, sein starker Arm schoss auf sie zu und packte sie an der Schulter. Anne tauchte ab, schwamm in die Tiefe und führte die Bewegungen aus, die sie bei Erzebet gesehen hatte. Sie legte die Beine um seine Hüften, stieß sich ab und streifte ihn mit ihrem Körper. Es war wie ein Tanz, ein ständiges Hin und Her, Aufforderung und Rückzug. Seine Haut fühlte sich rau und kalt an, doch sie schoss so schnell vor und zurück, dass er sie nicht zu fassen bekam und seine groben Hände mit den schwarzen Klauen nicht in ihr Fleisch eindringen konnten.

Mary schwebte wortlos im Wasser und sah Anne zu. *Ich bin eine Prinzessin,* beteuerte sich Anne in der Einsamkeit ihrer eigenen Gedanken und zwang sich fortzufahren und ihre Hände beschwichtigend über die Haut ihres Tanzpartners gleiten zu lassen. *Sie sind nicht meinesgleichen. Es hat nichts zu bedeuten. Ich streichle ein Tier, um meinem Land zu dienen.* Es war nicht unmöglich, wenn sie die Zähne zusammenbiss und der Kälte des Wassers auf ihrer Haut nachspürte, anstatt auf ihre Hände zu achten. Es war nicht schwer. Verglichen mit den grapschenden Händen und der ziellosen Wollust ihres Onkels war es nicht schwer. Anne verteilte im Namen Englands Zärtlichkeiten, sie tat, was sie konnte, damit sich die Tieflinge mit dem Einzigen zufriedengaben, was sie ihnen anzubieten hatte.

Wieder an Land zurückgekehrt, wurde sie von Edward nicht gefragt, womit sie die Loyalität der Tieflinge gesichert hätte, und Mary redete mit ihr nicht darüber. Die Mädchen kauerten auf dem Heimweg triefend nass in einer Kutsche, jede auf einer Seite. Anne sah Tränen in Marys Augen, aber die saßen in diesen Tagen ohnehin allzu locker. Der Druck, die Angst, dass etwas Schreckliches passieren könnte, lastete immer noch auf Annes Brust. Die kurze Zeit mit den Tieflingen im Meer hatte daran nichts geändert. Was dort geschehen war, konnte also so schrecklich nicht sein. Anne saß mit hocherhobenem Kopf auf ihrer Seite in der Kutsche, und das Salzwasser rann ihr über die kalte Haut. Sie musste weiterleben.

Auch in der nächsten Beichte erwähnte sie nicht, was im Meer geschehen war. Es konnte keine Sünde sein, für Englands Sicherheit zu sorgen. Gewissheit hatte sie in diesem Punkt zwar nicht, aber sie konnte Samuel nicht fragen. Sie konnte darüber nicht sprechen.

Wenn sie einen Fehler begangen, wenn sie sich versündigt hatte, dann wäre es erst recht eine Todsünde, eine unvollständige Beichte abzulegen und die Kommunion zu empfangen, ohne im Stand der Gnade zu sein. Wenn sie sich irrte, dann war seither jeder ihrer Atemzüge sündhaft. Aber sie wusste nicht, wie sie die Tieflinge sonst ruhighalten könnte, und das hieß, bei der nächsten und übernächsten Wasserweihe würde sie wieder das Gleiche tun müssen, so lange, bis sie alt genug wäre, um zu kämpfen. Und sie konnte das Risiko nicht eingehen, dass es ihr verboten wurde.

Immer häufiger betete Anne darum, allein sein zu können. Sie wollte nicht vereinsamen, aber eine andere Möglichkeit war schwer vorstellbar.

Zwanzig

Anne ging Philip aus dem Weg, wo immer sie konnte, aber es nützte nichts: Er schien Gefallen an ihr zu finden. Mit der rosigen Mary und ihrer Landlings-Niedlichkeit konnte er wenig anfangen, aber auf Anne hatte er ein Auge geworfen, das wurde ihr klar, als der Druck auf sie von Tag zu Tag wuchs. Das Blau ihres Gesichts, das die Blicke der meisten Leute verschwimmen ließ, wenn sie mit ihr redeten, reizte ihn wie ein buntes Spielzeug. Einen Schleier konnte Anne nicht tragen, nicht als Prinzessin des Hofes, aber sie konnte auch nicht verhindern, dass ihre Wangen sich färbten. In Philips Nähe begann ihr Herz zu rasen, Schwäche überfiel sie, und ihr Gesicht loderte förmlich auf. Und Philip beugte seinen massigen Rumpf zu ihr und streckte seine Pranken mit den scharfen Nägeln aus, um sie zu tätscheln.

Anne vermied es, wo sie nur konnte, bei Hof zu erscheinen. Sie verbrachte viel Zeit mit Samuel Westlake, dem zwar nicht entging, wie unsicher und bedrückt sein Schützling geworden war, aber sie gerade deshalb mit ruhiger Freundlichkeit behandelte und keine Geständnisse erzwang. Anne konnte er damit nicht trösten: Ihre Ängste waren so groß, dass sie ihr Gewissen nur zu gerne erleichtert hätte, aber das war ausgeschlossen. Es ging um Staatsangelegenheiten, um ihre Verantwortung. Sie konnte mit niemandem darüber sprechen, ohne sich zu verraten, und das durfte eine Prinzessin niemals tun. Erzebet hatte sich niemandem anvertraut, und ihre Tochter würde es ebenso halten. Das Thema war auch zu schwierig. Sie hätte Samuel gerne so manches gesagt, vielleicht nur, dass sie fürchte, ihr Körper könnte vergessen, wie es war, sich zu entspannen, sie leide an Schlaflosigkeit, wenn sie doch einnicke, habe sie Albträume, und ihre Tage seien allzu lang. Aber Samuel war zu taktvoll, um nachzufragen. Dabei wäre es Anne ganz lieb gewesen, wenn er sie bedrängt, sie irgendwie zum Sprechen gezwungen hätte, aber er tat es nicht, und von sich aus konnte sie sich nicht öffnen.

Als schließlich der Tag kam, an dem Edward Marys Verlobung bekanntgab, blieb ihr ein Auftritt bei Hofe nicht erspart.

Anne nahm in diesen Tagen wenig Anteil an ihrer Umgebung, doch nun sah sie sich unwillkürlich um. Der Hof war in letzter Zeit kleiner geworden. Sie wusste, dass Edward Spitzel beschäftigte, und da der Thron so geschwächt war, wurden sicherlich auch Intrigen gesponnen. Aber es hatte keine Skandale gegeben. Ein paar Träger großer Namen hatte man in aller Stille auf ihre Besitzungen zurückgeschickt und Soldaten zu ihrer Bewachung abgestellt; viele mittlere Adelige waren ihrem Beispiel gefolgt und ebenfalls nach Hause gegangen. Vielleicht, um sich um ihre Ländereien zu kümmern, vielleicht auch, um ein Heer aufzustellen – allerdings hätte eine Rebellion wenig Sinn, solange weit und breit kein anderer Kandidat für den Thron in Sicht war. Oder aber einige von ihnen konnten das Trauerspiel nicht mehr mit ansehen: der gebrechliche Edward, der plumpe Philip und die zwei verschüchterten kleinen Mädchen – mehr war von Englands Krone nicht übrig. Anne hätte sich gewünscht, dass dies der Grund für den Rückzug war, aber sie glaubte nicht daran. Höflinge hatten starke Nerven.

Musiker gab es noch immer, und nun bliesen sie das Signal für gute Nachrichten. Anne hatte solche Stücke gehört, seit sie ein Säugling war, und sich nichts weiter dabei gedacht, doch in ihrer derzeitigen Verfassung war sie empfindsam genug, um in den Weisen die Tieflingsphrasen zu unterscheiden, die ursprünglich vermittelt werden sollten. Die Bedeutung war: *Gute Jagd, gute Beute.*

Edward hatte immer aufrecht gestanden, obwohl seine knotigen Hände auf den Stöcken zitterten, doch heute hatten ihm seine Beine den Dienst versagt. Er saß wie ein Kind auf einem Riesenstuhl auf seinem Thron mit der Lehne aus ziseliertem Silber, die den geschrumpften Körper überragte, und verkündete die frohe Botschaft: Die Verhandlungen für eine Vermählung zwischen der knapp fünfzehnjährigen Mary, Erbin des englischen Throns, und Louis-Philippe, dem zweiten Sohn des Königs Louis von Frankreich, stünden kurz vor dem Abschluss.

Der Hof jubelte pflichtschuldigst, aber Anne sah auch, wie Blicke gewechselt wurden. Louis-Philippe war nicht der Dauphin; dann hätte Mary ja nach Frankreich ziehen müssen, um wie einst Erzebet als ausländische Prinzessin an einem fremden Hof zu leben. Dass die Wahl auf Louis-Philippe gefallen war, konnte nur eines bedeuten: Der Thron von England sollte an einen Franzosen fallen.

Anne wurde die Kehle eng. Sie erinnerte sich an die Abhandlung, die sie am Tag von Erzebets Tod gelesen hatte, König Louis' Traktat über die Seelen der Tieflinge und der Landlinge und die Göttlichkeit des königlichen Bluts. Die Worte hatten sich so tief in ihr Gedächtnis eingegraben, dass sie die Argumentation nicht mehr beurteilen konnte, sondern sie nur als Begleitmusik einer großen Katastrophe erlebte. Immerhin war sie in sich logisch gewesen. Louis war kein Philip, kein Idiot: Louis konnte seinen Thron halten.

Louis wollte seinen Sohn auf Englands Thron setzen. England sollte von Frankreich geschluckt werden.

Mary erhob sich, um ihrem Großvater zu huldigen. Sie schwankte noch mehr als sonst, und Anne sah mit gelindem Entsetzen, dass ihr die Tränen in den Augen standen. Zorn erfasste sie: Es hätte schlimmer kommen können. Mary bekam einen Gatten, der wahrscheinlich nicht schwachsinnig war, der sie nicht mit dicken Klauenhänden misshandeln würde, der einen Satz zu Ende führen und sie beschützen konnte, wenn es ihm beliebte. Es war schlimm, aber nicht schlimmer als jede andere Alternative, die Anne sich vorstellen konnte. Vor Annes innerem Auge erschien die strenge, stoische Erzebet. Erzebet hätte nicht geweint.

Anne zog sich hoch, wackelte zu ihrer Schwester hinüber und umarmte sie. Für Außenstehende mochte der Glückwunsch der einfältigen Prinzessin ein rührendes Bild ergeben. Doch als Anne die Arme um Marys Hals legte, zischte sie ihr ins Ohr. »Nimm dich zusammen. Der gesamte Hof schaut dir zu. Sie dürfen dich nicht so sehen.« Marys Atem strich ihr heiß über das Ohr, und eine salzige Träne benetzte wohltuend wie Seewasser ihre Wange. Sie drückte die Schwester noch enger an sich und flüsterte: »Zeig dich gefasst. Schweig still.«

Mary erwiderte die Umarmung mit aller Kraft. Anne schloss die Augen. Auch wenn alles zusammenbrach, diese Sekunde spendete Trost, und das musste man auskosten. Mary hing an Annes Hals wie ein Kind, und Anne fröstelte. Seit Philip, seit Erzebets Tod kam es ihr vor, als sei Mary von ihnen beiden die Jüngere. Anne hätte sie gern bedauert, hätte gern Mitleid empfunden, aber wenn ihr Mary leidtat, die mit einem annehmbaren Mann verlobt wurde, wie sollte sie dann ihr eigenes Schicksal sehen? Sie hielt ihre Schwester noch fester, als könnte sie sonst auseinanderfallen.

Philip hatte stumpfsinnig auf seinem Platz gesessen, und Anne vermied es bewusst, ihm das Gesicht zuzuwenden. Robert Claybrook stand wie immer an seiner Seite. Nun neigte er sich zu ihm und flüsterte dem Prinzen etwas ins Ohr, und Philip schüttelte langsam und unwillig den Kopf. Anne beobachtete ihn mit gesenktem Blick vorsichtig aus dem Augenwinkel. Philip beugte sich vor. Es war eine ziellose Bewegung, nur ein Zeichen von Ungeduld mit den Worten seines Ratgebers, aber sie kam so plötzlich, dass Anne zusammenzuckte und ins Wanken geriet. Dieser Augenblick der Unsicherheit genügte, sie verlor das Gleichgewicht, die Stöcke rutschten weg, die schwachen Beine gaben nach, und Anne landete auf dem Boden.

Sie schluckte. Ein Sturz vor den Augen des Hofes; der Würde einer Prinzessin nicht gerade förderlich. Gleich würde sie wie Mary in Tränen ausbrechen.

Sie hörte Samuel Westlakes unbeholfene Schritte, bevor sie ihn sah; und sie hörte sie sofort; er musste spontan zu ihr losgegangen sein. Anne wurde es ein wenig wärmer ums Herz, sie blieb still sitzen und wartete, bis er sie erreichte, um ihr aufzuhelfen. Er kam langsam voran, das lahme Bein behinderte ihn sehr, aber er zog sie mit kraftvollen Händen wieder auf die Beine. Anne schluckte, dann sagte sie mit mühsam beherrschter Stimme: »Ich danke Euch, Mylord.«

Westlake verneigte sich, drehte sich um und wollte an seinen Platz zurückkehren. Dazu musste er das Podest überqueren, und als Philip seinen stockenden Gang bemerkte, blickte er neugierig auf.

»Halt!«, befahl er.

Westlake drehte sich um. Sein hageres Gesicht zeigte selten Gefühle, doch nun war es wie zu Stein erstarrt.

Claybrook hatte vorsichtig die Hand auf Philips massige Schulter gelegt, doch Philip schüttelte sie ab und griff nach einem seiner Stöcke. Dann beugte er sich so weit nach vorne, dass sich das Fleisch über seinen Hüften zu einem Wulst zusammenschob, und reichte den Stock dem Bischof. »Nimm«, sagte er. »Nimm.«

Anne warf einen Blick auf Mary. Hoffentlich machte sich die Schwester die Szene zunutze, um ihre Fassung wiederzugewinnen. Aber Mary sah genauso fasziniert zu wie alle anderen. Das Recht, Stäbe zu benützen, war ausschließlich Prinzen und Königen vorbehalten. Aber wenn ein Prinz die Regel brechen wollte, waren Ausnahmen möglich.

Westlake ließ die Hände fest an den Seiten und sah Edward an. Der König wandte sein müdes, verhärmtes Gesicht zuerst dem Hof, dann seinem Sohn zu und wieder zurück. Es dauerte ein paar Sekunden, dann hob er die Hand und bedeutete Westlake, den Stab zu nehmen. Es war weniger eine Gunst als eine Geste der Resignation.

Samuel nahm den Stock und stützte sich mit einem leisen, kaum hörbaren Seufzer darauf. Das edle Holz klapperte über den Steinboden, bis er seinen Platz in der Menge wieder eingenommen hatte.

Philip sah ihm nach, lachte glucksend und klatschte sich mit seinen großen Händen auf den Schoß. Edward beobachtete ihn ein paar Sekunden lang, dann wandte er sich an den Hof. »Es wurden Briefe abgeschickt«, begann er, »mit einer Einladung ...«

»Heirat?« Philip röhrte wie ein Blasebalg und übertönte die zittrige Stimme seines Vaters.

Robert Claybrook beugte sich über ihn und flüsterte ihm ins Ohr.

»Heirat!« Philips Stimme wurde noch lauter. Er hatte das Wort in Edwards Ansprache aufgeschnappt, erkannte Anne mit Herzklopfen, und nun war sein Interesse geweckt. »Frau!«, forderte Philip.

Anne spürte, wie ihr Gesicht aufleuchtete. Sie senkte den Kopf, hob die Hände und versuchte, das verräterische Glühen mit ihren Schwimmhäuten zu verdecken. Abwenden konnte sie sich nicht, alle Augen ruhten jetzt auf ihr. *Lass nicht zu, dass er mich ansieht,* flehte sie in stummer Verzweiflung. *Mutter Gottes, lass nicht zu, dass er mich ansieht, Mutter Gottes, lass nicht zu, dass er mich bemerkt ...*

»Frau!« Philip beugte sich auf seinem Thron weit nach vorne und streckte die Arme nach ihr aus. »Hier! Hier!« Seine mächtigen Hände griffen ins Leere. Philip konnte nicht alleine stehen, aber er reckte sich immer weiter und schickte mit lauter Stimme seine Forderungen durch den Raum. Er rief nach Anne, er wollte, dass man sie zu ihm brächte. Anne wollte nur noch weg, ihre Stöcke packen und wie eine Närrin aus dem Raum stolpern, doch sie konnte es nicht. Philip mochte ein Idiot sein, aber eine Prinzessin durfte nicht davonlaufen. Erzebet hatte mit strenger Miene aller Welt ihre blauen Flecken gezeigt, Erzebet hatte – *O Gott, ich will zu meiner Mutter ...*

Ein Schlag, ein Klappern, jemand zischte leise vor Schmerz. Robert Claybrook hatte sich über Philip gebeugt, um seinen Arm festzuhalten, und er hatte den Schwammhütern bedeutet, zurückzutreten und ihn nicht mehr zu beträufeln. Philip hatte nur einmal ausgeholt und ihn niedergeschlagen. Anne umklammerte verzweifelt ihre Stöcke; Philip hatte den größten Grundbesitzer attackiert, der sich noch am Hof aufhielt. Das war nicht irgendein Diener; er hatte seinen Betreuer niedergeworfen. Alles fiel auseinander.

Westlakes scharrende Schritte, das Klicken seines Stocks untermalten das Dröhnen in ihren Ohren. Sie nahm es kaum wahr, doch als sie aufschaute, stand Samuel bei Edward und tuschelte mit ihm. Edward gab ihm mit zittriger Greisenhand ein Zeichen, und Samuel schleppte sich vorsichtig zu Philip hinüber.

Er sprach leise mit einem der Schwammhüter und ließ sich dessen Schale geben. Dann trat er vor den um sich schlagenden Prinzen hin, redete mit sanfter Stimme gegen sein Gebrüll an, tauchte seelenruhig seinen Schwamm ein und fuhr damit behutsam über Philips Stirn.

Philip spürte es, und seine Aufregung legte sich. Er drehte den Kopf und blinzelte Samuel an. Das Wasser lief ihm zu beiden Seiten über das Gesicht.

»So ist es gut, mein Prinz.« Samuel sprach leise, so leise, dass Anne bezweifelte, ob jemand, der nicht die Ohren eines Tieflings hatte, die Worte hören konnte. »So ist es gut, Philip. Ganz ruhig. Alles ist gut. Alles ist gut ...«

Die Worte gingen über in ein leises Summen. Samuel strich mit dem Schwamm über Philips Gesicht und seine Arme, sanft und zärtlich wie eine Amme beim Baden eines Säuglings. Seine Bewegungen begleitete er mit leisem Singsang, und Philip lehnte sich zurück und schloss die Augen.

Samuels Blick huschte kurz zu Anne hinüber und richtete sich sofort wieder auf den Prinzen, doch das Leuchten auf ihren Wangen verblasste bereits wieder. Sie stand ganz still. Der Schwamm glitt weiter über Philips Gesicht, und es verzog sich zu einem Lächeln.

EINUNDZWANZIG

Henry hatte immer von Wasser geträumt, von dunkelgrauen Meeren und flirrenden Tiefen, von glitzerndem Salz im Sonnenlicht und silbernen Fischen, die durch die Strömungen huschten. Doch nach der Verbrennung des Bastards träumte er von Feuer.

Monate vergingen. Henry übte im Freien mit seinen Waffen, arbeitete mit seinem Pferd und wartete. John kam hin und wieder vorbei, aber Claybrook ließ sich nicht blicken.

Robert Claybrook sprach ständig von der Kunst des Krieges, aber er brachte keine Soldaten mit. Er lächelte, hielt schöne Reden und vertröstete Henry, solange er denken konnte: »*Nein, nein, nein*«, hieß es immer wieder. »*Abwarten, noch nicht, nein.*« Robert Claybrook hatte vor dem Scheiterhaufen gestanden, als das Kind verbrannte, nach seinen Anweisungen war der schwachsinnige Prinz mit Wasser benetzt worden, damit die Hitze des Feuers die königliche Haut nicht versengte.

Acht Jahre lang wartete er nun schon auf diesen Mann. Er hatte sich auf einem Anwesen festhalten lassen, von dem er jederzeit hätte wegreiten können. Es war nicht einmal schwierig gewesen, sich heimlich davonzustehlen; er hatte nur auf sein Pferd zu steigen und ihm den Kopf nach vorne zu richten brauchen. Die Wälder, die Straßen und der Schlamm jenseits der Grenzen waren nicht anders als die Bäume und der Schlamm zu Hause. Aber da draußen gab es Hunderte, ja Tausende von Menschen, er konnte nicht gegen sie alle kämpfen, nicht ohne Hilfe, und Claybrook hatte bei diesen Menschen gestanden, als der Scheiterhaufen seine Hitzewellen ausschickte.

Auch Prinzen und Prinzessinnen waren zu der Verbrennung gekommen. Seither nahm Henry seine Axt mit in sein Zimmer und legte sie neben sein Bett, wenn er schlief. Oft riss ihn das Prasseln des Feuers jäh aus dem Schlaf, dann griff er nach der Waffe und umfasste den soliden Holzstiel mit beiden Händen. In seinem Zimmer war es niemals warm; jedes Mal, wenn er hochschreckte, traf ihn die kalte Nachtluft wie ein Schock. Doch in einer solchen Nacht kam ihm eine Frage in den Sinn, eine ganz einfache Frage, die er sich bisher noch nie gestellt hatte.

Man konnte ein Pferd nicht ewig reiten. Sein Tier war schon nach einer Nacht im Schritt erschöpft gewesen; es hatte keuchend im Stall gestanden und unter seiner Decke gezittert, und Allard hatte ihn gebeten, ihm ein paar Tage Ruhe zu gönnen. Henry hatte zugestimmt; er hatte sich über das Wiedersehen viel mehr gefreut, als er gedacht hatte, nun wollte er den Mann nicht kränken. Aber die Verbrennung hatte nur einen Nachtritt von Allards Besitzung entfernt stattgefunden. Und die Prinzen und Prinzessinnen waren dort gewesen.

Als John das nächste Mal zu Besuch kam, ging Henry zum Angriff über. John hatte schon von ferne gewinkt und gerufen. Er hatte einen Sack am Sattel hängen, in dem wahrscheinlich wieder ein Fuchs steckte. Der Anblick weckte Bedauern: Es wäre schön gewesen, Jagd auf das Tier zu machen, es zu stellen, mit einem Speer zu durchbohren, ihm das feuchte, zuckende Fleisch von den Knochen zu reißen und sich damit von all der Wut und Enttäuschung zu befreien. Doch danach würden sie einfach ihren Sieg feiern, Henry hätte das Gefühl, etwas geleistet zu haben, sie würden ihre Freundschaft erneuern, und er könnte John nicht mehr nach der Wahrheit fragen. John war seit der Verbrennung bedrückt, sein Lächeln wirkte gezwungen, seine sonst so spontanen Gesten waren gehemmt, und Henry hatte das alles so wehgetan, dass er John nicht noch mehr quälen konnte. Wenn er fragen wollte, musste er es sofort tun.

Er wendete sein Pferd und ritt, den Axtstiel nach außen haltend, schnurstracks auf den jungen Mann los. Der Griff traf John mitten in die Brust, er fiel vom Pferd und kam so hart auf, dass er mehrere Meter weit rollte, bevor er zusammengekrümmt liegen blieb und sich die Rippen hielt. Sein Atem rasselte in seiner Kehle, dass es klang wie eine quietschende Tür.

Henry rutschte dicht neben ihm vom Pferd, drückte ihm die Schultern gegen den Boden, setzte sich auf seine Brust und legte ihm die Schwimmhautfinger um den bleichen Hals. John war groß geworden, überragte seinen Freund um mehr als einen Kopf, aber Henry war der weitaus Stärkere von beiden; er konnte John mit einem Arm niederringen. John riss die Augen weit auf, aber er wehrte sich nicht, sondern blieb flach liegen und rang nach Luft.

Henry wartete.

Endlich würgte John heraus: »Was soll das, in Gottes Namen?«

»Wo sind wir?«, fragte Henry.

»Was?« Johns Gesicht rötete sich, seine Lungen hatten sich wieder mit Luft gefüllt, und als Henry sich auf seine geprellten Rippen legte, schnitt er eine Grimasse.

»Wo sind wir?«

»Henry, was hast du, steig von mir herunter.«

»Wo ...« Henry drohte an seiner Ungeduld zu ersticken, und er musste sich sehr beherrschen, um John nicht wie einen Fuchs zu schütteln. Johns kläglicher Anblick schnitt ihm ins

Herz, er wollte eigentlich aufhören, aber er musste eine Antwort haben, und dass er sie nicht bekam, machte ihn noch wütender. Warum zwang ihn John, ihm wehzutun?

»Was meinst du mit ›Wo sind wir?‹«, keuchte John und schlug hektisch mit einer Hand auf den Boden. Es war das Abklopfen eines Ringers, ein Zeichen der Unterwerfung. Er hatte es Henry schon vor Jahren beigebracht, aber der nahm es nicht immer zur Kenntnis. »Was willst du denn nun wissen? Ich verstehe deine Frage nicht, Henry, aber wenn du von meiner Brust heruntergehst, werde ich versuchen, dir zu antworten.«

Johns Stimme klang zornig, und Henry drückte noch fester zu, aus Angst, John könnte aufstehen und weglaufen. »Wie weit sind wir vom Königshof entfernt? Wir brauchten zu der Verbrennung nicht lange zu reiten.« Das Wort *Verbrennung* reizte seine Kehle wie ein trockener Husten. »Auch der Hof hatte es nicht weit. Wo sind wir? Ich will es wissen, John.«

John brachte kaum noch einen Ton hervor. »Zwanzig Meilen vor London. Der Hof weilt zurzeit in der Stadt.«

Zwanzig Meilen. Henry lockerte seinen Griff und lehnte sich zurück. Zwanzig Meilen. Sein Leben lang war »der Hof« ein mythischer Ort gewesen, völlig unerreichbar, mehrere Monatsreisen entfernt. Dabei hätte man nicht einmal einen Tag dorthin gebraucht. »Warum hast du mir das nie gesagt?«, fragte er. Die Erkenntnis schmerzte ihn wie ein Verrat. Er war dem Ziel so nahe gewesen.

»Ich dachte, du wüsstest ...« John brach jäh ab, als Henrys Hände sich wieder um seine Kehle schlossen. Er kniff die Augen zu und schlug fester auf den Boden.

Henry ließ locker.

»Mein Vater – er dachte, du würdest einfach losreiten, wenn du es wüsstest«, keuchte John. »Ich wollte dich nicht belügen, aber du hast auch nie gefragt.«

Henry schluckte. Auf Johns Rippen saß es sich unbequem, aber er rührte sich nicht von der Stelle. »Hat dein Vater denn überhaupt vor, mich zum König zu machen?«, fragte er.

John hob eine Hand und versuchte, sie zwischen seinen verletzlichen Hals und Henrys Hand zu schieben. »Ich rede kein Wort mehr mit dir, wenn du mir nicht versprichst, mich nicht mehr zu würgen«, sagte er.

Sein Trotz machte Henry so zornig, dass er abermals zudrückte. John hatte die ganze Zeit Bescheid gewusst und nichts gesagt, und jetzt stellte er auch noch Bedingungen. Doch im letzten Moment hielt er sich zurück. Er wollte seinen einzigen Freund nicht verletzen, und was sollte er sonst tun? »Wenn ich dich loslasse, sagst du mir dann die Wahrheit?«, fragte er.

John nickte, den Blick misstrauisch auf Henrys Arme gerichtet.

Henry zog die Hände zurück und ließ sich ins Gras gleiten. Dann kauerten die beiden nebeneinander und starrten zu Boden.

John holte tief Luft. »Mein Vater möchte dich vielleicht auf den Thron bringen«, begann er. »Aber er ist sich nicht sicher. Im Augenblick verändert sich so einiges am Hof, und er weiß noch nicht, wohin die Reise geht. William, der Kronprinz, wurde getötet, kurz bevor dein Vater dem meinen von dir erzählte. Damals dachte mein Vater, England würde schneller fallen. Doch Erzebet heiratete Philip, und sie war zu ihren Lebzeiten eine starke Frau. Mein Vater wurde Berater des Prinzen und hoffte, auf diese Weise seinen Einfluss geltend machen zu können. Aber Philip ist schwachsinnig und schwer zu lenken. Und in letzter Zeit hat er Zuneigung zu einem anderen Mann gefasst, einem Priester namens Samuel Westlake. Mein Vater möchte nicht auf dem Scheiterhaufen enden, und bisher hat er nie den richtigen Zeitpunkt gefunden.«

»Vielleicht« war das Wort, das Henry hörte. So viele Jahre des Lernens, des Hoffens, des Wartens. Ein ganzes Leben aufgebaut auf dem Wort »vielleicht«. Stumm vor Enttäuschung wandte er sich ab.

»Ich finde, du könntest den Angriff wagen«, sagte John: »Edward ist inzwischen alt und krank – mein Vater glaubt, wenn Philip erst auf dem Thron sitzt, könnte er selbst durch ihn das Land lenken, aber Philip darf nicht ins Meer. Sonst sind da nur noch die beiden Prinzessinnen, und sie könnten bald heiraten, ich habe Gerüchte gehört, dass der König nach geeigneten Ehemännern sucht. Ich finde, du solltest bald zuschlagen. Aber mein Vater hofft immer noch auf Philip. Er ... er weiß nicht, ob er dir trauen kann.«

Henry schwieg. In seinem Kopf herrschte ein solcher Tumult, dass er nicht sprechen konnte. Elf Jahre war er nicht im Meer gewesen. Aber Bastarde wurden verbrannt. Nur auf dem Thron wäre er in Sicherheit.

Noch am gleichen Tag erbat sich Henry von Allard eine Karte. Allard freute sich so sehr über sein Interesse, dass Henry fast ein schlechtes Gewissen bekam, aber er beugte den Kopf über die Seite und studierte die Zeichen. Das Lesen fiel ihm immer noch schwer, er musste Allard bitten, ihm die Worte vorzusagen, aber wenn er die Augen schloss, sah er das Gelände vor sich und wusste, welche Richtung er einschlagen musste. Er konnte hier nicht einfach rufen und warten, bis das Echo seiner Stimme von meilenweit entfernten Felsen zurückkam, auch das Anbranden der Wellen in einer entlegenen Bucht war ihm keine Hilfe; die Luft an Land war zu dünn, um Geräusche weiterzuleiten. Aber wenn er sich klarmachte, dass die Sonne im Osten auf- und im Westen unterging, wenn er sich vergegenwärtigte, welche Entfernungen er zu überwinden und welche Gegenden er zu durchqueren hatte, dann wäre es zu schaffen. Es war nicht unmöglich.

Henry sprach mit niemandem über seinen Plan, nicht einmal mit John. Er fühlte sich fast wieder so einsam wie einst als Kind. Obwohl er nicht gern an jene Zeit zurückdachte, lastete der Schatten der ersten Tage, Wochen und Monate an Land, die er in einer einzigen Zelle mit glatten Wänden zugebracht hatte, nun schwer auf ihm. Im Meer war es kalt gewesen, und er hatte sich gefürchtet, an Land war es trocken, er hatte sich ebenfalls gefürchtet, und es gab kaum jemanden, der ihm gefallen hätte. Er erinnerte sich so deutlich, dass ihm fast schwach davon wurde, wie sehr er sich in jenen Tagen nach Hause gesehnt hatte, wie ihn die schrecklichen Winkel und die nicht auszurottenden Eigenarten der Landlinge eingeschüchtert hatten, und wie schwer es ihm gefallen war, sein Denken in neue Bahnen zu lenken. Er hatte nicht verstehen wollen. Bevor er sprechen konnte, hatten ihn die Intrigen und Forderungen der Landlinge kaltgelassen, zumindest war er nicht verpflichtet gewesen, ihnen zuzuhören. Doch als er ihre Sprache einmal gelernt hatte, gab es kein Zurück mehr, und er hatte auch nicht den Wunsch, ausgerechnet in diese erste Zeit in seiner Zelle zurückzukehren.

Nur eine Geschichte aus jenen Tagen hatte sich ihm besonders eingeprägt. Allard hatte ihm von Angelica erzählt, jenem Wunderwesen, das dem Meer entstiegen war, um den Venezianern die Freiheit zu bringen. Ein hübsches Märchen. Merkwürdig nur, dass Allard es offenbar für wahr hielt. Auch John und sogar Claybrook nahmen es fraglos hin, ohne darüber nachzudenken. Das gab ihm Hoffnung.

Henry hatte nie an Märchen geglaubt, aber er war alt genug, um zu verstehen, was Vorausplanung bedeutete. Angelica war kein Wunder, das lag auf der Hand. Allerdings war Angelica, die Königinmutter Europas, der Stern des Meeres, eine sehr kluge Frau gewesen.

Henry hatte monatelang eingesperrt in einer Zelle gesessen, bevor er sein erstes englisches Wort gesprochen hatte. Im Meer hatte er nie ein Wort in dieser Sprache gehört. Auch kein Italienisch, kein Latein und keine andere Landlingssprache. Und Angelica entstieg nackt dem Meer, ein Geschenk des Ozeans, und sprach perfekt Italienisch. Wer das glaubte, musste ein Narr sein.

Angelica war kein Wunder. Sie war ein Bastard gewesen. Jemand wie er, ein Seemannsbalg, wahrscheinlich aus dem Meer gestoßen, als sie zu groß wurde, um von ihrer Mutter mitgeschleppt zu werden. Henry hatte es stets vermieden, sich in die Frage nach seinem leiblichen Vater hineinzusteigern – Fragen, die man nicht beantworten konnte, hingen einem wie Steine am Hals. Aber er erinnerte sich an die Boote und an das Laichen der Tieflinge, an den wirbelnden Reigen der Partner, bei dem die Frau mit den Händen am Körper des Mannes nach unten tastete und sich an ihm rieb, bis sich ein Schlitz öffnete und ein dünner Schlauch herausschlängelte, um sich in einen entsprechenden Schlitz in ihrem Unterleib zu schieben. Er hatte immer gewusst, dass er selbst anders gebaut war, dass er einem Landling glich, und wenn er sich an die geschickten Hände der Meeresfrauen erinnerte, konnte er sich ausmalen, wie sich seine Mutter im Wasser mit seinem Vater vergnügt haben musste. Seine Mutter galt nicht als besondere Schönheit, nicht einmal im eigenen Stamm, und der Mann hatte wohl allenfalls ihr flüchtiges Interesse geweckt. Von seinem Vater war es unglaublich töricht, ja aberwitzig gewesen, sein

Leben aufs Spiel zu setzen, nur um mit ihr zu schwimmen; Seeleute, die sich mit Meeresfrauen einließen, mussten mit drastischen Strafen rechnen. Womöglich hatte ihn sein Kapitän auf frischer Tat ertappt, und er hatte das Abenteuer schon vor Henrys Geburt mit dem Leben bezahlt. Vorausgesetzt, das Schiff hatte überhaupt lange genug angehalten, um ihn wieder aufzufischen; vielleicht war er auch ertrunken, vielleicht hatte man ihn in den Wellen zurückgelassen, anstatt ihn zur Hinrichtung nach Hause zu schaffen. Selbst wenn der Kapitän Henrys Vater nicht bestraft, sondern beide Augen zugedrückt hätte, es war eine Verrücktheit gewesen. Romantische Liebe war keine Begründung. Überzeugender fand Henry eine andere Erklärung: Manche Männer fickten alles, was ihnen über den Weg lief, wenn sie nur lange genug auf See waren. Mehr wollte er über seinen Vater gar nicht wissen.

Wenn solche Dinge jetzt passierten, konnten sie auch damals passiert sein. Vor Hunderten von Jahren war irgendein venezianischer Salzfischer schwimmen gegangen, oder ein Matrose hatte sich über die Bordwand gebeugt und in den Tiefen ein Gesicht gesehen; und eine Tieflingsfrau hatte an seinem sonderbaren Körper Gefallen gefunden. Dann war Angelica zur Welt gekommen und bei ihrer Mutter geblieben, bis sie ihr zu beschwerlich wurde. So könnte es gewesen sein.

Doch Angelicas Geschichte vermittelte noch eine Erkenntnis. John hatte Henry öfter Fische mitgebracht, als sie noch Kinder waren, und ihm erzählt, er habe sie in einem Netz gefangen. Henry hatte damals noch keine Zusammenhänge hergestellt, aber er hatte den Anblick dieser hässlichen Maschen gehasst, in denen man sich so leicht verfing und von denen man so schwer wieder loskam. John war mit einem Boot hinausgefahren und hatte ein solches Netz ins Wasser geworfen, um an die Fische zu kommen.

Das weckte eine jähe Erinnerung. Der ganze Stamm schwamm auf die dunklen Schiffsrümpfe zu, und alle sangen, so laut sie konnten: *Werft kein, werft kein …?* Warum hatten die Stammesleute die Schiffe überhaupt beachtet? Die warfen ihnen zwar Fische zu, aber Fische konnten sie auch selbst fangen. Alle paar Wochen einmal ein voller Bauch war doch wohl kaum eine Rechtfertigung dafür, dass man diesen Landwesen über Jahrhunderte die Treue hielt.

Und noch etwas fiel ihm ein. Delfine und Tieflinge machten nur so zum Spaß Jagd aufeinander. Und er und John hatten den roten Fuchs über Allards Land gehetzt. Alle Lebewesen jagten, und ob dabei fremde Arten umkamen, kümmerte sie wenig. Selbst die Landlinge jagten Schweinswale, hatte John erzählt. Wenn Angelica nicht gewesen wäre, was hätte sie daran hindern sollen, auch Tieflinge zu jagen?

Im Meer hatte ihm das niemand erklärt. Damals war er noch zu klein gewesen und hatte den Brauch einfach hingenommen. Doch jetzt glaubte er zu verstehen, was das Wort bedeutet hatte. *Werft kein Netz aus.* Denn warum sollte ein Seemann, der sich nicht scheute, eine Tieflingsfrau zu ficken, auch wenn er dafür verbrannt werden konnte, kein Netz auswerfen, um sich eine Frau aus dem Wasser zu ziehen, wenn er so viele Meilen vom Land, von den Huren, von Frauen seiner eigenen Art entfernt war? Wenn ein Landling zum Zeitvertreib einen Schweinswal oder einen Hirsch jagen konnte, warum dann nicht auch einen Tiefling?

Tieflinge konnten lange unter Wasser bleiben. Sie konnten die Boote meiden, sie brauchten nur nicht in den Gewässern zu schwimmen, wo diese verkehrten. Dennoch war sein Stamm in den fünf Jahren, in denen er im Meer lebte, immer die gleiche Route geschwommen. Sie brauchten die Strömung. Es gab nur eine begrenzte Anzahl von Regionen mit genügend Nahrung; man konnte die riesigen leeren Weiten nicht hungrig durchstreifen; man konnte, wenn man zu wenig Kraft oder zu wenig Leute hatte, nicht in neue Gewässer vordringen, man musste schließlich erst den Stamm vertreiben, der das Gebiet bereits nutzte. Tieflinge grenzten ihr Territorium nicht auf Karten ab, aber sie mussten den Fischen folgen. Wenn man auf seiner Route den Weg der Schiffe kreuzte – erst recht, wenn man an eine Küste gebunden war –, konnte man sie nicht immer umgehen. Jetzt erinnerte er sich auch an Begegnungen mit anderen Stämmen, die Spannung, die plötzlich aufkam, die Herausforderungen, vor die sie gestellt wurden, und von dieser neuen Warte aus verstand er auch eine der Beleidigungen: *Schiffsverfolger.* Ein Stamm, der eine andere Route hatte, konnte es sich vielleicht erlauben, die Seeleute nicht zu beachten, und er konnte es sich erlauben, die Stämme zu verachten, die Frieden mit ihnen geschlossen hatten.

Allard hatte erzählt, die Tieflinge hätten Venedig ohne jeden Grund angegriffen und überrannt. Aber Allard hatte keine Ahnung vom Meer. Angelica dagegen schon. Im Umkreis von Venedig gab es seichte Gewässer, und es gab Menschen, die in Booten fuhren. Ein solches Territorium war für einen Stamm schwer zu halten. Angelicas Vater könnte ein Salzfarmer gewesen sein, der schwimmen gegangen war. Oder ein Seemann, der eine Tieflingsfrau einfing, sie fickte und dann ins Wasser zurückwarf wie einen zu kleinen Fisch. Aber die Landlinge liebten es auch, Feinde zu haben. Das wusste Henry, seit er denken konnte. Sie zeichneten Bilder von der Welt, unterteilten sie mit Linien in England, Schottland, Frankreich und führten daraufhin jahrelang Kriege gegeneinander. Was in aller Welt hätte sie davon abhalten sollen, Tieflinge zu fischen und sie zu ficken?

Vielleicht hatte man Angelica aus dem Wasser gestoßen, als sie zu groß und damit ein Hindernis geworden war. Aber sie hatte ihr früheres Leben nicht vergessen. Vielleicht war auch sie von einem klugen Menschen aufgenommen worden; von jemandem, der abwarten konnte, bis seine Zeit kam.

Die Tieflinge hatten Venedig nicht zum Spaß überfallen oder um es vor den Franzosen zu retten. Der Krieg hatte längst begonnen, ohne dass die Landlinge etwas davon wussten. Man hätte die Tieflinge vertreiben können, hätte es vielleicht auch getan, wenn es keinen Vermittler gegeben hätte – aber den gab es diesmal. Angelica war schlau gewesen und hatte selbst bestimmt, wo der Kampf ausgetragen werden sollte. Und was sie errungen hatte, das hatte sie auch gehalten. Was hatte Allard gesagt? Die Venezianer wollten nicht, dass ihre Kinder und Enkel in anderen Ländern herrschten, sie wollten, dass Venedig sich seinen Vorsprung bewahrte, seine Macht nicht preisgab. Natürlich wollten sie das. Aber Angelica hatte ihren Willen durchgesetzt. Henry sah ihr Gesicht vor sich, nicht das flache Gemälde, das Allard ihm gezeigt hatte, sondern ein Gesicht wie sein eigenes, wild, grausam, mit festem Blick. Venedig war Angelica gleichgültig gewesen. Ihr war es um ihr eigenes Volk gegangen. Um ihren Küstenstamm, der zu lange in den seichten Gewässern um Venedig ein unsicheres Dasein geführt hatte. Die Stämme im Wasser waren untereinander chronisch misstrauisch; ein Tieflingsimperium, ein Bündnis zwischen verschiedenen Stämmen war undenkbar. Dies war keine Geschichte von einem unsichtbaren Gott, der den Landlingen Hilfe schickte. Dies war die Geschichte einer Frau, die nicht nachgegeben hatte, die nicht fliehen wollte, wenn sie kämpfen konnte. Angelica hatte den Kampf zu den Landlingen getragen und einen so überwältigenden Sieg errungen, dass der Feind nie erkannte, was er verloren hatte. Aber auch ihr eigenes Volk hatte nie vollends begriffen, was es gewonnen hatte. Sie hatte für ihresgleichen gekämpft, und sie hatte so hart zugeschlagen, dass sie die Welt auf den Kopf gestellt hatte.

Man konnte den Landlingen nicht ausweichen, wenn sie einmal wussten, dass man existierte. Henry spürte im Innersten, dass die Landlinge eine Gefahr für sein Volk waren. Selbst damals im Meer, wo das Leben hart und einfach war, waren die Schiffe der Landlinge ein Geheimnis gewesen, ein Grund, plötzlich zu verstummen, Erklärungen zu verweigern, ihn mit roher Kraft am Auftauchen zu hindern. Die Landlinge brachten den Wahnsinn mit, und wen sie einmal gesehen hatten, den ließen sie nicht mehr los. Wenn sie erst die Oberhand gewannen, war man verloren; sicher war man vor ihnen nur, wenn man selbst der Stärkere war. Man konnte sie nicht ignorieren. Das hatte Angelica gewusst. Man wartete einen Augenblick der Schwäche ab, man suchte sich einen Punkt, wo man angreifen konnte, dann rückte man ein und machte sich unentbehrlich, bis sie nicht mehr wagten, nach einem zu schlagen, aus Angst, sich selbst zu verletzen.

Gerade jetzt war England schwach.

Ein quiekender Bastard, angespült an Cornwalls Küste, konnte von der Faust einer tyrannischen Königin unschädlich gemacht werden. Ein erwachsener Bastard, der Englisch sprach und an den Gestaden eines sterbenden Königs und seines schwachsinnigen Erben angespült wurde, war eine ganz andere Geschichte. Claybrook war ein schlechter Mensch, und er hatte nicht die Absicht, Henry mit Soldaten zu Hilfe zu kommen; er würde immer danebenstehen, wenn das Feuer brannte, und sich den heißen Wind durch das Haar wehen lassen. Henry wollte nichts mit ihm zu tun haben. Claybrook würde nie aufhören zu zaudern, und Henry würde auf ein paar Quadratmeilen Land alt werden und sterben, ohne dass der Schlag geführt worden wäre. Angenommen, die Unsicherheit am Hof würde groß genug, angenommen, Claybrook wollte sich einen Vorteil verschaffen, was sollte ihn davon abhalten, Henry an den König zu verraten? Was wäre einfacher, als einen Bastard zu »finden« und ihn verbrennen zu lassen, um seine Loyalität zu beweisen.

Wer sich still verhielt und hoffte, die Strömung würde ihm Sicherheit bringen, der würde enttäuscht. Wer Sicherheit wollte, der musste ausziehen und sie suchen.

So kam es, dass Henry eines Tages, nachdem er sich die Landkarte eingeprägt und sein Pferd gefüttert und gesattelt hatte, an den Rand des Anwesens ritt, auf dem man ihn dreizehn Jahre lang gefangen gehalten hatte, mit einem tiefen Atemzug die Grenze überschritt und sich auf die Reise zum Meer machte.

Es würde nicht schwer sein, den Weg zu finden. Er brauchte sich nur nach Süden zu halten. Henrys Orientierungssinn war gut ausgebildet, und als er die Karte studierte, hatte er einen einfachen Navigationsgesang verfasst. Den sang er sich allein in seinem Schlafzimmer so oft vor, bis er sich alle Details eingeprägt hatte. In London gab es einen Fluss, einen großen Fluss, der am königlichen Palast vorbeiführte und über weite Strecken durch Claybrooks Land floss; Allard hatte ihm einmal erklärt, dies sei der Grund, warum Claybrook bei Hof so viel Macht besaß. Wenn Henry es schaffte, diesen Fluss zu finden, brauchte er nur noch zu schwimmen. Er konnte sich am Ufer verstecken und warten, bis viele Menschen versammelt waren, um dann im richtigen Moment in Erscheinung zu treten.

Die Straße, die er nahm, war ihm vertraut. Er hatte vor dem Aufbruch nicht weiter darüber nachgedacht, London beschäftigte ihn zu sehr, aber jetzt drängte die Umgebung auf ihn ein. Um nach Süden zu kommen, musste er den gleichen Weg nehmen wie schon einmal. Das leuchtete natürlich ein: Die Prinzen und Prinzessinnen weilten in London und wollten sicher bequem reisen – jedenfalls führte der Weg, dem er folgen musste, durch die Ländereien, auf denen der kleine Junge verbrannt worden war.

Wie mochte das Kind wohl geheißen haben, fragte sich Henry, während sein Pferd durch die Wälder stapfte. In seinem Kopf ertönte unentwegt der Navigationsgesang; er merkte, dass er zum ersten Mal seit längerer Zeit in seiner Muttersprache dachte. Die Kapuze seines Umhangs – eigentlich Johns Umhang, er hatte ihn nicht zurückgegeben – hatte er sich tief ins Gesicht gezogen. Der fettige, beklemmende Geruch des Rauchs hatte sich im Stoff festgesetzt und stieg ihm in die Nase, außerdem waren auch seine Ohren bedeckt. Aber er musste vorsichtig sein. Er befand sich auf fremdem Land; da war es am besten, wenn er von Weitem aussah wie ein unförmiger Schatten.

Wie hatte der Junge geheißen? Er musste einen Namen gehabt haben. Auch Henry hatte im Meer einen Namen gehabt. Pfiff, ja, das war es. Er hatte ihn so viele Jahre nicht mehr gehört. Einst war er ein Teil von ihm gewesen. Alles, was er hatte; im Meer hatte man keinen Besitz, man schleppte nichts mit sich herum, was einen behindern konnte. Keine Kronen, keine Throne, keine kostbaren Gewänder und auch keine Verkleidungen. Man glitt in die durchsichtigen Tiefen und wurde vom Wasser verborgen. Er war hungrig und verängstigt gewesen, und niemand hatte ihn besonders gut leiden können, aber das Leben war einfach gewesen. Man wartete nicht. Man kämpfte um das, was man wollte, und wenn man es nicht bekam, verhungerte man eben. Würde er sich angesprochen fühlen, wenn jemand ihn jetzt Pfiff nannte?

Es gab im Meer keine Totenbräuche. Die Leichen sanken in die Tiefe und wurden von den Fischen gefressen. Aber er hätte doch gern den Namen des Jungen gekannt. Er hatte seit Jahren keinen Tieflingsnamen mehr gehört, nicht einmal seinen eigenen. Niemand an Land konnte ihn aussprechen.

Die Hufe seines Pferdes machten auf der weichen Erde kaum ein Geräusch. Das Tier schnaufte, und der Sattel knarrte, und beides hörte er auch durch die dicke Wolle von Johns Umhang. Aber er konnte nicht sehen, was zu beiden Seiten vor sich ging. Außerdem war er abgelenkt und dachte immer noch an die Namen des Meeres.

Als er zum ersten Mal das Getrappel von Pferdehufen hörte, drehte er den Kopf, aber der Stoff verdeckte ihm die Sicht. Nur für alle Fälle trieb er sein Pferd zu größerer Schnelligkeit an. Erst nach mehreren Hundert Metern erkannte er, dass die Pferde ihm folgten.

Den Hufschlägen nach waren es mehrere Tiere, und sie kamen näher. Henry lehnte sich tiefer über den Hals seines Pferdes, trat ihm in die Flanken, drängte es vorwärts. Es wurde auch schneller, doch dann waren Bäume im Weg, abgebrochene Äste mussten übersprungen werden, der Pfad führte durch den Wald, und er kannte sich nicht gut genug aus. Letztlich konnte er nichts tun, als sich nach vorne zu beugen, mit den Schenkeln auf den Pferdebauch einzuschlagen und darauf zu vertrauen, dass das Tier auf den Beinen blieb und den Hindernissen auswich.

Von der Scite näherten sich jetzt Metallgeklirr und donnernde Hufe, ein Mann kam in Sicht und rief: »Halt! Du da, halt!« Henry drehte den Kopf, trat auf sein Pferd ein, trat noch einmal zu, aber da hatte ihn der Mann schon erreicht, er beugte sich vor, und ehe Henry sich versah, griff eine Hand nach seinem Halfter.

Henrys Pferd war überfordert und verängstigt, es scheute und stellte sich unvermittelt auf die Hinterbeine. Henry schwankte im Sattel. Als der Fremdling noch einmal nach den Zügeln griff, stieg es wieder, und diesmal stürzte Henry, der Boden raste ihm entgegen, und er sah nur noch dürres Laub, Erde und Pferdehufe.

Der Mann, der versucht hatte, sein Pferd festhzuhalten, saß ab. Henry verstand die Welt nicht mehr. Das war doch nicht möglich. Noch vor einer Stunde war er in Sicherheit gewesen, das alles konnte nicht geschehen sein. Wenn er in eine andere Richtung geritten wäre, dann wäre er jetzt allein, allein und außer Gefahr. Diese Zeit war noch so nahe, dass er sich im Geist dorthin zurückversetzen konnte. Unfassbar, dass er den schrecklichen Fehler, der ihn zu diesen Menschen geführt hatte, nicht rückgängig machen konnte.

Eine Hand zog ihn hoch. Henry hielt den Kopf gesenkt und versuchte verzweifelt, sich unter seiner Kapuze zu verkriechen, doch schon wurde sie ihm vom Kopf gerissen. Ein Schrei ertönte: »Da!«, und Henry sah in die Gesichter von vier Männern mit scharlachroter Haut, blondem Haar und blauen Augen. Seine eigenen so ganz anderen Züge, die weiße Haut, die schwarzen Augen, die spitzen Zähne, waren den Blicken dieser Fremdlinge schutzlos preisgegeben.

Er könnte kämpfen. Landlinge waren schwach. Alle vier hatten Schwerter am Gürtel hängen, und Henry bäumte sich auf und wollte nach der nächsten Waffe greifen. Seine Hand schloss sich bereits um den Griff, da sauste der Arm des Besitzers nieder, ein knochiger Unterarm krachte auf sein Handgelenk, und Henry verlor das Gleichgewicht, seine schwachen Beine gaben nach, er stürzte wieder. Wenn er seine Axt hätte oder irgendeine andere Stütze ...

Etwas legte sich um seinen Körper und fesselte ihm die Arme an die Seiten. Ein Seil. Ein Mann kauerte neben ihm, er hatte einen Dolch in der Hand und setzte ihm die Spitze an die Kehle. »Ganz ruhig, Bastard«, mahnte er. »Keine Bewegung.« Hinter dem Rücken wurden ihm von geschickten Händen die Handgelenke zusammengebunden. Das Seil schnitt ihm in die Haut.

Etwas an den Bewegungen dieser Landlinge war ungewohnt. Zwar handelte jeder für sich, aber sie waren auch Teil einer stärkeren Gemeinschaft. Einer beugte sich über ihn, einer kümmerte sich um die Pferde und hielt Wache, einer stand hinter ihm und fesselte ihm die Hände, der Vierte hielt ihm die Klinge an die Kehle. Alles, was sie taten, war in einer Weise aufeinander abgestimmt, wie er es aus seiner Kindheit im Meer vor so vielen Jahren kannte, wenn der Stamm seine Beute in die Enge getrieben hatte.

Sie hatten ihn im Rudel gejagt. Sie waren bewaffnet, sie arbeiteten zusammen, und so hatten sie ihn gestellt. Henry bekam zum ersten Mal zu Gesicht, wonach er sich sein Leben lang gesehnt hatte: Soldaten.

ZWEIUNDZWANZIG

Philip war nie sonderlich gerne zur Messe gegangen, und das war heute nicht anders; während Erzbischof Summerscales am Altar die Liturgie sang, räkelte er sich in seiner Bank, schlug mit dem Kopf gegen die hölzerne Lehne, weil ihm das Geräusch gefiel, und sagte gelegentlich etwas in der Tieflingssprache – *Weiter; hungrig.* Die Tieflinge hatten kein Wort für »Langeweile«, doch genau daran litt er. Robert Claybrook erhob sich, um ihn zu beruhigen. Er beugte sich über seinen Prinzen und sprach ihm leise ins Ohr.

»Nein«, sagte Philip und stieß ihn von sich. Es war nicht böse gemeint, nur ein kleiner Schubs, als weise ein Kind ein Spielzeug zurück – aber Philip war stark, und Claybrook musste hastig einen Schritt nach hinten machen, um nicht zu fallen.

Summerscales' Gesang wurde etwas lauter, aber gegen Philips Gebrüll kam der Alte nicht an.

»Mary?«, fragte Philip. Personen, die um ihn herum waren, sprach er selten namentlich an, doch seit Mary nach Frankreich geschickt worden war – eine Beleidigung der Krone Englands, dass sie über das Meer zu ihrem Gemahl fahren musste, wenn er doch ihr Land regieren sollte, aber Edward, der jetzt ständig hustete und täglich gebrechlicher wurde, war nicht in der Verfassung, sich dagegen aufzulehnen –, hatte er sich ihren Namen gemerkt, und fragte immer wieder nach ihr. Er schien sie nicht zu vermissen, aber die Erklärung (Prinzessin Mary besucht eine Freundin, sie kommt bald wieder und freut sich schon darauf) gefiel ihm wohl so gut, dass er sie nicht oft genug hören konnte.

Anne saß allein in ihrer Bank und presste die Hände fest aneinander. Mary hatte ihr vor ihrer Abreise ein Kruzifix aus Silber und Gold geschenkt. Es hing an der Wand von Annes Schlafzimmer. Erzebets Perlenkreuz trug sie Tag für Tag, davon wollte sie sich nicht trennen, und Mary hatte sich wohl gedacht, dass Anne keinen zweiten Anhänger brauchte. Das Geschenk war also mit Sorgfalt gewählt. Anne war nicht auf die Idee gekommen, ihrer Schwester etwas zu schenken. Zu Marys feierlicher Verabschiedung hatte man sie in einer eigenen Sänfte zum Hafen getragen, und die Schwestern hatten sich kurz umarmt, zu kurz für ein Gespräch. Die Augen des ganzen Hofes waren auf sie gerichtet, und Edward hatte ständig gehustet, Philip hatte sich beklagt, und der Kapitän des Schiffes – ein bedeutender Mann, ein Bruder des Baron of Tyne – hatte am Landungssteg gewartet, um Mary eigenhändig auf das Schiff zu tragen. Er konnte es nicht lassen, immer wieder zu den flatternden Segeln hinaufzublicken, und man sah ihm an, dass er es kaum erwarten konnte, in See zu stechen. Mary hatte »Bete für mich« geflüstert, und Anne hatte sie auf die Wange geküsst. Der Abschied ging ihr nahe, und dass Mary sie um ihre Gebete bat, griff ihr ans Herz. Mary wusste, wie viel Zeit sie im Gebet verbrachte, und hatte die richtige Bitte geäußert. Dann war auch schon der Kapitän vorgetreten, hatte Mary so auf die Arme genommen, dass ihre schwachen Beine schlaff herunterhingen, und sie an Bord getragen, bevor Anne eine ähnlich passende Abschiedsfloskel eingefallen wäre. Sie hatte die Hand gehoben, aber der Kapitän hatte Mary wie ein Paket gehalten, ihr Kopf war hinter seiner Schulter verborgen, und sie hatte das Winken ihrer Schwester wohl nicht sehen können.

Philip stieß Claybrook, der ihm Marys Abwesenheit erklären wollte, abermals von sich, drehte den Kopf zur Seite und sagte noch einmal: »Mary!« Dabei wandte er sich eindeutig an Westlake, der am Altar stand.

Der Bischof machte sich ruhig auf den Weg zu ihm. Das Klicken und Scharren seines Stocks ließ die Kirchenbesucher aufhorchen, die meisten wandten sich ab, um diesen königlichen Gegenstand nicht in den Händen eines Unwürdigen sehen zu müssen. Westlake erreichte Philip und ließ sich neben ihm nieder. An der Art, wie er dabei die Beine bewegte, sah Anne, dass ihm Philips Stab das Hinsetzen sehr erleichterte.

»Prinzessin Mary besucht eine Freundin ...«, begann Westlake ruhig und freundlich. Tatsächlich hatte er sich diese Erklärung ausgedacht. Jede Erwähnung von Schiffen und von Fahrten über das Meer sowie von Hochzeit und Ehe versetzte Philip in Aufregung und zog lautstarke, wütende Forderungen nach sich, die ihm nicht erfüllt werden konnten. Claybrook hatte versucht, mit Philip vernünftig zu reden, aber er hatte die Formel übernehmen müssen, die Westlake eines Tages spontan erfunden hatte, als Philip ihn zu sich heranzog, um ihn zu befragen: Es war nicht die ganze Wahrheit, aber es kam ihr nahe. Und Philip wurde dieser Sätze niemals müde.

Samuels Bein mochte weniger schmerzen, aber der Anblick seiner reglosen Hände beunruhigte Anne. Philip lag in der Bank ihr gegenüber, er konnte sie nicht erreichen, und Samuel verstand sich gut darauf, ihn zu beruhigen, bevor ihm das Wort »Frau« in den Sinn kam. Die Angst, dass er nach ihr greifen würde, wich nicht ganz, aber sie war weniger stark, wenn Samuel zwischen ihnen stand. Das Gesicht des Bischofs zeigte den gewohnten Gleichmut, aber Anne spürte seine innere Spannung.

Robert Claybrook verneigte sich und kehrte an seinen Platz zurück. Sein Gesicht war wie aus Stein gemeißelt.

Als Philip verstummte, erhob sich Westlake, um an den Altar zurückzukehren. Er ging, etwas langsamer als üblich, langsamer, als es ihm möglich war, auf Anne zu. Als er auf gleicher Höhe mit ihr war, drehte er zwar nicht den Kopf, flüsterte aber so leise, dass nur sie es hören konnte:

»Prinzessin, ich muss Euch alleine sprechen.«

Nach der Messe blieb Anne in der Kirche zurück, faltete die Hände, schloss die Augen und ließ einen Rosenkranz durch ihre Finger gleiten. Niemand würde eine Prinzessin beim Gebet stören. Die Kirche leerte sich, und Anne flüsterte weiter: »Heilige Maria, Mutter Gottes, bitte für uns Sünder jetzt und in der Stunde unseres Todes …«

Es dauerte eine Weile, bis sie Westlake kommen hörte. Sie beendete die Dekade und legte den Rosenkranz aus der Hand. »Was gibt es, Samuel?«, fragte sie. »Etwas Neues über meine Mutter?«

»Neues über meine Mutter« bezog sich auf Erzebets Tod und die Fragen, die er aufgeworfen hatte; sie wusste nicht, wie sie sich sonst ausdrücken sollte. Es gab viel zu wenig Neues. Samuel hatte Männer ausgeschickt, die diskret bei den Apothekern Erkundigungen einziehen sollten, aber niemand konnte sich erinnern, ein Gift von so verheerender Wirkung verkauft zu haben. Er hatte auch Spitzel in Marsch gesetzt und Fragen gestellt, aber ohne Erfolg. Während Anne auf eine Antwort wartete, begannen ihre Hände leicht zu zittern, und sie legte sie in den Schoß und schlang die Finger ineinander.

Westlake schüttelte den Kopf. »Nein, Prinzessin. Es geht um etwas anderes.«

Er hielt inne, und Anne sah ihn verständnislos an. Der sonst so beherrschte Samuel, ihr strenger Beichtvater, fröstelte wie im Fieber.

»Was gibt es, Samuel?«, wiederholte sie. »Wenn Euch etwas bedrückt, könnt Ihr meiner Hilfe gewiss sein.«

Samuel schluckte. »Prinzessin«, sage er. »Ich habe eine Nachricht erhalten, die ich jemandem anvertrauen muss. Ich weiß nicht, was ich tun soll. Könnt Ihr mir versprechen, sie für Euch zu behalten?«

»Natürlich.« Anne legte ihm ungeduldig die Hand auf den Arm: »Worum geht es?«

Samuel räusperte sich. »Ich muss Euch etwas erklären, Prinzessin. Ihr wisst doch – natürlich habt Ihr es gehört –, dass dieses Jahr ein Bastard hingerichtet wurde?«

Anne nickte. Erzebets starres Gesicht und ihre indirekte Belehrung, dass ein Prinz stark zu sein habe, jener leere Tag, an dem alle fortgegangen waren und niemand ihr sagen wollte, wohin.

»Es gab Gerüchte, Prinzessin ... Verbrennungen sind nirgendwo beliebt.« Westlake rieb sich das Gesicht. Es war eine für seine Verhältnisse ungewöhnlich zwanglose Geste. Anne hatte ihn auch noch nie so locker sitzen sehen, es war, als wäre er allein und fühlte sich unbeobachtet. »Ein Kind durch Feuer sterben zu lassen, war hart. Und hinterher machten Gerüchte die Runde.«

»Gerüchte?«

Samuel nickte. »Die Verbrennung fand nicht weit von hier auf Robert Claybrooks Land statt. Sein Priester kommt aus dem Norden, er heißt John Bridgeman und ist ein guter Mann – ein Vetter von mir, Prinzessin. Wir traten gemeinsam in die

Kirche ein, er brachte es allerdings nie bis zum Hofgeistlichen. Jedenfalls hatten die Menschen in seiner Gemeinde Angst. Sie schworen, sie hätten an der Richtstätte einen Geist gesehen.«

»Einen Geist?« Anne schüttelte verblüfft den Kopf. Böse Vorzeichen bedeuteten eine Katastrophe für England, vielleicht drohte der Zorn Gottes. Gott wollte sein Volk gnädig sehen. Samuel hatte die ganze Zeit recht gehabt, und Erzebet – Erzebet hatte unrecht gehabt. Ein Kind hätte man nicht verbrennen dürfen.

»Angeblich hatte die Seele des Kindes auf einem Pferd gesessen, nur sei das Kind zum Mann geworden. Ich wollte nicht – mein ist die Rache, spricht der Herr, und er richtet, wie er will. Seine Wege sind unerforschlich. Aber das Gerücht ließ mir keine Ruhe, Prinzessin. Deshalb bat ich meinen Vetter um einen Gefallen. Einige seiner Pfarrkinder sind Soldaten, gute Männer, denen man vertrauen kann. Die Verbrennung hatte auch ihnen nicht gefallen.« Wieder rieb sich Samuel das Gesicht, seine Wangen bekamen ein wenig Farbe. »Ich wandte mich also an meinen Vetter, und er hat diese Männer gebeten, Lord Claybrooks Ländereien im Auge zu behalten. Ihrem Herrn sagten sie davon nichts.«

Anne blinzelte. Damit hatten sie Verrat begangen, auch wenn es auf Bitten eines Bischofs geschehen war. Die Verbrennung musste ihnen einen tiefen Abscheu eingeflößt haben. Sie musste grauenvoll gewesen sein.

»Prinzessin, ich hielt es für möglich, dass es ein Geist war, aber ich dachte mir, es könnte auch ein Mensch aus Fleisch und Blut sein. Ich ... ich lehne Verbrennungen ab. Prinzessin, ich war dabei, ich habe die Flammen gesegnet und für die Seelen der Verurteilten gebetet. Ich möchte als Engländer und als loyaler Untertan Eurer Majestäten leben und sterben, aber so etwas will ich niemals wieder mit ansehen müssen.« Seine

Wangen behielten ihre Farbe, und seine Stimme wurde lauter. Anne schluckte. Ein zorniger Samuel war ein so fremder, so ungewohnter Anblick, dass sie erschrak und ein wenig zurückwich. »Und ich könnte nicht tatenlos zusehen, wenn es in diesem Land noch einen zweiten Bastard gäbe.«

Anne war mit ihren Gedanken woanders, und das Wort drang erst mit Verzögerung in ihr Bewusstsein. »N-noch ein Bastard? Haltet Ihr das für möglich?«

Samuel sah sie an. Seine schwarzen Pupillen wurden so groß, dass sie seine Augen ausfüllten. »Mein Leben liegt in Eurer Hand, Prinzessin«, sagte er. »Die Soldaten haben ihn gefunden. Ich halte ihn in meinem Haus gefangen.«

VIERTES BUCH

ENTDECKT

DREIUNDZWANZIG

Henry erinnerte sich noch gut an das erste Mal, als er ein Gebäude, einen riesengroßen Felsen aus geraden Steinen gesehen hatte. Allard hatte die Arme um ihn gelegt und ihn über holprige Stufen in einen bedrückend quadratischen Raum, geführt, wo er mit gefesselten Händen und bei widerlichem Essen nichts zu tun hatte, als an seinen Stöcken zu nagen und an den Wänden zu scharren. Nun erfüllten ihn die Stricke um seine Handgelenke mit hilflosem Entsetzen, mit einer so blinden Panik, dass die Bäume des Waldes ringsum zu erstarren und zu den Stangen eines Blätterkäfigs zu werden schienen. Und als ihn die Soldaten an seinem Sattel festbanden, richtete er sich auf, als wollte er die Blätter durchschwimmen und die grüne Oberfläche durchbrechen, um in der weißen klaren Luft darüber Atem zu holen. Doch während er sich noch dem Grün entgegenstreckte, kam ein Mann und stülpte ihm einen Sack über den Kopf, und das grobe Hanfgewebe raschelte wie ein knisterndes Feuer.

Es war ein langer und anstrengender Ritt. Bei Einbruch der Dunkelheit hielten die Soldaten an, um die Pferde rasten zu lassen, und machten ein Feuer, um sich zu wärmen; einer von ihnen zog Henry den Sack vom Kopf und bot ihm Fleisch an. Henry sah in ein Gesicht mit blauen Augen und fahler Haut, antwortete aber nicht, sondern fletschte die Zähne und schnappte nach dem Mann. Der machte einen Satz, ließ den Sack fallen und sagte im Weggehen: »Wir sollten ihm auch die Beine fesseln.« Also schlief Henry an Händen und Füßen gebunden in der freien Luft, auf allen Seiten raschelten Blätter, Vögel kreischten und Mäuse huschten auf kleinen Füßchen vorbei, alles in Hörweite und außer Reichweite. Niemand konnte ihm jetzt mehr helfen.

Man brachte ihn mit dem Sack über dem Kopf zu einem Haus und trug ihn hinein. Henry wehrte sich gegen die fremden Arme, doch die Übermacht war zu groß, und sein Gezappel führte nur dazu, dass er plötzlich fallen gelassen wurde und mit dem Kopf auf den Boden krachte. Er wurde sofort wieder aufgehoben, an Armen und Beinen gepackt, sodass sein Körper wie ein Pendel hin und her schwang, und eine schmale Treppe hinaufgeschleppt.

Eine Tür knarrte, die Soldaten betraten mit ihm einen Raum, warfen ihn auf den Boden und gingen. Sofort richtete Henry sich auf, presste mit den gefesselten Händen das Sackleinen an sein Gesicht und begann, mit seinen spitzen Zähnen hastig daran zu nagen. Bald hatte er den Mund voll mit Sand und Fasern, aber er ließ nicht locker, obwohl ihn Zähne und Kiefer schmerzten, bis er ein Loch in das Gewebe gerissen hatte, das groß genug war, um an die Seile zu kommen, dann knabberte er weiter, bis er auch sie zerreißen konnte. Als er die Hände frei hatte, zog er sich den Sack vom Kopf, löste die Fußfesseln und machte sich zum Kampf bereit.

Doch die Stunden vergingen, und er musste feststellen, dass er sich ganz umsonst so beeilt hatte. Der Raum hatte Eichendielen, weiß getünchte Wände und Balken an der Decke. Vor dem schmalen Fenster war nur eine leere Rasenfläche zu sehen. Kein Mensch weit und breit. Erst nach einem vollen Tag kam jemand an seine Tür.

Beim Knarren der Angeln erfasste Henry blankes Entsetzen; im Geiste sah er unzählige Soldaten, lauter kräftige Männer, die ihn an den Brandpfahl schleppen wollten. In die Angst mischten sich Verzweiflung und Wut über die *sinnlose Verschwendung,* die vielen Jahre der Vorbereitung, in denen er gelernt hatte, mit Waffen umzugehen, um in einem Konflikt bestehen zu können, der nun niemals kommen würde. Sechzehn Jahre im Meer und an Land. Selbst im Ozean hätte er noch zehn Jahre leben können, vielleicht auch zwanzig oder dreißig, bevor ihn irgendein Räuber erwischte und ihm mit seinem Riesenmaul und den spitzen Zähnen den Lebensfaden durchtrennte. Er wollte so nicht sterben. Nicht in lodernden roten Flammen, umdrängt von Hunderten von Menschen, schreiend auf einem Scheiterhaufen stehend, bis ihn der Tod erlöste.

Die Tür ging auf, doch herein kamen keine Soldaten, sondern ein blasser Mann mit einem lahmen Bein, der sich auf einen Stock stützte und einen Schemel unter dem Arm trug. Für einen Moment schöpfte Henry wieder Hoffnung – wenn der Mann einen Stock brauchte, war er ihm vielleicht ähnlich und würde ihm helfen, anstatt ihn zu verbrennen –, doch dann kehrte der Zorn zurück, und er spürte, wie seine Muskeln sich spannten. Er kannte das Gesicht. Dieser Mann hatte in der heißen, flimmernden Luft vor dem Feuer gestanden und lateinische Worte gemurmelt, während der kleine Junge jämmerlich verbrannte. Dieser Mann wollte sein Leben.

Henry wich zurück und fletschte die Zähne. Wenn er seine Axt zur Hand hätte, würde er es ihm schon zeigen.

Der Mann blieb vor ihm stehen und legte den Kopf schief. »Hast du einen Namen?«, fragte er.

Henry presste die Lippen aufeinander. Er würde nicht betteln.

Der Mann ließ sich auf dem Schemel nieder. *»Loquerisne Latine?«*, fragte er. Henry schluckte. Latein, der Fluch seiner Kindheit, die Sprache, in der dieser Mann vor dem Feuer gesungen hatte. Er sprach es nicht, wollte es nicht, spürte eine hämische Schadenfreude darüber, dass er es nie gelernt hatte.

»Français? Italiano? Deutsch?« Der Mann hielt inne, dann schüttelte er den Kopf. »Du wirst wohl kaum von Italien bis hierher geschwommen sein, nicht wahr? Komm schon, mein Junge, antworte mir. Ich weiß, dass du mich verstehst.«

Henry musste sich beherrschen, um nicht den Kopf zu schütteln. Diese Genugtuung gönnte er dem Mann nicht.

»Vielleicht – sieh mich an«, sagte der Mann. Er zeichnete mit geschlossenen Fingern etwas in die Luft, ein weit ausholendes Winken, das mit der flachen Hand auf der Brust abgeschlossen wurde. Das Zeichen war Henry nicht ganz unbekannt, es war keine der Gesten, mit denen sich Tieflinge untereinander verständigten – die konnte kein Landling außerhalb des Wassers und wohl auch nicht so leicht im Wasser ausführen –, aber er hatte beobachtet, wie erwachsene Stammesmitglieder es den Kindern zeigten, wenn sie hinaufschwammen, um die Schiffe zu begrüßen. Niemand hatte ihm jedoch erklärt, was es bedeutete. Henry verzog keine Miene und sagte nichts.

Der Fragesteller seufzte. »Mein Name ist Samuel Westlake«, sagte er dann. »Ich würde gern auch den deinen erfahren. Willst du ihn mir nicht verraten?« Schweigen war die Antwort, aber das schien den Mann nicht weiter zu stören. Henry war das nicht geheuer. Weder lächelte er wie Claybrook, noch kritzelte er hektisch auf ein Pergament wie Allard; er saß einfach da und ließ das Schweigen wirken. Henry überfiel plötzlich Sehnsucht nach Allard mit seiner nervösen Freundlichkeit und seinen langatmigen Erklärungen, ein Gefühl, wie er es in Allards Gegenwart nie gekannt hatte. Allard hatte recht behalten. Er wäre besser zu Hause geblieben.

Westlake nickte. »Du hast dich lange gehalten«, sagte er. »Wer immer dich aufgenommen hat, kann sich beglückwünschen. Welchen Namen hat man dir gegeben? Richard? William? Philip? Henry? Edward?«

Henry zuckte unwillkürlich zusammen, als sein eigener Name fiel, aber er fasste sich rasch und hoffte, der Mann hätte es nicht bemerkt. Das Wort *Henry* in dieser Litanei war wie eine Ohrfeige gewesen. Nun zitterte er. Wie war dieser Mörder so schnell auf seinen Namen gekommen?

Westlake sah das Zucken und schüttelte den Kopf. »Mein lieber Junge, das ist kein großes Rätsel. Niemand hätte dich aufgenommen, ohne Absichten auf den Thron zu haben. Wer eine Königskrone tragen soll, braucht einen königlichen Namen. Und die Auswahl ist nicht allzu groß.«

Das war also der einzige Grund, warum ihm Allard diesen Namen gegeben hatte. Trauer und Wut verdrängten das Heimweh, das ihn eben noch gepackt hatte. Man hatte ihm den Namen verpasst, bevor er sprechen konnte, als Englisch noch eine fremde Sprache für ihn war und die Worte nichts bedeuteten. Man hatte keine Erklärung für nötig befunden, sondern so getan, als handle es sich um ein Naturgesetz. Aber der Name hatte keinen tieferen Sinn. Man hatte ihn aus einer Liste gewählt. Das Land hatte einen lebenden Philip, einen lebenden Edward und einen vor Kurzem verstorbenen William. Allard hatte »Henry« besser gefallen als »Richard«, das war alles. Nicht einmal sein Name gehörte ihm selbst.

»Ich kann nicht ewig weiterraten«, sagte Westlake. »Und ich würde an deiner Stelle nicht wollen, dass man mich ständig falsch anspricht. Wenn du willst, kann ich dich abwechselnd Richard, Henry und William nennen, aber du kannst mir auch sagen, welcher Name der richtige ist. Es liegt ganz bei dir, mein Sohn.«

Henry schüttelte den Kopf. Hieß er überhaupt noch Henry? Genauso gut könnte er sich Richard oder William nennen. Oder Pfiff. Alles war eine einzige Lüge gewesen.

Es dauerte eine Sekunde, bevor er seinen Fehler erkannte. Er hatte eine Landlingsgeste gemacht, die Geste eines Engländers. Im Meer schüttelte niemand den Kopf. Er hatte sich benommen wie ein Landling und Westlake hatte es gesehen. Damit hatte er genauso deutlich zu erkennen gegeben, dass er Englisch verstand, als wenn er den Mund aufgemacht und seinen nutzlosen Phantomnamen ausgesprochen hätte.

Verzweifelt schnellte er sich vom Boden weg und schlug mit scharfen Fingernägeln nach diesem hartnäckigen Fragensteller, der ihn vernichten wollte. Henry schlug hart zu, und Westlake kippte von seinem Schemel, riss jedoch sofort seinen Stock hoch und verteidigte sich mit einem raschen Hieb. Er hatte nicht gut gezielt, aber das Holz traf mit lautem Krach Henrys Unterarm. Henry zog unwillkürlich den Arm zurück. Inzwischen war Westlake mit einer unbeholfenen, aber schnellen Bewegung wieder auf die Beine gekommen und hatte sich zur Tür geschleppt, außer Henrys Reichweite und so weit entfernt, dass der Junge ihn nur kriechend erreichen konnte. Den Stock hielt er fest in der Hand. Er drohte nicht damit, aber Henry wusste, was eine Waffe wert war. Allard hatte er die Kehle zugedrückt, als dieser ihn schlagen wollte, aber an diesen Mann kam er nicht heran. Und Allard hatte damals gewollt, dass er am Leben blieb.

»Dazu besteht kein Anlass, mein Sohn«, sagte Westlake. »Ich bin nicht hier, um dir zu schaden.«

Henry starrte ihn an, aber er glaubte ihm nicht.

»Ich hatte Gerüchte gehört«, fuhr Westlake fort und stützte sich auf seinen Stock. Sobald das Gewicht des Mannes darauf ruhte, wurde die Waffe wieder zur Krücke. »Daraufhin schickte ich Männer aus, um nach dir zu suchen. Du hast Glück, Edward – falls du Edward heißt, du hast Glück, dass ich dich gefunden habe, bevor jemand anderer dich zu fassen bekam. Ich könnte dir vielleicht das Leben retten. Aber dazu musst du mir vertrauen. Wenn du nicht mit mir sprichst, weiß ich nicht, wie ich dir helfen kann.«

Der Ton war nicht unfreundlich; die Worte waren keine Drohung. Aber Henry hatte ein ganzes Leben in verschlossenen Räumen zu Männern aufgeschaut, die ihm Sicherheit versprachen, wenn er brav in seinem Gefängnis bliebe. Er blinzelte Westlake kurz an. Dann atmete er tief ein, schloss Mund und Kehle, um den Luftvorrat nicht entweichen zu lassen, und wandte sich ab.

Vierundzwanzig

»Der Junge spricht nicht mit mir, Prinzessin«, sagte Westlake.

Anne saß reglos da. Der Schock war zu groß für Worte oder Gesten; Tieflingsruf oder Englisch, sie brachte keinen Ton heraus. In ihren Händen war ein wenig Wärme, ein kleiner Punkt an jedem Handgelenk. Ihr Gesicht leuchtete nicht.

»Prinzessin, ich muss Bescheid wissen«, fuhr Westlake fort. In seinem Gesicht zuckte es unkontrolliert. Seine sonst eher steife Miene, erstarrt unter der Anstrengung, Würde zu bewahren, während er unter Schmerzen sein Bein hinter sich herzog, war in Bewegung geraten, die Augen blinzelten, der Mund war geöffnet, das Blut war ihm in die fahlen Wangen gestiegen. So viel nacktes Gefühl war fast schon peinlich. Anne hatte ihm mit seinem Ernst ihre Geheimnisse anvertraut, sie hatte vor seiner Zurückhaltung geweint und sich auf seine unerschütterliche Geduld verlassen. Nun hatte es den Anschein, als hätte sie nur einem ganz gewöhnlichen Menschen aus Fleisch und Blut ihr Herz ausgeschüttet.

Aber Samuel war immer gut zu ihr gewesen, und jetzt brauchte er ihre Hilfe. Das war in diesem Moment alles, worauf es ankam.

Anne griff nach seiner Hand und drückte sie fest. Die Angst in seinem Gesicht musste sich legen. »Ich bin nicht böse auf

Euch, Samuel«, sagte sie. »Ich werde Euch schützen.« Im Geiste sah sie, wie er von Soldaten zu einem aufgerichteten Scheiterhaufen geführt wurde. Der Junge ließ kein solches Bild entstehen; von Jungen verstand Anne nicht viel.

Ein paar Sekunden vergingen. Sie hörte Samuels schnelle, hechelnde Atemzüge wie durch bloße Willenskraft langsamer werden. »Ich bin Euch sehr dankbar, Prinzessin«, sagte der Bischof endlich. Offenbar war er mit ihrer Antwort nicht zufrieden. »Ich bin Euch treu ergeben.«

»Ihr seid mein Freund, Samuel«, verbesserte Anne. Sie wollte weiter über ihre Freundschaft sprechen, um diese kleine Blase seiner Güte nicht verlassen zu müssen. Denn draußen würden sie wieder in den Strom des Lebens eintauchen und müssten sich der harten, bedrohlichen Tatsache stellen, die ihr erst allmählich in vollem Umfang zu Bewusstsein kam: Samuel hatte Verrat begangen, er hatte einen kriminellen Thronräuber vor der Krone versteckt, die allen solchen Räubern den Tod geschworen hatte.

»Wir müssen einen Plan entwerfen, Prinzessin«, sagte Samuel, und die Blase stieg hoch und zerplatzte wie jede andere Blase. »Von den Männern, die ich auf seine Fersen gesetzt hatte, haben wir nichts zu befürchten, sie sind verschwiegen. Aber ich habe ihn aufgrund von Gerüchten gefunden. Und wenn mir ein Gerücht zu Ohren kommen kann, dann kann es auch jeder andere erfahren. Womöglich war ich nicht der Einzige, der nach diesem Jungen suchte.«

»Aber Ihr seid der Einzige, der ihn gefunden hat«, entgegnete Anne. Erzebet hätte inzwischen einen Plan, dachte sie. Aber Erzebet wäre auch wütend gewesen. Sie hätte die Hand gehoben und Samuel ohne ein Wort auf den Scheiterhaufen geschickt. Anne beschlich der unangenehme Verdacht, dass nur der Tod ihrer Mutter ihr die Freiheit gab, Samuels Nachricht gnädig aufzunehmen. Erzebet hätte diese Gnade für einen Fehler gehalten.

Anne schüttelte den Kopf. Es war ein Fehler, den Gott verzeihen würde. Sie wollte keinen Tag mehr im Schweigen verbringen, während alle Welt zusah, wie ein Kind verbrannte.

»Ich wollte dem Jungen Leid ersparen«, sagte Samuel. »Aber ich kann ihn nicht ewig verstecken. Ich hatte überlegt, ihn außer Landes zu schmuggeln, aber das würde ihm wenig nützen. An jeder anderen Küste wäre er den gleichen Gefahren ausgesetzt.«

»Für uns könnte er eine noch größere Gefahr bedeuten«, überlegte Anne. Erzebet hatte sie gelehrt, ihren Verstand zu gebrauchen. Sie musste nachdenken. »Wie viele Länder würden die Gelegenheit vorübergehen lassen, mit einem in England geborenen König gegen England zu marschieren, um ihn auf unseren Thron zu setzen? Er könnte mit jedem Hof in Europa ein Bündnis schließen.«

Westlake nickte und rieb sich das Gesicht. »Ihr habt recht, Prinzessin. Aber hier kann er nicht bleiben. Ich hatte gedacht – wäre es nicht vielleicht besser, wenn er im Meer Schutz suchte?«

Hoffnung sprach aus seinem Blick, und Anne schüttelte abermals den Kopf. Sie war wütend und enttäuscht über sein Unverständnis. Dieser Mann war ihr Freund und wusste dennoch nicht, dass er etwas Unmögliches vorschlug. »Die Tieflinge würden ihn nicht aufnehmen«, sagte sie. »Nicht für immer. Für sie sind wir nur Besucher, wir gehören nicht zum Stamm. Ich ... wenn er dort bleiben wollte ...« Eine unangenehme Vorstellung. Anne machte sich keine Illusionen mehr über die Tieflinge. Einerseits waren sie die herrlichen schwimmenden Engel ihrer Kindheit, andererseits unerbittliche Tiere, von denen man sich immer und immer wieder den Frieden erkaufen musste. Aber solche Dinge sprach man nicht einfach laut aus. »Ich glaube nicht, dass sie ihn im Meer dulden würden«, erklärte sie ruhig. »Und wenn ihnen jemand nicht willkommen ist, kennen sie keine Gnade.«

Ihr Gesicht hatte zu kribbeln begonnen, aber Westlake war zu sehr mit seinem Problem beschäftigt, um darauf zu achten. Die Zeit drängte, er war verzweifelt, sie sah es daran, wie steif er die Arme hielt. Vielleicht klopften bereits in diesem Moment Soldaten an seine Tür?

»Außerdem«, antwortete er, ohne nachzudenken, »könnten wir den Jungen wohl kaum zwingen, für immer im Meer zu bleiben. Er könnte jederzeit an Land zurückkehren. Nein, wenn wir etwas für ihn tun wollen, muss es in England geschehen. Ihr habt recht, Prinzessin.«

Anne fragte sich, ob Westlake daran gedacht hatte, dem Jungen ein Messer zu geben, damit er seinem Leben ein schnelleres und gnädigeres Ende bereiten könnte, als das Feuer es tun würde. Aber wenn Samuel diesen Vorschlag nicht machte, würde sie es auch nicht tun.

»Hat er einen Plan?«, fragte sie. Mit den Worten »der Junge« konnte sie nichts anfangen; wenn er klug war, hatte er womöglich schon eine fertige Lösung parat.

Westlake schüttelte den Kopf. »Er sagt nichts, Prinzessin. Er hat kein Wort gesprochen, seit meine Männer zum ersten Mal Hand an ihn legten.«

Anne blickte überrascht auf. »Woher wollt Ihr dann überhaupt wissen, dass er aus England kommt? Oder dass er bei Verstand ist?« Im Geiste sah sie Philip vor sich: ein massiger Körper, Lungen wie ein Blasinstrument, plumpe Hände. Wenn dieser Junge ebenfalls ein Idiot war, ein gieriger Schwachkopf ... wenn er so war, dann war sie nicht sicher, ob sie ihm helfen wollte.

Westlake räusperte sich. »Er scheint mich zu verstehen«, sagte er. »Ich bin nicht sicher, jedenfalls nicht völlig. Aber ich halte ihn nicht für dumm. Er hört mir zu. Er antwortet nur nicht.«

Mit einem Mal fühlte sich Anne diesem Jungen auf unerwartete Weise verbunden. Sie musste selbst zu oft erleben, wie sie von allen Seiten mit Forderungen, Fragen und Drohungen bestürmt wurde, ohne dass es einen Ausweg gab. Sie konnte sich weder in der Menge verstecken, noch sich unwissend stellen oder für nicht zuständig erklären. Ihr Gesicht und ihre Gestalt waren wie eine Glocke, die lauthals jedem verkündete, hier stehe jemand von königlichem Geblüt, eine politische Instanz, eine Person, die verpflichtet war, auf alles zu antworten. Was konnte man in dieser Lage anderes tun, als zu schweigen?

»Antwortet er Euch in der Tieflingssprache?«, fragte sie.

In Westlakes Augen blitzte es auf. Mit dieser Frage hatte sie ihr Geheimnis gelüftet: Sie gestand ein, dass sie sich hinter der Maske des Schwachsinns und hinter ihrer Muttersprache versteckte, wenn sie nicht sprechen wollte. Anne erschauerte, denn auch wenn nur Samuel Bescheid wusste, fühlte sie sich verwundbar, geradezu bloßgestellt, aber das schüttelte sie ab. Für Reue war jetzt keine Zeit.

»Nein, Prinzessin. Ich habe es auch mit Seemannszeichen versucht, aber nicht einmal darauf hat er angesprochen.« Samuel machte zur Demonstration kurz das Zeichen für »Freundschaft« im Seemannskauderwelsch, das manchmal von den Händlern weit draußen auf See verwendet wurde, wo Prinzen und Prinzessinnen nicht hinkamen. Sogar im Vergleich zum begrenzten Wortschatz der Tieflinge war diese Sprache mehr als primitiv: Offenbar gab es außer kurzen Angeboten oder Bitten um Hilfe kaum Gesprächsstoff zwischen Seeleuten und

Schwimmern. Für wichtigere Themen wie Machtfragen oder Pläne war diese Form der Sprache ohnehin nicht geeignet: Die Tieflinge fühlten sich mit einer zweiten Sprache rasch überfordert und fanden es viel zu anstrengend, sich darin über die vielschichtigen Belange der königlichen Politik zu unterhalten. Mit den Prinzen und Prinzessinnen, die sie regelmäßig besuchten und ihre Sprache beherrschten, lohnte es sich, einen Bund zu schließen, aber Seeleute waren fremde Wesen, sie befuhren Routen, denen die Tieflinge nicht ewig folgen konnten, und jedes Schiff kam mit einer neuen Mannschaft daher. Mit solchen Leuten führte man keine tiefschürfenden Gespräche, und folglich beschränkte sich das Kauderwelsch auf den Austausch von Höflichkeiten. Es war eine praktische, aber keine politische Sprache, und sie war unter Meeres- wie unter Landbewohnern verbreitet; der Junge hätte sich kaum verdächtig gemacht, wenn er gezeigt hätte, dass er die Zeichen verstand. Samuel hatte recht: Er weigerte sich zu sprechen, war aber durchaus fähig zu verstehen. »Er sagt überhaupt nichts, um nichts preiszugeben.«

»Das kann er nicht ewig durchhalten«, entfuhr es Anne. Es war die Wahrheit, die reine Wahrheit, sie hatte es selbst erlebt. Auch wenn man sich noch so sehr in die Enge getrieben sah, irgendwann musste man eine Antwort geben, auch wenn sie unangemessen oder gar töricht war. Vorher wurde man nicht in Ruhe gelassen.

Samuel sagte darauf nichts, er rieb sich nur wieder sein Gesicht und rutschte auf seinem Sitz hin und her. Anne hörte seine Fußknöchel knacken.

»Soll ich ihn mir einmal ansehen?«, fragte Anne.

Samuel hob so jäh den Kopf, als sei er überrascht.

»Nun kommt schon«, schalt Anne. »Ihr wollt doch wohl nicht leugnen, dass Ihr daran gedacht habt?«

Samuel musste fast lächeln. »Nein, Prinzessin. Ich habe tatsächlich daran gedacht. Aber ich hätte nicht erwartet, einen solchen Vorschlag von Euch zu hören.«

»Wir müssen uns sofort entscheiden«, mahnte Anne. »Für Geplänkel haben wir keine Zeit.« Für einen Moment stand alles still. Es war wie im Wasser, wenn die gewaltbereiten schwarzen Gestalten rasch näher kamen. Wenn man sich nicht verstecken konnte, musste man handeln, wollte man nicht in die Tiefe gezogen werden.

»Der Junge ist gewalttätig«, warnte Samuel. »Er ist auf mich losgegangen. Ich kann nicht zulassen, dass Ihr verletzt werdet.«

»Ich bin stärker als ein Landling«, sagte Anne. Sie wollte nicht auf Samuels krummes Bein anspielen, diese beschämende Schwäche, die jedes Raubtier sofort entdecken würde, aber notfalls würde sie es tun.

»Ich ...« Samuel schaute nachdenklich zu Boden und kratzte sich den Kopf. »Wenn er euch etwas antun sollte, wären wir alle verloren, Prinzessin. Wie könntet Ihr eine solche Verletzung erklären?«

Anne erinnerte sich an einen nebelverhangenen Morgen und ein gescheitertes Unternehmen, das Samuel dennoch das Leben gerettet hatte. »In den Stallungen gibt es einen Mann. Robin Maydestone ist sein Name. Er war immer sehr freundlich zu mir. Wenn ich ihm befehle zu sagen, ich sei vom Pferd gefallen, wird er das wahrscheinlich tun.«

Samuel sah sie an, und seine Augenbrauen gingen immer weiter in die Höhe, je schneller ihre Antworten kamen. »Er ist immer noch viel größer als Ihr, Prinzessin. Es wäre leichtsinnig, Euer Leben zu riskieren.«

»Mein Leben ist schon durch die Geburt dieses Jungen in Gefahr!«, fuhr Anne ihn an. Sie hörte Erzebets Schärfe in ihrer eigenen Stimme. »Er hat es auf meinen Thron abgesehen, auf mein Land; glaubt Ihr denn, er lässt mir den Kopf auf den Schultern, wenn ich nicht einen Weg finde, ihn aufzuhalten? Glaubt Ihr, mein Großvater wäre erfreut, wenn er wüsste, dass ich so mit Euch spreche? Wer in einem solchen Moment stehen bleibt, wird weggerissen, Samuel; wenn wir nicht mit dem Strom schwimmen, werden wir ertrinken.«

Samuels Hand hatte wie von selbst nach seinem Stab getastet und die Finger darum geschlossen. »Ich denke, wir könnten zuvor noch etwas anderes versuchen, Prinzessin«, sagte er und wiegte das Holz in der Hand. »Wenn Ihr ihn wirklich besuchen wollt, braucht Ihr einen kräftigen Mann als Begleitung. Ich kann Euch nicht ausreichend schützen.«

Samuel hatte noch nie auf sein Bein angespielt, seit Anne ihn kannte. Er hatte ihr einmal ein paar Fragen dazu beantwortet und danach nie mehr davon gesprochen; er hatte sich auch selbst nie als schwach bezeichnet. Jetzt war sie so erschrocken über seine Worte, dass sie innehielt und ihm zuhörte.

»An wen hättet Ihr dabei gedacht?«, fragte sie.

»Ich bin mir nicht sicher«, antwortete Samuel, »aber ich glaube, man könnte dem Chirurgus Francis Shingleton vertrauen. Während meiner Krankheit haben wir über vieles gesprochen. Auch er hält nichts von Verbrennungen, Prinzessin.«

»Und er hat ein Spital für Schwachsinnige«, ergänzte Anne, um das Schweigen zu überbrücken. »Vielleicht kann er feststellen, ob der Junge schwachen Geistes ist oder nicht.«

»Das war meine Idee, Prinzessin«, nickte Samuel.

»Was meint Ihr, kann man sich auf seine Verschwiegenheit verlassen?«, fragte Anne.

»Ich hoffe es«, sagte Samuel leise.

Lange war es still. »Nun gut«, sagte Anne endlich. »Wenn nicht, werden wir es früher oder später schon erfahren.«

FÜNFUNDZWANZIG

Als die Tür das nächste Mal aufging und Shingleton und das Mädchen eintraten, war Henry so überrascht, dass er nicht wusste, wer von den beiden ihn mehr bestürzte.

Shingleton: der Mann, der ihn einst untersucht und mit dem er gesprochen hatte. Kein Kämpfer, aber vielleicht vertrauenswürdig; so hatte Henry ihn eingeschätzt. Neue Gesichter machten ihm Angst, so sehr ihn das auch ärgerte; er hatte fünf Jahre bei einem kleinen Stamm und elf Jahre als Gefangener mit einer Handvoll Hausgenossen gelebt, und unbekannte Gesichter bedeuteten immer eine Katastrophe. Shingleton war keine Gewähr für Sicherheit, das war ihm bei näherer Überlegung klar, aber Tatsache blieb, dass er sein Gesicht kannte und sich deshalb unwillkürlich ein wenig entspannte. Sein Verstand sagte ihm, das sei falsch. Er dürfe sich nicht freuen, den Mann in diesem Haus zu sehen. Der lahme Mann, der ihn gefangen genommen hatte, sei nicht Teil von Claybrooks Plan, sonst hätte er darauf hingewiesen. Dies sei eine neue Situation, an deren Rändern bereits die Flammen züngelten. Sich vom Anblick eines bekannten Gesichts beruhigen zu lassen, sei schiere Dummheit. Nach wie vor könne ihn jedes Wort auf den Scheiterhaufen bringen.

Doch als er das Mädchen sah, war alles andere vergessen. Sie hatte ein weißes Gesicht und Schwimmhäute zwischen den Fingern und schleppte sich auf zwei Stöcken in den Raum, und sie war eine Prinzessin.

Sie war winzig klein. Henry hatte sich so lange mit den Prinzen und Prinzessinnen beschäftigt, dass sie, obwohl er sie nur kurz von ferne gesehen hatte, in seiner Vorstellung wahre Hünen waren, Tieflinge mit langgestreckten Körpern, mächtigen Gliedmaßen und klauenbewehrten Händen. Die Haut dieses Mädchens war bleich mit einem leicht bläulichen Schimmer, wie man ihn bei Fischen ganz tief unten in der Dunkelheit kannte und bei Stammesbrüdern aus diesen schwarzen Gewässern. Sie hatte das krause, verfilzte Haar eines Tieflings, aber es war künstlich geglättet und zu viel zu langen Locken gedreht, die ihr um das Gesicht hingen. Die Beine waren unter einem Kleid verborgen, das an eine Riesenqualle erinnerte – aber für eine Landlingsfrau war sie von der Taille abwärts zu kurz. Ihre Beine bogen sich unter ihrem Gewicht, deshalb befand sich der Rumpf so dicht über dem Boden, dass sie zu kauern schien. Der Rücken war nach vorne gebeugt, als wäre er verkrümmt. Sie schlurfte an ihren Stöcken näher, die schwarzen Augen in dem weißen Gesicht waren starr auf ihn gerichtet, die schmalen Lippen zusammengepresst – doch dahinter lauerten spitze Zähne. Er war überzeugt, dass sie mit ihren Händen einen Stein packen konnte. Das also war der Grund, warum er in diesem Haus von Leuten, die ihn belogen, versteckt und gefangen gehalten wurde. Dieser Knirps von einem Mädchen.

Sie starrte ihn an. In diesem Moment fand er sie so abgrundtief hässlich, dass er sich einen Speer herbeiwünschte.

Anne durfte sich nichts anmerken lassen, nicht vor Shingleton. Aber jemanden wie diesen Jungen hatte sie noch nie gesehen. Er kauerte mit verschlossenem, feindseligem Gesicht so reglos wie ein Felsen in der Strömung auf dem Boden.

Sein Rücken war gerade. Die greisenhafte Verkrümmung eines Prinzenrückens, jener schmerzhafte Höcker, der dadurch entstand, dass man sich jahrelang auf Stöcke stützte, war nicht vorhanden. Dieser Junge saß so aufrecht da wie ein einfacher Bürger oder ein Soldat. Mit den biegsamen Beinen, die nach außen abgespreizt waren, den Schwimmhauthänden, dem weißen Gesicht und den schwarzen Augen hätte er ein Prinz sein können, nur war er ohne Makel, voll bei Kräften und unversehrt.

Annes Großvater war ein verschrumpelter Greis, ihr Onkel ein schlaffer Fleischklumpen. An ihren Vater konnte sie sich kaum erinnern. Während sie diesen fremden Jungen betrachtete, drängte sich ihr die Frage auf, ob er wohl so ausgesehen hatte.

Der lahme Mann trat in den Raum und schloss die Tür hinter sich. »Francis Shingleton«, sagte er und wies auf den Chirurgus. »Dieser Mann will dir nichts Böses, aber er möchte mit dir sprechen. Das ist der Junge, Shingleton. Ich denke, er heißt Henry oder Edward, Philip, John oder etwas dergleichen, aber er will es mir nicht verraten.«

Shingleton hatte dem lahmen Mann – Westlake war sein Name – also nicht gesagt, dass er Henry kannte. Shingleton hielt sich zurück.

»Wie geht es dir?«, fragte Shingleton, und Henry schwieg.

»Und das ...« Westlake hielt inne, räusperte sich und sagte schließlich: »Das ist Ihre Majestät Prinzessin Anne, König Edwards zweite Enkelin.«

Das Mädchen stand ganz still. Er sah sie an, sie sah ihn an.

Wer bist du?, fragte sie in der Tieflingssprache. Sie hatte einen leicht fremdartigen Akzent, etwas anders als der seiner eigenen Sippe, aber er verstand sie. Es war die Sprache, die er so lange entbehrt, die er nur aus seinem eigenen Mund und, von ferne, in den Schreien eines sterbenden Kindes gehört hatte. Sie war an der Verbrennung beteiligt gewesen. Dass sie nun diese geheime Sprache verwendete, empörte ihn so sehr, dass er die Hände ineinanderkrallte.

»Ich bin Anne Delamere«, sagte sie. »Einen anderen Namen habe ich nicht. *Wer bist du?*«

Darauf gab es in der Tieflingssprache nur eine Antwort: Pfiff, sein alter Name, sein altes Ich. Aber Pfiff war vor elf Jahren an einen Strand gestoßen und dort zum Sterben liegen gelassen worden. Seitdem hatte er keine Frau mehr in seiner Muttersprache reden hören.

»Könnt Ihr ihn zum Sprechen bringen, Shingleton?«, fragte Westlake. »Ist er einfältig? Du benimmst dich so, mein Sohn, aber ich glaube nicht, dass du schwachen Geistes bist.«

Ich weiß, dass du verstehst, was ich sage, drängte das Mädchen. Henry staunte immer noch darüber, wie winzig sie war, so zart wie ein dürres Blatt. Sie hatte recht; selbst wenn er frisch aus dem Meer gekommen wäre, würde er die Sprache verstehen, die sie jetzt verwendete. Sie redete nicht mit den Männern, sie redete mit ihm.

Jäh überfiel Henry die Erinnerung an den Tag, an dem ihm Allard die Krone auf den Kopf gesetzt hatte. Zunächst hatte sie ihm Todesängste eingejagt, doch dann war sie sein Spielzeug geworden, das Einzige, was ihn aufheitern konnte. Wahrscheinlich würde er dieses Spielzeug nie mehr wiedersehen. Doch inzwischen wusste er, dass Kronen aus Silber gemacht waren, und so kostbar war die Krone, die Allard ihm gegeben hatte, sicherlich nicht. Er hatte nie danach gefragt. Wahrscheinlich war sie nur aus billigem Blech.

Ich bin hier, sagte das Mädchen, *ich höre dir zu. Wer bist du?*

Henry wurde schlagartig klar, dass er an ihrer Stelle bald aufgeben und versuchen würde, dem Gefangenen mit Prügeln die gewünschten Antworten zu entreißen.

Annes Hände zitterten. »Entschuldige«, sagte sie zu dem Jungen und wandte sich ab. Eigentlich war es töricht, sich mit Höflichkeitsfloskeln abzugeben, aber um unfreundlich zu sein, hatte sie zu viel Angst. Die Tränen schnürten ihr die Kehle zu, und sie wusste nicht einmal warum. »Es gehört sich zwar nicht, über den Kopf eines anderen hinwegzureden, aber unser Gast wird mir hoffentlich verzeihen. Ich glaube, wenn wir allein wären, könnte ich leichter mit ihm sprechen.«

»Das ist unmöglich, Prinzessin«, erklärte Westlake. Sie sah aus dem Augenwinkel, wie der Junge zusammenzuckte, und wandte sich zu ihm zurück.

»Wir haben viel zu besprechen«, sagte sie. »Wenn du nicht Englisch reden willst, könntest du dich vielleicht in deiner Muttersprache mit mir unterhalten.«

Das Gesicht des Jungen wurde noch starrer, und er schlang die Arme um seinen Körper.

»Wenn wir dich retten sollen, müssen wir mit dir sprechen, um einen Plan zu entwickeln«, drängte Anne. »Bitte. Ich weiß doch, dass du mich verstehst.«

Henry schluckte und hob den Kopf. Es nützte alles nichts, er musste reden. »Ich verstehe dich«, sagte er. »Aber zu deinen Rettungsplänen habe ich kein Vertrauen.«

Alle zuckten zusammen. Das wiederum alarmierte Henry: Wollten sie ihn anspringen? Die beiden Männer setzten gleichzeitig zum Sprechen an, doch das Mädchen hob eine Hand, und sie verstummten.

»Es waren Gerüchte über dich in Umlauf«, sagte sie. »Du wärst in jedem Fall bald gefangen worden. Wir wollen dich nicht am Brandpfahl sehen, und wir haben dich als Erste gefunden. Aber wenn du uns nicht vertraust, können wir dir nicht helfen.« Sie sah ihn aus ihren schwarzen Augen traurig an. »Dir bleibt kaum eine andere Wahl.«

Wie schaffte sie es, erwachsene Männer mit einer kleinen Handbewegung zum Schweigen zu bringen? Henry hatte sich sein ganzes Leben gewünscht, so auf andere zu wirken, aber er hatte immer schreien und strampeln müssen, um etwas zu erreichen. Er schüttelte den Kopf. »Ich glaube dir nicht.«

»Prinzessin.« Das war Shingletons Stimme. Henry wagte kaum, ihn anzusehen, so groß war seine Angst zu verraten, dass sie sich kannten. Neben der scheinbaren Teilnahmslosigkeit des Mädchens war sein eigenes Gesicht wie ein offenes Buch, es glich einem unerzogenen Pferd, das scheute, obwohl es doch stillstehen sollte. »Wenn Majestät erlauben, würde *ich* gern allein mit dem Jungen sprechen.«

Das Mädchen sah ihn scharf an. »Wozu?«

Shingleton betrachtete den Jungen. »Prinzessin, wir kennen seine geistige Verfassung nicht.«

»Schwachsinnig ist er nicht«, stellte das Mädchen fest. Sie hielt sich die Arme schräg vor den Körper; das verriet Angst. Doch aus ihrer Stimme sprachen Härte und Selbstbewusstsein. Sie redete weder schnell noch laut: Sie brauchte sich nicht zu räuspern und sah sich auch nicht um, als verstünde es sich von selbst, dass alle schweigen würden, wenn sie das Wort ergriff. »Es ist nicht schwer, den Anschein von Einfältigkeit zu erwecken, Master Shingleton, aber er ist nicht einfältig.«

Shingleton schüttelte den Kopf. Er hatte die Hände abwehrend vor dem Körper gefaltet. »Mag sein, dass er nicht geistesschwach ist, Prinzessin, aber auch andere Dinge können den

Verstand beeinträchtigen. Und, Prinzessin, es wäre vielleicht klug, uns zu vergewissern, bevor wir ihn allzu lange mit Euch sprechen lassen.«

»Ich werde nichts verraten«, sagte sie.

»Wie erträgst du es nur, dass sie dich jedes Mal als ›Prinzessin‹ titulieren?« Henry hörte sich selbst das Gespräch unterbrechen. Wenn es nach Shingletons Willen ging, würde das Mädchen den Raum verlassen. Er musste mit dem Mann allein sprechen, aber womöglich würde er sie dann nie wiedersehen, und die Frage war plötzlich unumgänglich. »Es wäre besser für dich, wenn sie sich die Anrede sparen würden.«

»Wie meinst du das?«, fragte das Mädchen. »Master Tiefling?«

Sie sprach den Titel in einem ähnlichen Tonfall aus, wie er ihn von John kannte, aber er sah keinen Spott in ihrem Gesicht. »Sie nennen dich nur so, weil sie wollen, dass du ihren und nicht deinen eigenen Wünschen folgst«, erklärte Henry. »Wenn dir gefiele, was sie dir zu sagen haben, könnten sie sich die ›Prinzessin‹ sparen.«

Das Mädchen sah ihn an. Ihr hässliches Gesicht leuchtete durch das Halbdunkel. »Wie lange wünschst du dir schon, dass man dich König nennt?«

Es wurde still. In Anwesenheit von zwei Männern kam es nicht infrage, dass er das Mädchen schlug. Henry drehte das Gesicht zur Wand und verfiel in Schweigen. Das machte es Shingleton leichter, noch einmal um ein Gespräch unter vier Augen zu bitten.

Anne zog sich in den Nebenraum zurück, Westlake hinkte hinter ihr her. Sie wünschte sich nichts mehr, als diesen Jungen nie gesehen zu haben. Sie konnte ihm sein Schweigen, sein Misstrauen nicht verdenken; sie hatte sich selbst zu viele Jahre hinter einem stumpfen Gesichtsausdruck versteckt, um die Angststarre nicht zu erkennen, in die ein Tier verfiel, wenn sich von allen Seiten die Räuber sammelten. Aber wenn Shingleton ihn nicht überreden konnte, wenn Samuel es nicht schaffte, dann wollte er sich selbst nicht helfen, und wenn er das nicht wollte, dann musste er eben zugrunde gehen.

Sein Tod wäre leichter zu verkraften, wenn sie ihn vorher nicht kennengelernt hätte.

»Vielleicht kann Shingleton auf ihn einwirken, Prinzessin«, begann Westlake.

Anne unterbrach ihn. »Lasst uns den Rosenkranz beten.« Sie zog die Perlen heraus. Lieber hätte sie ein Gebet in den Ohren als das Prasseln der Flammen.

Als sie zum ersten Ave-Maria ansetzte, fiel ihr ein, dass sie nicht einmal den Namen des Jungen kannte, für den sie betete.

Shingleton schloss die Tür, prüfte das Schloss und spähte durch den Spalt.

»Ihr müsst flüstern«, zischte Henry. »Ich höre Euch schon.«

Shingleton trat näher an ihn heran. »Ich wette, die Ohren der Prinzessin sind ebenso scharf wie die Euren.« Die Worte waren kaum hörbar: Henry musste sich weit vorbeugen und mit seinen kurzsichtigen Augen die Lippenbewegungen des Sprechers verfolgen. »Seid Ihr verletzt, Henry?«

Henry schüttelte den Kopf. »Könnt Ihr John Claybrook eine Nachricht zukommen lassen?«, fragte er. Er sehnte sich danach, Johns Gesicht zu sehen und sein Lachen zu hören, aber er spürte auch eine gewisse Verzweiflung. Robert Claybrook hatte ihn belogen. John vertraute er – aber John war von seinem Vater abhängig, und John gebot nicht über ein

Heer. Henry hatte ihn sein Leben lang als treuen Gefolgsmann geschätzt, aber ein Gefolgsmann konnte ihm jetzt wenig nützen.

Shingleton nickte. »Ich reite sofort zu den Claybrooks. Westlake wird mir nicht folgen. Um Euch zu bewachen und zugleich mich verfolgen zu lassen, hat er nicht genügend Leute. Henry, wie konnte es so weit kommen?«

»Kein ›Mylord‹ mehr?« Der nackte Name versetzte Henry in seine Kindheit zurück, in die Zelle mit den geraden Wänden, zu den gefesselten Händen und den Speisen, die ihm zuwider waren und die er nur bekam, wenn er sprach. Musste er denn für immer ein Gefangener bleiben?

Shingleton antwortete nicht. »Als Bischof Westlake mir mitteilte, er hätte einen Tieflingsjungen in seiner Obhut, wäre ich fast tot umgefallen. Ich wusste ja nicht, ob Ihr es wart. Ich dachte, er wollte mich vielleicht nur warnen, damit ich rechtzeitig fliehen könnte.«

»Wäre ihm das zuzutrauen?« Man musste die Gewohnheiten seiner Wärter kennenlernen. An diese Regel hatte sich Henry immer gehalten.

Shingleton nickte. »Er ist ein Mann Gottes.« Henry schüttelte den Kopf. Gott hatte ihm nie viel bedeutet. »Er hat keine Freude am Töten.«

»Wie weit kann ich ihm vertrauen?«, fragte Henry. Ihm machte die geringe Lautstärke nichts aus, aber es störte ihn, wie Shingleton vor Anstrengung das Gesicht verzog, weil er Henry kaum verstand.

»Er wird Euch nicht verraten, wenn er es irgendwie vermeiden kann«, sagte Shingleton. »Als der letzte Bastard gefunden wurde, war er allerdings machtlos.«

Und schon sah Henry diesen Westlake wieder vor den verkohlten Leichen der Verurteilten stehen.

Sechsundzwanzig

Anne erzählte ihrem Großvater nichts von der Begegnung. Sie erschien wie üblich vor dem Hof und ließ, ohne eine Miene zu verziehen, den Blick über die Reihen der Gesichter schweifen. Grafen und Herzöge, die über große Ländereien und Flüsse herrschten, Männer, die ein Heer aufstellen und einen Bastard versteckt halten konnten, um so den Thron an sich zu bringen.

Hinter einem dieser Gesichter lauerte das Wissen um den versteckten Jungen, aber sie konnte nicht erkennen, welches es war. Allerdings konnte auch ihrem unbewegten Gesicht niemand entnehmen, wo der verschwundene Thronräuber sich jetzt befand.

Westlake war bei Henry, als draußen Hufschläge zu hören waren. Der Junge erschrak: Hufschläge waren inzwischen gleichbedeutend mit Soldaten, die aus den Schatten kamen, um ihn zu ergreifen. Westlake redete weiter auf ihn ein, versuchte einmal mehr zu erklären, warum Henry ausgerechnet denen vertrauen sollte, die ihn gefangen hatten; seine Landlingsohren waren nicht empfindlich genug, um das ferne Geräusch aufzufangen.

Henry drehte ihm den Rücken zu und schlang die Arme um sich. Man durfte niemandem vertrauen.

Dann hörte er noch etwas neben den Hufschlägen, schwach und entfernt, nur gedämpft – aber für ihn vernehmlich. Wenn er den Kopf senkte und Westlakes Worte ausblendete, konnte er sogar die Worte verstehen.

»Henry? Kannst du mich hören? Ich bin es, John. Shingleton war bei mir. Ich bin auf dem Weg, um den Bischof zu besuchen.«

Henry schloss die Augen und vergrub das Gesicht in den Armen. Westlake sollte die verzweifelte Hoffnung in seinen Augen nicht sehen. Die Stimme wurde lauter, als tauchte er aus der Tiefe auf und nähere sich der klaren Luft, um seine Lungen zu füllen.

»Henry, du musst Lärm machen, sobald ich das Haus betrete, damit ich einen Grund habe, nach dir zu suchen. Hast du das verstanden?«

»Fühlst du dich nicht wohl, mein Sohn?«, fragte Westlake, als er sah, wie Henry den Kopf auf die Arme legte.

Henry antwortete nicht. Er würde genügend Lärm machen, wenn es so weit war.

Anne saß vor dem versammelten Hof und fragte sich mit einem Mal, ob der Mann, der den Jungen versteckt gehalten hatte, auch der Mörder ihrer Mutter war.

»Mylord, ich möchte mich in einer Glaubensangelegenheit an Euch wenden«, ertönte Johns Stimme von unten. Sie klang so vertraut, dass Henry vor Erleichterung zusammenzuckte und fast verstummt wäre. Er hätte gern gehört, was sich John als Vorwand für diesen Besuch ausgedacht hatte. Aber für solche Freuden war jetzt keine Zeit, er hatte es eilig, seinen Freund zu sehen.

Er hämmerte mit der Faust an die Tür und erhob die Stimme zu einem gellenden Tieflingsruf; er schrie aus voller Kehle, schrie sich elf Jahre hinter Mauern von der Seele: »Lasst mich raus! Lasst mich raus! *Lasst mich raus!*«

Anne zitterte an allen Gliedern. Sie hätte sich diese Frage schon früher stellen sollen, aber der Anblick des Jungen hatte alles andere in den Hintergrund gedrängt. Sie hatte über Scheiterhaufen und Hinrichtungen nachgedacht, über die reglose Miene, mit der Erzebet andere Menschen in den Tod geschickt hatte. Nicht an Erzebets eigenes Ende, nicht an das nasse, rote Gesicht, als der Tod zu ihr gekommen war.

Dieser Junge konnte es nicht gewesen sein. Wer Erzebets Badewasser vergiften wollte, musste sich flink und leise bewegen können, um unbemerkt von einem Raum zum anderen zu huschen. Aber hatte er vielleicht davon gewusst? Hatte man ihn zurate gezogen? Hatte er gar den Befehl gegeben?

Anne packte das kalte Grauen. Sie rang die Hände und konnte sich nicht entscheiden, ob sie den Mund aufmachen und ihrem Großvater die Wahrheit sagen oder lieber schweigen sollte.

Von unten waren Stimmen zu hören, Schritte klapperten über den Boden. Ein Handgemenge.

Henry stellte sich vor, wie John sein Pferd zu höchster Geschwindigkeit antrieb und auf seinen langen Beinen rannte. Und er rief sich den lahmen, hageren Mann ins Gedächtnis, der die Tür hinter sich verschlossen hatte.

Er machte sich keine Sorgen um den Ausgang des Kampfes. John würde Sieger bleiben, und dann würde er die Treppe heraufkommen und ihn finden.

Wer könnte das Gift in das Wasser gegeben haben? Wie könnte das zugegangen sein?

Jeder hätte es gekonnt, das war das Schreckliche. Das Salz wurde nicht bewacht, und Erzebet war seit dem Vortag nicht in diesem Raum gewesen. Jeder, jeder mit kräftigen Gliedern und geradem Rücken, der wie ein Fohlen von Ort zu Ort springen konnte, anstatt wie eine zweibeinige Schnecke herumzukriechen, könnte in den Raum geschlüpft sein, um ein Päckchen über dem Salz auszuleeren und wieder zu verschwinden. Es hätte jeder sein können.

Und Samuel – auch Samuel war vergiftet worden. Jedenfalls war er so krank gewesen, dass er schließlich das Horn eines Einhorns zur Heilung brauchte. Und Shingleton hatte sich nicht festlegen wollen, ob es eine Vergiftung gewesen war oder nicht. Warum sollte er zögern?

Weil er sich nicht mit einem mächtigen Adeligen anlegen wollte. Weil er nicht wusste, wen er der Tat bezichtigen sollte, und die Konsequenzen fürchtete, wenn er sich irrte? Oder weil er den Schuldigen kannte und ihn nicht zu benennen wagte?

Nur ihre schwachen Beine hielten Anne auf ihrem Stuhl, nur sie verhinderten, dass sie aufsprang, ihr Pferd holte, zu Samuel hinüberritt und lauthals rief: *Wir können Shingleton nicht trauen! Wir haben einen Fehler gemacht!*

Shingleton war am Bett ihrer Mutter gewesen. Selbst wenn man den Leibmedikus des Königs dabei ertappt hätte, wie er sich in dem Raum an dem Salz zu schaffen machte, er hätte mühelos irgendeine Erklärung finden können.

Anne rannte in Gedanken über den Anger zu Samuels hölzerner Tür, doch ihre Beine hingen nach wie vor so schwer wie nasses Tuch über der Stuhlkante.

Als John an der Türklinke rüttelte, hörte Henry, wie ihm auch Westlakes schleppende Schritte nach oben folgten. John hatte den Mann also nicht verletzt. Wenn sie gemeinsam fliehen wollten, war das ein Fehler gewesen, doch als die Tür aufgezogen wurde, war Henry so froh, seinen Freund wiederzusehen, dass er ihm die Schwäche im Kampf verzieh.

Henry streckte die Hand aus, sein Gesicht entspannte sich zum ersten Mal seit Tagen zu einem Lächeln, aber John trat zurück und warf rasch einen Blick über die Schulter. »Du kennst mich nicht«, zischte er. Dann hob er die Stimme und fragte: »Bischof, was ist das?«

Das Gewicht ihres Körpers holte Anne in die Wirklichkeit zurück. Sie nahm einen tiefen Atemzug und überlegte. Warum sollte Shingleton einen Anschlag auf Samuel verüben?

Wenn sie darauf achtete, dass ihre Gedanken leicht und klar blieben, wenn sie sie sozusagen nur mit den Fingerspitzen berührte, konnte sie nachvollziehen, warum jemand ihre Mutter töten wollte. Wenn dieser Jemand einen Bastard präsentierte, der den Thron besteigen und Söhne zeugen könnte, würde das Land ihn wahrscheinlich willkommen heißen. Falls er stark genug war. Und dieser Junge hatte nicht nur starke Glieder, sondern auch einen starken Willen: Er hatte nicht um Gnade gefleht. Ihr Großvater war dem Tode nahe. Ihr Onkel war schwachsinnig. Ihre Schwester und sie selbst waren junge Mädchen, begehrenswert für jeden, der durch Heirat auf den Thron gelangen wollte ... aber keine von ihnen hatte bisher erkennen lassen, dass sie das Ruder der Macht vor dem Zugriff eines ausländischen Gemahls bewahren könnte.

Es war falsch gewesen, all die Jahre über ihren Verstand hinter einem starren Gesicht zu verbergen. Sie hatte sich ihre Privatsphäre mit Sicherheit erkauft, hatte ihre Gedanken für sich behalten und den Thron unbewacht gelassen.

Sie war an den falschen Stellen vorsichtig gewesen. Ihr Leben war ein einziger Fehler.

Anne verfolgte diese Gedanken so kühl und präzise, als urteile sie über jemand anderen. Sie hielt sie auf Distanz, untersuchte sie wie schmutzige Lumpen und entschied, dass sie der Wahrheit entsprachen. Sie hatte die Närrin gespielt, hatte wie eine Närrin gelebt, und sie hatte sich geirrt.

Nun denn, es gab Gründe, Erzebet zu beseitigen. Edward siechte dahin, und es war kein Prinz mehr da, um es mit einem Bastard aufzunehmen, der nach dem Thron greifen wollte. Aber Samuel? Samuel hatte nie jemandem ein Haar gekrümmt.

Samuel ... Anne senkte den Blick. Ihr Gesicht wollte sich schon wieder hinter der alten Stumpfheit, der vorgetäuschten Unbedarftheit verbergen, damit sie ungestört nachdenken könnte. Aber das war vorbei. Sie hatte diesen dummen Gesichtsausdruck so lange trainiert, dass er jetzt ganz von selbst kam. Inzwischen wäre das ein Nachteil.

Sie musste daran arbeiten. Einstweilen schaute sie auf ihre gefalteten Hände nieder und bemühte sich, nicht dumm, sondern nur sittsam auszusehen. Dabei dachte sie an Samuel und beschwor vor ihrem inneren Auge sein Gesicht.

Samuel stand mittlerweile hoch in Philips Gunst. Er konnte den Prinzen besänftigen, beruhigen und im Zaum halten, wie es keinem anderen Höfling je gelungen war. Aber Samuel war krank geworden, bevor es dazu kam. Ihres Wissens hatte er nie mehr getan, um sich von der Menge abzuheben, als mit einem lahmen Bein an den Hof zu kommen und unter vier Augen im Gespräch mit dem Erzbischof Bedenken an der Entscheidung zu äußern, einen Bastard zu verbrennen.

Dabei war es gar nicht um diesen Bastard gegangen, sondern um einen anderen. Um ein Kind, in das noch kein Adeliger hatte investieren können. Es ergab keinen Sinn.

Anne beschloss, sich nicht länger hinter der Maske der Dummheit zu verschanzen. Es war Zeit für ein geistiges Kräftemessen mit der Welt. Erzebet, dachte sie und schaute auf ihre gepflegten Hände mit den scharfen Klauen nieder, Erzebet wäre stolz auf sie.

Westlake erschien hinter John auf der Treppe. Seine Kleidung war in Unordnung, sein lahmes Bein knickte bei jedem Schritt ein, aber von den Schmerzen war ihm kaum etwas anzumerken. Nur sein Gesicht war ein wenig grauer geworden.

»Was ist das, Bischof?«, wiederholte John. Die Mischung aus Schock, Missbilligung und Ungläubigkeit in seiner Stimme klang überzeugend.

Westlake schüttelte den Kopf. »Ich fürchte, jetzt bist du erledigt, mein Sohn«, sagte er zu Henry. »Vergib mir.«

John drehte sich zu Westlake um und sah ihn an. »Versteckt Ihr diesen – diesen Bastard schon lange?«

Westlake senkte den Blick. »Erst seit ein paar Tagen, ich schwöre es. Ich plane keinen Verrat. Ich fand den Jungen und wollte ihn vor einer Hinrichtung bewahren. Das ist alles.« Er trug an einer Kette ein Kreuz um den Hals, ein scharfkantiges Ding, das Henry nicht ansehen konnte, ohne eine heftige Abneigung zu verspüren. Und jetzt umklammerte der Mann es mit einer Hand wie ein Ertrinkender den Schiffsmast.

John sah ihn lange an. Dann streckte er die Hand aus und schloss die Finger um Westlakes Hand und um das Kreuz darin. »Schwört«, befahl er. »Schwört bei Jesus Christus.«

Westlakes Gesicht hatte alle Farbe verloren und war völlig reglos. Er sah John aus erloschenen Augen hoffnungslos an und hielt das Kreuz in die Höhe. »Ich schwöre bei Jesus Christus«, sagte er. »Ich wollte ihn lediglich vor dem Scheiterhaufen retten. Ich glaube nicht, dass es Gott gefällt, wenn wir seine Kinder verbrennen.«

Henry richtete den Blick auf Johns Gesicht. Er konnte die vorsichtigen Atemzüge seines Freundes hören, zittrig wie eine einsturzgefährdete Treppe. Henry erinnerte sich an den Tag, an dem sie zur Verbrennung hinausgeritten waren. John hatte den Anblick kaum ertragen. »Ihr wart beim letzten Mal dabei«, sagte John. »Ihr habt die Flammen gesegnet.«

Westlake ließ den Kopf sinken, die Finger hielten weiter das Kreuz umklammert. »Ich habe für die Seele des Kindes gebetet«, verbesserte er. »Seinen Leib konnte ich nicht retten.«

»Und was wollt Ihr bei diesem Mann retten, die Seele oder den Leib?«, fragte John. Seine leuchtend blauen Augen starrten durchdringend in Westlakes fahles Gesicht.

»Kümmert Euch nicht um meine Seele«, schaltete Henry sich ein. »Entweder steht Ihr auf unserer Seite, oder Ihr werdet dieses Haus nicht mehr verlassen.« So hätte er zu einem Fremden gesprochen, und deshalb sprach er auch zu John so. Aber er fühlte sich nicht wohl dabei. Er hielt sich nicht für einen guten Lügner, und er hatte es so satt, allein zu sein. Er wollte dieses Gespräch hinter sich haben.

»Ihr braucht mir nicht zu drohen«, gab John zurück. »Wenn Ihr nicht nach dem Thron strebt, habt Ihr von mir nichts zu befürchten.«

»Das tun wir nicht«, beteuerte Westlake hastig, ohne John ausreden zu lassen. »Ich schwöre bei Jesus Christus, wir wollen nur das Leben dieses Mannes retten. Zwischen Land und

Meer gefangen zu sein, ist ein hartes Schicksal, und ich möchte niemanden dafür bestraft sehen. Verratet uns nicht, und ich werde jeden Tag meines Lebens für Euch beten.«

John seufzte und fuhr sich mit der Hand durch das Haar. Henry lehnte sich zurück und fragte sich, wie lange er wohl noch schauspielern müsse, bevor er glaubwürdig nachgeben durfte.

Als Anne ein paar Stunden später zu Westlakes Haus ritt, wurde sie von John Claybrook aufgehalten.

Sie war so schnell und so diskret wie möglich aufgebrochen. Seit ihr der Reitknecht Robin Maydestone einst das Horn des Einhorns besorgt hatte, schien er sie ins Herz geschlossen zu haben. Wenn sie zu den ungewöhnlichsten Zeiten ein Pferd verlangte, verneigte er sich nicht nur, sondern lächelte ihr freundlich zu. Anne hatte seine unverhohlene Zuneigung darauf zurückgeführt, dass er selbst eine Tochter hatte, oder dass das eben nicht der Fall war. Wenn sie ihn gefragt hätte, anstatt das Dummchen zu spielen, hätte sie mehr erfahren. Auf jeden Fall war Maydestones Sympathie nützlich, wenn sie sich heimlich davonstehlen musste. Heute war es kühl, der Boden unter den Pferdehufen war weich, jeder Tritt hinterließ tiefe Eindrücke, und Anne genoss die feuchte Luft auf der Haut, während sie fieberhaft überlegte. Sie musste herausfinden, wie viel dieser Junge – dieser junge Mann – wusste. Egal, was Samuel sagte, zur *Hölle* mit Samuel, falls er sich ihr in den Weg stellte. Irgendjemand hatte diesen Bastard aufgezogen, und über diesen Jemand musste sie mehr in Erfahrung bringen. Erzebets blutiges Gesicht wollte sich in ihr Bewusstsein drängen, und sie presste die Lippen aufeinander, um die Übelkeit zurückzudrängen.

Als John Claybrook von hinten angeritten kam und »Prinzessin!« rief, fuhr Anne jäh zusammen und riss so heftig an den Zügeln, dass ihr Pferd scheute und den Kopf warf.

John galoppierte an ihre Seite und packte es am Halfter. Anne nahm die Zügel an und versuchte, das Tier rückwärts zu richten: Wenn irgendein Höfling, und hätte er noch so gute Manieren, sie verfolgte, wäre das gerade jetzt eine Katastrophe.

»Prinzessin, ich war beim Bischof«, sagte John leise.

»Ich will gerade zu ihm.« Anne drehte den Kopf zur Seite. Sie wollte sich dazu nicht weiter äußern.

»Prinzessin, ich habe den Mann gesehen, den er versteckt.«

Anne ließ die Zügel fallen. Ihr Pferd blieb stehen und stampfte empört mit dem Fuß, als John das Halfter nicht losließ. »Was für einen Mann?«, fragte sie.

»Prinzessin, Ihr wisst, wen ich meine.« John hatte sie immer kameradschaftlich behandelt, obwohl er der Ältere war, aber jetzt fühlte sich Anne nicht mehr als Kind und wollte sich nicht bieten lassen, dass der Sohn irgendeines Adeligen so mit ihr redete.

»Hütet Eure Zunge, Sir«, warnte sie ihn. »Sagt mir, was Ihr von mir wollt, oder lasst mich weiterreiten.«

Johns sonst so fröhliches Gesicht war angespannt. »Prinzessin, ich bitte um Vergebung. Aber ich ... Ihr braucht nicht zu erschrecken. Ich bin Euch treu ergeben.«

»Heraus mit der Sprache«, herrschte Anne ihn an. Das Herz schlug ihr bis zum Hals. »Meine Geduld ist nicht unerschöpflich.«

»Prinzessin, ich ... ich war beim Bischof, um ihn in einer Glaubensangelegenheit um Rat zu fragen. Als ich im oberen Stockwerk Lärm hörte, ging ich nachsehen und stellte fest, dass er in seinem Haus einen Bastard versteckt hält.«

Anne runzelte die Stirn, um nicht wieder in diesen schwachsinnigen Gesichtsausdruck zu verfallen. »Was ist das für eine Geschichte, Sir? Ihr beschuldigt einen Mann Gottes.«

John schüttelte den Kopf, ließ sich aber nicht einschüchtern. »Nicht der Bischof sagte mir, dass Ihr Bescheid wüsstet, Prinzessin, sondern Henry selbst. Er erwähnte eine junge Tieflingsfrau. Damit konntet nur Ihr gemeint sein.«

»Henry?« Das war also der Name. Jemand war vorsichtig gewesen; einen Henry hatte es in der Familie seit mehreren Generationen nicht mehr gegeben. Samuel hatte ihm also den Namen doch noch entlockt. Wider alle Vernunft war Anne für einen Moment enttäuscht, weil sie das Geständnis des Jungen nicht selbst hatte hören können, doch sie nahm sich gleich wieder zusammen.

John blinzelte, dann schüttelte er nervös den Kopf. »Er sagte, das sei sein Name. Außerdem erzählte er mir, er hätte mit Euch gesprochen, und Ihr wärt freundlich zu ihm gewesen.«

»Da hat er sich getäuscht«, sagte Anne. Ihre Stimme klang scharf. Das sah dem mürrischen, misstrauischen Jungen, dem sie in Samuels Haus begegnet war, gar nicht ähnlich. Mit ihrer höflichen Zurückhaltung konnte sie unmöglich diesen Eindruck hinterlassen haben: Sie war nicht freundlich gewesen, sondern vorsichtig. Aber vielleicht war das nur als diplomatische Umschreibung gemeint. Wenn ein Adeliger einen Bastard aufzog, würde er ihn vermutlich lehren, diplomatisch zu sein.

»Prinzessin, ich kann Euch helfen. Mein Vater kann Euch helfen. Keiner von uns will eine zweite Verbrennung miterleben.«

»Wollt Ihr die Entscheidungen der Krone infrage stellen?« Annes Stimme wurde lauter. Samuel mochte ihr im Vertrauen und an einem verschwiegenen Ort erklären, er lehne Hinrichtungen durch Feuer ab, und sie selbst mochte in den Tiefen ihres Herzens daran zweifeln, dass sie ein solches Schauspiel ertragen hätte. Wenn aber ein dahergelaufener Höfling ein solches Urteil über die Entscheidung ihrer Mutter fällte, eine Entscheidung, um die Erzebet so hart gerungen hatte, dass ihr Gesicht darüber versteinert war, und die Anne eine einzige Umarmung eingebracht hatte, als sie sie indirekt kritisierte, dann stand das auf einem ganz anderen Blatt.

»Prinzessin.« John ließ ihr Halfter noch immer nicht los. »Ich kann Euch helfen. Ihr müsst es mir nur gestatten.«

Anne erinnerte sich an das kalte Gesicht ihrer Mutter und beherrschte sich. »Werdet Ihr Eurem Vater davon berichten?« Robert Claybrook könnte ein Heer aufstellen und mit einem Bastard an der Seite gegen die Hauptstadt marschieren. Aber auch als Philips Hüter hatte er Macht, und wenn Edward starb, würde diese Macht noch wachsen; er könnte großen Einfluss erringen, ohne bei einem Kampf sein Leben aufs Spiel zu setzen. Er könnte Henry ausliefern und sich damit große Verdienste erwerben. Oder er könnte eigene Zwecke mit ihm verfolgen.

Wenn John jetzt schnurstracks nach Hause ritt und seinem Vater alles erzählte, wäre das Geheimnis gelüftet, und ein hoher Adeliger könnte es sich zunutze machen. Konnte sie ihn aufhalten? Sie konnte ihn nicht zum Schweigen zwingen, sie konnte ihn allenfalls an einen Ort bringen lassen, wo ihn niemand hören konnte. Das wäre nicht weiter schwierig. Sie brauchte nur einen Angriff zu erfinden, einen geplanten Verrat, und ihr Wort stünde gegen das seine. Aber er würde reden, das könnte nicht einmal der Scharfrichter verhindern, er könnte reden bevor die Axt fiel. Auf jeden Fall könnte er sich seinem Vater anvertrauen.

»Ich glaube, er kann helfen, Prinzessin.«

Anne schüttelte den Kopf. Man konnte ihr viel erzählen, aber dass ein Mann wie Claybrook aus christlicher Nächstenliebe zu einem Bastardfindling handeln würde, hielt sie für ausgeschlossen. Ein Kirchenmann, ein Medikus, Männer, die sich von ihren Überzeugungen leiten ließen, mochten derart abstrakten Erwägungen folgen, aber Claybrook besaß große Ländereien, er kontrollierte Wasserstraßen, und er war reich. Er hatte zu viel zu verlieren. »Sagt ihm nichts«, bat sie. »Behaltet die Sache für Euch, bis ich Euch andere Anweisungen gebe.«

John zögerte. »Er wird meine Abwesenheit bemerken, Prinzessin. Ich muss ihm eine Erklärung geben. Und wir können die Entdeckung nicht lange vor ihm verheimlichen. Früher oder später wird sie durchsickern, das ist unvermeidlich.«

»Sagt ihm, Ihr hättet einen kranken Freund besucht«, zischte Anne. »Erzählt mir nicht, Ihr könntet nicht lügen.«

Ein Schatten seines früheren Grinsens glitt über Johns Gesicht, doch er wurde gleich wieder ernst. »Wie Ihr befehlt. Doch als Höfling ist es meine Pflicht, Euch zu beraten, und mein Rat lautet: Gestattet mir, meinen Vater einzuweihen. Er kann uns helfen.«

»Ein kranker Freund«, wiederholte Anne. »Oder ein Anfall von Frömmigkeit. Andernfalls werdet Ihr erleben, dass auch ich etwas zu erzählen habe, und meine Geschichte könnte Euch das Leben kosten.«

Die Nacht brach herein. Henry wartete. Claybrook wusste, dass er hier war. Er könnte jetzt reden, könnte Claybrook beschuldigen, um dann Hand in Hand mit ihm den Scheiterhaufen zu besteigen. Allard würde er nicht mit hineinziehen. Allard war gut zu ihm gewesen, das sah er jetzt ein. Er hatte ihn in einer Zelle eingesperrt, ihn gefesselt und ihn mit Fragen gequält, aber das war auch jetzt wieder geschehen; vielleicht war das einfach die Art der Landlinge. Für einen Landling hatte Allard sein Bestes getan. Anders als Claybrook hatte er keine falschen Versprechungen gemacht.

Aber Claybrook konnte nun nicht länger zögern, das Herrscherhaus herauszufordern. Diesmal bliebe ihm keine Wahl mehr. Er musste endlich ein Heer aufstellen. Henry wäre nur auf dem Thron sicher, und Claybrook wäre nur sicher, wenn er Henry auf den Thron bringen konnte. Henry hatte es nicht so geplant, aber jetzt könnte er Claybrook zum Handeln zwingen. Wenn John morgen kam, würde er ihm eine Botschaft mitgeben. Entweder marschierten sie gegen die Hauptstadt, oder Henry würde verraten, wer ihn all die Jahre gefangen gehalten hatte.

Siebenundzwanzig

Anne hatte viele Fragen und suchte nach Antworten. Und sie hatte den Jungen in der Hand. Sie brauchte nur zu ihrem Großvater zurückzureiten und ein paar Worte zu sprechen. »Bischof Westlake hat dankenswerterweise Spitzel auf unsere Feinde angesetzt, und er hat einen Verräter gefangen.« Lob für Samuel, Lob für sie, und der Bastard ginge in Flammen auf und würde von der Hitze verschlungen. Ein großartiges Druckmittel. Damit könnte sie diesem Henry den Namen des Mörders ihrer Mutter entreißen.

John Claybrook wartete unten, als sie Samuels Haus erreichte. »Prinzessin«, sagte er und stand auf, »der Bischof will mich nicht zu dem Bastard lassen.«

»Danke, Samuel, Ihr braucht nicht aufzustehen«, sagte Anne, als Westlake sich anschickte, auf die Füße zu kommen. »Ihr habt recht getan. Ihr dürft ihn erst sehen, wenn ich es sage, Mylord John.«

John ballte errötend die Faust, verneigte sich und öffnete sie wieder.

»Habt Ihr mit Eurem Vater gesprochen?«

»Prinzessin?«

»Ich habe Euch gestern verboten, Euren Vater einzuweihen«, erinnerte ihn Anne. »Habt Ihr gehorcht?«

Er errötete noch tiefer. »Ja, Prinzessin. Ich habe getan, was Ihr wolltet, und ihm erklärt, ich müsse einen kranken Freund besuchen.« John zuckte die Achseln. »Er hat sich sehr christlich verhalten. Er hat mir sogar eine Flasche Wein für ihn mitgegeben.«

»Sehr christlich«, wiederholte Anne kalt. »Wo ist die Flasche?«

»Der Bischof hat sie Henry hinaufgebracht.«

»Das überrascht mich«, sagte Anne. »Tieflinge mögen keinen Wein.«

»Er ... er ist kein Tiefling, Prinzessin ...« In Johns Zügen spiegelte sich Verwirrung.

»Nein«, sagte Anne. »Aber er ist auch kein König.«

Samuel wartete auf sie, aber sie schob ihn beiseite. »Heute will ich allein mit ihm sprechen.« Anne ging auf die Treppe zu, Samuel hinkte aufgeregt neben ihr her.

»Mylady ...«

»Ich kann Euch ja rufen, wenn es Schwierigkeiten gibt.« Leise Verbitterung sprach aus Annes Worten. »Diese Tür hält Geräusche bekanntlich nicht besonders gut ab.«

Samuel verneigte sich. »Ich bitte um Vergebung, Prinzessin. Es tut mir leid.«

»Es ist nicht mehr zu ändern«, sagte Anne. »Hat er sich für den Wein bedankt?«

»Nein, Prinzessin«, seufzte Samuel. »Er spricht so gut wie gar nicht mit mir.«

»Ich werde dafür sorgen, dass er mit mir spricht«, erklärte Anne und stieg die Treppe hinauf.

Henry hielt die Weinflasche in den Händen, als Anne eintrat. Er war mit einem Bein und einem Handgelenk so an einen Ring in der Wand gekettet, dass er sich zwar aufsetzen konnte, aber die Tür nicht erreichte. Die Flasche stieß immer wieder klirrend gegen das Eisen. Sie war ein Geschenk von Claybrook, es konnte nicht anders sein: John hatte keinen eigenen Keller. Es war ein so schäbiges Friedensangebot, dass Henry sie am liebsten zerschmettert hätte, aber er beherrschte sich. Vielleicht sollte er sie vorher noch austrinken. Claybrook konnte ihm weitere Flaschen schicken, und das würde er auch tun. Dafür würde Henry schon sorgen.

Das Mädchen stand in der Tür. Henry konnte immer noch nicht fassen, wie weiblich sie war; er hatte in seinem Leben nur wenige Landlingsfrauen gesehen, aber das waren hochgewachsene und ganz und gar fremdartige Kreaturen gewesen. Dieses Mädchen, das etwa so klein war wie er, wenn nicht noch kleiner, war mit ihren Schwimmhauthänden und den gebogenen Beinen ein Fehltritt der Natur. In seinem eigenen Stamm war diese blaue Haut zwar nicht vorgekommen, aber gelegentlich hatte er sie an anderen Stammesleuten gesehen, die aus kälteren Gewässern weiter im Norden kamen, wo im Winter das Wasser sogar bei Tag dunkel war. Diese Stammesleute hatten besonders starke Arme und große Lungen und konnten tief tauchen. Jede Begegnung mit ihnen war gelinde gesagt kritisch gewesen; er erinnerte sich an die Machtdemonstrationen, das Steineschwenken, das Kräftemessen, bei dem Männer beider Stämme durch die Oberfläche brachen und sich hoch, möglichst höher als ihre Rivalen, in die Luft schnellten. Klafterweit waren die Schreie durchs Wasser gedrungen: *Ich bin stark. Nimm dich in Acht.* Tieflinge zogen keine imaginären Linien zwischen den Stämmen; sie grenzten sich nach Territorien und Sippen ab, und unbekannte Gesichter verlangten nach einer Herausforderung. Er erinnerte sich schwach an die Beleidigungen und die schrillen Schreie, wenn sich unbekannte Stämme auf Hörweite näherten: *Schwächling. Schiffsverfolger. Fremdling.* Kein »Mein Sohn« oder andere abstruse Höflichkeitsfloskeln, wie der lahme Mann sie verwendete. Im Meer gab man sich nicht als verwandt aus, wenn man es nicht war, und dieses Mädchen gehörte nicht zu seiner Sippe. Selbst wenn sie in seiner Sprache mit ihm redete, war ihr Dialekt ein anderer, als er ihn aus seiner Kindheit kannte; er verstand sie zwar, aber der Rhythmus der ächzenden oder pfeifenden Laute klang ihm fremd in den Ohren. Das Mädchen war ihm in allem fremd. Er hatte so viele Jahre nur Landlinge gesehen, dass ihm ihr Gesicht mit seinen Tieflingszügen, den kleinen spitzen Zähnen und den völlig schwarzen Augen geradezu grotesk vorkam. Er hätte sie gerne irgendwie besiegt, sie in einem Kampf zu Boden geworfen oder sie zum Gehorsam gezwungen, um von diesem Gesicht nicht länger beunruhigt zu werden. Er wollte ihre Zunge essen.

Sie trat ein und blieb, über ihre Stöcke gebeugt, mit grimmigem Gesicht vor ihm stehen. Dann zog sie ein Messer aus dem Ärmel ihres Kleides.

»Du wirst mir jetzt sagen«, verlangte sie, »was du über den Tod der Prinzessin Erzebet weißt.«

Henry starrte zu ihr empor und schwieg.

Das Mädchen drehte das Messer vor seinen Augen hin und her. »Du wirst mir antworten«, sagte sie, und der grausame Ton in ihrer Stimme weckte in Henry Bilder von gefletschten Zähnen, scharfen Klauen und Meereswellen, die sich an ihren Füßen brachen. »Wenn du mir nicht sagst, was du weißt, schicke ich dich noch heute auf den Scheiterhaufen. Und vorher tue ich dir weh.« Sie öffnete den Mund, wie um noch mehr zu sagen, schwieg aber dann doch. Henry umklammerte seine Fesseln mit den Händen. Hätte sie weitergesprochen, dann hätte er vielleicht gedacht, sie bluffe oder spiele sich auf, aber sie sagte nur, was sie meinte. Und sie meinte, was sie sagte.

»Wenn du mir zu nahe kommst, gibt es einen Kampf«, drohte Henry. Er würde vor dieser Frau keine Angst zeigen, um nichts in der Welt. »Und ich bin der Stärkere. Wenn ich dir wehtue, bevor du mir wehtun kannst, wirst du es bereuen.«

Sie sah ihn kurz an, dann öffnete sie die Hand und ließ das Messer fallen. Es bohrte sich mit der Spitze in die Bodendielen und blieb zitternd stecken. »Ich kann werfen«, sagte sie. »Kannst du auch fangen?«

Henry wollte sich auf die Waffe stürzen und schnellte sich nach vorne, dass sich die Eisenketten klirrend strafften.

»Das haben die Männer sicher gehört«, sagte das Mädchen. »Ich kann veranlassen, dass man dir auch den zweiten Arm fesselt. Ein Wort von mir genügt.«

Das konnte sie tatsächlich, und dann wäre er vollends hilflos und würde das Messer nie erreichen. Wieder riss er an seinen Ketten, er erstickte fast vor Wut, aber er war nicht überrascht. Er hätte an ihrer Stelle schon früher mit den Drohungen begonnen.

»Ich bin mit ... Tieflingen fertiggeworden«, stieß das Mädchen hervor. Ihre Stimme klang jetzt tief und heiser und schien die Luft in Schwingungen zu versetzen. »Und ich werde auch mit dir fertig, Master Tiefling. Du bist hier in meinem Land, und du bist mir Rechenschaft schuldig.« Sie bückte sich und hob das Messer wieder auf. Obwohl sie dabei schwankte, war ihr Blick fest. Er sah, wie krampfhaft sie die Stöcke umklammerte.

»Ich bin niemandem Rechenschaft schuldig«, widersprach Henry. Wenn sie ihm nahe genug kam, würde sie beide der

Blutrausch erfassen. Er war ein Kämpfer. Es wäre ein Genuss, sie zu packen, zu Boden zu werfen und ihr diese Sicherheit aus dem Leib zu reißen; diese beherrschte Stimme konnte gewiss auch um Gnade schreien, und diese blassen Ärmchen würden sich in seiner Faust gut anfühlen. Ging es letztlich nicht immer nur darum: Anspruch gegen Anspruch? *Mein*, sagte ihre Hand. Oder warum sollte sie sonst danach gieren, ihm das Messer in den Leib zu stoßen?

»Wenn du mir nicht sagst, wer Erzebets Tod verschuldet hat, werde ich dich als Erstes entmannen.« Die letzten Worte kamen ihr nur zögernd über die Lippen, als wären sie ihr nicht vertraut, aber Henry sah, wie sie die Klinge hielt.

Es war wieder wie im Augenblick seiner Geburt. Die Angst, die ihm die Brust zuschnürte, konnte nur mit Wut in Schach gehalten werden. Also konzentrierte er sich auf ihre Dummheit, diese unglaubliche Dummheit, für die er sie ohrfeigen wollte; sie stellte nicht einmal die richtigen Fragen. »Ich weiß nichts über den Tod deiner Erzebet«, gab er zähneknirschend zurück.

»Antworte mir«, befahl sie. Das Messer senkte sich ein wenig, als wollte sie an der Luft prüfen, wie scharf es war.

»Was willst du von mir? Sie ist an einem Fieber gestorben. Und das hatte sie nicht von mir.« Er erinnerte sich, dass John ihm davon erzählt hatte; er hatte es für eine gute Nachricht gehalten, ein Hindernis weniger auf dem Weg zum Thron. Fieber, das hieß brennende Haut, Hitze und Schmerz; für einen Moment hatte er wilde Schadenfreude empfunden. Doch das schien sehr weit zurückzuliegen. Henry biss die Zähne zusammen, um die Beleidigungen zurückzuhalten, die sich ihm auf die Lippen drängten. Mit dem Vorwurf, die falschen Fragen zu stellen, legte er ihr womöglich noch die richtigen in den Mund.

Hast du sie getötet? Sie stellte die Frage in seiner Muttersprache. Henry zitterte heftig. Er wollte seine Hand auf dieses Gesicht pressen und diesen niedlichen kleinen Mund zuhalten, um den Meeresruf zu ersticken, aber er kam nicht nahe genug heran.

Er rang nach Luft, nahm einen tiefen Atemzug. Seltsam. Er konnte die Luft eine volle Viertelstunde lang in seinen Lungen halten, aber dieses Mädchen, dieses zarte, hässliche Ding brachte ihn zum Keuchen wie nach einem Kampf. Das sollte sie ihm büßen, schwor er sich. Der Gedanke munterte ihn ein wenig auf.

Nein, antwortete er. *Sie ist ein Fremdling.* Man konnte in der Tieflingssprache lügen, aber Ausflüchte zu machen war bei dem begrenzten Wortschatz schwierig. Im Meer brauchte man nur Aussagesätze und Herausforderungen: *Die Beute ist dort. Nimm dich in Acht. Das will ich haben.*

Das Mädchen drehte das Messer in den Fingern hin und her. »Erzähle mir, was du über sie weißt«, befahl sie.

Henry schüttelte den Kopf. »Du bist töricht, Prinzessin, und du stellst mir Fragen, die ich nicht beantworten kann. Ich weiß nichts über diese Erzebet. Als ich hörte, sie sei an einem Fieber gestorben, habe ich mich gefreut, denn damit stand eine Prinzessin weniger zwischen mir und meinem Ziel. Glaubst du etwa, ich müsste um sie weinen?«

»Belüge mich nicht.« Das Mädchen sprach leise, doch sie sah ihn starr an, und plötzlich fletschte sie die Zähne, und schloss die Finger wieder fest um das Messer. »Belüge mich nicht, *belüge mich nicht!*«

Henry hörte die Qual in ihrer Stimme, und eine wilde Freude durchströmte ihn. »Die Tyrannenhexe wurde von einem Fieber hingerafft, bevor sie mich verbrennen konnte«, johlte er. »Ich habe erlebt, was sie meinem Bruder angetan hat, und ich weiß, was mir widerfahren wäre.«

Jetzt blinzelte das Mädchen. »Erzähle mir nicht, er sei dein Bruder gewesen«, zischte sie ihn an. »Ich war im Meer, und ich glaube dir nicht.«

Sentimental war sie also nicht. Gut. »Er hätte es aber sein können«, sagte Henry, und das war die Wahrheit. Diese Überlegung hatte er nicht einmal mit John geteilt; er hatte befürchtet, sein Freund würde ihn wegen seiner Schwäche auslachen. »Meine Mutter hat schließlich gern mit Landlingen gefickt, genau wie die deine. Ich habe ihn brennen sehen.«

Das Mädchen stutzte und beugte sich über ihn. »Meine Mutter hat nicht mit Landlingen gefickt«, sagte sie. Sie stockte bei dem Wort, als wäre sie nicht an derbe Ausdrücke gewöhnt, und Henry knirschte befriedigt mit den Zähnen. »Meine Mutter war eine Prinzessin, kein Tier. Meine Mutter hat einen Idioten geheiratet, der nicht ins Wasser darf, damit er keine Tieflingsfrauen ficken kann. Erzähl mir nichts vom Ficken, sonst sage ich dir, was Schwachsinnige tun.«

»Wolltest du mich nicht als Erstes entmannen?«, fragte Henry. »Wenn du als Erstes reden willst, ist das weniger bedrohlich.« Er hatte nicht wirklich gemeint, dass Erzebet mit Landlingen fickte; bei näherer Überlegung musste das Mädchen das Kind eines Halbbluts sein, ihre Eltern waren ebenfalls Kinder von Halbblütern, und so ging es immer weiter zurück. Sie stammte von Generationen humpelnder Spinnen ab. Aber sie hatte ihn richtig verstanden, und das war erstaunlich; John oder Allard hätten die Stirn gerunzelt und eine Erklärung verlangt. Aber das Wort *Tier* klang ihm merkwürdig in den Ohren, es wäre ihm selbst nie in den Sinn gekommen. Tiere jagte man, spießte sie mit Speeren auf oder erwürgte sie mit bloßen Händen. Sie waren Beute. An Land kannte er kein Tier, das ihm so gefährlich werden konnte wie die Tiere des Wassers: An Land gab es keine Haie, keine Schweinswale, keine giftigen Fische. Nur unzählige Landlinge mit Schwertern und undurchschaubaren Regeln. Er beherrschte zwei Sprachen, er war gefangen, und er sprach zum ersten Mal in seinem Leben mit jemandem, der alle beide verstand.

Lange war es still. Das Mädchen starrte ihn an. Dann ließ sie, ohne das Messer aus der Hand zu legen, ihre Krücken fallen, um sich hinzusetzen. Sie plumpste so heftig zu Boden, dass es sicherlich schmerzhaft war. Ein Zucken ging über ihr Gesicht, aber sie war immer noch außer seiner Reichweite, er kam nicht an sie heran. Dann saß sie ihm in einem Wust von Röcken gegenüber und spielte mit der Klinge.

»Angenommen«, fragte sie, »ich gebe dir dieses Messer und du kannst wählen, ob du dich selbst töten oder auf dem Scheiterhaufen sterben willst. Was würdest du tun?«

Henry wich ihrem Blick nicht aus. »Ich würde es nehmen und warten, bis jemand nahe genug käme, und dann würde ich kämpfen«, antwortete er.

Er hörte fast so etwas wie Interesse in ihrer Stimme. »Glaubst du wirklich, du könntest davonkommen?«

»Meinen Willen könnt ihr nicht brechen.«

Sie nickte, mehr zu sich selbst. »So offen spricht kein König, Master Tiefling.«

Henry zuckte die Achseln. »Wenn ich auf dem Thron säße, könnte ich die Diplomaten für mich sprechen lassen.«

»Heißt du wirklich Henry?«

Er zögerte. John musste einen Fehler begangen haben, der Name musste ihm entschlüpft sein, denn er selbst hatte ihn niemandem gegenüber genannt. Wenn John das nächste Mal kam, musste er ihn eindringlich verwarnen. Aber der Name allein verriet noch nichts, und er fand es seltsam faszinierend, ihn aus dem Munde dieses Mädchens zu hören. »In ihrer Sprache schon«, gestand er. »Früher im Meer hieß ich anders.«

»Und wie?« Die schwarzen Augen sahen ihn aufmerksam an.

Pfiff, sagte er. Es war wie ein Traum, eine Kindheitserinnerung, die tief hinabgesunken und, vom Salzwasser verwandelt, wieder an die Oberfläche gekommen war. »Aber es ist lange her, dass mich jemand so genannt hat.«

Pfiff, wiederholte das Mädchen und seufzte. »Hier an Land kennt man uns nur unter einem Namen. Aber auch die Tieflinge draußen in der Bucht haben Namen, und die kann man keinem Landling erklären.«

Henry schüttelte den Kopf. »Du und ich, wir sind nicht gleich.«

»Wahrhaftig nicht.« Ihr Blick ruhte noch immer auf ihm. »Du hast die Tiefe gesehen. Das große Wasser draußen vor der Bucht.«

Wieder schüttelte er den Kopf. »Man kann nicht auf Sicht schwimmen. Alles ist blau.«

»Das hätte ich wissen können«, sagte sie. »Ich weiß es tatsächlich.«

Henry raffte sich auf. »Warum redest du mit mir? Was ist mit deinen Drohungen? Du hast mir nur eine einzige Frage gestellt, und die war sinnlos.«

Sie zuckte die Achseln. »Ich habe nicht viele Verwandte, Master Tiefling. Pfiff. Weißt du wirklich nichts über Erzebet?«

Ich weiß nichts, bekräftigte Henry. »Ich habe nur gehört, sie sei an einem Fieber gestorben.«

Das Mädchen zog die Beine unter sich. Ihr Gesicht hatte zu leuchten begonnen und strahlte, ein kalter blauer Fleck, durch das halbdunkle Zimmer. Ein solches Blau hatte Henry lange nicht gesehen, es war die Farbe der Heimat. Und sie war schön, selbst an diesem Mädchen, das sein Feind war. »Sie wurde vergiftet«, sagte sie. »Jemand hat Gift in ihr Badewasser getan, und es hat ihr die Haut vom Leib gefressen.« Sie atmete ein, gleich darauf noch einmal. Sie hechelte wie ein Landling.

Henry runzelte die Stirn. Hatte Claybrook davon nichts gewusst? Henry gegenüber hatte er behauptet, sie sei an einem Fieber gestorben, und Henry hatte ihm geglaubt. Und wenn er es gewusst hätte, was dann? Hatte Claybrook die Tyrannin ausschalten wollen, die zwischen ihm und dem Sieg stand? Wenn ja, warum hatte er nicht sofort nach ihrem Tod ein Heer aufgestellt? Ein Abgrund der Unwissenheit hatte sich aufgetan, und er spürte, wie die Angst zurückkehrte. Er hatte sich im Gestrüpp verirrt, Geräusche wurden von allen Seiten zurückgeworfen, und es gab kein klares Echo, dem er folgen konnte.

Er hob die Flasche und drehte sie in den Händen. Vielleicht würde ihm ein Schluck Wein guttun.

»Ich habe meine Mutter sterben sehen«, sagte das Mädchen, und Henry begriff, dass diese Erzebet ihre Mutter gewesen war. Eigentlich hatte er es gewusst oder hätte es wissen können, aber das Wort *Mutter* bedeutete ihm wenig. Erzebet war eine Tyrannin, eine zähnefletschende Mörderin seiner Artgenossen, aber dieses Mädchen war anders. Er hatte nicht berücksichtigt, dass Erzebets Verlust sie erschüttern könnte. Er erkannte es weniger an den Worten, die sie gebrauchte, als daran, dass sie sie überhaupt aussprach. Schwatzhaft schien sie ihm nicht zu sein. Erzebets Tod musste ihr viel bedeutet haben, wenn sie ihn ohne besonderen Grund erwähnte, nur um sich selbst davon reden zu hören.

»Wenn du sie noch einmal Tyrannenhexe nennst«, drohte Anne, »dann steche ich zu.«

»Wir müssen alle sterben«, sagte Henry gleichmütig. Im Meer hatte er viele sterben sehen, und das hatte sie nicht zu seinen Freunden gemacht. Aber das Mädchen hatte ein Messer, und deshalb behielt er diesen Gedanken für sich.

Der Junge war ein Tier, sagte sich Anne. Oder nein, ein Tier war er eigentlich nicht. Er nannte ihre Mutter eine Tyrannenhexe, und er sprach vom Ficken wie von etwas ganz Alltäglichem, als könne ihm nichts, nichts von all den Dingen, die sie zu erdrücken drohten, etwas anhaben. Sie fand ihn abstoßend, aber er redete mit ihr, er kannte das Meer und wahrscheinlich log er nicht, wenn er behauptete, er hätte mit Erzebets Tod nichts zu tun. Ihre Mutter war ihm einfach nur gleichgültig.

Wie es wohl sein mochte, so unbelastet zu leben? Er brauchte keinem Hof zu gefallen, sich um kein Land zu kümmern, keine Tieflinge lediglich mit flinken Händen und geschlossenen Augen für sich zu gewinnen. Kein Mensch fiel über seinen Körper her; er blieb für sich, heuchelte nicht, zeigte keine Anteilnahme, die er nicht empfand, leistete keine Gefolgschaft, die er nicht schuldete. Selbst mit Fesseln an den Händen sagte er noch unverblümt seine Meinung.

Sie hätte ihm am liebsten das Messer in den Leib gestoßen, weil ihn alles, was ihr wichtig war, so völlig kaltließ, weil er so abweisend war, so fern von zu Hause, so isoliert. Aber er war nicht wie Philip, beteuerte sie sich, er war kein Tiefling aus der Bucht.

»Willst du mir nicht sagen, wer dich all die Jahre über versteckt hat?«, fragte sie. Jemand musste es getan haben. Ihre Familie mochte ihm gleichgültig sein, aber er musste doch eine eigene haben.

Henry sah sie an. »Willst du die Wahrheit hören?«

»Gewiss.«

Er legte den Kopf schief. »Wenn mein ... Vater feststellt, dass ich nicht mehr da bin, wird er nach mir suchen. Falls er mir nicht helfen kann, gebe ich vielleicht seinen Namen preis, um mich selbst zu retten. Aber ich warte ab, bis ihr mich so weit treibt.«

Anne schluckte. Sie hatte sich bemüht, sie hatte sich all die Jahre nach Kräften bemüht, gut zu sein. Dieses bedenkenlose Fallenlassen seiner Familie hätte ihr Entsetzen einflößen müssen. Doch zugleich rannte ein Teil von ihr auf seine Haltung zu wie auf eine Gestalt in der Ferne. Die Freiheit der Illoyalität, die Sicherheit der Einsamkeit. Wenn man auf allen Seiten von Pflichten eingeengt war, konnte einem Undankbarkeit das Leben retten.

»Was meinst du, könntest du widerstehen, wenn ich dich der peinlichen Befragung unterziehen ließe?«, fragte sie. Wenn *er* nur an sich dachte, konnte *sie* das auch. Wenn er niemandem verpflichtet zu sein brauchte, dann hatte auch sie keinen Grund, sich ihm gegenüber verpflichtet zu fühlen. Er hatte nicht darum gebeten, ein Mühlstein um ihren Hals zu sein. Die Ichbezogenheit des Jungen löste eine gänzlich unerwartete Reaktion in ihr aus: Sie fühlte sich erleichtert.

Henry schien die Frage ernsthaft zu erwägen. »Ich denke schon«, sagte er. »Und wie ist es mit dir?«

Anne erschauerte unwillkürlich. »Wenn man so einfach widerstehen könnte, wäre die Tortur nicht wirksam«, gab sie zu bedenken. »Aber nicht ich müsste leiden, sondern du.«

»Stimmt.« Henry lächelte nicht, machte keinen Scherz daraus. Er räumte lediglich eine Tatsache ein.

»Wenn dein Vater dich rettet, geht es mir schlecht«, bemerkte Anne. »Ist er dein richtiger Vater?«

»Ich glaube nicht. Und vielleicht wäre es wirklich schlecht für dich. Aber wenn du mich jetzt töten wolltest, müsstest du in meine Nähe kommen. Und wenn du mich verbrennen lassen wolltest, hättest du wohl nicht so lange gezögert. Um so etwas fertigzubringen, muss man sich ganz sicher sein.«

»Nur wenn man es mit eigenen Händen tut«, widersprach Anne langsam. »Einen Befehl zu geben und dich irgendwo verbrennen zu lassen, wo ich dich nicht sehen kann, wäre so schwierig nicht.«

Darauf wusste er offenbar nichts zu erwidern. Stattdessen schnitt er eine Grimasse und öffnete die Weinflasche, die schwarz und glänzend in seiner Hand lag.

»Willst du das etwa trinken?«, fragte Anne plötzlich.

Henry runzelte die Stirn. »Warum denn nicht? Es kommt doch wohl nicht darauf an, dass ich hier nüchtern bin.«

Natürlich wurde andauernd Wein getrunken, ohne dass man ihn vorher überprüfte. Die meisten Menschen brauchten keine Angst vor Gift zu haben. »Weißt du, wer dir die Flasche gebracht hat?«

Henry zuckte die Schultern. »Der Mann, der sich John nennt. Er sagte, es sei ein Geschenk.«

Anne nickte. »Von seinem Vater. Sehr christlich von ihm.« Aus der Flasche stieg schwer und betäubend der Geruch nach Alkohol.

Eine christliche Geste. Aber Claybrook war kein guter Christ.

Ein erwachsener englischer Bastard war eine ernste Gefahr für den Thron. Das Volk mochte die Vermählung einer Prinzessin mit einem ausländischen Prinzen hinnehmen, aber wenn stattdessen ein reinblütig englischer, geistig voll zurechnungsfähiger Bastard zur Verfügung stünde – und sich ein paar Jahre auf dem Thron halten konnte, dann wäre er nicht mehr zu vertreiben. Jedes Königshaus in Europa würde ihn als Verbündeten umwerben. Selbst wenn er ein Bastard war, er war auch Engländer, und viele Menschen hätten lieber einen neuen englischen Herrn als einen alten französischen.

Vielleicht wollte Claybrook besonders schlau sein und auf beiden Seiten mitspielen. Den Ausgang abwarten, am Rand des Schlachtfelds sitzen, bis sich herausstellte, welche Seite Sieger blieb. Eine Flasche Wein als Geschenk, eine ganz einfache Geste. Und doch …

Sein Sohn John hatte Samuel aufgesucht, um mit ihm zu sprechen. John hatte sich sein ganzes Leben lang noch nicht für Samuel interessiert.

Die Claybrooks waren eine sehr präsente Familie.

Eine Erinnerung tauchte auf, hart und kalt. Claybrook, wie er vor der Tür zum Zimmer ihrer Mutter stand. Damals hatten Erzebets Schreie alle anderen Eindrücke ausgelöscht. Annes Ohren waren von jeher schärfer gewesen als ihre Augen. Aber Claybrook war da gewesen. Claybrook, der auch irgendwo sonst im Land hätte sein können, war an diesem Tag zur Stelle gewesen.

Claybrook hätte jederzeit in Erzebets Badezimmer gehen können, um etwas in das Salz zu geben. Aber Anne dachte an den Scheiterhaufen. Die Hitze, die letzte, tödliche Gefahr. Samuel hatte kein Gift gefunden, das diese Symptome hervorrief. Was sonst hätte Erzebets Haut verbrennen können? Anne hatte kochendes Wasser als Erklärung verworfen, denn wer hätte ihre starke Mutter zwingen sollen, sich in eine dampfende Wanne zu legen? Niemand, ganz sicher kein Landling, wenn Erzebet bei vollem Bewusstsein gewesen wäre.

Aber eine schläfrige Erzebet, betäubt durch einen harmlosen Becher Wein, den man ihr durch einen nichtsahnenden Diener geschickt hatte …

Claybrook war ein hochgewachsener Mann mit langen Armen. Er hätte ihre Mutter leicht tragen können. Wenn er ihr etwas in den Wein getan hätte.

»Trink das nicht«, sagte Anne und riss Pfiff die Flasche aus der Hand. Sie brachte sich selbst in Gefahr, als sie sich vorbeugte und wieder zurücklehnte, aber sie war schnell, und er war nicht darauf gefasst. Bevor er sie packen konnte, war sie mit der Flasche schon wieder außer seiner Reichweite. »Tu es nicht.«

»Warum *nicht?*« Er hob die Stimme, bis er fast schrie; doch Anne hörte auch die Rauheit, die Anspannung unter der Drohung.

»Ich …« Sie wandte sich ab, rang um Fassung. »Ich möchte etwas ausprobieren.«

Sie ging zur Tür und rief nach Samuel.

»Niemand soll etwas erfahren«, bat sie, als er Stufe um Stufe die Treppe heraufhinkte. »Auch nicht John Claybrook. Ich möchte eine Botschaft an Robin Maydestone in die Stallungen schicken. Er soll mir einen Hund bringen lassen. Er hat doch sicherlich Hunde? Ich will einen alten Hund, der krank oder toll geworden ist, keinen, an dem er hängt.« Im Geiste sah sie Maydestone mit sanfter Hand die Flanken der Pferde berühren und hörte ihn beruhigend auf sie einreden. »Keinen, den er womöglich liebt«, warnte sie. »Sagt ihm, er wird ihn nicht wiedersehen.«

»Ja, Prinzessin.« Samuel wartete sichtlich verwirrt auf eine weitere Erklärung.

»Beeilt Euch«, herrschte Anne ihn an. »Holt den Hund und bringt ihn sofort hierher.«

Sie warf die Tür hinter sich ins Schloss, setzte sich auf den Boden und lehnte sich mit dem Rücken dagegen, ohne sich darum zu kümmern, dass sie ihren kostbaren Rock zerknitterte. Henry saß ihr gegenüber und ließ sie nicht aus den Augen.

»Was willst du mit einem Hund?«, fragte er.

»Er soll den Wein kosten«, gab Anne zurück. Es war eine durch und durch beklemmende Situation, dennoch musste sie fast lachen. »Ich sehe schon, du bist zwar ein Prinz in spe, aber kein Prinz von Geburt«, sagte sie. »Wenn du nie einen Vorkoster hattest …«

»Du sollst mich nicht auslachen.«

Anne lachte wieder, obwohl ihr die Augen brannten. »Ich traue keinem Wein, der von Lord Claybrook kommt.«

»Wirst du jetzt weinen?«, fragte Henry. Es klang weniger erschrocken als interessiert.

Anne schluckte, dann schüttelte sie den Kopf.

Henry sagte nichts mehr, und auch sie schwieg. Gemeinsam warteten sie auf den Hund.

Es dauerte lange, bis Samuel zurückkam. »Er ist unten«, sagte er leise. »Er wollte den Hund selbst herbringen, ich konnte es ihm nicht ausreden.«

Anne runzelte ärgerlich die Stirn. »Das war nicht gut, Samuel. Konntet Ihr ihn nicht mit irgendeinem Vorwand zurückhalten?«

Westlake schüttelte den Kopf. »Der Mann ist nicht dumm, Prinzessin. Er ist Euch zugetan und wollte Euch sehen. Er hätte rasch Verdacht geschöpft, wenn ich widersprochen hätte.«

Anne schüttelte den Kopf. »Ich muss hinunter«, sagte sie zu Henry. »Muss ich dir drohen, damit du dich still verhältst?«

Henry sah sie an, ohne Samuel zu beachten. »Das hast du schon getan«, sagte er. »Ich möchte sehen, was du mit diesem Hund vorhast.«

Anne und Samuel kämpften sich gemeinsam die Treppe hinunter. Maydestone stand an der Tür. Er trug einen Hund unter dem Arm, ein zottiges Tier mit verklebten Augen. Um die Schnauze wuchsen ihm weiße Haare wie der Bart eines alten Mannes. Maydestone verneigte sich, und der Hund winselte vor Schmerzen. »Prinzessin, hier ist das Tier, das Ihr angefordert habt«, sagte er. Anne musste an den Tag denken, als Maydestone ihr am Fluss auf ihr Pferd geholfen hatte, und die

Erinnerung an diesen Freundschaftsdienst war so stark, dass sie ihm beinahe die Arme entgegengestreckt hätte, um sich in ihr Zimmer tragen, in ihr Bett legen und zudecken zu lassen. Sie richtete sich auf.

»Ich danke Euch, Master Maydestone«, sagte sie. Er verneigte sich abermals. Dabei huschte sein Blick an ihr vorbei zu der Tür oben an der Treppe, die so harmlos aussah. Keine Intrige, keine Verschwörung, aber doch unverkennbare Neugier. Nicht anders zu erwarten.

»Master Maydestone, Ihr habt mir wie immer treu gedient.« Anne stellte sich so hin, dass sie ihm die Sicht versperrte. »Das werde ich Euch nicht vergessen.« Sie trug ein silbernes Armband, das nahm sie jetzt ab, wog es einen Moment in der Hand und reichte es ihm dann.

»Mylady …« Maydestone ließ die Hand ein wenig sinken, als wäre das Armband schwerer als gedacht. Er schien überrascht, ja bestürzt über die Größe des Geschenks.

»Behaltet die Geschichte für Euch«, befahl Anne. Maydestones Züge entspannten sich. Ein Armband war ein viel zu hoher Preis für den altersschwachen Hund, der immer noch winselte und mit den Pfoten in der Luft scharrte – aber ein Hund samt Stillschweigen, das war eine andere Geschichte. Das konnte er verstehen.

»Wie Ihr befehlt, Prinzessin«, sagte er und verneigte sich zum dritten Mal. Er setzte den Hund ab und kraulte ihn noch kurz hinter den Ohren, dann richtete er sich auf und scheuchte das Tier die Treppe hinauf. Der Hund überwand gemächlich ein paar Stufen, dann knickten ihm die dürren Beine ein, und er legte sich nieder.

»Ich danke Euch«, sagte Anne und schloss die Tür.

Henry hörte die Stimmen von unten. Das Mädchen würde wiederkommen. Sie hatte ihm gedroht, sie hatte ihn gewarnt. Er wusste selbst nicht mehr, was er für sie empfand, er hatte nur den Wunsch, weiter mit ihr zu reden. Wenn sie das Gespräch fortsetzten, könnte er sich vielleicht über seine Gefühle klar werden.

Sie schleppte sich schwerfällig durch die Tür. Auf den Armen hielt sie einen erbärmlich aussehenden Hund. Er griff nicht nach ihr, obwohl sie in Reichweite an ihm vorbeischlurfte.

»Hilf mir, dem Tier etwas von diesem Wein einzuflößen«, bat sie. »Ich schaffe es nicht allein.«

Der Hund winselte und scharrte ein wenig mit den Pfoten. Henrys Herz schlug plötzlich schneller. Ein Fuchs, den man fangen konnte, eine Jagdbeute. Er neigte sich nach vorne, rollte sich auf Hände und Knie und kroch, lautlos wie ein Vogel, immer näher. Der Hund legte den Kopf zwischen die Pfoten, seine Triefaugen schlossen sich, er schnaufte ein wenig – und dann war Henry über ihm und riss ihn in die Höhe.

Schon war Anne mit der Weinflasche an seiner Seite. »Zieh ihm den Kopf zurück«, verlangte sie, »und sperr ihm das Maul auf.«

Henry fasste zwischen die Kiefer und zwang sie auseinander. Da war die Zunge, grau-rosa, er brauchte nur zuzugreifen – aber er durfte die Beute nicht töten, die Zunge musste bleiben, wo sie war. Das Mädchen goss dem Hund bereits den Wein in die Kehle. Das Tier hustete und zappelte, Henry spürte an den Händen, wie sich sein Kehlkopf krampfhaft bewegte, und packte fester zu. Der Wein tröpfelte weiter, ein spritzendes, dünner werdendes Rinnsal, das sich mit dem Hundespeichel zu rosafarbenem Schaum vermischte.

Anne stellte den Becher ab. »Sehr gut«, sagte sie. »Nun heißt es warten.«

Es war bald vorüber. Anne war nicht allzu überrascht, als der Hund um sich schlug, sich in Krämpfen wand, sich mit den Hinterpfoten den Bauch zu kratzen versuchte und schließlich auf dem kalten Steinboden winselnd sein Leben aushauchte. Henry war wie erstarrt.

Anne schluckte. »Uns bleibt möglicherweise nicht viel Zeit«, sagte sie. »Aber ich möchte von dir hören, was du über Robert Claybrook weißt.«

Henry sah sie an. Dieses Mädchen hatte mit dem Wein, der für ihn bestimmt gewesen war, einen Hund vergiftet. Der Zorn schnürte ihm die Kehle zu, er wünschte sich nichts mehr als einen Stein, um ihr den Schädel einzuschlagen. Dieses kleine Ding, diese Missgeburt mit den schwarzen Augen und der blauen Haut hatte mit Wein von dem Mann, auf dessen Gunst er so viele Jahre gehofft hatte, den Hund getötet und ihm das Leben gerettet.

Fast hätte er nach ihr geschlagen. Doch als er sah, wie sich ihre Augen mit Wasser füllten, hielt er inne. Was sollte er mit einem so unbegreiflichen Wesen anfangen?

»Ich finde, du solltest mit mir reden«, sagte Anne. »Mir scheint – ich glaube, wir haben einen gemeinsamen Feind.«

Fünftes Buch

SIEG

ACHTUNDZWANZIG

König Edwards Gesundheitszustand verschlechterte sich so rapide, dass selbst die ehrgeizigsten Höflinge überrascht waren. Prinzessin Mary weilte noch in Frankreich, ihre Verlobungszeit mit Louis-Philippe steckte in einem Sumpf von diplomatischen Verhandlungen fest. Prinz Philip lag, wie immer von den Schwammhütern betreut, in seinen Gemächern, starrte ins Leere und sprach wenig. Prinzessin Anne war schon den ganzen Tag lang verschwunden, und niemand wusste, wo sie war. Als sie, ohne eine Spur von Verlegenheit und auffallend schweigsam, in den Palast zurückkehrte, lag Edward zu Bett und hatte die Sprache verloren.

Während Anne noch bei ihm saß, trafen bereits die Boten ein, die über den Kanal geschickt werden sollten. Mary musste mit einem Gemahl nach Hause kommen. Zunächst konnte Philip als kranker Herrscher auf dem Thron sitzen, aber das wäre auf Dauer ein unhaltbarer Zustand. Mary musste nach Hause kommen und Englands Thron mit einem französischstämmigen König einen neuen Erben geben. Sonst wäre das Reich dem Untergang geweiht. Philip war nur ein zerbrochenes Steuerruder, und das Land brauchte mehr.

Nur mühsam strömte die Luft in Edwards mageren Körper und wieder hinaus, die Pausen zwischen den Atemzügen waren lang. Er versuchte, die Arme zu heben, zu deuten, Anweisungen zu geben, dabei zitterte seine Hand so stark, dass sie keine

Feder mehr halten konnte, und die trockenen Augen waren angestrengt zusammengekniffen, weil er nur mit größter Mühe verstand, was man zu ihm sagte. Er war auf dem Weg zurück ins Meer, sein Tieflingsblut gewann immer mehr die Oberhand, und die Vielschichtigkeit der englischen Sprache überforderte ihn. Doch er war so schwach, dachte Anne, als sie sah, wie seine dünnen Arme auf die Laken zurückfielen, dass er im Meer ertrunken wäre. Jeder Atemzug war eine Strapaze, sein gebrechlicher Körper konnte das Leben nur noch von einem Augenblick zum anderen festhalten.

In wenigen Wochen würde Mary mit ihrem Gemahl nach Hause kommen. Vielleicht war sie in diesem Moment bei ihm, einem Fremden, der ihr keinen Trost geben konnte. Anne hatte Sehnsucht nach ihrer Schwester. Ihr Verhältnis war nicht ungetrübt, aber Mary war immer da gewesen, wenn Anne in ihrem Leben Grund zu trauern hatte, bei Williams Tod, bei Erzebets Vermählung und bei Erzebets Ende. Als ältere Schwester war sie Anne entweder weit überlegen gewesen, oder sie hatte Anne enttäuscht, weil sie die Wahrheit nicht kannte, aber sie war da gewesen. Jetzt war sie fort, und Anne fühlte sich wie entwurzelt. Ohne Mary hatte ihre Trauer etwas Unwirkliches, sie spürte eine albtraumhafte Lücke, mit der sie nicht zurechtkam.

Doch nun würde Mary bald wiederkommen. Edward wäre nicht mehr da, sein Körper versänke bereits im Meer, um den Hunger der Tieflinge zu stillen. Die Reste würden von den Fischen gefressen, und die Knochen sänken hinab zu den Aalen und den Aasfressern der Tiefe. Die Hand ihres Großvaters auf der Bettdecke war fast durchsichtig, die Knochen zeichneten sich unter der Haut ab, als wüssten sie bereits um ihr kommendes Schicksal, und darüber ringelten sich dick und rund wie Würmer die schwarzen Adern.

Anne hätte gern um ihren Großvater geweint. Aber er durfte ihre Tränen nicht sehen, sie selbst durfte sie nicht sehen. Wo Tränen flossen, da waren Gebrechlichkeit, morsche Knochen unter pergamentdünner Haut, Abschied vom Leben und Warten auf das Ende.

Folgendes Gespräch wiederholte sie unentwegt in Gedanken, um nicht weinen zu müssen, während ihr gütiger Großvater seine letzten Atemzüge tat.

»Ich glaube, wir müssen uns gegenseitig helfen«, hatte sie zu Henry gesagt. Er hatte ihr von seinem Leben auf einem Adelssitz und von Claybrooks unendlicher Geduld erzählt. Derselbe Höfling hatte mit unentwegtem Lächeln und ständigen Verneigungen ihren schwachsinnigen Onkel betreut, um den störrischen Prinzen unter seine Kontrolle zu bringen, und gleichzeitig in aller Heimlichkeit einen Bastard aufziehen lassen, um ihn bei Gelegenheit für seine Zwecke zu verwenden.

Und Henry hatte – im gleichen Tonfall, in dem er gesagt hatte, er sei niemandem Rechenschaft schuldig – erklärt: »Dann musst du mich heiraten.«

Erzebet hatte ein Tier geheiratet. Anne hatte ihre Blutergüsse und ihr starres Gesicht gesehen und ihre gnadenlosen Befehle gehört und wusste seither, dass auch so etwas zu ertragen war. Zuvor war Erzebet mit einem Menschen verheiratet gewesen, mit Annes Vater, einem Mann, den Anne nie kennengelernt hatte. Anne spürte, wie ihr schweres Kleid an der Haut rieb und ihren kleinen Körper niederdrückte. Sie war keine Schönheit wie Mary, sie hatte selbst nicht viel zu bieten, aber sie stammte aus einem königlichen Geschlecht, sie hatte das rare salzige Blut, und jedes Pfund ihres Fleisches würde danach bewertet werden, wie viel Macht man damit gewinnen konnte.

Anne hatte gehört, dass in Erzebets Kindheit ein Großonkel von ihr einer Verschwörung gegen den madjarischen Thron überführt worden war. Sein Bruder, der König, hatte ihm nicht verziehen, und so war der Prinz mit einer glühenden Eisenkrone hingerichtet worden. Es hieß, er hätte zu Gott geschrien, und sein Schädel sei gebrochen wie Eis, wenn man es in warme Hände legt. Aber wenn sie sich schnell in eine gesicherte Position brachte, konnte ihr Mary das nicht antun.

Anne hatte Erzebet einmal auf diese Geschichte angesprochen. Ihre Mutter hatte ihr einen scharfen, forschenden Blick zugeworfen, und aus ihrem Gesicht hatte eher der Wunsch gesprochen, Anne zu verstehen, als das Bedürfnis, von ihr verstanden zu werden. Und dann hatte sie genickt. »Er starb wie ein Feigling«, hatte sie gesagt. »Er war eine zweifache Schande für unseren Namen, Verräter und Feigling in einer Person.«

Konnte ein Mensch eine glühende Krone auf dem Kopf ertragen, ohne zu schreien?, hatte Anne fragen wollen, aber das abweisende Gesicht ihrer Mutter machte ihr das unmöglich. Erzebet ertrug ihre silberne Krone und den dazugehörigen Gemahl, ohne jemals mit der Wimper zu zucken. Erzebet schrie sich zu Tode, nachdem man sie in kochend heißes Wasser gelegt hatte.

Anne wollte mehr über ihre Mutter wissen, sie suchte nach Briefen oder historischen Dokumenten, denen sie entnehmen konnte, wie man es fertigbrachte, einen furchterregenden Fremden zu heiraten und Königin zu sein. Aber sie hielt es nicht für unmöglich. Wenn Erzebet es geschafft hatte, konnte Anne es auch.

Anne dachte an Venedig, das unter der Last seiner Loyalität vom Weltreich zu einer bloßen Stadt geschrumpft war. Nach Angelicas Tod, nachdem auch ihre Kinder alt geworden waren, hatten die Venezianer aus nobler Treue zu ihrem angelicanischen Stammbaum über Jahrhunderte jegliche Verbindung mit Bastarden abgelehnt – sie hatten nur Königskinder miteinander vermählt, reinblütige Nachkommen der Dogaressa. Vetter und Basen heirateten Vettern und Basen, bis die Linie erschöpft war und solche Schreckensgeburten entstanden, dass sie endlich gezwungen waren, ihren Stolz aufzugeben. Hundert Jahre zuvor war Jean le Bâtards Tochter die Frau eines Dogen geworden, und seither produzierten die venezianischen Prinzen nicht mehr so viele Monstren. Aber ihr Weltreich war unwiderruflich dahin. Nun wurde im Ausland sicherlich gemunkelt, England sei im Begriff, Venedig auf diesem Weg zu folgen. Konflikte mit Frankreich hatten in den hundert Jahren seit Jeans Thronraub verhindert, dass sich sein Blut mit dem des englischen Königsgeschlechts vermischte. William war weit umhergezogen, bis er Erzebet fand – und wenn Anne und Mary Philips Veranlagung nicht geerbt hatten, konnte das nur daher rühren, dass vier Generationen zuvor einer von Jeans Abkömmlingen in die madjarische Linie eingeheiratet hatte. Im Unterricht hatte Anne davon zwar nichts gehört, aber dieses Wissen lag ihr im Blut.

Sie konnte Henry heiraten und damit Menschen vor den Flammen retten. Außerdem würde die königliche Linie aufgefrischt. An Mary wollte sie nicht denken.

Anne rief Thomas Wade, den Zeremonienmeister für Besuche im Meer, zu sich und erklärte ihm, sie wolle die Tieflinge aufsuchen.

Er verneigte sich tief, aber sie sah die Zweifel in seinem Gesicht. Von den englischen Delameres war einer nach dem anderen weggefallen, zuerst William, dann Erzebet. Mary war fortgegangen, und nun war die Reihe an Edward. Philip war bereits im trüben Wasser des Mutterschoßes verkümmert und von Geburt an mit Schwachsinn geschlagen. Bis Mary mit Louis-Philippe zurückkehrte, war außer der kleinen Anne niemand mehr da. Die Tieflinge könnten einer so schwachen Nation die Treue aufkündigen.

»Ich will es so«, erklärte Anne. »Gebt es bekannt.« Und da Edward im Sterben lag und mit jedem Atemzug schwächer wurde, gab es niemanden, der den Befehl aufheben konnte.

Anne versammelte die höchsten Würdenträger des Hofes am Meeresufer. Gekommen waren: Thomas Wade, der Zeremonienmeister, der alle Besuche im Meer organisiert hatte, seit Anne ein kleines Mädchen war. George Narbridge, Earl of Tamar, Herr über Cornwall und die weißen Strände des Südens. John Forder, Earl of Ouse, der den größten Teil der Ostküste unter sich hatte, Herr über East Anglia und den Wash, wo sich der große Fluss, auf den sein Titel zurückging, zum Meer hin öffnete, ein Mann, der über viel zu viele Soldaten verfügen konnte. John Greenway, Earl of Severn, dem die Küsten im Westen mit Wales und allen seinen Halbinseln und Buchten und obendrein der Wye-Fluss unterstellt waren; sein jüngerer Bruder Robert, Lord Mersey, dessen Gebiet sich bis hinauf nach Lancashire erstreckte. Der Vater der beiden war noch alleiniger Herr über all diese Küsten und Flüsse gewesen, da er nicht nur aus seiner eigenen Familie, sondern auch aus der Familie seiner Frau Gebietsrechte geerbt hatte, doch dann hatte ihn eine Krankheit hingerafft, und die Brüder hatten das Land unter sich aufgeteilt. Erzebet war davon nicht angetan gewesen, sie hatte befürchtet, dass die Erben der beiden nicht mehr so friedlich nebeneinander leben würden, aber sie hatte das Vermächtnis des Vaters nicht widerrufen können. Also hatte sie für Robert den Titel eines Earl of Mersey wiederaufleben lassen und Ausschau gehalten nach geeigneten Frauen für die Söhne der beiden, um auf diese Weise die zerrissene Küste zu flicken. Auch Thomas Hakebourne war da, der Earl of Tay, Herrscher über die kalten Gestade des Nordens, die Humber-Mündung, den Spey, den Clyde und den Tweed, ein Mann, dem Erzebet bescheinigt hatte, er sei getreu bis in den Tod. Hakebourne war mit Annes Vater nach Schottland gezogen, hatte bis zum Waffenstillstand mitgekämpft und sein Leben auf dem Schlachtfeld in die Bresche geworfen und sich damit Erzebets Gunst erworben. Erzebet hatte es nie so deutlich ausgesprochen, aber Anne wusste, dass Hakebourne ein dritter Sohn war und sie sich mit ihrer Wahl weit vorgewagt hatte. Da er selbst keine Ländereien erben würde, hätte er ohne Erzebets Gönnerschaft lediglich hoher Beamter oder Mönch werden können. Seine Loyalität gründete auf Dankbarkeit, und das war eine Loyalität, wie Erzebet sie schätzte. Es war die Loyalität eines Mannes, der wusste, wie kläglich seine Alternativen waren. Hakebourne stand dicht am Wasser, ein Mann wie ein Stier mit strengem Gesicht. Anne hatte bei Hofe viel öfter von ihm reden hören, als sie ihm persönlich begegnet war; er war zumeist in Schottland geblieben und hatte dort mit fester, ja harter Hand die Regierungsgeschäfte geführt. Doch als sie ihn rufen ließ, war er sofort gekommen und hatte sich vor ihr verneigt. Nun wartete er mit all den anderen darauf, dass Anne alleine ins Meer ging.

Unter ihnen war auch Claybrook, der Mörder; Claybrook, Lord Thames, war nicht ferngeblieben. Das mächtige Haus Claybrook war anwesend. Er gehörte an ihren Hof und würde sich ihr unterwerfen. Anne stieg vom Pferd und ging allein zum Strand, um sich dort ohne Hilfe zu entkleiden. Sie legte ein steifes Kleidungsstück nach dem anderen ab, bis ihre Haut, ihr empfindliches königliches Fleisch vollends der Luft preisgegeben waren. Der kalte Wind legte sich um sie, und ihre Füße kribbelten im eisigen Wasser.

Nun erhob sie die Stimme. »Unser großes Haus leidet Not«, begann sie. »Gott hat es gefallen, unsere Nation mit viel Ungemach auf die Probe zu stellen. Aber wir sind unter der Last nicht zusammengebrochen. Wir werden fortbestehen. Ich stehe hier und spreche mit der Stimme meines Großvaters zu Euch; mit seinem Blut in den Adern begebe ich mich ins Meer, und dieses Blut ist auch das Blut Englands, und es soll niemals fortgespült werden.«

»Amen«, ließ sich eine Stimme vernehmen. Es war Hakebourne, und nach kurzem Zögern stimmten die anderen in den Ruf ein. Alle bekreuzigten sich und schickten sich an, sie auf ihren Gebeten in die Fluten hinauszutragen.

Anne machte auf ihren schwachen Beinen kehrt, ließ sich in die kalten Wellen sinken und schwamm hinaus in die Bucht, wo die Tieflinge und Henry warteten, um sich ihr anzuschließen.

NEUNUNDZWANZIG

»Was tust du, damit sie zu dir halten?«, hatte Henry wissen wollen. Denn Henry hatte in den Tiefen des Meeres gelebt, er war mit dem Stamm geschwommen, bis der ihn ausstieß. Jetzt verstand er, dass seine Mutter ihn nicht wegen seiner Fremdartigkeit durch die Wellen getragen und an einem Strand zum Sterben ausgesetzt hatte. Es war seine Schwäche gewesen. Er konnte nicht so schnell schwimmen wie ein Tieflingskind, er war klein, er hatte einen gespaltenen Schwanz und zu enge Lungen, kurzum, er war eine Last für sie. Und wer konnte sich erlauben, in einem Meer voller Haie, Delfine, Wale und Strömungen, wo man auf tausend verschiedene Arten ums Leben kommen konnte, eine zusätzliche Last mit sich herumzuschleppen? Wer konnte jemanden gebrauchen, der immer und immer wieder gerettet werden musste?

Man hatte ihm nie erlaubt, die Schiffe zu sehen, hatte ihn nie mitgenommen, wenn die Könige kamen. Dennoch wusste er, dass dieses schwächliche Mädchen nichts vorzuweisen hatte, um die Tieflinge zu beeindrucken. Sie hatte nur den brennenden Wunsch, gerettet zu werden. Daher seine Frage: »Was tust du?«

Anne machte eine Handbewegung. Henry war nie mit einem Mädchen zusammen gewesen, in dieser Hinsicht hatte er ein Leben in Einsamkeit geführt, aber er verstand sofort. John hatte ihm von Landlingsfrauen erzählt, die ihren Körper gegen Geld verkauften, und obwohl Henry selbst nie mit Geld zu tun gehabt hatte, war ihm dessen Bedeutung klar. Selbst im Meer konnte eine Frau, die Mühe hatte mitzuhalten, eine Frau, die sich gegen die anderen Frauen nicht durchsetzen konnte, durch das Wasser zu einem stärkeren Mann tanzen und sich mit flinken Händen einen starken Arm erkaufen, der sie beschützte. Als Säugling hatte er ein- oder zweimal miterlebt, wie seine Mutter Männer, die ihn bedrohten, auf diese Weise umstimmte. Sie hatte ihn beschützt, doch irgendwann war sie seiner müde geworden. Bei Johns Bericht von den Landlingsfrauen, die sich ebenso verhielten, hatte er vor allem Enttäuschung empfunden, weil John ihm keine solche Frau bringen konnte. Einen Fuchs einzuschmuggeln war eine Sache, eine Frau einzuschmuggeln, die weitererzählen konnte, was sie gesehen hatten, kam dagegen nicht infrage, und eine Frau konnte man nicht vom Pferderücken aus erjagen. Unentdeckt zu bleiben bedeutete, enthaltsam zu leben, so wenig ihm das auch gefallen mochte. Damals hatte er nicht an seine Mutter gedacht.

Annes Gesicht wirkte völlig teilnahmslos. Henry studierte es genau. Das war der Ausdruck eines Schwächlings, eines armseligen Verlierers, der um Futterreste kämpfte. Für jemanden, der so tief gesunken war, legte sie immer noch einen erstaunlichen Hochmut an den Tag. Doch die Bewegung, die sie ausgeführt hatte, rührte etwas in ihm an.

»Würdest du das auch für mich tun?«, fragte er. Eigentlich fand er sie hässlich, aber die Frage entfuhr ihm, bevor er darüber nachgedacht hatte. Ob es ein Anliegen war, eine Frage, womöglich gar ein politisches Angebot – schließlich wollte sie über ein Bündnis verhandeln –, überlegte er nicht. Er fragte einfach und merkte erst hinterher, dass ihm die Antwort tatsächlich wichtig war.

Das Mädchen war zusammengezuckt und unter ihren Gewändern erstarrt. Sie zögerte eine Sekunde. »Komm mit mir hinaus in die Bucht, überzeuge die Tieflinge, kehre mit ihrer Unterstützung an Land zurück und heirate mich, um unseren Anspruch zu festigen«, sagte sie dann leise, aber mit fester Stimme. »Wenn du das getan hast, erfülle ich dir jeden Wunsch.«

Henry dachte an den Thron, an Geborgenheit, an die Hände des Mädchens. Sie war eine Beute, eine Trophäe. Dafür würde er sich auch wieder ins Meer wagen.

Henry wusste, dass er draußen in der Bucht seinen Anspruch auf den Thron anmelden musste. Er verschwieg Anne, dass er zum letzten Mal im Alter von fünf Jahren einen Tiefling gesehen oder mit ihm gesprochen hatte, ja, dass er seither nicht einmal mehr im Meer gewesen war.

Anne wurde von den Adeligen zum Meer geleitet. Henry ging allein. Stunden vor ihr schlich er mit vermummtem Gesicht durch die Felder. Westlake wusste Bescheid, aber John wurde nicht eingeweiht, nicht einmal von Henry.

»Was hast du dir denn dabei gedacht, so ganz allein durch die Gegend zu reiten?«, hatte Anne gefragt. »Hast du etwa geglaubt, du könntest so einfach daherkommen und uns alle töten?«

»Nein.« Henry hatte keinen Zorn in ihrer Stimme gehört. »Ich wollte dem Meer entsteigen und der Welt zeigen, dass es mich gibt. Bei Angelica hat es geklappt, und du kannst mir nicht erzählen, dass sie von Geburt an Italienisch sprach. Sie muss sich irgendwo versteckt und abgewartet haben, bis die Zeit reif war.« Er dachte an das flache Bild einer schönen Frau, das seine ganze Kindheit über an der Wand seiner Zelle gehangen hatte. »Ich dachte, vielleicht sei jetzt die Zeit reif für mich.«

Wenn Anne an Angelica dachte, sah sie nur Erzebet vor sich, aber sie lernte allmählich, auch andere Strategien zu respektieren. »Eigentlich«, sagte sie, »ist das gar keine schlechte Idee.«

Henry glitt geschmeidig von seinem Pferd, sobald er den Strand erreichte. Das letzte Stück Weges war nicht weiter schwierig: Er konnte auf allen vieren kriechen, schließlich gab es keine Zuschauer, und so schob er sich langsam aber sicher über den kalten Kies und die Steinchen. Erst als er das Wasser erreichte, hielt er an.

Elf Jahre lang hatte Henry dieses Wasser in seinen Träumen gesehen, hatte sich erinnert, darüber nachgedacht, die Welt nach den Normen beurteilt, die dort galten. Aber er war noch nie in seinem Leben selbst ins Meer gegangen. Er war ins Wasser hineingeboren worden und hatte seine grauen Weiten durchschwommen, wo das Licht nur wenige Fuß überwand, aber jeder Laut über Hunderte von Meilen getragen wurde, eine Welt, in der man über Wälder und Berge einfach hinwegschwebte, eine schwerelose Unendlichkeit, wo man sich nach allen Richtungen frei bewegen konnte, ohne jemals von einer festen Fläche aufgehalten zu werden. Er hatte nicht gewusst, dass es auch eine andere Welt gab. Jetzt kehrte er wie ein Landling dorthin zurück, zog seine Schuhe aus und watete aufrecht auf seinen zwei Beinen hinein.

Henry hatte Angst vor den Tieflingen. Das erkannte er jetzt in aller Deutlichkeit, als er auf dem feuchten Sand saß und die Wellen ihn aus wenigen Fuß Entfernung anzischten. Das war immer so gewesen. Seine Mutter war der ruhende Pol in einer fließenden Welt gewesen, sie hatte ihn von vielen Gefahren an den Haaren weggezogen, und er hatte sich auch vor ihr gefürchtet. Fünf Jahre lang war er dieser Frau gefolgt, war hinter ihr hergestrampelt und hatte gejammert, wenn er nicht mithalten konnte. Er war schwach, auch das von jeher. Er konnte einen Landling niederringen, trotzdem hatten ihn die Landlinge zum Gefangenen gemacht, hatten ihn eingeschlossen und, als er allein durchs Land reiten wollte, hatten sie ihn gleich beim ersten Versuch wie einen Fuchs in die Falle gelockt.

Eine Woge der Panik schlug über ihm zusammen. Was fiel ihm bloß ein? Wie konnte er so vertrauensselig sein, auf ein bloßes Versprechen hin hinter irgendeinem Mädchen herzuschwimmen? Wie konnte er sich für so eine kleine Prinzessin opfern, deren Mutter ihn bei lebendigem Leib verbrannt hätte? Er war doch kein Soldat! John war nicht hier, um ihn zum Lachen zu bringen, kein Mann machte sich eifrig Notizen oder gab Erklärungen ab, keine Frau verhieß ihm Freuden, die er niemals erhalten würde. Er war allein. Das Gefühl war ihm nicht fremd, er konnte es verstehen. Es war aufrichtig, rein und wirklich. Keine Lügen mehr: Er saß am Meer, und er hatte Angst.

Henry streckte zaghaft die Hand aus und berührte das Wasser. Der nasse Sand ballte sich zusammen und glänzte, wenn er darauf drückte, und fand in seine ursprüngliche Form zurück, sobald er die Handfläche wegnahm. Dann rauschte eine Welle auf ihn zu und klatschte spritzend gegen seine ausgestreckten Füße. War das Meer immer so rau gewesen? Er hatte es gewusst, hatte es sich oft genug vorgesagt, aber sein Körper hatte es vergessen.

Hinter ihm lag das Land mit seinen Heeren, Brandpfählen und Henkern, vor ihm die See mit ihren grausamen Riesenwellen und den gierigen Zähnen. Henry lachte verbittert in sich hinein. Das war sein Leben: gefangen zwischen Feuer und Wasser. Er hatte die Phrase »wie Feuer und Wasser« von Landlingen gehört, aber nie etwas damit anfangen können – im Feuer gab es kein Leben –, bis jetzt.

Wenn er die Wahl hatte, musste es wohl das Wasser sein. Aber er würde nicht auf allen vieren hineinkriechen wie irgendein Landling.

Seine Kleidung war ihm lästig gewesen, solange er denken konnte, und er streifte sie Stück für Stück ohne Bedauern ab. Um die Bucht zog sich eine Reihe von Felsen, und darüber ragte eine Klippe auf. Sie war schwer zu erklettern, aber als er einmal angefangen hatte, stellte er fest, dass er auch weitermachen konnte. Klettern war ihm schon immer leichter gefallen als Gehen. Henry fasste neuen Mut, selbst als sich die Steine schmerzhaft gegen seine Hände und Füße pressten. Von hier oben hatte er einen weiten Blick. Er hatte das Meer noch nie von oben gesehen. Von unten wirkte es wie ein leuchtendes, wogendes Dach, ein heller, durchlässiger Himmel, doch aus dieser Höhe erschienen die Wellen hart und schwarz wie Eisenkämme mit dicht stehenden Zähnen. Ein Taucher musste fürchten, daran zu zerschellen.

Oben auf der Klippe angekommen, drehte Henry sich um und machte sich bereit. Er wollte hinabstoßen wie eine Möwe. Gleich würde er einen kurzen Augenblick erleben, in dem er den festen Boden verließ und durch die Luft schwamm.

Er stieß sich ab und sprang. Grell wie ein Blitz traf ihn das Gefühl grenzenloser Freiheit, dann schlug das Wasser über ihm zusammen.

Kälte. Schwere. Licht über dem Kopf. Verwirrt sah Henry sich um. Jahrelang hatte er sich bemüht, sich mit den Augen zu orientieren; angesichts dieser dichten, milchig-trüben Dämmerung, wo Licht und Finsternis fast in Reichweite seiner Arme miteinander verschmolzen, war sein erster Gedanke, an die Oberfläche zu schwimmen und sich umzusehen. Er hatte sich angewöhnt, so verschwenderisch wie ein Landling ein- und auszuatmen, als er sich nun zwang, die Kehle geschlossen zu halten, wurde ihm die Brust eng und krampfte sich zusammen. Und alles war *schwer:* Bei jeder Bewegung legte sich das Wasser um seine Glieder, behinderte ihn, versperrte ihm den Weg. Er hatte sich vorgestellt, er könne einfach schweben oder mühelos vorwärtsschießen, stattdessen schwamm er gegen eine zähe Masse an, die ihm unentwegt Widerstand leistete. Es war *ermüdend.*

Henry schloss die Augen, lockerte seine angespannten Muskeln und taumelte durch die rastlosen Fluten. Dies war das Land seiner Kinderträume, das blinde Hinabstoßen und Schaukeln, aber auch die salzig-bittere Zielstrebigkeit eines Tieflingslebens. Er hatte so lange in Erinnerungen an seine Heimat geschwelgt; nun war er da, wieso sollte er sich mit einem Mal vor der Dunkelheit fürchten?

Als ihn die Kälte umfing, wollte er den Mund öffnen und einatmen. Vergiss das Mädchen an Land, vergiss ihre wilden Versprechungen, ihre Anhänglichkeit an alles, was dir fremd ist, vergiss den Thron, die Herrschaft über Menschen, die du nie gesehen hast und die dir nichts bedeuten, lösche das alles aus deinem Gedächtnis. Am Ende steht doch immer der Tod, durch Feuer, durch das Schwert oder im Rachen eines Hais. Warum bringst du es nicht gleich hinter dich? Wenn du einmal tot bist, kannst du wenigstens aufhören, dich vor dem Ende zu fürchten.

Doch diese Furcht verschloss ihm den Mund. Henry rollte sich im Wasser herum und ließ sich treiben, und dabei spannten sich seine Muskeln und legten sich fest um seine Rippen. Dieses Gefühl kannte er. So war es, wenn man sich im Wasser befand. Der Druck auf der Brust, der das Herz schützte, und die Angst, die einen umschlang wie mit Tintenfischarmen, die einen ständig warnte, leitete und ermahnte: *Sei auf der Hut, pass auf. Es ist nicht von Dauer, aber gerade jetzt, solange du den Atem anhalten kannst, bist du am Leben.*

Henry lächelte. Er hatte keinen eigenen Platz, aber das, das war er. So hatte er es in Erinnerung behalten, so war es an Land wie im Meer: Man musste stets verteidigungsbereit sein wie ein bedrohtes Tier, jede Situation abwägen, Wagnisse eingehen, mit seinen Kräften haushalten, sein Leben möglichst umsichtig führen, immer am Rand des Abgrunds balancieren und jeden Augenblick gewärtig sein, dass man stürzte.

Das konnte er. Das kannte er von früher. Die Tieflinge waren schon unterwegs – Anne hatte sie rufen wollen. Groß und kampflustig würden sie sein; es würde nicht einfach werden. Aber was war schon einfach? Und nach so vielen Jahren, dachte Henry, wäre es sicherlich befriedigend, endlich einen Gegner zu haben, gegen den man kämpfen konnte.

Dreissig

Henry hörte die Tieflinge nicht kommen, und er hörte auch Anne nicht ins Wasser steigen. Über seinem Kopf lärmten die Wellen, und er trieb schweigend unter der Oberfläche und lauschte. Aber er hörte die Geräusche vom Strand, die eigenartig quäkende Musik, mit der die Landlinge die Tieflinge zu rufen suchten. Er schaukelte mit den Wellen und wartete.

Anne schwamm ins Meer hinaus und ließ sich von der Strömung liebkosen. Sie war so erleichtert über den Frieden und die Einsamkeit, dass sie ein paar Minuten lang einfach mit gemächlichen Zügen vorwärtsstrebte und sich dabei drehte, um sich überall vom Wasser streicheln zu lassen. Die Tieflinge riefen bereits nach ihr, aber sie zögerte noch mit der Antwort. Es war Zeit, Henry zu sich zu holen. Anne kehrte in die Wirklichkeit zurück, glitt an die Oberfläche, um Atem zu schöpfen, und setzte den Ruf ab. Sie antwortete nicht auf die Signale der Tieflinge: *Wir sind hier, wo bist du?*, sondern schaute unverwandt in das erlöschende Licht und rief mit klarer, ruhiger Stimme: *Pfiff. Komm hierher. Pfiff.*

Sie war eine geübte Schwimmerin und kannte die Strömungen in dieser Bucht. Den Stimmen der Tieflinge folgend, war sie noch vor ihm am Ziel.

Im trüben Licht zeichneten sich lange Körper und mächtige Arme ab, und mit einem Mal überfiel sie eine heftige Unruhe. Erzebets eiserner Wille hatte sie stark gemacht, und Anne hatte alles gegeben, um sich die Freundschaft der Meeresbewohner zu erhalten, doch als sie sich nun diesen massigen Körpern gegenübersah, erfasste sie, nicht nur mit dem Verstand, sondern mit den Augen und mit dem ganzen Körper, wie riesig diese Tieflinge waren. Henry war klein. Sie hatte ihn nur in Hockstellung gesehen, angekettet, zusammengekrümmt, dennoch hatte sie sich ein Bild gemacht. Doch da unter Wasser alles größer wirkte, hatte sie angenommen, auch Henry würde auf die Maße eines Tieflings vergrößert werden. Jetzt erkannte sie ihren Fehler. Er war zwar größer als sie, aber das hatte nicht viel zu sagen: Jeder war größer als sie. Sie hatte ihn mit Samuel und mit John Claybrook verglichen. Beiden wäre Henry mehr als gewachsen; er war zwar kleiner, weil seine Beine sich unter seinem Gewicht bogen, aber er hatte die breite Brust und die mächtigen Arme eines Tieflings, die schwellenden Muskeln und den gedrungenen Körperbau. Er hätte jeden Landling sofort niederringen können. Aber bei diesen Tieflingsmännern war das nicht möglich. Neben den Höflingen mochte Henry stämmig wirken, aber er hatte auch das Blut eines Landlings in sich, und kein Landling war so massig wie die Meeresbewohner. Im Verhältnis zu diesen Tieflingen wirkte er wie eine Maus neben einer Ratte, eine Katze neben einem Hund. Sie waren ihm überlegen.

Anne rollte sich zusammen, drehte sich im Wasser und streckte sich wieder, um auch weiterhin die Aufmerksamkeit auf sich zu ziehen. In Gegenwart der Tieflinge konnte sie nicht sprechen, aber im Geiste rief sie ihm zu: *Pfiff, komm her. Beweise mir, dass ich Unrecht habe. Hilf mir.*

Niemand hatte ihn ins Wasser gehen sehen. Wenn er unterlag, würde niemand kommen, um ihm zu helfen. Erzebet hätte nicht gelacht, sie hätte es nicht komisch gefunden – aber sie hätte von vornherein erkannt, was Anne erst jetzt in den Sinn kam: Zumindest wäre damit geklärt, was man mit ihm anstellen sollte. Sie konnte die Tieflinge noch einmal beschwichtigen und sich jedem, der gegen Henry kämpfte, als Siegestrophäe anbieten. Bei dem Gedanken stieg ihr die bittere Galle hoch, und sie schluckte einen Mundvoll Salzwasser, um ihren Magen zu beruhigen. Sie würde nicht sterben. Sie würde überleben. Aber wenn Henry jetzt scheiterte, würde er im Wasser umkommen, und sie könnte ihm nicht helfen. Louis-Philippe würde mit Mary den Thron besetzen, und Henrys Körper würde fortgespült. Niemand würde je erfahren, dass er überhaupt gelebt hatte.

Annes Stimme, ihr Pfiff! war durch das Wasser geschallt. Henry nahm sich nicht die Zeit, über den lange verschollenen Namen überrascht zu sein. Er war zu Hause; er war bereit. Viele Stimmen mischten sich mit der ihren, und jede war anders. Nachdem er sich an das Wasser gewöhnt hatte, konnte er sie trennen, nach Tonhöhe und Klangfarbe unterscheiden, obwohl alle zugleich redeten. Bekannt war ihm keine der Stimmen, auch der Dialekt war ihm nicht vertraut. Dieser Stamm war ihm fremd.

Es spielte keine Rolle. Er würde ihn dennoch für sich gewinnen.

Anne tanzte und wartete. Gespensterbleiche Hände griffen aus dem Dunkeln nach ihr. Als sie ihnen auswich, schob sich die Sonne hinter einer Wolke hervor, und ein Lichtstrahl schoss silbrig hell, von glitzernden Salzkörnchen durchsetzt durch das Wasser. Es war schön. Das Licht war hart und grell; ein funkelnder Moment, rasch vorüber, leicht zu entreißen. Sie fühlte sich lebendig.

Wieder streckten sich die Hände nach ihr aus, eine große Pranke legte sich um ihr schmales Handgelenk. Herrische Laute prasselten auf sie ein: *Nun komm*. Diesem Tiefling war sie schon früher zu Willen gewesen. Als sie den Druck seiner Hand spürte, begannen ihre Fingerspitzen zu kribbeln, und sie spürte in der Erinnerung sein derbes, glitschiges Fleisch. Anne wollte die Hand zurückziehen, aber er ließ nicht los. Sie musste etwas unternehmen, jetzt, sofort. Er könnte sie in die Tiefe ziehen. Er hatte gewaltige Lungen, einen riesigen Körper, sie konnte unmöglich länger durchhalten als er. Sie brauchte Luft, sie musste etwas tun, bevor sie ertrank.

Pfiff, rief sie abermals. Nein, noch ertrank sie nicht: Sie hatte genügend Luft. Sie war nur vor Schreck über die jäh zupackende Hand so atemlos. Sie konnte durchhalten. *Pfiff, beeile dich.* Wo blieb er bloß? Ringsum gähnte die Stille, sie dehnte sich nach allen Seiten aus, und für einen endlos langen Augenblick der Panik gab es nur diesen einen Arm, der sie nach vorne zog, und das leise Plätschern des Meeres.

Dann ertönte eine Stimme aus der Leere: *Ich komme. Sie ist mein. Ich komme.*

Und Anne trat mit beiden Füßen zu und kämpfte sich frei. Für die Tiefe war der Tritt nicht besonders heftig, aber er kam schnell und unerwartet, ihre scharfen Klauen rissen Schrammen in die derbe Haut des Gegners, ihres Freiers, ihres Untertans – und als sie ihm noch die Fingernägel in die Hand schlug, ließ er ihren Arm los.

Und wieder ertönte die Stimme: *Ich komme. Sie ist mein. Nimm dich in Acht.*

Anne hörte, dass sie aus der anderen Richtung kam, und drehte unwillkürlich den Kopf, aber die Tieflinge waren gewöhnt, im Wasser blind zu sein, und machten die Bewegung nicht mit. Stattdessen rotteten sie sich zusammen und bildeten Rücken an Rücken eine Spirale, eine langgestreckte Säule, die sich wie der Pfeiler einer Kathedrale wirbelnd in die Tiefe senkte. Ein einziger Lichtstrahl fiel auf das glatte Rohr aus rotierenden Leibern und ließ es vor dem dunklen Hintergrund erstrahlen. Es war eine Kampfformation, erkannte Anne, und so töricht es auch war, sie fühlte sich plötzlich einsam. Die Tieflinge deckten sich gegenseitig den Rücken; bedingungslos aufeinander vertrauend, eins in ihren Bewegungen erwarteten sie die unbekannte Gefahr, um ihr gemeinsam zu begegnen. Ihr Bastard war unterwegs, und sie hatten sich zusammengetan. Sie selbst hatte diese Einigkeit bewirkt. So wichtig war ihr diese Begegnung.

Die Rufe hielten an, sie kamen jedes Mal von einer anderen Stelle. Was Henry da tat, hatte Anne noch nie erlebt: Er umkreiste den Stamm außer Sichtweite und ließ immer wieder seine Stimme ertönen. Ein Flankenangriff war bei einem zahlenmäßig überlegenen Gegner nicht möglich: Wenn die Tieflinge sich teilten und dem Geräusch folgten, könnten sie ihn mühelos ergreifen. So aber entstanden im Dunkeln verwirrende Echos, und deshalb blieb der Stamm beisammen und wartete ab.

Henry schwamm in Spiralen um die Tieflinge herum und schrie ihnen seine Herausforderung zu. Es war eine Jagd, ein Wettrennen. Er hatte das Manöver bei seiner Familie hundertmal beobachtet: Die Fische wurden umringt, eingekreist, bis sie sich zu einer Kugel zusammendrängten. Wenn man nicht wusste, von welcher Seite die Gefahr kam, schloss man die Reihen, blieb in Bewegung und hoffte das Beste. Die Tieflinge wendeten dieses Verfahren bei Fischen an, nicht aber bei ihren Artgenossen. Deshalb war es in dieser Situation die richtige Wahl. Tieflinge waren leicht zu ängstigen. Wenn etwas neu war, riskierten sie keinen Angriff. Dann lautete die Parole: Versteck dich, zieh Kreise, halt die Augen offen und warte ab. Darauf verstand er sich. Und jetzt war der Augenblick gekommen, die schützende Dunkelheit zu verlassen.

Anne entfernte sich rückwärts, blieb aber in Sichtweite der Tieflinge. Pfiff, rief sie.

Eine Stimme antwortete: *Ich bin hier.* Und eine Gestalt kam aus der Tiefe geschwommen.

Es war Henry, Pfiff, er schimmerte im grauen Licht. Anne hatte schon nackte Frauen und nackte Tieflinge gesehen, doch als er nun unbekleidet an ihr vorüberschoss, erschrak sie, fasste sich aber gleich wieder. Er schwamm im Kreis um die wartenden Tieflinge herum und rief ihr zu: *Welcher ist es? Wer ist der Anführer?*

Anne hob den Arm und schleuderte ihre Stimme dem Titanen mit den mächtigen Armen entgegen, der sie zuvor am Handgelenk gepackt hatte. *Der dort,* rief sie. *Ich will ihn nicht.* Ihr Arm kribbelte in der Kälte, und sie rief noch einmal, so laut, dass es von der Küste widerhallte: *Ich will ihn nicht!*

Der Tiefling brach aus der Reihe aus und stieg durch das Zentrum der Spirale nach oben wie das Auge eines Wirbelsturms. Sein Stamm schwamm um ihn herum. *Wer bist du?,* fragte er. *Nimm dich in Acht.*

Henry setzte sich an Annes Seite und schwebte im Wasser. Er hielt ganz still, und nach einer Weile legte er den Arm um sie und schob sie hinter sich. Sie berührte mit der Hüfte seine raue Haut. *Sie ist mein,* erklärte er und richtete sich so hoch auf, wie er nur konnte. *Ich will um sie kämpfen.*

Der Tiefling hob die Arme und schlug mit seinem mächtigen Schwanz. Damit erzeugte er eine Welle, die Anne beinahe umgeworfen hätte. Sie ruderte wild mit beiden Armen, um aufrecht zu bleiben. *Nimm dich in Acht,* keuchte er mit mächtiger Stimme. *Ich bin stark.*

Henry wandte den Blick nicht ab. *Ich fordere dich heraus,* gab er zurück. *Ich will um sie kämpfen. Sie ist mein.*

Henry sah, dass sein Gegner ein wahrer Hüne war, eineinhalb Mal so lang wie er selbst. Einen Schwanzschlag, bei dem die Knochen wellenzerschmetternd aufeinanderprallten, würde er nicht überleben. Und er durfte den anderen auch nicht töten. Wenn er nach dem Thron greifen wollte, musste er sich diesen Stamm untertan machen, aber er durfte ihn nicht zerstören. Der Tiefling baute sich vor ihm auf, und Henry konnte kaum noch atmen vor Wut: Er war ein Fremdling, er war klein und er war allein. Mit einem Mal hatte er den Geschmack von Krabbenfleisch auf der Zunge. *Warte, bis das Mädchen wegschaut,* drohte er im Geiste. *Dann fresse ich deine Zunge.*

Auch im Schwimmen konnte er es mit diesem Stammesmann nicht aufnehmen. Wäre er im Meer geblieben, dieser Tiefling hätte ihn zu seinem Untertan gemacht, für alle Zeit, und er wäre ihm bis zu seinem Tod nicht entronnen. Aber er wollte niemals wieder irgendeinem anderen untertan sein.

Er tauchte ab, und die mächtigen Arme streckten sich nach ihm aus.

Als Henry vorwärtsschwamm, stockte Anne der Atem. Der Tiefling bekam ihn zu fassen, holte abermals mit seinem gewaltigen Schwanz aus und wühlte das Wasser auf. Henry wirkte neben ihm so klein wie ein Kind, aber der Schwanz traf ins Leere: Henry hatte die Beine gespreizt, und die Welle war dazwischen hindurchgegangen. Er rief nicht nach ihr, er sah sich nicht um. Er warf sich nur nach hinten, und die Arme auf seinen Schultern rissen ihn zurück.

Das Wasser schlug ihr seine eisigen Zähne in die Haut, das Herz klopfte ihr bis zum Hals. Henry konnte sich nicht aus dem Griff des Tieflings befreien. Abermals holte der Schwanz aus, das Wasser geriet in Bewegung; Anne wurde umgeworfen, überschlug sich und fing sich wieder. Alles schwankte wie in einem Sturm. Henry wehrte sich mit aller Kraft gegen die Riesenhände, die sich in seine Schultern krallten. Er schnellte seine Beine hin und her und rollte sie ein wie Fahnen im Wind, aber er konnte dem Schwanz nicht ewig ausweichen: Der Tiefling hatte ihn fest im Griff und wollte ihm die Beine brechen.

Anne biss die Zähne zusammen, doch dann sah sie im Halbdunkel etwas, das ihr bisher entgangen war, weil Henry so schnell an ihr vorbeigeflogen war. Er hatte sich ein schwarzes Band um die Hüften geschlungen.

Er hatte ihr nichts davon erzählt, hatte sie nicht gewarnt. Er traute ihr nicht. Aber er hatte vorausgedacht, er gehörte zu ihr, und sie würde ihm helfen.

Anne schoss steil nach oben, durchbrach die Oberfläche und schnappte nach Luft. Für einen Lidschlag durchschnitten die dünnen Geräusche des Landes die Luft, dann war sie wieder unter Wasser und schwamm hinab, um sich am Kampf zu beteiligen.

Als das Mädchen am Rand seines Blickfeldes erschien, dachte Henry: *Nein, bleib weg.* Tieflinge waren keine Kavaliere, aber in einem Dominanzkampf stand Mann gegen Mann; wenn sie eingriff, würde auch der Stamm sich nicht zurückhalten, und dann müssten sie beide sterben. Zu zweit hatten sie keine Chance gegen die ganze Horde.

Doch dann spürte er ihre Hand an seiner Hüfte. Sie löste einen Knoten, zog das Seil ab, das er mit in die Bucht gebracht hatte, und wickelte es auf, sodass er es gebrauchen konnte.

Henry schnellte sich wieder nach hinten, streckte den Arm aus und ergriff das Seil mit einer Hand. Der Tiefling hatte ihn immer noch an den Schultern gepackt, und Henry stemmte die Füße gegen die Brust seines Gegners. Ein Ansatzpunkt, mehr brauchte er nicht.

Bei ausgestreckten Armen befanden sich die Handgelenke des Tieflings nun auf gleicher Höhe. Henry legte das Seil darum und zog es fest. *So,* dachte er, als er den Knoten verzurrte. *Mal sehen, wie dir das gefällt.*

Der Tiefling war plötzlich mit sich selbst beschäftigt und ließ los. Henry schwebte kurz über ihm. Das Meer war ewig und unaufhaltsam in Bewegung, und wer nicht schwimmen konnte, musste ertrinken. Seile konnte man mit der Zeit durchnagen, das hatte Henry in jenen ersten qualvollen Monaten seiner Gefangenschaft in Allards Versteck gelernt – aber die Bestürzung über die Fesseln, die Panik, das Grauen, die sie auslösten, hatte er niemals vergessen. Selbst wenn dieser Stammesmann die Lunge voll Luft hätte, könnte er nicht mehr denken.

Er war gefangen. Er hatte verloren.

Henry schoss nach unten, packte seinen Gegner an den Beinen und zog ihn in die Dunkelheit hinab. *Sie ist mein,* sagte er. *Gib auf. Ergib dich mir. Gib auf.*

Und über das Spritzen und Plätschern im Blau der Tiefe hörte er die Antwort: *Ich gebe auf.*

Dein ganzer Stamm, forderte Henry. *Alle müssen aufgeben.*

Die Stimme des Besiegten drang nach oben, und auf allen Seiten erhoben sich leise Stimmen und vereinigten sich zu der endgültigen, heiß ersehnten, schwer errungenen Antwort: *Wir geben auf. Du bist der König. Wir ergeben uns.*

Von oben schallte der Triumphschrei des Mädchens herab: *Uns! Uns! Sie sind unser!*

Henry senkte den Kopf und zernagte die Fessel des Tieflings. In seinem Mund breitete sich ein salziger Geschmack aus.

So kam es, dass Anne, Prinzessin von England, nackt dem Meer entstieg, und dass an ihrer Seite ein junger Mann ging, den niemand je zuvor gesehen hatte, ein junger Mann mit geradem Rücken, der unsicher auf krummen Beinen balancierte. Aufrecht stand er da, kein Prinzenhöcker beugte sein Rückgrat, aber seine Augen waren schwarz bis zu den Rändern, seine Zähne waren spitz, er hatte Schwimmhäute zwischen den Fingern, und in der Hand hielt er eine Haarlocke, die er draußen in der Bucht einem Tiefling ausgerupft hatte. Henry schaute über einen Strand voller Menschen, reich gekleidete alte und langbeinige junge Männer und Unmengen von Pferden, die bei seinem Anblick mit den Hufen scharrten. Seit der Verbrennung seines Bruders hatte er nicht mehr so viele Landlinge auf einem Fleck gesehen. Mit einem Mal war er so verlegen, dass er nicht sprechen konnte. Doch dann fasste er die Locke, die er seinem Gegner vom Kopf gerissen hatte, fester und hielt sie in die Höhe.

»Wie ich höre, könnte euer Land an die Franzosen fallen«, begann er. Anne hatte ihm geraten, die Franzosen zu erwähnen, anstatt von sich selbst zu sprechen. »Doch nun werden sie nicht mehr kommen. Diese Locke habe ich dem König der Tieflinge als Unterpfand seiner Treue abgenommen, und nun warte ich auf euren Treueschwur.« Es war eine Höflingsrede voller Lügen. Anne hatte verlangt, dass er sie auswendig lernte. Sie hielt eine Ansprache für erforderlich.

Ein Mann trat vor, grau im Gesicht und mit weißem Haar. »Woher kommst du?«, fragte er. »Wessen Bastard bist du?«

»Lord Wade, ich muss doch bitten.« Annes Stimme klang nicht versöhnlich, sondern scharf.

Die Rede war noch nicht zu Ende gewesen, aber Henry beschloss, es dabei bewenden zu lassen. Er schaute dem Mann in die Augen. »Wollt ihr einen französischen König?«, fragte er. »Ich komme aus dem Meer, und ich habe die Tieflinge besiegt. Sie werden tun, was ich sage. Und das gilt auch für euch. Gebt mir ein Pferd; meine Beine sind vom langen Stehen müde.«

Lange blieb es still, dann trat ein Mann vor. Henry erkannte Samuel Westlake. Er stützte sich beim Gehen gegen sein Pferd, dann übergab er Henry die Zügel. Henry nahm sie und schwang sich in den Sattel.

Sechstes Buch

HOCHZEIT

Einunddreissig

Anne saß allein in der Kapelle und hatte die Hände gefaltet. Knien konnte sie zwar nicht, aber sie betete. Samuel hatte ihr erklärt, es sei kein königliches Privileg, vor Gott sitzen zu dürfen, sondern ein Zugeständnis an die schwachen Beine von Prinzen und Prinzessinnen; zumindest im Geiste müssten auch Mitglieder des Königshauses vor ihrem Schöpfer das Knie beugen, darüber sei niemand erhaben.

Anne hatte ihm nicht widersprochen, die Frage war ihr nicht wichtig erschienen. Samuel ging es um Theologie. Für Anne war Gott zugleich unendlich und ganz einfach: Beten hieß, im Licht geborgen zu sein. Nun zog sie sich ganz in sich zurück, suchte sich zu entspannen, ihre Seele zu öffnen, Gottes Segen um sich herum zu spüren. Wenn sie sich besonders gut in das Gebet hineinfand, konnte sie sich in das Heilige versenken, dann summte und wogte die ganze Atmosphäre, sie spürte Gottes Gegenwart in jedem Lufthauch, jeder Faser ihres Körpers, die Bank, auf der sie saß, und der Stein unter ihren Füßen waren gesättigt mit Seiner Allgegenwart wie das Meerwasser mit Salz. Christus hatte den Menschen gesagt: *Ihr seid das Salz der Erde,* und Anne hatte zugehört. Wenn sie betete, konnte sie Gott schmecken: Er war die Würze in jedem Faden, jedem Bruchteil der Welt.

Diesmal betete sie um Segen für ihre Ehe. Man hatte sich rasch geeinigt; Henry sollte als ihr Gemahl gekrönt werden, sie hatte ihre Einwilligung gegeben, wer sollte die Hochzeit noch verhindern? Man hatte erwogen, Philips Zustimmung einzuholen, um den Bund symbolisch segnen zu lassen, aber das hatte Henry abgelehnt. Wenn im Meer ein Mann eine Frau begehre, und ein anderer wolle sie ihm verweigern, dann käme es zum Kampf. Ob Philip mit ihm kämpfen wolle?, fragte er trocken, und mehrere Zuhörer lachten, als hätte er einen Scherz gemacht. Es hatte tatsächlich wie eine Anspielung auf Philips Gebrechen geklungen, wie eine Gleichsetzung seiner Unfähigkeit zu kämpfen mit seiner Unfähigkeit zu herrschen. Seither sah man in Henry einen entschlossenen und geistreichen König. Und Anne hatte in diesem Moment erkannt, wie unbeliebt ihr Onkel allgemein war.

Sie selbst hatte nicht an einen Scherz geglaubt, und sie war nach wie vor nicht sicher, ob sie sich vor Henry fürchten sollte.

Aber die Heirat mit ihm war der einzige Ausweg, und vielleicht würde ja alles gut. Sie könnte Söhne gebären, viele Söhne, eine ganze Schar, sie könnte sie mit den Freuden des Wassers vertraut machen und mit ihrer Hilfe die Küsten schützen. Zwar überforderte schon der Gedanke an eine Geburt im Moment noch ihre Vorstellungskraft, und der Akt der Zeugung erschien ihr unwirklich, aber sie wandte sich vertrauensvoll an Gott und bat um Kraft. In diesem Moment ruhte sie sicher in den Armen des Herrn; was danach kam, blieb abzuwarten. Was ihr auch bevorstehen mochte, es konnte nicht schlimmer sein, als sich schreiend in blutigen Laken zu wälzen, weil man keine Haut mehr am Körper hatte. Sie würde Henry heiraten, und Gott würde ihr beistehen.

So saß sie in der Kapelle und betete. Sie konnte für diese Situation keine passenden Worte finden, aber das würde Gott ihr vergeben. Gott vergab alles. Die Barmherzigkeit des Himmels war grenzenlos, daran glaubte sie fest. Es konnte nicht anders sein, wenn es auf Erden so wenig Barmherzigkeit gab.

Anne öffnete sich Gott und fühlte sich von Gott umfangen. In ihrer Brust schlug das Herz der Welt.

Henry war umringt von Männern, die er nicht kannte. Sie hatten ihn zu einem steinernen Palast begleitet, einem Gebäude so breit und hoch, wie er noch keines gesehen hatte, und ringsum standen zahllose weitere Häuser. Das war London: kein Adelssitz, sondern eine Korallenbank der Landlinge aus Holz und Stein, ein undurchdringliches Dickicht von Menschen und ihren Behausungen. Die Stadt machte ihn unruhig; es gab überall zu viele Hindernisse, zu viele tote Winkel. Man wusste nie, was auf einen zukam.

Henry saß mit viel zu vielen Menschen an einem Tisch. Er trug kostbare Kleider, die um die Brust unangenehm spannten – ein Diener hatte sie aus einem königlichen Schrank geholt. Der Mann hieß Robert Stone, Henry hatte ihn nach seinem Namen gefragt, ihm mitgeteilt, die Sachen seien zu eng, ihm das Versprechen abgenommen, andere zu suchen oder anfertigen zu lassen, und sich den Namen eingeprägt, weil sich der Mann so eifrig verneigte, bevor er abzog. Seine Gesprächspartner waren die Männer vom Strand. Anne hatte gesagt, sie seien wichtig, denn sie kontrollierten die Küsten und die Flüsse. Claybrook war unter ihnen; Henry war so wütend auf ihn, das er ihm kaum in die Augen sehen konnte. Aber Anne zufolge floss durch Claybrooks Ländereien der größte Teil der Themse, jener große Strom, der ins östliche Meer mündete. Lächerlicherweise sprach sie ihn sogar als »Lord Thames« an. Solange sie ihn nicht stürzen konnten, war er ein Mann, mit dem man rechnen musste.

Henry schaute in die Runde und versuchte, sich ein Bild von den Männern zu machen. Bei Lord Wade, dem Mann, der ihn am Strand angesprochen hatte, stand sein Urteil bereits fest; der Mann war schlau, aber nicht schlau genug. Er besaß genügend Verstand, um zu erkennen, dass Henry ein Bastard war, aber nicht so viel, dass er seine Zunge gehütet hätte, bis er wusste, was es mit ihm auf sich hatte. Der Mann hatte ihn gefragt, wessen Bastard er sei, so als wäre er ein Pferd. Henry wollte König werden, und er war durchaus bereit, um den Thron zu kämpfen. Er hatte beobachtet, wie die Tieflinge im Meer einander umkreisten, sich in die Brust warfen und das Wasser aufwühlten, um zu zeigen, wie stark sie waren. Aber nur ein Dummkopf prahlte vor einem Gegner, den er nicht schlagen konnte.

Die anderen? Er versuchte, aus ihrem Gebaren seine Schlüsse zu ziehen. Samuel Westlake saß schweigend am unteren Tischende, auch sein Blick huschte von einem zum anderen. Jeder Mann hatte offenbar mehrere Namen, eine Marotte, die Henry wohl bald satthaben würde. Als Kind hatte er gelernt, dass die Landlinge im Allgemeinen zwei Namen hatten, einen für sich selbst und einen für ihre Familie. Das war noch halbwegs einleuchtend; Tieflinge kannten keine Familiennamen, aber man konnte andere Stämme benennen, indem man auf ihre Reviere verwies. Bei den Landlingen war die Namensgebung eher zufällig, aber daran hatte er sich gewöhnt. Nun hatte es aber den Anschein, dass auch manche Landlinge sich nach ihren Territorien benannten – verrückt war allerdings, dass für jedes Territorium nur ein Mann das Recht dazu hatte. Am Tisch saßen sogar zwei Brüder – Greenway, wie Anne ihm erklärt hatte –, die er mit verschiedenen Namen ansprechen sollte. Henry passte das gar nicht: Es war ein dummer Brauch, mehr noch, er fand ihn kränkend. Warum sollte er einen

Greenway-Mann als Severn und den anderen als Mersey ansprechen, aber keinen ihrer Angehörigen und auch niemanden von den Leuten, die an den Ufern des Severn oder des Mersey lebten? Kein Mensch war ein Fluss oder besaß einen Fluss: Land und Wasser waren Orte, an denen man sich aufhielt, aber keine persönlichen Merkmale, und es war vermessen, ein ganzes fließendes Gewässer als Eigentum zu beanspruchen. Henry hatte zwar die Absicht, England zu regieren, aber deshalb *war* er noch lange nicht England, und wenn er sich nicht so bezeichnete, hatten auch seine Untertanen keine Veranlassung dazu. Auf keinen Fall hatte er vor, Robert Claybrook noch weitere Titel zu verleihen. Dabei fiel ihm auf, dass Claybrook von Allard nie als »Lord Thames« angesprochen worden war, jedenfalls nicht in seiner, Henrys, Gegenwart. Aber hier verwendeten alle diese Anrede. Claybrook musste sehr darauf bedacht gewesen sein, dass Henry nicht erfuhr, wo er sich befand.

Henry fand das ganze Getue ziemlich lästig, und deshalb beharrte er darauf, die Männer mit ihren richtigen Namen anzusprechen. Er sah zwar, dass sie jedes Mal wieder gekränkt zusammenzuckten, aber das kümmerte ihn nicht weiter. Wenn sie nicht protestierten, obwohl es ihnen nicht passte, war das ein sicheres Zeichen für seine Überlegenheit.

Der Mann namens Forder, der aus dem Westen, aus Wales, kam, sah aus, als würde er gleich aus seinen Kleidern platzen, und sein Blick war so rastlos und misstrauisch, als wollte er jeden Moment angreifen. Die Greenway-Brüder beunruhigten Henry ein wenig, sie achteten mehr aufeinander als auf irgendjemanden sonst. Henrys Herz machte einen kleinen Satz; dann fasste er sich wieder. Wenn sie untereinander loyal sein konnten, dann konnten sie das auch ihm gegenüber sein, er brauchte sie nur zu überzeugen. Wenn er einen von ihnen auf seine Seite ziehen konnte, würde der andere folgen. Anne zufolge hatten sie die besten Chancen bei dem größten Landling, einem Mann namens Hakebourne. Henry musterte ihn: groß, ruhig, aufmerksam. Er urteilte nicht vorschnell, behielt die Nerven. Einen solchen Mann könnte er gebrauchen.

Noch ein Mann saß mit am Tisch. Narbridge. Der Herr von Cornwall. In Cornwall war sein Bruder gefunden worden. Dieser hochgewachsene, lässige Mann in seinen feinen Kleidern hatte seinen Bruder der Königin ausgeliefert. Er hatte kluge, wache Augen und hörte jedem aufmerksam zu, aber Henry wollte nichts mit ihm zu tun haben. Anne hielt ihn für einen treuen Gefolgsmann, aber das kümmerte Henry nicht. Der Mann verbrannte Bastarde, und wenn Henry erst die Krone auf dem Haupt trug, würde er mit ihm abrechnen.

»Wie steht Ihr zu Frankreich, Mylord?«, fragte der Mann namens Forder gerade. Er saß weit nach vorne gebeugt, und seine überbreiten Schultern versperrten den anderen die Sicht. Seine Rastlosigkeit machte Henry nervös; rastlose Männer waren entweder schreckhaft oder unzuverlässig, oder sie wussten um eine drohende Gefahr, und keine dieser Möglichkeiten war nach seinem Geschmack.

»Wie steht Frankreich zu uns?«, konterte er. Die Frage hatte sich angehört wie eine Falle, als würde Forder die Antwort bereits kennen und warte nun ab, ob Henry womöglich einen Fehler mache.

»Nun, Mylord, Prinz Louis-Philippe rechnet seit Längerem damit, als Gemahl der Prinzessin Mary den Thron zu besteigen«, antwortete Forder. Es klang ungeduldig, und Henry ließ ihn nicht ausreden.

»Das ist mir bekannt«, sagte er. »Wenn Frankreich an seinen Küsten bleibt, wird Frieden zwischen uns herrschen. Es hat die Wahl. Louis-Philippe wird nicht König sein. Die Franzosen müssen entscheiden, ob sie kämpfen wollen. Das will ich damit sagen. Oder steckt hinter der Frage noch mehr, Forder?«

Der Mann fuhr wütend auf, als er seinen Namen hörte, aber Henry ließ sich nicht einschüchtern.

»Werdet Ihr Botschafter entsenden?«, beharrte Forder in sachlicherem Ton.

Henry hatte das Wort *Botschafter* schon gehört, aber noch nie einen gesehen. Man schickte Männer aus, die für einen sprechen sollten. Aber konnte man sich darauf verlassen, dass sie auch das sagten, was man selbst sagen würde, wenn man sie aus den Augen ließ und nichts mehr richtigstellen konnte? Henry hatte noch nie einen Landling so unverblümt offen reden hören, wie er es verlangte. Vielleicht wäre ein Brief die bessere Lösung, nur konnte er leider nicht schreiben.

Die neuen Kleider schnürten Henry die Brust ein. Es war unerträglich heiß. »Das werde ich mit meiner königlichen Gemahlin besprechen«, sagte er. Dieses Hin und Her lag ihm nicht. Vielleicht kam Anne damit besser zurecht.

»Mylord«, meldete sich eine andere Stimme. Hakebourne, der Mann, auf den Anne so große Stücke hielt. »Wir sollten den König unterstützen, den Gott uns gesandt hat. Der Herr hat uns einen Engländer als Herrscher gewährt, und dieses Geschenk werden wir verteidigen.«

Einige am Tisch nickten zustimmend – darunter auch die beiden Brüder, deren Gesichter sich noch ähnlicher waren als die der meisten Landlinge.

»Von Gott gesandt?«, fragte Henry. Ihn hatte niemand gesandt, allenfalls noch Anne. Mit dem Wort *Gott* verband er jenes seltsame Ding aus zwei überkreuzten Stöcken, mit dem ihm Allard vor dem Gesicht herumgewedelt hatte, das hässliche Stück Holz, das seinem Ziehvater so unbegreiflich ans Herz gewachsen war. Das Gespräch drehte sich jetzt schon um zu viele Themen, die ihm fremd waren: Frankreich, Heirat, Gott. Er wollte schon sagen: *Ich bin aus freien Stücken gekommen, nicht weil mich jemand gesandt hätte. Ich war ganz allein, und es war nicht leicht.* Aber er beherrschte sich. Er hatte den Mann nicht ganz verstanden, aber es hatte sich so angehört, als wollte er seine Hilfe anbieten. »Ich sehe, dass Ihr loyal seid«, sagte Henry. »Das ist gut.«

Claybrook saß schweigend daneben und ließ sich nichts entgehen.

»Wann soll die Hochzeit stattfinden, Prinz?«, fragte Hakebourne.

»Bald«, antwortete Henry. »Wir müssen schnell handeln, nicht wahr?« Der Gedanke an eine Hochzeit war ihm immer noch fremd. Anne hatte an seiner Seite gekämpft: Sie hatte versprochen, alles zu tun, was er wollte. Sie hatten sich auf eine Seite gestellt, sich zusammengeschlossen. Inwiefern ein Wort oder ein Tanz, zu dem man in ein Steingebäude gehen musste, um einer Person, die ihnen ohnehin zum Gehorsam verpflichtet war, Fragen zu beantworten, dieses Bündnis noch festigen sollte, war ihm unbegreiflich. Er fand es nur umständlich. Er hatte immer gewusst, dass Landlinge eine Leidenschaft für Dinge hatten. Nun schien es, als hätten sie obendrein eine Leidenschaft für feste Wendungen, nicht nur für Gegenstände aus Holz und Metall, sondern auch für Gegenstände aus Sprache.

Es war lästig und verwirrend. Aber sonst würde man ihn mit Anne nicht allein lassen. Er hatte ihr weißes Fleisch durch das blaue Wasser leuchten, ihren ganzen Leib im schwankenden Licht schimmern sehen, und als sie über den Strand gingen, war ihr das Wasser aus den Haaren über den Körper gelaufen, die Tropfen hatten an ihren Ohrläppchen gehangen, über den Schlüsselbeinen gefunkelt, auf ihrer Brust geglänzt.

Er hatte seit seiner Kindheit keine Frau mehr angefasst, aber Anne wollte er berühren. Das Mädchen hatte Ja zu ihm gesagt, sie hatte ihn erwählt; sie war sein, und dennoch hielten die Landlinge sie aus Gründen, die er nicht verstand, von ihm fern. Wenn es nur um *einen Mann* ginge, könnte er gegen ihn kämpfen: Er hatte bereits mit einem Tiefling um sie gekämpft und konnte es wieder tun. Aber gegen diese Barriere aus Worten, diese Landlingsidee, der sie offenbar alle anhingen, kam er nicht an, er musste der Form genügen. Vermutlich würde alles gutgehen, aber es gefiel ihm nicht, dass er sich diesem Brauch unterwerfen musste.

Wenn ich erst König bin, werden wir offen reden, nahm er sich vor. *Dann werden wir dieses Wortgeklingel ein für alle Mal abschaffen.*

Anne hatte vorgehabt, ihrem Großvater mitzuteilen, dass sie heiraten würde. Edward klammerte sich an das Leben wie an einen schwankenden Tangstängel im Wasser, der immer dünner wurde, bis nur noch eine einzige Faser übrig war. Inzwischen konnte er die Arme nicht mehr bewegen, aber er konnte noch flüstern. Anne wollte ihn um seinen Segen bitten, wollte zumindest mit ihm sprechen, bevor auch die letzte Verbindung zur Vergangenheit ihrer Familie abriss.

Niemand hielt das für eine gute Idee. Henry hatte die Achseln gezuckt und gesagt, wenn sie meine, solle sie es tun, ihm sei es gleichgültig. Danach hatte sich Anne einem ganzen Zimmer voller Höflinge gegenüber gesehen, die alle nach Kräften versuchten, sie davon abzubringen. Die Begründungen waren verschieden, aber meistens ging es darum, einen Sterbenden nicht zu belasten.

Dabei hätten sie noch vor weniger als einer Woche über seinem Bett gehangen und alles getan, um seinen keuchenden

Lungen Antworten auf ihre Fragen zu entreißen. Aber das war vor Henrys Ankunft gewesen.

Anne sah Hakebourne an, der geschwiegen hatte. »Wie ist Eure Meinung, Lord Tay?«

Hakebourne überlegte eine Weile und erklärte schließlich: »Wir folgen Euch, Majestät.« Es war eine neutrale Antwort, kurz und prägnant, von unverbindlicher Loyalität. Nur auf dem *Euch* lag eine ganz leichte Betonung.

Anne erkannte von Neuem, wie groß die allgemeine Verzweiflung war. Wenn Edward seine Zustimmung verweigerte, bliebe kein anderer König als Philip übrig. Anne hatte sich immer vor Philip gefürchtet, vor seinen harten Fingernägeln, seinen grapschenden Pranken, seiner dröhnenden Stimme und den blitzartig vorschnellenden Armen, dennoch fand sie es erschütternd, wie schnell man ihn beiseitegeschoben hatte.

Natürlich waren auch Mary und ihr Gemahl noch da. Solange es keine Alternative gab, hätte sich England vielleicht mit einem Franzosen auf dem Thron abgefunden, doch jetzt würde man kämpfen. Anne versuchte, nicht an Mary zu denken, sich das Gesicht ihrer Schwester nicht vorzustellen. Doch als sich die Männer im Raum ihr zuwandten und gelobten, ihr zu folgen, als hätte es Mary nie gegeben, da fragte sie sich doch, was sie angerichtet hatte.

»Majestät«, sagte Samuel. Obwohl in Gedanken mit ihrer Familie beschäftigt, bemerkte Anne die neue Anrede. »Die Gedanken Seiner Majestät sollten sich jetzt auf den Himmel richten. Ihm wäre mehr geholfen, wenn Ihr mit ihm beten würdet.«

Anne spürte, wie ihr die Tränen kamen. Dies war ein öffentliches Gespräch, aber Samuel nahm wie üblich kein Blatt vor den Mund. Selbst er fand das Risiko zu groß, dass Edward seine Zustimmung verweigerte, dass er letztlich doch lieber die Partei seines eigenen Sohnes als die eines fremden jungen Mannes aus dem Meer ergriff, der ihn absetzen wollte.

Doch selbst wenn er sich gegen die Heirat ausspräche, dachte Anne, würde niemand auf ihn hören. Seine Ablehnung wäre nicht mehr als ein Seufzer, und jeder im Raum würde plötzlich feststellen, dass er taub geworden war. Hatte jemand verstanden, was Seine Majestät eben gesagt hatte? Nein, leider, es war unmöglich gewesen.

Henry war dem Meer entstiegen, und England war ihrem Großvater aus den kraftlosen Fingern gerutscht. Der Bastard hätte von Gesetzes wegen brennen müssen – doch schon nach einer Woche stellten sich alle auf seine Seite gegen den König. So schnell drehte sich die Welt.

»Ich werde mit ihm beten«, fügte sich Anne mit zitternder Stimme. »Unsere Gebete werden ihn in den Himmel begleiten.«

Sie erzählte Edward nichts von ihrer Vermählung. Sie saß an seinem Bett, hielt seine Hand und flüsterte Gebete an die Heilige Jungfrau. Seine Finger waren so zerbrechlich, die Schwimmhäute so trocken, als würden sie ihr gleich unter der Hand zerfallen. Sie saß bei ihm und betete. Er sollte nicht allein sein. Er sollte in seinen letzten Stunden auf Erden nicht sehen müssen, wie seine treuen Untertanen sich von ihm abwendeten und ihre Ohren vor seinen Worten verschlossen.

Danach vergingen nur wenige kurze Tage, bevor Henry und Anne sich anschickten, in die Kathedrale zu gehen und den Ehebund zu schließen.

Anne wurde von ihren Zofen in eine edelsteinbesetzte Robe gezwängt. Seit der Hochzeit ihrer Mutter hatte man sie nicht mehr derart aufgeputzt, und die Erinnerung daran ließ ihr Herz erbeben. Sie sah Philip vor sich, wie er den Körper ihrer

Mutter befingerte und über die Musik hinweg *Mein! Mein!* brüllte.

Philip sollte nicht an der Trauung teilnehmen. Anne war eigentlich davon ausgegangen, sie hatte gedacht, Samuel würde an seiner Seite sein und ihn beruhigen, damit er nicht *Frau!* schrie und sich das nächstbeste weibliche Wesen schnappte, aber Henry hatte abgelehnt. »Wenn der Mann Ärger macht, soll er wegbleiben,« sagte er. »Er wird nicht der nächste König; wer sollte etwas dagegen haben?«

Und Henry hatte recht. Edward hatte bei der Hochzeit nichts mitzureden, weil man ihm nichts davon gesagt hatte. Philip konnte kaum sprechen. Mary befand sich im Ausland und sollte erst davon erfahren, *nachdem* die Zeremonie stattgefunden hatte. Anne hatte den törichten Wunsch, sie in einem Brief von dieser großen Veränderung in Kenntnis zu setzen, sie daran teilhaben zu lassen wie an so vielen anderen Umwälzungen, aber sie unterdrückte ihn. Mit dem Entschluss, Henry zu retten, hatte sie sich für einen Weg entschieden. Jetzt gab es kein Zurück mehr, sie konnte nur weitergehen, und sie durfte nichts bereuen, denn das wäre ihr Untergang. War es falsch, sich ohne ihre Familie trauen zu lassen, mit einem Streich auch die letzten Bindungen zu kappen? Sie sah keine andere Möglichkeit; es war offenbar der Wille des Landes. Es war ein Schock gewesen, als sie mit Henry aus dem Meer gekommen war, doch dann hatte sich alle Welt erschreckend schnell für den neuen König begeistert. Annes Aufgabe war es wohl, dieses angespülte Stück Strandgut an England zu binden. Ihn im Hafen zu vertäuen, bevor ihn der Zufall wieder davontrug. An seiner Stelle wurden die Delameres von der Strömung weggetragen und in die Tiefe gezogen. Sie war der letzte Spross dieses Hauses. Ob sie wohl auch in diesem Perlenpanzer hier stünde, wenn sie nicht da gewesen oder nicht bereit gewesen wäre,

Henrys Griff nach dem Thron zu legitimieren? Oder würde auch sie von ihrem Land fortgerissen und aufs Meer hinausgetrieben?

Erzebet hätte dieser Ehe ihren Segen gegeben, dachte Anne. Sie hätte den Himmel sich selbst überlassen und sich nur um England gekümmert. Anne hatte an ihre Mutter gedacht und zur heiligen Jungfrau gebetet. Aber es fiel ihr merkwürdig schwer, gleichzeitig zu beten und an Erzebet zu denken. Ihr starres, verbissenes Gesicht mit den brennenden Augen war wie ein Schatten im Licht. Sie konnte noch so viele Rosenkränze für Erzebets Seele aufopfern, doch wenn sie sich an ihre Mutter erinnerte, sah sie nur diese wilde Entschlossenheit, den wölfischen Lebenshunger, die Anspannung, den Mut und die störrische Selbstverleugnung ... Vielleicht hatte Jesus am Kreuz so ausgesehen, dachte Anne. Aber vielleicht auch nicht. Jesus hätte nicht so viel Wut ausgestrahlt. Und die Mutter Gottes hatte auf keinem Bild, das Anne je gesehen hatte, so harte Augen. Erzebet hätte am Fuß des Kreuzes nicht geweint. Sie hätte nicht zugelassen, dass ihr Kind geopfert wurde.

Ihre Mutter hätte gewollt, dass sie weiterlebte, ermahnte sich Anne. Gott würde sie holen; Gott holte die Seelen zu sich in den Himmel. Und Erzebet hatte wie niemand sonst verstanden, wie lebenswichtig praktisches Denken für einen Prinzen oder eine Prinzessin war. Nur der Segen ihrer Mutter würde sie wie ein Geist durch das Kirchenschiff begleiten. Als Anne in die Sänfte stieg, um sich zum Altar tragen zu lassen, blickte sie mit unbewegtem Gesicht nach vorn und suchte Gott in ihrem Herzen. Es war ein Herz voller Ängste und Zweifel, aber Gott würde sie beschützen. Erzebet hätte es auch getan. Anne würde Henry heiraten und Englands Krone sichern, und damit war alles gesagt.

Henry saß vor dem Altar und wartete darauf, dass Anne zu ihm getragen wurde. Er konnte dieser Kirche wenig abgewinnen. Die Decke war gewölbt, auf allen Seiten ragten Säulen empor; immerhin war sie geräumig, größer als die Zelle seiner Kindheit. Aber die Fenster waren aus buntem Glas, blau und grün, durch das man nicht hindurchsehen konnte. Der Raum war wie eine Höhle, eine Höhle mit verstecktem Eingang. Eigentlich war er für solche Wahnvorstellungen zu alt, dennoch rang er nach Atem, weil er den Himmel nicht sehen konnte, als hätte er Angst, keine Luft mehr zu bekommen. Die vielen Landlingsaugen, die auf ihm ruhten, machten ihn verlegen. Am liebsten hätte er sie alle an irgendeine Arbeit geschickt; wenn er Befehle erteilen könnte, wären die Blicke gerechtfertigt, aber man erwartete von ihm, dass er wegen dieser dummen Zeremonie still auf diesem dummen Platz sitzen blieb. Henry nahm sich vor, sich niemals wieder zu einem solchen Ritual überreden zu lassen.

Das Kreuz an der Wand ging ihm zunehmend auf die Nerven. Ein riesengroßer Anker mit starren Winkeln, die einen Schatten warfen, und dem grotesken Abbild eines Leichnams. Henry wollte ihm nicht zu nahe kommen, es war ihm nicht geheuer. Der Leichnam war zwar nur bemaltes Holz, dennoch empfand er ihn als unrein und bedrohlich. Fleisch ging hier an Land schnell in Verwesung über, und wenn man es wegwarf, verschwand es nicht von selbst. Und Leichen sollte man schon gar nicht herumliegen lassen.

Die Musiker hatten zu spielen begonnen. Er hatte diese Töne am Tag der Verbrennung schon einmal gehört. Wenn er die Ohren spitzte, konnte er undeutliche Bruchstücke unterscheiden, als hätte sich jemand ein Tuch vor den Mund gebunden, aber die Wörter ergaben keinen Sinn. John hatte vor langer Zeit einmal gesagt, die Musik verkünde eine frohe Botschaft von erhabener Liebe. Er verstand nur einzelne Fetzen: *Hier gibt es gutes Futter. Willst du ficken? Tu, was ich sage.* Wenn man mit den Landlingen sprach, schienen sie ganz vernünftig zu sein, doch sobald man ihnen Dinge anvertraute, Objekte, Sprache oder Laute, benahmen sie sich wie Idioten.

Er sehnte sich danach, mit John zu sprechen.

Anne ließ sich am Altar nieder und machte sich für die Zeremonie bereit. Sie hätte es lieber gesehen, wenn Samuel sie abgehalten hätte, aber Summerscales, der Erzbischof von Stour, hatte Vorrang. *Wenn ich erst Königin bin,* dachte Anne, *mache ich Samuel zum nächsten Erzbischof.*

Ringsum erzählte die Musik von Liebe und Glück. Anne hatte nur noch wenig Vertrauen zu den Musikern und wusste inzwischen, wie schwierig es war, die Sprache der Tieflinge in die höfischen Formen zu pressen, dennoch wagte sie zaghaft zu hoffen. Vielleicht begann tatsächlich ein neues Leben. Wenn sie Söhne hätte, bräuchte England nicht mehr in einer verschlossenen Höhle nach Luft zu ringen. Vielleicht lernte Henry sie ja auch zu lieben.

Wie sie selbst für ihn empfand, fragte sie nicht. Er war eine Chance, ein Messer, um ein Gewirr von Schlingpflanzen zu durchschneiden. Anne senkte den Kopf zum Gebet, suchte nach Gottes Liebe und bat ihn um Hilfe. Sie konnte es schaffen.

Das Mädchen an seiner Seite war mit so vielen Edelsteinen übersät, als hätte sie sich darin gewälzt. Ihr Körper verschwand unter den Gewändern, die krummen Beine verbarg ein reich verzierter Rock, die Arme verschwanden unter einer Kruste aus Silberbrokat und die Brust unter einem Stoffpanzer; sogar das Haar hatte man mit einem Pferdehalfter aus Juwelen gebändigt. Henry musste plötzlich daran denken, dass er nach dem heutigen Tag allein mit ihr in ein Zimmer gehen und ihr diese Kleider ausziehen konnte.

Mit einem Mal erschien ihm alles an Anne überwältigend weiblich: die hohe Stimme, die kleinen Hände, der winzige Körper, das weiche Gesicht und ihre seltsam klagende Sprechweise. Was sollte er mit einer Frau anfangen? Als er zum ersten Mal eine Landlingsfrau gesehen hatte – Allards Gemahlin –, war ihm nichts Besseres eingefallen, als ihr das Gesicht zu zerkratzen. Das hatte ihr nicht gefallen, aber er hatte nicht gewusst, was er sonst tun sollte. Ob er das jetzt wusste? Die Tränen, die ihn bei Mistress Allard so neugierig gemacht hatten, empfand er jetzt als Bedrohung, sie forderten etwas, das er nicht geben konnte. Selbst in ihrem Panzer fand er Anne so begehrenswert, dass es schmerzte – aber ihr Gesicht zeigte keine Regung, sie schloss nur immer wieder die Augen und bewegte scheinbar grundlos die Lippen. Er beobachtete es fasziniert, machte sich zugleich Sorgen wegen der Sinnlosigkeit solcher Selbstgespräche und wurde schließlich wütend. Woran dachte sie gerade? Er hatte keine Ahnung, was er von ihr wollte, und sie wollte es ihm nicht sagen. In diesem Augenblick wusste er nicht, ob er sie lieber streicheln oder packen und so lange schütteln sollte, bis er eine Antwort auf seine Fragen bekam. Er durfte sich doch nicht den Launen eines zerbrechlichen Mädchens unterwerfen.

Als das Eheversprechen verlesen wurde, sprach Anne die Worte nach und bemühte sich, daran zu glauben und sie mit Aufrichtigkeit zu erfüllen. *Niemand hat mich dazu gezwungen,* dachte sie, als sie vor Gott erklärte, den Mann neben sich zu ihrem Gatten nehmen zu wollen. *Ich hätte meine Tage auch im Gebet verbringen können. Ich hätte aus der Thronfolge ausscheiden, in ein Kloster gehen und den Thron Mary und ihrem französischen Gemahl überlassen können.*

Selbst jetzt könnte ich die Kathedrale noch verlassen. Ich bräuchte nur meine Stöcke zu nehmen und zu gehen. Dann würde die Geschichte anders verlaufen. England würde ohne mich weiterbestehen.

Sie bekreuzigte sich und schwor im Angesicht des lebendigen Gottes, ihr Leben ihrem König und ihrem Land zu weihen.

Spät am Abend fand sie sich, von ihren Zofen entkleidet und in ein Hemd aus feinem Linnen gehüllt, im Angesicht ihres lebendigen Gatten wieder, und alles war ganz anders.

Henry wurde von Dienern hereingeführt. Er hatte seit der Zeremonie kaum ein Wort mit ihr gesprochen. Man hatte sie beide Seite an Seite zum Festmahl getragen und an die Tafel gesetzt. Anne spürte die Spannung, die von seinem Körper ausging. Sie stocherte in ihrem Essen herum, lächelte und machte freundlich Konversation. Sie sah, dass Henry kaum etwas aß. »Habt Ihr keinen Appetit, Mylord?«, fragte sie, um ein Gespräch in Gang zu bringen. Und Henry sah sie aus seinen schwarzen Augen an und antwortete knapp: »Ich bin kein Freund von Fleisch.«

Jetzt war sie mit ihm allein, und er kauerte unbewegt am Fuß des Bettes und starrte sie an. Anne fühlte sich vollkommen hilflos; sie wollte stillhalten und alles ertragen, was sie ertragen musste, aber ihr Gemahl sah sie nur an und tat gar nichts. Anne schloss kurz die Augen und betete um Kraft. Offenbar wurde von ihr etwas erwartet.

Als sie die Augen wieder aufschlug, glaubte sie im ersten Moment, Gottes Licht zu sehen. Aber es war lediglich ihr eigenes blaues Gesicht, das durch die Dunkelheit leuchtete.

Henry starrte sie immer noch an. Er war frustriert. Was taten die Frauen gewöhnlich? Im Meer wäre er um sie herumgeschwommen und hätte gewartet, bis sie abtauchte, mit ihm kokettierte, ihm ihren zusammengerollten Körper anbot. Aber sie stand einfach da und tat gar nichts. Der Körper einer Landlingsfrau war anders; der Schwanz war geteilt, und dazwischen gab es eine dunkle Spalte, die ihm fremd war. Tieflingsfrauen hatten flinke Hände und einen flachen Körper mit einem Schlitz an der Vorderseite. Henry hatte Paarungen im Meer gesehen, und er hatte auch von ferne beobachtet, wie sich Landlinge paarten, doch jetzt musste er enttäuscht erkennen, dass er nicht gesehen hatte, worauf es ankam. John hatte ihm zwar mit großem Eifer erklärt, wie solche Dinge vor sich gingen – vor Jahren schon, als ihn noch nichts als Langeweile, die Gefangenschaft und die Angst vor dem Unbekannten quälten, so lange war das noch gar nicht her –, doch jetzt war niemand mehr da, um ihm etwas zu erklären. Er hatte sie im Meer nackt gesehen, und sie hatte ihn gesehen, aber sie hatte beim Schwimmen die Beine geschlossen und ihm keinen Hinweis gegeben. Dabei wusste sie mehr als er.

Wieder wollte er sie schütteln, ihr mit den Fingernägeln die körnig weiße Haut zerkratzen. Waren sie denn nicht Freunde? Warum machte sie es ihm so schwer?

Anne sah Henrys Hände zucken und schluckte. Erinnerungen stiegen auf. Philips Hände, die unter ihren Röcken ihr Unwesen trieben. Die Leiber der Tieflinge, ihre loyalen Finger, während sie mit ihren Gedanken weit weg war. Geschenke, Trophäen, Tauschmünzen. Nie hatte sie den Körper eines Mannes gefahrlos berühren können.

Sie konnte überleben. Sie konnte ihr Leben verpfänden. Eines Tages würde sie im Himmel sein, und bis dahin konnte sie ihre Seele in ihrem Körper verstecken. Doch zunächst musste die Seele sich ganz klein machen und den Körper tun lassen, was getan werden musste. Vielleicht würde sie wenigstens am Morgen nach ihrer Hochzeitsnacht keine blauen Flecken haben.

Anne hielt sich an einem der Bettpfosten fest, schlüpfte aus ihrem Hemd und ließ es zu Boden fallen. Ihr Gesicht kribbelte vor Scham, als sie sich einen Satz ins Gedächtnis rief, den sie im Meer gehört hatte. Niemand hatte ihn für sie übersetzt, aber sie wusste recht gut, was er bedeutete. Sie hatte gehört, wie ihn die Tieflinge Erzebet zugerufen hatten, sie hatte ihn von Philip gehört, wenn er nicht gerade *Frau!* schrie, sie hatte die Musik gehört, die angeblich von Liebe kündete. Es war die Sprache ihrer Mutter, eine Geheimsprache, die niemand an Land verstand, jedenfalls niemand, dem sie nicht vertraute. Gott konnte hören, was ihr Herz sagte, aber kein Lauschender würde etwas mit diesem schrillen Vogelruf anzufangen wissen, niemand außer Henry, für den er bestimmt war.

Willst du ficken?

Grau und lila erstrahlte das Gesicht des Mädchens, und als Henry sie sprechen hörte, löste sich etwas in ihm. Endlich redete sie so, wie er es verstand.

Ja, sagte er. *Komm her.*

Allard hatte ihm verboten, in Gegenwart von Damen derbe Ausdrücke zu verwenden, aber wozu hielt sich ein Mann denn eine Dame? Das Mädchen tanzte nicht, sie stellte sich nicht zur Schau, aber wenn sie eine solche Frage stellen konnte, war sie wohl doch ein Mensch.

Anne zog ihre schwachen Beine auf das Bett und schob sich auf ihren Gemahl zu. Sie wollte noch etwas sagen, aber ihr fiel nichts ein.

Ihre Haut fühlte sich kühl und trocken an, und sie verströmte einen schwachen Geruch nach Heimat. Niemand hatte ihm beigebracht, wie man küsste. Henry ging nicht gerade sanft mit ihr um, aber das Mädchen in seinen Armen leistete keinen Widerstand, als er sie hierhin und dorthin bog und mit seinen Händen ihren königlichen Körper bis in seine geheimsten Winkel erkundete.

Siebtes Buch

Abkehr vom Glauben

ZWEIUNDDREISSIG

»Nach der Krönung benachrichtigen wir deine Schwester«, entschied Henry. »Nicht vorher.«

»Wie du meinst.« Anne brauchte lange für diese Antwort. Henry hatte recht. Wenn sie jetzt zögerten und den Thron nicht besetzten, würde es Tote geben. Henry würde auf den Scheiterhaufen geschickt und sie selbst womöglich mit ihm. Das gleiche Schicksal würde Samuel, Hakebourne und alle anderen treffen, die sie unterstützt hatten: Sämtliche großen Familien hatten sich hinter diesen neuen Anführer gestellt, und sie würden ihn nicht aufgeben, nur weil Mary es wollte. Nicht wegen eines englischen Mädchens, das ins Ausland geschickt worden war, um Französin zu werden. Sie mussten den Thron halten, und falls Mary dagegen protestierte, wären sie stärker, wenn sie bereits gekrönt wären. Anne wusste nicht, ob Marys Hochzeit bereits stattgefunden hatte. Vielleicht war der Abgesandte mit der Proklamation schon unterwegs. Dann stünde ihm eine Überraschung bevor, wenn er England erreichte. War Mary vor ihrer Schwester ins Ehebett gestiegen? Wie verändert würde sie sein, wenn sie sich das nächste Mal begegneten? Anne senkte den Kopf und versuchte, nicht darüber nachzudenken, ob es Mary gutging. Es musste so sein. Wenn sie rasch sicheren Boden gewannen, brauchten sie keine Auseinandersetzung mehr zu führen.

»Was noch?« Die beiden befanden sich auf einem gemeinsamen Ausritt im Park. Im Palast waren für ein ungestörtes Gespräch zu viele Leute, und auf den Straßen ebenfalls. Henry hatte einen Teil des Parks räumen lassen, und dorthin hatten sie sich nun zurückgezogen, um die Lage zu erörtern. Anne hatte bereits gelernt, dass man mit Henry am besten möglichst offen sprach; höfische Floskeln machten ihn nur ungeduldig.

»Mein Onkel«, begann Anne. Sie war immer noch nicht sicher, wie sie mit ihm verfahren wollte.

Henry zuckte die Achseln. »Er ist im Weg, und niemand kann ihn leiden. Aber wenn du nicht willst, dass er Schaden leidet, soll mir das recht sein. Er ist keine Gefahr. Wir könnten ihn irgendwohin schicken, wo er niemanden stört.«

Wenn man Philip fortschickte, wäre sie vor seinen grapschenden Händen sicher. Anne atmete tief die reine Luft ein. »Jemand müsste sich um ihn kümmern. Aber dieser Jemand dürfte nicht allzu ehrgeizig sein.«

»Wir könnten ihn an einem Ort unterbringen, wo es Wasser gibt«, schlug Henry vor. »Dort wäre er sowieso besser aufgehoben.«

Anne zog die Finger durch die Mähne ihres Pferdes. »Man hat ihm nie gestattet, ins Meer zu gehen.«

»Warum? An Land ist er doch fehl am Platz.« In Henrys Stimme schwang eine Traurigkeit mit, die Anne erschütterte. Henry hatte außer nüchterner Verachtung bisher kaum Gefühle für Philip gezeigt, doch die Vorstellung, ihn an Land gefangen zu halten, schien ihn zu stören. Er hatte bereits mehr als einmal vorgeschlagen, mit Anne gemeinsam die Themse zu besuchen, um zusammen zu schwimmen. Bisher hatten sie nie die Zeit dafür gefunden, und Henry wurde mit jedem Aufschub verdrießlicher.

Anne wusste, dass ihr Gemahl es irritierend fand, wenn sie mit ihm sprach, ohne ihn anzusehen, also zwang sie sich, seinem Blick zu begegnen. »Man fürchtet, er könnte ... eine Tieflingsfrau ficken. Einen Erben zeugen, der Anspruch auf den

Thron erheben würde.« *Ich gebrauche keine unanständigen Wörter,* dachte Anne. *Ich spreche nur die Sprache meines Mannes.* Henry kannte keine Scham, und das hatte nach der ersten schwierigen Nacht durchaus seine Vorteile. Annes Körpergefühl war immer noch wenig ausgeprägt, sie war nicht sicher, wie weit ihre Intimsphäre ging, inwieweit sie das Recht hatte, ihren Leib als ihr Eigentum zu betrachten. Doch bei allen Ängsten war es gelinde gesagt schwierig, sich vor jemandem zu genieren, der so natürlich war wie Henry. Selbst im Schlaf sprach er nicht Englisch, sondern zwitscherte leise in der Tieflingssprache: *Wir müssen bald weiter. Wir lassen uns treiben. Ich muss noch nicht auftauchen.*

»Er?« Henry schüttelte den Kopf und grinste beinahe. »Deshalb haben sich eure Landlinge all die Jahre über Sorgen gemacht?«

»Hm, ja.« Anne schaute auf ihre Hände hinab, dann hob sie den Kopf. »Was ist daran komisch?«

»Keine Tieflingsfrau würde ihn wollen«, erklärte Henry.

Auf den Gedanken war Anne noch nie gekommen. Sie wollte nicht in Philips Nähe sein, aber da der königliche Samen inzwischen so rar geworden war, hatte sie immer geglaubt, nur sie selbst empfinde so. »Aber manchmal nehmen sie doch wohl auch Landlinge«, sagte sie und deutete auf Henrys Mischlingskörper.

Wieder zuckte Henry die Schultern. »Gesunde Landlinge schon. Ich denke, das tun sie aus Neugier. Aber ein kranker Fisch wie dein Onkel? Wer sollte ihn als Vater für sein Kind haben wollen? Deine Leute fürchten sich zu oft vor den falschen Dingen.«

Anne überlegte, ob sie ihn fragen sollte, wovor er sich fürchte, aber sie wollte es gar nicht wissen. Es war viel wohltuender, mit jemandem zusammen zu sein, der keine Angst zu kennen schien. »Wir könnten ihn also zu jemandem schicken, der seine Betreuung übernimmt. Ich muss mir überlegen, wer das sein könnte.«

Henry hatte eine Idee, sein Gesicht hellte sich auf. »Ich wüsste schon jemanden«, sagte er.

Anne zwinkerte überrascht. »Du kennst jemanden?«

Henry überlegte. »Wir müssen es richtig anpacken. Ich will den Mann nicht kränken. Aber wir könnten ihn zu meinem Vater schicken.«

Anne war so verblüfft, dass ihr ein Zügel aus der Hand fiel. Das Pferd schlug unruhig mit dem Kopf. Henry beugte sich hinunter, fasste den Zügel und gab ihn ihr zurück. »Dein Vater? Du kennst deinen Vater?«

»Ich meine nicht meinen leiblichen Vater«, sagte Henry. »Sondern den Mann, der mich aufgenommen hat. Er ist ein ... ich glaube, du würdest ihn als Gelehrten bezeichnen. Er hat alles über mich aufgeschrieben, als ich noch klein war. Er würde sich für deinen Onkel interessieren.«

Jetzt konnte Anne ihre Neugier nicht mehr verbergen. »Ich kann mich an meinen Vater kaum erinnern«, sagte sie. »War er gut zu dir?«

Henry überlegte. Eine Flut von Bildern überschwemmte ihn: gefesselte Hände, Steinmauern, der Stock, mit dem Allard ihn hatte schlagen wollen und mit dem er ihn gewürgt hatte. Eine Schüssel mit Salz, die ständig kratzende Feder. Roher Fisch. Unterricht. Angelica. Ein Gemälde an der Wand, eine Geschichte, ein Leben auf begrenztem Raum. Wie weit hatte er sich von dem kleinen Fisch entfernt, der sich in seiner Verzweiflung in jenem Treppenhaus eingenässt hatte, der sich vor Ecken fürchtete und kein Wort verstand? Es war eine Frage, auf die er keine Antwort hatte. Henry hatte den überwiegenden Teil seines Lebens an Land verbracht, aber er wusste immer noch nicht, ob er die Landlinge mochte oder nicht.

»Er war kein schlechter Mensch«, antwortete er schließlich. Dann überlegte er weiter. »Ich glaube, er mochte mich«, fügte er hinzu. Im Rückblick erhielten Allards Warnungen, das Gelände nicht zu verlassen, seine Drohungen mit dem Scheiterhaufen, um ihn am Weglaufen zu hindern, eine andere Bedeutung. Claybrook hatte ihn benutzt wie ein Werkzeug, das er jederzeit wegwerfen konnte, aber Allard hatte tatsächlich nicht gewollt, dass ihm etwas geschah.

Im Grunde genommen müsste ein Mann wie Henrys Vater als Verräter verbrannt werden. Anne geriet jäh in Panik: Wie konnten sie ihn retten? Wie sollten sie das Geschehen erklären? Doch dann schüttelte sie den Kopf. In ein paar Tagen würde sie Königin sein. Wenn sie nicht wollte, dass ein Mann verbrannt wurde, brauchte sie nur zu befehlen, dass man ihn verschonte, und damit war die Sache erledigt. Sie konnte es noch kaum fassen.

Beide schwiegen einen Moment. Dann verfinsterte sich Henrys Gesicht.

»Claybrook«, sagte er.

Anne holte Atem. »Claybrook.«

Jeder wartete auf den anderen.

»John ist mein Bruder«, sagte Henry schließlich. »Ich will, dass er verschont wird.«

»Wusste er über den Tod meiner Mutter Bescheid?« Annes Stimme klang hart. Sie hatte Henry mit einem Messer bedroht, aber jetzt war sie mit ihm verheiratet. Es war schwieriger geworden, mit ihm zu streiten, seit sie seine Frau geworden war.

Henry schüttelte den Kopf. »Nein.«

»Bist du sicher?«

»Ja.« Er hatte doch Nein gesagt, warum bedrängte sie ihn noch weiter. John hatte nichts gewusst. »Er hat mir viel über den Hof erzählt«, bemerkte er knapp. »Und er hat nicht damit gerechnet, dass etwas davon zu dir gelangen könnte. Er sagte damals, deine Mutter sei an einem Fieber gestorben.« John hatte ihm zwar nicht verraten, wie nahe sie an London waren, aber das war lediglich eine Unterlassung gewesen. Das war etwas anderes. Menschen logen entweder, oder sie logen nicht, aber John hatte gewusst, wie sehr Henry mit seiner Gefangenschaft haderte, und hätte ihn mit einer Lüge zur Lage seines Gefängnisses ruhigstellen können. Stattdessen hatte er geschwiegen. Er hätte lügen können und hatte es nicht getan. Wenn John von einem Fieber gesprochen hatte, dann hatte er auch daran geglaubt.

Anne seufzte. Sie war nicht überzeugt. Aber John war all die Jahre über immer freundlich zu ihr gewesen. Sie war nicht darauf erpicht, ihn tot zu sehen. Und wenn man seinen Vater in aller Stille aburteilte, könnte John den Titel erben und wäre ein mächtiger Mann unter einem König, der ihn als seinen Bruder betrachtete. Es wäre nicht zu seinem Vorteil, Verrat zu begehen.

Vielleicht könnte man Claybrook vergiften, dachte sie. Es wäre kein gottgefälliges Werk, aber es würde viele Probleme lösen. »John wird sich gegen uns stellen, wenn wir seinen Vater öffentlich hinrichten lassen«, gab Anne zu bedenken.

Henry schüttelte den Kopf. Er selbst hätte am liebsten eine Axt genommen und Claybrook kurzerhand erschlagen, aber darüber wäre John wahrscheinlich nicht erfreut. Seine Frau hatte recht: Es war eine schwierige Entscheidung.

»Angenommen, wir behaupten, *er* hätte dich gefunden und aufgezogen, dann könnten wir ihn anstelle deines Vaters dafür verurteilen«, überlegte Anne. »Damit bliebe zumindest nichts im Verborgenen. Es sähe zwar wie Undankbarkeit aus, aber wir könnten es als Gerechtigkeit ausgeben. Der König ist so gerecht, dass er sogar Verbrecher bestraft, die ihm geholfen haben.«

Henry starrte sie an. Es klang machbar, und das bestürzte ihn und erfüllte ihn mit Zorn. »Was für ein krummer Plan«, sagte er. »Du müsstest viele Menschen belügen.«

Anne lehnte sich im Sattel zurück und schaute zu den Wolken empor. Dabei entblößte sie ihren Hals, und Henry fiel es schwer, bei der Sache zu bleiben. »Stimmt«, sagte sie. »Es wäre besser, einen geraden Weg zu finden. Aber mir fällt keine Lösung ein. Und dir?«

Es war kein Angriff, nur eine einfache Frage. Henry antwortete nicht.

»Vor der Krönung können wir ohnehin nichts tun«, fuhr Anne fort. »Mit dem Thron im Rücken können wir härter zuschlagen. Hat Samuel schon über die Zeremonie mit dir gesprochen?«

»Nein.« Noch so ein langweiliges Gespräch, das Henry gern vermieden hätte. Erst vor wenigen Tagen hatte er die Hochzeit hinter sich gebracht, und nun sollte er schon wieder in diese große Höhle hineintorkeln und den Unsinn nachsprechen, den ein alter Mann ihm vorsagte. Wenn die Krone erst so fest auf seinem Kopf saß, dass sie ihm kein Landling mehr mit irgendwelchem Kauderwelsch streitig machen konnte, würde er dafür sorgen, dass ihm solche Dinge weniger von seiner Zeit stahlen.

»Übrigens hätte ich nach Erzbischof Summerscales' Tod gern Samuel Westlake als seinen Nachfolger«, bemerkte Anne. »Wäre dir das recht?«

Henry wusste nicht so genau, was ein Erzbischof eigentlich tat, aber Westlake war ein kluger Mann, er hatte ihn nicht misshandelt, als sich ihm die Gelegenheit dazu bot, und Henry hatte das Gefühl, ihm einen Gefallen schuldig zu sein. »Wie du meinst«, sagte er.

Henry war wütend, weil Westlake ausgerechnet in derselben Kathedrale, in der die Trauung stattgefunden hatte, mit ihm über die Krönung sprechen wollte. Er wäre lieber draußen geblieben, irgendwo draußen, aber es war ein regnerischer

Tag. Das hätte Henry zwar nicht weiter gestört, aber Landlinge waren überaus besorgt um ihre Kleidung und ihre Frisur, und bei widrigem Wetter waren sie kaum dazu zu bringen, sich auf etwas anderes zu konzentrieren. Also musste er in das ungeliebte Kirchenschiff zurück. Solange sie nur zu zweit waren, wirkte der Raum größer, aber die alles verdunkelnden Fenster empfand er immer noch als störend. In das farbige Glas waren Gesichter und Hände eingezeichnet, aber sie wirkten nicht echt. Die primitiven Striche hatten ebenso wenig Ähnlichkeit mit wirklichen Gesichtern wie die höfische Musik mit richtiger Sprache. Offenbar hatten alle Landlinge am Hof den unüberwindlichen Drang, schlechte Abbilder der Wirklichkeit anzufertigen. Er fühlte sich unwohl in Gesellschaft all dieser Glasleichen. Inmitten dieser nutzlosen Gebilde kam er sich vor, als hätte man ihn in das verworrene Denken der Landlinge eingewickelt wie in ein Stück Stoff.

»Das ist die Verkündigung«, erklärte Westlake, als er sah, wie Henry eines der Fenster anstarrte. Henry hatte versucht, durch das Glas zu schauen; zwischen dem Blau und dem Rot gab es mehr weiße Flecken als anderswo, und er hoffte auf einen Blick nach draußen.

»Was?« Henry dachte zunächst, »Verkündigung« sei der Name dieses Fensters, vielleicht auch der Name für jedes Fenster, das nach Süden ging, aber man ließ sich leicht irreführen, wenn die Landlinge anfingen, Kopien von Dingen mit einer Bezeichnung zu versehen.

»Die Verkündigung. Die Verkündigung des Erzengels Gabriel an die Jungfrau Maria, sie sei zur Mutter Gottes auserwählt worden.«

Das brachte ihn auch nicht weiter. *Gott* und *Jungfrau Maria* waren Worte, die seine Frau gern vor sich hinmurmelte. Wenn sie sich mit solchen Begriffen vergnügen wollte, hatte Henry nichts dagegen, aber er hatte es allmählich satt, sie ständig von anderen Leuten zu hören. Und das geschah zunehmend häufiger; die Landlinge konnten anscheinend gar nicht mehr damit aufhören. Diese Worte kamen ihm vor wie Gegenstände, mit denen die Leute herumspielten, wenn sie nervös waren, etwa so, wie ein Reiter mit einem Zügel tändelte. Als Henry noch ganz klein war, hatte Allard versucht, ihm ihre Bedeutung zu erklären, aber das war für den Jungen unter die Kategorie *Latein* gefallen, unnötig schwer verständliches Zeug, das er nicht lernen wollte. Er könnte versuchen, Westlake zu beißen, damit er mit dem Unsinn aufhörte, der Mann würde ihm wohl kaum die Hände fesseln, wie Allard es getan hatte, aber vermutlich hielt kein Landling ein solches Verhalten für angebracht.

Am besten überhörte er also die Erklärung und fragte später seine Frau danach. »Was muss ich über diese Krönung wissen?«, fragte Henry.

»Ihr solltet Euch einige Formeln einprägen«, sagte Westlake. Henry entging nicht, dass er ihn weder mit »Majestät« noch mit »Mylord« anredete. Er sprach mit schlichter Offenheit, ein älterer Mann zu einem jüngeren. Henry wusste nicht recht, was er davon zu halten hatte.

»Formeln? Was muss ich sagen?«

»Es geht um den üblichen Krönungseid«, antwortete Westlake in unverbindlich höflichem Ton. »Das Gesetz zu wahren, die Kirche zu verteidigen, das Volk zu schützen.«

»Die Kirche?«, fragte Henry. Sein Volk zu schützen war in Ordnung, aber eine Kirche war ein Gebäude, und davon gab es viele. »Warum muss ich eine Kirche verteidigen?«

»*Die* Kirche«, verbesserte Westlake. »Ihr müsst Gottes Gesetze halten und Eurem Volk helfen, das Gleiche zu tun.«

Henry hätte lieber seine Frau gefragt, aber er kam zu dem Schluss, dass einiges klargestellt werden musste, bevor er dieses Gespräch fortsetzen konnte. »Ihr redet ständig von Gott«, sagte er. »Das müsst Ihr mir erklären.«

Westlakes Miene veränderte sich kaum. Seine Augen huschten über Henrys Gesicht, die Falten um seinen Mund vertieften sich ein wenig. Sein Blick wurde starr, aber er rührte sich nicht von der Stelle. »Hat Euch noch niemand von Gott erzählt, mein Sohn?«

»Wieso jetzt auf einmal ›mein Sohn‹?« Henry war verärgert, weil die Reaktion auf seine aufrichtige Frage so eisig ausfiel. »Ich stelle keine Fragen, auf die ich die Antwort schon kenne. Wenn Ihr mir nichts sagen wollt, dann muss ich mich eben an jemand anderen wenden.«

»Mylord, wurdet Ihr jemals getauft?«, fragte Westlake. Er schien sich eisern zu beherrschen.

»Was heißt ›getauft‹?«

Westlake hielt kurz inne, blickte nachdenklich zum Himmel auf und wandte sich wieder Henry zu. »Hat man Euch Wasser über den Kopf gegossen und Salz auf die Lippen gestreut und dazu bestimmte Worte gesprochen, vielleicht, als Ihr noch ein Kind wart?«

»Salz habe ich gegessen«, sagte Henry. »Ihr redet nicht etwa von einem Bad?«

Westlake schüttelte den Kopf. »Ihr wurdet also nicht religiös erzogen, mein Sohn«, stellte er fest. Es klang nicht böse, aber seine Augen waren sehr dunkel und die Pupillen riesengroß, und obwohl er nicht hin und her rutschte, schien er sich unbehaglich zu fühlen. »Darf ich Euch eine Frage stellen?«

»Nur zu«, sagte Henry. Wozu bat man um Erlaubnis, eine Frage zu stellen? Das dauerte genauso lange, als wenn man die Frage gleich gestellt hätte.

»Die Tieflinge im Meer«, begann Westlake. »Reden sie jemals von Gott? Von einem Schöpfer? Einem Heiland?«

Henry dachte an das Meer, die endlose Bewegung, den Hunger, die Suche nach Futter, das ständige Horchen, ob sich ein Räuber näherte, das wechselnde Licht und das Knacken und Klicken der Fische. Er wünschte, er wäre dort und bräuchte sich nicht diesem lästigen Verhör zu stellen. »Tieflinge sind nicht so geschwätzig wie Landlinge«, sagte er. »Sie kommen gleich zur Sache.«

Westlake betrachtete seine Hände, die den Knauf seines Stocks umfassten, und holte tief Luft. »Es ist uns aufgegeben, die Heiden zu bekehren«, sagte er. »Mein Sohn, ich muss Eure Zeit heute noch länger in Anspruch nehmen und Euch um Eure Aufmerksamkeit bitten. Ich habe Euch viel zu erklären.«

Henry verstand nicht, was mit »Heiden« gemeint war, aber er war nicht begeistert davon, den ganzen Tag in diesem Bau sitzen und sich Westlakes Vorträge anhören zu müssen. Sein sehnlichster Wunsch war, von dieser Bank aufzustehen, hinaus in die feuchte Luft zu kriechen und sich die Tropfen auf die Haut prasseln zu lassen. Er musste wieder an den Kampf mit dem Tiefling denken, dieses verzweifelte Ringen Mann gegen Mann. Es war gefährlich gewesen, aber die Fronten waren klar, und von ihm wurde nichts weiter verlangt, als dass er überlebte. Doch die Landlinge kamen so oft auf diesen Gott zu sprechen, dass er sich einer unbequemen Einsicht nicht mehr entziehen konnte: Er musste endlich herausfinden, was es damit auf sich hatte. »Dann fangt an«, sagte er. Vor den Fenstern seufzte der Regen, und Henry lehnte sich zurück und wappnete sich für einen unangenehmen Tag.

Schon nach einer Stunde war er schockiert.

Er wollte mit Anne darüber sprechen, aber er war zu aufgewühlt. Die Landlingsworte, die seine Frau andauernd vor sich hinmurmelte, stellten sich nach Westlakes Erklärung als schlimmer heraus als »Ehe«, schlimmer als »Krönung«, schlimmer als all die Zeremonien und Formalitäten und Wortbündel, über denen die Landlinge ihr ganzes Leben lang brüteten. Die Landlinge waren nicht einfach nur seltsam. Sie waren dumm, dumm bis auf die Knochen. Sie waren verrückt.

Allard hatte versucht, dem kleinen Henry eine Geschichte über einen Landling namens Jesus zu erzählen, der hatte sterben müssen, weil er schlimme Dinge getan hatte. So weit hatte Henry die Sache verstanden. Doch nun schien es, dass dieser tote Landling, der sein Leben so schlecht geplant hatte, dass er schließlich an einen Pfahl genagelt wurde, anstatt daran verbrannt zu werden, für jemand anderen sprach, diesen Gott nämlich, von dem alle Welt ständig redete. Dass dieser Jesus ein paar Tage später von den Toten auferstanden sein sollte, glaubte Henry ebenso wenig, wie dass Angelica einfach so den Kanälen entstiegen sein und perfekt Italienisch gesprochen haben sollte, nachdem sie ihr Leben im Meer verbracht hatte, ebenso wenig, wie dass er selbst nach einem Leben in den Wellen von irgendeinem unsichtbaren Wesen entsandt worden sein sollte, um sich um ein England zu kümmern, das er nie gesehen hatte. Diese Geschichte hatte er den Landlingen erzählt, als er mit Anne aus dem Meer gekommen war, und wenn sie darüber nachdächten, müssten sogar sie erkennen, dass sie nicht wahr sein konnte. Aber sie schienen nicht nachdenken zu wollen. Sie verwiesen nur immer wieder auf ihren Gott. Die Landlinge glaubten an Märchen, insbesondere an solche, in denen im entscheidenden Moment nicht etwa nur ein kluger Kopf in Erscheinung trat, der sich einen denkwürdigen Auftritt überlegt hatte, sondern jemand, der von einem Gedanken- oder einem Wort-Ding geschickt worden war, dem sie nie begegnet waren.

Ein Mann konnte sich drei Tage lang verstecken, um dann wieder aufzutauchen: Das war nicht unmöglich. Aber die Landlinge glaubten anscheinend, er würde irgendwann am Ende der Welt wiederkommen – an sich schon eine absurde Vorstellung. Geschöpfe starben; und der Ort, wo sie starben, war die Welt. Ein gebrochenes Rückgrat oder eine aufgerissene Kehle erzeugten nicht die kleinste Welle der Aufmerksamkeit, sie interessierten niemanden außer den Sterbenden selbst. Die Welt war da, bevor man geboren wurde, und bestand weiter, nachdem man gestorben war; wozu sollte irgendein toter Landling zurückkommen, um alle Lebenden sterben zu lassen und gleich auch noch die ganze Welt in Stücke zu reißen? Wenn die Leute darauf warteten, würden sie ohnehin alle sterben. Offenbar waren alle Landlinge wirr im Kopf, sie hatten noch nicht genügend Todesfälle erlebt, sie wussten nicht, wie ungerührt das Wasser danach weiterfloss und dass auch noch so große Todesangst die Gezeiten nicht aufhalten konnte. Außerdem war kein Landling imstande, die Welt zu zerstören, auch wenn er sich noch so geschickt tot stellte und scheinbar wiederauferstand. Die Welt war zu groß, und die Landlinge waren zu klein. Wenn überhaupt etwas die Welt verändern konnte, dann sicherlich kein Landling. Dafür gab es zu viele andere Geschöpfe, sprechende und stumme, kluge und dumme. Die Landlinge hatten nicht das letzte Wort in Fragen der Existenz.

Doch wenn man Westlake reden hörte, waren sie wohl genau dieser Ansicht. Diese Welt mit ihren lauten Geräuschen, ihren schmerzhaften Empfindungen, ihren grellen Farben und schnellen Bewegungen, die Henry vom Augenblick seiner Geburt an überwältigt hatte, war für sie nicht wirklich. Für die

Landlinge war sie ein Bild, eine Angelica, geschaffen von einem Geist, der weder zu sehen, noch zu fassen war. Auch sie selbst waren nichts als Ideen ohne Sinn und Verstand.

Westlake erzählte immer weiter, und irgendwann glaubte Henry eine Erklärung für die Hässlichkeit der Dinge zu erkennen, die den Landlingen gehörten, die geraden Linien, die Dächer, die den Himmel ausschlossen, und die beengende Kleidung. Die Landlinge nahmen die Dinge selbst gar nicht wahr. Sie sahen Kleider und dachten an Zeremonien, sie sahen Gebäude und dachten an ihre Besitzer. Immer ging es um Ideen, nie um die Dinge selbst. Sie spürten nicht, was ihre Haut berührte: die blühende, kämpfende, kraftvolle und unumstößlich wirkliche Welt.

Diese Erkenntnis führte überraschenderweise dazu, dass er Allard vieles verzieh; das lästige Latein, die kratzende Feder, die grässlichen Kleider, in die er ihn gezwängt, die Worte, die er ihm eingebläut hatte. Er hatte geglaubt, Henry einen Gefallen zu tun; er hatte nicht geahnt, wie verlogen seine Geschenke tatsächlich waren.

Das hieß freilich nicht, dass Henry schwören würde, diesen Gott der Landlinge zu verteidigen. Nur böse Menschen logen, und er wollte kein böser Mensch sein. Er hatte Englisch gelernt, hatte gelernt, wie man sich anzog, wie man ein Gespräch führte, ohne sich von der Buntheit der Welt ablenken zu lassen. Aber Leben bedeutete Wahrnehmung, Aufmerksamkeit, man lebte in der wirklichen Welt, bewegte sich darin mit einem lebendigen Körper. Davon war Henry mit jeder Faser seines Seins überzeugt, und er hatte nicht vor, diese Überzeugung zu verleugnen.

DREIUNDDREISSIG

»Majestät«, erklärte Samuel. »Wir haben ein Problem.«

Anne legte das Manuskript beiseite, in dem sie gelesen hatte. Westlake hatte sie in einem Raum gefunden, den Erzebet besonders geliebt hatte, einer Bibliothek voller Bildbände und alter Briefe, die zu Bündeln verschnürt waren. Hierher flüchtete sie sich schon seit Längerem, wenn sie ungestört sein wollte. Sie hatte die stille Hoffnung, Schriftstücke von der Hand ihrer Mutter zu entdecken und in der Vergangenheit Rat und Hilfe zu finden. Bisher war sie allenfalls auf theologische Abhandlungen gestoßen und auf einige Briefe, die ihre Mutter nach Schottland geschrieben hatte, bevor der Krieg ausbrach. Erzebet hatte für eine Prinzessin eine sehr schöne Handschrift gehabt, erstaunlich leserlich in Anbetracht der Tatsache, dass sie die Feder mit Schwimmhautfingern geführt hatte. Anne war diese Schrift schmerzlich vertraut. Die Worte sprangen ihr förmlich entgegen. *Zwischen Prinzen sollte keine Zwietracht herrschen.* Alle Angehörigen des Königshauses seien bluts- und artverwandt und hätten deshalb Einigkeit zu wahren. Solche Erklärungen waren bei Grenzstreitigkeiten üblich. Vielleicht hatte Erzebet damals sogar daran geglaubt. Doch dann hatte sie in den Wirren des Krieges gegen Schottland ihren Gemahl verloren. Mussten die Prinzen nicht wie ein Rudel Hunde knurrend um jeden Brocken Fleisch kämpfen, wenn keine Tieflinge die Küsten bewachten? Seltsame Vorstellung, dass die streitlustigen Meeresbewohner auch Friedenshüter sein konnten. Nichts einte eine Hundemeute so schnell wie fernes Wolfsgeheul.

Zwischen Prinzen, hatte Erzebet gesagt. John, der König von Schottland, war ein Vetter ihres Gemahls gewesen. *Keine Zwietracht zwischen Prinzen.* Nicht: *Keine Zwietracht innerhalb der Familie.* Jenseits der Landesgrenze wurde aus dem Vetter ein Prinz, und ein Prinz verkörperte sein Land. Ein Prinz verkörperte das Land, in dem er herrschte, nicht das, aus dem er stammte. Wer anders dachte, gefährdete das Volk.

»Missfällt meinem Gemahl die Zeremonie?«, fragte Anne und spreizte die Finger, so weit das möglich war. Henrys Geduld mit langweiligen Staatsakten war begrenzt: Sie würde ihr Leben lang mit viel Diplomatie die Kluft zwischen seiner Rastlosigkeit und der verkrusteten höfischen Etikette überbrücken müssen. »Vielleicht könnten wir sie abkürzen. Zurzeit scheint Eile ja in Mode zu sein.«

Samuel beugte sich vor und stützte sich mit beiden Händen auf seinen Stock.

Der Anblick war so ungewohnt, dass sich in Anne leise Sorge regte. Normalerweise hielt sich Samuel aufrecht wie ein Gardist und setzte den Stock stets so ein, dass er nicht in Schräglage geriet – doch heute stand er so gebückt, als könnte er jeden Moment umfallen. Sein Rücken war fast so krumm wie bei einem Mitglied des Königshauses.

»Majestät.« Samuel zögerte, dann schluckte er. »Er will nicht schwören, die Kirche zu verteidigen.«

Anne runzelte die Stirn. »Er will den Eid nicht leisten?«

Westlake hatte ihr immer in die Augen gesehen. Anne, die an Kratzfüße und Verbeugungen oder an hochgewachsene Höflinge gewöhnt war, die über ihren Kopf hinwegschauten, liebte ihn nicht zuletzt dafür. Jetzt betrachtete er seine Hände, die den Stockknauf so fest umklammerten, dass die Knöchel weiß hervortraten. »Er erklärt, Gott nicht zu kennen und ihn auch nicht kennenlernen zu wollen. Majestät, der Junge ist … verstockt. Er kann kein christliches Volk regieren, nicht als christlicher Herrscher. Er schwört, er wolle Gottes Wort nicht hören.«

Anne hatte schon bei Samuels ersten Worten zu frösteln begonnen. Schreckliche Gedanken schossen ihr durch den Kopf: Ihr Gemahl kehrte Gott den Rücken, er würde sie mit sich in die Hölle reißen. Die Hölle war die Trennung von Gott – und Henry begrüßte sie, bekannte sich dazu. Er trug aus freien Stücken die Hölle mit sich herum. Wie konnte er dieses Leben ertragen?

Seltsamerweise war es das Wort *verstockt*, das sie beruhigte. Sie dachte an die Tieflinge, die massigen weißen Schemen im trüben Meer. Sie redeten nicht von Gott. Sie waren sich ihrer selbst nicht bewusst. Sie dachte daran, wie Henry ohne mit der Wimper zu zucken das Wort *ficken* gebrauchte, hörte sich selbst, ein gramgebeugtes Stück Fleisch, erdrückt von ihrem kostbaren Gewand, bei der Beisetzung ihrer Mutter *Schädlich, nicht essen!* über das Wasser rufen. Henry hatte bei den Tieflingen gelebt. Niemand hatte ihm von Gott erzählt.

Anne wollte schon fragen, ob Samuel von Gottes Liebe gesprochen, ob er versucht habe, Henrys Seele für die Wonnen des heiligen Geistes zu öffnen. Doch dann hielt sie inne. Natürlich hatte Samuel das getan. Kein rechtschaffener Priester würde dies versäumen, wenn er einen solchen Heiden zu bekehren hätte. Aber Henry war kein guter Zuhörer. Nicht bei Dingen, die er nicht verstand.

»Lehnt er die Kirche ab?«, fragte Anne leise.

Samuel schaute auf. Aus seinem müden, faltigen Gesicht blickten sie die wachen Augen eines jungen Mannes an. Sie spürte seine Kraft, die Härte seiner Überzeugung. »Nein, Majestät«, sagte er. »Aber er selbst will nichts damit zu tun haben. Er sagt …« Samuel unterbrach sich kurz und holte tief Luft. Seine Schultern sanken wie in Erwartung eines Schlages noch weiter herab. »Er sagt, wenn die Landlinge so töricht sein und tote Männer fürchten wollten, sei das ihre Sache. Er wolle davon nichts wissen.«

Anne schluckte. Würde Gott sie für den Frevel ihres Gemahls bestrafen? Würde er ihren Gemahl bestrafen? Sie schaute auf ihre Hände nieder. Samuel sprach sie mit »Majestät« an. Nur dieser Eid trennte sie noch vom Thron. Sie war noch nie in ihrem Leben so stark gewesen. Sie senkte die Stimme und sagte sanft: »Gott hatte Eva verboten, vom Apfel der Erkenntnis zu essen. So kam die Sünde in die Welt.« Sie atmete tief ein. »Im Meer wachsen keine Äpfel.«

Samuel hob abermals den Kopf, sein schneller Blick verriet seinen Schrecken. »Majestät, Ihr wollt doch darüber keine Scherze machen?«

»Ich scherze nicht«, sagte Anne. »*Ich* werde schwören, die Kirche zu verteidigen. Samuel, Ihr seid seit Langem mein Beichtvater; Ihr wisst, wie sehr ich Gott liebe. Wir werden über ein christliches England herrschen. Doch allen Aussagen der Theologen über Gottes Ebenbild, über den vollkommenen Körper des Königs und den Stern des Meeres zum Trotz, kam unser Herr Jesus Christus in Gestalt eines Landlings zu uns. Die große Flut, die Gott schickte, um die Welt von der Sünde reinzuwaschen, muss für die Tieflinge ein Fest gewesen sein. Hätte Er die Sünder im Meer ebenso läutern wollen wie die an Land, dann hätte Er ein Feuer geschickt oder alles Wasser in Blut verwandelt. Doch Seine Strafe traf nur die Landlinge, wenn sie vom rechten Weg abkamen. Vielleicht haben sich die Tieflinge nie schuldig gemacht. Und mein Gemahl ist im Geiste einem Tiefling sehr ähnlich.«

Samuel trat einen Schritt auf sie zu. Er war in ihrer Gegenwart noch nie laut geworden, doch jetzt klang seine Stimme schneidend und scharf. Wäre er nicht immer freundlich zu ihr gewesen, sie hätte gedacht, er sei wütend auf sie. »Ihr könnt den Bund zwischen dem König und Gott nicht brechen, Majestät. Und Ihr könnt auch an der Pflicht des Königs gegenüber seinem Volk nichts ändern. Unter einem heidnischen König können wir kein christliches Volk sein. Das ist Gotteslästerung. Wir können keinen Prinzen dulden, der ein Ketzer ist.«

»Henry ist kein Ketzer«, widersprach Anne, um Fassung bemüht. »Er hatte keinen Glauben, deshalb konnte er ihn auch nicht verraten. Wir werden ein christliches Volk sein, denn *ich* werde die Kirche schützen. Und ich werde zu meinem Wort stehen, das wisst Ihr, Samuel. Es wird auch fürderhin christliche Könige geben.« Wie lange würde es wohl dauern, ein Kind zu empfangen?, dachte Anne. Henry würde ihr sicher nicht verbieten, ihren Kindern von Gottes Liebe zu erzählen. Er schlug ihr selten einen Wunsch ab, solange damit keine Einschränkungen für ihn selbst verbunden waren.

Anne wollte schon anführen, was Henry von vornherein gesagt hatte: *Wollt Ihr lieber einen französischen König auf Englands Thron sehen?* Doch etwas verschloss ihr den Mund. Sie sah in Samuels verhärmtem Gesicht den Unterschied zwischen einem Fremden und einem Heiden.

»Wir werden uns von Erzbischof Summerscales krönen lassen«, entschied sie. Die Worte taten ihr weh. Sie sah, wie sich die Falten in Samuels Gesicht vertieften. Sie hatte immer geplant, ihn nach Summerscales zum nächsten Erzbischof zu machen. Aber noch hatte er das Amt nicht inne. Summerscales würde die Krönung abhalten, und Samuel konnte nichts dagegen tun. Sie erinnerte sich, wie Samuel und Summerscales vor so vielen Jahren ängstlich darüber getuschelt hatten, ob ihre Mutter das Recht hätte, den Bastard von Cornwall verbrennen zu lassen. *Wollt ihr einen wankenden Thron noch weiter erschüttern?,* hatte Summerscales gefragt. Summerscales hatte die Verbrennung eines Kindes zugelassen, um England zu schützen. Bestimmt würde er es auch schlucken, dass eine Königin die Kirche beschützte, während der König nichts damit zu tun haben wollte und der Messe fernblieb. Er war ein Mann, der in der Welt lebte.

Anne spürte ein Ziehen in der Brust. Es traf sie hart, froh sein zu müssen, dass der Erzbischof von Stour ein Mann der Welt war und kein Mann des Himmels. Aber die Dinge waren schon zu weit gediehen. Man brauchte den Text der Liturgie lediglich geringfügig abzuwandeln. Henry würde schwören, sich der Kirche nicht zu widersetzen; darum konnte sie ihn bitten. Vielleicht konnte er auch versprechen, sie zu »beschützen« oder etwas ähnlich Nichtssagendes. Auf jeden Fall würde er sein Volk beschützen, und es würde ein christliches Volk sein.

Anne dachte an einen Satz in einem Brief, den Erzebet nicht abgeschickt hatte. Er war an ihre Schwester gerichtet, und Anne hatte mit ihrem eingerosteten Madjarisch eine Weile gebraucht, um ihn zu übersetzen. *Wenn ich erst Enkel habe, die Englands Thron besteigen können,* hatte Erzebet geschrieben, *wird alles gut.* Anne begriff allmählich, wie langfristig ihre Mutter das Spiel angelegt und wie sie alle Kräfte dafür eingesetzt hatte. Mit englischen Enkeln von ihren englischen Töchtern wäre die Thronfolge gesichert gewesen, und Erzebet hätte beruhigt sein können. Bis dahin kam es vor allem darauf an, die Töchter am Leben zu erhalten. Anne nahm sich zusammen. *Ich werde christliche Söhne haben,* dachte sie. *Claybrook hat meine Mutter aus dem Spiel genommen, bevor sie es vollenden konnte. Aber ich werde es vollenden, und es wird ein gutes Ende nehmen. Wir brauchen nur durchzuhalten.*

Sie überlegte, ob sie die Frage mit Henry erörtern, oder ob sie ihn einfach zu sich ins Bett ziehen und aufs Neue versuchen sollte, einen Sohn zu empfangen, der die Sicherheit der kostbaren Kirche gewährleisten konnte. Vielleicht beides. Doch zuerst musste sie Summerscales überzeugen.

»Es tut mir leid, Samuel«, sagte sie. »Aber alles wird besser gehen, als Ihr denkt. Ich werde mit meinem Gemahl sprechen, und Ihr werdet sehen, alles wird gut.«

Samuel verneigte sich, aber er sah ihr dabei nicht in die Augen.

Anne sprach tatsächlich mit Summerscales. Sie gab ihm den Auftrag, einen neuen Krönungseid zu verfassen, bei dem die Verteidigung der Kirche in den Hintergrund trat. Der alte Mann war über das Ansinnen nicht sehr erfreut, aber Anne hielt den Kopf hoch und gab sich so ruhig wie möglich, und er fragte nicht weiter, sondern versprach, sich eingehend mit der Angelegenheit zu befassen. Er wolle nicht zusagen, aber er werde darüber nachdenken. Anne entschied sich, ihn nicht unter Druck zu setzen, noch nicht. Sie könne ihm zwei Tage Zeit lassen, um sein Gewissen zu beruhigen. Und wenn er das Richtige tue, werde sie sich mit ihrer Frömmigkeit erkenntlich zeigen.

Anne überlegte, ob sie Henry suchen und mit ihm darüber sprechen sollte, schickte aber nach einer Weile stattdessen nach John Claybrook. Die Botschaft war als höfliche Bitte formuliert: Er würde schon begreifen, dass es in Wirklichkeit ein Befehl war. *Wir erinnern uns, dass Ihr uns einmal sagtet,* ließ sie ihm ausrichten, *ihr würdet gern auf dem Fluss rudern. Nun würden wir uns gerne auf einem Ausflug von Euren Ruderkünsten überzeugen.*

Danach brauchte sie nur noch zum Fluss zu reiten und zu warten.

John kam allein und band sein Pferd neben Annes Tier fest. Das Boot lag bereits am Ufer, Anne saß darin. Sie ließ die Hand ins kalte Wasser hängen und spürte das Plätschern der Wellen. John sah sich hastig um, als hoffte er, sie würde es nicht bemerken.

»Mein Gemahl ist nicht mitgekommen«, sagte Anne.

Erst jetzt sah John sie an und neigte den Kopf. »Jawohl, Majestät.«

Anne schenkte ihm ihr strahlendstes Lächeln. »Ich habe mir oft gewünscht, in einem kleinen Boot auf dem Fluss zu fahren«, sagte sie. »Große Ausflüge sind schön und gut, aber ich wollte den Fluss auch gern einmal von weiter oben sehen. Es freut mich sehr, dass Ihr mich begleiten könnt, Mylord.«

Wieder neigte John den Kopf. Anne kannte sein Gesicht bisher nur fröhlich, belustigt und liebenswürdig. Jetzt lächelte er nicht. Er konnte in den wenigen Wochen seit ihrer letzten Begegnung, als er mit seiner Giftflasche in Westlakes Haus kam, kaum gealtert sein, aber seine Züge waren so schlaff wie ein hängender Arm, er brachte kein Lächeln zustande, wusste seine Mimik nicht einzusetzen.

»Es ist mir eine große Freude, Euch wiederzusehen, Majestät«, sagte er endlich.

Er ging auf das Boot zu, und Anne streckte ihm eine Hand entgegen. John zögerte kurz, dann nahm er sie. Beim Einsteigen schwankte der Kahn. Seine Hand war heißer als Henrys Hand.

Anne saß im Boot und wartete.

»Wollt Ihr flussaufwärts oder flussabwärts fahren, Majestät?« John setzte sich zwischen die Ruder. Anne hätte sie ebenfalls führen können, so klein sie auch war; sollte es zu einer Kraftprobe mit John kommen, kämen ihr die Kräfte ihres Tieflingserbes zugute. Aber er war ihr Untertan, sollte er ruhig rudern. Sie würde dabeisitzen und zusehen, wie er sich abmühte.

»Flussaufwärts«, sagte Anne. »Auf dem Rückweg seid Ihr vermutlich müde, dann könnt Ihr die Strömung für Euch arbeiten lassen. Wenn ich nicht irre, kommen wir so zu den Ländereien Eures Vaters?«

»Ganz recht.« John drehte den Kopf zur Seite und betrachtete die Ruder, diese hölzernen Latten, die er nur nach Gefühl führen musste, ohne sie sehen zu können. Er lehnte sich zurück und begann zu rudern. Die Riemen teilten das Wasser glatt, lediglich beim Eintauchen spritzte eine Wasserblüte auf. Das Boot kämpfte sich zunächst nur langsam durch die Strömung, doch dann nahm es Fahrt auf und glitt stetig voran. Johns Arme und sein Rumpf bewegten sich bei jedem Ruderschlag vor und zurück, als schwömme er rückwärts durch die Luft.

»Ihr rudert gut«, lobte Anne. Schlammige Uferböschungen mit schmutzigem Gras zogen an ihnen vorbei; überhängende Bäume tauchten ihre fransigen Äste ins Wasser.

»Danke, Majestät.« Johns Stimme klang jetzt etwas atemlos, aber kräftiger, als hätten sich seine Nerven durch die Anstrengung ein wenig beruhigt.

Niemand konnte sie hören; auch von den dunklen Böschungen entfernten sie sich jetzt. Der richtige Moment, dachte Anne, für ein offenes Gespräch.

»Ich glaube, mein Gemahl vermisst Eure Gesellschaft«, begann sie.

John blickte auf. Sein Gesicht, vom Rudern leicht gerötet, spiegelte leise Unsicherheit.

»Er spricht oft von Euch«, sagte Anne, der seine Verlegenheit nicht entging. John wusste nicht, wie viel ihr Henry über seine Kindheit erzählt hatte. Anne mochte mit ihm verheiratet sein, aber sie war immer noch eine der Delameres, die Henrys Beschützer hatten stürzen wollen; durchaus möglich, dass sie John seine Teilnahme an der Verschwörung verübelte. Womöglich plante sie sogar, ihn ermorden zu lassen, vielleicht wollte sie ihn mit dieser Fahrt von allen Beobachtern weglocken, um ihn irgendwo heimlich für seinen Verrat zu bestrafen. Anne beschloss, ihn noch etwas länger über ihre Absichten im Ungewissen zu halten. Nur um zu sehen, wie er sich verhielt.

»Tatsächlich, Majestät?« John verstummte und atmete so schwer, als könnte er die Ruder kaum noch bewegen.

»Er erzählte mir, wie ihr als Jungen miteinander gespielt habt«, fuhr Anne fort. »Mir scheint, er ist Euch sehr zugetan. Ich würde sagen, er vertraut keinem Menschen so sehr wie Euch.«

Sie fuhren durch eine Allee von Weiden, die ihre dünnen Äste ins Wasser hängen ließen. Zu beiden Seiten waren nur die langen Zweige zu sehen, die sich unter ihrem eigenen Gewicht bogen.

»Er wird es bedauern, dass er an dieser Fahrt nicht teilnehmen konnte.« Anne tat so, als bemerkte sie Johns Schweigen nicht, als sähe sie ihm nicht an, wie er mit seinen Gefühlen rang. »Er hat sich immer wieder gewünscht, mit mir zusammen in der Themse zu schwimmen. Er sehnt sich geradezu danach.«

John hörte auf zu rudern, das Boot schaukelte im Wasser. »Ich wusste nicht, dass der Wein vergiftet war«, stieß er hervor. Seine Stimme klang heiser, als drückte ihm jemand die Kehle zu.

Anne zog nur stumm eine Augenbraue hoch. Der plötzliche Ausbruch hatte sie überrascht; sie saß so still, als beobachte sie ein Reh, das sie nicht verscheuchen wollte.

John schwenkte die Ruder. Wenn sie nicht im Wasser waren, schlugen die Ruderblätter wie Fahnen hin und her. »Mein Vater gab mir die Flasche mit«, sagte er mit rauer Stimme. »Ich wollte Henry besuchen, um mich zu vergewissern, dass es ihm gutging. Und dass er unsere Namen nicht preisgeben würde. Das glaubte ich zwar nicht, aber ich wollte nicht auf dem Scheiterhaufen enden, falls man ihn folterte. Henry – Henry und ich haben zugesehen, als der Bastard aus Cornwall verbrannt wurde. Mir war die ganze Zeit vor Angst so übel, dass ich fürchtete, mich übergeben zu müssen, aber Henry wollte unbedingt dabei sein und ritt einfach neben mir her. Henry fürchtet sich vor gar nichts. Er reitet die Angst einfach nieder. Ich wusste nicht, was ich tun sollte, wenn er gefangen würde. Und dann wollte ich ihn einfach sehen. Und ... und mein Vater gab mir eine Flasche Wein mit und trug mir auf, mit Henry zu sprechen, mich zu erkundigen, was vorging, damit wir Pläne machen könnten. Er wusste bereits, dass ... Henry mich lieber hatte als ihn. Ich glaube, Henry hasst meinen Vater. Ich habe versucht – ich wollte ihm sagen, dass er Henry ganz falsch behandelte, aber wie sollte ich das anstellen? Mein Vater meinte, mit mir würde Henry wohl eher sprechen als mit ihm.«

Das Boot war in eine Strömung geraten und drehte sich mit dem Bug zum Ufer, aber John tauchte die Ruder nicht ein, um es wieder geradezustellen.

»Ich ging nach Hause und berichtete meinem Vater, Bischof Westlake habe wohl nicht vor, Henry an die Krone auszuliefern, wir hätten daher noch eine Galgenfrist. Und er sagte ... er erklärte mir ...« Johns Gesicht verzerrte sich. »Als mein Vater noch Berater von Majestät Philip war, glaubte er, den Staat nach seinen Vorstellungen lenken zu können. Doch als Seine Majestät sich mehr dem Bischof zuwandte, ärgerte sich mein Vater und meinte, die Macht entgleite uns. Nun sei

Henry unsere beste Chance, wenn ein Eisen im Feuer erkaltet sei, müsse man eben das andere herausziehen.« John sprach immer schneller. »Aber Henry lief fort, bevor Vater etwas unternehmen konnte, und dann tauchte er in Bischof Westlakes Haus wieder auf und ... Majestät, Ihr müsst mir glauben, ich hatte nichts damit zu tun. Ich habe das nie gewollt. Henry war mir immer wie ein Bruder, solange ich denken kann. Als ich noch ein Kind war, versprach mir mein Vater immer wieder, eines Tages könnten Henry und ich an die Öffentlichkeit gehen, und Henry würde ein größerer König sein als ... Er erzählte mir auch von Majestät Philip, aber ich ... ich glaubte nicht ...« Er bewegte die Ruder so hastig, dass sie in den Halterungen knarrten. »Mein Vater ist ein durchtriebener Mann«, schloss er mit einem tiefen Atemzug. »Aber bei Henry kommt man mit Durchtriebenheit nicht weit. Ich habe ihm nie etwas Böses gewünscht, Majestät. Das schwöre ich auf die Bibel.«

Anne saß im Heck des Bootes und hatte eine Hand über die andere gelegt. »Und was habt Ihr uns Böses gewünscht?«, fragte sie ruhig.

John sah sie an. Jetzt standen ihm die Tränen in den Augen. »Euch persönlich nichts, Majestät, das schwöre ich. Henry ... ich wusste nicht, was aus Euch, aus Euch allen werden sollte. Ich ... ich hatte nach dem Tod Eures königlichen Vaters Angst um England. Erst nach diesem Unglück wollte mein Vater Henrys Bekanntschaft machen – aber ... ich ... ich war noch ein Kind, als Henry gefunden wurde. Ich hörte meinen Vater über ihn reden, Jahre, bevor ich selbst ihn kennenlernte. Ich dachte nur daran, dass ich ihn sehen wollte, dass er mein Bruder sein sollte: Majestät – ich wusste, wenn Henry aufstünde, würde es Krieg geben. Aber ich hatte mir fest vorgenommen, mich für Euch zu verwenden. Ihr wart stets freundlich zu mir.

Henry hört auf mich, ich wollte ihn bitten, Euch zu verschonen.«

Mary hatte er nicht erwähnt. Annes Herz schlug wie rasend, aber ihr Gesicht wurde von der feuchten Luft über dem Fluss gekühlt und schien meilenweit von ihrer Brust entfernt zu sein. Sie durfte sich jetzt keine Gefühle erlauben, nicht vor diesem Mann, der sie so kläglich anflehte. »Mir scheint«, sagte sie, »ihr habt zu lange mit … Vorstellungen gelebt, die nicht zu vereinbaren waren.«

John blinzelte. »Ich schwöre Euch, Majestät, ich wollte immer nur das Beste. Ich betete, ich flehte zu Gott, er möge alles zu einem guten Ende führen. Ich … ich bin der Durchtriebenheit meines Vaters nicht gewachsen. Ich habe mich bemüht, ihm ein loyaler Sohn und Henry ein loyaler Freund zu sein, aber ich wollte auch England ein loyaler Untertan sein.«

England, stellte Anne fest. Nicht *Euch.* »Ich fürchte, jetzt ist der Punkt gekommen, an dem Ihr Euch für eins von den dreien entscheiden müsst«, sagte sie.

John hatte sie angelächelt und mit ihr geplaudert, als sie noch ein trauriges, verschüchtertes kleines Mädchen gewesen war. Wenn sie sich vorstellte, wie viele Geheimnisse sich hinter seinem Lächeln verborgen hatten, fuhr es ihr wie ein Stich durchs Herz. Ein Kind, dem man einen Fremden als neuen Bruder vorsetzte, das einen Verschwörer zum Vater hatte und ein Monster als Thronerbe akzeptieren sollte. Wie hätte er sich ihrer Meinung nach verhalten sollen? Was hätte sie selbst getan?

Gott befiehlt uns zu vergeben, dachte Anne. Aber im Geiste sah sie Erzebet in ihren blutigen Laken und hörte ihre Schreie.

»Ich werde loyal zu Euch stehen«, beteuerte John. »Henry hatte immer den ersten Platz in meinem Herzen, Majestät. Ich … ich möchte Euch so dienen, dass ich meine Loyalitäten miteinander vereinbaren kann. Aber ich vermisse Henry, ich möchte ihm ein treuer Diener sein. Bitte lasst mich mit ihm sprechen, damit ich ihm das sagen kann.«

»Was«, fragte Anne, »wisst Ihr über den Tod meiner Mutter?«

Wieder knarrten die Ruder, und John sah mit nassen Augen und bleichem Gesicht zu ihr auf. »Majestät …«

Anne biss die Zähne zusammen: »Erzählt mir nicht, Euer Vater hätte Euch nicht ins Vertrauen gezogen«, herrschte sie ihn an. »Oder er hätte Euch nicht hinterher gesagt, was er getan hatte. Ich kann Euch foltern lassen. Henry wird das nicht gefallen, aber auch er hasst es, wenn man ihn belügt. Wollt Ihr euch zwischen mich und ihn stellen? Heraus mit der Sprache, was wisst Ihr über meine Mutter?«

Das Boot schwankte. John wandte den Blick ab, tauchte ein Ruder ins Wasser und zog es einmal durch, um den Bug wieder flussabwärts zu drehen. Er sprach jetzt sehr leise. »Er hat mir nichts erzählt«, sagte er. »Nur, dass sie an einem Fieber gestorben sei. Aber er sprach nicht viel darüber, und das war ungewöhnlich. Er redet sonst gern über alles, was bei Hof vorgeht, wie es sich auswirken könnte und welche Vorteile sich daraus ziehen ließen. Nach ihrem Tod sprach er kaum mehr von seinen Plänen. Er sagte – aber das war, bevor sie starb –, dass wir mit einer Königin, die Bastarde verbrannte und alle bestrafte, die sich gegen die Verbrennungen aussprachen, schlecht bedient wären. Und einmal bemerkte er, es sei ein Glück, dass sie nicht mehr unter uns weile. Und danach kam das Thema nie wieder zur Sprache.«

Anne schluckte. »Ich glaube Euch nicht«, sagte sie.

»Ich schwöre auf die Bibel, Majestät.«

»Wer bereit ist, seine Königin zu ermorden, der würde auch einen Meineid auf die Bibel leisten.«

»Ich wusste nichts davon.«

»Ihr wart damals kein Kind mehr«, entgegnete Anne. »Ihr wart fast ein Mann. Lord Claybrook wünscht sich doch sicher, dass sein Sohn in seine Fußstapfen tritt.«

»Ich war fast ein Mann, aber mein Vater vertraute mir nicht«, sagte John. Jetzt sprach er mit verzweifelter Hast. »Henry hat mir vertraut. Gewiss, mein Vater wollte, dass ich seine Nachfolge anträte. Aber er traute mir nicht zu, Henry gegenüber Schweigen zu bewahren.«

Anne ließ eine Pause eintreten. Johns Beteuerungen klangen aufrichtig. Das musste nicht heißen, dass er die Wahrheit sprach, aber wenn er log, dann log er so gut, dass sie ihn nicht entlarven konnte. Seine Lügen mussten sein Gewissen schwer belastet haben, wenn er schon beim leisesten Anlass damit herausplatzte. Oder John war nicht stark genug, um seine Geheimnisse auch unter Druck zu hüten.

»Ihr wollt es zu vielen Leuten recht machen«, sagte Anne langsam. »Ich weiß nicht, ob ich mich darauf verlassen kann, dass Ihr Eurem Vater nicht von diesem Gespräch erzählt, sobald wir wieder an Land sind.«

John schüttelte den Kopf. »Das werde ich nicht. Ich schwöre, Majestät.«

»Das sagt Ihr jetzt.« Anne schaute ins Wasser, über den dunklen Schlingpflanzen war die glatte Oberfläche voller Spiegelungen. »Aber Ihr habt mich nicht gefragt, woher ich weiß, dass Euer Vater beim Tod meiner Mutter die Hand im Spiel hatte. Bisher hatte ich es nur vermutet. Jetzt habe ich Gewissheit.«

Wieder schüttelte John den Kopf. Aber er schwieg.

Noch vor wenigen Jahren war er Anne so viel älter erschienen. Die Zeit war zu schnell vorbeigerauscht. »Euer Vater wird nicht überleben«, sagte Anne. »Noch sitzen wir nicht fest auf dem Thron. Es gibt noch viel zu tun, bevor England gesichert ist. Dabei können wir keinen Mann wie Euren Vater gebrauchen, der immer so viele Eisen im Feuer hat. Ihr werdet Euch entscheiden müssen.«

Hier im Boot, dachte sie, würde ihm die Wahl nicht schwerfallen. John würde ihr und Henry Treue schwören; vielleicht meinte er es sogar ehrlich. Aber konnte man ihm auch vertrauen, wenn ihn sein Vater wieder zu fassen bekam?

»Es wäre hilfreich«, begann sie vorsichtig, »wenn Ihr uns handfeste Beweise gegen Euren Vater liefern oder Auskünfte vorlegen könntet. Henry liebt Euch; er möchte die Ländereien Eures Vaters und seine Herrschaft über die Wasserwege auf Euch übertragen. Auch ich habe nicht vor, seine Besitzungen zu beschlagnahmen, wenn Ihr Euch in Zukunft loyal verhaltet. Aber Ihr werdet von hier aus nicht nach Hause gehen, Mylord John. Ihr steht von diesem Augenblick an unter Bewachung. Wenn Ihr den Hof verlasst, wenn Ihr zu Eurem Vater geht oder unter vier Augen mit ihm sprecht, weiß ich, wie Eure Entscheidung ausgefallen ist.«

Anne taten diese Worte in der Seele weh. Sie hatte heute schon zu vielen Leuten die Stirn bieten müssen. Sie hatte Samuel zugunsten des Erzbischofs beiseitegeschoben, und nun trieb sie einen Keil zwischen John und seinen Vater. Würde dieses Spalten in Parteien denn niemals aufhören? Oder könnten doch eines Tages alle an einem Strang ziehen?

John hob die Hand zum Schwur. »Ich bin auf Eurer Seite, Majestät. Auf Eurer und König Henrys Seite.« Er sah ihr fest in die Augen, aber die Hand zitterte.

»Noch ist Henry nicht König«, stellte Anne klar. »Ihr müsst auf seiner Seite stehen, *bevor* er gekrönt wird, von diesem Augenblick an, und Ihr dürft keinem anderen dienen. Keine Zweideutigkeiten, Mylord John. Das können wir uns nicht erlauben.«

John behielt den Arm in der Luft. Seine Hand mit den schlaff herabhängenden Fingern erinnerte an ein welkes Herbstblatt. »Ich stehe von diesem Augenblick an auf der Seite Eurer Majestät und meines Bruders Henry.«

Anne atmete die kalte Luft tief ein. So war es also, wenn man siegte, dachte sie. Es war kein so gutes Gefühl, wie sie erwartet hätte, wenn man bedachte, wie viel Mühe die Menschen dafür aufwendeten.

»Aber ich muss mich auch für meinen Vater einsetzen, Majestät«, fuhr John fort. Seine Stimme schwankte ein wenig. »Ich bin Euer treuer Gefolgsmann, dennoch muss ich um Gnade für ihn bitten.«

Anne wollte ihn nicht betteln hören und nicht weinen sehen. Claybrook hatte Erzebet zu Tode gebrüht, er hatte heimlich einen Bastard aufgezogen, um sie zu stürzen. Zu viele Menschen hatten bluten müssen. Aber wie konnte sie es seinem Sohn verdenken, dass er seinen Vater liebte?

Ihr blieb nur die Wahrheit. »Wir haben noch nicht entschieden, wie wir mit Eurem Vater verfahren wollen«, sagte sie. Es klang so dünn, dass ihre Stimme kaum das Plätschern des Wassers übertönte. »Wir werden Eure Bitte in unsere Überlegungen mit einbeziehen. Aber wir können keine Versprechungen abgeben. Mehr kann ich Euch heute dazu noch nicht sagen.«

John neigte den Kopf. »Jawohl, Majestät.«

Lange schwiegen sie beide. John sah ihr nicht ins Gesicht; er griff zunächst nach den Rudern und stieß das Boot ab, das ans Ufer gedriftet war. Dann streifte er Anne mit einem Blick, aber sie starrte in die trüben Fluten, und ihre Miene verriet nichts. John zögerte, dann begann er wieder zu rudern. Diesmal glitt das Boot flussabwärts.

»Mein Gemahl will nicht schwören, die Kirche zu verteidigen«, sagte Anne nach einer Weile.

John blickte von seinen Rudern auf.

Anne zuckte die Schultern, obwohl ihr das Herz schwer war. Es war quälend genug, um das Leben eines Mannes zu feilschen, doch es gab noch mehr wichtige Entscheidungen zu treffen. Sie konnte diesen Tag nicht enden lassen, ohne weitere Pläne zu schmieden. »Ihr seid sein Bruder«, sagte sie. »Vielleicht habt Ihr einen Vorschlag.«

John schüttelte den Kopf und legte sich weiter in die Ruder. »Henry will nichts mit Dingen zu tun haben, die er nicht sehen kann«, sagte er.

»Hat es Euch nie gestört, dass Euer Bruder ein Heide ist?«

John runzelte die Stirn. Angst und Ratlosigkeit spiegelten sich in seinem Gesicht. »Wir waren Kinder«, sagte er. »Wir ... wir spielten miteinander. Wir hatten über andere Dinge zu reden.«

John war kein frommer Mensch, dachte Anne. Wie würde er wohl entscheiden, wenn er zwischen Gott und dem Menschen zu wählen hätte? Aber wenn es hart auf hart ginge, wüsste selbst sie trotz all ihrer Gebete und Überzeugungen nicht, wie sie gleichzeitig Gott und England dienen sollte. Nur allzu oft stellten die beiden Seiten ganz verschiedene Anforderungen. Wie würde Gott etwa darüber urteilen, dass sie in einem Boot saß und einem Mann erklärte, sein Vater sei verloren? Wenn sie Entscheidungen treffen sollte, musste sie sich ein Bild von John machen, aber sie durfte nicht über ihn zu Gericht sitzen.

»Wenn er den Krönungseid nicht in irgendeiner Form leistet, wird das Land darunter leiden«, sagte sie. »Werdet Ihr mir helfen, Henry zu überreden, dass er der Zeremonie zustimmt, wenn der Erzbischof einen Eid in abgeschwächter Form vorlegt?«

John sah sie mit einem Blick an, aus dem tiefe Erleichterung sprach. Anne würde ihm erlauben, Henry wiederzusehen.

Die beiden Brüder durften wieder miteinander sprechen. John konnte ihr und Henrys Freund sein. Der Kampf würde länger dauern, als sie gehofft hatte, aber wenn sie vorsichtig waren, hätten sie zumindest diese Freundschaft auf ihrer Seite. Das war ein Gottesgeschenk, für das man dankbar sein musste. Anne war der Feindschaften müde.

VIERUNDDREISSIG

Der Brief wurde von George Narbridge überbracht, und danach ging alles drunter und drüber.

Anne hatte nicht an Mary geschrieben, um sie von ihrer Hochzeit in Kenntnis zu setzen. Sie hatte damit bis nach der Krönung warten wollen. In der Zwischenzeit hatte sie oft an ihre Schwester gedacht. Mary hatte viel mehr verstanden als Anne, und sie hatte ihre kleine Schwester oft an der Hand genommen. Dabei war sie durchaus nicht unfreundlich gewesen; obwohl sie die Ältere war, vollkommen gesund, mit rosigen Wangen, und obwohl sie unbestritten vor Anne in der Thronfolge stand, hatte sie ihr immer wieder ihre Zuneigung bewiesen. Doch beim Abschied war Mary diejenige gewesen, die Tränen vergossen hatte, sie hatte in aller Öffentlichkeit gezittert, während Anne die Zähne zusammenbiss, starr vor sich hinblickte und den Kopf hoch hielt. Es war ihr nicht leichtgefallen, in Marys Gegenwart die Selbstbeherrschung zu bewahren. Die Schwester hätte manches sagen können, was Anne sich nicht hätte anhören dürfen.

Anne war nicht bereit, England wegen eines französischen Königs zerbrechen zu sehen, solange es an der Küste einen Engländer gab, den alle anerkennen konnten. Der Franzose würde ein Chaos auslösen, und das Blut von Hunderten von Menschen würde auf ihrer Seele lasten. Dennoch musste sie auch an Mary denken.

Was wäre geschehen, wenn Mary zu Hause gewesen wäre, als Samuel Henry fand? Anne hatte vor dem Hof gestanden und sich von Männern den Treueid schwören lassen, hünenhafte Adelige hatten ihr die Zügel der Macht hingehalten und erwartet, dass sie zugriffe. Und dann war da Henry. Obwohl sie ihn noch nicht lange kannte, konnte sie sich die Welt kaum noch ohne ihn vorstellen: Mit seiner Sicherheit, seiner Wildheit, seinen unverblümten Forderungen veränderte er das Leben um sich herum so drastisch, als wäre er schon immer dagewesen. Mary gehörte in ein anderes Leben. Als Mary noch hier war, hatte Edward auf dem Thron gesessen, und Anne war die Kleine gewesen, ein schüchternes Ding, das mit niemandem sprach. Dann war Henry gekommen, und Anne war aus den Schatten getreten, aus der Tiefe aufgetaucht. Die neuen Zeiten verlangten Kraft, und sie musste ihnen standhalten. Als Mary sie zum Abschied küsste, war sie so klein und verwirrt gewesen, dass sie nur mit Mühe in der Öffentlichkeit die Tränen zurückhalten konnte. Wie würde es sein, wenn sie ihre große Schwester wiedersah?

Anne hatte also nicht an Mary geschrieben. Dafür war auch nach Henrys Krönung noch Zeit. Edward lag im Sterben, seine letzte Stunde rückte immer näher, obwohl er stumm und zäh am Leben festhielt. Eine Beisetzung und eine Krönung standen bevor, und mit Silber und Perlen auf dem Haupt und einem Thron im Rücken spräche es sich leichter mit Mary. Das war nicht nur politisch sinnvoll, es war auch einfacher. Gerade jetzt erschütterte jeder Gedanke an Mary ihr Herz, das eigentlich keinerlei Erschütterung mehr vertrug. Henrys Verbot, an sie zu schreiben, verschaffte Anne eine Atempause, in der sie sich einreden konnte, sie hätte neben all ihren anderen Entscheidungen nicht auch noch beschlossen, ihrer Schwester den Thron wegzuschnappen.

Frankreich war weit entfernt. Selbst ein Eilkurier müsste mit seiner Botschaft erst zur Küste reiten und dort ein Schiff finden. Deshalb war Anne so überrascht, als George Narbridge mit einem Brief vor ihrer Tür stand.

»Ihr erweist mir eine große Ehre, indem Ihr Euch selbst hierherbemüht, Lord Tamar.« Anne war fassungslos. Sie hatte mit Henry beisammengesessen und darüber gesprochen, wann das Treffen mit John stattfinden sollte. Dass sich ein Lord wie Narbridge als Kurier hergab, war so selten, dass es fast schon auf eine Krise hindeutete. Wer schwang sich schon selbst aufs Pferd, wenn er Reiter hatte, die er losschicken konnte?

»Ich dachte, der Brief sollte durch möglichst wenige Hände gehen, Majestät.« Narbridge verneigte sich tief. Anne spürte, wie Henry neben ihr erstarrte. Normalerweise hatte er nichts dagegen, wenn sich jemand verbeugte, der einen Auftrag ausführte, und die Frage, woran er jetzt Anstoß nahm, lenkte Anne für einen Moment ab.

»Habt Ihr ihn gelesen?« Anne spürte eine leichte Gänsehaut.

»Nein, Majestät. Ich habe nur mit dem Boten gesprochen. Er befindet sich noch auf meinem Land; ich habe ihm verboten, mit irgendjemandem zu reden.«

»Hat Euch der Bote gekränkt?«, fragte Henry. Es klang viel schärfer als nötig; Anne streifte sein Gesicht mit einem nervösen Blick. Er war bleich vor Zorn.

Narbridge sah ihn verblüfft an. »Nein, Majestät«, sagte er. »Aber die Sache ist sehr geheim.«

Henry schüttelte den Kopf, wie um eine lästige Fliege zu verscheuchen. Anne nahm sich vor, ihn später zu fragen, was ihn störte, zunächst aber war dieser Brief ihre größte Sorge. »Wir wollen ihn allein lesen«, sagte sie und streckte die Hand aus. »Was wisst Ihr darüber?«

Narbridge verneigte sich bedächtig. »Nur das eine«, antwortete er. »Er kommt von Eurer Majestät Schwester.«

Der Brief war kurz und von eiliger Hand geschrieben. Unterhalb ihrer Unterschrift hatte Mary mehrere Kreuze gemacht, damit niemand etwas hinzufügen konnte, aber diese Maßnahme war überflüssig gewesen; Anne kannte die Handschrift ihrer Schwester. Die einzelnen Buchstaben waren ihr geradezu beruhigend vertraut, aber sie standen kreuz und quer auf der Seite, und das Siegel war verwischt. Mary hatte das Blatt ohne jeden Zeitverlust abschicken wollen.

Eben erreicht mich die Nachricht, dass du vermählt bist, und zwar mit einem Bastard, der dem Meer entstieg. Des Weiteren erfahre ich, dass du diesen Bastard auf den Thron zu setzen und selbst als Königin über England zu herrschen gedenkst. Wenn dem nicht so ist, Schwester, dann schreibe mir sofort und erkläre diese Nachricht für unwahr, denn der Gedanke, dass Englands Thron so mühelos und noch dazu mithilfe meiner eigenen geliebten Schwester an einen Thronräuber fallen soll, trifft mich ins Herz. Wie soll ich die Botschaft verstehen? Von dir selbst höre ich nichts, Anne, aber der Bericht, der mir vorliegt, stammt aus zuverlässiger Quelle, und falls du vorhast, uns England wegzunehmen, obwohl ich noch nicht einmal Nachricht vom Tod unseres königlichen Großvaters erhalten habe, ist mir das unbegreiflich. Mein königlicher Gemahl … (Die nächsten Worte waren durchgestrichen.)

Bevor mich dieses böse Gerücht erreichte, wollte ich dir schreiben, um dir mitzuteilen, dass ich vermählt bin, und wie sehr ich meine geliebte Schwester bei meiner Hochzeit vermisst hatte. Das sollte aber kein Vorwurf sein, ich wusste ja, dass du in England bleiben musst, und dass wir nur mit vereinten Kräften den Thron halten können, den mein königlicher Gemahl besteigen will, sobald wir englischen Boden betreten. Sollte dieses Gerücht jedoch wahr sein, solltest du die Wünsche unseres königlichen Großvaters frevelhaft missachtet und dich über die Gesetze unseres Landes hinweggesetzt haben, die jeden Bastard zum Tode verurteilen, der versucht, die Herrschaft an sich zu reißen – doch dies, meine liebe Anne, will ich nicht glauben.

Schreibe mir, sobald dich dieser Brief erreicht, Schwester, denn ich kann es kaum erwarten, die Wahrheit zu erfahren. Ich kann nur hoffen, dass man mich falsch unterrichtet hat und ich nicht so von dir zu denken brauche.

Der Brief war schlicht mit »Mary« unterzeichnet. Keine Grüße von Louis-Philippe, kein königliches Siegel. Anne hielt das Blatt mit zitternden Händen fest. Das war nur damit zu erklären, dass Mary den Brief abgeschickt hatte, ohne ihn jemandem zu zeigen.

»Was ist los?« Henry tippte mit der Faust gegen ihren Arm. Anne zuckte zusammen. Es war ein derber Stoß wie unter Soldaten. Henry konnte seine Kräfte nicht immer einschätzen.

Die Kehle war ihr wie zugeschnürt, und sie reichte ihm den Brief ohne ein Wort.

Henry nahm das Pergament mit den Fingerspitzen und betrachtete es eine Weile. »Ich kann nicht lesen«, sagte er dann. »Was steht da?«

Obwohl ihr die Worte ihrer Schwester noch in den Augen brannten, zwinkerte Anne verdutzt. »Du kannst nicht lesen?«

Henry gab ihr den Brief mit ungeduldiger Geste zurück. »Als Kind wollte ich es nicht lernen. Wenn es dir so wichtig ist, solltest du es mir vielleicht beibringen. Aber wieso bist du so außer dir? Was steht denn in dem Schreiben?«

Anne schluckte und legte den Brief in ihren Schoß. Sie berührte ihn nur ganz leicht, als fürchtete sie, ihn zu beschädigen. »Jemand hat meiner Schwester von unserer Hochzeit berichtet« antwortete sie. »Ich weiß nicht, ob sie hier Spitzel hat, oder ob jemand aus England einen Spitzel zu ihr geschickt hat, jedenfalls hat irgendjemand Mary benachrichtigt.«

Annes erster Gedanke war, sich an Samuel zu wenden. Samuel würde wissen, was zu tun sei.

Aber Samuel war der Ansicht, sie hätte einen Heiden zum Mann genommen und weigere sich nun, die Kirche zu beschützen. Würde er sie gegen einen christlichen Franzosen unterstützen, falls es so weit käme?

Gott war das Licht, und in Ihm war keine Finsternis, dachte Anne. Sie selbst wusste jedoch nicht, was sie tun sollte. Samuel verabscheute die Verbrennung von Kindern, er war gegen Morde und gegen Kriege. Er war ein Christ. Doch dann dachte sie daran, wie viele Jahre er mit seinem grauen, hageren Gesicht auf seinem kranken Bein bei Hofe umhergehumpelt war, umringt von misstrauischem Getuschel. Man hielt ihn für ehrgeizig. Und Anne, die jetzt kein Kind mehr war, das irgendwo, überall nach Halt suchte, sah ein, dass dies wohl der Wahrheit entsprach. Ein Mensch, der sein Leben lang bei jedem Schritt Schmerzen hatte, musste über einen eisernen Willen verfügen. Samuel setzte diesen Willen meistens ein, um gütig und freundlich zu bleiben. Aber Henry war kein Mann Gottes; er war nicht einmal barmherzig, jedenfalls nicht von Natur aus. Und wenn es wider Samuels Natur ging, einen heidnischen König zu dulden, würde er seinen eisernen Willen nicht verleugnen.

»Vielleicht sollten wir uns mit dem Hof beraten«, schlug Anne mit ruhiger Stimme vor.

»Wozu?« Henry bebte am ganzen Körper, die Wände bedrückten ihn. Er witterte einen Angriff, sie wurden von einem Räuber umkreist, Worte wurden gewechselt, wo sie nicht mithören konnten. Er hatte es ganz natürlich gefunden, Mary nichts von der Krönung zu sagen. Alle Welt wollte einen englischen König, und wenn man zu diesem Zweck vor einer Frau, die er nie gekannt hatte, ein Geheimnis zu bewahrte, konnte das doch nur gut sein. Doch nun zeigte sich, dass irgendwo doch ein Spalt klaffte. Hier drinnen war es zu schwül, und die Sache gefiel ihm nicht. Er wünschte sich dringend seine Axt herbei. Er hatte schon zu lange keine Waffe mehr in Händen gehalten. Aber was nützte ihm die Axt in einem Krieg, der mit Tinte und Papier geführt wurde? Seine Haut war trocken und juckte, der Sitz war hart und unbequem. Nur mit Mühe unterdrückte er sein kindliches Grauen vor den Zwängen des Landes.

»Ich weiß nicht, wieso ich damit nicht gerechnet habe«, sagte Anne wie zu sich selbst. »Jeder kluge Herrscher hat seine Spione. Nachrichten lassen sich nicht zurückhalten. Wir müssen eigene Spitzel einsetzen, wir sollten uns darum kümmern. Ich hätte bloß nicht gedacht, dass es so schnell gehen würde.«

»Was redest du da?« Anne sprach ins Leere wie zu einem unsichtbaren Zuhörer, und das machte Henry nervös.

»Mary hätte es ohnehin bald erfahren«, fuhr Anne fort. »Aber bei der Entfernung … hätte es eine Weile gedauert. Ich dachte, wir hätten noch mehr Zeit. Jemand muss einen Kurier beauftragt und eigens ein Schiff gemietet haben, um ihn so schnell wie möglich nach Frankreich zu bringen. Ich dachte nicht, dass die Nachricht so schnell zu ihr gelangen könnte. Lieber Gott, was machen wir denn nun?«

»Hör auf, mit deinem Gott zu reden und rede mit mir«, fuhr Henry sie an. »Ich höre dir nämlich zu.«

Seine Frau sah ihn verdutzt an. Er fand, die Seelenqual in ihrem Gesicht stünde in keinem Verhältnis zu seiner Bemerkung. Er war doch zu Recht verärgert, dass sie mit einem längst verstorbenen Landling redete, wenn er hier war und ihr zuhören wollte. Wie kam sie also dazu, so gekränkt dreinzuschauen?

Anne holte Atem. »Wir müssen erstens überlegen, wer die Nachricht geschickt haben könnte«, sagte sie. »Zweitens brauchen wir so bald wie möglich Auskünfte aus Frankreich. Und drittens müssen wir uns darüber klarwerden, was es bedeutet, wenn Mary die Wahrheit kennt.«

»Die Nachricht hat wahrscheinlich Claybrook geschickt«, erklärte Henry. »Er muss wissen, dass wir hinter ihm her sind.«

Annes Gesicht leuchtete. Sie rieb sich mit der Hand darüber. »Anzunehmen. Ich frage mich nur ... Samuel hat mich so merkwürdig angesehen, als ich ihm sagte, du wolltest nicht schwören, die Kirche zu verteidigen.«

»Nicht schon wieder«, stöhnte Henry. »Ich werde niemandem verbieten, mit deiner Gott-Idee zu reden, wenn er will, aber ich werde nicht so tun, als würde ich mich zum Untertan irgendeines dummen Wortes machen. Meinetwegen können die Menschen denken, was sie wollen, solange sie tun, was ich sage.«

»Für Landlinge ist es wichtig.« Anne schluckte. »Wenn es Claybrook wäre – wenn er es gewesen wäre, Henry, dann hätten wir ihn. Wir könnten ihn ohne Weiteres des Hochverrats anklagen, und dann könnten wir ihn hängen. Niemand würde das ungerecht finden. Oh, ich bete darum, dass es Claybrook war.«

»Ich kann John fragen«, erbot sich Henry.

»John wird seinen Vater nicht verraten, selbst wenn der ihn eingeweiht hätte.«

»John würde mich nicht belügen.«

Anne schüttelte den Kopf. »Viel wichtiger ist, wie wir uns jetzt verhalten wollen. Henry, wir sollten die Krönung sofort ansetzen. Wenn du den Eid schwörst, kann ich den Brief an Mary noch einen oder zwei Tage hinauszögern.« Ihr Gesicht strahlte bei diesen Worten, als wäre sie tief unter Wasser, wo das Licht niemals hinkam.

»Du hast gesagt, das brauche ich nicht.« Henrys Stimme wurde lauter. Er hatte ihr seinen Standpunkt deutlich gemacht. Sie hatte ihn akzeptiert. Sie hatten sich geeinigt, und damit sollte die Sache erledigt sein.

»Henry, ich habe mit Erzbischof Summerscales gesprochen, er hat mir zugesagt, sich mit dem Eid zu befassen. Aber wenn du vor oder sogar während der Zeremonie getauft werden könntest – es ist selbst unter günstigsten Umständen heikel, in diesem Punkt Druck auszuüben –, kann ich meinen Männern nicht befehlen, sich gegen Gott zu stellen, Henry. Niemand kann das. Ich würde mich selbst verdammen. Ich hatte gehofft, der Bischof würde einen Weg finden, den Eid zu umgehen, aber dafür reicht die Zeit nicht mehr. Wenn du im Namen Gottes schwörst, die Kirche zu verteidigen, werde ich es für dich tun, ich werde die Verteidigung der Kirche übernehmen. Ich würde es gern tun, ich möchte in der Liebe zu Gott regieren.« Sie fasste seinen Arm mit beiden Händen und sprach immer schneller. Es klang flehentlich. »Sprich einfach die Worte, um der Form zu genügen, bei unserer Vermählung war es doch auch nicht anders. Ich trage die Last. Dann wird Gott uns beide schützen – und ich übernehme alles, was mit der Kirche zu tun hat. So könnten wir die Zeit nützen, bis ich meiner Schwester schreiben muss ...«

Henry entzog ihr seinen Arm. »Ich lasse mich nicht von Landlingsworten knechten«, rief er. Es klang wütend, doch sein Herz raste, und er wusste nicht, ob er Angst hatte oder verletzt war. Er hatte gedacht, sie hätte ihn gern. Sie hatte sich widerspruchslos hingelegt und ihn in ihre Arme genommen, sie hatte ihm das Leben gerettet, sie hatte zugehört, wenn er sich über die törichten Zeremonien beklagte, und ihm versichert, damit würde es bald ein Ende haben. Und nun brach sie ihr Versprechen. Wenn auf die erste noch eine zweite Zeremonie folgte, dann würde es auch eine dritte und viele, viele weitere geben. Entweder war auf ihr Wort Verlass, oder sie würde jedes Mal umschwenken, wenn sich die Umstände änderten. »Entweder lügt man, oder man lügt nicht. Ich werde nicht lügen. Und du solltest es auch nicht tun.«

»Ich ...« Jetzt traten ihr die Tränen in die Augen. Henry zitterte vor Erregung. Weinenden Menschen war nicht zu trauen. Wer weinte, der handelte nicht. Weinen war gleichbedeutend mit Niederlage, Unterwerfung, mit dem gellenden Schrei am Brandpfahl, wenn einem nichts mehr blieb als die törichte Hoffnung auf einen Retter – aber sie wollte noch mit ihren Tränen als Sieger aus dem Streit hervorgehen. Er war zutiefst verwirrt. »Gott kann man nicht belügen, Gott sieht in alle Herzen. Ich will nur das Beste für unser Land.«

Jetzt hörte sie ihm gar nicht mehr zu. »Du hast geschworen, treu zu mir zu stehen.«

»Das tue ich doch, Henry, ich bemühe mich ...« Sie wischte sich über die Augen und richtete sich auf. Die Anspannung in ihren Zügen gefiel ihm ganz und gar nicht. »Ich will doch nicht, dass du gegen dein Gewissen handelst. Aber es gibt so viele offene Fragen.« Ihre Stimme klang heiser und unsicherer, als ihr lieb war. »Meine Schwester ist mit einem Mann vermählt, dem man den Thron von England versprochen hatte. Er wird diesen Thron haben wollen, was immer wir sagen. Auch sie wird ihn haben wollen. Er war ihr zugesichert worden. Wir müssen entscheiden, was nötig und was möglich ist.«

»Wenn er den Thron haben will, kann er ja mit mir darum kämpfen«, erklärte Henry. Unglaublich, wie blind diese Landlinge für die einfachsten Lösungen waren. »Ich bin bereit. Mit einem Inzuchtprinzen kann ich es immer noch aufnehmen.«

Anne faltete die Hände im Schoß. Die Geste war etwas zu demonstrativ; Henry sah, wie sich die Haut über ihren Knöcheln spannte. »Das wird er nicht tun, Henry. Er wird mit einem Heer kommen.«

»Dann ist er ein Feigling.«

»Er will *gewinnen*. Dafür wird er alles tun. Und meine Schwester wird ihn unterstützen, sie kann gar nicht anders.« Anne blinzelte heftig, ihr Gesicht strahlte hell.

»Du redest mit mir wie mit einem Idioten.« Henry war verärgert. »So hat man mit mir gesprochen, als ich noch ein Kind war, und ich will nicht, dass du das tust.«

»Henry, man wird an unseren Gestaden eine blutige Schlacht schlagen. Kriegsschiffe werden kommen, die Tieflinge, die uns beschützen, werden gegen sie kämpfen müssen und unsere Seeleute ebenfalls. Und wenn Louis-Philippe eine mächtigere Sippe mitbringt, kann er uns unsere Tieflinge abspenstig machen. Ich würde das an seiner Stelle versuchen. Sie werden mit Schiffen kommen und uns angreifen. Es wird kein Kampf Mann gegen Mann, sondern es wird viele, viele Tote geben. Ich will all das Blut nicht an meinen Händen haben. Ich will keinen Krieg mit meiner Schwester. Sie hat den Streit nicht angefangen.«

Das hörte sich schlimm an, aber Henry war immer noch wütend. Er wechselte zu einem anderen Thema, das ihn schon seit einiger Zeit beschäftigte. »Wenn du kein Blut an deinen Händen haben willst, warum nimmst du dann immer noch Ratschläge von George Narbridge an? Er ist derjenige, der einen Bastard wie mich verbrannt hat. Hätte er mich auf seinem Land gefangen, ich wäre jetzt nicht hier bei dir.«

Anne starrte ihn mit großen Augen an. »Henry, bitte, lass uns bei der Sache bleiben.«

»Aber mir ist diese Sache wichtig.«

Anne spreizte die Finger. »Er hat sich an das Gesetz gehalten. Du wurdest gerettet, weil jemand das Gesetz gebrochen hat. Möchtest du, dass man Thronräuber heranzüchtet, wenn du erst König bist?«

»Ich würde sie jedenfalls nicht verbrennen«, fauchte Henry.

»Was würdest du dann tun?«

»Ich würde sie an den Hof holen«, sagte Henry. Er fand nicht gleich die richtigen Worte, aber er meinte es ehrlich. »Sie könnten meine Kinder sein. Meine Vettern. Sie könnten mich ins Meer begleiten, könnten sich nützlich machen.«

»Sie wären eine Gefahr für deinen Thron.«

»Wenn ich den Thron nur halten könnte, weil niemand wie ich mehr am Leben ist, wäre ich ein schlechter König«, gab Henry zurück. Ein schrecklicher Gedanke ging ihm durch den Sinn. »Würdest du Bastarde verbrennen, wenn du erst Königin bist?«

»Nein.« Seine Frau schüttelte kläglich den Kopf. »Nein, das will ich nicht. Aber meine Mutter … meine Mutter …« Sie schlug die Hände vor das Gesicht, und ein Zittern lief über ihren Körper. »Wir dürfen das Wesentliche nicht aus den Augen verlieren«, sagte sie dann. Ihre Stimme klang dumpf, und sie ließ die Hände sinken. »Wir müssen uns entscheiden, was wir wegen dieses Briefes unternehmen wollen. Willst du nicht doch schwören, die Kirche zu verteidigen?«

»Das will ich nicht«, antwortete Henry. »Ich mag deine Kirche nicht, sie gibt Verbrennungen ihren Segen und redet Unsinn.«

Anne holte Atem. »Dann muss ich wohl mit dem Erzbischof sprechen. Aber ich glaube nicht, dass ich ihn schnell genug umstimmen kann. Und ich sollte möglichst viel über Louis-Philippe in Erfahrung bringen.«

Henry schüttelte den Kopf. Seine Frau weinte immer noch, Tränen liefen ihr über das Gesicht. Aber was sie jetzt sagte, klang vernünftig. Sie hatte nachgegeben. Er war immer noch wütend auf Narbridge und auf Gott, aber bei ihren Worten hatte sein Zorn nachgelassen. Er hatte Nein gesagt, und sie hatte auf ihn gehört. Sie wollte ihn also doch nicht verraten.

»Ich kann mir noch eine andere Lösung vorstellen«, sagte er. »Das ist mir alles zu kompliziert. Lass mich nur machen, ich kümmere mich darum.«

FÜNFUNDDREISSIG

Man gab bekannt, Henry habe sich an einen einsamen Ort zurückgezogen, um sich auf die Krönung vorzubereiten. Anne nützte die Zeit, um möglichst viel über Louis-Philippe in Erfahrung zu bringen. Was sie hörte, war wenig verheißungsvoll.

Louis-Philippe war der zweite Sohn von König Louis. Sein älterer Bruder, Louis der Dauphin, war zweifelsfrei der Thronfolger und wurde als solcher auch angenommen. Die Wahl war nicht schwierig gewesen. Aber nach Gottes Ratschluss war er mit zwei zusammengewachsenen Fingern zur Welt gekommen, den beiden kleinsten an der Außenseite jeder Hand. Das hinderte ihn nicht daran zu schwimmen, eine Waffe zu führen oder Hof zu halten. Louis-Philippe war dagegen dem Vernehmen nach makellos. Das königliche Blut war bei ihm in reiner Form zutage getreten. Wie mochte es gewesen sein, neben einem Bruder aufzuwachsen, der das Schicksal der Nation in seinen verkrüppelten Händen halten sollte?

Es gab keine Gerüchte über Mordanschläge. Das Mittel, zu dem Erzebets Onkel gegriffen hatte, um den Thron freizumachen – ein Messer im Rücken –, schien Louis-Philippe nicht in den Sinn gekommen zu sein. Aber wie mochte ihm zumute gewesen sein, wenn er zusehen musste, wie ihm sein älterer Bruder trotz seiner körperlichen Vollkommenheit im Wege stand? Wäre Mary die Jüngere gewesen, was hätte sie wohl empfunden, wäre ihre blaugesichtige Schwester in der Thronfolge vor ihr gewesen? Louis der Dauphin mochte ein Ausbund an Tugenden sein. Aber Louis-Philippe wäre kein Mensch gewesen, hätte das nicht zumindest ein klein wenig an ihm genagt.

Louis-Philippe hatte also mit einer guten Partie rechnen dürfen. Er war begehrenswert, ein Prinz von königlichem Geblüt, mit gesunden Gliedern, einer von drei Söhnen aus einer starken, fruchtbaren Linie. Sein jüngerer Bruder François hatte vor wenigen Jahren aus heiterem Himmel die Mönchsgelübde abgelegt. Man munkelte, er hätte, unfähig, seine Triebe im Zaum zu halten, mit einem Landlingsmädchen einen Bastard gezeugt und einen Viertelmischling mit verderbtem Blut in die Welt gesetzt, der den Thron bedrohte. Es war lediglich ein Gerücht. Das Kind war nie gefunden worden. Aber jetzt war François Mönch, ein abschreckendes Beispiel für jeden Prinzen, der sich nicht beherrschen konnte.

Und Englands Thron war unbewacht, außerdem gab es dort eine hübsche Frau, die nur darauf wartete, geheiratet zu werden. Damit hatte man Louis-Philippe gelockt.

Seufzend fasste Anne die Gerüchte zusammen. Ein gesunder Prinz aus einer angesehenen Dynastie, eine begehrte Partie, ein junger Mann, der intelligent genug war, auf eine gute Gelegenheit zu warten. Das große Los war in Reichweite gewesen und wieder weggezogen worden. Er würde darum kämpfen. Sie konnte es ihm nicht verdenken.

Im Stillen fragte sie sich, ob er ihrer Schwester wohl ein guter Gemahl sein würde. Sie beide standen jetzt auf verschiedenen Seiten; sie hatten sich mit Männern von gegnerischen Ufern eingelassen. Edward hatte für Mary eine gute, eine nahezu perfekte Wahl getroffen – zumindest körperlich. Etwas Vergleichbares hätte es für Anne nicht gegeben. Vielleicht hätte Edward aus Liebe zu seinen Enkelinnen warten sollen, bis sich für beide Mädchen gleich annehmbare Männer fänden, wobei er nur hoffen konnte, dass das möglich wäre. Anne hatte Mary nicht beneidet, nicht einmal, bevor Henry kam: Keine von ihnen hatte davon geträumt, einen Fremden zu heiraten, auch wenn er noch so stattlich war. Für Mary hatte Edward die Sache geregelt, und Anne hatte selbst für sich gesorgt. Jetzt musste sie zu ihrer Entscheidung stehen; nicht weiterzumachen wäre tödlich. Wenn sie stark sein wollte, hatte es nach Prinzenlogik keinen Sinn, sich den Kopf darüber zu zerbrechen, ob ihre Schwester einen gütigen Mann bekommen hatte. Doch im Herzen wünschte sie es ihr. Es war töricht, aber sie konnte nicht anders. Sie mochte vor einem Krieg mit ihrer Schwester stehen, aber sie wollte nicht, dass Mary unglücklich war.

Er hatte seinen Freund viel zu lange nicht gesehen, dachte Henry, als sie sich trafen. John sprühte nicht mehr vor Lebensfreude; obwohl der Himmel blau war und die Sonne schien, wirkte seine Haut so matt, als wäre alles grau in grau. Er sah müde aus. Anne sagte, sie hätte mit ihm gesprochen und gewisse Zusicherungen von ihm bekommen; Johns Freundschaft mit Henry war immer noch ein Geheimnis, von dem man bei Hof nichts wusste. »Wenn wir erst gekrönt sind«, hatte Anne gesagt, »werden die Menschen, die dir geholfen haben, keine Verräter mehr sein, sondern Patrioten. Doch bis dahin bringt man deine Helfer in Gefahr, wenn man ihre Namen bekanntmacht. Schließlich könnten wir ja auch verlieren.« Henry war nicht begeistert, dass sie eine Niederlage überhaupt in Erwägung zog, aber falls sie am Ende doch Recht behielt, wollte er John nicht gefährden.

Sie trafen sich im Freien unter einem Baum. Henry wartete auf seinem Pferd – ein neues Tier, schneller und gutmütiger als alle bisherigen. Die Umstände waren vertraut: Als Kinder hatten sie viel Zeit auf diese Weise verbracht. Henry wollte bei jedem Wetter draußen sein, und John musste sich eben fügen. Als John nun angeritten kam, sah ihn Henry mit neuen Augen: ein großer, kräftiger, stattlicher Mann. Er hatte das gute Aussehen seines Vaters geerbt, aber seine Mimik war eine andere. Wenn Claybrook keine Gefühle zeigen wollte, wirkte er glatt und undurchschaubar. John wirkte nur traurig.

Henry betrachtete ihn und wusste nicht recht, was er sagen sollte. John wartete. Seine Haltung war aufrecht, dennoch wirkte er ein wenig mitgenommen.

»Meine Frau nennt deinen Vater Lord Thames«, begann Henry endlich. »Ich wusste nicht, dass du so viele Namen hast.«

»Das ist sein Titel«, gab John zurück. »Du solltest davon nichts wissen. Er dachte …« Ein kleines Lächeln zuckte um seine Mundwinkel; nicht das breite Grinsen von früher, sondern ein eher erwachsener, wehmütiger Ausdruck. »Er dachte, wenn du wüsstest, dass London so nahe ist, könntest du weglaufen.«

Henry seufzte. »Soll ich jetzt sagen, dass es mir leidtut?«, fragte er. »Ich habe dich nicht eingeweiht, damit dein Vater dich nicht zur Verantwortung ziehen konnte, nachdem ich fort war. Ich hatte das Warten satt. Wenn alles geklappt hätte, wollte ich nach dir suchen.«

John schüttelte den Kopf. »Ich hätte dir helfen können.«

»Nein. Ich wollte zum Meer, dorthin hättest du mir nicht folgen können. Ich wurde gefangen genommen und eingesperrt. Dich hätte man getötet. Ich wollte dein Leben nicht in Gefahr bringen.«

»Wegen des Giftes muss ich mich entschuldigen«, sagte John. Seine Stimme klang rau. »Ich schwöre dir, ich wusste nichts davon. Hätte ich es gewusst, ich hätte dir die Flasche nie gegeben.«

Henry biss die Zähne zusammen. Sein Bruder hatte ihm den Tod in einer Flasche gereicht. »Du hast deinem Vater zu sehr vertraut. Du hättest nachdenken müssen.«

»Jetzt vertraue ich ihm nicht mehr«, beteuerte John. »Ich bin mit ihm fertig. Ich schwöre es, Henry.«

In diesem Moment hätte Henry ihn am liebsten vom Pferd gestoßen und dann niedergerungen, um sicherzustellen, dass er kapituliert hatte. Einem Mann, den er besiegt hatte, konnte er vertrauen, aber dies war nur eine Kapitulation mit Worten. Die Versuchung war fast übermächtig, aber er hielt sich zurück. Seine Frau hatte viel Mühe darauf verwendet, mit John Frieden zu schließen, sie wäre entsetzt, wenn Henry nun anfinge, ihn zu schlagen.

»Einigen wir uns darauf, auf Entschuldigungen zu verzichten«, sagte er. »Ich glaube, vor uns liegen bessere Tage.«

»Das hoffe ich.« John starrte lange auf die Mähne seines Pferdes nieder. Henry wartete. Es war kein angenehmes Gespräch, und er wäre gern zu erfreulicheren Dingen übergegangen, aber er wusste nicht, wie er das anstellen sollte.

Endlich schaute John auf. Sein Lächeln wirkte etwas gezwungen, aber er glich etwas mehr dem John von früher. »Wie gefällt dir die Ehe?«, fragte er.

»Es ist besser als vorher«, gestand Henry. »Frauen sind angenehmer, als ich dachte.«

»Das ist wahr«, lachte John. »Ich wollte dir immer eine Frau einschmuggeln. Es hätte Ärger gegeben, aber ich habe mich aufrichtig bemüht. Leider habe ich nie eine blinde und stumme Hure gefunden.«

»Jetzt habe ich eine Frau«, stellte Henry fest. Er wollte nicht, dass John sich über Anne lustig machte. »Ich bin zufrieden.«

»Und wie gefällt dir die Freiheit?« Jetzt war Johns Tonfall weniger scherzhaft; der Blick, mit dem er Henry musterte, war wachsam und ernst.

Henry schüttelte den Kopf. »Das ist für mich keine Freiheit. Es sind nur mehr Zellen. Weißt du, dass ich allen möglichen Unsinn schwören soll?«

»Ein König muss lernen, so überzeugend Unsinn zu reden, als meine er es ernst«, belehrte ihn John. »Dann ist er ein kluger König.«

Henry zuckte empört die Schultern. »Im Meer ist das anders. Dort würde ein Anführer, der Unsinn redete, bald abgesetzt.«

»Wir sind aber jetzt nicht im Meer.«

»Nein«, nickte Henry. »Das sind wir nicht.« Die Worte lagen ihm wie Blei im Mund, als hätte er sie aus dem Wasser gezogen und festgestellt, dass sie schwerer waren als gedacht.

Er schluckte. »Du musst gehen«, mahnte er. »Ich treffe mich bald mit anderen Männern.« Fast hätte er hinzugefügt: *Und du darfst nicht erfahren, wo wir hingehen,* aber er beherrschte sich. Er hatte sich angeblich in die Einsamkeit zurückgezogen. Anne hatte gemeint, wenn er gar nichts sagte, würde John annehmen, er kehre an diesen geheimen Ort zurück, aber ihm kam das einer Lüge zu nahe. Er wollte nicht mehr weitersprechen: Seine Zunge war schon ganz dick vor lauter Unwahrheiten.

»Werde ich dich bald wiedersehen?«, fragte John.

»Ja. Ich hoffe es.«

John tätschelte den Hals seines Pferdes, dann blickte er auf. »Deine Frau hat mir erzählt, du wolltest gern zur Themse«, sagte er. »Vielleicht könnten wir gemeinsam einen Ausflug machen, wenn du wieder da bist.«

»Das wäre schön«, seufzte Henry. »Ganz ehrlich. Ich habe das Land allmählich satt.«

John nickte, wendete sein Pferd und galoppierte davon. Henry blieb unter seinem Baum und wartete auf seine Männer. Der Gedanke an den Ausflug zur Themse heiterte ihn mehr auf als alles andere in den letzten Tagen. Aber er hatte noch mehr im Sinn. Während seine Frau noch Erkundigungen einzog, wollte Henry an die Küste reiten.

Beim letzten Mal war es unerwartet schwierig gewesen, sich unbemerkt davonzuschleichen, deshalb hatten sie diesmal jemanden mitgenommen: Thomas Hakebourne, den Lord aus dem Norden. Ein Trupp von Hakebournes Männern folgte ihnen. Henry hatte sich die Kapuze tief ins Gesicht gezogen und wurde zu beiden Seiten von Reitern flankiert. Sie wählten unbelebte Straßen und blieben dicht beisammen. Sollte jemand sie belästigen, dann bekäme er es nicht nur mit Henry zu tun.

Sobald sie die Küste erreichten, wollte Henry seinen Weg allein fortsetzen.

»Ihr habt mich nicht gefragt«, wandte sich Henry an Hakebourne, »was ich im Meer vorhabe.«

Hakebourne war ein Bär von einem Mann, aber er saß in lockerer Haltung im Sattel. »Ich dachte, wenn Majestät wollten, dass ich es erfahre, würdet Ihr es mir schon sagen«, meinte er.

Henry grinste. Er war draußen im Freien, die Luft umwehte ihn, der Wind brachte frische Gerüche mit, und er konnte sich frei bewegen. Er fühlte sich schon besser. »Gute Antwort«, lobte er.

»Danke, Majestät. Hakebourne sah ihn kurz an; ein prüfender, nachdenklicher Blick. Aber er schien nicht misstrauisch zu sein.

Meine Frau hält Euch für loyal«, fuhr Henry fort, »und bisher habt Ihr mich nicht enttäuscht. Aber es sind mehr Spione unterwegs, als ich dachte. Was ich Euch nicht sage, kann auch niemand mithören.«

»Wie Ihr meint, Majestät.« Es war ein neutraler Satz, aber Hakebournes Ton war freundlich.

»Hakebourne?« Henry wurde nicht langsamer, drehte sich aber zur Seite, um sich den Mann genauer anzusehen. Durch die Bewegung der beiden Pferde hüpfte er in seinem Blickfeld auf und ab, und Henry musste sich anstrengen, um ihn deutlich zu erkennen. Hakebourne erschütterte es offenbar weniger als die anderen Höflinge, wenn man ihn bei seinem richtigen Namen ansprach. »Ist es eigentlich wahr, dass Ihr nur deshalb Land habt, weil es Euch von den Delameres gegeben wurde? Dass Euer Bruder das Land besitzt, auf dem Ihr geboren wurdet?«

»Jawohl, Majestät.« Die Antwort kam offen und ohne Zögern.

»Ihr habt die Mutter meiner Frau also gebraucht.« Der Gedanke an Erzebet weckte Verbitterung, aber wenn Henry sich Mühe gab, konnte er ihn verdrängen und brauchte nicht allzu oft an sie zu denken. Erzebet war eine Kämpferin gewesen. Sein Pech, dass sie gegen ihn gekämpft hatte.

»Ich bin Euren Majestäten dankbar«, erwiderte Hakebourne. Es war eine zurückhaltende Äußerung, wie Henry sie eher mit Claybrook in Verbindung brachte, aber sie wurde mit keiner Verbeugung, keinem Lächeln getarnt. Der Mann wurde Henry im Lauf des Gesprächs immer sympathischer; er war vernünftig und wog seine Worte ab.

»Ihr habt also am Krieg gegen Schottland teilgenommen«, bemerkte Henry.

»Es war eine blutige Schlacht«, antwortete Hakebourne. »Ich hoffe, dass wir solche Kämpfe nicht noch einmal erleben müssen.«

»Warum seid Ihr überhaupt mitgezogen? Ihr hattet kein Land zu beschützen.« Henry fragte sich, ob Hakebourne eine Gelegenheit zum Aufstieg gesehen hatte, und wenn ja, ob er es zugeben würde.

Hakebourne ordnete seine Zügel, als raffte er mit seinen Händen etwas Unsichtbares zusammen: »England ist mein Land, Majestät«, sagte er endlich.

Henry dachte über diese Antwort nach. Die Leute hier führten ständig das Wort *England* im Mund. Was war denn dieses England? Eine Linie auf einer Karte zwischen einem Ort und einem anderen, eine Linie, die man überschreiten konnte, ohne dass sich etwas veränderte. Revierkämpfe konnte er verstehen, aber Hakebourne hatte für ein Stück Land gekämpft, das er gar nicht nutzte.

»Habt Ihr mit ihm gekämpft?«, fragte er den Mann, der rechts von ihm ritt. »Wie heißt Ihr?«

»John Green, Majestät. Ja, ich habe gekämpft.« Der Mann hatte eine Narbe quer über dem Kinn, eine so tiefe Furche, dass vermutlich auch der Knochen darunter etwas abbekommen hatte.

»Ihr habt kein Land dafür bekommen. Habt Ihr für England gekämpft?«

»Ja, Majestät. So wie jetzt.«

»Ihr wollt keinen französischen König?«

»Nein, Majestät.« Greens Blick war fest, sein *Nein* kam prompt.

»Was wollt Ihr denn, Green? Von Königen einmal abgesehen«, fragte Henry. »Was würde Euch glücklich machen?«

Der Mann sah ihn ziemlich ratlos an.

»Ich möchte mein Volk glücklich sehen«, erklärte Henry. »Aber wie soll ich es glücklich machen, wenn ich nicht weiß, was die Menschen wollen?«

»Die meisten Leute wollen genügend zu essen«, sagte Green. »Und keine Unterdrückung durch die Grundherren. Sie wollen in Frieden ihr Land bestellen. Aber sie wollen keinen fremden König, der ihnen seine Sitten aufzwingt.«

»Denkt Ihr auch so, Hakebourne?«

»Jawohl, Majestät.« Hakebourne nickte, und auch die Gesichter ringsum drückten einhellig Zustimmung aus. »Aber das ist das Volk. Die Wünsche der Höflinge sind oft komplizierter, wenn ich das sagen darf.«

»Ja«, nickte Henry. »Man wird leicht kompliziert, wenn man nicht hungrig ist.«

Er machte sich Gedanken über den Ausdruck »das Land bestellen«. Er wusste nicht genau, was dazu alles gehörte, aber er verstand, was gemeint war. Es ging um Englands schwarze Erde, die so viel dichter war als der Sand im Meer. Man steckte Werkzeuge hinein, wühlte sie mit den Händen auf, schob schwere Erdmassen beiseite, um Dinge herauszuholen, die man essen konnte. Henry überlegte, wie ihm wohl ein Leben als Bauer gefallen hätte. Zumindest wäre es einfach gewesen. Ein Hungerleben vielleicht, aber das hatte er früher nicht anders gekannt. Die Tieflinge waren nicht wie diese Adeligen, die sich so sehr bemühten, ihnen zu Gefallen zu sein.

Ich sollte mit mehr Menschen sprechen, dachte Henry. *Aber würden sie nicht nur »Ja, Majestät« sagen? Und wenn sie andere Dinge wollten als Essen, Essen, das ich nicht anbauen kann, das ich auch nicht für ein ganzes Land erjagen kann, wie sollte ich sie verstehen? Das Volk von England will einen englischen König. Es will mich. Aber ich bin an diesem England noch nicht einmal sonderlich interessiert.*

»Es wird keinen Krieg geben«, verkündete er laut. »Dafür werde ich sorgen.« Er hatte die Kerbe in Greens Gesicht gesehen, und wenn es nach ihm ging, wollte er solche Verletzungen in Zukunft nicht mehr sehen müssen. Mit der Zeit begann er, sich auf das Meer zu freuen. Er war nervös, und er nahm mit diesem neuen Sprung in den Kanal ein großes Risiko auf sich, aber zugleich entkam er damit solchen Gesprächen, unter Wasser war er frei von der Last der Landlingsworte und der Landlingsgedanken, mit denen er nun einmal nichts anfangen konnte.

Zu viele feste Mauern hatten Henry in seinem Leben eingeschlossen, doch auch das Meer gab nicht nach. Das sah er, als er in die Kälte hineinschwamm. Man konnte nicht erkennen, was auf einen zukam; anstelle von Mauern war da eine wabernde Leere, die alles verbarg, was dahinter war. Das Meer war ein lebender Nebel. Aber man konnte hören. Einen Laut konnte man nicht hinter einer Mauer verbergen. Jeder Laut der Welt wurde einem geradewegs zugetragen. Ein Hinterhalt war kaum möglich. Es gab wenige Verstecke.

Kurzum, einen Hinterhalt konnte man nur legen, wenn man ganz leise war.

Henry hatte eine lange Reise angetreten, und er reiste allein. Als er zu schwimmen begann und der Meeresboden unter ihm verschwand, umfing ihn die Leere, und alle Nervosität fiel von ihm ab. Beim Schwimmen musste er die Muskeln anspannen, aber das war nicht unbedingt unangenehm. Es war eher so, als kratze man sich an einer juckenden Stelle oder gieße Wasser in seine durstige Kehle, ein Moment physischer Erleichterung, weil man etwas tat, das man zu lange aufgeschoben hatte. Und sein Rücken richtete sich gerade auf. Das wurde ihm erst bewusst, als er sich im Wasser ausstreckte. Seit er zu allen diesen Landlingen in die Welt hinausgegangen war, hatte er nicht mehr kriechen können. Er hatte auf seinen schwachen Beinen von Ort zu Ort torkeln und sich aufstützen müssen, wo immer es ging. Sein Rückgrat fing bereits an, sich zu krümmen. Als er nun ausgriff und sich Zug um Zug vorwärtsbewegte, fuhren ihm schmerzhafte Stiche durch die Schulterblätter, aber er schwamm weiter. Er hatte angefangen zu verkrüppeln. Er brauchte Bewegung.

Im Wasser war es leer, aber nicht öde. Es gab keine Engstellen, keine Schwerkraftfesseln. Wenn man sich an Land bewegte, dachte man nicht an die Luft; man ging einfach durch sie hindurch. Stattdessen dachte man an den Boden. Doch beim Schwimmen hielt einen das Wasser, es durchnässte das Haar, verstopfte die Ohren und strömte in den Mund, sobald man ihn öffnete. Das bitter-metallische Salz der Heimat. Es war so lange her, seit er zum letzten Mal so geschwommen war, nicht nur in eine Bucht hinaus, sondern weiter und immer weiter, ziellos wie ein Nomade. Er war jetzt von England gekommen. Als Kind war er an England, an Frankreich vorbeigeschwommen, auf und ab in den kühlen Strömungen, die die Welt zusammenhielten, mochten die Landlinge auch noch so überzeugt davon sein, dass ihr kleines Fleckchen Erde mit seinen Sitten und Gebräuchen mit keinem anderen Ort zu vergleichen wäre.

Nach einer Weile wurde Henry müde und hungrig, aber er fühlte sich wohl dabei. Er ließ sich treiben und lauschte. Er musste etwas fangen, eine Krabbe oder einen Aal. Er erinnerte sich, wie er den Meeresboden nach Schalentieren abgesucht hatte, diesen langsamen Kriechern, die man nur aufzuheben und zu knacken brauchte. Einen Fisch hatte er selten in die Finger bekommen. Aber nicht, weil er sie nicht hätte fangen können, dachte er. Mit den Händen war er flink genug gewesen. Es lag an den anderen Stammesmitgliedern. Sie waren schneller und stärker als er und konnten ihn wegschubsen, wenn er gerade im Begriff war, nach einem Fisch zu greifen. Deshalb hatten sie ihn auch nicht gefürchtet. Aber jetzt war er kein Kind mehr.

Henry hing im Wasser, bis er das leise Klicken von Fischen hörte. Es fiel ihm nicht schwer, ihnen reglos aufzulauern, bis er sie zu Gesicht bekam: ein funkelnder Schwarm, jeder Körper eine Handvoll Leben spendenden Fleisches, genug, um seinen Magen zu füllen und seinen Gliedern neue Kraft zu geben. Makrelen, dachte er; so wurden sie von den Landlingen genannt. Im Meer hatte man einen anderen Namen dafür.

Henry schwamm neben den Fischen her, dann tauchte er ab. Seine Hände schossen vor, packten zu, und schon hatte er die Beute: ein zappelndes, zuckendes Mahl, in das er nur noch die Zähne zu schlagen brauchte. Ein Sieg, den er schlucken und verdauen konnte. Und wenn er verzehrt war, gab es neue Siege.

Warum war das Leben damals so karg gewesen? Er, der einst so klein und verschüchtert gewesen war, stellte sich jetzt der Welt, und wenn sie auch groß war, so hatte er doch weniger Angst vor ihr. Es war nicht die Gefahr für Leib und Leben, die seinen Blick trübte und seinen Rücken krümmte, es waren die Worte der Landlinge, ihre Götter, Zeremonien und Grenzen, ihre Bücher, ihre Kleidung und ihre Gebräuche. Lauter *Dinge*. Man musste wissen, wofür sie standen, was sie vertraten. In der Welt der Landlinge gab es so wenig, was einfach *war*. Während Henry so auf dem Rücken lag und Happen für Happen das kalte Makrelenfleisch hinunterschlang, spürte er, wie seine Lebensfreude zurückkehrte. Hier war die Welt wirklich, sie floss einem kalt über die Haut, sie war so wirklich, dass sie einen frösteln machte.

Er musste sehr weit schwimmen. Über ihm erlosch das Licht, im Wasser war nichts mehr zu sehen, und auch wenn er zum

Atmen auftauchte, sah er nicht viel mehr, nur den weichen Himmel, mit Sternen übersät wie mit Sand, der von den Wellen aufgewühlt wurde. Bevor er an Land gekommen war, hätte er die Sterne nicht unterscheiden können, erinnerte er sich. Er war zu kurzsichtig gewesen; im Wasser genügte eine Sichtweite von wenigen Fuß. Seine Sehkraft war ein Geschenk, das er dem Land verdankte, und er war froh darüber. Der Himmel war weit entfernt, zu weit, um ihn berühren zu können, dennoch war er schön. Aber er vermisste ihn nicht, als er wieder untertauchte. Wenn er das nächste Mal durch die Oberfläche brach, würde er ihn abermals sehen. Er war wirklich, ein Teil der Welt, und er veränderte sich nicht, sobald man ihn aus den Augen ließ.

Im Laufe dieser Nacht schlief Henry auch zeitweise ein. Es fiel ihm nicht schwer, er hatte es nicht verlernt. Man hielt den Atem an, ließ sich treiben, und wachte nur auf, wenn man auftauchen und Atem holen musste. Keine rauen Laken, in denen man sich verfing. Keine Frau an der Seite, dachte er mit leisem Bedauern. Annes gefügiger Körper war zu einem geschätzten Bestandteil seines Lebens geworden. Aber vielleicht ließ sie sich irgendwann einmal überreden, mit ihm auf eine längere Reise ins Meer zu gehen.

Als die Dämmerung den Himmel grau färbte, erwachte Henry vollends und setzte seinen Weg fort. Die Sonne ging auf und streckte ihre schillernden Finger durch die aufgewühlte Oberfläche. Henry fing noch einen Fisch, verspeiste ihn mit Genuss und triumphierte noch ebenso wie beim ersten Mal. Wäre die Reise über Land gegangen, dann hätte er sich inzwischen längst verirrt, zu viele Landmarken und Hügel, zu viele Hindernisse. Hier aber wusste er genau, wo er war. Er hörte das Echo der Wellen, die auf der anderen Seite anbrandeten.

Davon geleitet, näherte er sich der Küste Frankreichs und rief: *Ich fordere euch zum Kampf heraus. Ich kann euch schlagen. Von jetzt an bin ich euer Führer.*

Der französische Stamm war zahlenmäßig stark, und seine Angehörigen umringten ihn mit lautem Geschrei wie eine Jagdbeute. *Fremdling, hörte er. Mach dich fort. Fordere uns nicht heraus. Dieses Gebiet gehört uns.*

Fremdlinge waren nirgendwo willkommen. Kein Stamm konnte alle aufnehmen. Aber wer waren sie denn, dass sie Frankreich Gefolgschaft leisteten?

Ich komme aus dem Norden, stellte er sich vor. *Da wo die hohen Klippen sind.* In seiner Muttersprache gab es kein Wort für *England* an sich. Die Tieflinge bewachten ihre Küsten, doch was an Land geschah, kümmerte sie wenig. Seine Mutter hatte ihm nie erlaubt, ein Schiff zu sehen. Wohl nicht aus Patriotismus, dachte er. Sein Vater musste mit einem Schiff gekommen sein. Vielleicht wollte sie ihn damals noch bei sich behalten und hatte Angst, die Landlinge würden ihn stehlen. Oder die anderen zweifelten an seiner Loyalität. Nun, das war ihr gutes Recht. Aber das bedeutete nicht, dass er unrecht hatte.

Ich bin kein Fremdling, sagte Henry. *Unterhandelt mit mir, nicht mit euren Landlingen.* »Unterhandlungen« hießen die Verträge, die zwischen den Tieflingen und den Menschen vom Land geschlossen wurden. *Ich bin kein Fremdling. Ich bin der König.*

Wir unterhandeln nicht mit dir, ließ sich eine Stimme vernehmen. Ein tiefer Bass, der das Wasser ringsum in Schwingungen versetzte und Henry verriet, dass er einen starken Tiefling vor sich hatte. Das wäre der Mann, mit dem er reden wollte, der Mann, den es herauszufordern galt.

Bruder, wandte sich Henry an ihn. *Deine Landlinge sind dumm. Sie sind schwach und haben Angst vor toten Menschen. Unterhandle mit mir.*

Unser König ist ein Landling, gab der Anführer zurück. *Dich kennen wir nicht.*

Henry schwamm etwas näher heran. Was er auf dem Gesicht des Tieflings sah, traf ihn wie eine Welle. Für einen Moment war er wie erstarrt, und sein Herz schlug so hart, dass man die Stöße durch das Wasser hätte spüren müssen. Angst stieg in ihm auf, doch da erinnerte er sich an die vielen Bücher, die Höflinge, die endlosen Besprechungen. *England braucht einen englischen König.*

Er schoss zum Atmen an die Oberfläche, und als er den Kopf in die Luft reckte, brach er in schallendes Gelächter aus. Beim Hinunterschwimmen hatte er immer noch Mühe, das Lachen in seinen Lungen zurückzuhalten.

Das Gesicht des Anführers war ihm vertraut. Es war größer geworden und hatte sich verändert, das Kind war jetzt ein stattlicher Mann, aber die Züge waren immer noch zu erkennen. Er erinnerte sich sogar an den Namen, eine Folge von rasselnden Lauten, die keine Landlingszunge jemals bewältigen konnte.

Im Halbdunkel glaubte er, noch einen zweiten Mann und daneben eine Frau zu erkennen. Manchmal machte sich ein Tiefling allein auf den Weg und schloss sich einem anderen Stamm an. Als er noch klein war, war seine Familie fast ständig auf Wanderschaft gewesen. Seit er fortgegangen war, mochte es den einen oder anderen Wandel in der Lebensweise gegeben haben, vielleicht hatte der Stamm auch ein paarmal die Seite gewechselt. Auf jeden Fall waren ihm diese Tieflinge nicht fremd. Er kannte ihren Dialekt, und er kannte ihre Gesichter.

Wer hätte das gedacht?, dachte Henry. *Nach so langer Zeit werde ich nun doch zum Franzosen.*

Der Anführer war als Junge nicht allzu schlimm gewesen, erinnerte er sich. Wie alle Älteren zögerte er nicht, einen Kleinen, der lästig wurde, am Ohr zu ziehen oder zu kneifen, aber er war kein unverbesserlicher Rüpel. Flink bei der Jagd, aber niemand, der anderen das Futter stahl. Ein zuverlässiger Charakter. Wahrscheinlich war er bei seinem Stamm sehr beliebt.

Henry war mit der Absicht gekommen, einen Kampf zu führen. Nachdem er sich mit seinem Seil zum Anführer des englischen Stamms gemacht hatte, war er bewaffnet hierhergeschwommen, obwohl das Seil um die Hüften und die Sporen an den Füßen seinen stromlinienförmigen Körper im Wasser langsamer machten. Doch als er den Mann nun wiedererkannte, verging ihm die Lust auf einen Zweikampf.

Ich kenne dich, erklärte Henry und nannte seinen neuen Freund beim Namen. *Ich bin kein Fremdling. Eure Landlinge sind Fremdlinge. Du bist mein Stammesbruder.*

Der Anführer kam angeschwommen und musterte Henrys Gesicht. *Wie ist dein Name?*, fragte er. Um ihn herum warteten die anderen, zum Angriff bereit. Henry sah die massigen Arme, den kräftigen Schwanz, den mächtigen Körper, mit dem er keinen Kampf führen wollte. Ein wahrhaft prachtvolles Exemplar von einem Mann. Er hatte sich im Meer gut entwickelt.

Pfiff, antwortete er. *Ich war lange fort.*

Sechsunddreissig

Anne saß in der Kirche und erhob ihr Herz zum Herrn. Zumindest versuchte sie es. Sie hatte keine guten Nachrichten. Von ihren Spionen gingen viele Meldungen über die Franzosen ein: Ihre Flotte sei stark, ihr König sei beliebt und habe gesunde Söhne. Auch Englands Flotte war nicht schwach, aber man müsste sie im Kanal zusammenziehen, um die Franzosen fernzuhalten. Zwar wurde die eigene Küste von englischen Tieflingen geschützt, aber auf sie war kein Verlass, nicht, wenn die französischen Tieflinge mitkamen, um die feindlichen Schiffe zu unterstützen. Dann hieße es Land gegen Land und Stamm gegen Stamm.

Das konnte Gott nicht wollen. Gott konnte nicht Leben schaffen und zugleich das Töten lieben, auch wenn Politiker oder Theologen dazu ihre eigene Meinung hatten.

Sie musste mit Mary sprechen. Aber was konnte sie ihr sagen? *Fang keinen Krieg an, um zu bekommen, was du willst: Lass es lieber mir?* Dann könnte sie ihr auch einen Brief schreiben: *Kapituliere sofort, damit wir beide glücklich werden.*

Konnte Gott gegen sie und Henry sein? Eine schwere Frage, aber Anne sagte sich, sie sei schließlich Prinzessin. Prinzen und Prinzessinnen wichen schweren Fragen nicht aus. Sie hatte sich selbst versprochen, die Kirche zu beschützen, Henry mochte ein Heide sein, aber vielleicht hatte Gott die Tieflinge von solchen Sorgen verschont. Andererseits hatte Henry ebenso viel Tieflingsblut in den Adern wie sie selbst. Wenn Gott ihr Herz erreichen konnte, dann konnte er das auch bei Henry. Hätte sie sich mehr Mühe geben müssen, um ihn zu bekehren? Hätte sie nachgeben und das Reich den christlichen Franzosen überlassen sollen? Sie hatte anfangs kein höheres Ziel gehabt, als einen ihr fremden Jungen vor dem Scheiterhaufen zu bewahren. Jetzt stand sie kurz vor dem Krönungseid und war bereit, einen Krieg zu beginnen.

Und, nicht zu vergessen, möglicherweise war sie auch schwanger.

Es war schwer, Gottes Stimme zu hören, wenn so viele Sorgen den Geist belasteten. Samuel hatte nicht mehr mit ihr gesprochen, seit sie erklärt hatte, sie würde Summerscales bitten, die Eidesformel umzuschreiben. Er hatte sie angesehen und war zurückgewichen. Sein Gesicht war anders als sonst. Vielleicht war er ihr böse: Es wäre sein gutes Recht. Vielleicht fürchtete er um ihre Seele. Oder er fühlte sich verraten. Anne war kein versierter Theologe, aber sie wusste sehr wohl, dass ein heidnischer König bestenfalls mit einer Dispens, deren Erteilung ihr nicht zustand, über ein christliches Reich herrschen dürfte. Doch all das war es nicht, was sie beunruhigte.

Es war die Angst in Samuels Gesicht.

»Sagt mir die Wahrheit«, verlangte Anne von John. »Hat Euer Vater an meine Schwester geschrieben?«

John war gekommen und hatte um eine Audienz gebeten. Sein gutmütiges Gesicht war blasser als sonst, und er lächelte weniger. Er hatte eine Tasche mitgebracht. Die Gardisten hatten versucht, sie ihm abzunehmen, bevor sie ihn vorließen, aber Anne winkte ab. Selbst wenn er eine Waffe hätte, dachte sie, wüsste ich mich zu verteidigen.

Aber die Tasche enthielt keine Waffe. John verneigte sich vor ihr und zog ein Bündel Briefe heraus.

»Die wollte ich Euch bringen«, sagte er. »Sie sind an meinen Vater gerichtet. Er weiß nicht, dass ich sie genommen habe.«

»Kommen sie aus Frankreich?« Anne dröhnte ihr eigener Herzschlag wie ein leises Echo der Brandung in den Ohren.

John biss sich auf die Unterlippe, dann reichte er ihr das Päckchen. »Jawohl.«

Die Briefe lagen kalt und spröde in ihrem Schoß.

»Ihr habt Euch also für eine Seite entschieden«, stellte Anne fest.

John senkte kurz den Kopf, dann blickte er wieder auf. »So ist es«, bestätigte er. »Ich will keinen Krieg.«

Die Briefe waren unvollständig und nahmen immer wieder Bezug auf andere Schreiben, aber die Botschaft war eindeutig. An der Küste würde eine Streitmacht bereitstehen, um die englische Flotte am Auslaufen zu hindern, wenn sie den Franzosen entgegenfahren wollte. Schiffe befänden sich im Bau, kleine Boote mit Harpunieren an Bord. Zu welchem Zweck die Harpunen eingesetzt werden sollten, wurde nicht erklärt, aber Anne verstand es auch so.

»Ihr erwähntet einmal, Ihr hättet als Kind an einer Jagd auf Schweinswale teilgenommen«, sagte sie und blickte auf.

John brauchte nicht zu fragen, welchen Brief sie gerade gelesen hatte. »Ja, Majestät«, sagte er. »Es gibt genügend ältere Männer, die sich darauf verstehen, mit Speeren im Wasser zu jagen. Im nächsten Brief werdet Ihr sehen, dass auch von Netzen die Rede ist.«

Anne hatte die Tieflinge verabscheut, aber wenn sie sich vorstellte, wie sie sich in Netzen verfingen, überlief es sie kalt. Wenn die Matrosen am Ufer angegriffen und die Tieflinge im Wasser gejagt wurden, konnte Frankreich über den Kanal segeln und englischen Boden betreten, ohne auf Widerstand zu stoßen.

»Und was hat man mit uns vor?«, fragte Anne mit heiserer Stimme. »Ein Bad in kochendem Wasser? Einen Scheiterhaufen und einen Brandpfahl?«

John schüttelte den Kopf. »Ich habe diese Briefe nur gestohlen«, erklärte er. »Ich weiß nicht mehr. Aber ...«

»Sprecht«, forderte Anne ihn auf.

John schwieg einen Moment. »Vielleicht solltet Ihr den nächsten lesen«, sagte er dann. »Majestät.«

Anne las. Die Handschrift war verstellt und nicht mit Sicherheit zuzuordnen. Sie glaubte nicht, dass es Samuels Schrift war. Aber der Brief stammte zweifellos von einem Priester. Eine Zeile sprang ihr entgegen: *Lieber eine Schlacht auf Erden als das ewige Feuer in der Hölle. Ich werde mit dem Bischof sprechen.*

Samuel war nicht der einzige Bischof. Und selbst wenn man ihn angesprochen hätte, sagte sich Anne, sei nicht bewiesen, dass er diese Pläne unterstützte. Aber Samuel war ein Mann, der auf Gerüchte hörte. Er war mit Henry zu ihr gekommen. Er hatte Henry gefunden, weil er auf das achtete, was gemunkelt wurde, und er hatte ihn zu ihr gebracht.

Doch davon hatte er ihr kein Wort gesagt.

Anne brannten die Augen. »Bischof Westlake ist ein Mann des Friedens«, beteuerte sie, doch ihre Stimme schwankte wie die eines Kindes. »Er hat Henry vor dem Scheiterhaufen gerettet, obwohl er Gefahr lief, selbst dafür verbrannt zu werden. Er will ganz sicher keinen Krieg.« Die Worte blieben ihr im Halse stecken, und eine Träne lief ihr über das Gesicht. Verzweifelt und voller Zorn rieb sie sich die Augen. Sie durfte jetzt nicht weinen, sie konnte sich keine Schwäche erlauben.

»Mylady, bitte weint nicht.« John stand neben ihr, legte seine Hand auf die ihre. »Nicht weinen, ich bitte Euch.«

Mylady, nicht *Majestät*. War sie in seinen Augen so schnell so schwach geworden? Aber seine Hand war warm, und als sie ihn ansah, las sie keine Verachtung in seinem Blick. Er schien etwas außer sich, als wüsste er nicht, was er tun sollte, aber seine Bestürzung wirkte aufrichtig. Er wiederholte: »Bitte nicht weinen«, und Anne schluckte.

»Ihr wolltet mir immer ein guter Freund sein«, sagte sie. Sie konnte ihrer Stimme noch immer nicht trauen; sie klang kleinlaut und müde. »Nicht wahr?«

John stieß einen leisen Seufzer aus. »O ja«, nickte er. »Aber man kann in dieser Welt wohl nicht tun, was man möchte.«

Anne blinzelte. »So etwas habt Ihr schon einmal gesagt«, erinnerte sie sich. »Damals, als ich Euch beim Reiten im Wald begegnete. Erinnert Ihr Euch? Vor der ... der Verbrennung des Bastards aus Cornwall.«

John nickte. Seine Hand lag immer noch auf der ihren. »Ich entsinne mich«, sagte er. Sein Mund verzog sich zu einem wehmütigen Lächeln. »Ihr hattet Euch im Wald an uns herangeschlichen, um uns zu belauschen. Mein Vater wurde damals sehr nervös. Ihr habt scharfe Ohren, My... Majestät.« John sah, dass seine Hand noch immer auf der ihren lag und zog sie zurück.

»Alle Tieflinge haben ein gutes Gehör«, seufzte Anne.

John lachte kurz auf. Sein Lachen tat ihr gut.

»Ich weiß. Henry konnte mich hören, wenn ich noch meilenweit weg war. Ich habe meinen Vater davor gewarnt. Danach vermied er alle Gespräche im Freien. Ihr hättet Geheimagent werden sollen, Majestät.«

Anne lehnte den Kopf an ihre Stuhllehne. »Henry hat sich vorgenommen, alle Bastarde zu adoptieren, die gefunden würden. Vielleicht gäben sie gute Geheimagenten ab.«

John war verblüfft. »Er will Bastarde adoptieren?«

Anne zuckte die Achseln. »Vielleicht. Er verabscheut Verbrennungen, da geht es ihm wohl wie uns allen. Er meint, die Bastarde könnten Nachrichten von und zu den Küsten bringen, umfangreiche Nachrichten, die sich die Tieflinge nicht merken können. Er ist voller Ideen. Ich hielte zu viele Anwärter auf den Thron trotzdem für gefährlich. Warum macht man dann nicht gleich die Landlinge zu Königen, wie es die Schweizer tun?«

Ein Schatten seines alten Grinsens legte sich über Johns Züge. »Ich glaube nicht, dass es bei den Schweizern viele Bürgerkriege gibt.«

»Das ist wahr«, überlegte Anne. »Tatsächlich.«

John antwortete nicht. Sie saßen schweigend nebeneinander.

»Was wäre wohl aus Mary geworden«, fragte Anne nach einer Weile, »wenn Euer Vater ein Heer aufgestellt und Henry auf den Thron gesetzt hätte?«

John wurde wieder ernst. »Majestät, ich habe Euch um Vergebung gebeten, ich werde Euch auch noch einmal darum bitten, wenn ...«

»Ich will es wirklich wissen«, beschwichtigte Anne. »Ich frage nicht, um Euch zu quälen, John. Ich habe ohnehin nur wenige Freunde auf der Welt.«

John blinzelte, dann antwortete er. »Vermutlich wäre es darauf angekommen, wie sich die königliche Familie geschlagen hätte. Vielleicht hätte Henry sie geheiratet. Oder ins Gefängnis geworfen. Ich ... ich hatte mir vorgenommen, für Euch um Schonung zu bitten. Ich ... ich mochte Euch. Eure Schwester kannte ich kaum.«

Anne nahm sich zusammen. Es war nicht dazu gekommen, kein Grund zur Aufregung. »Mit der Schonung ist es so eine Sache.«

»Majestät, es tut mir leid.«

Anne schaute auf die Briefe nieder. »Erwartet Ihr, dass wir Euren Vater schonen?«

John folgte ihrem Blick nicht, sondern schaute irgendwohin ins Leere. »Eure Majestät haben in der Vergangenheit Barmherzigkeit walten lassen«, sagte er. »Ihr habt einen Bastard geheiratet, um ihn vor dem Feuer zu bewahren.«

»Das ist richtig«, nickte Anne. »Aber ...« Es hatte keinen Zweck, das Gespräch fortzusetzen. Es gab zu viel zu sagen und zu wenig zu gewinnen, wenn man es aussprach. Sie wechselte das Thema. »Ich habe gehört, in der Schweiz gäbe es hohe Berge. Schroffe schwarze Felsen, die kaum ein Heer zu überwinden vermag.«

»Das habe ich auch gehört.«

»Ich wünschte, wir hätten Berge«, seufzte Anne. »Mit Bergen braucht man keine Verträge zu schließen, damit sie einem die Grenzen sichern.«

»Majestät«, fragte John. »Können wir einen Krieg vermeiden?«

»Henry hält es für möglich«, antwortete Anne. »Ich werde ... mit meiner Schwester sprechen. Wir werden sehen.«

»Majestät«, stieß John hervor. »Ich ... ich habe noch eine Nachricht für Euch. Eine schlechte Nachricht. Es tut mir leid.«

Anne sah ihn an. Er rieb die Hände aneinander, als wollte er einen unsichtbaren Brief zerknüllen. »Wie lautet sie?«

»Ich ... habe mit Master Shingleton gesprochen.«

Annes Herz schlug schneller. Der Raum war groß und leer, dennoch schien er nicht genügend Luft zu enthalten, um ihre Lungen zu füllen. Johns Gesicht war wie versteinert, und ein Bein zitterte ein wenig, als müsse er sich beherrschen, um nicht aufzuspringen und davonzulaufen.

Er sprach nicht weiter. Das tat Anne für ihn. Sie sah ihm an, was er ihr zu sagen hatte. Und jetzt erkannte sie auch, dass sie es bereits seit einiger Zeit gewusst haben musste.

»Wie lange ist mein Großvater schon tot?«, fragte sie.

Johns Blick wurde starr, und Anne musste schlucken, um die Tränen zurückzudrängen.

»Es war ... ein Beweis seiner Loyalität, dass er den Tod bis zur Klärung der Nachfolge geheim gehalten hat«, sagte sie. Die Worte kamen schleppend, aber sie brachte sie immerhin heraus. »Aber ... es wird Zeit, dass wir ihn bestatten.«

Sie hörte, wie John stockend einatmete. »Habt Ihr es selbst gehört, Majestät?«, fragte er.

Anne schüttelte den Kopf. »Dazu brauchte es keine besonders scharfen Ohren. Ich ... bin eben nicht dumm, das ist alles.« Sie schloss kurz die Augen. Die Tränen schossen hervor, und sie drückte mit den Fingerspitzen gegen die Lider. Sie durfte nicht wieder zu weinen anfangen, das brächte John nur aus der Fassung. »Ich wünschte, ich hätte bei ihm sein können. Aber jetzt ist seine Seele frei. Master Shingleton hat sich loyal verhalten, aber die Sache muss ein Ende haben. Er hat ein Recht auf ein christliches Begräbnis. Wir brauchen nur ein Schiff.« Anne holte tief Atem. Jetzt bekam sie genügend Luft. »Wir werden eine Trauerfeier abhalten, sobald mein königlicher Gemahl nach Hause kommt. Ich werde an meine Schwester schreiben. Die Beisetzung wird bald stattfinden, und dann werden wir sehen, wie es weitergeht.«

SIEBENUNDDREISSIG

Henry hatte oft genug Schiffe auf dem offenen Meer vorbeiziehen sehen, doch jetzt fuhr er zum ersten Mal selbst auf einem mit. Gefallen fand er nicht daran. Ein Ausflug über die Bucht hinaus hatte sich verheißungsvoll angehört, und die Luft war auch tatsächlich frisch und mit Salz gesättigt, aber das Schiff selbst fand er abscheulich: Lärm überall – die Schläge der Trommler unter Deck, das Knarren des Holzes und das Knattern der steifen Segel –, dazu der schwankende Boden, auf dem er jeden Moment das Gleichgewicht zu verlieren drohte. An Deck drängten sich Stützen und Querträger, Taue und Masten; nirgendwo gab es eine Stelle, auf der sein Blick ruhen konnte, ohne dass er sich beengt fühlte. Am liebsten hätte er sich kurzerhand ausgezogen, wäre ins Wasser gesprungen und davongeschwommen, aber damit hätte er seine Frau verärgert. Wütend und enttäuscht starrte Henry über die Bordwand. Als er zum ersten Mal ins Meer zurückgekehrt war, um gegen die englischen Tieflinge zu kämpfen, hatte er sich gefürchtet, doch jetzt wünschte er sich, einfach abtauchen zu können. Er hatte sich bei den Tieflingen Respekt verschafft: Er war nicht mehr der schwächliche kleine Junge, den man einfach an einen Strand stoßen konnte. Er hatte Stärke bewiesen. Die Meeresbewohner hegten keinen Groll gegen neue Anführer, immer vorausgesetzt, dass sie sich nach ihrem Sieg vernünftig benahmen. Er hatte zu wenig Zeit gehabt, um mit ihnen zu spielen, aber er hatte angefangen, Freundschaften zu schließen.

Hier draußen war das Meer von oben ebenso einförmig wie von unten, das endlose Grau erstreckte sich nach allen Seiten. Er wusste, dass sich unter der Oberfläche ein endloses Netz von Geräuschen verbarg, dort könnte ihm das Plätschern und Tosen des Ozeans den Weg weisen. Doch solange er mit den Ohren über Wasser war, blieb ihm diese Welt verschlossen. Stattdessen hörte er das Gerede der Landlinge, unaufhörlich wie das Meeresrauschen, aber ohne Muster, die man durchschwimmen, ohne Echos, denen man folgen konnte. Das Gerede der Landlinge war ein einziger Wirrwarr aus Zusagen, Lügen und halb verstandenen Versprechungen, in dem man sich rettungslos verfing. Das Meer konnte man durchqueren. Im Wasser wurde man nicht hin und her geschüttelt wie auf diesem grässlichen Boot.

So saß er an Deck, während das große Schiff knarrend aufs Meer hinausschwankte, und dachte an die Schiffe, die er in seiner Kindheit gesehen und von denen man ihn stets ferngehalten hatte. Einige davon mochten Bestattungsschiffe gewesen sein. Die Tieflinge hatten keine Entsprechung für das Wort *Kannibale.* Aber im Allgemeinen verzehrten sie keine Artgenossen. Sie aßen die Zunge eines Delfins, falls sie ihn im Kampf besiegt hatten, und wenn bei einem Stammeskampf zwischen zwei großen Männern einer getötet wurde, kam es manchmal zu einem symbolischen Biss aus dem blutenden Stumpf, oder man riss ein Stück Fleisch aus dem Kiefer. Das war aber auch alles.

Bei Landlingen hatten sie in dieser Hinsicht offenbar keine Skrupel. Aber vielleicht hatten sie seinetwegen Bedenken gehabt. Oder sie hatten nur nicht gewollt, dass ihn jemand sah.

Es war nicht weiter wichtig. Diese Fahrt hatte den Zweck, den Leib eines Greises zu versenken, der lange Zeit auf dem

Thron gesessen hatte. Der König hatte für Ruhe unter seinem Volk und seinem Heer gesorgt und Feinde abgewehrt. Anne hatte ihn allem Anschein nach geliebt; sie saß mit grauem Gesicht und verkniffenem Mund neben Henry, und in ihren Augen glänzten die Tränen. Sie ließ ihnen aber keinen freien Lauf.

Samuel Westlake und Erzbischof Summerscales waren mit an Bord gekommen, um über dem vermummten Leichnam Gebete an ihren Gott zu murmeln. So viel Kleidung für einen Toten; so viele Worte an einen stummen Klotz, der sie nicht hören konnte.

Anne hatte gewollt, dass eine Totenklage gesungen wurde. Die Landlinge hielten das für eine Geste des Respekts, aber ihm hatte sie den Text verraten, und der hatte nichts mit Respekt zu tun: Vielmehr wurden damit die Tieflinge aufgefordert, zu kommen und sich den Leichnam zu holen, sobald die Trommelschläge sie so weit herangelockt hatten, dass sie den Gesang hören konnten. Sich den Leichnam vom Hals zu schaffen, war vernünftig, aber dabei von Respekt zu reden, war einfach eine weitere Lüge. Sie waren von Musikern umgeben, die ihren Instrumenten ein misstönendes Ächzen und Stöhnen entlockten, während unter ihnen mit Holzstäben getrommelt wurde, bis Henry die Ohren wehtaten. Er hatte versprochen, die Tieflinge rufen zu lassen, aber erst, wenn es sinnvoll war. Und dazu mussten sie viel weiter draußen sein.

Sie waren mit dem Schiff die Themse hinabgefahren, begleitet von Männern, die in England Land besaßen, von wichtigen Männern, wie Anne sich ausdrückte. Auch John Claybrook stand an Deck, und auf der anderen Schiffsseite schaute sein Vater über das Wasser.

Philip war ebenfalls an Bord. Er lag, so weit wie möglich von der Leiche entfernt, in einer Sänfte. Manchmal blinzelte er verwirrt zu dem Bündel hinüber und fragte: »Vater?« Seinetwegen hatte Henry seinen gelehrten Ziehvater und ersten Helfer zu der Fahrt eingeladen.

Beim ersten Wiedersehen mit Henry im großen Saal war Allard befangen gewesen, er hatte vor ihm gestanden und mit den Händen einen alten Hut geknetet. Henry war er kleiner erschienen, als er ihn in Erinnerung hatte; größer als er selbst, gewiss, aber älter und dünner, nicht mehr der große Meister wie vor so vielen Jahren. Ein Gespräch war nur mühsam in Gang gekommen.

»Geht es dir gut?«, hatte Henry gefragt.

»Jawohl, Majestät, danke der Nachfrage«, hatte Allard geantwortet. Henry hatte die Stirn gerunzelt. Allard hatte ihm seinen Namen gegeben. Wieso wagte er jetzt nicht, ihn zu gebrauchen?

»Und deiner Frau?«

»Auch ihr geht es so weit gut. Sie wird sich freuen, dass Ihr Euch nach ihr erkundigt habt.«

Henry wusste genau, dass das nicht stimmte. Sie hatte sich immer vor ihm gefürchtet. Vielleicht auch nur, weil sie wusste, was ihnen widerfahren konnte, wenn bekannt wurde, dass er sich in ihrem Haus befand. Für sie war er ein wildes Tier gewesen, ein Fluch, ein Magnet, der den Zorn des Königshauses anzog. Sicher war sie froh, dass er nicht mehr in ihrer Nähe war.

»Und Markeley und seiner Frau?« Markeley hatte ihn im Umgang mit all den Waffen ausgebildet, die er nie hatte einsetzen können. Einst war er ein Teil seines Lebens gewesen, nun zweifelte Henry daran, dass er ihn jemals wiedersehen würde.

»Wir ... es geht uns allen gut, vielen Dank, Majestät.«

Allard gebärdete sich wie ein Verlierer. Dabei stand sein Findelkind vor dem Thron, war im Begriff, ihn zu besteigen, hatte die Prinzessin geheiratet; ganz England schien bereit, den Jungen in die Arme zu schließen, den er vor langer Zeit beim Muschelsuchen an einem einsamen Strand gefunden hatte. Eigentlich hätte er triumphieren sollen. Aber er wirkte, als hätte er eine Niederlage erlitten. Henry fragte sich, wie sehr er wohl getrauert hatte, als ihm sein Ziehsohn weggelaufen war.

»Du bist ein Freund der Gelehrsamkeit«, sagte Henry. »Ich habe etwas für dich, was du studieren kannst. Etwas, das dich interessieren dürfte.«

Allard blickte rasch auf. Er war verwirrt. »Majestät?«

»Schluss mit ›Majestät‹, für dich bin ich immer noch Henry. Das solltest du doch wissen, schließlich hast du mir den Namen gegeben.«

Allard blinzelte. »Ja, Henry ... wie du meinst.«

Henry überlegte eine Weile. »Es tut mir leid, dass ich weggelaufen bin, ohne dir etwas zu sagen«, erklärte er schließlich. »Ich konnte Claybrooks Lügen nicht länger ertragen. Aber dich wollte ich nicht verletzen.«

Und Allard erbleichte und staunte ihn mit offenem Mund an, so fassungslos, als hätte ein Tier auf einmal zu sprechen begonnen.

»Ich ... ich habe nicht den Eindruck«, Henry hatte unter dem konsternierten Blick seines Ziehvaters Mühe, die richtigen Worte zu finden, »als läge dir viel am höfischen Leben und an politischen Machenschaften. Ich glaube, du hast mich zu dir genommen, weil du ... neugierig warst. Und weil du mich nicht sterben sehen wolltest. Das ist doch richtig so?«

»Ich ... ich konnte ... ich brachte es nicht über mich, dich am Strand elend zugrunde gehen zu lassen«, stammelte Allard nach einer Weile. »Du hast recht. Ein wilder Tiefling. So etwas hatte ich noch nie gesehen. Wir verneigen uns vor unseren Königen und dienen ihnen, aber wir wissen so wenig von den

Tiefen des Meeres. Wenn wir nur mehr studieren könnten, würden wir so viel mehr auch über uns selbst erfahren.«

»Was hast du durch mich erfahren?«, fragte Henry. Er musste ein Lächeln unterdrücken. Es gab schlechtere Gründe, jemanden aufzunehmen. Und nachdem Allard ihn in sein Haus gebracht hatte, blieb ihm wohl nichts anderes übrig, als nach der Krone zu trachten. Was hätte er sonst mit diesem kleinen Prinzen anfangen sollen, so wie die Gesetze nun einmal waren? Und wenn man sein neugieriges Kind nur auf den Thron setzen konnte, was blieb einem kleinen Grundbesitzer wie Allard anderes übrig, als sich unter den Schutz eines mächtigeren Mannes wie Claybrook zu flüchten? Allard hatte all die Jahre über sein Bestes getan, und Henry hatte einen zu weiten Weg zurückgelegt, um ihm noch die Schuld zu geben, wenn nicht alles ganz so gelaufen war, wie sie es sich vorgestellt hatten.

Allard seufzte. »Hauptsächlich, dass es nicht so leicht ist, einem anderen den eigenen Willen aufzuzwingen.«

Darüber musste Henry laut lachen. Allard hatte recht. Er hatte ihn die ganze Zeit beobachtet, aber keinen Landling aus ihm gemacht. Aber er hatte seinen Schützling auch nicht über Gebühr unter Druck gesetzt. Als Henry Prügel nicht duldete, hatte Allard es nie wieder damit versucht. Er hatte auch auf Latein und auf Fremdsprachen sowie auf Lesen und Schreiben verzichtet, alles Dinge, wie Henry jetzt erkannte, die seinem Gelehrtenherzen teuer gewesen sein mussten. Er hatte sich redlich bemüht, Henry so weit wie möglich so aufwachsen zu lassen, wie es ihm gemäß war.

»Ich habe etwas Neues, was du studieren kannst«, wiederholte Henry. »Es müsste dich interessieren. Und es wird dir viel Ehre einbringen, falls du auf mein Angebot eingehst. Ich möchte, dass du Philip in deine Obhut nimmst.«

»Philip?« Wieder blinzelte Allard, als traute er seinen Ohren nicht.

»Den kranken Prinzen. Am Hof kann er nicht bleiben, dazu benimmt er sich zu töricht. Er war zu lange nicht mehr im Meer, das hat ihn verdorben. Deshalb muss man ihn fortbringen, zu jemandem, der sich um ihn kümmert. Ich halte ihn ja für eine Plage. Aber dich müsste er doch reizen? Ein Vergleich zwischen einem Kind, das einen Tag zuvor das Meer verlassen hatte, und einem Mann, der schon zu lange an Land lebt? Eine wahrhaft lohnende Aufgabe. Meine Frau liebt die Gelehrsamkeit. Ich denke, sie würde deine Studien mit Wohlwollen verfolgen.«

Allard brauchte einen Moment, um sich zu fassen. Henry bot ihm eine Stellung in unmittelbarer Nähe der königlichen Familie an, für die manche Menschen einen Mord begangen hätten. Für die tatsächlich schon Morde begangen worden waren. Allard hatte über viele Jahre alles getan, um seinen königlichen Gefangenen am Leben zu erhalten. Er neigte nicht zur Grausamkeit, Anne würde keinen Anlass haben, über Misshandlungen an ihrem Onkel zu weinen. Falls er ihr eine Träne wert wäre: Henry war nicht entgangen, wie sie zurückzuckte, wenn Philip im Zimmer war. Allard würde ihn weit weg bringen, und Anne konnte ihn vergessen; dieser Gesichtsausdruck, den sie immer bekam, wenn Philip in der Nähe war, würde verschwinden. Allard konnte nach Herzenslust in seine Bücher kritzeln. Es war nicht das, was sein Ziehvater geplant hatte, aber es war das beste Geschenk, das Henry sich für ihn vorstellen konnte.

Allard verneigte sich tief. »Danke, Eure … Henry. Ich werde die Aufgabe mit Freuden übernehmen.«

»Ich werde dir mehr Diener schicken, auch Gardisten«, versprach Henry. »Du wirst Hilfe brauchen. Vielleicht möchtest du einen Teich graben. Lass uns wissen, was du benötigst.«

Er zögerte.

»Allard«, sagte er endlich, »hier wird so viel von Gott und der Kirche geredet. Du hast nicht so oft darüber gesprochen. Woher kommt das?«

Allard schüttelte ratlos den Kopf. »Ich habe versucht, dir davon zu erzählen«, begann er. »Aber ich hatte den Eindruck, es regte dich auf. Du konntest es einfach nicht verstehen. Ich dachte, wenn Gott es so wollte, würde er selbst dir die Erleuchtung senden. Aber in der Heiligen Schrift ist nirgendwo von den Tieflingen die Rede. Vielleicht haben sie einen anderen Christus. Oder sie brauchen keinen; in der Schrift steht auch nicht, dass sie in Sünde gefallen wären. Ich dachte, Gott könnte sich dir auf andere Weise offenbaren.«

»Es gibt andere Bastarde, die Könige wurden, nicht wahr?«, fragte Henry. Allard war ein Gelehrter. Allard musste es wissen. »Was haben sie getan?«

»Es gibt ein paar, aber nur sehr wenige. Und ich habe alles über sie gelesen, was ich finden konnte. Was sie in ihrem Herzen dachten, weiß ich nicht. Doch ich entdeckte keinen einzigen Hinweis darauf, dass einer von ihnen fromm gewesen wäre.«

»Aber die halbblütigen Könige reden über Gott«, wandte Henry ein. »Meine Frau tut das unentwegt.«

Allard seufzte. »Gott schütze die Könige. Aber sie haben das Meer bereits vor vielen Generationen verlassen. Ich … für mich warst du immer ein Tiefling, Henry. Ich wagte nicht, mich an deiner Seele zu vergreifen.«

So kam es, dass Allard nun neben Philips Sänfte stand, ihn eigenhändig mit Wasser übergoss und den verwirrten Prinzen mit wachen, intelligenten Augen beobachtete. Er verstand sich nicht ganz so gut wie Westlake darauf, ihn zu beschwichtigen, aber Philip ließ sich Allards Fürsorge einigermaßen ruhig gefallen. Seinen gelegentlichen Protesten lauschte Allard mit sichtlichem Interesse.

John trat an Henrys Seite. Er zögerte kurz, bis Henry ihm bedeutete, sich zu setzen.

»Alles in Ordnung?«, fragte John.

»Etwas lässt mir keine Ruhe«, sagte Henry.

»Was?«

»Meine Frau sagt, du und sie, ihr wart ... Freunde?«

John wurde rot. Henry war überrascht. Die Frage, die er stellen wollte, war heikel, aber wenn John nervös war, hätte er doch eher bleich werden müssen.

John antwortete nicht, er senkte nur den Kopf und forderte Henry mit einer Handbewegung zum Weitersprechen auf.

»Wenn du ihr Freund warst«, fuhr Henry fort, »warum hast du ihr dann nicht von mir erzählt?«

Jetzt wich die Farbe aus Johns Gesicht, er sah Henry an und zuckte die Achseln. »Man hätte dich verbrannt. Hättest du das etwa gewollt?«

»Nein«, sagte Henry. »Aber angenommen, wir wären gegen London marschiert, dann wäre sie in Gefahr gewesen. Hattest du nicht das Bedürfnis, sie zu warnen?«

John hob die Hände und sah ihn hilflos an. »Ich habe mit ihr darüber gesprochen. Ich hatte die Absicht, im Fall unseres Sieges um Gnade für sie zu bitten.«

»Aber sie war in Gefahr«, beharrte Henry. »Und du hast sie nicht gewarnt. Sie war deine Freundin.«

»Du warst mein Bruder«, gab John zurück. »Ich musste einfach mein Bestes tun.«

Henrys Miene verschloss sich. Er wollte noch mehr sagen: dass Menschen entweder logen oder nicht; dass Menschen sich auf politische Machenschaften einließen, um Geheimnisse vor denjenigen Mitmenschen zu bewahren, denen sie Risiken aufbürden wollten, die sie selbst scheuten; dass Loyalität an Menschen gebunden und unverbrüchlich sein sollte, und dass man nicht mit seinem Feind gut Freund sein konnte. Wenn es zum Konflikt käme, müsste man eine Seite verraten. Dass es keinen Wert hätte, sein Bestes zu tun: Man konnte sein Bestes tun und trotzdem verlieren, und dann wäre man genauso tot, als wenn man es erst gar nicht versucht hätte. Oder jemand anders wäre tot. John war sein Freund gewesen. Er war auch der Freund seiner Frau gewesen, aber nicht John war es zu verdanken, dass Henry und Anne zusammengefunden hatten. Das hatten sie ganz allein geschafft.

Er wollte John etwas über die Absolutheit des Handelns erzählen, dass die Wahl darin bestand, etwas zu tun oder es nicht zu tun. Zu *seinem Besten* loyal zu sein, war wieder so ein Wort-Ding. Aber für Worte war John zuständig, dafür waren die Landlinge zuständig, Henry fand nicht die richtigen und sagte nichts. Er fürchtete, seinen Freund zu sehr zu verletzen.

Lange schwiegen sie beide. Die Musiker spielten weiter, aber gesprochen wurde nicht. Es gab keinen königlichen Gesang. Das Schiff glitt hinaus auf das Meer, hinaus aus der Bucht, hinein ins Blau, weiter als ein Bestattungsschiff fahren sollte, und Anne und Henry stimmten den Ruf an die Tieflinge noch immer nicht an.

Hakebourne ergriff schließlich das Wort. »Majestät?«, wandte er sich an Anne. Er sprach leise und drehte den anderen den Rücken zu; der Wind kam vom Kiel her und wehte ihm die Locken um das Gesicht. »Wollt Ihr die Tieflinge nicht herbeirufen?«

»Bald, Lord Tay«, sagte Anne.

»Majestät ...«

Anne hob die Hand. Kühl schien das Licht durch die dünnen Häute zwischen ihren königlich schmucklosen Fingern. Sie drehte sich um und schaute über das Deck. Hinter ihr spritzte die Gischt auf, als stünde sie mit dem Rücken zu einem Sturm.

»Mein Volk«, begann sie. »Wir haben aus Angst vor Spitzeln bisher nichts gesagt. Doch wir sind nicht nur hier, um meinen königlichen Großvater zu bestatten, sondern auch, um Englands Sache zu vertreten.« Sie hielt inne. Es gab kein Gemurmel, keine Fragen, aber alle Gesichter wandten sich ihr zu. »Ich habe Nachricht von meiner Schwester Mary. Wenn Eure Geheimagenten so tüchtig sind wie die meinen, dann wisst Ihr sicherlich, welche Gefahr uns droht, wenn sie und ihr königlicher Gemahl Anspruch auf unseren Thron erheben. Wir wollen keinen Krieg mit Frankreich, wenn wir ihn vermeiden können; wir wollen Englands Blut nicht mutwillig vergießen. Meine königliche Schwester weiß von dieser Bestattung. Sie kommt mit ihrem eigenen Schiff, um dabei zu sein, wenn wir unseren Großvater der Tiefe übergeben. Dann werde ich mit ihr sprechen, und wir werden in Verhandlungen treten. So lautet unsere Entscheidung.«

Schweigen trat ein. Claybrook war schließlich derjenige, der das Wort ergriff, und er wandte sich an Anne. Sein Gesicht verriet keine Regung, aber die Wut in seiner Stimme war nicht zu überhören. Er war mit seiner Geduld endgültig am Ende und sprach mit ihr wie mit einem Kind.

»Ist Eurer Majestät denn nicht aufgefallen«, begann er, »dass wir nur mit einem einzigen Schiff gekommen sind? Sollte Eure königliche Schwester eine Flotte schicken, dann könnte sie uns, ungeschützt, wie wir sind, versenken.«

Anne zog eine Augenbraue hoch; mit einer gelassenen, unergründlichen Miene würde sie ihn noch mehr reizen. Mehr an Aggression durfte sie sich nicht gestatten. Dabei hasste sie diesen Mann seit Langem, und der Wunsch, ihm das Gesicht zu zerkratzen, war schier übermächtig. Ein kurzer Schlag mit ihren scharfen Nägeln, und die Haut wäre durchtrennt. Gott hatte den Hass verboten, aber wenn Anne sich diesem Mann gegenübersah, wurde sie zur Sünderin. Aber, dachte sie, meine Sünde ist geringer als die seine. Bei Weitem geringer.

»Majestät können ans Ufer schwimmen«, hielt Claybrook ihr vor. »Dieses Glück ist Euren treuen Untertanen nicht beschieden.«

Eine solche Unverschämtheit grenzte an Verwegenheit. Claybrook hatte wohl nie erwartet, dass ein Mädchen wie Anne es so weit bringen würde, und nun vermochte er seine Zunge nicht im Zaum zu halten. Anne fröstelte im kalten Wind und drückte die Hände fest an ihre Seiten.

Sie spannte alle Muskeln an, aber ihre Stimme klang unbeschwert. »Ich sagte nicht, dass wir ungeschützt sind«, bemerkte sie.

Wieder trat Schweigen ein. Diesmal wurde es ausgerechnet von Samuel Westlake gebrochen.

»Planen Majestät einen Angriff auf Eure Schwester?«, fragte er. Er hielt in einer Hand einen Weihwedel, um Edwards vermummten Leichnam mit geweihtem Wasser zu besprengen; mit der anderen stützte er sich auf seinen Stock. Beide Hände waren seitlich ausgestreckt, einem Kruzifix gleich stand er da; sein Körper wirkte dünn und zerbrechlich. Die Frage klang beinahe vertraulich, als wäre er im Beichtstuhl mit ihr allein. Annes Gewissen regte sich, sie kam sich wieder vor wie ein Kind, das Trost bei dem einzigen Menschen suchte, der jemals freundlich zu ihr gewesen war. Sie schluckte.

»Nein«, antwortete sie dann. »Aber es wurden Vorkehrungen getroffen. Es wird nicht zum Kampf kommen.«

Sie setzte sich mit dem Rücken zum Bug. Das Schiff stieg und sank, hob sich aus den Wellen und krachte spritzend wieder hinab. Der Horizont schwankte heftig vor Annes Augen.

Als sie über die Schulter schaute, erblickte sie ein schwarzes Schiff, das auf sie zugesegelt kam.

»Da ist ja meine königliche Schwester«, sagte sie. Neben dem Kielwasser blitzten weiße Flecken auf, durchbrachen die Oberfläche, schossen wie eine Hundemeute auf der Jagd über das rauschende Wasser. »Seht nur, sie hat ihre Tieflinge mitgebracht. Nun müssen wir die unseren rufen.«

Sie warf einen Blick auf Henry, der schweigend an Deck saß. *Sind wir in Sicherheit?*, fragte sie ihn in ihrer eigenen Sprache.

Er reagierte nicht gleich. *Pfiff*, drängte Anne. Er drehte den Kopf und sah sie an. *Sind wir in Sicherheit?*

Sein Blick war starr, seine Züge angespannt. Er antwortete mit einer frustrierten Geste, halb Achselzucken, halb Griff in die Luft, und ballte die Faust. *Was ist schon sicher?*, sagte er dann.

Anne schluckte. »Ich möchte vor diesem Treffen geistlichen Rat einholen«, erklärte sie. »Mylord Bischof, kann ich Euch alleine sprechen?«

Auf einem Schiff ein vertrauliches Gespräch zu führen, war nicht so einfach. Anne hatte nicht den Wunsch, unter Deck zu gehen; sie wollte das nahende Schiff nicht aus den Augen verlieren. Letztlich zogen sich die beiden ans Heck zurück. Westlake taumelte auf dem schwankenden Deck, sein Stock rutschte ihm immer wieder weg. Anne zog sich Hand über Hand an der Seite entlang. *Lahm sind wir beide,* dachte Anne. *Gott ließ die Lahmen gehen. Christus segnete die Schwachen. Doch dass wir schwach sind, glaube ich nicht.*

Am Heck waren sie nicht allzu sicher und nicht einmal völlig ungestört. Das Kielwasser lag hinter ihnen wie eine schäumende Straße. Aber es musste gehen. Es gab ohnehin auf dem ganzen Schiff keinen Platz, wo Henry sie nicht hören konnte.

Samuel Westlake lehnte sich gegen einen Mast und sah sie an. Sie stand schwankend vor der Seitenwand, doch dass sie keinen festen Stand hatte, störte sie nicht weiter. Wenn sie über Bord ginge, könnte sie schwimmen.

Zunächst blieb es still.

»Möchtet Ihr beichten?«, fragte Samuel schließlich. Es klang fast flehentlich.

Anne sprach so leise, wie sie nur konnte, um ihre Worte vom Knarren des Holzes, dem Klatschen des Wassers und den Schreien der Möwen am Himmel übertönen zu lassen. »Ich möchte Euch die Beichte abnehmen, Samuel. Ich will die Wahrheit hören. Ich habe gewisse Briefe gesehen. Wart Ihr es, der meiner Schwester die Nachricht von meiner Hochzeit zukommen ließ?«

Der Wind riss an Samuels Kleidern und ließ sie wie Segel flattern. Er stand am Mast wie ein Märtyrer am Brandpfahl. Sie sah, wie er erstarrte, überlegte. Dann ließ er den Kopf sinken.

»Nein«, sagte er. »Ich habe auf diese Briefe nicht geantwortet. Aber ich habe Euch auch nichts davon gesagt.«

Anne schwieg.

»Ich liebe Euch wie mein eigenes Kind, Prinzessin«, fuhr Samuel fort. »Aber ich durfte nicht mithelfen, einen heidnischen König auf den Thron zu setzen. Dafür hätte Gott mich verdammt.«

Für Tränen war der Wind zu stark und zu kalt. Anne fröstelte. »Hättet Ihr nicht eher einer christlichen Königin geholfen?«, fragte sie.

Samuel antwortete nicht. »In welcher Beziehung steht Ihr zu Robert Claybrook?«, fragte er.

Er hatte also ihren Blick bemerkt. Hatte gesehen, dass sie Bescheid wusste. Scharfsinnig war dieser Samuel Westlake immer schon gewesen. Anne war nicht bereit, England im Stich zu lassen, aber für einen Moment starb sie fast vor Angst bei dem Gedanken, den Rat eines Mannes mit so durchdringenden Augen in den Wind zu schlagen.

»Er ist derjenige, der meine Mutter tötete«, antwortete Anne so leise, dass kein anderer Landling es hören konnte.

»Habt Ihr dafür Beweise?« Wieder sprach er wie ein Beichtvater, als hätte er nicht eben erst eingestanden, ihr in verräterischer Absicht Auskünfte vorenthalten zu haben. Obwohl er sie damit betrogen hatte, schlug Annes Herz vor Bewunderung unwillkürlich schneller. Mut war an sich eine gute Sache. Und Menschen, die den Mut aufbrachten, auch weiterhin zu tun, was sie tun mussten, obwohl das Schicksal bedrohlich näher rückte, hatte sie schon als Kind bewundert.

»Sein Sohn hat so gut wie gestanden«, sagte Anne.

»Ihr habt Sohn und Vater entzweit?«

»Robert Claybrook ist ein böser Mensch«, verteidigte sich Anne. »Er war es, der Henry verborgen hielt. Er stellte seinen Sohn zwischen seinen Freund und sein Land. John wird nichts geschehen, er wird ein hohes Amt erhalten. Von einem solchen Vater kann man nicht weit genug weg sein.«

»Prinzessin!« So hatte er sie immer genannt. Es klang beschwörend. Anne nahm es ihm nicht übel, dass er sie nicht mit *Eure Majestät* ansprach. Die vertraute Anrede klang fast wie ein Trost. »Gott verbietet uns, Rache zu üben.«

»Aber der Mensch braucht Gerechtigkeit«, gab Anne zurück. »Das hätte meine Mutter gesagt.«

Das Schiff rollte, und Samuel suchte Halt an dem Mast in seinem Rücken. »An der Gerechtigkeit Eurer Mutter solltet Ihr Euch kein Beispiel nehmen«, mahnte er.

»Ich würde kein Kind verbrennen«, sagte Anne. »Warum hätte ich Henry sonst geheiratet?« Noch während sie die Worte aussprach, fiel ihr ein, dass Henry sie ohne Zweifel ebenfalls hören konnte. Nicht gerade taktvoll. Innerlich verwünschte sie sich. Dafür würde sie Buße tun müssen.

»Und was habt Ihr mit Claybrook vor?«, fragte Westlake. »Wollt Ihr verfahren wie Eure Mutter und ihn verbrennen? Oder vergiften?«

»Vergiften? Meine Mutter war keine Giftmischerin.«

Am Himmel schrien die Möwen. Westlakes Blick sprühte vor Zorn. »Ihr wisst, dass das nicht stimmt, Prinzessin.«

»Ich weiß nichts dergleichen.« Anne merkte, dass sie die Hände in ihren Rock krallte; die Stickerei drückte sich in ihre Handflächen.

»Ich habe nicht davon angefangen«, stieß Samuel hervor. Sein Gesicht war unverändert ernst, aber seine Stimme, leise genug für ein Gespräch unter vier Augen, war so heiser wie Annes Stimme. »Ihr hättet es nicht verhindern können. Und Ihr habt versucht, den Schaden wiedergutzumachen. Ich hielt Euch für ein gutes Kind. Doch jetzt wollt Ihr mit allen Mitteln den Thron an Euch bringen. Ich habe erlebt, wohin das führt. Ich habe Angst um England, Prinzessin, große Angst.«

»Wovon redet Ihr?« Annes Stimme war unwillkürlich lauter geworden, und sie nahm sich zurück. Henrys Stimme schallte über das Deck: *Alles in Ordnung? Brauchst du meine Hilfe?*

Bleib, wo du bist, Pfiff, antwortete sie. »Ich will das hören. Wovon redet Ihr, Samuel? Ich möchte, dass Ihr mir das jetzt sagt.«

Samuel funkelte sie wütend an, sein Gesicht war vom Wind gerötet. »Es kann nicht sein, dass Ihr nichts davon wusstet«, sagte er. »Das kann ich nicht glauben.«

»Samuel, heraus mit der Sprache, oder ich rufe meinen Gemahl«, forderte Anne. Unter dem scharfen Befehlston lauerte die Verzweiflung. Sie hatte keine Ahnung, worum sie Henry bitten sollte, wenn er tatsächlich käme, aber sie ertrug es keinen Moment länger, auf ihren schwachen Beinen hier herumzustehen und Samuel von Gott weiß welcher Sünde auf ihrem Gewissen reden zu hören.

»Ihr müsst gewusst haben, dass Eure Mutter diejenige war, die mich vergiften ließ«, sagte Samuel. »Nur Gottes Gnade und Master Shingletons Kunst erhielten mich am Leben. Und die Medizin, die Ihr mir schicktet. Ihr müsst doch gewusst haben, dass sie es war.«

Annes Lippen waren so trocken, dass sie Risse bekamen. Ringsum ächzte das Holz, peitschte der Wind, tobte ein Höllenlärm; es gab keine Ruhe, keinen Augenblick der Stille, um das Gehörte zu verarbeiten. Der Horizont schwankte auf und ab, und das Schiff pflügte sich ihrer Schwester entgegen.

»Das kann nicht Euer Ernst sein«, flüsterte sie endlich mit einer Stimme, als raschle ein Wespennest in ihrer Kehle.

Samuel hob seine magere Hand. »Ich schwöre es vor Gott.«

»W-warum?« Anne würgte die beiden Silben mühsam heraus.

In Samuels Blick mischten sich Enttäuschung, Zorn und Zweifel. Sie hatte ihn noch nie so unbeherrscht erlebt. »Ich hatte vor der Verbrennung an sie geschrieben«, sagte er. »Ich flehte um das Leben des Kindes. Daraufhin befahl sie *mir*, nicht etwa dem Erzbischof oder einem meiner geistlichen Brüder, das Feuer zu segnen. Sie schickte mich. Sie meinte, wenn mir das Kind so sehr am Herzen läge, sollte es mein Segen auf seinem Weg in den Himmel begleiten. Ich hatte gedacht, damit hätte sie ihren Standpunkt klargemacht und würde es genug sein lassen. Aber dem war nicht so. Wenig später war Gift in meinem Essen. Eure Mutter war der Ansicht, sie könne einen Mann Gottes, der sich in England gegen ihre Autorität auflehnte, nicht verschonen.«

Anne stand sprachlos auf dem schwankenden Deck.

»Wenn Lord Claybrook tatsächlich Eure Mutter ermordet hat, dann hat er eine schwere Sünde auf sich geladen«, fuhr Samuel fort. »Aber mir hat er damit das Leben gerettet, Prinzessin. Eure Mutter starb, bevor sie einen zweiten Versuch unternehmen konnte. Ich kann mir gut vorstellen, welche Ängste er ausstand, wenn er einen Bastard versteckt hielt. Eure Mutter war eine furchterregende Frau.«

Anne hatte in ihrem ganzen Leben noch nie unter der Kälte gelitten, sie hatte sie gern auf der Haut gespürt, weil sie sie an das Meer erinnerte, doch jetzt fröstelte sie. Verzweifelt bemühte sie sich, im Aufruhr ihrer Gefühle einen klaren Gedanken zu fassen. »Meine Mutter war Christin«, sagte sie endlich. »Warum solltet Ihr einen heidnischen König mehr fürchten als sie?«

Samuel kniff die Augen zusammen, als wollte er die Tränen zurückhalten. »Ihr wart bereit, die Kirche zu stürzen, um ihn auf den Thron zu setzen und dort zu halten«, antwortete er. »Ihr wart bereit, gegen Gottes Gesetz zu verstoßen. Ich fürchtete nicht ihn, Prinzessin. Ich fürchtete Euch.«

»Samuel, ich liebe die Kirche. Ich hätte nicht zugelassen, dass ein heidnischer König ihren Sturz betrieb.«

»Solange ein heidnischer König das Land regiert, gibt es keine Einigkeit«, hielt Samuel dagegen. »Wenn der König Gott nicht ehrt, was wird dann aus seinen Untertanen? Französisches Blut verschwindet binnen einer Generation, aber Ketzerei breitet sich aus, Prinzessin. Ich wollte nicht erleben, dass die Kirche durch einen Tiefling gespalten wird.«

»Ihr … ihr seid im Irrtum«, stammelte Anne. Sie wusste auf seinen Vorwurf nichts zu erwidern, aber alles in ihr schrie diese

Worte hinaus. »Ich hätte die Kirche bewahrt. Ich werde sie bewahren. Gott will nicht, dass wir Krieg führen. Ich hatte immer nur die Absicht, Menschenleben zu retten, Samuel. Wollt Ihr etwa behaupten, Menschenleben seien ohne Bedeutung?«

Samuel lehnte sich an den Mast und faltete die Hände hinter dem Rücken. »So hätte auch Eure Mutter gesprochen«, sagte er. »Ich kannte sie gut. Ich will nicht sagen, dass Menschenleben ohne Bedeutung sind. Aber ich glaube nicht, dass Ihr den Preis dafür richtig berechnet habt.«

Ich sollte jetzt ins Wasser gehen, kam Henrys Stimme über das Deck. *Es ist so weit. Du hast genug über tote Landlinge geredet, komm lieber her und hilf mir.*

Tote Landlinge. So sprach Henry von Christus. Anne löste die Hände von der Holzwand und kämpfte sich schwankenden Schrittes zurück an den Bug. Es schien eine Ewigkeit zu dauern, bis sie die anderen erreichte. Samuel stand am Heck und sah ihr nach. Er machte keine Anstalten, ihr zu folgen.

Im Wasser war Mary.

Anne und Henry legten ihre Kleider ab und schickten sich an, vom Schiff zu springen. So hielt man zwar keine Beisetzung ab, aber wer sollte dagegen protestieren? Henrys Augen ruhten auf Anne, als sie sich entblößte, aber Anne spürte keine Reaktion. Samuels Erklärung war über ihr zusammengeschlagen wie eine Welle, sie war ganz und gar davon durchtränkt. Sie konnte nur noch an ihre Mutter denken.

Das habe ich mir immer gewünscht, rief sie sich in Erinnerung, als sie sprang. *Ich war noch nie außerhalb der Bucht. Jetzt werde ich zum ersten Mal den richtigen Ozean sehen.*

Das Meer war dunkel und geheimnisvoll. Leere nach allen Seiten. Trübes Licht, Schatten in der Tiefe, nicht anders als in der Bucht. Geräusche waren weithin zu hören, leiser von Englands Küste, lauter von Frankreich her, die Rufe von Tieflingen im Wasser, das Fledermausklicken von Fischen, aber Anne betrachtete ihre grauen Beine, über die das Licht von oben hinwaberte, und sah nur die eigene Haut. Das Wasser lieferte keine Antworten.

Mutter, dachte sie. Erzebets Gesicht, hart und stolz, das erhobene Kinn, wenn alle Augen auf den Blutergüssen auf ihrem Körper ruhten. Erzebet, wie sie das Wasser durchschnitt, sich den Tieflingen entgegenwarf, um sie sich nur mit ihrer eigenen Kraft und Ausdauer geneigt zu machen. Erzebet, wie sie ihr Kind wiegte, Anne, ihre eigene Tochter, wie sie die Zofen aus dem Raum schickte und summte. *Sei behütet, mein Kind, sei behütet.* Erzebet, wie sie Annes Frage, ob ein Prinz seinen Feinden gnädig sein solle, mit einem Kuss zum Schweigen brachte.

Anne hatte ihr Leben lang auf die Liebe ihrer Mutter gewartet. Dabei hatte sie diese Liebe immer gehabt, dachte sie jetzt. Aber sie hatte mehr vom Herzen ihrer Mutter für sich beansprucht, sie hatte wissen wollen, was Erzebet hinter diesem reglosen Gesicht verbarg. Als nun die Tieflinge sich sammelten und als Antwort auf Henrys Rufe Stimmen von Süden her erschallten, glaubte Anne, es zu begreifen.

Es war Angst.

Man sagte so leicht: *Dies oder jenes muss geschehen, weil das Wohl des Ganzen es verlangt. Dies oder jenes ist unumgänglich, um die zu schützen, die ich liebe.* Erzebet hatte ihr Leben lang in fremde Gesichter geblickt, hatte sich bemüht, in die Zukunft zu schauen, ihre Lieben zu schützen, die eigenen Gedanken zu verbergen und die der anderen zu entlarven, sie hatte Kompromisse geschlossen und dazu etwas von sich selbst weggegeben, immer in der Erwartung, dass sich das Versprechen an das Kind in ihren Armen erfülle. Erzebet hatte zugesehen, wie der Schädel ihres Onkels unter der glühenden Krone zerbrach. Anne hatte zugesehen, wie ihr Onkel hilflos wie ein betäubter Stier brüllte und um sich schlug, sie hatte zugesehen, wie ihre Mutter schreiend verblutete, hatte zugesehen, wie man ihre Schwester, ihre einzige Schwester, zu einem Fremden schickte. Und immer, immer wieder hatte sie sich beteuert: *Eines Tages bin ich in Sicherheit. Eines Tages sind wir alle außer Gefahr.*

Wenn Anne in einer stillen Kapelle saß, spürte sie Gott in ihrem Herzen. Doch nie fühlte sie sich so weit vom Licht des Himmels entfernt, als wenn sie sich den immergleichen Satz vorsagte, den sie in ihrem Herzen gesprochen hatte, solange sie denken konnte: *Eines Tages, wenn auch nicht heute, werde ich in Sicherheit sein.*

Anne war nicht bereit gewesen, einen Mann brennen zu sehen. Aber sie war noch nicht lange an der Macht. Und sie hatte noch viel Zeit, um so weit zu kommen. Schließlich war sie erst vierzehn Jahre alt.

Sie hatte ihr Leben lang darauf gewartet, geliebt zu werden. Was würde aus ihr werden, wenn sie weiter wartete?

Irgendwo da draußen schwamm Mary. Sie hatte das Gesicht ihrer Schwester seit Monaten nicht mehr gesehen, und hier im Wasser würde sie es auch nicht sehen. Beim Eintauchen dachte Anne an die ersten Jahre ihres Lebens: an Erzebet, die plötzlich auftauchte und wieder verschwand, an Mary, die irgendwo in der Ferne weilte und von niemandem erwähnt wurde. Warum hatte Erzebet ihr nicht gesagt, dass sie eine Schwester hatte?

Die Vorstellung, ihrer Mutter zu grollen, war beängstigend, nicht zu ertragen; Anne kämpfte sie mit aller Kraft nieder: *Meine Mutter hätte mir sagen müssen, dass ich eine Schwester habe.* Der Gedanke war fehl am Platz, er konnte in keiner Weise von Nutzen sein. Aber Anne sah sich wieder bei Erzebets Trauerfeier und spürte, wie Mary nach ihrer Hand griff, während sie steif aufgerichtet dasaß und den Blick nach vorne richtete.

Es gab kein Zurück. Ein reinblütiger König war Englands beste Chance, er war der Richtige für das Land. Dennoch konnte Anne, während sie durch das dunkle Wasser schwamm, nur daran denken, dass sie unentwegt darauf gewartet hatte, dass ihre Mutter Notiz von ihr nähme, dass sie an Mary vorbeigeschaut hatte, um die Mutter zu suchen, während Mary die ganze Zeit darauf wartete, von ihr wahrgenommen zu werden.

Henrys Rufe wurden jetzt beantwortet. Die Stimmen der englischen Tieflinge kamen näher. Und Anne beschwor sich in der Nacht ihres Geistes wie schon so oft: *Ich muss mich jetzt um die anstehende Aufgabe kümmern. Ich habe keine Zeit, über diese Dinge nachzudenken.* Aber wann würde sie diese Zeit jemals haben?

Pfiff, rief sie. *Komm mit nach oben.* Sie konnte Henry in den schwarzen Tiefen kaum sehen, aber nach einer Weile hörte sie die Antwort.

Nun gut. Auftauchen.

Und beide streckten die Köpfe aus dem Wasser.

»Was willst du?«, fragte Henry. »Uns bleibt nicht viel Zeit.«

Anne streckte den Arm aus und legte ihm die Hand auf die Schulter. »Tu meiner Schwester nicht weh«, bat sie. »Versprich mir das.«

Henry schüttelte den Kopf. Er mochte es nicht, wenn seine Ohren über Wasser waren; er hörte schlecht, jeder Räuber konnte sich unbemerkt nähern, alle seine Instinkte schlugen Alarm. »Warum belästigst du mich jetzt damit?«

»Versprich es mir.« Anne packte fester zu, bohrte ihm die scharfen Nägel in die Haut. Er griff nach ihrem Handgelenk. Es lag schmal und zart in seinen Fingern. Der Wind blies, sie schaukelte mit den Wellen, und Henry legte ihr den Arm um die Taille. Im Schutz der Dunkelheit konnte man leicht zärtlich sein.

»Wenn sie mich angreift, muss ich mich verteidigen«, sagte er und bemühte sich, seinen Ärger nicht durchklingen zu lassen. Seine Frau hatte sich wieder einmal über irgendetwas aufgeregt. In Henry regten sich leise Schuldgefühle; er mochte es nicht, wenn sie unglücklich war – aber sie war oft unglücklich und regte sich schnell auf. Wer so leicht die Fassung verlor, der hatte kein sehr langes aktives Leben vor sich.

»Das wird sie nicht – sie ist kleiner als du, viel kleiner. Versprich mir, dass du ihr nicht wehtust.«

Henry seufzte. Er konnte jetzt keinen Streit gebrauchen, wenn sie unbedingt wollte, würde er ihr das Versprechen geben. Er hatte sich verpflichtet, loyal zu ihr zu stehen: »Wie du willst. Aber jetzt müssen wir weiter.«

Er drückte sie kurz an sich und verschwand mit einem Beinschlag unter Wasser.

Anne zögerte. Vor ihren Augen erstreckten sich riesige Wellen, viele Meilen breit, die sich zu einer kleinen Brandung aufbauen und gegen den Strand krachen würden. Jetzt bei Tageslicht konnte sie unendlich weit sehen.

Sie tauchte wieder in die Dunkelheit ein.

Schwester, rief sie. *Komm zu mir. Schwester. Wo bist du?*

Und Marys Stimme antwortete. *Ich bin hier.*

Ist auch dein Mann hier? Das war die wichtigste Frage. Sie wollte niemandem wehtun, aber es ging vor allem um Louis-Philippe. Den Mann, den sie nie kennengelernt hatte. Sie musste wissen, wo er war.

Eine zweite Stimme ließ sich aus den Tiefen vernehmen. Man konnte nicht sagen, dass sie einen französischen Akzent gehabt hätte; sie verwendete die gemeinsame Muttersprache ebenso selbstverständlich wie Anne und Mary. Nur der Tonfall war fremdartig: weder der abgehackte Singsang der Engländer noch Henrys Hinterwäldler-Blaffen, sondern irgendwie anders. Aber sie war kräftig. Getragen von starken Lungen und einem gesunden Körper. *Ich bin hier*.

Dieses *Ich bin hier* klang wie eine Herausforderung. Bestimmte Aussagen konnten unterschiedlich vorgebracht, leicht und präzise variiert werden. Louis-Philippes Stimme verriet die Sicherheit des geborenen Führers.

Anne fand nicht gleich eine Antwort. *Wie geht es dir, Schwester?*, rief sie schließlich.

Nach einer Pause hörte sie Marys Stimme. Sie klang dünn, als suche Mary nach den richtigen Worten, um Anne zu zeigen, wie töricht sie diese Frage fand. *Mir geht es besser als dir.*

Schwester, sagte Anne. *Ich will keinen Kampf.*

Wieder wurde es still. Anne konnte das Gesicht ihrer Schwester nicht erkennen, und Mary kam nicht nahe genug heran, um sie anzusehen.

Dein Mann ist böse, sagte Mary. *Du hast einen Fehler gemacht.*

Er ist nicht böse, widersprach Anne. *Er ist kein Fremdling.*

Du hast mich nicht unterstützt, schallte Marys Stimme schrill und gequält über die Meilen. Die Tieflinge kannten kein Wort für *Verrat*.

Louis-Philippes Stimme unterbrach sie. Eine Aufforderung zum Kampf. Sie war an Henry gerichtet, und Henry antwortete. Das Wasser schäumte, ein Tieflingsheer stieg spiralförmig aus der Tiefe empor und umgab die vier mit einer stummen, grauhäutigen Mauer.

Tieflinge sahen alles mit den Augen ihres Stammes, das wusste Henry. Aber Frankreichs Tieflinge *waren* sein Stamm. Und Englands Tieflinge inzwischen auch. Der Stärkere wurde als Sieger anerkannt. Manchmal konnte man neue Gesichter dazukommen und alte verschwinden sehen. Im Meer gab es keine Grenzen, keine imaginären Linien wie auf dem Festland. Man bewegte sich mit der Flut.

Folglich verlangte auch kein Landlingsgesetz, dass die Tieflinge von Englands und Frankreichs Küsten jetzt und für alle Ewigkeit Rivalen zu sein hatten. Es war lediglich eine Gewohnheit, eine Tradition.

Und Traditionen ließen sich ändern, man musste nur an der richtigen Stelle ansetzen.

Eines vergaßen die Landlinge gerne: Während sie sich selbst viel mit den Tieflingen – ihren salzblütigen Königen wie den Bewachern ihrer Küsten – beschäftigten, dachten die Tieflinge meist an andere Dinge. Sie betrieben keine Landwirtschaft und ernährten sich nicht von Feldfrüchten, für die man den ganzen Tag planen musste; für sie hieß es jagen oder sterben, unentwegt, für immer. Wenn die hohen Herrschaften zu Besuch kamen, leisteten sie ihnen den Treueid, weil sie Verbündete und Waffenruhe brauchten, und sie beschützten ihr eigenes Territorium, weil es nützlich war, einen Ort zu haben, an dem man vor den Feinden sicher war.

Aber wenn man sich einmal darauf geeinigt hatte, dass ein anderer Stamm kein Feind war, dann war ein Friedensvertrag schneller geschlossen, als ein Landling sich eine Feder schneiden konnte.

Natürlich war Louis-Philippe seinen Tieflingen bekannt, seit er ein Kind war. Aber er war nie mit ihnen durch das Meer gezogen. Die Verbindung zu Henry – zu Pfiff – war einfach enger. Louis-Philippe war ein guter Verbündeter, aber Pfiff war einer der ihren.

Als nun Louis-Philippe zum Kampf aufforderte, stiegen viele Tieflinge aus der Tiefe empor. Und Louis-Philippe schickte seine Stimme in Pfiffs Richtung und sagte: *Feind.*

Anne und Pfiff hatten die englischen Tieflinge nicht gerufen; es war nicht nötig gewesen. Sie hatten gewusst, was bevorstand, denn Pfiff hatte es ihnen gesagt. Und sie waren dem Boot unter Wasser lautlos gefolgt.

Als Frankreichs Tieflinge nun Louis-Philippes Stimme hörten und aufstiegen, fielen sie nicht etwa über Pfiff her, sondern schwammen an Louis-Philippe vorbei, um ihre neuen Freunde zu begrüßen. Die Tieflinge umkreisten einander, tauchten ab und vollführten kunstvolle Freudentänze; sie hielten sich an den Händen, umarmten sich und tollten ausgelassen durch das Wasser. Niemand rief: *Feind, Kampf, Herausforderung.* Stattdessen füllte sich das Wasser mit Willkommensrufen: *Wie schön, euch wiederzusehen. Wir wollen nicht kämpfen. Möchtest du mein Freund sein?*

Breite Lichtbahnen durchschnitten die unruhigen Wellen. Die graue Haut der Tieflinge leuchtete auf, wenn sie durch diese Bänder schwammen, Purzelbäume schlugen und sich die Hände reichten. Tieflinge waren streitlustig, aber wenn sie einen Kampf vermeiden, sich Verletzungen ersparen und Leben schonen konnten, wenn sie die Möglichkeit hatten, Frieden zu schließen, anstatt Blut zu vergießen, dann nahmen sie die gerne wahr. Sie mochten streitlustig sein, aber sie waren nicht töricht.

Anne schwebte im Wasser und beobachtete die Soldaten der Tiefe bei ihrem Spiel. Nach einer Weile griff sie nach Pfiffs Hand. Er umschloss ihre Finger und spürte die zarten Knochen, die feinen Häute. Seine Frau war leicht erregbar, aber sie war immerhin fähig, sich zu freuen.

Schwester, hörte er sie sagen, *wir werden nicht kämpfen. Die Stämme werden nicht kämpfen, und ich will nicht gegen dich kämpfen.*

Die Schwester war zu weit weg, sie konnten ihr Gesicht nicht deutlich erkennen, aber er hörte, wie ihre Stimme schrill wurde. *Was hast du getan? Hast du mir meinen Stamm genommen?*

Ich liebe dich, sagte Anne. *Ich will nicht kämpfen. Ich habe Frieden geschlossen. Schließe auch du Frieden mit mir.*

Ich bin ein Fremdling, drang Marys Stimme aus der Dunkelheit. *Ich habe meinen Stamm verlassen. Ich wollte nach Hause kommen. Du hast mir Schaden zugefügt.*

Anne ließ Henrys Hand nicht los. *Ich weiß,* rief sie. *Aber du brauchst kein Fremdling zu sein. Sei meine Schwester, und ich bin die deine. Es tut mir leid.*

Die Stimme der jungen Frau klang immer noch laut und schrill. *Du hast mir Schaden zugefügt!*

Ich habe dir Schaden zugefügt, räumte Anne ein. *Ich war nicht deine Freundin. Jetzt will ich deine Freundin sein. Es tut mir leid.*

Pfiff verstand nicht, wofür sich seine Frau entschuldigte; hoffentlich nicht dafür, dass sie ihn geheiratet hatte. Er war bisher davon ausgegangen, dass sie darüber froh war. Stille trat ein, aber sie hielt seine Hand immer noch umfasst.

Nun wandte sich Pfiff an Louis-Philippe. Der Mann hatte keinen Tieflingsnamen, den man unter Wasser hätte aussprechen können, und schon bei dem Versuch, ihn bei seinem Landlingsnamen zu rufen, hätte man die Lunge voll Salzwasser bekommen, aber er schickte seine Stimme so gut er konnte in Louis-Philippes Richtung. *Mann der Schwester,* rief er. *Willst du König sein?*

Was? Die Antwort kam scharf und klar. Der Mann hatte eine gute Stimme, dachte Pfiff. Mit einer solchen Stimme konnte man verhandeln.

Lass uns Freunde sein, rief Pfiff. *Schließe Frieden mit uns. Schließe Frieden, und du wirst in meinem Stamm Freunde finden, die treuer zu dir stehen als dein eigener Bruder. Du wirst König sein.*

Aber kämpfe nicht. Annes Stimme drängte sich dazwischen. *Wenn du gegen deinen Bruder kämpfst, werden wir dich nicht unterstützen. Schließe Frieden mit ihm und mit uns.*

Das war eine Schwierigkeit, die Pfiff noch gar nicht berücksichtigt hatte, und wenn man bedachte, wie sehr sich die Landlinge in Titelfragen verrennen konnten, würde man in Frankreich sehr ausführlich darüber reden müssen, wie Louis-Philippe seinem Bruder die Königswürde abnehmen konnte, ohne mit ihm darum zu kämpfen. Andererseits hatte Louis-Philippe sein ganzes Leben an Land verbracht. Vielleicht fand er ja einen Weg. Pfiff konnte auf weitere Kämpfe und Feindseligkeiten gerne verzichten; dergleichen führte nur dazu, dass man sich verstecken musste oder auf dem Scheiterhaufen landete.

Lass uns Freunde sein, Bruder, rief Pfiff ins Dunkel hinein. *Mein Angebot ist gut. Nimm es an.*

Lange blieb es still, nur das Klicken der Fische war zu hören. Dann ertönte abermals Louis-Philippes kräftige Stimme. *Ich nehme an,* rief er. Henry spürte, wie Annes Hand weicher wurde. Sie lag flach im Wasser und streckte triumphierend alle viere von sich.

Auftauchen, sagte sie und schwamm nach oben. Pfiff hatte noch genügend Luft und ließ sie ziehen. Solange ihre dunklen Beine über ihm in den Wellen auf und ab hüpften, geschah nichts. Dann gab es einen lauten Schlag: Ein langer, eingewickelter Gegenstand sank in die Tiefe. Der Stamm, beide Stämme, schwammen darauf zu.

Edwards Körper, dachte Henry. Der alte König als Siegesmahl, das den neuen Vertrag besiegelte. Sein Volk konnte ihn haben. Sie zogen ihn schon nach unten und lösten mit ihren scharfen Nägeln die Binden; Stofffetzen umschwebten sie wie Blätter im Wind und sanken langsam hinab.

Pfiff, Anne, Mary und Louis-Philippe blieben, wo sie waren. Dieses Festmahl war nicht für sie bestimmt. Sie schwammen miteinander, langsamer als die Tieflinge, aber doch miteinander, durch das trübe Wasser, um sich die Gesichter ihrer neuen Verbündeten einzuprägen.

Achtes Buch

ABSCHIED

Achtunddreissig

Es war ein schöner Tag, als sich der Hof zur Jagd aufmachte. Anne war froh darüber; sie wurde selbst zwar niemals seekrank, aber einige ihrer Höflinge hatten einen weniger stabilen Magen, und um einen Schweinswal zu finden, musste man weit auf die raue See hinausfahren. Vom Bug aus sah sie zu, wie ihre Tieflinge wie Vögel immer wieder aus dem Kielwasser auftauchten und sich nach vorne schnellten.

John trat heran und stellte sich neben sie. Henry hing über die Seitenwand und zwitscherte mit den Tieflingen. *Krabben schmecken gut,* sagte er gerade. *Ich kann euch zeigen, wie man sie öffnet.* Auf seinem Gesicht lag ein Ausdruck, den sie länger nicht gesehen hatte. Zunächst hatte sie gedacht, es wäre Zorn, aber allmählich lernte sie ihn besser kennen. Jetzt glaubte sie zu wissen, was ihn bewegte: Es war Sehnsucht.

»Eine solche Jagd habe ich zum letzten Mal als kleiner Junge erlebt«, sagte John.

»Ich weiß. Ihr habt mir einmal davon erzählt, erinnert Ihr Euch?« Henry neigte den Kopf ein wenig zur Seite, beteiligte sich aber nicht an dem Gespräch.

»Ich freue mich, dass die Tradition wiederauflebt.« John lächelte. Der Wind zerzauste ihm das Haar und ließ ihn jung und unschuldig aussehen. »Wollt Ihr Euch die Bluttaufe geben lassen, Majestät?«

Anne schüttelte den Kopf. »Eine Taufe im Meer habe ich sicher nicht nötig. Und in Blut möchte ich mich nicht taufen lassen.«

»Taufen?«, fragte Henry und drehte den Kopf ein wenig.

»Der Empfang des Heiligen Geistes«, erklärte Anne. »Man wird mit geweihtem Wasser übergossen und so von Sünden gereinigt.«

Henry schüttelte den Kopf und richtete den Blick wieder auf das Kielwasser. »Geweihtes Wasser«, murmelte er vor sich hin.

»Die Krönung soll also morgen auf jeden Fall stattfinden?«, fragte John. Henrys Gemurmel überhörte er nach Art eines Menschen, der sich daran gewöhnt hat, sich mit dem Unvermeidlichen abzufinden. »Das heißt, Ihr habt das Problem mit Henry und dem Schutz der Kirche gelöst? Ich glaube nicht, dass der Erzbischof darüber glücklich ist.«

»Wie habt Ihr davon erfahren?«, fragte Anne.

John zuckte die Achseln. »Ich habe Ohren«, sagte er. »Und eine Zunge, um mit anderen zu sprechen, die Ohren haben.«

Anne zog eine Augenbraue hoch. »Ein Geheimagent«, sagte sie. »Wir müssen weitere Aufgaben für Euch finden.«

Ihr Tonfall ließ John aufblicken, und der vergnügte Ausdruck verschwand jäh aus seinem Gesicht.

Anne zögerte kurz, dann nickte sie. »Schickt Euren Vater zu uns«, befahl sie. »Wir haben ihm etwas mitzuteilen.«

John erstarrte, sein Gesicht wurde aschgrau. Henry schaute über die Schulter und sah seinen stummen Freund an.

»Schon gut«, beruhigte er ihn. »Wir finden eine politische Lösung.« Missvergnügen stand in seinem Gesicht; sein Tonfall verriet, dass ihm viele Zugeständnisse abverlangt wurden. Henry hatte lange Zeit gefordert, gegen Narbridge vorzugehen, den Mann, der den Bastard von Cornwall an den Brandpfahl geliefert hatte. Nur mit viel Überredung hatte er sich von dieser Vorstellung abbringen lassen. Obwohl er – anders als Erzebet – Claybrooks Anschlag überlebt hatte, war er über Annes neue Pläne mit dem Mann keineswegs glücklich. Anne dachte zunächst, er wolle noch etwas sagen, seine Meinung ändern, aber er schaute nur wieder auf das Meer hinaus. Die Tieflinge tauchten aus dem schimmernden Wasser auf und verschwanden wieder, und er rief ihnen zu: *Schwimmt schön, Brüder.*

John tastete sich vorsichtig über das Deck, das sich unablässig hob und senkte, um nach seinem Vater zu suchen. Anne legte Henry die Hand auf die Schulter. »Ist es dir denn so sehr zuwider?«, fragte sie leise.

Henry zuckte gereizt, aber nicht feindselig die Achseln. »Es ist mir zuwider. Es ist Politik nach Art der Landlinge. Ich würde das Problem anders lösen. Würden wir es aber auf meine Art lösen, dann würdest du mich als Tyrannen bezeichnen. Und ein Tyrann will ich nicht sein.«

»Wir können in der Welt Gutes tun«, sagte Anne.

Wieder zuckte Henry die Achseln. »Du glaubst, es wird deinem Gott gefallen.«

Sie streichelte ihm die Schulter. »So ist es.«

»Das wird für mich nie eine Rolle spielen«, erklärte Henry.

Darauf erwiderte Anne nichts, aber sie zog ihre Hand auch nicht zurück.

Dann erschien John mit seinem Vater. Die beiden standen nebeneinander, aber mit einem gewissen Abstand; der weiße Himmel trennte sie wie eine Wand aus Licht.

»Bitte, Majestät«, flehte John. »Schickt mich nicht fort.«

»Das liegt nicht in unserer Absicht«, gab Anne zurück.

Endlich drehte Henry sich um und sah Claybrook an, doch sein Blick wanderte gleich wieder über die Schulter des Mannes und hinaus auf die wogende See.

»Claybrook«, sagte er. »Ihr seid ein Mörder und ein Lügner, und wir wollen Euch hier an unserer Küste nicht haben.«

Claybrook war kreidebleich im Gesicht, aber er wagte ein zaghaftes Lächeln. »Majestät ...«, begann er.

»Schweigt.« Henrys Stimme war ruhig, aber scharf wie eine Feuersteinklinge. »Ihr seid ein Lügner, und ich will aus Eurem Munde nichts hören. Wir wissen, was wir von Euch zu halten haben.«

John krallte die Hände so fest ineinander, dass ihm die Knöchel weiß wurden.

»Ich kann meine Frau nicht verstehen«, fuhr Henry fort. »Sie glaubt, ihr Gott verlange, dass sie barmherzig sei. Hättet Ihr meine Mutter getötet, ich hätte keine Gnade walten lassen.«

Diese Aussage brachte Henry für einen Moment ins Grübeln. Hätte er einen Mann verschont, der seine Mutter getötet hätte? Sie hatte ihn aus seiner Heimat in diese trockene Welt der Wortverdreher gestoßen, wo die Leute hinter geschlossenen Türen Intrigen und Morde planten, an irgendwelchen Unsinn glaubten und ihm die Hände und den Geist in Fesseln legten. Seine Mutter war nicht bei dem französischen Stamm gewesen; es war sehr lange her, dass sie ihn ausgesetzt hatte. Wahrscheinlich war sie inzwischen tot. Er würde sie niemals wiedersehen, konnte ihr keine Fragen mehr stellen, selbst wenn er sie in Tieflingsworte hätte fassen können. Trotz alledem konnte er ihre Handlungsweise verstehen. Sie hatte ihn ausgestoßen, weil er eine Last war, weil er den Stamm behinderte. Sie hatte sich bemüht, ihn am Leben zu erhalten, aber mit der Zeit war ihr das unmöglich geworden. Im Meer verneigte man sich vor keinem Schwachkopf, und man fesselte sich nicht selbst mit Worten. Einen Ausdruck wie auf dem Gesicht seiner Frau, wenn ihr Onkel zugegen war, hatte er im

Meer niemals gesehen. Angst gab es auch dort, gewiss, nicht jedoch dieses aberwitzige Pflichtgefühl. Man verleugnete seine unendliche, leidenschaftliche Lebensgier nicht. Man kämpfte um sein Leben, man lebte es, so gut man konnte, und man warf Lasten ab, die einen sonst ertränken würden. Er war jetzt keine Last mehr. Und seine Mutter hatte ihn weder einem Hai ausgeliefert, noch hatte sie ihn in die Tiefe gezogen. Vielleicht hatte sie gehofft, jemand würde sich um ihn kümmern, als sie ihn an jenen Strand jagte. Die Fürsorge der Landlinge lag ihm nicht, er wollte sie nicht haben. Aber was nahm er ihr eigentlich sonst noch übel, außer, dass sie ihn gezwungen hatte, sie zu verlassen?

»Majestät, ich ...«

»Schweigt«, herrschte ihn Henry an. »Ich liebe den Gott meiner Frau nicht, und wenn Ihr meine Geduld zu sehr strapaziert, stoße ich Euch über Bord. Ich habe einen Auftrag für Euch, Claybrook. Entweder Ihr nehmt ihn an, oder Ihr müsst Euch vor einem Gericht verantworten.«

»Wegen Mordes?« Die Frage kam von John. Er wich seinem Vater nicht von der Seite, und er lehnte sich auch nicht weg, als das Schiff schwankte.

»Wegen Spionage«, antwortete Anne. Ihre Stimme klang nicht scharf, aber fest. »Meine Schwester und ich sind jetzt Verbündete. Sie hat mir die Namen ihrer Verbindungsleute gegeben. Von unserer Hochzeit, Mylord Thames, erfuhr sie von Euch. Zwar habt Ihr mit dieser Mitteilung keinen Krieg ausgelöst, aber das ist nicht Euer Verdienst, das haben wir nur unseren eigenen Anstrengungen zu verdanken. Die Strafen für Landesverrat sind hoch, und dieses Land hat schon zu viele Verbrennungen erlebt.«

»Wir haben einen Auftrag«, wiederholte Henry. »Wir wollen keine Bastarde verbrennen. Wir wollen zwar verhindern, dass die Seeleute Tieflingsfrauen ficken, aber wenn ein Bastard gefunden wird, steht er unter unserem Schutz. Wir werden eine Verwendung für ihn finden. Wenn die Tieflinge nicht für ihn sorgen, solange er noch klein ist, werden wir es tun. Sie werden Vettern des Königs sein. Alle Bastarde. Wir werden aus ihnen ein Heer zusammenstellen. Und Ihr werdet nach ihnen Ausschau halten.«

»Mein ... Majestät, ich ...« Claybrooks Gesicht blieb unbewegt, aber seine Hände zitterten, und um seine Augenwinkel und seinen Mund zuckte es kaum merklich, als kräuselten tiefe Strömungen die glatte Oberfläche eines Teiches.

Henry winkte ungeduldig ab. »Ich erwarte nicht, dass Ihr Euch dazu ins Wasser begebt. Und ich erwarte erst recht nicht, dass Ihr ein Tieflingsmädchen fickt, um Euch auf diese Weise Macht und Einfluss zu verschaffen, Claybrook; wenn Ihr das versucht, werden Euch die Tieflinge töten. Ihr werdet außerhalb des Wassers bleiben. Aber Ihr werdet auf unseren Schiffen segeln und die Augen offen halten, und wenn Ihr ein Kind mit gespaltenen Beinen seht, dann werdet Ihr das melden. Die Tieflinge werden Euer Schiff erkennen und das Kind nach oben bringen, wenn sie es Euch übergeben wollen. Glaubt nicht, Ihr könntet es verstecken; der Kapitän ist ein Freund von uns.« Tatsächlich war der junge Mann Thomas Hakebournes zweiter Sohn Robert: Hakebourne hatte den Plan von ganzem Herzen gutgeheißen und ihnen seinen Jungen angeboten. Er sei froh, sagte er, um eine so sinnvolle Verwendung für jüngere Söhne. Damit war vermutlich Robert gemeint, aber vielleicht dachte der Adelige auch an die Tieflingskinder.

»Ihr werdet die Kinder an Land bringen, für ihre Weiterbeförderung ist der Kapitän zuständig. Die Themse fließt durch Eure Ländereien; wo sie ins Meer mündet, wird ein Schiff warten und die Kinder an Bord nehmen. Euer Land grenzt an die Besitzung meines Vaters Allard. Er wird sich um die Bastardkinder kümmern. Zusammen mit dir, John.« Henry wandte sich an seinen Freund. »Du vertrittst deinen Vater, solange er auf See ist. Wir übertragen dir hiermit unwiderruflich seine sämtlichen Privilegien. Und noch etwas, Claybrook ...« Wieder sah Henry den älteren Mann an, der mit grauem Gesicht und wie erstarrt vor ihm stand, »ihr werdet bis an Euer Lebensende auf See sein.«

Unter dem Kiel brandete Jubel auf: Die Tieflinge hatten eine Beute erspäht. Henry drehte sich um, zum ersten Mal an diesem Tag kam Leben in seine Züge. »Kommst du?«, fragte er Anne.

Sie zögerte. »Etwas später«, sagte sie dann. Henry machte ein langes Gesicht, und sie legte ihm die Hand auf den Arm. »Ich komme nach«, versprach sie. »Aber der Jäger bist eigentlich du. John soll sich um die kleineren Boote kümmern, damit sich der Hof der Jagd anschließen kann. Ihr seid jetzt ein vermögender Mann. Ihr seid Lord Thames.«

John sah seinen Vater lange an. Dann verneigte er sich. »Jawohl, Majestät«, sagte er. »Ich danke Eurer Majestät.«

Ob Gott wohl mit ihrem Tagewerk zufrieden war?, überlegte Anne. Wäre Erzebet zufrieden gewesen? Sie dachte an das leidenschaftliche, aber stets beherrschte Gesicht ihrer Mutter, an die schreckliche Geduld einer verängstigten Frau. Auch nach Samuels Enthüllung konnte sie die Sehnsucht nach ihr nicht aus ihrem Herzen verdrängen: Erzebets Entschlossenheit, die Tapferkeit, mit der sie ihren geschundenen Körper in den Dienst ihres Landes gestellt hatte. Gott verlangte Vergebung, aber Anne wusste nicht, ob sie das Recht hatte, Erzebet die Sünden zu vergeben, die sie an anderen begangen hatte. Dennoch konnte sie die Liebe zu ihr nicht aus ihrem Gedächtnis tilgen. Erzebet hätte sie vielleicht für schwach gehalten oder das Risiko, Claybrook am Leben zu lassen, für zu hoch erachtet. Aber Erzebets Gründlichkeit hatte Claybrook dazu getrieben, sie mit einem Bad in kochendem Wasser zu töten. Anne brachte es nicht übers Herz, diesen Mord zu vergeben. Aber sie konnte darauf verzichten, ihn zu rächen. Angst gebar nur neue Angst, und wer Angst hatte, schlug um sich. Anne konnte sich nur in Gottes Hand begeben und darum beten, dass ihre Barmherzigkeit nicht weiteres Leid nach sich zöge.

Andererseits würde sie bald Königin sein und konnte die ganze Zeit die Augen offen halten. Barmherzig und zugleich wachsam sein. Das war der beste Plan, den sie sich vorstellen konnte. Es war Zeit, der Angst ein Ende zu machen.

Samuel Westlake sollte kein Boot besteigen; zwar hätte er, abgesehen von seinem Bein, genügend Kraft besessen, um wie jeder andere eine Harpune zu führen, aber er war vom Wesen her kein Jäger. Sie setzte sich neben ihn. Er hatte das Absetzen der Boote beobachtet, nun blickte er auf und wartete, dass sie das Wort ergriff.

»Ihr habt wohl gehört, was wir Claybrook versprochen haben«, begann sie. Er hatte sich in respektvollem Abstand gehalten, aber für einen Landling hatte er scharfe Ohren. Ihm entging selten etwas.

Samuel nickte bedächtig. »Ich habe es gehört, Majestät.«

»Vergebt Ihr mir, Samuel?«, fragte sie.

»Wofür, Majestät?«

Anne schüttelte den Kopf, um Klarheit in ihre Gedanken zu bringen. »Ich denke dafür, dass ich meine Mutter so falsch eingeschätzt habe. Dass ich nicht umhinkann, sie immer noch wie eine Tochter zu lieben. Dass ich einen Heiden geheiratet habe und immer noch glaube, Gott zu lieben. Ist das hoffärtig, Samuel?«

Samuel holte tief Atem. »Vielleicht«, antwortete er. »Aber es ist besser, Gott zu lieben, auch wenn es eine hoffärtige oder sündige Liebe ist, als Gott nicht zu lieben.«

»Ein Prinz muss handeln«, sagte Anne. »Wir können nicht immer den besten Weg wählen. Aber ich will es versuchen, Samuel. Ich will versuchen, barmherzig zu sein. Wenn ich damit Gefahren heraufbeschwöre, werde ich mich ihnen stellen. Aber ich werde die Gefahren nicht von mir aus schaffen. Ich werde mich bemühen, eine gute Herrscherin zu sein.«

Samuel seufzte. »Es steht mir nicht zu, Euch zu vergeben, dass Ihr unwissend wart«, sagte er. »Ich glaube Euch jetzt, dass Ihr das Beste wolltet. Aber Euer Gemahl, Majestät. Ich ... ich kann nicht zusehen, wie ein Heide über die Kirche herrscht.«

»Henry will die Kirche nicht«, sagte Anne. »Ich glaube, er will nicht einmal das Land.«

»Majestät?«

Anne schüttelte den Kopf. »Wir werden sehen«, schloss sie. »Ich habe nur eine Frage an Euch: Wenn ich mich bemühe, nach Gottes Willen zu herrschen, werdet Ihr mir dann helfen, Samuel?«

Samuel nahm ihre Hand. »Ich bin Euer Mann, Majestät«, gelobte er. »Ich kann nicht gegen mein Gewissen handeln, ich kann nicht gegen Gott handeln. Aber Euer Wohl und das Englands liegen mir am Herzen. Soweit es Gottes Willen nicht widerspricht.«

Anne entzog ihm ihre Hand nicht. »Mehr kann ich nicht verlangen«, sagte sie. »Und mehr will ich auch nicht.«

Neben dem Boot spritzten Wasserfontänen auf. Schweinswale durchbrachen, von den Tieflingen nach oben getrieben, die Oberfläche, schnellten ihre metallisch glänzenden Riesenkörper hoch in die Luft und tauchten zwischen den Harpunen der Landlinge wieder ein. Anne fand es schade, diese eleganten Geschöpfe zu töten. Henry sagte zwar, sie seien Feinde der Tieflinge und fräßen jedes Tieflingskind, das sie erwischen könnten, aber schön waren sie trotzdem.

Sie sollte sich der Jagd anschließen. Anne entkleidete sich diskret und sprang über Bord. Das Wasser umschloss sie scharf und kalt. Der Lärm war ohrenbetäubend. Auf allen Seiten ließen die Tieflinge ihre Jagdrufe erschallen, die Schweinswale kreischten, und wenn Harpunen und Körper durch die Oberfläche brachen, klang es wie splitterndes Glas. Anne hörte: *Folgt mir! Kommt von Osten! Ich bin unten! Vorwärts!* Und immer wieder Henrys Stimme, ebenso laut wie die anderen: *Treibt sie hoch, treibt sie hoch!*

Anne hing in einer Wolke aus Blasen und weißem Wasser, die aufgewühlte Luft schäumte auf ihrer Haut. Ihr Gemahl tauchte mit seinen Stammesgenossen ab, seine Rufe drangen klar und deutlich zu ihr.

Und da begriff sie, was sie in ihrem Herzen schon seit einer ganzen Weile geahnt hatte. Henry, Pfiff, ihr Gemahl war ein Tiefling. Er hatte sein Volk gefunden, und er würde nicht zurückkehren.

Anne stieß in einem tiefen Seufzer die Luft aus und sah die Blasen zur Oberfläche aufsteigen. Wie Fischschuppen schillerten sie im Wasser, hart und glänzend wie Silber strebten sie dem Licht entgegen.

NEUNUNDDREISSIG

Pfiff konnte sich noch erinnern, wie ihn seine Mutter mit beiden Armen über Wasser gehalten hatte, während er zum ersten Mal seine Lunge füllte. Jetzt spürte er in der Kälte die Arme seiner Frau um sich, sie waren weich und sanft, diese Arme, die ihn niemals verstoßen hatten. Inmitten der wogenden See drückte er den geschmeidigen Körper dieses seltsamen Mädchens an sich, das ihn letztlich nicht gezwungen hatte, gegen seinen Willen zu handeln. Sie hatte ihm das Leben gerettet, aber das, was sie seine Seele nannte, nicht angetastet.

Pfiff war froh darüber. Er würde sie vermissen, wenn er fort war. Aber er wusste jetzt, wie er zurückkommen konnte.

Die Krönung lag hinter ihnen, eine öde Zeremonie, die Pfiff nur auf sich genommen hatte, weil dies wirklich und wahrhaftig das letzte Mal war, dass er in irgendeiner unwirtlichen Höhle von einem Gebäude herumsitzen und langweilige Worte über sich ergehen lassen musste, die er nicht verstand und die ihm auch nichts bedeuteten. John war neben ihm gewesen. Als die Instrumente ihre unheimliche Musik herausquäkten, hatte Pfiff sich ihm zugewandt und ihm die Töne in seine Sprache übersetzt: *Gutes Futter, nimm dich in Acht.* John hatte hinter vorgehaltener Hand gelacht. Aber dieser John war jetzt ein Vasallenkönig, ein offiziell ernannter Regent, und er hatte seine Gesichtszüge rasch wieder unter Kontrolle gebracht. John verstand sich auf die politischen Machenschaften, und er kam mit Anne offenbar gut aus. Pfiff musste sich einfach darauf verlassen, dass sie ihm die Treue hielten. Im Meer würde er in den langen Monaten, in denen er von seiner Frau getrennt war, vielen Tieflingsmädchen begegnen, aber er nahm sich fest vor, sich von ihnen fernzuhalten; er wollte keine Viertelmischlinge zeugen. Die drei wurden nicht durch Familienbande zusammengehalten, aber wenn sie nicht gegen die Abmachung verstießen, würde ihr Bund Bestand haben. Pfiff war bereit, sich überzeugen zu lassen, dass man den Menschen vertrauen konnte.

König im Wasser – so wurde er jetzt genannt. Ein König, der seine Frau besuchte, wenn es die Gezeiten erlaubten, der mit vorbeifahrenden Schiffen sprach, Seeleute und Höflinge ansprach, die zum Fischen ausfuhren, und mit seiner Familie hinausschwamm. Vielleicht würde er nicht in eigener Person zum König der Tieflinge werden: Er war für das Leben im Meer immer noch klein, und das würde auch so bleiben. Die Tieflinge hatten kein Wort für *Unterhändler*, aber zurzeit entwickelte sich ein neuer Begriff: *pfiffreden.* Wer hätte das gedacht, überlegte Pfiff amüsiert. Nun war er zu guter Letzt doch noch zum Diplomaten geworden.

Anne umarmte ihn ein letztes Mal und schwamm zu ihrem Volk zurück. Pfiff schwebte mit leeren Armen im Wasser und fühlte sich im ersten Augenblick einsam. Die Kehle wurde ihm eng, als sein Mädchen im Halbdunkel verschwand. Aber er würde sie wiedersehen.

Pfiff füllte seine Lungen mit Luft, tauchte ab und strebte auf das weite Meer hinaus, wo sein eigenes Volk auf ihn wartete. Sobald sein Körper durch das Wasser glitt, fiel alles von ihm ab: Worte, Bücher, Räume mit geraden Wänden und Kreuze aus

Holz, aus Stein und aus Glas, die Formen, die Schwere und die Düfte des Landes. Er machte reinen Tisch und kehrte zurück in das Leben, das er verloren hatte.

Sicherheit würde er auch im Meer nicht finden. Man war nirgendwo sicher. Aber wenn das Leben im Meer aus Bewegung und Verlangen, aus Hunger und Flucht vor Gefahren bestand, so galt das auf seine Weise auch für das Leben an Land. Pfiff hatte von Geburt an auf Tuchfühlung mit der Gefahr gelebt. Sie war ihm nicht neu. Und er hatte keine Angst vor der Gefahr an sich. Die Angst wollte er sich für greifbare Bedrohungen aufsparen, für Haie und giftige Fische, für Felsen im Sturm. Er kehrte heim.

Draußen im dunklen Wasser hörte er sein Volk rufen: *Mach schnell. Willkommen. Wir warten auf dich.* Pfiff durchbrach zum letzten Mal in einer englischen Bucht die Wasseroberfläche, nahm einen tiefen Zug der frischen, kalten Luft und tauchte ab.

Danksagung

Ich habe das Glück, viele wunderbare Menschen zu kennen und mit ihnen zu arbeiten, und sie alle verdienen meinen Dank.

Zuerst sind dabei meine großartige Agentin Sophie Hicks und alle Angestellten der Agentur Ed Victor zu nennen: Ich könnte mir nichts Besseres wünschen, als mit euch zu arbeiten. Ohne Philippa Harrison wäre dieses Buch womöglich nie vollendet worden, und mit Sicherheit wäre es sehr viel schlechter ausgefallen, daher bin ich ihr unendlich dankbar, dass sie mir im entscheidenden Moment als weißer Ritter zu Hilfe eilte.

Auch die Leute bei Random House waren fabelhaft, besonders Dan Franklin, Betsy Mitchell und Ellah Allfrey, durch deren ausgezeichnete Vorschläge der erste Entwurf eine deutliche Verbesserung erfahren hat.

Außerdem danke ich meiner Übersetzerin Irene Holicki und allen Lektoren, Setzern und Grafikern in Deutschland.

Seit ich mit meinem Blog begonnen habe, verfolge ich mit Begeisterung die Beiträge der Kommentatoren. Ich bin sehr glücklich darüber und freue mich über ihre Gesellschaft. Besonders möchte ich all den klugen Köpfen danken, die mit ihrer Zeit und Arbeitskraft nicht geizten, als ich einen Aufruf zur Fehlersuche startete. Sie lieferten eine ganze Reihe von beängstigend fundierten Vorschlägen und Fragen, sodass der letzte Schliff viel besser gelang, als es sonst der Fall gewesen wäre. Gemeint sind: Naomi Clark, James Donalbain Bremner, Jane Draycott, Jill Heather Flegg, Ursula L, Jos, Cowboy Diva, Robb, Joolya, Christpher Subich, hapax, Linda Coleman, Practicallyevil, Wesley Parish, Margaret Yang, Sunlizzard, Lauren, Ecks, Michael Mock, Sheila O'Shea, Alfgifu und alle, die unter die Kategorie »Anonymus« fallen.

In einer kritischen Phase empfahlen mir Tim und Joanna Harison ein wichtiges Buch, *The Artist's Way* von Julia Cameron, das mir bei der Überwindung einer größeren Vertrauenskrise ungemein behilflich war. Auch ihnen aufrichtigen Dank. Obwohl ich Julia Cameron nicht persönlich kenne, möchte ich mich auch bei ihr bedanken: Ihre Ratschläge sind sehr wertvoll, und ich kann sie nur weiterempfehlen.

Auch meine Freunde waren fantastisch, vielen Dank an alle: Ihr seid großartige Menschen, ich bin sehr froh, dass es euch gibt. Besonders erwähnen möchte ich Claire Bott, die mir in vielen Fragen und als unerschütterliche Verbündete mit Rat und Tat zur Seite stand; Peggy Vance, eine meiner ersten Leserinnen, die mich so entschieden bestärkte. Dank auch allen anderen, die mir Mut gemacht haben.

Mein lieber Mann Gareth Thomas war mir mit seinen Vorschlägen, seiner Unterstützung, seinem Mut und seinem Glauben an mich eine unschätzbare Hilfe.

Und zuletzt wende ich mich an meine Familie. Als ich mit achtzehn meine erste richtige Geschichte schrieb, zeigte ich sie zunächst meiner Mutter, denn ich wusste, dass sie mich uneingeschränkt unterstützen würde. Danach legte ich sie zitternd und zagend meinem Vater vor, denn ich wusste, dass er aufrichtig sein würde. Er las sie, überlegte kurz und sagte dann: »Du könntest eine gute Schriftstellerin werden.« Dafür und für so vieles andere: meine Liebe und meinen Dank. Ohne euch hätte ich es nicht geschafft.